두바이 가이드와
파킨슨 씨의 10년

# 두바이 가이드와 파킨슨 씨의 10년

| | |
|---|---|
| 발행일 | 2018년 11월 5일 |

| | | | |
|---|---|---|---|
| 지은이 | 김 성 우 | | |
| 펴낸이 | 손 형 국 | | |
| 펴낸곳 | (주)북랩 | | |
| 편집인 | 선일영 | 편집 | 오경진, 권혁신, 최예은, 최승헌, 김경무 |
| 디자인 | 이현수, 김민하, 한수희, 김윤주, 허지혜 | 제작 | 박기성, 황동현, 구성우, 정성배 |
| 마케팅 | 김회란, 박진관, 조하라 | | |
| 출판등록 | 2004. 12. 1(제2012-000051호) | | |
| 주소 | 서울시 금천구 가산디지털 1로 168, 우림라이온스밸리 B동 B113, 114호 | | |
| 홈페이지 | www.book.co.kr | | |
| 전화번호 | (02)2026-5777 | 팩스 | (02)2026-5747 |

ISBN    979-11-6299-389-7 03810 (종이책)    979-11-6299-390-3 05810 (전자책)

이 도서의 국립중앙도서관 출판예정도서목록(CIP)은 서지정보유통지원시스템 홈페이지(http://seoji.nl.go.kr)와 국가자료공동목록시스템(http://www.nl.go.kr/kolisnet)에서 이용하실 수 있습니다.

---

**(주)북랩** 성공출판의 파트너

북랩 홈페이지와 패밀리 사이트에서 다양한 출판 솔루션을 만나 보세요!

**홈페이지** book.co.kr • **블로그** blog.naver.com/essaybook • **원고모집** book@book.co.kr

# 두바이 가이드와
# 파킨슨 씨의 10년

**김성우** 지음

파킨슨병을 앓는 아버지와
그 곁을 지켰던 아들의 10년간의
눈물겨운 간병기

북랩 book Lab

# 차례

## 1장 파킨슨병이 오기 전에

## 2장 파킨슨병과 함께

## 3장 파킨슨병 이후

1장

# 파킨슨병이 오기 전에

*Before Parkinson*

# 두바이

새벽 5시, 몸은 어제의 시간을 기억해 나를 일으킨다. 이제 두바이에서 맞는 아침이 익숙하다. 어제 밤 설정해 놓은 알람이 울리기도 전에 눈이 떠진다. 미처 풀리지 못한 어제의 피로는 샤워기로 털어내고 거울 앞에 선다. 거울 속에는 하루가 다르게 낯설어져 가는 내가 있다.

조금은 그을리고 조금은 여윈 내 모습. 그 모습 속에는 지난 6개월의 시간이 있다. 지난해 아버지는 우리 곁을 떠나셨다. 그리고 아버지와 함께 그분도 떠나셨다. 지난 10년 아버지와 내 곁에서 함께 했던 그분 파킨슨 씨. 10년 전 어느 날 아버지를 찾아 온 그분은 아버지가 떠나시던 그날까지 우리 곁에 계셨다. 아버지와 그분이 떠나시고 일 년. 나는 지금 두바이에 있다.

어둠이 남아있는 길을 달려 두바이 공항 터미널3에 도착했다. 6시 10분. 손님들은 이미 1시간 전 도착해서 나를 기다리고 있다. 허니문 두 커플. 세상에서 가장 행복해 보이는 네 사람을 차에 태우고 차를 달려 브르즈 칼리파로 향한다.

"두바이는 처음이시죠~"로 시작하는 나의 이야기는 "지금 여러분 왼쪽으로 보이시는 곳은 세계에서 가장 큰 쇼핑몰인 두바이 몰입니다"로 이어지고 있다.

두바이 몰을 지나 다운타운 팰리스 호텔에 손님들을 내려놓는다. 손님들이 브르즈 칼리파를 보고 올 동안 내게 주어진 시간은 20분. 호텔 구석에 차를 세우고 담배 한 대를 피워 물었다.

투어 가이드. 나는 두바이에 투어 가이드이다. 주말에는 허니문 신혼

여행객을, 주중에는 패키지 여행객들을 데리고 두바이 시티투어를 담당하고 있다. 6개월, 이젠 제법 길도 익숙하고 일에도 여유가 생겼다.

9시 30분 JBR The walk. 언제 와도 여유로움이 넘치는 두바이의 유러피안 거리. 허니문 커플들은 내가 추천한 뉴욕에서 온 팬케이크 전문점과 파리에서 온 브런치 빵집으로 아침 식사를 갔다.

한 시간의 자유시간. 나는 JBR 거리에서 가장 저렴한 필리핀식 중국 음식점 차우킹에서 볶음밥으로 늦은 아침을 먹는다. 12시 30분, 에미리트 몰에 있는 스키 두바이에서 투어를 마무리했다. "행복하세요"라는 말로 시티투어를 마쳤다.

오늘 일정을 마쳤다. 내일부터는 3박4일 패키지 손님 20명이다. 귀갓길에 사온 슈와르마로 점심을 해결하고 자리에 눕는다.

이곳 일이 익숙해지면 질수록 알 수 없는 불안감 같은 것이 생겨난다. 이곳에는 언제까지 있어야 하는 것일까? 가족과는 언제까지 떨어져 살아야 할까? 혼자 있는 시간이 길어질수록 이런저런 생각들이 늘어간다. 내 나이 52살. 나는 지금 두바이에 홀로 있다. 모래 바람 몰아치는 두바이에 이렇게 나 홀로.

# 나의 아버지

10년 전, 갑작스러운 어머니의 죽음으로 홀로 남게 되신 아버지. 나는 그 후 10년의 시간을 아버지와 함께했다. 지난해 세상을 떠나시기 전까지 아버지와 늘 함께 계셨던 분이 한 분 더 계신다.

'파킨슨 씨'

그분을 만난 것은 어머니가 돌아가시기 전이다. 그저 어디서 잠시 들어보았을 뿐 우리 모두에게 생소하기만 했던 병의 이름, '파킨슨병'. 그때에는 본격적인 증상이 시작되기 전이었기에 그 병이 그렇게 오랜 시간 아버지와 우리를 힘들게 할 줄은 아무도 예상하지 못했었다.

초기 증상이 시작 될 무렵에는 두통약 정도의 처방으로 알고 받았던 파킨슨병 약. 오랜 지병이셨던 협심증으로 다니셨던 심장혈관 내과에서 자꾸 두통 증상을 호소하자 신경과 진료를 추천했고 신경과 의사는 이 약을 먹으면 두통이 나을 거라는 말만 하며 약을 주었다.

그때의 진료 기록에는 파킨슨병이 시작되었음이 표기되어 있었지만, 우리 가족은 그 사실을 알지 못했다. 하지만 어머니가 갑작스럽게 세상을 떠나시고 우리 가족은 그분 파킨슨 씨로 인해 이후 힘들고 고통스러운 시간을 맞이했다. 끝을 알 수 없었던 그 고통의 시간 속에서 정작 가장 힘이 드셨을 사람은 병을 앓고 계신 아버지일 것이다.

고통 속 10년의 시간. 그 고통의 중심에 서 있었던 나와 아버지. 이제 누구에게도 이야기하지 못했던 10년의 시간에 대한 이야기를 해보려 한다.

나의 부모님은 모두 실향민이시다. 아버지와 어머니 모두 6·25 전쟁 때 남한으로 내려 오셨다. 각자 내려오신 시기와 방법은 조금 다르지만, 두 분이 남한에 오신 계기는 모두 6·25 전쟁 때문이다.

나의 아버지는 황해도 재령군 남율면 부농 집안에서 셋째 아들로 태어나셨다. 아버지의 집은 당시 인근에서 '둘째네'라고 불렸다고 한다. 아버지 집을 둘째네라고 부른 이유는 셋째 아들이던 아버지 위로 두 분의 아들이 더 계셨는데, 어릴 적 첫째 아들이 갑자기 세상을 떠나게 되면서부터였다고 한다.

첫째가 세상을 떠나자 둘째 아들이 장남이 되었다. 그동안 동네 사람들은 세상을 떠난 첫째 아들 이름을 붙여 "아무게네"라고 아버지 집을 불러 왔었는데, 그 아들이 세상을 떠나고 나니 둘째 아들 이름을 붙여 "병호네"라고 불러야 하는 상황이 되었던 것이다. 그러나 늘 첫째 아들 이름으로만 불러서인지 어쩐지 익숙하지 않았다고 한다. 해서 이웃들은 그저 "둘째네"라고 불렀다고 한다.

우리 집 호적등본에 나와 있는 할아버지와 큰아버지의 이름. 부 김용수, 형 김병호. 신기하게도 우리 집 호적에는 북에 계시는 할아버지와 큰아버지 이름이 올라가 있다. 남한에 내려와 홀로 호적을 만드시게 되었던 아버지는 당시 북에 계시는 할아버지와 큰아버지의 이름도 함께 호적에 올리셨던 것이다.

남한 호적에 할아버지의 이름과 큰아버지의 이름을 적어 호적을 올릴 때는 가족을 만나지 못할 긴 이별의 시간이 이토록 길게 이어질 것이라고는 생각하지 못하셨다고 한다. 가족이 남한에 모두 모여 살 수 있으리라는 작은 희망을 가지고 올리신 이름인데, 결국 그 두 분의 이름은 문서상에만 기록된 글자로 남고 말았다. 생사를 확인할 방법은 없지만, 살아 계실 거라는 기대를 하기에는 이미 나이가 너무 많아지셨을 세월이다.

아버지의 집은 농사를 크게 지으셨던 부농의 집안으로, 아버지가 학교에 다니시던 시절에는 할아버지께서 학교 육성회장을 하셨다고 했다. 내가 학교에 다니던 시절에도 그랬지만, 육성회장이라면 대개 그 마을의 유지들이 맡게 되기 마련이다.

아버지 집은 그 옛날에도 육성회장을 하실 만큼 형편이 넉넉했던 것 같다. 당시 할아버지께서는 만주로 몰래 독립자금을 보내 주다가 옥고를 치르신 적도 있다고 한다. 그런 부유한 집안의 둘째 아들로 아무런 걱정 없이 지내던 아버지의 인생이 하루아침에 달라지게 된 것은 6·25 전쟁이 터지면서였다.

전쟁은 나의 아버지 말고도 당시의 많은 사람들의 운명을 바꾸어 놓고 많은 것을 앗아 가기도 했다. 부유한 집안에서 아무런 걱정 근심도 없이 젊은 시절을 보내던 아버지는 홀로 남한으로 넘어오게 되었다고 한다. 집안에서 큰 농사를 지었어도 그 흔한 쟁기 한번 잡아 보지 않았던 아버지는 18살이라는 어린 나이에 전쟁의 소용돌이 속으로 빨려 들었다.

사실 이 시절 아버지의 이야기는 우리 가족이 잘 알지 못한다. 아버지는 우리에게는 단 한 번도 전쟁 시절의 이야기는 한 적이 없다. 그나마 어릴 적 이야기는 가끔 남쪽의 고향 친구분들 모임이 있는 날이면, 술도 잘 못하시는 분이 술에 취해서 집에 오셔서 아주 조금씩 하시고는 했다.

"인순이 아저씨 알지? 그 아저씨 아버지가 우리 학교 선생님이셨다. 너희 할아버지가 육성회장을 하셨는데…."

이렇게 시작되는 이야기는 그 시절 할아버지와 집안 이야기들이었다.

친구분들 이름을 일일이 열거하시며 그 친구네 집은 뭐를 했었고, 또 다른 친구네 집은 뭐를 했었고… 그날 모임에 오셨던 아버지 친구분들의 이야기였다. 그때 아버지의 이야기에 등장하시던 동네 친구분들은 훗날 아버지가 거동이 힘들어졌을 때, 동생과 내가 아버지를 모시고 동창회에 참석을 할 때마다 뵙고는 했었다.

이렇게 어린 시절 아버지의 모습은 가끔 말씀을 하셔서 듣고 있었지만, 아버지께서 전쟁 통에 어떻게 남한에 오게 되셨는지에 대한 이야기는 우리에게 단 한 번도 하신 적이 없다.

전쟁 이후 아버지의 행적은 우리가 성인이 된 후 어머니의 입을 통해 전해들은 이야기가 전부이다. 왜였을까? 이제 와 생각해 보면 그저 당신 인생에서 가장 고통스러웠던 시간들을 다시 떠올리기 싫으셨던 것은 아닐지 모르겠다. 한 가지 더 유추할 수 있는 것은 당시 교육 공무원을 하시던 아버지에게 그 시절의 이력은 입에 올리기 쉬운 이야기는 아니었던 것 같다. 지금보다 이념 논쟁이 더 심했던 시절에 이런 이력은 누구에게도 말하기 어려운 과거일 수 있었기 때문이리라.

어머니를 통해 전해들은 그 시절 이야기는 이렇다. 전쟁이 터지고 아버지는 징병을 피해 홀로 남한으로 몸을 피하시게 되었다. 잘은 모르지만, 그 과정에서 부상을 입게 되었고 결국에는 거제도 포로수용소에 끌려가시게 되었다. 그 후 아버지께 어떤 일이 있었는지 우리 가족은 알지 못한다.

어머니의 말씀으로는 아버지는 그 과정에서 세 번의 죽을 고비를 넘기셨다고 한다. 하지만 죽음의 문턱을 넘나들었던 그 때의 일들은 어머니조차 알지 못하셨다. 그저 남한에 남게 되는 과정에서 죽을 고비를 여러 번 넘기셨다는 이야기가 전부였다.

결국 아버지는 18살 어린 나이에 전쟁으로 집을 나오게 되었고, 20살이 되기도 전에 홀로 남한에 남게 되었던 것이다. 가족이 모두 피란을 나와 살고 있는 친구들 사이에서 아버지는 사돈의 팔촌조차 없는 남쪽 땅에 남게 되신 것이다.

물론 그 시절 전쟁 통에 아버지보다 더 어린 나이에 부모를 잃고 홀로 되신 분들은 많았을 것이다. 하지만 나이 여하를 떠나 그 어린 나이에 아는 이 하나 없는 이곳 남한에서 홀로 남겨졌다는 일은 나로서는 상상조차 힘든 현실이다.


고등학교 1학년 때 잠시 학교 근처에서 하숙을 했던 적이 있다. 고등학교에 갔으니 공부에 매진하라는 부모님의 배려였다. 잠시 그 시절을 떠올려 보면 처음에는 '부모님의 간섭이 없는 하숙집에서 자유를 만끽하며 살겠구나' 싶어 마냥 즐거워했다.

그러나 그 즐거움은 잠시, 정말 잠시였다. 이내 가족이 그리워 집에 갈 수 있는 주말만을 기다리게 되었다. 가족과 떨어져 지낸다는 것이 마냥 즐겁고 신나는 일만은 아니라는 것을 처음으로 알게 되었던 것이다.

아버지가 남쪽에 홀로 남게 되신 때가 내가 홀로 하숙을 하던 그 나이 즈음이 아니었을까? 나야 지척에 집이 있으니 마음만 먹으면 언제든지 집으로 달려가 가족을 만날 수 있었지만, 아버지의 현실은 정말 암울했을 것이다.

가족이라고는 단 한 명도 없는 남쪽에서 오롯이 홀로 남게 되신 아버지는 결국 갈 곳이 없어 군에 입대하게 되셨다고 한다. 지금에 비하면 많이 열악하기는 하지만 당장 갈 곳이 없던 아버지에게는 숙식 걱정 안

하고 지낼 수 있는 군대가 큰 바람막이가 되셨던 것 같다.

어머니의 전언에 따르면 아버지의 군생활 중 가장 힘이 들었던 시간은 휴가였다고 한다. 군대 생활 중에 휴가 기간이 가장 힘들었다고 하면 쉽게 이해가 가지는 않겠지만, 갈 곳이 없던 아버지에게 휴가는 아무런 의미가 없는 시간이었으리라.

군대에 다녀온 사람이라면 알겠지만, 군인이 가장 손꼽아 기다리는 순간은 휴가와 제대일 것이다. 하지만 아버지에게 휴가는 달랐다. 갈 곳 없는 사람에게 휴가란 난감함 그 자체였던 것이다. 갈 곳이 없으니 휴가를 반납하겠다고 했지만 그조차 쉽지 않았다고 한다.

모든 것이 부족하기만 했던 시절 군대도 예외는 아니어서, 휴가를 가는 사람의 입이라도 하나 줄여야 하는 현실에서 휴가 반납은 이루어지지 않았다고 한다. 아비지는 갈 곳이 없어 휴가를 받으면 온종일 부대 뒷산에 올라가 홀로 시간을 보내다가 다시 부대로 돌아 왔다고 한다. 밤이 되면 밤이슬이라도 피해보려 부대로 돌아왔지만, 잘 곳은 있어도 아버지가 먹을 밥은 남아 있지 않았다고 하셨다.

산속에서 하루 종일 쫄쫄 굶다가 부대에 왔지만, 휴가자 몫의 밥을 남겨두는 일은 없었던 것이다. 그렇게 휴가 기간 내내 낮에는 부대 뒷산에서 지내고, 늦은 밤이 되어 부대로 돌아와 결국 주린 배를 움켜쥐고 잠을 청해야 했다고 한다.

지금 군대를 생각하면 휴가자 밥 한 그릇 먹는 일이 뭐가 힘이 들까 싶기도 하지만 쌀 한 톨이 귀했던 그 시절에는 그런 일이 있기도 했을 것 같다. 다른 전우들은 그립던 가족을 만나 행복한 시간을 보냈을 그 시간에 나의 아버지는 주린 배를 움켜쥐고 홀로 산속에서 외로운 시간을 보내셔야 했다니 상상만으로도 마음이 먹먹해지는 이야기다.

전쟁 직후 난리통에 끼니를 거르는 사람은 부지기수였겠지만, 아버지에게 배고픔은 단순한 허기가 아니었다. 아무도 자신의 허기를 달래 줄 사람이 없음을 뼈저리게 느껴야 하는 외로운 고통의 시간이었다.

세상을 살면서 어렵고 힘든 시간들을 맞이할 때마다 그 순간에 가장 먼저 떠올리게 되는 사람은 가족이다. 세상 누구보다도 나의 아픔과 고통을 나누어 주고 위로를 보낼 수 있는 사람들이기 때문이다.

하지만 단 한 명의 가족도 없는 남한에서 아버지에게 배고픔은 단순한 허기가 아닌 마음의 허기가 아니었을까. 아버지는 그렇게 포천 인근의 5군단에서 군 생활을 마치셨다고 한다. 그리고 다시금 세상에 홀로 서게 되셨다. 가족 한 사람 없는 남한에서 빈손으로.


제대 후 갈 곳이 없으셨던 아버지는 그저 막막하기만 해서, 수소문 끝에 고향에서 가까이 살던 동네 친구를 찾아가셨다. 그 친구는 다행히 가족과 함께 피란을 내려왔지만, 가족만 함께 살고 있을 뿐 그 집의 형편도 어렵기는 마찬가지였다.

하지만 어렵게 수소문하여 찾아온 친구를 그냥 보낼 수 없었던 친구 분과 부모님은 보리쌀 두 되를 자루에 담아 건넸다고 한다. 그 보리쌀 두 되로 남쪽에서의 새로운 삶을 시작하신 아버지. 그 후 얼마간의 시간 동안 아버지가 어떻게 사셨는지 우리는 알지 못한다. 아버지도 어머니도 이후의 시간에 관해서는 이야기해 주신 것이 없기 때문이다.

당신 삶에 가장 외롭고 힘들었던 시간들을 다시 떠올리고 싶지 않으셨을까? 남녘 하늘 아래 혈혈단신 홀로 남겨졌던 시간. 우리가 알고 있는 사실은, 그로부터 얼마 후 동두천에 한 목사님이 운영하시는 직업학교에 선생님으로 취직을 하셨다는 정도이다. 전쟁 후 어렵고 힘들었던 시절. 누구나 어렵고 힘든 시간을 보내던 시기. 그래서인지 우리 가족에게는 그 시절 아버지의 삶에 관한 기억은 많이 남아있지 않다. 끊어졌던 아버지의 이야기는 어머니를 만나는 시절부터 다시 이어진다.

두 분 모두 교회에 나가고 계셨는데, 교회의 지인 분들이 동두천 직업 학교에 근무하시던 아버지를 을지로 병원에 근무하시던 어머니께 소개하였고, 두 분은 결혼을 하시게 되었다고 한다. 두 분의 공통점이라면 고향이 '황해도'라는 정도였다.

가족 하나 없는 두 분은 그렇게 교회 분들의 도움으로 결혼을 하셨다. 이후 아버지는 어머니의 헌신적인 노력으로 결혼 후 학업을 재개하시어 대학을 졸업하게 되셨다. 그리고 직업 학교 임시 교사에서 초등학교 정식 교사로 발령을 받아 동두천에서 교직생활을 시작하셨다.

18살 어린 나이에 가족과 떨어져 척박한 삶을 스스로 개척해야 했던 아버지는 전쟁이 끝난 후에도 매 순간이 전쟁의 연장이요, 살고 있는 그곳이 전장이었다.

어머니를 만나시고 정식 교사로 반듯한 직장을 가지고 가정을 꾸리기까지 10여 년의 세월은 아버지 인생 중에서 가장 외롭고 힘들었을 시간이었다. 하지만 어머니가 세상을 떠나시고 10년은 아버지에게는 또 다른 전쟁의 세월이었다.

어머니를 먼저 보내시고 다시 세상에 홀로 남으신 아버지. 이후 10년 동안 아버지는 어머니가 아닌 파킨슨이라는 분과 함께하셨다. 전쟁이 끝나고 난 후에도 세상과의 전쟁을 겪어야 하셨던 아버지는, 어머니를 보내시고서 병마와의 전쟁을 10년이나 치르시고 떠나셨다. 마치 홀로 치르셨던 삶의 전쟁만큼 치열한 시간을.

# 나의 어머니

나의 아버지 이야기를 하려면 빠질 수 없는 분은 어머니다. 우리 세대의 대부분의 부모님들 삶이 그러했겠지만 우리 부모님도 예외는 아니다. 특히 어머니 70여 년의 인생은 가족을 위한 헌신뿐인 시간들이다.

당신의 인생은 아버지와 우리 삼 남매가 전부였다. 어머니도 6·25 전쟁 통에 피란을 나오신 실향민이다. 어머니는 황해도 송화군 진풍면 평범한 가정의 셋째 딸로 가족의 사랑을 한 몸에 받으며 사셨다고 한다. 전쟁이 터지기 전까지 부족한 것 하나 없이 사셨다는 어머니. 하지만 전쟁이 터지면서 어머니는 이모와 단 둘이 피란길에 올라야 하셨다.

어느 날 이른 새벽, 잠을 자던 어머니는 영문도 모르고 일어나 언니를 따라 피란길에 올라야 했다. 잠이 덜 깬 아이의 입을 막으며 소리를 내면 큰일 난다며 언니 손에 이끌려 나와야 했던 고향 집.

며칠만 피해 있으면 될 거라는 어머니의 말만 믿고 무작정 언니를 따라 나선 피란길. 그때 어머니의 나이는 열다섯, 이모의 나이는 열일곱이었다. 어머니는 이유도 영문도 모르고 집을 나섰다. 이모의 손에는 피란 보따리를, 어머니의 손에는 콩 두말이 든 자루를 쥐어 주며 며칠만 피해 있으면 된다고 했다.

집을 나선 두 자매는 피란민을 태운 큰 배에 올랐다. 어머니는 그 배를 훗날 '아구리선'이라 하셨다. 배의 한쪽이 열리는 그런 배였다는 것이다. 아마도 요즘으로 말하면 차량을 싣도록 만들어진 그런 배인 것 같다. 그 배에 피란을 가는 사람들이 짐처럼 실렸다고 한다. 어둠이 깔린 바다에서 배는 짐보다 많은 사람을 싣고 무작정 남쪽을 향해 떠났다.

어두운 밤 목적지도 모르는 배 안에 사람들은 숨소리조차 낼 수 없었다고 한다. 발각되면 배 안의 모든 사람들이 죽을 거라는 어른들의 엄포에 어린 자매는 그저 숨 죽여 공포에 떨었을 것이다.

어두운 밤바다에 동이 터 올 무렵, 배는 남쪽에 도착하였다. 조금만 더 내려가면 전쟁의 포성을 피할 안전한 곳이 있었지만, 사방을 뒤덮은 안개로 인해 배가 암초에 부딪쳐 좌초할 위기를 맞았고, 어디인지 알 수도 없는 안개 속 바다 한가운데 배는 그대로 멈춰 버렸다고 한다.

어머니와 그 배에 있던 모든 사람들은 '이제 우리는 모두 죽는구나' 생각하셨다고 한다. 어둠 속을 달려 내려 왔지만 이곳이 어디인지도 모르고, 육지와 얼마만큼 떨어져 있는지도 모르는 바다 한가운데. 그때 이야기를 해 주시던 어머니는 그때의 순간을 늘 그렇게 회상하셨다.

다행히 인근 포구에서 사람들을 구하러 배가 왔지만, 문제는 암초에 부딪친 부분이 '아구리'라고 불리는 배의 입구였던 까닭에 문을 열 수가 없어 배에서 내릴 방법이 없었다고 한다. 결국 사람들은 배에 줄을 메어 한 사람씩 기어서 배에서 내리게 되었다.

콩 두말을 이고 외줄을 타고 배에서 내리며 어머니의 머리 속에는 오직 살아야 한다는 생각뿐이었다고 한다. 그렇게 구사일생으로 도착한 곳은 군산이었다. 살았다는 기쁨도 잠시 두 자매에게 남겨진 것은 파도를 맞아 불어터진 콩 두말과 짐처럼 실려오며 망가져 버린 몸이 전부였다.

움직이는 것은 물론이요 숨소리조차 낼 수 없었던 배 안에서 장시간 다리가 눌려 있던 어머니는 결국 다리에 이상이 오고 말았다. 한쪽 다리를 사용할 수 없게 되어버린 것이다. 아픈 어머니를 보살펴 줄 사람은 두 살 위의 언니. 그때 이모의 나이는 열일곱. 아는 사람 하나 없는 군산에서 아픈 동생을 데리고 살기에는 버거운 나이였다.

하지만 이모에게는 현실을 한탄할 시간조차 없었다. 다리가 아픈 동생을 등에 업고 용하다는 병원은 모두 찾아다니며 동생의 다리를 고쳐 주겠다고 동분서주하셨다. 하지만 노력에 비해 결과는 절망적이었다. 가는 곳마다 다리를 절단해야 한다는 말만 들었던 것이다.

지금처럼 의학이 발달하지 못했던 시절에는 다리를 절단하는 방법 외에는 다른 치료 방법이 없었던 것 같았다. 절단을 해야 한다는 말을 듣고도 이모는 포기하지 않으셨다. 그리고 들리는 소문으로 어머니가 입원해 있던 병원에 곧 미군 의사들이 내려와 아픈 사람들을 치료해 줄 예정이라는 것을 알게 되었다.

매일 이모만 보면 울면서 절망에 빠져 있던 엄마에게 이모는 조금만 참고 기다리자고 했다. 하지만 병원에서조차 수술을 하지 않으려면 그냥 퇴원을 하라는 독촉만 이어졌다. 이모는 병원에 어머니를 계속 머물게 해야 했다. 그래야만 미군 의료진이 왔을 때 어머니를 치료할 수 있을 것이라고 생각했기 때문이다.

이모는 우선 병원에 허드렛일을 하기 시작했다고 한다. 빨래와 청소 등 자신이 몸으로 할 수 있는 일은 다 했다. 뭐라도 해서 병원에서 나가는 일은 막고 싶었기 때문이다. 하지만 동생의 입원을 위해 병원 일을 하면서도 이모에게는 두 자매의 생계도 책임져야 하는 무거운 짐이 있었다.

결국 이모는 병원비를 벌기 위해 낮에는 개엿을 만들어 팔거나 새우젓을 사다 팔면서 병원비를 벌었고, 밤에는 병원 빨래를 맡아 해주면서 동생의 퇴원을 막고 있었다.

열일곱 어린 나이에 아픈 동생을 보살펴야 하는 가장으로 이모의 삶은 고통스러운 시간의 연속이었다. 하지만 이모에게는 고통스러워 할 여유조차 없었다. 그렇게 버티기를 몇 달, 드디어 미군 의료진이 군산에 도착했다. 미군 의료진들은 절단을 해야 한다는 다리에 석고 깁스를 했고 얼마 후 어머니는 기적처럼 걸음을 걸을 수 있게 되었다.

그 무렵 어머니는 어느 기독교인에게 치료를 위한 안수기도를 받으셨다고 한다. 그리고 때마침 깁스를 풀고 다리도 완치가 되셨다고 한다. 그날 이후 어머니는 자신의 병을 고쳐준 분은 하나님이라 믿으시고 감사의 마음으로 평생을 크리스천으로 사셨다. 물론 절단을 해야 한다는 다리에 현대적인 의학 기술을 이용한 치료를 해준 미군 의료진의 공이 가장 컸을 것이다. 하지만 어머니는 평생을 자신의 다리를 고쳐준 것은 종교의 힘이라 믿고 사셨다.

그러나 어머니의 다리를 고칠 수 있게 했던 일등 공신은 미군도 어머니가 믿고 계시던 하나님도 아닌 것 같았다. 그 일등 공신은 이모였다. 이모가 없었다면 어머니는 평생을 한쪽 다리를 절단하고 사셨거나 다리를 사용하지 못하고 사셨을 것이다.

자주 뵙지는 못하지만 가끔씩 이모님을 뵐 때면 일찍부터 'ㄱ'자로 휘어 버린 이모님의 허리를 보며 나는 늘 마음이 아팠다. 우리 어머니의 병을 고쳐 주시겠다고 어린 나이부터 어머니를 업고 고생을 하셨던 탓에 허리가 저리 휜 것은 아닐까 하는 생각 때문에.

긴 병원 생활을 마친 어머니와 이모는 각자 다른 삶을 시작하셨다. 병원에 오래 계실 동안 어머니와 이모를 눈여겨 보았던 사람들의 도움으로 어머니는 서울 을지로의 유명한 내과에 간호사로 취직을 하시게 되셨고, 이모는 군산에 남게 되었다.

워낙 손끝이 야물고 생활력이 강하셨던 이모님은 여기저기서 서로 중매를 서겠다는 사람들이 많았다고 한다. 그중 인물이 가장 출중하시고 사업도 크게 하시던 이모부를 만나 결혼을 하시고 군산에 정착하게 되셨다. 거듭된 이모부의 사업 실패로 고단한 일상을 보내셨지만 이모는 슬하에 사 남매를 키우시며 가정을 이끄셨다.

그 무렵 어머니는 홀로 서울 을지로의 문 내과 의원이라는 병원에 취직을 하시게 되었다. 하지만 어머니의 서울살이는 녹록지 않으셨다. 아는 이 하나 없는 서울의 병원 생활은 환자로 생활하던 병원 생활과는 달랐다. 알아야 할 것도 배워야 할 것도 너무 많았다. 어머니에게 가장 어려웠던 것은 한자였다고 한다. 당시에는 한글 표기보다는 한자 표기가 많았기 때문이다.

어머니는 힘든 병원 생활 중에도 밤을 새워 가며 홀로 천자문을 익혀 병원 사람들을 놀라게 하셨다고 한다. 이후 어머니는 병원에서 승승장구하게 된다. 장안에 유명하다는 연예인부터 장관, 차관까지 병원만 오면 어머니를 찾았다고 한다. 아버지를 만난 것은 그때 무렵이었다.

아버지는 당시 동두천의 작은 직업 학교의 교사로 일하고 계셨다. 결혼을 하고 보니 작은 직업 학교 월급으로는 생활이 어려웠다. 어머니는 아버지께 제안을 하셨다고 한다. 직업 학교가 아닌 정식 학교에 교사를 해보자고. 하지만 정식 교사가 되려면 대학 졸업장이 필요했다.

전쟁으로 학업을 중단했던 아버지로서는 감히 엄두를 낼 수 없던 일이었을 것이다. 하지만 어머니는 달랐다. 쥐꼬리만한 직업 학교 월급으로 대학을 어떻게 다니냐며 걱정하던 아버지를 일단 대학에 입학부터 시키셨던 것이다.

어머니는 강하신 분이었다. 평생을 사시며 자신이 뜻하신 일은 어떤 난관이 있어도 해쳐 내시는 그런 분이셨다. 결국 아버지의 대학 입학으로 닥쳐 온 경제적 어려움의 고통은 오롯이 어머니의 몫이셨다. 평소 사람을 좋아하시는 아버지의 성격 탓에 어머니의 고통은 더욱 컸다고 한다.

끼니 한 끼 해결하기도 빠듯했던 시절, 아버지는 학교에 어려운 후배나 친구가 있으면 집으로 데려와 함께 밥을 먹고 챙기는 일을 좋아하섰다고 한다. 집안에 두 사람이 먹기에도 부족한 쌀이 남았다는 사실은 모르셨던 것이다. 그렇게 아버지가 학교 선후배를 집으로 데려오는 날은 어김없이 어머니는 밥을 굶어야 했다고 한다. 당신은 굶기를 밥 먹듯 하면서도 남편을 대학에 보내기 위해서는 끼니를 굶는 일 정도는 아무것도 아니었다. 어머니는 이때 더 이상 쌀을 살 형편이 안 되자 아버지에게는 밥을 해 드리고 본인은 값싼 밀가루를 사서 풀 죽을 쑤어 먹었다고 한다.

하루는 동네 사람이 집에 놀러 왔다가 솥 단지 안에 가득한 밀가루 죽을 보고 이 집은 개도 안 키우는데 무슨 개 죽을 이리 많이 쑤어 놓았냐고 물었다고 한다. 당시 어머니는 차마 내가 먹으려고 만들었다는 말은 하지 못하고 한참을 머뭇거렸다고 하셨다. 그렇게 밀가루 죽을 먹으며 남편 대학 뒷바라지를 한 어머니는 아버지를 어엿한 학교 선생님으로 만드셨다. 그렇게 무엇이든 한번 마음먹으면 해내시는 어머니의 노력과 추진력은 오늘날 우리 집안을 만든 원동력이 되었다.

그런 어머니의 성품은 당신의 삶이 끝날 때까지 이어지셨다. 어머니께서 돌아가시기 직전, 컴퓨터를 배우시겠다고 먼 거리를 차를 타고 다니시며 무료 수강을 받으셨던 적이 있었다. 결국 어머니는 두 달여의 교육을 받으시고 생애 처음으로 내게 이메일을 보내셨다.

열 줄도 안 되는 어설픈 내용의 글이었지만 그 안에는 나를 향한 어머니의 절절한 마음이 들어 있었다. 결국 이 메일들은 어머니가 세상을 떠나시기 전 마지막으로 내게 주신 선물이 되었다. 지금도 나의 메일 보관함에는 어머니가 보내셨던 메일이 남아 있다.

나는 어머니가 그리울 때 그 메일들을 꺼내어 읽고는 한다. 자판이 익숙하지 않아 여기저기 오자가 가득한 글들이지만 그 글들은 언제나 나를 눈물짓게 만드는 어머니의 마지막 흔적들이다.

예전 동생과 내가 대학 입시 문제로 어머니를 힘들게 할 때면 어머니는 늘 말씀하셨다.

"내가 밀가루로 풀을 쑤어 먹으며 네 아버지 대학을 보냈다."

"아니, 너희들은 밥 안 굶기고 등록금 걱정도 없이 대학을 보낼 수 있는데 왜 가지를 못하는 거니?"

듣고 보면 입이 열 개 라도 할 말이 없는 상황이다.

열다섯 어린 나이에 콩 두말 머리에 이고 피란 내려와 굴곡의 세월을 온몸으로 부딪치며 우리 집안을 이끌어 오신 어머니. 평생 가족만을 위해 사시다가 결국 자신의 몸은 돌볼 시간도 없이 삶을 마감하신 어머니였다.

그 어머니의 부재로 시작된 아버지와 파킨슨 씨와의 동거는 긴 세월 당신의 부재를 온몸으로 느끼며 살아야 했던 고통과 깨달음의 순간들이었다.

# 나는

나는 우리 집안의 장남이자 삼 남매의 둘째이다. 위로는 두 살 터울의 누나가 아래로는 세 살 터울의 남동생이 있다. 생일이 빨라 한 해 일찍 학교에 들어간 누나로 인해 우리 삼 남매는 3년 터울로 학교에 입학했다.

그러다 보니 내가 중학교를 졸업할 때에는 우리 삼 남매가 모두 졸업과 입학을 하는 진풍경이 연출되기도 했다. 누나는 고등학교 졸업, 나는 중학교 졸업, 동생은 초등학교 졸업. 당시 자가용이 없던 우리 집은 콜택시를 대절하여 우이동, 미아리, 광화문의 세 학교를 날아다니는 해프닝을 벌이기도 했었다.

내가 태어난 곳은 예전 기지촌으로 불리던 동두천이라는 곳이다. 아버지가 처음으로 교사 생활을 시작하신 곳이 동두천이었기 때문에 우리 삼 남매는 모두 동두천이 고향이다. 내가 나고 자란 동네 '안흥리'는 동두천에서도 다소 외곽에 있는 작은 시골 마을이었다.

영화나 드라마에서 가끔씩 등장했던 화려한 기지촌의 모습과는 거리가 있는 작은 시골 마을이었다. 마을 입구에 커다란 개천이 흐르고 주변으로는 논과 밭이 펼쳐져 있는 전형적인 시골 동네였다.

동네 가구를 모두 합쳐봐야 50여 세대 남짓한 작은 시골 마을이었던 그곳은 동네 사람들 절반 정도는 농사를 짓고, 절반 정도는 미군 부대에서 일을 하며 생계를 이어가는 곳이었다.

이 작은 시골 마을에서 우리 집은 '선생님댁'으로 통하는 제법 유명한 집이었다. 당시 번지수를 잘못 적어서 보낸 우편물도 아버지 이름 하나면 집으로 배달되어 올 정도로 작은 마을에서는 유명한 집이었다.

당시 우리가 살던 집은 중·고등학교 교정 안에 있었다. 학교 건물은 아니었지만 교정 안에 들어 앉아 있어, 집으로 가려면 학교 운동장을 통과해야 들어갈 수 있는 구조였다. 이 중·고등학교 뒤에는 보육원이 있었는데, 간호사 출신의 어머니는 이 보육원의 아이들을 돌봐주는 양호 교사를 하고 계셨다. 이 중·고등학교와 보육원은 당시 아버지가 처음으로 동두천에 정착하신 교회의 목사님이 운영하시는 곳이었다.

나는 어린 시절을 커다란 학교 운동장을 뛰어 놀며 자랐다. 또한 보육원의 형 누나들은 우리 집을 자기 집처럼 드나들며 지냈다. 아프면 언제나 우리 집에 찾아와 어머니의 치료를 받았고 평소에도 언제나 우리 집에는 보육원 형 누나들이 찾아와 우리 삼 남매를 친동생처럼 대해 주며 놀아 주었다.

아버지가 학교에서 성적 정리를 하거나 통지표를 만드는 날이면 필체가 좋은 형들이 우리 집에 와서 아버지의 학교의 서류 정리를 하는 일을 도와주시고는 하셨다. 보육원의 형과 누나들은 우리 집에 큰 일이 있거나 바쁜 일이 있을 때면 언제나 찾아와 도움을 주고는 했었다. 우리 삼 남매는 그렇게 학교 운동장을 앞마당 삼아 보육원 형 누나들을 가족처럼 여기며 어린 시절을 보냈다.

실향민 집안이던 우리 집은 친척이 없었다. 유일한 친척이던 이모네도 군산에 사셨기 때문에 몇 년에 한 번 이모가 우리 집에 다니러 오시는 일 말고는 친척을 만나는 일은 불가능했다. 그런 현실은 평소에는 잘 느낄 수 없는 일이었지만 명절이 되면 우리의 현실을 피부로 느낄 수 있는 일이 벌어지고는 했다.

특히 설날에는 어린 우리 삼 남매에게는 더욱 그랬다. 부모님을 제외하고는 세배를 할 곳이 없었기 때문이다. 그 시절 시골 마을의 구성원 대부분은 친척들과 함께 아래 윗집으로 모여서 살았다. 내가 살던 동네도 예외는 아니었다.

윗집이 큰집, 아랫집이 작은집, 건넛집은 외갓집. 따라서 설날이면 동네 친구들은 친척집에 세배를 돌며 두둑한 세뱃돈을 모을 수 있었다. 하지만 우리는 우리 집 외에는 마땅히 세배를 갈 곳이 없었다. 그래서 였을까? 아버지는 우리에게 다른 집에 몇 곱절은 되게 많은 세뱃돈을 주시곤 하셨다.

그 당시에는 그저 우리 집이 다른 친구들 집보다 형편이 좋아서 돈을 많이 주셨겠지 생각했지만, 큰 금액의 세뱃돈에는 친척이 없어 갈 곳이 없었던 우리 삼 남매가 친구들에게 기죽지 않기를 바라는 아버지의 깊은 뜻이 숨어 있었던 것이다(지금 돌이켜 생각해 보면, 그 당시의 세뱃돈은 당시 우리 집안의 형편을 감안해 보아도 과할 정도의 액수였다).

그런 명절을 제외하고는 우리 삼 남매는 그나마 보육원의 형과 누나들로 인해 외롭지 않게 유년 시절을 보낼 수 있었던 것 같다. 그런 나의 주변 환경들은 지금까지 추억으로 남아있는 소중한 기억들이다.

그러던 나는 8살이 되어 드디어 아버지가 근무하시는 학교에 입학을 하게 되었다. 그곳은 내게는 꿈의 학교였다. 입학 전까지 하루가 멀다 하고 우리 집에 오셔서 밥 드시고 술 드시던 분들이 학교에 모두 계셨다.

학교 어디를 가도 선생님들은 나를 보면 모두 안아 주시고 반겨 주시니 학교에서의 내 생활은 거칠 것이 없었다. 학교 생활 내내 반장은 물론이요, 학교의 모든 행사에는 내가 빠지는 일이 없었다. 친구들이 학예회에서 노래를 하면 나는 지휘를 했다.

시골 작은 학교였지만 내게는 아쉬울 것이 없는 그런 학교 생활은 내가 서울로 전학을 가던 5학년 전까지 이어졌다. 하지만 그런 꿈의 학교 생활은 딱 그때까지만이었다.

우리 삼 남매의 서울 전학은 누나부터 시작되었다. '말은 낳으면 제주도로 보내고 사람은 낳으면 서울로 보내라'는 옛말이 현실이 되었던 시절. 서울에서 다소 가까운 거리에 있던 그곳 동두천에서도 서울 전학 열풍이 시작되었던 것이다.

서울과 거리가 먼 다른 지역과는 달리 통학이 가능한 거리에 있다는 점도 크게 작용을 했다. 지금처럼 교통체증은 없었지만 동두천에서 서울은 버스를 타고 1시간 30분 정도의 시간이 소요되는 거리였다. 따라서 집안 형편이 조금이라도 뒷받침되는 집은 아이들을 너도 나도 서울로 전학을 보냈다.

그러다 보니 내가 다니던 동두천의 시골 초등학교도 5학년에서 6학년으로 올라가면서 다섯 학급이던 학생들이 네 학급으로 줄어드는 현상이 일어났다(그때나 지금이나 우리나라의 교육열은 큰 차이가 없어 보인다).

우리 집도 일찌감치 누나를 6학년 때 전학을 시켰고, 나와 동생은 2~3년 간격을 두고 서울로 전학을 했다. 서울 학교로 전학을 가며 내 생활에는 큰 변화가 왔다. 동두천의 시골 학교에서 아쉬운 것 하나 없이 지내던 내게 서울의 학교 생활은 당황의 연속이었다.

그중에서도 가장 큰 어려움은 통학이었다. 당시 시골에 있던 우리 집에서 버스를 타려면 30여 분을 큰길까지 걸어 나와야 했다. 그리고 다시 시외버스를 타고 1시간 30분을 달려 학교에 가야 했었다. 하루에 왕복 4시간의 통학 길은 초등학교 5학년인 내게 약간은 버거운 시간이었다. 통학의 버거움을 제외하면 그나마 공부쪽은 시골 학교에서 하던 공부 실력으로 큰 어려움 없이 버티고 있었다.

하지만 그것은 초등학교까지만이었다. 중학교에 올라가자 한계는 금방 드러났다. 그 한계의 정체는 시골 학교와 서울 학교의 격차 그것이었다. 일단 중학교에 올라가니 새로운 과목들이 나를 기다리고 있었다.

난생 처음 영어 교과서를 받아 들고 낯설어 하는 나와는 달리 서울 애들은 처음 받아 든 영어 교과서를 국어책 읽듯 줄줄 읽는 모습을 보며 나는 잠시 머리 속이 멍해지는 기분이 들었다.

그들은 시골에는 없는 사립 학교 출신들이었다. 선행학습을 통해 중학교 과정을 이미 마스터하고 입학한 그들과 대적하기에는 시골 초등학교 실력으로는 버거웠다. 시골 학교에서 공부 좀 한다던 내게도 그들은 이미 상대하기 어려운 경쟁자였다.

그 후 나는 선행학습으로 무장한 사립초등학교 친구들에게 밀리고, 4시간의 버거운 통학 시간에 지치면서 공부와는 멀어지고 말았다. 전교생이 부러워하던 모범적인 나의 시골 학교 시절 모습은 거기서 끝이 났다. 그렇게 떨어지기 시작한 나의 성적은 대학에 갈 때까지 다시는 상위권에 발을 붙여보지 못하고 중·고등학교 시절을 마치게 되었다.

시골 학교에서 좀 더 나은 사람이 되라는 깊은 뜻을 안고 올라온 서울이지만 1년여 만에 벽에 부딪친 나의 학업은 이후 갈 곳을 잃고 표류하는 모양새가 되어 버린 듯 보였다.

대학 입시를 코앞에 두고 있던 고3 시절. 나는 새로운 친구 하나를 만났다. 남들은 대학 입시를 위해 사력을 다해 공부에 매진하던 시절, 나는 대학 입시에 관심도 뜻도 없이 하루하루 시간만 허비하고 있었다. 그러나 그 친구와의 만남으로 나는 인생의 새로운 목표를 갖는 전환점을 맞았다.

같은 반 짝으로 만났던 그 친구는 어릴 적 아역 배우를 했던 친구였다. 아역 배우를 그만두고 나와는 다르지만 역시나 공부에서 멀어져 비슷한 처지에 있던 친구였다. 그 친구는 어느 날 내게 연극에 관심이 있냐고 물었다.

아역 배우 출신이었던 그 친구에게 연극은 관심의 대상이었지만 내게는 생소한 일이었다. 그런데 이상하게 그 친구에게 그 이야기를 듣자 아무 생각도 계획도 없던 내 인생의 새로운 목표가 생기는 듯했다.

연극이라면 교회에서 크리스마스 때 했던 연극이 전부였지만 왠지 그것만큼은 남보다 잘 할 수 있을 것만 같았다. 그래 이거야! 우리는 의기투합했다. 그리고 연극영화과 입시를 준비하기 시작했다. 시작부터 일이 잘 풀리는 것 같았다.

당대 모노드라마계 최고의 배우로 알려진 추성웅 선생님이 운영하는 극단에 어렵사리 입단을 하게 되었다. 일반인들에게는 〈달동네〉라는 드라마에 똑순이 아버지로 유명세를 떨치셨던 분이다.

고등학생은 들어갈 수 없었던 극단이지만 지인의 간곡한 부탁에 힘입어 우리는 청강생 자격으로 극단에 입단했다. 그리고 대학 입시를 위한 지도를 받을 수 있었다. 공연에 방송에 바쁘신 선생님이었지만 그래도 지인의 부탁으로 들어온 학생들이니 우리들의 입시를 도와 주셨다.

당시만 해도 연극영화학과는 일반인들에게는 그렇게 관심을 받는 학과는 아니었다. 공부와는 담을 쌓고 살았던 친구와 나였지만 실기 비중이 높은 예체능 계열은 해볼 만한 승부였다. 그런데 예상치 못한 변수가 생기고 말았다.

내가 입시를 준비하던 전 해에 가장 히트를 쳤던 하이틴 드라마의 주인공이 연극영화학과에 입학을 하면서 갑자기 연극영화학과의 위상이 올라가기 시작한 것이다. 그저 연기와 영화에 관심이 있던 사람들이나 다니는 학과였던 연극영화학과가 사람들의 관심 대상으로 급부상하면서 너도 나도 연극영화학과에 지원을 하는 웃지 못할 상황이 연출된 것이다.

내가 지원을 했던 중앙대학교 연극영화학과는 50명이던 정원을 두배 가까이 늘려 90명을 모집했지만, 전국에서 1400명이 넘는 인원이 지원을 하며 나는 낙방의 고배를 마시고 말았다. 물론 실기 점수만으로는 극복이 어려운 극히 낮은 학력고사 성적이 한몫을 했다.

추성웅 선생님께서는 입시에서 낙방을 하고 망연자실하던 내게 연극은 4년씩 학문으로 배우기보다는 무대가 중요해 2년만 배워도 좋다며 위로하셨다. 그리고는 서울예술대학을 가면 좋을 것 같다고 하셨다. 하지만 나는 아버지의 반대로 원서조차 넣어보지 못하고 재수에 들어갔다.

아버지의 반대 이유는 간단했다. 누나가 대학에 입학하던 해부터 교육 공무원들도 자녀 대학 등록금 지원 제도가 생겼다고 한다. 그런데 아버지 학교에서는 두 분이 대학에 입학을 해서 등록금 지원을 신청했었는데 누나만 지원이 나왔다고 한다.

다른 선생님은 추계예술대학에 입학을 했는데, 그 당시 그 학교는 아직 학교 인가를 얻지 못한 학교여서 지원 신청에서 누락되었다는 것이다. 해서 그 선생님은 한동안 학교에서 얼굴을 들고 다니기 힘드셨다고 한다. 결국 아버지의 주장은 서울예술대학도 추계예술대학과 같은 분류의 학교라는 말씀이었다.

서울예술대학은 학교가 아니라고만 하셨다. 아버지 기억 속에는 서울예술대학은 아직도 드라마 센터였다. 설득을 했었지만 소용은 없었다. 아이러니하게도 그 무렵 이후 서울예술대학은 많은 유명 연예인을 양산하며 한국 연예계의 대표적인 학교로 급부상했다.

그 모습을 보면 그 당시 아버지를 적극적으로 설득해서 내가 그 학교에 입학을 했다면 그토록 소망했던 연기자의 길을 갈 수도 있지 않았을까 하는 상상을 하며 쓴웃음을 지어 보기도 했었다. 하지만 재수를 하며 연기에 대한 꿈은 더욱 멀어지는 일이 생기고 말았다.

재수가 끝나가던 1986년 초. 추성웅 선생님은 '연극은 전생에 죄 있는 사람들이 하는 것'이라는 말씀만 남기시고 세상을 떠나고 말았다. 나는 지금도 선생님이 돌아가시기 전 마지막으로 하셨던 공연을 잊을 수가 없다. 신촌의 한 백화점 오픈 기념 공연이었던 것으로 기억한다.

극단에 있는 동안 여러 번 보았던 선생님의 공연은 내용 모두를 외울 정도였다. 그런데 그날 공연은 조금 달랐던 것 같다. 선생님의 공연은 모노드라마라는 장르로 홀로 모든 공연을 이끌어 가셨다. 그런데 그날 공연은 자꾸 중간에 평소 하시지 않았던 동작들이 보였다. 왜 그럴까 의아했었지만 대수롭지 않게 생각하고 넘겼었다.

그런데 며칠 뒤 오후 뉴스를 보다가 우연히 선생님의 공연 장면을 보았다. 선생님 공연은 스쳐만 보아도 알 수 있었기에 무슨 일인가 뉴스를 지켜보던 그때 앵커의 말이 들려왔다.

"미망인으로는…."

선생님은 그렇게 당신의 말씀처럼 전생의 죄를 무대 위에서 온몸으로 속죄하시다가 떠나셨다. 돌아가실 만큼 위중한 병을 두 가지나 앓으셨다는 선생님의 병원 기록은 너무나 깨끗했다. 죽을병을 앓으시면서도 병원 한번 가지 않으시고 오로지 무대에서 열정만 태우시고는 떠나셨다.

나는 갑자기 연극이 무서워졌다. 선생님의 말씀처럼 나는 전생에 죄가 없는 것 같았다. 선생님은 늘 말씀하셨다. 전생에 죄 있는 자들만 무대에 남게 될 것이라고.

재수를 마친 나는 결국 강원도 강릉의 한 사립대학에 턱걸이로 입학을 하게 되었다. 연극과는 거리가 있는 불어불문학이라는 학과에 입학을 했다. 난생 처음 접하는 불어는 배우면 배울수록 생소했다. 하면 할수록 어려웠다.

학교 생활은 그냥 그랬다. 내가 상상하던 낭만의 대학 생활과는 다소 거리가 멀어 보였다. 그런데 정말 우연히 만난 친구로 인해 나의 대학 생활은 새로운 세상을 만나게 되었다. 고3 때 그 친구를 만나 연극을 했던 것처럼 이곳에서도 또 다른 친구를 만났는데, 그 친구가 연극을 하던 친구였다.

신입생 환영회에서 내 옆자리에 앉은 친구가 바로 그였다. 그 친구는 예고에서 연극을 전공했다. 그리고 그 친구에게 잠시 잊고 있었던 나의 기억을 소환하는 이야기를 들었다.

이 학교도 연극부가 있는데 같이 가보자는 이야기였다. 잠시 주저 했지만 결국 나는 그 친구를 따라 연극부 동아리 방문을 밀고 들어 섰다. 그 문을 열고 들어선 순간 나의 대학 생활의 새로운 신세계가 시작되었다.

나는 졸업할 때까지 그 동아리 방에서 살았다. 그 후 나의 학교 생활은 동아리 활동을 하며 잠시 시간이 허락할 때만 학과 수업을 듣는 형태로 흘러갔다. 연극영화학과에 낙방한 설움을 풀기에는 연극부는 최적의 곳이었다.

강릉이라는 도시는 공부하기에는 최악의 조건을, 놀기에 최적의 환경을 지닌 곳이었다. 물론 내 기준에서 그랬다. 신나고 즐거운 대학 4년 생활은 그렇게 금방 흘렀다. 어느덧 졸업이 눈앞에 다가와 있었다.

4학년이 되고 졸업을 눈앞에 둔 내 심정은 여름 내내 나무 그늘에서 노래만 부르던 베짱이가 겨울을 맞는 기분이랄까? 대학 4년간 했던 일이라고는 무대 세우고 분장하고 연극하고 포스터 붙이며 간간이 수업을 들었던 것이 전부였던 내게는 미래를 위한 준비는 전무했다.

4학년이 되어 처음으로 진로에 대한 고민을 시작했다. 연극을 계속해야 할까? 가장 큰 고민은 연극이었다. 동아리 선배 중에는 연극 배우로 대학로에 진출한 경우도 있었다. 하지만 내 눈에 들어온 그들의 생활은 처절해 보였다.

자신이 없었다. 돌이켜 생각해 보면 연극에 대한 자신이 없었던 것 같기도 하다. 물론 지금도 대한민국에서 연극배우로 살아간다는 것이 그리 녹록한 삶이 아닌 것만은 분명하다. 재수까지 해서 들어간 대학에 군대 3년. 대학 4년. 서른을 바라보는 나이에 이젠 내가 내 밥벌이를 해야 할 시기인 것만은 분명한 사실이었다.

내게는 없는 줄만 알았던 책임감이라는 것이 조금씩 솟아났다. 우선은 연극을 포기하는 것이 먼저 였다. 고3 때 이후 두 번째 연극과의 이별이었다. 역시 나는 전생에 죄는 없는 사람이야. 스스로를 다잡으며 진로를 모색했다. 그렇게 고민 중에 발견한 직종이 이벤트였다. 그 직종은 알면 알수록 연극과 참 많이 닮아 있었다.

일단은 업무의 프로세스가 연극을 준비하는 과정과 많이 유사했다. 이런 일이라면 왠지 내가 잘 할 수 있을 것만 같았다. 대전 엑스포라는 큰 행사가 있던 시기에 나는 이벤트 회사에 취업했다. 예상은 적중했다.

첫 사회생활이지만 낯설지 않았다. 연극만큼은 아니었지만 업무는 적응이 쉬웠다. 또한 흥미롭고 재미도 있었다. 대기업만큼의 높은 연봉은 아니었지만 박봉의 월급도 견딜 수 있을 정도의 수준은 되었다.

서른이 가까운 나이에 시작한 첫 사회생활. 나는 비로소 부모님의 그늘을 벗어나 홀로서기에 성공한 듯 보였다. 열여덟 어린 나이에 세상과 마주했던 부모님들과는 비교하기 힘들지만 나름 이제 사람 구실을 하면서 살 수 있는 작은 기반은 잡은 듯 보였다.

부모님들도 어엿한 직장에서 사회의 일원이 되어 월급을 받고 생활하는 자식의 모습에서 당신들의 힘든 노고를 조금은 보상 받으시는 것 같아 보였다. 어린 나이에 빈손으로 세상과 마주하셨던 부모님들과는 비교조차 어려운 홀로서기였지만 부모님들은 정말 누구보다도 기뻐하셨다.

돌이켜 보면 내가 취업을 하고 사회생활을 하기 전까지 내 스스로의 노력으로 부모님께 기쁨을 드렸던 기억은 없는 것 같다. 그저 30여 년을 일방적으로 받는 것에만 익숙한 상태로 살아왔었다. 하지만 그렇다고 그 이후에 나의 삶이 그간 받은 것을 조금이라도 되돌려 드리는 삶이었을까? 그렇지도 못하다.

잠시의 기쁨을 드린 적은 있지만, 나는 언제나 자식이었고 그분들은 부모이셨다. 나는 언제나 그들이 쳐 주신 그늘 아래서 울타리 안에서 살았다. 어머니가 떠나시고 아버지와 함께했던 당신의 삶의 마지막 10년. 나는 40여 년을 자식으로 일방적으로 받고 살았던 그 삶을 일부라도 되돌려 드리고 싶었다.

내가 당신께 드린 그 10년의 삶이 당신이 내게 주셨던 것의 얼마가 되었는지 알 수 없다. 그저 아주 일부가 아주 미세한 일부가 되었을 것이라 생각은 한다. 아니 그렇게 믿고 싶은지 모른다. 당신의 삶의 마지막 10년이.

# 아버지와 병원

아버지는 83년의 인생을 사시며 유독 병원과 인연이 많으셨던 분이다. 작고 소소한 병원 출입 이력을 제외하고 커다란 기록만을 보자면, 가장 오래 된 기억은 내가 초등학교 입학 무렵에 터진 연탄가스 사고인 것 같다.

당시 내가 살던 동두천의 시골 집은 일자형 주택이었다. 중간에 거실이 있고 양쪽으로 큰방과 작은방이 있는 구조였다. 제일 안쪽에 있는 큰방 옆에는 부엌이 달려 있었다. 우리 가족은 부엌이 달려 있는 안방에서 대부분의 생활을 했다.

거실을 지나 건너편에 있는 작은방은 난방을 하지 않는 계절에는 사용이 가능하지만 난방이 필요한 계절에는 사용을 하지 않았다. 아이들이 커가고 다섯 식구가 안방에서 겨울을 나기는 버거워질 무렵, 우리 집은 대대적인 공사를 통해 집을 수리했다.

그렇다고 집을 다시 지은 것은 아니지만 구조를 넓히고 무엇보다 작은방이 사계절 사용 가능하도록 난방을 손보았다. 하지만 작은 방은 별도의 아궁이를 설치하고 난방 시설을 했지만 불을 넣어봐도 따뜻해질 기미가 없었다.

여러 번의 공사를 거쳐 난방이 조금 나아지자 아버지는 겨울이 오기 전 시험 삼아 당신이 한번 자 보시겠다며 작은방에 불을 넣고 홀로 잠자리에 드셨다. 한동안 연탄을 들이지 않았던 아궁이에 처음 불을 지피고 홀로 그 방에서 주무신 아버지. 다음날 새벽 작은 방에서 주무시던 아버지는 입에 거품을 무시고 의식이 없는 상태로 발견되셨다.

밤 사이 연탄 가스가 방으로 스며들어 가스 중독으로 의식불명 상태에 빠지신 아버지. 아버지를 발견하신 것은 어머니셨다. 새벽에 잠을 깬 어머니는 홀로 작은방에서 주무시는 아버지가 신경이 쓰이셨다고 한다. 난방은 잘 되는지 춥지는 않은지 걱정이 되어 새벽에 작은방을 찾았던 어머니는 거품을 물고 늘어져 계신 아버지를 발견한 것이다.

어머니는 급히 동네 지인 분을 불러 아버지를 모시고 병원으로 가셨다. 지금도 내 기억 속에는 늘어진 아버지를 업고 나가시던 교회 장로님의 모습이 남아 있다. 동이 트기 전 새벽 여명에 업혀 나가시는 아버지의 모습을 보며 아버지가 많이 아프시구나 하는 생각을 하기는 했지만, 생사의 기로에 놓인 위급한 상황이라고는 생각하지 못했다.

그 당시 작은 시골 마을에는 전화도 없던 시절이라, 지금처럼 응급차를 쉽게 부를 수 있는 상황도 아니었다. 병원이 있는 시내까지는 차를 타고도 한참을 달려 나가야 하는 거리였다. 천만다행인 것은 당시 교회 목사님 댁에 차가 한 대 있었다는 것이다. 아버지를 업고 나가신 장로님은 바로 목사님 댁으로 달려가 아버지를 차에 태우고 병원으로 갈 수 있었다.

만약 당시 목사님 댁에 차가 없었다면 아버지는 병원에 가보지도 못하시고 목숨을 잃을 수 있었던 상황이었다. 하지만 병원에 도착을 해서도 아버지의 상태는 위독했다. 몸은 이미 굳어서 의식이 없는 상태로 의사의 처치에도 아무런 반응이 없었다고 한다.

의사는 더 이상 손 쓸 방법이 없다며 고개를 가로 저었고, 그 상황을 지켜보던 목사님은 복도에 있던 산소 호흡기를 직접 끌고 들어 오셔서 나중에 후회라도 없게 한 번만 사용이라도 해 달라며 애원하셨다고 한다. 그러자 의사도 마지못해 굳어 있는 아버지의 입을 강제로 벌려 산소 호흡기 튜브를 밀어 넣었다고 한다.

그 후 아버지는 기적적으로 호흡이 돌아오게 되었다고 한다. 만약 그 날 새벽 어머니가 작은방에 들어가 보시지 않고 아침까지 주무셨다면. 교회 장로님이 아버지를 들쳐 업고 목사님 댁으로 달려가지 못했더라 면. 목사님 댁에 차가 없었다면. 목사님이 산소 호흡기를 밀고 들어와 의사에게 사용을 애원하지 않으셨더라면. 상상하고 싶지 않은 일이 생 길 수도 있었던 아찔한 순간이었다.

삼일 후 기적적으로 아버지는 의식을 회복하셨고, 한 달여 간의 입원 을 마치고 퇴원을 하셨다. 퇴원 후 아버지는 정상적인 학교 생활이 가 능할 만큼 빠르게 회복되셨다. 우리 가족은 연탄 가스 중독 사고의 악 몽은 그렇게 끝이 나는 줄만 알았다. 하지만 또 다른 악몽이 우리를 기 다리고 있었다.

그것은 연탄 가스 중독 후 동반되는 강력한 후유증이었다. 처음 증상 은 그랬다. 밤이 되어도 쉬 잠에 들지 못하는 불면증. 초기 대처가 미흡 해서였을까? 증상은 점점 심해져 갔다. 처음엔 그냥 단순한 불면증 정 도로 가볍게 여기고 증상을 극복하기 위한 자구적인 노력을 기울였다. 여기저기서 얻은 정보로 숙면에 좋다는 음식들로 증상 완화를 해보려 는 것이었다. 우유, 치즈, 상추….

효능에 대한 검증 따위는 필요하지 않았다. 누가 어디서 어떻게 알려 준 이야기인지도 중요하지 않았다. 그저 잠을 자는 데 도움이 된다는 음식을 앞뒤 가리지 않고 구해서 드시게 했다. 그나마 다행스러운 점은 당시 시골 마을에서는 구경조차 힘들었던 치즈나 우유 같은 것들을 내 가 살던 동두천에서는 손쉽게 구할 수 있었다는 것이다.

그 출처는 미군부대였다. 70년대 당시 그곳에는 서울 사람들도 쉽게 접하기 힘들었던 것들이 너무나 쉽게 유통되고 있었다. 그 당시를 회상 해 보면 언제나 냉장고에는 치즈와 우유가 그득했었다. 그리고 아버지는 그것들을 마치 약을 투약하시듯 조석으로 복용하셨다. 아마도 어머니의 아버지 병수발이 시작된 시기가 그때 즈음인 것 같다.

그렇게 시작된 어머니의 병수발은 당신이 세상을 떠나시기 전까지 30년이 넘게 이어졌다. 음식으로 증상의 완화를 꾀하려는 어머니의 계획은 실패한 듯 보였다. 음식을 먹어 고쳐질 가벼운 증상이 아니었다. 그 사태를 파악할 때 즈음엔 아버지의 병은 이미 상당히 깊어져 있었다. 그때가 되어서야 그 증상이 연탄 가스 중독의 후유증이라는 사실도 뒤늦게 알게 되었다.

사람의 일상에서 잠을 제대로 잘 수 없다는 것은 무서운 일이었다. 조금씩 일상 생활의 위협이 되는 상황이 발생하기 시작했다. 당장 일상 생활을 위해서는 강력한 약물의 도움이 필요했다. 병원에서는 수면제와 신경안정제가 처방되었다. 약을 드시기 시작하면서 초기 효과는 좋아 보였다. 하지만 서울의 큰 병원 의사는 이 약을 처음 처방하면서 가장 먼저 우리에게 해준 이야기는 약의 중독성과 내성이었다.

약의 의존성을 줄이고 꼭 필요 할 때만 복용을 하라는 당부도 잊지 않았다. 그러나 의사의 우려는 현실이 되었다. 꼭 필요할 때만 먹으라던 약은 일상이 되었고 약 없이는 잠자리에 들 수조차 없었다. 또한 약의 내성으로 인해 효과도 갈수록 약화되었다. 약의 의존도가 높아질수록 내성이 생기는 기간은 단축되어 갔다. 그럴수록 약의 강도는 높아져 갔다.

처음부터 끝이 보이지 않는 무모한 싸움이었다. 상황이 이렇게 악화되자 어머니는 대안을 모색하시기에 이르렀다. 어차피 약은 치료의 목적으로 드시기 시작한 것이 아니었으니 치료를 병행하려는 것이었다. 하지만 그것은 끝을 알 수 없는 새로운 긴 싸움의 시작이었다.

이후 어머니는 전국 팔도의 용하다는 곳은 모두 찾아다니시다가 한 곳을 발견하시곤 정기적으로 다니시기 시작하셨다. 그곳은 최면 요법을 하는 곳이었다. 병원은 아니고 지금으로 말하자면 '심리상담연구소' 정도 되는 곳일 것 같다. 약물로 움직이지 못하시는 아버지의 뇌 활동을 최면 요법을 통해 돌려놓아 보겠다는 곳이었다.

아버지가 퇴근을 하시면 어머니는 아버지를 모시고 두 시간 버스를 타고 서울로 가서서 최면 치료를 받으시고 다시 막차를 타고 집으로 돌아오셨다. 참으로 힘겨운 여정이었다.

부모님의 힘겨운 여정이 이어지는 동안 나와 동생도 또다른 여정을 이어가고 있었다. 당시 나는 초등학교 3학년, 동생은 유치원생, 누나는 6학년으로, 서울로 전학을 가서 아는 분 집에서 학교를 다니고 있었다. 해가 지고 저녁이 되면 마을에서 뛰어 놀던 동생과 나는 집으로 돌아왔다.

아버지와 어머니는 치료를 위해 서울로 가시고 텅 빈 집에는 어머니가 차려 놓으신 밥상만이 우리를 맞았다. 나는 그나마 차려놓은 밥상에 밥 정도는 혼자 먹을 수 있는 나이였지만, 7살 동생은 아직은 엄마의 손길이 간절한 나이였다. 저녁은 먹는 둥 마는 둥 밥상을 방 한 쪽으로 밀어 두고 두 형제는 부모님 오시기만 눈이 빠지게 기다리는 일이 일상이 되었다.

밤 10시 넘어 우리 형제의 인내심이 바닥을 드러낼 무렵 지친 모습의 부모님은 집으로 돌아오셨다. 그 시간까지 저녁도 드시지 못하신 두 분은 우리가 먹다 남긴 찬밥으로 허기를 달래시고 잠자리에 드셨다. 그러던 어느 날, 그날도 우리 형제는 서울에 치료를 가신 부모님을 목이 빠져라 기다리고 있었다.

하지만 다른 날과는 달리 그날은 밤 11시가 넘어 가는데 부모님은 돌아오시지 않고 계셨다. 평소라면 이미 돌아오셔야 하는 시간이 한참은 지난 상황이었다. 나는 이불도 펴지 않고 방바닥에 누워 잠시 잠이 들고 말았다. 잠결에 들리는 동생의 울음소리에 잠을 깨어보니 시간은 12시가 넘어가고 있었다.

동생은 엄마가 오시지 않는다며 연신 눈물을 흘리며 울고 있었다. 나는 잠결에 눈물을 흘리는 동생에게 곧 오실 거라는 말만 해주고는 다시 잠이 들고 말았다. 한번 쏟아진 잠은 이미 주체할 수 없는 상황이었다. 내가 다시 잠에서 깨어난 것은 부모님이 집에 도착하신 후였다.

동생은 그 시간까지 한 시간 이상을 혼자 울고 있었던 모양이었다. 그때는 시골에 전화도 없던 시절이라 막차를 놓치신 부모님은 집에 연락할 길이 없었다. 당시 시골은 집과 집 사이가 멀어 이웃집에 도움을 청하러 갈 엄두도 낼 상황이 아니었다. 변변한 가로등 하나 없던 시절 문밖에 나가 볼 엄두도 내지 못한 7살 동생은 12시가 넘어도 돌아오지 않는 부모님을 기다리며 잠든 형 옆에서 두 시간여를 혼자 울고 있었다.

집에 돌아와 울고 있던 동생을 보신 어머니는 말없이 눈물만 흘리셨다. 동생을 돌보지 않고 잠만 자던 무심한 내게는 아무런 꾸지람도 하지 않았다. 그날 따라 치료가 늦어진 부모님은 동두천 행 막차를 놓쳤다고 한다.

그래서 종로 5가에 오셔서 의정부로 가는 총알택시를 타시고 다시 의정부에서 동두천에 가는 총알택시를 갈아타시고 동두천에서 우리 집까지 오는 택시를 갈아타신 후에야 집에 도착을 하셨던 것이었다.

총알택시는 손님이 4명 타야 출발을 하기 때문에 시간은 더욱 늦어져 새벽 1시가 넘어서야 집에 도착을 하셨다. 그렇게 한바탕 소동이 있고 난 후에는 나는 부모님이 없을 때에는 동생보다 먼저 잠을 자는 일은 없었다. 어린 나이에도 7살 동생이 그날 밤 얼마나 외롭고 두려웠을까 생각하면 미안한 마음이 컸기 때문이다.

그런 가족의 어려운 시간 속에서도 아버지의 증상은 좀처럼 호전되지 못하고 있었다. 그 후에도 불면증에 좋다는 각종 약과 치료를 병행했지만 밤만 되면 약을 드시겠다는 아버지와 조금만 참아 보라는 어머니의 실랑이는 일상처럼 계속 이어졌다. 그 사이 드시는 수면제와 신경안정제의 양은 처음보다 몇 곱절 늘어났고, 그 약효는 내성으로 인해 몇 곱절 약화되고 말았다.

후유증을 앓으며 다니던 병원에서는 아버지를 보시고 공통적으로 하는 이야기가 하나 있었다. 처음 연탄가스 중독으로 병원에 오면 고압산소치료기에 치료를 받아야 회복이 빠르다는 이야기였다. 하지만 우리가 살던 동두천 병원에는 고압산소치료기가 있는 병원이 한 곳도 없었다.

그 의료기기가 어떻게 생긴 것인지 구경조차 해본 적이 없는 우리 가족이었지만 지금 아버지의 후유증은 그 기기의 도움을 받지 못해 생긴 것만 같은 원망이 들었다. 어린 나이에 나도 아버지의 고통을 지켜보며 왜 내가 사는 동두천에는 그런 장비가 없어 아버지가 저런 고생을 하시나 하는 생각에 우리 가족의 현실을 원망하는 마음을 가졌었다.

초등학교 3학년 어린 내가 그런 생각이 들 상황이라면 당사자인 아버지와 어머니는 얼마나 마음고생이 크셨을까? 생각해 보면 긴 시간이 지난 지금에도 나로서는 가늠이 안 되는 큰 고통이었을 것은 분명하다. 온 가족의 노력에도 불구하고 아버지의 증세는 호전되지 않았다. 전국 팔도의 유명한 병원과 유명한 치료도 또한 신비의 명약조차도 큰 효과를 거두지 못했다.

그저 처음보다 다소 늘어난 수면제와 신경안정제만이 하루하루 힘든 밤을 지탱하게 해주는 유일한 탈출구였다. 하지만 끝이 보이지 않았던 아버지의 후유증은 시간이 흐르며 점차 호전 증세를 보이기 시작했다.

약의 의존도를 완전히 극복하신 것은 아니었지만 차츰 약을 줄여가려고 노력하고 계셨다.

그 시간이 얼마나 경과했는지 기억할 수는 없다. 아버지가 아침에 일어나시고 어제는 약을 먹지 않고 잠을 잤다며 기뻐하시던 모습을 뵌 것은 내가 중학생이 되고 난 후였던 것 같다. 긴 시간이었다. 아니 긴 싸움이었다. 이 긴 싸움은 아마도 아버지가 병마와 치르셨던 1차대전이었다. 전쟁이 여기서 끝난 것이 아니었다. 아버지의 병마와의 새로운 전쟁이 우리를 기다리고 있었다.

# 어머니와 병원

아버지의 병원 이야기 중심에는 언제나 어머니가 계신다.

어머니의 삶을 크게 나누어 본다면 그 하나는 아버지를 만나기 전의 삶이요, 결혼 후 우리 자식들을 낳고 키우신 과정이 둘이며, 마지막 한 부분은 아버지의 병수발을 하시던 세월이 세 번째가 될 것 같다.

71세의 나이로 세상을 떠나시기 전까지 어머니 삶의 대부분은 아버지의 병수발을 하시는 시간으로 메워져 있다.

물론 아프신 아버지의 뒷바라지 외에도 우리 삼 남매의 서울 유학을 위해 가정의 경제를 지탱하셨던 시간들은 어머니의 또 다른 일상이셨다.

그 시절 우리네 부모님들의 삶이 대부분 그러하셨지만 어머니에게는 다른 집의 부모들처럼 자식들을 위한 희생 말고도 아버지의 병환이 또 다른 큰 삶의 무게였다.

연탄가스 중독 후유증으로 우리 집에 한바탕 광풍이 불어왔던 시절, 어린 내 눈에 비친 어머니의 모습은 그 당시 유행했던 미국 드라마 주인공 원더우먼이었다.

어린 여자의 몸으로 악당들을 단박에 제압했던 원더우먼.

적어도 우리 집에서 어머니는 그런 분이셨다. 그 힘의 원천은 무엇이었을까? 거미는 새끼를 낳고 먹이를 구하지 못하면 자신의 속살을 파서 새끼에게 먹이고 자신은 죽어 간다고 한다.

아마도 어머니는 그 긴 세월을 자신의 속살을 조금씩 파내어 가족에게 나누어 주시며 버티셨던 것은 아닌지 모르겠다. 나의 아버지의 마지막 10년 동안을 이야기하려면 그에 앞서 아버지와 어머니의 30년 이야기가 필요하다.

어머니의 30년은 나의 10년과는 비교할 수 없는 처절하고 고통스러운 시간의 연속이었다. 아버지의 병마와의 1차 대전이 끝나갈 무렵 동생과 나도 서울로 전학을 가게 되었다.

누나와 나는 5학년이 되어서 전학을 했지만 동생은 조금 일찍 내가 전학을 하고 난 후 서울로 전학을 시켰다. 결국 우리 삼 남매는 모두 동두천에서 서울로 전학을 하게 되었고, 고등학생이던 누나는 입시를 위해 삼선교에서 아는 언니와 자취를 하게 되었고 나와 동생은 통학을 하고 있었다.

어머니가 사회생활을 시작하신 것은 이때 즈음이었던 것 같다. 이유는 우리 삼 남매의 서울 유학이었다. 하지만 어머니의 사회생활은 당장의 생활고 때문은 아니었다. 이미 어머니에게는 먼 미래를 바라보는 큰 그림이 있었다.

당장 삼 남매의 서울 유학 비용은 아버지의 월급으로 감당이 되었던 시기였다. 선생님이시던 아버지의 월급이 다른 집에 비해 그리 박봉은 아니어서 우리들의 서울 유학이 집안 살림에 큰 타격을 줄 수준은 아니었다. 비록 시골에 살았지만 우리 집은 시골의 다른 집들보다 윤택한 생활을 하고 있었다.

그 당시 처음 학교에 가면 하던 조사가 하나 있었다. 가정 생활환경 조사. 새 학기 선생님이 반 아이들에게 집에 가전제품이 뭐가 있는지 조사를 하는 그런 조사였다.

"집에 텔레비전 있는 사람 손 들어."

"집에 오디오 있는 사람 손 들어."

"집에 냉장고 있는 사람 손 들어."

뭐 그런 조사였다.

고학년으로 갈수록 나는 이 조사를 하면 거의 모든 항목에 손을 들었다. 그 시절 각 가정의 생활 수준을 가름할 기준은 그 집에 가전제품을 얼마나 보유하고 있느냐가 기준이 되던 시절이었다. 당시 우리 집 가전제품 보유 수준은 서울의 중산층 가정 부럽지 않은 수준이었다. 시골의 작은 동네에 있는 집이라고 하기에는 지나칠 만큼.

물론 이런 집안의 환경은 당시 시골의 다른 집들보다 우리 집이 조금은 윤택한 환경이라는 방증이기도 하지만 또 다른 이유가 두 가지 정도 존재한다. 그 하나는 아버지의 성향 때문이었다. 지금으로 말하자면 아버지는 얼리어답터 같은 성향을 지닌 분이셨다.

곧 동네에 전기가 들어온다는 소문만 듣고 어머니 몰래 덜컥 텔레비전을 구입하셨던 일화는 아버지의 성향을 잘 대변해 주는 사건이다. 그 일로 두 분은 여러 날 부부 싸움을 하셨고, 결국 전기가 들어오는 시기가 늦어지면서 아버지는 텔레비전을 다시 파시겠다는 약속을 하는 것으로 사태는 일단락되었다고 한다.

하지만 그것은 아버지의 거짓말이었고 학교 근처 지인의 집에 텔레비전을 어머니 몰래 숨겨두고 전기가 들어 올 날만 숨죽여 기다리셨다고 한다. 결국 동네에 전기가 들어오고 난 후 아버지는 텔레비전을 집으로 조용히 가져 오셨다고 한다. 그때서야 어머니는 말려서 될 일이 아니란 생각을 하시며 포기를 하셨다고 한다.

두 번째는 지역의 특성이다. 동두천은 기지촌이라는 특성 때문에 주한미군들을 통해 반출되는 물건들이 많은 곳이다. 그중 하나가 가전제품이다.

주한미군이 동두천에서 생활을 하다가 본국으로 돌아가게 되면 그들이 사용하던 가전제품들이 자연스럽게 중고시장에 흘러 나왔고 동두천에는 서울에서도 구하기 힘든 많은 제품들이 넘쳐 났다.

결국 텔레비전이 무사히 집에 안착을 한 이후 동두천에 넘쳐나던 그 가전 제품들은 하나 둘씩 우리 집으로 입주하기 시작했다. 물론 그 제품들이 하나 둘씩 늘어날 때마다 집안이 한동안 시끄러워지는 부작용도 동반되었다.

내가 초등학교에 입학할 무렵인 70년대 초반 우리 집에는 다양한 오디오 제품이 있었다. 그때 구입한 오디오 제품은 이후 30여 년을 사용해도 변함없는 음질을 자랑했다. 초창기 외국산 AV제품으로 시작한 아버지의 취미 생활은 이후 생활용 가전으로 이어졌다.

그 작은 시골집에 냉장고, 세탁기, 에어컨까지 설치가 가능한 제품은 모두 들어 온 것 같았다. 새로운 가전 제품이 올 때마다 동네 사람들이 구경을 오는 진풍경도 연출되었다. 초창기 부부싸움을 유발했던 아버지의 취미 생활이 가전으로 변하면서 부작용은 다소 줄어들었다.

생활의 편리를 경험하신 어머니의 만족감의 결과였다. 이런 윤택한 시골 생활은 우리 삼 남매의 서울 유학으로 조금씩 변해가기 시작했다. 일단 큰 생활고는 없어 보였지만 어머니는 사회생활을 통해 돈벌이를 시작하셨다.

어머니가 다니신 직장은 보험회사였다. 우리 집은 비록 작은 시골 마을의 초등학교 선생님 집이었지만 동두천 내에서는 어디를 가도 알아봐 주는 집이었다. 늘 어디를 가도 선생님 사모님 소리만 듣고 사셨던 어머니가 사람들에게 머리를 조아리고 보험을 모집하는 일을 한다는 것은 쉬운 일은 아니었다.

특히 자존심이 강하시고 강직한 성격을 지니신 어머니에게는 더욱 그랬다. 그 유난한 자존심 때문에 어머니는 어려운 일이 있어도 남에게 아쉬운 소리를 하거나 손을 내미는 일은 없으셨던 분이셨다. 그나마 직장 생활에 도움이 되었던 것은 어머니가 가지고 계셨던 넓은 인맥이었다.

그 인맥은 영업에는 많은 도움이 되셨던 것 같다. 하지만 남들에게 보험을 권유하며 머리를 조아리는 일은 어머니의 성격으로는 무척 힘든 일이었다고 한다. 또한 어머니의 사회생활은 우리 가족에게도 부작용을 초래했다. 그 피해는 나이 어린 우리 형제의 몫이었다.

이때부터 우리 형제는 방과 후 집에 돌아오면 언제나 빈집과 마주해야 했다. 자식들 교육을 위해 직업전선에 뛰어드셨지만 결국 교육의 당사자들은 부모로부터 방치되는 부작용이 생긴 것이다. 장시간의 통학으로 지친 우리 형제의 학업은 어머니의 희생에도 불구하고 돌보는 이 없는 빈집에서 표류하고 있었다.

바쁜 와중에도 우리를 독려하시고 공부의 끈을 놓지 않게 하려고 노력하셨지만 쉽지 않았다. 그러던 어느 날 학교에서 돌아와 보니 동생이 추운 부엌 바닥에 웅크리고 있는 것이 보였다. 우리 집은 대문 외에 집 안으로 들어가려면 안방으로 통하는 문이 두 개가 있었다.

하나는 마당에서 방으로 직접 들어가는 문, 다른 하나는 부엌에서 방으로 들어가는 문이었다. 겨울에는 춥기 때문에 온기가 있는 부엌의 문을 사용했었다. 그런데 그날은 어머니가 나가시면서 열쇠를 늘 두던 부엌 찬장 속이 아닌 다른 장소에 두고 나가신 모양이었다.

애들 새벽밥 지어 학교 보내고 아버지 출근시켜 드리고 나면 어머니도 정신없이 회사에 나가셔야 하니 급한 마음에 열쇠를 다른 장소에 두고 나가신 것 같았다. 친구들과 동네 개천 얼음에서 놀다가 물에 빠진 동생은 바지가 젖은 상태로 집으로 돌아 왔지만 집에는 아무도 없었다.

혼자 옷 정도는 갈아입을 나이지만 문제는 문이었다. 문을 열려고 보니 열쇠가 없었다. 그날따라 어머니는 열쇠를 부엌 찬장이 아니면 쌀독 옆에 두었는데 동생은 찬장만 생각하고 쌀독은 생각을 못한 것 같았다. 동생을 젖은 옷을 말리려 바지를 벗어 아궁이에 넣고 맨몸으로 부엌에서 혼자 떨고 있었다.

내가 집에 도착을 했을 때는 이미 한참을 혼자 떨며 울고 있었다. 동생을 보니 눈물이 터져 나왔다. 몇 시간을 추위에 홀로 떨고 있었을 동생을 생각하니 어린 내 마음도 아프기만 했다. 퇴근 후 동생의 소식을 전해들은 어머니는 속상한 마음에 한참을 눈물만 흘리셨다.

겉으로는 언제나 강직함을 유지하려 하셨던 어머니지만 그 강직함 속에는 우리에게 보이지 않으셨던 눈물을 품고 사시는 분이셨다. 어린 나이에 고향을 떠나 맨몸으로 세상과 부딪치며 살아오신 시간들 때문에 누구보다도 강인한 모습을 보이며 살고 계셨지만, 그 속에는 세상 누구에게도 보이지 못했던 설움과 아픔이 숨어 있었다.

그래서였을까. 어머니의 그 눈물샘이 터지는 날은 오래도록 그 눈물은 멈추지 못했다. 특히 늘 어머니의 눈물을 터지게 하는 아픔의 원천은 나의 형이었다.

나는 장남으로 태어났지만 실은 내 위로 형이 한 분 계셨다. 누나보다 위인 우리 집 첫째 아들이다. 하지만 형은 세 살이 될 무렵 세상을 떠났다고 한다. 그 형의 이야기가 나오는 날이면 어머니의 눈물은 오래도록 이어졌다. 사진 한 장 남아있지 않아 얼굴조차 알지 못하는 우리 집 첫째.

나에게 장남의 숙명을 내어주고 먼저 떠나버린 우리 집 진짜 장남. 그 시절 어린 영아의 사망률은 지금보다 높았다. 의약이 발달하지 못한 탓에 지금보다는 원인을 알지 못하는 질병이 많았다. 그렇게 그 시절엔 어린 나이에 세상을 떠나는 아이들이 흔하던 시기였다.

꽃처럼 아름답다고 해서 꽃부리 '영'자를 붙여 '김영'이라는 이름을 붙였다던 형은 어린 나이에도 영특하고 총명했다고 했다. 하지만 원인을 알지 못하는 병에 걸려 제대로 치료 한번 못해보고, 약 한번 써보지 못하고 세상을 떠났다. 그 후 어머니 가슴속에는 깊고 커다란 눈물샘이 파이고 말았다.

형의 유일한 흔적은 우리 집 호적등본에 '망'이라고 표기된 글자 속 이름이다. 그 문서 속 형의 존재는 그 후로도 오래도록 어머니 눈물의 수원지로 남아 쉼 없이 눈물을 만들어냈다. 앞선 자식은 가슴에 묻는다는 옛 사람들의 말처럼 어머니의 가슴에 묻힌 형은 그렇게 어머니에게는 누구도 말할 수 없었던 눈물이었다.

동생과 나의 일상이 어머니의 부재로 차츰 무너지면 무너질수록 어머니의 보험 영업은 뒷심을 발휘하기 시작했다. 이미 어머니의 수입은 아버지 월급에 몇 푼 보태는 수준을 넘어서고 있었다. 하지만 그럴수록 그런 어머니를 지켜보는 가족의 마음은 아프기만 했다.

당시 어머니의 이동수단은 자전거였다. 직업의 특성상 여러 집을 옮겨 다니며 일을 하시니 자전거는 좋은 이동수단이었다. 새벽에 일어나 밥을 지어 동생과 나를 학교에 보내고 나면 아버지를 다시 출근시키고 집에서 한 시간 거리를 자전거로 달려 출근을 하셨다.

출근 후 이어지는 아침 회의 시간, 어머니는 늘 졸고 계셨다고 한다. 그 당시 어머니의 일상은 이미 인간의 한계를 넘어서는 수준이었다. 누구보다 이르고 분주한 아침 일상을 마치고 회사에 출근하면 잠시의 회의 시간이 어머니에게는 유일한 휴식 시간이었다.

잠시의 회의를 마치면 점심도 거르시고 온 시내를 자전거 하나로 누비고 다니시며 일을 하셨다. 그렇게 온 종일 시내를 누비신 어머니는 허기진 배를 움켜쥐고 늦은 저녁 집으로 돌아오셨다. 밖에서 종일 굶주렸던 어머니는 집에 오자마자 밥통을 끌어안고 주렸던 허기를 달래시고는 하셨다.

　그리고 수저를 놓으신 어머니는 밥상을 물릴 힘조차 남아있지 않으신지 밥상을 옆으로 밀어 놓고는 그대로 누워 잠이 드셨다. 몇 번을 흔들어 깨워도 대답만 하실 뿐 미동조차 하지 못했다. 그렇게 누우신 어머니는 몇 시간 못 주무시고 다시금 새벽에 일어나 밥을 짓고 우리를 깨워 새벽밥을 먹여 학교에 보냈다. 가족은 어머니 걱정에 제발 점심이라도 사 드시고 다니라고 권해 보았지만 소용이 없었다.

　그 돈이면 식구들 저녁 찬거리를 사고도 남는다며 종일을 늘 그렇게 굶고 다니셨다. 어머니에게는 이때가 보험의 전성기였던 것 같다. 전국 보험왕은 아니지만 지역 보험왕 타이틀은 여러 번 수상 하시며 일에 관해서는 승승장구하셨다. 하지만 보험 일이 전성기를 구가할수록 어머니의 몸은 슬슬 한계를 드러내기 시작했다.

　기계가 아닌지라 어머니 몸은 여기저기서 이상 신호를 보냈었지만, 어머니와 가족은 그 신호를 알지 못했다. 결국 어머니에게 큰 병이 찾아오고 말았다. 당뇨병. 그 병은 길고도 힘든 병이었다.

　당뇨를 앓으시던 어머니가 자주 하시던 말씀이 있다.

　"잘 먹고 잘 살겠다고 안 먹고 안 쓰고 허리띠 졸라매고 살았더니 정작 먹고 살만해지니 먹고 싶어도 못 먹을 몹쓸 병에 걸렸네."

　어머니가 당뇨를 진단 받으실 때는 이미 초기가 아니었다. 당뇨는 이미 한참 전에 걸리셨는데 본인이 알지 못하고 지나치고 사셨던 것이다. 그제서야 우리 가족은 그간의 어머니의 모습에서 이해하기 힘들었던 모습들의 퍼즐이 맞춰지는 것 같았다.

　식사만 하시면 밥상을 물릴 힘조차 없어서 그냥 그 자리에 누워 버리셨던 이유도 모두 당뇨 때문인 것 같았다. 종일 자전거를 타고 온 동네를 돌아다니시며 점심값을 아끼신다고 굶고 계시다가 집에 와서 엄청난 양의 식사를 하시니 당이 순간적으로 얼마나 올라갔을까?

진작 당뇨가 왔음을 알고 식사 조절을 하고 관리를 했다면 당뇨로 고생하시는 기간을 조금이라도 줄일 수 있지 않았을까. 아쉬움과 후회가 많이 남는 부분이다. 마침내 어머니는 당신의 건강과 맞바꾼 결과물을 만들어 내셨다. 그 결과물은 다름 아닌 상상조차 하기 힘들었던 서울에 있는 우리 집이었다.

우리는 전학을 위해 서울로 위장전입을 하기는 했지만 집은 경기도 동두천에 있었다. 서류상 서울 시민이지 몸은 동두천 시민이었다. 그런데 어머니의 노력으로 우리 가족에게 번동에 방이 3개씩이나 있고 조그만 가게까지 딸린 우리 집이 생긴 것이다. 우리 가족에게는 꿈만 같은 일이었다.

우리 가족도 이제 보일러가 나오는 따뜻한 부엌에서 밥도 하고 밥도 먹을 수 있다는 사실이 믿어지지 않았다. 동두천에서 재래식 부엌만 사용하시던 어머니가 현대식 부엌 바닥에 앉아 기뻐하시던 모습이 아직도 눈에 선하다.

처음 서울에 집을 얻어 이사를 했을 때는 부모님은 동두천에 남고 우리 삼 남매만 서울로 이사를 했었다. 아버지도 어머니도 모두 직장이 동두천에 있었기 때문에 가족이 모두 서울로 올라오기가 당장은 힘들었다. 가게와 작은 방은 세를 놓고 안방은 동생과 내가 건넛방은 누나가 사용했다.

하지만 1년 후 부모님들은 시골집을 비우고 모두 서울로 올라오셨다. 그제야 우리 가족은 완벽한 서울 시민이 되었다. 위장전입으로 무늬만 서울 시민이던 시절을 마감하는 순간이었다. 하지만 그간 우리가 해왔던 왕복 3시간이 넘는 통학의 고통은 이제 부모님의 몫이 되었다. 하지만 왕복 3시간의 출퇴근에도 부모님은 전혀 힘들어하지 않으시고, 오히려 행복해하셨다. 서울에 번듯한 집도 마련을 하시고 적은 돈이지만 가게에서 월세까지 받으며 사는 일상은 동두천 시골살이와는 비교할 수 없이 행복했다. 이때 부모님을 더욱 기쁘게 했던 일은 누나의 대학 합격이었다.

어려서부터 피아노를 쳤던 누나는 작곡 공부를 해서 서울 명문 여대 작곡과에 입학을 했다. 부모님은 누나를 통해 고생스럽던 서울 유학의 보람을 얻으셨다. 하지만 누나의 명문대 입학은 곧바로 장남인 내게 커다란 부담감으로 가족에게는 새로운 기대감으로 다가왔다.

그러나 부담과 기대가 커져 갈수록 나의 상황은 점점 악화되어 갔다. 이미 앞으로 무엇을 해도 누나만큼의 성과를 기대하기는 힘들어 보였다. 서울로 전학을 와서 나는 줄곧 도봉구를 벗어나지 못하고 학교에 다녔다. 내가 나온 초등학교와 중학교는 모두 수유동과 우이동에 있는 학교였다.

그러던 내가 도봉구를 벗어나 처음으로 종로 땅을 밟은 것은 고등학교에 입학할 때였다. 같은 서울이지만 도봉구와 종로는 너무 달랐다. 나의 일상은 놀기에도 하루하루가 부족한 나날들이었다. 학교 주변의 대학가는 내게는 신세계 같았다.

도봉구 변두리에서는 구경조차 힘들었던 것들이 넘쳐 났다. 도봉구 촌놈이 종로의 재미에 흠뻑 빠져 있을 무렵 어머니에게는 다시 큰 병이 찾아왔다. 자궁암 판정을 받으셨다. 가족 누구도 몰랐던 어머니의 자궁암. 곧 우리 집에 커다란 광풍이 몰아칠 것 같았다.

모든 가족이 가슴을 졸이며 어머니의 수술을 지켜봤다. 하지만 천만다행으로 초기에 발견을 했기 때문에 수술은 잘 되었고 어머니는 곧 자궁암에서 완치가 되는 것처럼 보였다. 하지만 문제는 수술 이후였다. 당뇨를 앓으시면서도 좀처럼 지친 모습을 보이신 적이 없었던 어머니는 수술 후에는 너무 자주, 쉽게 지치셨다.

체력보다는 정신력이 더욱 강하셨던 어머니는 그 어려움 속에서도 우리들 앞에서만큼은 지친 모습을 보이지 않으시려 노력하셨다. 하지만 앉고 일어서실 때, 외출 후 집안에 들어서실 때 전에는 듣지 못했던 소리들이 어머니 입에서 터져 나왔다.

숨기려 했지만 몸보다 먼저 입에서 흘러 나왔던 그 소리들은 어머니의 지금 몸 상태를 대변하고 있었다.

"아이구."

"아이구 죽겠다."

몸을 움직일 때마다 구렁처럼 그런 말들이 자연스럽게 흘러 나왔다. 하지만 약해진 그런 기력 속에서도 어머니의 일상은 변하지 않았다. 동두천과 서울을 오가며 쉼 없이 일을 하셨고 그런 어머니의 모습을 보면서 우리의 우려도 점차 사라지는 듯 보였다.

그런 어머니의 노력은 모처럼 찾아 온 우리 가족의 행복을 조금은 늘여주고 있었다. 그 즈음 아버지는 새로운 학교로 발령을 받으셨다. 교감 선생님 승진을 눈앞에 두고 꼭 거쳐야 하는 근무였다. 그것은 다름 아닌 오지의 학교에 근무하는 일이셨다.

교육 공무원으로서 승진을 위해서는 한번은 거쳐야 하는 통과의례 같은 일이었다. 우리 가족은 아버지가 저 멀리 낙도에 오지 학교로 발령을 받아 가시는 줄만 알았는데 결과는 의외였다. 동두천에도 오지 학교가 있어 그리로 발령을 받으셨다고 했다.

내가 서울로 이사 올 때까지 17년을 살았는데 그곳에 오지가 있다는 소리는 처음 들었다. 알고 보니 동두천 미군부대 안에 작은 마을이 하나 있다고 했다. 이 마을은 미군이 주둔하기 전부터 있던 마을인데 미군이 주둔을 하자 미군부대에 마을이 가로막혀 고립이 되고 말았다고 한다.

따라서 이 학교에 가려면 우선 미군부대에 들어가서 셔틀 버스를 타고 부대 제일 안쪽으로 들어간 후 다시 산을 하나 올라가야 했다고 한다. 이 오지 분교에는 10명 내외의 학생들이 있었고 두 분의 선생님이 짝수 홀수 학년을 하나씩 맡으셔서 가르치는 곳이었다.

아버지는 평소 친분이 깊으셨던 선생님과 이 학교에 근무하게 되셨다. 그러나 아버지의 이 학교 근무가 아버지 병환 2차 대전의 서막을 가져 올 줄은 아무도 알지 못했다. 그저 곧 아버지가 이곳 학교의 근무만 마치시면 교감 선생님으로 승진을 한다는 기대감만 넘쳐 났었다. 이때 즈음 우리 집에도 생활의 안정과 아울러 여유 돈이라는 것이 생기기 시작했던 것 같다.

어머니가 조금씩 여기저기에 재테크를 시작하셨던 때가 그때 즈음이었던 것 같다. 하지만 재테크가 가능할 만큼의 여유 돈이 만들어지기까지는 어머니의 지독한 절약 정신이 있기에 가능했었다. 어머니는 그 긴 세월 동안 만 원 한 장도 속 시원하게 쓰실 줄 모르시는 분이셨다. 단돈 천 원을 쓸 때라도 당신을 위한 일이라면 주저하시며 그 돈으로 가족을 위해 다른 사용처가 있는지부터 생각하시던 분이셨다.

하지만 어머니의 돈은 당신이 아닌 가족을 위한 일이라면 얼마가 들어도 주저함이 없으셨다. 자신에게는 엄격하고 가족에게는 느슨한 것이 어머니의 금전 사용 원칙이셨다. 엉덩이에 구멍이 숭숭 뚫린 팬티를 세탁기에 넣어 돌리면 더 구멍이 생길까 직접 손빨래를 해서 입고 다니시던 어머니셨다.

그런 어머니의 모습은 어린 내게는 답답함으로 다가왔다. 왜 꼭 저렇게까지 하셔야 할까? 이제 우리 집안도 그만하면 살만한 형편인데. 하지만 우리 집안의 형편이 더 좋아졌던 그 이후에도 어머니의 모습은 변하지 않았다. 맨손으로 피란을 나와서 맨손의 아버지를 만나 맨손으로 일구어낸 가정.

그 풍요는 누가 뭐라고 해도 오로지 자신을 저미고 짜내어 만들었던 어머니의 노력의 산물이었다. 이후 어머니의 여유 자금들은 여기저기에 땅을 구입하시는 데 사용되었다. 우리 가족은 그런 어머니에게 농사를 짓지 않은 우리가 논은 왜 사고 밭은 왜 사냐며 뭐라 했지만 어머니는 멈추지 않으셨다.

때로는 그 과정에서 사기꾼들을 만나 억대의 돈을 날리기도 하셨지만 당신이 떠난 뒤에 남겨 주신 그 땅들은 아버지와 함께 보낸 10년간의 시간을 버티게 해준 큰 버팀목이 되었다. 어머니는 쉼 없이 준비하셨는지 모른다. 먼 미래를 위해, 아니 더 먼 당신이 떠나고 나신 후 더 먼 미래를 위해.

아버지는 평생을 여러 가지 질병과 싸우셨다. 그 중 가장 대표적인 것들 세 가지만 추리면 연탄가스 중독과 후유증, 고혈압 협심증 질환, 그리고 파킨슨병이다. 그 두 번째 병인 협심증이 시작된 시기가 이때 즈음이었던 것 같다.

교감 발령을 앞두고 가신 분교 근무는 아버지에게 새로운 질병을 안겨 주는 계기가 되었다. 아니 병을 안겨 주는 계기였다고 보기보다는 알려주는 계기가 되었다는 표현이 더 맞을 것 같다. 매일 출퇴근 때마다 산을 하나 넘어야 했는데 그 산을 걸어서 오르고 내리는 일은 쉬운 일이 아니었던 모양이었다.

그렇다고 그 산이 그렇게 높은 산은 아니었다고 했다. 하지만 아버지는 그 산을 오를 때마다 중턱을 넘어서면 가슴이 답답해지고 숨이 차오르는 증상을 느끼셨다고 했다. 처음에는 안 하던 등산을 하니 숨이 차는 것이겠지 하고 쉽게 넘겼지만, 이후 증세는 점점 심해졌고 어느 날 출근이 어려워지는 지경에 이르셨다.

증상을 들으신 어머니는 단순한 증상이 아니라는 것을 직감했다. 초기 진단을 받고 어머니는 주변 인맥을 총 동원하셔서 당시 이 분야 국내 최고 권위자라는 의사 선생님을 찾아 내셨다. 간호사로 병원에 근무를 오래 하셨고 아버지가 연탄가스 후유증으로 고생을 하실 때 여기저기 병원을 찾아 다니셨던 노하우가 이때 제대로 발휘되는 순간이었다.

물론 그분이 국내 최고의 권위자인지는 알 수는 없었다. 여기저기 수소문을 하고 추천을 받아 찾아간 결과였다. 하지만 한참 후에 그 주치의 선생님은 김대중 대통령의 심장 수술을 집도하셨다.

그때 우리도 잠깐 놀랐었다. 아버지를 매일 진료하시는 선생님이 대통령 수술을 하셨다고 뉴스에 나오니. 어머니의 인맥과 섭외 능력은 지금 생각해도 놀라울 따름이다. 아버지는 이후 그 박사님이 정년퇴임을 하시던 해까지 30여 년을 그분에게만 진료를 받으셨다.

우리 부모님들의 대표 병력은 아버지의 고혈압과 어머니의 당뇨이다. 우리 형제는 부모님의 병력을 사이좋게 하나씩 나누어 받았다. 동생은 아버지의 고혈압을 나는 어머니의 당뇨를. 모든 병력이 유전적 요인만 있는 것은 아니겠지만 개인적인 생각으로는 생활습관에의 의한 요인도 크게 작용한 것이 아닐까 하는 생각도 한다.

특히나 식습관은 더욱 그렇다. 아버지의 식성은 철저한 육식 위주이셨다. 어릴 적 생활이 그리 넉넉하지 않았던 시절에도 우리 집 밥상에는 고기가 떨어지는 날이 드물었다. 내가 어릴 때만 해도 고기는 특별한 날에나 맛보는 특별한 별식이었다.

특히나 비싼 쇠고기는 더욱 그랬다. 하지만 넉넉지 않은 우리 집 밥상에서 쇠고기를 찾는 일은 어려운 일이 아니었다. 비린 음식은 입에도 대지 않는 식성을 지니셨던 아버지의 고기 사랑은 남달랐다. 그런 지나

친 육류 사랑이 결국 아버지에게 일찍 혈관성질환을 선물했던 것은 아닐지 하는 생각을 해본다.

그런데 너무도 신기한 것은 아버지의 그런 육류 사랑 식성을 동생이 그대로 물려받았다는 사실이다. 어려서부터 어찌나 고기를 좋아하던지 우리 가족은 동생이 크면 정육점 집 딸에게 장가를 보내야겠다는 농담을 입에 달고 살았다. 그랬던 동생도 이미 30대 후반부터 고혈압이 찾아와 오랜 기간 약을 복용하고 있다.

아버지의 협심증 진단은 정말 오랜 기간 우리 가족에게 큰 시련이 되었다. 그 시련은 20여 년 아니, 어머니가 떠나시고 30여 년을 아버지와 함께했다. 앞선 20년 투병은 파킨슨병이 발병하기 전이고 그 후 시간을 합치면 30여 년 그 병과 씨름하셨으니 참으로 긴 시간이었다.

오히려 아버지가 파킨슨병을 앓으실 때는 협심증은 안정된 상태를 유지했던 것 같다. 물론 간간이 혈압이 상상할 수 없을 만큼 치솟는 경우도 있었지만 파킨슨병이라는 더 큰 병마와 싸우느라 고혈압 질환은 한 수 밑으로 밀리는 것만 같았다. 하지만 파킨슨병이 발병하기 전이었던 앞선 20년은 유독 그 증상이 심하셨다.

그 시절 아버지의 심장협심증은 하루하루가 공포와 불안의 연속이었다. 날로 좁아져 가는 혈관이 언제 어디에서 막혀 버릴지 알 수가 없으니 머리만 조금 아파도 가슴만 조금 답답해도 우리는 아버지를 모시고 주치의가 계시는 신촌으로 달려가야 했다. 실제로 아버지는 여러 번의 수술도 받으셨다.

좁아진 혈관을 뚫는 수술도 받으시고 막혀버린 혈관에 관을 삽입하는 수술도 받으셨다. 하지만 수술을 할 만큼의 증상이 있는 경우를 제외하면 아버지의 몸은 정상적인 상태를 유지했지만 아버지의 불안감은 몸 상태와 관계없이 일정했다. 머리가 아프고 가슴이 조여오는 증상은 일상에서 늘 달고 사셨다.

그렇다고 그럴 때마다 수술을 요하는 위중한 상태가 왔던 것은 아니었다. 하지만 한번 증상이 시작되면 혈압 수치가 오르락내리락 하며 불안해 하셨기 때문에 그런 날은 별수 없이 다시금 신촌으로 달려가 응급실을 찾아야만 했다. 지금은 신촌 세브란스 병원은 신축공사로 인해 넓어지고 좋아졌지만, 예전 그 병원의 응급실은 대학병원 응급실이라 하기에는 너무 열악하고 좁았다.

어찌 보면 응급실의 규모에 비해 몰려드는 환자가 너무 많은 것이 문제인 듯 보였다. 당시 대부분의 대학병원 응급실은 몰려드는 환자는 많은데 시설과 의사는 제한적인 상황이었다. 견디다 못해 달려간 응급실은 이미 아비규환 그 자체였다. 당장 쓰러질 듯한 환자가 와도 앉을 자리조차 없는 상황, 의사들은 환자를 돌보느라 새로운 환자를 받을 경황도 없고 도착한 환자를 맞는 것은 의사가 아닌 청원경찰이었다.

그저 응급실을 지키는 청원경찰이 환자를 받아 1차 대기 접수를 하는 모습을 보고, 오늘 안에 의사를 만날 수는 있을까 하는 의구심을 가졌던 적도 많았다. 하지만 그렇게라도 청원경찰에게 증상이라도 설명해 적어 놓아야 바쁜 의사가 왔을 때 좀 더 빨리 진료를 받을 수 있었다. 바쁜 대학병원 응급실의 상황으로 인해 청원경찰 아저씨는 새로운 보조 업무를 해야 했던 것 같았다.

우리도 선택의 여지는 없었다. 아버지를 진료했던 주치의가 있는 병원이기 때문에 죽으나 사나 이곳에서 버티고 있어야 다음날 주치의 선생님을 만날 수 있었다. 운이 좋은 날은 침상이 비어서 누워서 다음날까지 기다릴 수 있지만 대부분은 앉을 자리조차 없어 응급실 입구 보호자 휴게실에서 링거를 맞으며 버티는 날도 많았다.

병원 응급실은 급한 응급환자를 치료하기 위해 만든 곳이다. 하지만 그곳을 다니며 들었던 생각은 꼭 대학병원 응급실을 오지 않아도 되는 사람들까지 이곳으로 몰려드는 것은 아닌가 하는 생각을 가끔 했었다. 꼭 대학병원 응급실을 가지 않아도 될 환자? 하지만 아픈 사람들 입장에서는 대학병원 응급실을 갈 환자와 가지 않을 환자는 없어 보였다.

아파서 병원을 찾는 그것도 급하게 응급실을 찾는 사람의 입장이라면 자신의 아픈 증상을 좀 더 잘 보고 치료해 줄 병원을 가고 싶은 마음은 누구나 같을 것이다. 우리도 예외는 아니었다. 이런 아버지의 응급실 행은 시간이 지날수록 늘어만 갔다. 그리고 그중 몇 번은 입원이나 입원 후 수술로 이어지기도 했다. 하지만 나는 초창기 아버지의 응급실 행에 동참하지 않았었다.

어머니가 모시고 가시면 나중에 입원하신 아버지를 뵈러 병문안 가듯 찾아뵈었던 것이 전부였다. 그래서 그 당시에는 아버지의 응급실 행이 그리고 이어지는 입원과 수술 등 병원에서 일어나는 일들이 얼마나 힘들고 어려운 일인지를 전혀 알지 못했다. 하지만 먼 훗날 어머니가 떠나시고 내가 아버지를 모시고 병원을 다니면서 비로소 알 수 있었다. 힘들고 지치고 외로운 그 시간들을.

하지만 그때 그 모든 일들은 오롯이 어머니의 몫이었다. 언제 어느 곳에서도 아버지의 곁에는 아버지를 지키고 계시는 어머니가 계셨다. 그런 어머니로 인해 다른 가족은 아버지의 병원 생활이 어떤지 직접 체감하지 못하고 살았다.

결국 아버지의 병환으로 위기에 처할 수도 있었던 우리 집은 그 순간순간 홀로 자리를 지켜 주신 어머니로 인해 평화를 유지할 수 있었다. 그것은 온전히 어머니 당신만의 힘이었다. 그렇게 아버지의 병환 2차 대전은 계속 이어졌다. 그것은 끝이 보이지 않는 길고도 지루한 싸움이었다.

아버지의 병환 중에 우리 집에도 여러 변화가 찾아왔다. 내가 재수를 끝내고 대학에 입학했을 무렵 누나는 대학을 졸업하게 되었다. 그리고 이듬해 누나는 결혼을 했다. 오랫동안 알아왔던 매형과 조금은 이른 결혼을 하게 되었다.

첫딸은 살림 밑천이라고 했는데 대학 졸업하기가 무섭게 시집을 가버리는 딸이 아버지는 조금 서운했던 모양이다. 결혼식을 마치고 화장실에 들어섰는데 갑자기 눈물이 터져 나오셨다고 한다. 눈물이 멈추지 않아 그곳에서 마음을 다잡느라 한참 동안을 있다가 나오셨다고 했다.

아버지의 눈물 속에 누나가 시집을 가고 그해 여름 우리 집은 꿈에 그리던 아파트로 이사를 하게 되었다. 번동 주택가를 벗어나 건너편 쌍문동에 새로 지은 아파트로 이사를 한 것이다. 처음 서울에 집을 사고 이사를 했던 때와는 또 다른 감회가 있었다.

예전에는 그저 서울에 집이 있다는 사실 하나로 행복했지만 아파트 이사는 우리 가족도 이제 서울 시민 중 어느 수준에 올라왔다는 자부심 같은 것이 느껴졌다.

물론 우리가 이사한 아파트는 서울의 변두리 도봉구의 30평짜리 아파트였지만 우리 가족에게는 강남 압구정동 아파트에 입주하는 기분 그 이상이었다.

이 아파트의 이사 또한 그 주역은 어머니다. 어머니는 이 아파트를 구입하면서 아버지와는 전혀 의논을 하지 않으셨다고 한다. 어머니는 이후에도 자주 말씀하셨다.

"만약 내가 네 아버지와 의논을 하고 이 아파트를 구입했으면 아마도 사지 못했을 거야."

물론 처음 번동에 집을 구입할 때도 어머니는 아버지와 의논 없이 혼자 구입하셨다. 언제나 아버지와 의논을 하시면 대답은 한결 같았다고 한다. 대답은 늘 세 단어.

"어유."

"그걸."

"어떻게."

따라서 어머니는 집안에 큰일을 추진할 때 아버지에게는 선 초치 후 보고 전략을 구사하셨다. 그리고 어머니는 항상 한마디 더 하셨다.

"매사를 네 아버지와 상의하며 했으면 우리 집은 아직도 동두천 그 시골 집에서 살고 있었을 거야."

평생을 학교에서 선생님 일만 하셨던 아버지는 학교일 외에 다른 쪽으로는 관심이 없는 분이셨다. 따라서 집안의 모든 일들은 어머니의 손에 의해 어머니의 의지에 의해 어머니의 노력에 의해 이루어졌다.

어머니가 없이는 단 1초도 돌아가는 일이 없는 곳이 우리 집이었다. 우리 집에서만은 어머니는 전지전능하시고 만사형통하신 그런 분이셨다.

어머니가 그렇게 전지전능 만사형통하셨기 때문에 그렇게 많은 병원 출입과 이런저런 집안의 대소사 중에도 다른 가족은 큰 체감을 할 수 없었다.

그냥 그 결과만을 마주했지 그 과정에는 언제나 다른 가족은 예외였다. 그래서 우리 가족은 어머니가 세상을 떠나시기 전까지 어머니가 세상에 없다는 상상은 단 한 번도 해보지 못하고 살아왔다. 그도 그럴 것이 어머니를 데려갔던 큰 병은 긴 시간 어머니를 힘겹게 했지만 우리 가족은 그조차 알지 못하고 살았다.

결국 그 병마와의 싸움은 오로지 어머니 혼자만의 것이었다. 아파트로 이사한 후 집안은 얼마간의 평안함을 유지했다. 어머니도 그때 즈음 보험 회사를 그만두셨다. 체력과 능력이 부치시는 것도 있으셨고 수시로 병원을 찾아야 하는 아버지의 몸 상태도 큰 이유인 것 같았다.

나는 군대를 갔고 누나는 아들을 낳아 우리 집안 최초의 3대가 탄생했다. 실향민 집안인 우리 집에 3세대의 등장은 정말 큰 의미였다. 우리 가족은 누나의 득남으로 생활의 큰 변화를 맞았다. 내게도 첫 조카였던 그 녀석은 주말마다 우리 집을 들었다 놓았다 했다.

주말마다 우리 집을 찾았던 녀석 때문에 우리 모든 식구들은 매주 주말이면 조카를 맞아 한차례 전쟁을 치르고는 했다. 제대를 하고 복학을 하기 전까지는 조카 녀석이 우리 집에서 일주일 내내 지내는 일도 많아졌다. 당시 복학 전 반백수였던 나로서는 조카를 보는 일이 삶에 커다란 낙이었다.

총각의 몸으로 조카를 보는 일이 다소 힘이 들기는 했지만 녀석이 우리 집에 머무는 동안은 부모님 얼굴에 미소가 떠나지 않으니 내게는 마다할 일은 아니었다. 하지만 조카가 돌아가는 일요일 저녁이 되면 집안이 이내 절간 같아졌고 식구들은 그 후유증에 몇 날을 시달렸다. 간혹 그 주에는 조카가 오지 않는다고 미리 예고를 했던 날에도 토요일 오전 내내 아버지는 문밖에서 조카를 기다리셨다.

이번 주는 못 온다고 했는데 왜 밖에 나와 계시냐고 물으면 아버지는 대답하셨다.

"응. 혹시 계획이 바뀌어서 올까 싶어서. 혹시나 해서 나와봤다."

녀석이 조금 자라 학교에 다니고 바빠지기 전까지 조카는 우리 집 행복의 주역이었다. 그렇게 오랜 기간을 나와 지냈던 조카는 그 후에도 나를 자기 부모보다 더 잘 따르고 좋아했다. 나는 지금도 조카를 보면 너는 내가 업어 키웠다고 이야기한다.

조카의 탄생은 한동안 우리 집의 행복을 만들어준 원동력이었다. 그 사이 나는 대학을 마치고 취업을 했고 동생은 대학을 졸업한 후 홍대

앞에 카페를 열었다. 동생이 카페를 차리는 데는 정년퇴임을 하신 아버지의 퇴직금이 투입되었다.

아버지의 평생 교직 생활로 얻으신 값진 돈이지만 유독 막내를 사랑하셨던 아버지는 주저 없이 막내의 사업에 투자하셨다. 우리 삼 남매에 대한 부모님의 사랑은 각자 조금씩 달랐다. 첫째였던 누나는 자라면서 부모님의 손을 많이 타지 않고도 스스로 자신의 일을 잘 했던 모범된 맏이였다. 하지만 둘째인 나와 막내인 동생은 누나와는 많이 달랐다.

언제나 부모님의 손길이 필요한 자식들이었다. 어머니는 주로 장남인 나를 편애하셨다. 앞으로 집안을 이끌어 갈 기둥이라며 언제나 나를 다른 형제들보다 신경 쓰셨다. 대학교 1학년 여름방학 무렵 어머니는 동두천보다 더 먼 연천이라는 곳으로 나를 데리고 가셨다.

그리고 택시를 대절해서 연천 시내에서도 20여 분을 달려 넓은 논이 펼쳐진 곳으로 나를 데리고 가셨다. 그곳은 바로 어머니가 돈을 모아 최초로 땅을 사셨던 우리 집 논이 있는 곳이었다. 그 논둑에서 어머니는 내게 말씀하셨다.

"너는 알고 있어라. 이곳이 우리 땅이다. 여기서 저기까지."

성인이 된 나에게 어머니가 제일 먼저 하셨던 일은 당신의 노력으로 마련한 집안 최초의 땅을 보여주는 일이었다. 이후 어머니 돌아가시기 전까지 이 땅을 본 사람은 내가 유일했다.

어머니의 이런 나에 대한 애정은 장남인 내게 부여하는 믿음 같은 것이었다. 나는 너를 믿는다. 너는 장남으로 우리 집안을 잘 이끌어 가야 한다. 어머니는 내게 이런 주문을 쉼 없이 걸고 계셨던 것 같았다. 아버지의 막내 사랑은 어머니의 나에 대한 편애보다 더 하면 더했지 덜하지는 않았다.

예전 연탄가스 중독으로 의식을 잃으셨다 깨어나신 직후에도 누구를 보아도 무표정하시던 아버지가 막내만 보시면 웃음을 지으셨다던 일화는 아버지의 막내 사랑을 보여주는 좋은 예이다. 열 손가락 깨물어 안 아픈 손가락이 없다지만 두 분에게는 어느 한 손가락이 유독 더 아팠던 모양이다.

그래서일까. 아버지는 막내가 어린 나이에 홍대 앞에 큰돈이 들어가는 카페를 열겠다고 하자 당신의 퇴직금을 아낌없이 투척 하셨다. 가족 모두가 말렸지만 아무도 아버지의 뜻을 꺾지는 못했다. 외형적으로 우리 집안은 평화로워 보였다.

아버지는 교직 생활을 잘 마치시고 명예롭게 정년 퇴임을 하셨다. 교직생활 동안 여러가지 병마와 씨름하셨지만 무사히 정년을 채우시고 퇴임을 맞으셨다. 어머니는 고생은 하셨지만 서울에 번듯한 아파트도 장만하시고, 시골에 땅도 조금 사 놓으셨고, 자식들은 모두 대학 졸업시켜 그중 큰딸은 시집도 보내 손주도 보셨다.

나도 대학 졸업과 동시에 취직을 해서 밥벌이는 하고 있었다. 동생도 아버지의 과감한 투자로 당시 막 붐이 일고 있던 홍대의 가장 번화한 자리에 카페를 차려 남들의 부러운 시선을 받고 있었다. 모든 것이 자리를 잡고 잘 돌아가고 있는 듯 보였다. 적어도 시간이 좀 더 흐르기 전까지는.

하지만 시간이 지나면서 상황은 조금씩 문제를 만들고 있었다. 먼저 나의 가장 큰 문제는 결혼이었다. 서른을 넘길 때까지는 내가 마흔이 다 되도록 장가를 가지 않을 거라 아무도 예상하지 못했다. 누나가 워낙 일찍 시집을 갔기 때문에 나는 대학 졸업 후 얼마간은 장가를 가라는 독촉을 하지 않았다. 누나가 대학을 졸업한 다음 해에 시집을 갔기 때문에 당시로서도 조금은 이른 결혼이었다.

그 영향으로 너무 여유를 부려서 그랬을까. 나는 그 후로 오랫동안 장가를 가지 못했다. 부모님은 누나가 대학을 졸업하자마자 매형을 모시고 나타나 시집을 간 것처럼 나도 어느 날 색시를 뚝딱 데리고 나타나길 기다리셨는지 모르겠다. 하지만 시간이 지날수록 나의 결혼은 우리 집의 아킬레스건으로 떠오르기 시작했다.

내 나이가 삼십 중반을 넘어서자 나는 부모님이 어디를 가시면 안부 인사에 등장하는 단골 메뉴가 되어 버렸다.

"성우는, 아직 좋은 소식 없어요?"

동생의 문제는 카페였다. 아버지의 퇴직금을 모두 쏟아 부어 차린 카페인데 마음처럼 장사가 잘 되지는 않는 것 같았다. 당시 홍대 입구는 젊음의 거리로 급부상하며 황금알을 낳는 거위처럼 투자만 하면 돈 방석에 앉을 듯 보였지만 전부가 그런 것은 아닌 것 같았다.

위치도 가장 번화한 주차장 사거리에 있었고 카페도 깔끔하고 좋았는데 왜 장사가 안 되는지는 알 수가 없었다. 그러다 보니 이렇게 저렇게 돌파구를 찾는 과정에서 추가 투자가 이어졌다. 하지만 추가 투자가 답은 아닌 듯 보였다. 아버지는 역시나 고혈압이 문제였다.

병원으로 달려가는 위중한 증상이 아니더라도 집에 계시면 조석으로 머리가 아프거나 가슴이 답답한 증상이 늘어갔다. 아버지의 거듭되는 증상들은 병원을 가지 않는 상황에서는 온전히 집에 있는 어머니와 당신 두 사람만의 리그였다. 결국 이런 집안의 문제는 문제 당사자가 아닌 집안을 책임지고 있는 어머니의 몫이 되어가고 있었다.

장가를 못 간다고 당장 큰일이 있는 게 아니었던 나는 일에 빠져 시간만 흘려보내고 있었다. 동생은 카페가 어려워지면 질수록 더 많은 대안들을 만들며 추가 투자를 양산 중이었다. 아버지는 어머니와 둘만 집에 계시는 시간이 많으니 머리가 아프다 가슴이 답답하다 하루 종일 어머니에게 아픈 증상을 호소하기 바쁘셨다.

어머니께 날아 든 이런 가족의 문제는 그 해결을 위한 노력도 어머니의 손에 의해 이루어지고 있었다. 어머니는 바쁘셨다.

이제 하시던 보험 세일즈도 접었으니 돈벌이하는 자식들 보며 손주 재롱이나 즐기시면 좋은 시기였지만 가족은 그런 호사를 누릴 틈을 주지 않았다. 장가 못 가고 있는 장남 혼처 알아보러 다니시느라 동분서주, 아버지 퇴직금 들고 사업 시작한 막내 추가 사업 자금 걱정에 노심초사, 살얼음판을 걷는 듯 하루가 멀다 하고 대학병원 응급실 입원에 수술까지, 아버지 병 뒷바라지에 전전긍긍. 하지만 무엇 하나도 나아질 기미는 없어 보였다.

주변에 아는 분 모두 동원해 주선한 나의 선 자리는 번번이 틀어지고 오히려 주선했던 지인 분들과의 관계만 소원해 지는 역효과까지 양산 중이었다. 부모님께 등 밀려 나간 선 자리는 언제나 불편했다. 하지만 최대한 예의를 지키고 만남을 가졌지만 결과는 비슷했다. 서로 마음에 들지 않는 결과였다.

시간이 지나 생각해 보면 그때 그 자리에 나온 두 사람은 서로 필요한 부분만을 보고 있었던 것 같았다. 그 사람을 보기도 전에 그 사람의 외모와 조건이 모든 것을 평가하는 결과를 만드는 것 같았다. 선 자리는 조건을 전제로 만난 두 남녀가 서로 거울을 보는 자리인 것 같았다. 상대가 맘에 들지 않는 것이 아니라 현재의 자신이 맘에 들지 않았던 것 같은 자리가 선 자리였다.

동생의 카페는 이렇게 저렇게 아이템을 변경하며 회생을 도모 했지만 좀처럼 회생의 기미는 보이지 않고 돈만 자꾸 들어갔다. 아버지는 혈압이 안정된 상태에서도 자꾸만 두통과 가슴 조임을 호소하시니 다른 병원들을 수소문해 여기저기 용하다는 곳은 모두 찾아다니며 치료를 받고 계셨다. 하지만 치료 중인 병과 복용 중인 약에 대한 정보도 없이 단순 증상만을 보고 판단한 의사들의 처방은 병의 악화만 불러왔다.

결국 이 병원 저 병원에서 추가된 약들로 인해 아버지의 병은 새로운 증상까지 추가되는 부작용을 유발했다. 양약이 과하다고 하니 이번엔 한방 쪽으로 방향을 바꾸어 치료를 받아 보았다. 지금 드시는 약에 영향이 적은 쪽으로 대안을 모색한 것이다.

강남에 유명하다는 한의원들은 침을 몇 번 맞고 나면 약속이나 한 듯 고가의 한약을 드셔야 한다며 한약을 드실 것을 권유했다. 고가의 한약도 효과를 보자면 얼마간 장기 복용을 하라고 하니 어머니가 한 번, 누나가 한 번, 내가 한 번 돌아가며 지어 드셨지만 효과는 없었다. 그러는 사이 어머니는 우리가 보기에도 놀랄 만큼 여위어 가고 계셨다.

하지만 점점 말라가시는 어머니를 가족 누구도 눈여겨 보지 못했던 이유는 어머니는 언제나 당당하고 의연했던 당신의 모습 때문이었다. 그런 모습 때문에 가족은 당시 어머니가 간암으로 치료를 받고 계셨다는 사실조차 알지 못했다.

그나마도 우리가 나중에 알게 되었던 내용도 간에 조그마한 무엇인가가 생겼는데 간단한 시술로 치료를 했다는 정도의 후일담 정도였다. 하지만 그것은 사실이 아니었다.

처음엔 작았던 암은 그 후로도 여러 차례 재발하였고 초기에는 간단한 수술로 제거를 거듭했지만 갈수록 크기가 커지면서 재발이 반복되고 있었다. 평생 술 한번 입에 대어보지 않으셨던 어머니에게 간암이 찾아온 이유는 무엇이었을까.

그리고 빠른 대처로 시술을 통해 치료를 하고 있는데도 계속 재발을 하고 있는 이유는 무엇일까? 그것도 예순 살을 조금 넘은 이른 나이에. 그 이유는 이미 열거된 가족의 상황들로 짐작이 가능할 것 같다.

그 즈음에 우리 집안의 상황들은 몸이 힘들었던 어머니의 지난 시절

보다 나아졌다 할 수 없는 시간들이었다. 조금은 나아진 집안 형편과 일을 그만두시고 편해진 몸도 가족의 민원을 해결하느라 쉴 틈이 없는 어머니에게는 힘겨운 나날들이기 때문이다.

어느 해인가 병원에 입원하신 아버지 병간호를 하시던 어머니에게 전화가 온 적이 있었다. 병원 인근에 철물점이 있으면 찾아서 공사용 두터운 스치로폼을 구해 오라는 부탁이었다. 영문을 알지 못하고 퇴근길에 병원 근처를 뒤져 철물점에서 커다란 건축용 스치로폼을 구해다 드렸다.

그리고 그것을 들고 병실에 들어서며 그때야 그 스치로폼의 용도를 알게 되었다. 그 병실은 보호자 용 간이침대가 없는 병실이었다. 결국 어머니는 그해 겨울 찬 바닥에서 스치로폼 한 장을 깔고 아버지의 병간호를 하셨다.

환자보다 보호자가 먼저 병이 날 것 같은 환경이었지만 어머니에게는 문제가 되지 않았다. 아니 문제가 되셨겠지만 내색을 하지 않으셨다. 그렇게 가족을 위한 일에는 늘 어머니 자신의 존재는 없었다. 당신에게는 그냥 자신이 보호하고 보듬어야 할 가족만이 존재 할 뿐이었다.

하지만 그때는 몰랐다. 그냥 어머니가 하시니 누구나 할 수 있는 일이 겠지. 하지만 먼 훗날 나는 보호자 침대에서 환자와 생활하는 일 하나만 경험해 보고도 내 생각이 잘못된 것이라는 것을 이내 알 수 있었다. 그 일들은 아무나 하는 일이 아니라는 것을. 그 일상이 얼마나 어려운 일인지를.

처음으로 보호자 침대에서 하룻밤을 보냈던 날의 기억은 아직도 강렬하게 남아있다. 잠을 자도 깨어 있는 것 같고 깨어 있어도 자는 것 같던 병원 보호자 간이침대. 자려고 누우면 드나드는 간호사들 소리에 깨고 환자가 불러서 깨고 그렇게 깨어나기를 반복하며 맞았던 아침은 마치 어디에서 흠씬 두들겨 맞고 난 후 같았다.

그렇게 고통스럽던 보호자 생활을 어머니는 일상처럼 하고 계셨다. 보조 침대가 없으면 스치로폼을 바닥에 깔고라도. 늘 아버지가 드시다가 남기신 병원 밥을 드시며 어머니의 간암은 시간이 흐를수록 가족의 무관심 속에서 방치되고 있었다.

병을 깊어지게 할 일들은 집안 곳곳에 넘쳐 났으니 호전될 기미보다는 재발될 요인들만 쌓여가는 형국이었다. 아버지의 응급실 행은 차츰 줄어드는 추세였다. 이런저런 다른 병원이나 한의원 치료도 더 이상 병행을 중단했다.

과다한 약물 투여는 아버지 증상에 도움이 되지 않는다는 주치의의 경고가 있었기 때문이다. 동생은 결국 카페를 정리했다. 더 이상의 재투자는 의미가 없었기 때문이다. 나는 그 많았던 선을 보고도 가지 못했던 장가를 가게 되었다.

어머니 가슴을 누르고 있었던 커다란 돌덩이들이 하나 둘씩 치워지는 듯 보였다. 결혼 후 일 년 만에 들려드린 아내의 임신 소식은 다시금 집안의 평화를 가져 오는 듯 보였다. 누나네 아들이 태어나고 16년 만에 손주가 생긴다는 기쁨에 가족은 마냥 들떠 있었다.

호사다마. 하지만 그 기쁨은 우리 가족이 어머니와 함께 누렸던 마지막 기쁨으로 남고 말았다. 세상 누구보다 장남의 결혼을 간절히 원하셨고 세상 누구보다도 손주의 모습을 그리워하셨던 어머니였다. 하지만 기쁨을 느낄 틈도 없이 어머니의 암은 심각한 상태로 깊어지고 있었다.

반복되던 시술은 점점 커져가는 암을 감당하기 어려워졌다. 항암 치료가 시작되었다. 이때 비로소 가족은 어머니가 작은 뭐가 생겨서 제거를 하셨다던 그것이 암이라는 사실과 그 상황이 심각한 단계라는 사실을 그때서야 인지하게 되었다.

가족에게는 당신의 고통을 철저히 숨겨 왔던 어머니도 더 이상 감출 수 없는 상황에 이르자 자신의 상태를 가족에게 솔직하게 말씀하게 된 것이다. 하지만 어머니는 가족의 걱정을 우려해 간에 암이 커져 방사선 치료로 치료 방법을 바꾼 것뿐이라는 말로 그 심각성을 희석시키셨다.

그때만 해도 가족 누구도 그 방사선 치료가 마지막 치료가 될 줄은 아무도 예상하지 못했다. 우리에게 어머니는 언제나 강인한 분이셨기에 무서운 암도 어머니는 잘 이길 거라 생각했다. 아니 그렇게 믿고 싶었다. 하지만 방사선 치료를 받으시면 어머니는 전에 없이 무척이나 힘들어하셨다.

병원에 다녀오시면 식사도 못하시고 기력이 없어 누워 계시기만 했다. 몇 주간의 방사선 치료가 끝나자 어머니는 다시 일어나셨다. 그리고 전에 없이 바쁜 일상을 보내셨다. 먼저 그간 미루어 왔던 컴퓨터 교육을 받으러 다니기 시작했다. 가족은 칠순의 나이에 컴퓨터 교육을 받으러 다니시는 어머니가 의아했다.

얼마 전까지 항암 치료로 힘들어 거동도 못하시던 분이 차를 타고 구청에서 운영하는 교육을 받으러 다닌다고 하니 무슨 일인가 싶었다. 하지만 아침에 출근해 이메일을 체크하려고 로그인을 하면 내 이메일에는 어머니가 보내신 메일이 들어와 있었다. 자판이 서툴러 철자법이 엉망인 메일을 읽으며 나는 아침마다 눈물로 하루를 시작했었다.

그 글 속에는 40년 가까이 끼고 살았던 아들을 막상 장가를 보내 분가를 시켰더니 자주 보지 못해 그리워하시는 어머니의 마음이 들어 있었다. 그리고 암과 씨름하고 계시는 자신보다는 아프신 아버지에 대한 염려만이 가득했다. 또한 어머니는 갑자기 법원을 드나들기 시작했다.

무슨 일인지는 모르지만 얼마 전에도 법원에 다녀오셨다는 분이 며칠 되지도 않아 또 법원에 가서야 한다며 나가시는 모습을 종종 목격했다. 우리는 어머니가 돌아가실 때까지 어머니가 왜 법원에 다니셨는지 이유를 알지 못했다.

어머니가 돌아가시고 짐을 정리하다가 어머니 옷장에서 나온 서류뭉치를 보고 나서야 우리는 당신이 법원을 찾았던 이유를 알게 되었다. 어머니는 목돈이 생기면서 이곳저곳에 투자도 하시고 땅도 사시고 하셨지만 그런 재테크가 모두 성공을 거둔 것은 아니었다.

그 중에는 몇 번은 사람들에게 돈을 빌려주고 받지 못하는 일이 있었던 모양이었다. 결국 어머니는 돌아가시기 직전까지 법원을 뛰어 다니며 채무자들에게 채권자의 명의를 아버지로 변경하는 절차를 진행하고 계셨던 모양이었다. 작은 돈이라면 그냥 포기를 할 수도 있었지만 일억 오천만 원 정도의 큰돈이었기에 어머니는 쉽게 포기를 할 수 없었던 것 같다.

이것이 항암 치료를 마치고 마지막 입원을 하시기 전까지 어머니의 주요 행적이다. 그리고 얼마 후 다시 검진을 받으러 병원을 찾았지만 결국 어머니는 집으로 다시 돌아오지 못하시고 병원에 2주가 조금 넘는 시간을 입원해 계시다가 결국 돌아가셨다. 하지만 우리는 어머니가 입원을 할 무렵에도 당신이 그렇게 빨리 세상을 떠나실 줄은 아무도 예상하지 못하고 있었다.

당시의 어머니의 모습에서는 곧 돌아가실 분의 모습은 찾을 수 없었기 때문이다. 어머니의 상태가 위중하다는 것을 알았던 것은 수련의가 병실에 들렀다가 우리가 모두 알고 있는 줄 알고 지나가는 말로 했던 이야기를 듣고 난 후였다.

"준비는 하고 계신 거죠?"

우리는 그 수련의가 말한 준비가 무슨 뜻인지 몰라 멍했었다. 주치의 또한 그런 상황에도 우리들에게 아무런 말을 하지 않았던 이유는 어머니의 간곡한 당부가 있었던 것 같았다.

자신은 곧 죽음을 눈앞에 두고 있으면서도 손주를 임신한 아들 내외가 놀라지 않기를 원하셨기에, 매일 당장 무슨 일이 일어날 것처럼 힘들어하며 병마와 싸우는 아버지가 힘들어하지 않기를 바라셨기에, 어머니는 그렇게 마지막 순간을 홀로 준비하고 계셨던 것 같았다.

다음날 주치의가 회진을 왔다. 우리는 병실 복도로 달려나가 사실 여부를 확인했다. 그때서야 주치의는 어쩔 수 없다는 표정으로 우리에게 어머니의 상태를 설명해 주었다. 간에만 진행되었던 암은 이미 복막까지 전이되어 치료가 불가능한 상태라는 것이었다.

또한 길어야 6개월 정도 남은 것 같다는 말도 덧붙였다. 6개월. 하지만 어머니의 몸 상태는 시간이 갈수록 악화되어 갔다. 이대로라면 6개월이 아니라 6주도 넘기기 힘들어 보였다. 눈앞이 캄캄해졌다. 아무런 생각도 나지 않았다. 무엇부터 해야 할지도 알 수 없었다.

하지만 가장 먼저 해야 할 일은 정해져 있는 것 같았다. 그것은 아직 아무런 사실을 알지 못하시는 아버지께 이 사실을 알리는 일이었다. 하지만 그 일은 제일 먼저 해야 할 일이기도 했지만 제일 어려운 일이기도 했다. 정작 어머니보다 먼저 더 심한 병세로 죽음의 문턱을 넘나들고 계셨던 아버지에게 그 말을 어떻게 꺼내야 해야 할지는 좀처럼 엄두가 나지 않았다.

당시 아버지는 고혈압 증상을 넘어 다양한 증상들이 더해지고 있던 처지라 잠시도 어머니 곁에서 떨어지려 하지 않으셨다. 어머니 말씀으로는 식사 준비를 위해 부엌에 가 있는 동안도 5~6번은 방으로 불러 자신의 상태를 확인하셔야 식사 준비가 가능할 상황이라 했었다.

최근 들어 잠을 자다가 아버지가 위중하다는 소식에 놀라 신혼 집에서 본가로 달려갔던 날도 여러 번 있었다. 당시 아버지의 상태는 하루

하루가 불안한 살얼음판 같았다. 그런 아버지에게 어머니가 곧 돌아가실 것 같다는 말을 해야 한다니 우리 삼 남매는 고민이 깊었다.

하지만 길면 6개월이라는 선고를 받은 상황에 하루가 다르게 달라지는 어머니의 상태를 더 이상 숨길 수 있는 상황은 아니었다. 그날 저녁 동생을 시켜 아버지를 병원으로 모시고 왔다. 입원실 복도 끝에 가장 조용한 자리로 아버지를 모시고 갔다. 우리는 최대한 아버지의 충격을 덜어 드리려 조심스럽게 이야기를 시작했다. 예상과는 달리 이야기가 끝나도록 아버지는 아무런 변화가 없으셨다. 표정도 몸도.

말이 모두 끝나자 아버지는 조용히 눈물만 흘리고 계셨다. 잠시 생각에 잠긴 듯 보이던 아버지가 말씀을 시작하셨다.

"첫째 내일부터 당장 어머니를 모실 묘 자리를 알아봐라."

"이북에서 외롭게 내려와 힘든 삶을 사셨던 어머니를 화장하는 일은 어머니를 두 번 죽이는 일이다."

"화장은 안 된다. 어머니를 매장할 수 있는 자리를 알아봐라."

"가능한 한 집에서 너무 멀지 않은 곳으로 알아봐라."

"두 번째 어머니가 입원해 있는 병원은 신촌 세브란스 병원이지만 돌아가시면 집에서 가장 가까운 한일병원 장례식장으로 모셔라."

"주변 분들이 오시기에 용이한 곳이 시설이 좋은 곳보다는 나을 것 같으니 그렇게 했으면 좋겠다."

"특히 교회에서 장례 절차마다 오셔서 도움을 주시기 때문에 교회 분들이 오시기 가까운 거리에 있는 한일병원 장례식장이 좋을 것 같다."

"세 번째는 어머니가 돌아가시면 연락을 할 분들 연락처를 확보해 두어라."

"어머니가 알고 계시는 분들과 아버지가 알고 계시는 분들 연락처가 어디 있는지 확인하고 준비해라."

아버지는 아버지이셨다. 아버지는 우리 집 가장 맞으셨다. 어머니가 돌아가신다는 사실에 놀라고 슬퍼하셨지만 당신이 해야 할 일에 관해서는 침착하고 명확했다. 어제까지 시시각각 아픔을 호소하고 약한 모습을 보이셨던 아버지의 모습이 아니었다. 가장 급한 일은 묘 자리를 알아보는 일이었다.

실향민 집안에 선산이 있을 리 만무했고, 그간 어머니가 구입하신 임야가 조금 있다고는 했지만 우리 가족은 그곳이 어디인지 본 적조차 없었다. 공원으로 조성된 묘역을 알아보니 그 금액이 상당했다. 하지만 금액이 문제는 아니었다.

집에서 가까운 거리면 좋겠다던 아버지의 당부가 있었기 때문에 여기저기를 알아보다가 갑자기 생각난 곳이 있었다. 동두천이다. 우리 가족이 서울로 이사를 오기 전까지 살았던 학교와 보육원이 있던 그곳. 우리 삼 남매에게는 나고 자란 고향, 부모님에게는 우리들을 낳고 키우셨던 제2의 고향 같은 곳이었다.

동두천에서 묘역을 알아보다 우연히 우리는 가족이 예전에 다니던 그 교회에 교회 묘역이 있다는 사실을 알게 되었다. 교회 분들을 모시려고 조성된 교회 공동묘지였다. 급한 마음에 교회에 연락을 드렸다. 사정 이야기를 하고 가능 여부를 물어 보았다.

금방 회신이 왔다. 아무 걱정 말고 일이 생기면 즉시 교회로 연락부터 달라는 답신이었다. 전화를 받으니 너무나 고마운 마음에 눈물이 났다. 가족 외에는 세상에 의지할 곳은 한곳도 없다고 생각하고 살았는데 이렇게 마음을 의탁할 곳이 있다는 사실에 나도 모르게 눈물이 나왔다.

무엇보다 우리 가족에게도 돌아갈 고향 같은 곳이 존재한다는 생각을 하니 마음이 편해지는 것 같았다. 그 교회의 목사님 댁과 우리 집의 인연은 깊었다.

아버지의 첫 직장이 목사님이 운영하시던 직업 학교였고, 어머니는 목사님이 운영하시던 보육원의 양호 교사를 오래 하셨고, 우리 가족 모두는 서울로 이사 오기 전까지 모두 그 교회를 다녔었다.

목사님 댁과 우리 집은 그렇게 긴 세월 이런저런 이유로 인연을 이어가며 지냈었다. 특히나 연탄 가스로 아버지가 쓰러지셨을 때 아버지를 살리는 데 가장 큰 공을 세우신 분이 바로 그 교회 목사님이셨다. 그렇게 길었던 옛 인연의 고리를 놓지 않으시고 어머니를 교회 묘지에 받아 주겠다고 하니 너무 고맙기만 했다. 실제로 어머니가 돌아가시고 한일병원 장례식장에 가장 먼저 찾아온 분도 목사님 내외분이셨다.

다음은 한일병원 장례식장. 동생을 시켜 알아보니 특실이 제일 넓은데 그곳은 거의 비어 있어 언제든 사용이 가능하다는 답신이 왔다. 그렇게 어머니와의 마지막을 준비하고 있던 무렵, 나의 병원 생활도 두 주를 넘기고 있었다.

임신 6개월이던 아내는 홀로 집에 두고 나는 병원에서 먹고 자며 회사로 출퇴근을 하고 있었다. 마지막일지 모를 어머니와의 시간을 최대한 함께하고 싶어서였다. 그러던 어느 날 어머니의 아침 드시는 모습을 보며 출근 준비를 하고 있는데 어머니가 내게 생각하지 못했던 말을 하셨다.

"성우야, 나 오늘부터 밥을 먹지 않으면 좋을 것 같다."

갑작스러운 말에 당황해 하는 내게 어머니는 다시 말씀하셨다.

"밥을 먹고 자꾸 시간만 하루 이틀 연장하면 가족만 힘들지 않겠니?"

"어차피 갈 거라면 네 고생 덜어주게 하루라도 빨리 가는 게 좋을 것 같아서."

나는 그게 무슨 소리냐며 화를 냈다. 내가 무슨 고생을 한다고 그런 말을 하냐며 다시는 그런 소리 하지 말라고 이야기했다. 어머니의 그 말씀이 있던 날, 퇴근을 해서 병원에 돌아와 보니 누나와 동생이 모두 와 있었다. 당시 낮에는 누나가 밤에는 내가 병실을 지켰고 동생은 집에서 아버지를 책임지고 있었다.

이유는 어머니가 갑자기 말씀을 잘 못한다는 것이었다. 발음이 잘 되지 않고 목소리는 어머니의 목소리와 전혀 다른 소리로 변해 있었다. 주치의가 왔다. 이유를 물었다. 대답은 간단했다. 상태가 이 정도 되면 마음의 준비를 해야 할 것 같다는 말이었다. 오늘이 될지 내일이 될지 모르니 마음의 준비를 하라고 했다.

길게는 6개월이라던 어머니의 시한부 선고는 고작 2주일을 넘기며 그 끝을 예고하고 있었다. 동생은 급하게 집에서 아버지를 모시고 왔다. 의식이 있는 어머니의 마지막 모습을 보여 드리고 싶었다. 아버지는 그날 밤 병원 복도 의자에서 밤을 새우며 어머니를 지키셨다.

다행히 어머니는 그날 밤은 무사히 넘기셨다. 하지만 다음날이 되자 상태는 급격하게 더 나빠지셨다. 시간이 없어 보였다. 하지만 더 이상의 증상은 없어 보였다. 어제와 오늘 사이 급작스럽던 그 증상이 계속 유지되고 있는 듯 보였다.

아버지는 일단 집으로 다시 모시고 갔다. 나도 일단은 출근을 했다. 휴가철이라 한가할 줄 알았던 회사는 조금은 바빴다. 인천에서 열리는 락 페스티발에 회사가 대행을 맡고 있던 음료 회사가 스폰서 참여를 하면서 여러 가지 프로모션이 진행되고 있었다.

그런데 행사를 준비하는 중에 비가 계속 내렸다. 준비를 위해 현장에 나가 있는 직원들로부터 비 때문에 행사 준비에 차질이 많다는 연락이 왔다. 인천으로 달려가 현장 상황을 살폈다. 빗속에 행사를 치르고 있는 직원들을 불러 점심을 사 먹이고 낮술도 한잔씩 사 먹였다. 한여름이라고 하기에는 너무 쌀쌀해진 날씨에 행사를 준비하느라 빗속에서 작업을 하는 직원들이 측은해 보였다.

회사로 돌아와 정리를 하고 퇴근을 하려고 하는데 서초동 물류 창고에서 음료를 받아 인천에 보내야 하는 일이 생겼다. 남자 직원들은 모두 인천에 나가 있어 여직원이 음료를 받으러 간다고 했다. 어머니 걱정에 불안한 마음이 들었지만, 1톤 트럭 한 대 분량의 음료를 받아 차에 실어 보내는 일은 여직원이 하기에는 힘겨워 보였다.

당시 회사에는 지금 내가 처한 상황을 이야기하지 않고 있었기 때문에 여직원은 고맙다는 인사와 함께 퇴근을 했고, 나는 서초동 음료회사 물류 창고로 향했다. 트럭을 부르고 음료를 받아 실었다. 내 예상과는 달리 음료를 차에 싣는 작업은 지게차가 해주어서 손쉽게 끝이 났다.

이제 2호선을 타고 병원이 있는 신촌으로 가면 되는 상황. 다급해진 마음에 걸음이 빨라졌다. 물류 창고를 나와 지하철 역으로 가는 길에 갑자기 전화가 울렸다. 동생이었다. 전화 속 동생은 울고 있었다. 불길한 예감이 머릿속을 스쳤다.

"왜? 무슨 일 있어?"

동생의 대답이 나오기도 전에 내 눈에서는 눈물이 터져 나왔다. 머릿속에는 여러 가지 생각이 밀려들었다.

"형. 엄마가 곧 돌아가실 것 같아."

순간 머릿속이 텅 비어 버리는 것 같았다. 어느 영화의 한 장면처럼 그 자리에서 그대로 굳어져 말을 하지도 움직이지도 못할 것 같았다. 일단 전화를 끊었다. 강남대로 8차선 도로를 무단횡단으로 건넜다.

차들이 경적을 울리고 급정거를 하고 난리가 났지만 멈출 수 없었다. 택시를 잡았다. 기사님께 울면서 부탁했다. 어머님이 위독하셔서 그러니 제발 빨리 신촌 세브란스병원으로 가 달라고. 기사님은 차선을 1분마다 바꾸시며 최선을 다해 신촌으로 내달렸다. 차에 타고 10분 정도 지나자 눈물도 차츰 멈추고 신기하게도 마음이 차분해졌다.

그제서야 정신이 돌아오는 듯 보였다. 정신을 차리자 갑자기 후회가 밀려들었다. 여직원이 하겠다는 일을 왜 내가 한다고 했지. 나의 작은 선의가 어머니 마지막을 지키지 못하는 결과로 이어질 것 같아 자꾸만 불안감이 밀려 나를 눌렀다.

신촌으로 가는 택시 안에서 마음속으로 백 번 천 번 빌고 또 빌었다. 제발 내가 갈 때까지만 기다려 달라고, 제발 내 얼굴만 보시고 떠나 달라고, 전화기를 꺼내 전화를 했다. 신호가 가는 10초가 10년 같았다. 동생이 전화를 받았다.

"형 아직은. 빨리 와 무서워."

택시는 이제 한강 다리를 건너고 있었다. 전화를 끊고 다시 다른 곳으로 전화를 했다.

"정민이니."

후배 녀석 이름을 부르고 나니 멈췄던 눈물이 다시 터져 버렸다. 그 후배는 내 주변에서 지금의 내 상황을 잘 알고 있는 유일한 사람이었다. 대학 연극부 후배로 가장 최근까지 가까운 거리에서 자주 만나고 많은 이야기도 나누었던 후배였다.

특히나 직장이 나랑 가까운 거리에 있었고, 집은 어머니 계시는 신촌 인근이라 퇴근길에 자신의 차로 자주 나를 병원까지 데려다 주었다. 후배는 내 목소리만 듣고 상황을 금방 알아 차렸다.

"응 형. 준비해야 하는 거야?"

"아니 아직은. 지금 위독해서 병원 가는 길."

"응 알았어. 준비하고 있을게. 연락 줘."

후배에게 전화를 하면서 나는 누군가에게 마음의 작은 의지를 하고 싶었던 것 같았다. 숨이 막혀 오는 것 같은 택시 안에서 가장 가까웠던,

그리고 최근에 나를 가장 잘 아는 후배에게 전화를 걸어 지금의 내 상황을 알렸다. 몇 마디 안 되는 후배와의 대화가 제법 안정감을 가져 온 듯 보였다.

택시가 병원에 도착하고 미친 듯이 뛰어 병실로 갔다. 다행히 어머니는 숨을 가쁘게 몰아쉬고 계셨지만 아직은 나를 기다리고 계셨다. 마음 속에서 그냥 고맙다는 인사가 계속 터져 나왔다. 나를 기다려 주신 어머니도, 나를 태워다 주신 택시 기사님도, 내 전화를 받고 위로와 안정을 준 후배도. 어머니는 그날 밤도 그렇게 하루를 다시 견디어 주셨다.

다음날부터는 회사에 출근을 할 수도 없었다. 이른 아침 나는 병원 6층에 있는 작은 야외 옥상 정원에 나왔다. 병원에서 가장 조용한 곳이었다. 급하게 전화를 해야 할 곳이 있었다. 어머니가 떠나시기 전 그 마지막을 알려야 할 가족이 한 분 남아 있었다. 이모였다.

어린 어머니를 데리고 피란을 나와 어머니가 성인이 될 때까지 어머니의 보호자 역할을 하셨던 남쪽에 있는 어머니의 유일한 혈육. 신호가 가고 익숙한 목소리가 전화를 받았다. 나는 "이모!"라는 한마디만을 하고는 울음이 터져 버렸다.

이모의 "여보세요"라는 느릿하고 익숙한 그 목소리를 듣자 나는 순간 무너져 버리고 말았다. "이모!" 한마디만 하고는 울고만 있는 내게 이모는 내 목소리를 알아듣고 "성우니?"라며 내 이름을 불렀다. 나는 겨우 "네 이모"라는 대답만 하고는 다시 울음이 터져 말을 이어 갈 수 없었다.

그렇게 한참을 울던 나는 간신히 마음을 다잡고 어머니의 소식을 전했다.

"이모, 엄마가 많이 아파. 곧 돌아가실 것 같아."

"그랴. 어짠다냐."

나는 용기를 내어 이모에게 부탁을 했다.

"이모, 서울 좀 와주면 안 될까?"

다른 사람은 몰라도 이모만은 어머니가 돌아가시기 전에 꼭 한번 보아야 할 사람이었다. 이모는 알았다는 대답을 하시고 전화를 끊었다.

그날 오후 서울에 사는 이모네 사촌 누나와 매형은 차를 가지고 군산으로 달려가 이모를 모시고 서울로 왔다. 덕분에 어머니는 흐리기는 하지만 의식이 있을 때 마지막으로 이모의 모습을 볼 수 있었다. 어머니를 보고 나서 이모도 힘들어하셨다. 이모 또한 지병도 있으시고 거동도 힘들어하시던 때라서 긴 체류는 힘들어 보였다.

별수 없이 사촌 누나 내외는 다시 이모를 모시고 군산으로 갔다가 그날 서울로 돌아오셨다. 어머니를 위해 사촌 누나랑 매형은 하루에 군산을 두 번 왕복하는 수고를 마다하지 않으셨다. 이모가 다녀가자 어머니는 급격히 힘들어지셨다.

일단 목소리가 일반 사람이 내는 음성이 아니었다. 당시 6인실에 있던 어머니를 급하게 1인실로 옮겼다. 어머니를 1인실로 옮기고 나니 왠지 모를 먹먹함이 밀려왔다. 그렇게 병원을 많이 다니셨지만 어머니가 1인실에 입원하신 것은 처음이었다.

처음으로 가본 1인실 병실은 정말 좋았다. 넓고 쾌적하고 보호자를 위한 넓은 침대도 마련되어 있었다. 마음이 아파왔다. 평생 병원을 드나들었는데 결국 마지막 때가 되어서야 이런 호화스러운 병실에 그것도 희미한 의식 상태로 들어서야 하는 어머니께 죄송한 마음이 밀려왔다.

아니 그렇게밖에 하지 못하는 내 자신이 원망스러웠다. 평소 드라마나 영화를 보면 주인공들의 죽음을 맞이하기 직전의 모습들이 자주 등장한다. 영화가 아닌 일반 사람들의 마지막 순간을 본 적이 없던 나는 마지막 순간은 그저 드라마나 영화에서 보았던 이미지가 전부였다. 하지만 내가 마주한 현실은 영화나 드라마와는 많이 달랐다.

현실은 드라마 주인공처럼 하고 싶은 말 다 하고 부탁할 이야기 다 하고 마지막을 맞는 것은 아니었다. 내가 어머니에게 하고 싶었던 말도 많이 남아 있었고 어머니도 내게 하고 싶었던 이야기가 많았겠지만, 더 이상의 대화는 불가능해 보였다.

그래도 어머니는 굵고 거칠어진 목소리로 계속해서 내게 뭐라고 말씀을 하셨다. 그 말들은 정확한 의사 전달은 힘들었지만, 침대에 누워서 몸이 불편하니 이쪽 저쪽 베개를 받쳐 달라는 말이었다.

양쪽 팔 밑에 양 다리 밑에 다리 사이에 초저녁부터 그렇게 시작 된 어머니의 주문은 밤을 새워 새벽까지 이어졌다. 몸을 오른쪽으로 왼쪽으로 돌려가며 몸 여기저기에 베개를 받쳐 드렸지만 이런 자세도 저런 자세도 모두 불편하신 듯 주문은 계속 이어졌다. 하나 둘 병실로 가져온 베개가 10개가 넘었다.

수많은 베개로 어머니를 지탱하고 있었지만 마지막에 다다른 어머니의 몸은 베개 몇 개로 지탱해 드릴 수 있는 상황은 아니었다. 여명이 밝아 올 때까지 쉼 없이 베개를 옮겨가며 어머니의 말을 들어 보려고 노력했지만 상황은 달라지지 않았다. 나도 서서히 지쳐 갔다. 몇 시간을 쉼 없이 어머니 이곳저곳에 베개를 고이고 옮기는 일을 반복하고 있었다.

새벽이 되자 누나가 어머니에게 부탁을 했다.

"엄마, 성우가 너무 힘든데 내가 좀 해드리면 안 될까?"

어머니는 고개를 가로 저으며 정확하게 한마디하셨다.

"성우가."

눈에서 눈물이 터져 나왔다. 눈물이 눈에서 이렇게 빨리 많이 나올 수 있다는 사실을 나는 그때 처음 알았다. 어머니가 내 이름을 힘겹게 부르자 눈물은 그냥 주체할 틈도 없이 터져 나왔다. 하지만 내 이름을 불러 주시고 얼마 지나지 않아 어머니의 의식은 조금씩 희미해져 갔다. 나와 어머니의 마지막 시간은 그렇게 끝나가고 있었다. 결국 내 이름을 부른 것이 어머니의 마지막 육성이 되고 말았다.

그 후 어머니가 떠나시고 일 년이 넘는 시간 동안 내 머릿속에는 그 날 밤 어머니가 마지막으로 내 이름을 말씀하셨던 그 소리가 메아리처럼 남아 시시각각 내 귓가를 맴돌았다. 잊어 보려고 잊어 보려고 발버둥쳤지만 그 목소리는 쉽게 사라지지 않았다. 굵고 거친 발음조차 정확치 않았던 어머니의 그 목소리.

"성우가."

어머니는 그렇게 우리 곁을 떠나가셨다. 열다섯 어린 나이에 언니를 따라 피란을 나와 고통과 시련 속에서도 언제나 강한 신념으로 세상 풍파와 맞섰던 당신은 칠십 한 해 길지 않았던 삶을 그렇게 마감하셨다.

어머니는 당신의 삶을 그렇게 마감하셨지만 어머니가 떠나시고 난 후 남은 가족에게는 당신 없는 새로운 삶이 시작되는 순간이었다. 그 이후 10년의 삶은 어머니의 부재를 온몸으로 느끼고 체험하게 된 시간이었다. 어머니가 살아 계실 때는 경험해 보지 못했던, 어머니가 곁에 계실 때는 상상조차 할 수 없었던 미지의 시간들이었다.

아니 오로지 당신 스스로 버티며 견디어 주었던 시간의 처절한 체험이었다. 그 후 우리는 세상 어느 누구도 대신할 수 없었던 당신의 빈자리를 채워보려 끊임없이 발버둥치고 노력해 보았다. 하지만 그 영역은 우리의 힘으로 범접할 수 있는 곳이 아니었다.

이미 그곳은 당신이 아니면 누구도 대신할 수 없었던 어머니만의 자리였다. 오롯이 어머니만이 홀로 이끌어 오셨던 어머니의 그 자리. 당신은 떠나시고 그곳에 우리 가족만 남아 있었다. 당신이 없는 그 곳에.

2장
·

# 파킨슨병과 함께
*With Parkinson*

# 어머니와 이별

어머니는 그렇게 떠나셨다. 가족에게는 단 2주간의 준비 시간만을 허락하고 조용히 우리 곁을 떠나셨다. 그 긴 세월 평생을 일방적으로 주시기만 하더니 당신은 단 2주만 받으시고 떠나가셨다.

결국 그날 밤 어머니는 서서히 잠드셨고 이른 새벽에 우리 곁을 떠나셨다. 병실에 누워계신 어머니의 마지막 모습을 보며 어머니께 이야기했다.

"엄마 고생 많으셨어요. 이젠 좀 편히 쉬세요."

평생 단 한순간도 갖지 못한 긴 휴식을 이승이 아닌 저 먼 곳에서 누리시길 마음속으로 빌고 빌었다. 병원에서의 마지막 절차를 마치고 아버지의 말씀을 따르기 위해 한일병원 장례식장으로 갈 앰뷸런스를 불렀다.

앰뷸런스는 텅 빈 새벽길을 조용히 달렸다. 나와 어머니를 태우고. 그것은 나와 어머니가 함께하는 마지막 시간이었다. 조용한 새벽길 어머니도 나도 조용히 그 마지막 시간을 함께했다. 먼저 도착해 있던 동생은 장례식장을 배정받고 아버지를 살펴보려 집으로 돌아가 있었다.

누나네 가족도 장례식에 필요한 것들을 챙기려 집에 다니러 갔다. 어차피 날이 밝아야 뭐든 할 수 있으니 조금 늦게들 오라 일러두고 아무런 준비도 없는 텅 빈 장례식장에 홀로 앉았다. 무엇부터 해야 할지 어떤 일을 해야 할지 좀처럼 엄두가 나지 않았다.

주변 전화 연락도 아침이 되어야 할 수 있을 것 같았다. 그렇게 얼마가 흘렀을까? 이틀 밤을 꼬박 새웠지만 정신은 또렷했다. 이것저것 할 일들은 머릿속에서 맴돌고 있었지만 순서를 정하지는 못하고 생각만 맴돌고 있었다. 어느덧 그러는 사이 날은 밝고 아침이 되었다.

이젠 뭐라도 시작해야 할 시간이 된 것 같았다. 우선은 가장 먼저 교회에 전화를 했다. 장례절차가 교회 예배와 함께 진행되어야 하기 때문에 교회에 가장 먼저 알려야 했다. 그리고 이어서 동두천 교회에도 연락을 했다. 이곳도 장지를 준비해야 하기 때문에 일찍 연락을 드려야 할 것 같았다.

마침 그날이 일요일 아침이라 조금 늦으면 예배가 시작되어 교회에 연락하기가 힘이 들 수도 있는 상황이었다. 연락을 하고 얼마가 되었을까? 놀랍게도 가장 먼저 달려오신 분은 동두천 교회의 목사님 내외분이셨다. 우선 예배에 가기 전에 여기부터 들렀다 가시려고 아침 일찍부터 달려 오셨다고 했다.

목사님이 도착하시고 10분 후 혼란스럽기만 했던 장례절차는 목사님에 의해 모두 정리가 되어 버렸다. 목사님은 이후 진행될 장례 절차를 하나씩 적어 가시며 역할과 계획을 체크하셨다. 아주 사소한 것부터 하나 하나씩 집어 주시며 누가 할 것인지 누구에게 부탁을 했는지 준비는 되어 있는지 장례절차 전반을 살펴 주셨다.

목사님은 이 시간 이후 일어날 상황들을 나열하시며 그 역할과 절차에 관해 모두 정리가 되었다고 판단하시고는 마지막으로 한 마디 말씀을 하셨다.

"그래 된 것 같다. 거기까지만 여기서 준비해라. 그리고 그 이후에 동두천에서 해야 할 사항들은 아무것도 신경 쓰지 말아라. 단 내려 올 인원이 몇 명인지 하루 전에만 알려줘라. 모든 준비는 우리가 한다. 너희는 몸만 내려오면 된다."

예배 시간이 임박해 오자 목사님은 그렇게 급하게 마무리를 해주시고 떠나셨다. 목사님이 떠나시고 나도 모르게 울컥 눈물이 터져 나왔다. 텅 빈 장례식장에서 목사님이 떠나시고 홀로 그렇게 한참을 울었다.

친척이라고는 군산 이모네가 전부인 외로운 우리 가족이 갑자기 치러야 할 내 생애 첫 장례식은 막막함 그 자체였다. 도움을 청할 사람도 도움을 줄 사람도 없이 뭘 어떻게 해야 하는지 몰라 망연자실하던 내게 목사님은 그 모든 절차를 차분하게 알려 주시고 가셨다.

난 그저 교회 묘지에 어머니를 모실 자리를 내어 주시는 것만으로 충분히 감사했는데 목사님의 생각은 다르셨다. 목사님도 아버지와 같은 실향민이셨다. 누구보다 지금의 우리 집 상황을 잘 알고 깊게 이해하고 계시는 분이셨다.

목사님은 어머니 장례식을 치르며 어머니에게는 남쪽에 새로운 가족이 더 있다는 사실을 우리에게 깨닫게 해주셨다. 장례식이 진행되는 내내 커다란 장례식장 특실은 하루 종일 빈자리가 없이 사람들로 가득했다. 그 덕에 장례식을 치르는 우리 가족은 슬퍼할 시간조차 없을 만큼 바쁜 시간을 보내야 했다.

순서마다 예배는 세 번씩 드려야 했다. 우리 가족이 다니던 서울 교회 분들과 한 번, 누나가 다니던 등촌동 교회 분들과 한 번, 그리고 동두천 교회 분들과 다시 한 번. 동두천 교회에서 오신 오래전부터 알았던 형님이 우리에게 전해준 이야기는 다시 한번 우리 가족의 가슴을 먹먹하게 만들었다.

어머니가 돌아가신 시기는 7월말이었다. 모두가 휴가를 가는 시기였다. 그 형님 말로는 어머니가 안장될 묘역을 준비하려고 포클레인을 섭외했는데 모두가 휴가를 떠나서 섭외가 힘들었다고 한다. 동두천이 큰 동네가 아닌지라 막상 섭외를 하려니 스케줄이 가능한 업체가 하나도 없었던 모양이었다.

교회 사람들은 목사님께 이 사실을 보고하고 대책을 논의 드렸는데, 목사님은 의외의 말씀을 하셨다고 한다.

"포클레인이 없으면 교인들 데리고 가서 맨손으로라도 파세요. 그 권사님 생전에 우리 교회 분들 중에 도움 한번 안 받은 사람이 누가 있습니까?"

못하겠다는 뜻으로 드린 이야기는 아니었는데 목사님의 대답은 단호했다고 한다. 교회 분들은 더 이상 상의를 드리지 못하고 다른 지역에 있는 업체들을 백방으로 수소문하여 준비를 했다고 한다. 우리는 그저 모든 것이 고맙고 감사할 뿐이었다. 휴가철에 장례를 치르니 예상치 못했던 여러 가지 일들이 생기는 것 같았다.

문상객도 마찬가지였다. 일을 도와주던 분이 밖에서 누가 상주를 찾는다는 말을 전해왔다. 왜 들어오지 않으시고 밖에서 나를 찾을까 싶어 나가보니 입구에 후배 한명이 나를 기다리고 있었다.

"형 죄송해요. 복장이 이래서 들어가지 못하고 형 얼굴이라도 보고 가려고 불렀어요."

이야기를 들으며 후배 녀석의 차림새를 살펴보니 민소매 티셔츠에 반바지 슬리퍼 차림이었다. 후배는 자초지종을 이야기했다. 어제 동해안 휴가지로 출발하고 나서 나의 상 소식을 들었다고 했다.

차를 돌리기에는 너무 많이 온 상태라서 일단 휴가지에 도착을 했고 오늘 오전부터 점심때까지 아이들과 신나게 놀아 주고는 오후는 아내에게 아이들을 부탁하고 자신은 급히 다시 서울로 올라왔다고 했다.

다시 동해안 휴가지로 돌아가야 하는데 옷을 갈아입으러 집이 있는 평촌까지 갔다 올 수가 없어 이렇게라도 내 얼굴만 보고 가려고 왔다고 했다.

휴가철 교통체증이 극에 달하는 이 시기에 인편에 마음만 전달해도 될 것을 얼굴이라도 보겠다고 식구들을 휴가지에 남겨두고 서울까지 올라와준 후배의 마음이 고마웠다. 잠시 내 얼굴을 보고 다시 동해안 휴가지까지 돌아가야 하는 후배에게 미안한 마음이 들었다.

그렇게 주변의 여러 사람들의 위로와 도움으로 서울에서의 장례 절차는 무사히 마무리되었다. 서울 장례를 마치고 발인을 해서 장지에 도착하니 우리를 한번 더 놀라게 할 일이 기다리고 있었다.

어머니가 안장될 장지에는 필요한 장례절차 준비가 완벽하게 되어 있는 것은 물론이요, 그 옆에 대형 천막 속에는 호텔 케이터링팀이 도착해 식사를 준비하고 있었다. 서울 교회, 누나네 교회, 동두천 교회 분들과 우리 가족의 여러 지인들까지 상당히 많은 인원이 내려갔는데, 그 많은 분들을 위한 식사가 고급스러운 호텔 케이터링으로 준비되어 있었다.

자식으로서 살아생전 단 한 번도 해드리지 못했던 화려한 식사를 떠나는 날 마지막 만찬으로 준비해 주신 목사님. 목사님의 그 마음이 자꾸 내 마음에 와 닿아 나를 찔렀다. 그렇게 여러분들의 도움으로 어머니의 마지막 가시는 길은 잘 마무리되었다.

결국 어머니의 장례식은 남아있는 자식들의 노력보다는 떠나시며 당신이 남겨주신 당신의 주변 분들의 도움으로 치른 것만 같았다. 그렇게 장례식을 마치고 나니 새로운 일이 우리를 기다리고 있었다.

어머니가 남기고 가신 것들을 정리하는 일이었다. 그동안 어머니가 못 먹고 못 입고 그렇게 모아 오셨던 어머니의 재산들을 정리하는 일이었다. 큰 규모는 아니지만 여기저기에 어머니가 사 두신 땅이며 작은 집도 있었다.

일은 의외로 간단했다. 모든 어머니의 명의를 아버지 명의로 이전했다. 그간 어머니가 사 두었던 이곳저곳의 땅이며 작은 집이며 빌려주고 받지 못하신 돈까지. 의외는 큰 고민 없이 진행된 명의 이전. 그때 우리 형제들은 알지 못했다.

그 어머니의 유산이 얼마나 있고 그 값어치는 얼마나 되는지. 그리고 관심도 없었다. 그것이 아직은 우리들 몫이 아니라는 것도 모두 알고 있었다. 정확하게 말해서 그 모든 재산들은 부모님의 것이었다. 우리의 부모님 중 한 분인 아버지는 아직 건재하셨다.

우리 집안의 가장이셨고 우리들의 아버지이셨다. 지금도 돌이켜 생각해 보면 그때 우리의 판단은 옳았던 것 같다. 그 후 급변했던 아버지의 건강 상태를 아무도 예견하지 못했기 때문에, 그 어머니의 재산들은 다른 용도로 일부라도 소진했다면 이후 아버지를 부양하는 일이 어려워질 수도 있었다. 또한 그 재산들이 자식들 손에 넘어갔다면 이후 그 재산이 온전하게 남아 있을 거라는 보장은 아무도 할 수 없었다.

그렇게 등기 절차까지 마감하는 것으로 어머니의 장례절차는 모두 마무리되었다. 당분간 아버지는 동생과 현재 사시던 본가 집에서 생활하기로 했다.

당시 동생은 저녁에 일을 했기 때문에 낮에는 동생이 아버지를 보살필 수 있었고, 저녁 이후에는 내가 퇴근을 해서 보살피는 것이 가능했기 때문이다. 당시 내가 살던 집은 아버지가 계시는 본가와 같은 아파트 바로 뒤에 위치한 동이었다. 따라서 언제나 쉽게 빨리 왕래가 가능했다.

누나는 일주일에 한 번씩 멀리 등촌동에서 반찬을 만들어 가져와 집안 청소를 하고 아버지를 살폈다. 만삭의 아내도 힘을 보태고 있었다. 우리는 온 가족이 힘을 합쳐 아버지를 보살피려 노력했다. 아버지도 어머니의 부재를 극복하시고 차츰 생활에 적응하는 듯 보였다. 그렇게 우리 가족은 새로운 일상을 만들고 있었다.

어머니가 없는 빈자리는 그렇게 우리의 노력으로 채워지는 것 같았다. 어머니 한 사람의 역할이었으니, 누나와 매형, 나와 아내 그리고 동생까지 다섯 식구의 노력이면 채워지지 않을까 믿고 싶었다. 그리고 그 믿음은 한동안 결실을 보이는 듯 보였다. 어머니가 떠나셨던 그 해가 저물기 전까지는.

어머니가 떠나시고 5개월. 만삭의 아내는 곧 출산을 앞두고 있었다. 출산을 앞두고 마지막 진료가 있던 날, 나는 지방 행사를 다녀와 하루 월차를 내고 병원에 동행했다. 곧 출산을 하기 때문에 마지막 아내의 상태를 체크해 보고 싶었다. 사실 우리가 병원을 찾은 날은 아내의 출산 예정일 하루 전날이었다.

담당 의사 선생님은 말씀하셨다.

"아이가 나올 기미가 없네요."

예정일이 되어도 소식이 없자 결국 병원에서 제시한 방법은 유도 분만이었다. 아이가 계속 자라고 있으니 더 이상 시간을 지체하면 자연분만이 힘들어질 수도 있기 때문이라 했다. 결국 우리 부부는 집에 돌아와 짐을 챙기고 아버지께 들러 애 잘 낳고 오겠다고 인사까지 넙죽하고 병원에 입원을 했다.

산통이 있어 병원에 온 것이 아닌지라 병원을 향하는 산모와 나의 발걸음은 가벼웠다. 그리고 그 후 우리 부부는 병원에서 24시간 유도 분만을 한 끝에 아들을 얻었다. 그 24시간은 분만을 하는 아내에게도 그 모습을 옆에서 지켜보는 내게도 외롭고 힘겨운 시간이었다.

그런데 진통하는 아내 곁을 지키며 알 수 없는 허전함이 밀려왔다. 밤새도록 진통을 하는 아내 곁에 홀로 앉아 있는 내 모습이 왜 그렇게 낯설고 어색했는지 그 이유를 알 수 없었다. 그때의 내 마음은 뭐랄까. 올 사람이 더 있는데 오지 않고 있어 그 사람을 계속 기다리는 심정이랄까. 뭐 그런 심정 같았다.

그 정체를 알 수 없던 기다림의 실체는 다음날 오후 아들이 세상 밖으로 나오자 곧 알게 되었다. 아들을 이 세상에서 가장 많이 보고 싶어 했던 사람. 아들을 이 세상에서 가장 많이 기다렸던 사람. 어머니였다. 아들이 태어나고 아들의 탯줄을 자르는 순간 내 눈앞에는 그분이 스쳐갔다.

어제부터 마음속에서 그토록 맴돌면서도 떠오르지 않았던 그 한 사람, 있어야 할 것 같았는데 없는 것 같아 자꾸만 기다리고 있었던 그 한 사람, 그분은 바로 어머니였다. 아들을 처음 얻은 그때 나의 나이는 마흔 하나였다. 내 인생 40년 동안 무슨 이유로 병원을 찾든지 그곳에는 언제나 어머니가 계셨다.

아버지가 아파서 병원에 가더라도, 내가 아파서 병원에 가더라도, 다른 가족이 아파서 병원에 가더라도, 그렇게 병원에 갈 때는 언제나 그 옆에 어머니가 계셨다. 그리고 누군가 입원을 해도 그 옆에는 항상 어머니가 계셨다. 그렇게 언제나 태산처럼 버티며 병원과 병실에서 가족을 지켜 주셨던 어머니. 그랬다. 나는 어제 40년 인생 처음으로 홀로 병실을 지켰다. 그것도 만 하루 24시간 정도를.

그런데 그 하루가 내게는 그렇게 어색하고 허전하고 외로운 시간이 될 줄은 그 전에는 알지 못했다. 그래서인지 내 마음 속에는 언제나 그 자리를 지켰던 한 사람이 계속 떠올랐던 모양이었다. 아직도 그곳에는 어머니가 계셔야 한다는 생각. 지난 세월 무의식 중에 내게 각인된 어머니의 자리.

나의 아들의 탄생은 그렇게 어머니의 부재를 피부로 느꼈던 첫 순간이었다. 하지만 이후 시간들은 어머니의 부재가 이제는 오롯이 우리들의 몫이라는 현실을 뼈저리게 받아 들여야 하는 운명의 시간이 우리를 기다리고 있었다. 그날 아내와의 24시간은 그 신호탄에 불과했다.

손주 얼굴을 보러 병원을 찾으신 아버지는 신생아실에 있는 손주의 모습을 보고 많이 놀라셨다. 그리고 무척 신기해 하셨다.

"어떻게 그렇게 닮았는지 정말 신기하구나."

아버지가 마지막으로 북의 가족을 보았을 때 아버지의 동생들은 어린 아이들이었다고 한다. 터울이 조금 있어서 아버지는 조금 커서 갓 태어난 동생들의 모습을 보았다고 했다. 그런데 막 태어난 손자의 모습을 보니 어릴 적 보았던 동생의 모습과 너무나 똑같아 깜짝 놀랐다고 하셨다.

그렇게 북쪽의 막내 작은아버지를 꼭 빼 닮았다는 우리 아들은 세상에서 가장 많이 기다렸던 분께는 모습을 보여주지 못하고 그분이 떠나시고 난 후 조금 늦게 세상에 나왔다. 5개월만 기다려 주시면 좋았을 것을. 5개월만 기다려 손자의 모습을 볼 수만 있었다면 좋았을 것을.

나는 아들이 태어나고 한동안 아들을 볼 때마다 어머니에 대한 죄책감이 떠올라 무거운 마음을 지울 수가 없었다. 내가 5개월만 일찍 아들을 낳아 드렸다면 얼마나 좋았을까? 어차피 어머니의 운명이 거기까지였다면, 결국 내가 서둘러야 했을 것 같았다.

개울가에 묻어 달라던 어머니 말씀을 처음으로 잘 듣고 실천했다가 비가 올 때마다 어머니가 떠내려가 버릴까 울어야 했던 청개구리처럼. 장가는 다 때가 있으니 갈 때에 가야 한다며 나를 재촉하시던 어머니의 이야기를 듣지 않았던 나는 비가 올 때마다 울어야 했던 청개구리처럼 철 지난 후회를 하고 있었다.

40년이 다 되도록 살면서 어머니 이야기를 귓등으로 듣고 살았던 청개구리 아들의 불효는 결국 부메랑이 되어 자신의 아들 얼굴을 볼 때마다 개굴개굴 울어야 하는 후회의 눈물이 되어 버렸다. 그 후회를 조금씩 지워질 무렵이면 언제나 가족은 기다렸다는 듯이 어머니 이야기를 꺼내고는 했다.

"외손자를 보시면서 난 언제나 친손자 한번 안아 볼까 노래를 하셨던 어머니가 지금 네 아들을 보셨으면 얼마나 좋아하셨을까?"

그리고 그 말을 들을 때마다 나는 또 울어야 했다. 개굴개굴. 비 오는 날마다 뒤늦게 울어야 했던 청개구리처럼.

# 별비, 전쟁의 서막

아이가 태어나고 나의 삶은 분주해졌다. 단순히 부양할 가족이 늘어난 것을 떠나 나의 새로운 가족이 그것도 나의 분신 같은 아들이 태어났기 때문이었다. 매일이 행복하고 순간 순간이 행복했다. 무슨 일을 하고 있든 아들만 생각하면 절로 흥이 났다.

마흔 하나에 얻은 아들이 이리도 좋을 줄 알았다면 진작에 부모님 말씀 듣고 일찍 결혼해 몇 명 더 낳을 것을 하는 욕심도 생겨났다. 하지만 나이 든 부모의 육아는 생각처럼 녹록지 못했다. 둘째 아이는 고사하고 당장 아이 하나의 육아로도 힘에 부쳤다. 나와 아내의 나이를 생각하면 둘째는 엄두도 나지 않았다.

그런 잠시간의 나의 행복감 뒤에는 나를 대신해 아버지를 돌보고 있던 동생과 누나의 노고가 숨어 있었다. 늦은 아들을 얻고 좋아하는 나를 보며 누나와 동생은 할 수 있는 만큼은 최대한 아버지를 보살피는 일에서 나는 열외시켜 주었다. 당시 나는 퇴근하기가 무섭게 집으로 달려와 아이 얼굴부터 보고 난 후 본가로 달려가 아버지 안부를 살폈다.

그리고 아버지의 저녁 식사 여부만 확인하고 다시 집으로 달려와 아들에게 매달렸다. 그저 바라만 보고 있어도 세상을 얻은 듯 행복한 나날의 연속이었다. 하지만 그 행복감을 유지하는 일은 그리 길지 못했다. 조금씩 나타나는 아버지의 새로운 증상들을 우리는 눈치채지 못하고 있었다. 아니 이미 우리 곁에 와 계시던 그분의 존재를 알지 못했다.

그분은 서서히 어머니가 떠나신 그 빈자리를 비집고 들어 왔다. 그분과의 조우는 달라지는 아버지의 증상 속에서 조금씩 모습을 드러내고 있었지만 우리는 누구도 그분을 발견하지 못했다. 이미 아버지의 약통 속에는 신경과에서 오래전부터 처방해 주었던 파킨슨병 약이 자리하고 있었다.

한 가지 궁금한 점은 어머니는 아버지의 파킨슨병을 알고 계셨는가 하는 것이었다. 아버지의 보호자로서 병원을 다니셨던 어머니가 약을 처방 받으며 그 병명을 알지 못하고 계셨다는 사실은 아직도 미스터리 한 부분이다. 그런데 아버지도 우리 가족도 그 병명은 아무도 모르고 있었다.

앞서 언급했듯 그저 신경과에서 처방해준 약은 머리가 자주 아프신 아버지를 위해 지어준 진통제 정도로 알고 가끔 머리가 아프신 날만 드시는 약이었다. 그러면 어머니와 아버지는 이 병명을 왜 모르고 계셨 을까?

그저 한두 가지 유추할 수 있는 상황은 이렇다. 아버지는 고혈압 질 환을 앓으시면서 응급실과 입원 수술을 여러 차례 경험하신 후 극도의 불안 증상을 지니고 계셨다. 고혈압 증상의 대다수는 갑작스러운 악화 를 동반하고 있던 상황이라 언제 갑자기 혈압이 오르고 혈관이 막혀 쓰 러지게 될지 모른다는 불안감을 안고 계셨다.

그런 아버지에게 파킨슨병이 추가되었다는 청천벽력 같은 소식을 알 리기 쉬운 일은 아니었을 것 같다. 중증 질환을 앓는 환자의 경우 병이 가져다주는 고통 외에도 그 병으로 유발될지 모를 심각한 상황들을 떠 올리는 일로 인해 겪어야 하는 심적 불안감도 무시할 수 없는 부분이 다. 더구나 그런 심각한 증상들을 이미 경험했던 사람이라면 더욱 그럴 수 있다.

아버지가 그랬다. 병원 응급실을 이웃집 드나들 듯하시던 당신으로서 는 언제나 살얼음판을 걷는 심정으로 하루하루를 사셨다. 그런 아버지에게 그것도 감기나 몸살처럼 가벼운 병도 아닌 평생을 지니고 고통스럽게 살아야 하는 새로운 병이 왔다는 사실을 알리는 일은 쉬운 일이 아니었을 것이다. 그래서 어머니는 그 아버지의 파킨슨병 발병 사실을 무덤까지 지니고 갔을 수도 있다.

다른 하나의 가설은 의사가 환자에게 병명을 이야기해 주지 않았을 가능성이다. 파킨슨병의 발병 사실은 이야기해 주지 않고 그저 약만 처방해 주며 드시면 머리가 안 아플 거라는 말만 했다면. 하지만 그것은 그저 우리의 생각일 뿐 진실은 알 수가 없다. 중요한 것은 아무도 아버지에게 파킨슨병이 왔다는 사실을 몰랐고 그 사실을 모르는 상황에서 약은 1년이 넘게 받고 있었다는 사실이다.

하지만 첫 번째 유추가 사실이라면 어머니의 비밀 유지가 그 당시에는 아버지에게 도움이 되었던 것은 부인할 수 없다. 아마도 아버지가 그 당시에 파킨슨병의 발병 사실을 인지하고 계셨다면 종잇장처럼 얇았던 아버지의 심신이 어떻게 다시 무너져 내렸을지 모를 일이다. 따라서 우리도 아버지도 몰랐던 그 시간이 잠시간의 평화를 안겨준 기간이기는 하다.

하지만 우리가 병을 인지하고 대처를 준비하려 했을 때는 이미 아버지와 파킨슨 씨의 동거는 한참의 시간이 지난 뒤였다. 결국 중요한 것은 병의 발병 여부를 알았는지 몰랐는지 여부가 아니라 아버지는 이미 그 병을 앓고 계신다는 사실 그 자체였다. 우리는 처음 어머니가 돌아가시고 아버지의 약을 정리하면서 커다란 약국 비닐봉지에 그대로 쌓여 있는 몇 달치 약들을 보면 이건 무슨 약일까 생각했다.

약을 두었던 바구니 안에도 옷장 속 서랍 안에도 여러 곳에서 그 커다란 약 봉투는 쌓여 있었다. 이 약은 무슨 약일까? 왜 이 약은 이렇게 드시지 않고 쌓아만 두셨을까? 자세히 살펴보니 신경과에서 지어준 약이었다. 그러고 보니 언제부터인가 아버지는 세브란스병원 심장혈관내과에 가시는 날에는 신경과를 함께 들러 진료를 받으시고 계셨다.

당시 아버지는 평균 2개월에서 3개월에 한 번 병원에 가셨는데 면허는 있으셨지만 운전은 서툴렀던 어머니를 대신해 그런 날이면 동생이나 내가 병원에 모시고 다녔다. 병원에 가시기 1주일 전쯤 어머니는 우리 형제에게 일자를 통보하셨고 동생이 가거나 동생이 시간이 안 되면 내가 월차를 내고 함께 모시고 갔었다. 따라서 동생과 나는 아버지의 병원 일정을 언제나 머릿속에 담고 살았었다.

그래서 병원에 가면 해야 하는 일들은 우리 형제에게는 제법 익숙한 일상이 되었다. 어디서 접수를 하고 어디에서 대기를 하며, 끝나고 수납과 예약은 어디서 해야 하는지 동선을 꿰뚫고 있었다. 그런데 어느 날부터 진료가 끝나면 본관에 신경과를 들러 진료를 하나 더 받고 오시기 시작했던 시기가 있었던 것으로 기억된다. 내 생각으로는 바로 이때가 아버지가 파킨슨병 약을 받아 오시기 시작한 때인 것 같다.

하지만 그 약들은 받아만 왔을 뿐 언제나 집안 이곳저곳에 봉지에 들어있는 상태로 그대로 방치되고 있었다. 하기는 그때 당시는 파킨슨병에 대한 정확한 증상들이 나타나기 전이었기 때문에 머리가 아파서 갔다가 처방 받은 약 정도로 여기며 두통약처럼 머리가 아플 때만 가끔 드시는 용도로 사용되고 있었던 것이다.

그러고 보니 내 기억 속에는 잠자리에 드시기 전 어머니와 아버지가 신경과 약을 가지고 실랑이를 벌이시는 모습을 본 기억이 있었던 것 같다. 결국 그 약들은 한번에 3개월 분량 단위로 쌓이고 쌓여 집안 여기저기에 방치되어 있었다. 어머니가 떠나시고 난 후에도 그 약들은 그렇게 받아만 오고 쌓여만 가던 약에 불과했다. 적어도 우리 가족이 그분이 오신 사실을 인지하기 전까지는.

하지만 그때까지는 누구도 파킨슨병에 대해 알지 못했던 시절. 하물며 우리가 병원 신경과에 모시고 다니면서도 그곳에 왜 아버지를 모시고 가는지 정확한 이유를 모르고 갔던 시절. 그저 두통약을 받으러 가는 것으로만 알고 지냈던 시절. 하지만 결국 그런 우리들의 무지를 일깨워 주는 일이 생기고 말았다.

본격적으로 파킨슨 씨가 모습을 드러내는 순간이 온 듯 보였다. 처음 그 실체를 우리에게 드러낸 파킨슨 씨의 첫 모습은 바로 이것이었다. 변비. 가슴이 답답하고 두통이 오고 하는 증상들은 그저 고혈압 증상의 일부로 어머니가 계실 때부터 이어지던 증상이었기 때문에 새로운 병이 진행되고 있음을 알아차릴 징후가 되지 못했다.

오히려 동시에 여러 곳이 돌아가며 아프다고 하시니 공황장애가 오신 것은 아닌가 의심은 했었지만 진료를 해보니 그것도 아니었다. 이후 그 증상들을 밝혀 보려고 시도한 여러 가지 치료들도 모두 실패로 끝나고 말았다. 그런데 이번에 찾아온 변비는 시작부터 강력했다. 아버지의 변비 증상은 어머니가 떠나시고 우리 가족이 인지한 아버지의 첫 번째 변화였다.

그전에도 아버지는 배변이 원활한 편은 아니었지만 이렇게 어려운 상황은 아니었다. 그저 다른 사람들처럼 매일 볼일을 보시는 것은 아니었지만 화장실을 다니시는 일이 일상 생활에 지장을 가져올 정도는 아니었다. 다만 그때는 약을 오랫동안 복용하면서 나타나는 단순한 부작용으로 인식하고 있었다. 하지만 처음 2~3일 정도면 해결이 되시던 일이 일주일을 넘어가자 조금씩 불안한 마음이 들기 시작했다. 문제는 소식은 오는데 화장실에 종일 앉아 계셔도 해결이 되지 않고 있다는 것이었다.

처음에는 어떻게 하든 집에서 해결을 해 보려고 관장약을 구입해서 시도를 했었다. 하지만 그런 시도로도 속 시원한 해결은 어려웠다. 더 큰 문제는 화장실에 가지 못하시는 시간이 늘어갈수록 아버지는 극심한 불안감을 호소하고 계셨다는 점이다. 아버지의 불안감의 원인 중에는 어머니의 부재도 있는 듯 보였다.

그간 어머니가 살아계실 때는 아버지의 병환은 언제나 어머니의 손을 거쳐 정리되어 왔다. 결혼 전 병원에 근무하셨던 경험이 큰 도움이 되기도 했지만 언제나 그 속에는 남다른 어머니의 노력이 숨어 있었다. 아버지가 어딘가 아픈 증상을 보이시면 그 증상을 면밀하게 살펴보시고, 병원을 찾아다니며 병명을 알아내고, 병명이 밝혀지면 주변을 수소문하여 서울에서 가장 용하다는 병원을 찾아내시고, 그 후에는 그 병원에 모시고 다니며 치료를 진행하셨다.

따라서 아버지의 병은 언제나 어머니가 그 해결책이었다. 그런데 우리들은 처음 대면한 변비부터 치료는 고사하고 문제 해결을 위한 방안조차 찾지 못하고 있었다. 쉽게 말해 어머니만큼의 케어를 하지 못하고 있다는 반증이었다. 변비라는 증상은 신경을 쓰면 쓸수록 더 심해지는 양상을 보였다.

결국 아버지는 어머니가 돌아가시고 처음으로 불안한 마음을 표출하시기 시작했다. 우리는 알고 있었다. 아버지가 불안감을 느끼시는 일은 그 후 다른 증상들을 불러올 원인이 될 것이라는 사실을. 예상은 적중했다. 아버지는 가슴도 더 자주 답답해하시고, 머리도 더 자주 아파하시며, 그것으로 인해 가족을 찾는 빈도는 차츰 늘어 가고 있었다.

그런데 이번엔 두통도 가슴 통증도 아닌 변비로 인해 그런 상황을 유발하니 우리들은 답답하기만 했다. 첫 번째 대처 방안이었던 관장약 사용이 어려워지자 결국 우리는 응급실로 달려가는 방법을 택했다. 초기에는 이 방법은 단순한 해결책이 되는 듯 보였다. 몇 번은 응급실에 가서서 의료용 대용량 관장약으로 해결을 하셨다.

집에서 사용하던 것과는 용량이나 투약 깊이가 다르니 시원한 해결이 되는 것 같아 보였다. 하지만 시간이 지나자 이 방법도 역시 근본적인 해결책이 되지 못했다. 아무리 약을 투여해 보아도 소용이 없었다. 내일은 소식이 오겠지, 하루 이틀 더 기다려 보면 소식이 오겠지 하며 기다리다 보면 일주일이 지나고 길게는 열흘이 지나도록 화장실에 가지 못하는 경우도 생기고 있었다.

근본적인 문제를 해결하기 위해서는 치료가 필요했다. 이때만 해도 아버지의 거동이 원만하던 시기라서 병원에 다니는 일이 그리 힘이 들지는 않았다. 우리는 약수동에 가장 유명하다는 병원을 비롯해 장안에 용하다는 여러 병원에 한의원까지 갈 수 있는 병원은 모두 가 보았다. 하지만 갈만한 곳은 모두 다녀 보았는데 그 어느 곳에서도 확실한 치료나 개선의 결과를 얻지는 못하고 있었다.

가장 먼저 한계를 드러낸 것은 아버지가 아니라 동생이었다. 회사에 나가는 내가 없는 낮 시간에 아버지를 살피고 저녁에는 다시 일을 하러 나가야 하는 일상을 보냈던 동생에게 아버지의 상태는 홀로 감당하기에는 힘에 부치는 나날이었다. 당시 나의 역할은 낮에는 회사에 갔다가 저녁에 퇴근을 하면 아버지 저녁 식사를 챙기고 주무실 때 들러 잠자리를 살피는 정도가 전부였다.

아내도 돌도 지나지 않은 아이를 돌보느라 긴 시간을 내어 아버지를 돌보지는 못했다. 누나도 일주일에 한 번씩 와서 청소도 하고 반찬거리도 만들고 했지만 자주는 오지 못했다. 피아노 학원을 마치고 7시가 넘어 등촌동에서 쌍문동을 오면 9시가 넘어 버렸다.

집안을 살피고 정리를 하면 밤 12시가 넘어야 집으로 돌아갔었다. 현실적으로 일주일에 한 번 오는 것도 쉬운 일은 아니었다. 그러니 결국 아버지를 곁에서 챙기는 일은 온전히 그 집에 살고 있는 동생의 몫이 되고 있었다. 동생은 홍대에서 하던 카페를 정리하고 이런저런 일들을 도모했지만 여의치 않아 다시 홍대에서 아는 지인의 가게 일을 돕고 있었다.

밤을 꼬박 새우고 돌아와 오전에 잠시 부족한 잠을 자고 나면 낮에 아버지 곁에서 시간을 보냈다. 그때만 해도 아버지는 혼자 밥도 드시고 홀로 외출도 하실 수 있는 정도는 되셨다. 아픈 증상이 나타나지 않는 경우에는 일상 생활에 큰 문제가 있지는 않았다. 그렇기 때문에 동생은 이런 어려운 일정 속에서도 아버지와 둘이 생활하는 것이 가능했었다.

그런데 아버지의 예상치 못했던 변비 증상이 지속되자 동생의 힘으로는 해결이 어려운 날들이 생기기 시작했던 것 같았다. 그러는 사이 동생은 점점 더 지쳐 갔다. 어느 날 아침부터 화장실을 드나들며 시도를 했지만 오후까지 해결을 하지 못하신 아버지는 결국 나를 호출했다. 몇 시간을 화장실을 드나들며 실랑이를 하던 동생은 결국 응급실 행을 결정했고 아버지는 나를 부르라고 하셨다고 한다.

내가 집에 도착을 했을 때는 동생은 거실에서 혼자 넋이 나간 표정으로 앉아 있고, 아버지는 지쳐 방에 누워 계셨다. 나를 보자 동생은 눈물을 터트렸다.

"형, 이제 나도 모르겠다. 형이 어떻게 좀 해봐."

일을 마치고 새벽에 들어와 잠 한숨 자지 못하고 내가 집에 도착 하도록 7~8시간을 아버지와 화장실을 드나들며 씨름했던 동생은 이미 지칠 만큼 지쳐 있었다. 지쳐가는 동생을 보며 근본적인 도움을 주지 못하는 나는 답답하고 미안했다. 아버지의 변비로 인해 몇 달째 하루가 멀다 하고 병원에서 집에서 전쟁을 치르는 동생의 모습이 안쓰러웠다.

하지만 돌이켜 보면 그 시절 변비 정도는 그 후 우리가 겪은 전쟁과 비교하자면 큰일은 아니었다. 규모만 놓고 보자면 이후 일어났던 일에 대한 예고편 정도쯤 되었다고 할 수 있다. 하지만 아무런 경험도 노하우도 없던 우리로서는 그 변비는 끝을 알 수 없는 큰 전쟁이었다. 당시에는 언제까지 이렇게 지내야 하나 눈앞이 캄캄해질 정도의 상황이었다. 방법은 없었다.

볼일을 보지 못하시는 아버지를 어떻게든 볼일을 볼 수 있게 해드려야 했다. 의약의 힘을 빌려서라도, 의사의 힘을 빌려서라도, 아버지의 힘을 통해서라도. 위에 열거된 세 가지 방법 외에는 다른 방법은 없었다.

하지만 이후 그 변비는 아버지가 세상을 떠나시기까지 10년을 아버지를 괴롭히는 긴 병으로 남고 말았다. 처음처럼 응급실을 자주 가는 상황을 만들지는 않았지만 그 변비는 이후에도 지속적으로 꾸준하게 아버지와 함께했다. 그러나 나중에는 나와 동생이 변비와 싸우며 쌓은 노하우를 바탕으로 집에서 모든 것을 해결할 수준에 이르게 되면서 더이상 변비로 응급실을 가는 일은 사라졌다.

하지만 변비와의 전쟁은 전쟁터만 집으로 단순화되었을 뿐 오래도록 이어진 장기전이 되어 버렸다. 우리 형제의 힘을 통해서.

# 어머니의 빈자리

그 즈음 나는 선배가 운영하는 회사에서 일을 하고 있었다. 친분이 있던 선배의 회사이고 직원들도 예전부터 알고 지내던 사람들이 많은 그런 곳이었다. 규모가 큰 회사는 아니었지만 내가 일을 하기에는 적절한 그런 곳이었다. 내가 하고 있는 이벤트라는 업종은 경제 상황에 민감한 직종이었다.

그렇다고 은행 금리나 주식가격의 변화, 국제 유가나 달러 가격의 변화 같은 민감한 경제 지표에 반응을 하는 그런 분야는 아니다. 하지만 모든 일들을 돈을 버는 데 직접적으로 이용되는 분야가 아닌 간접적인 홍보나 프로모션 혹은 국가의 커다란 행사 같은 일이 대부분이다 보니 소위 경기의 흐름에 민감했다. 특히나 IMF사태 같은 커다란 악재가 터졌을 때는 업계 회사들이 줄줄이 도산하는 사태가 발생하기도 했던 업종이었다. 물론 그때는 다른 업종의 줄 도산이 있던 시기였기는 했지만.

마치 경기가 어려워지면 가정의 어머니들이 자녀의 예체능 학원을 가장 먼저 끊듯이 기업들한테 이벤트 업종은 일종의 시회의 예체능 학원 같은 곳이었다. 그 후로도 금융위기 사태가 발생했을 때도 비슷한 상황은 반복되었다. 내가 몸 담고 있던 회사는 직원이 10명 내외의 작은 회사였다. 우리 업계에서 이 정도 규모면 중간 체급 정도는 되는 회사였다.

그런데 아버지가 변비라는 생각지 못한 강적을 만나 힘든 시간을 보내고 있을 무렵, 내가 몸 담고 있던 회사도 경제적 어려움에 당면하고 있었다. 작은 회사이기는 했지만 큰 거래처 두 곳에서 지속적인 일감을 수주하고 있는 회사였다. 그 회사의 주 거래선은 이동통신사와 외국계 음료회사였는데 음료회사의 한국 지사장이 새로 부임하면서 거래처를 모두 바꾸자 회사는 주 거래처 한 곳을 잃고 말았다.

거래처 하나가 사라진다고 회사가 사라지는 것은 아니었지만 타격은 컸다. 규모가 작은 회사일수록 주 거래처의 영향력은 크다고 할 수 있었다. 그런데 회사가 조금 어려워지는가 싶더니 급기야 월급이 나오지 못하는 사태로 이어지고 말았다. 하지만 일은 계속 하고 있었기 때문에 곧 좋아지리라 생각하고 견디고 있었다. 하지만 이런 상황이 얼마나 오래 지속될지는 알 수 없었다.

갑자기 불어 닥친 회사의 위기는 곧 나의 위기로 직결되었다. 집에 아이는 이제 돌을 지나고 있었고 본가에는 아프신 아버지가 홀로 계셨다. 생존을 위해서는 결단이 필요했다. 회사에 사표를 던지고 다른 선배가 준비중인 지자체 행사에 합류했다.

삼척에서 열리는 산업 엑스포였는데, 행사는 가을에 열리기 때문에 당분간은 서울에서 준비를 할 수 있는 일이었다. 선배는 나의 사정을 잘 알고 있었기 때문에 젊은 직원들은 삼척 현장에 파견 보내고 나는 행사 전까지는 서울서 일을 하게 해 주었다. 하지만 급한 마음에 행사 팀에 합류를 하기는 했지만 문제는 본 행사 기간 동안은 삼척에 내려가 체류해야 하는 지방 일정이 문제였다.

아프신 아버지를 두고 지방으로 장기 출장을 가야 하는 상황이 마음에 걸리기는 했지만 그걸 생각할 만큼의 여유는 없었다. 당장 전 회사에서 한동안 급여를 받지 못해 비상금으로 몇 달을 버티고 있었던 상황이었던 내게는 빠른 일이 필요했다. 좀 더 나은 조건의 일들을 찾으며 기다릴 여유가 없었다.

다행히 행사와는 시간이 남아 있어 서울 사무실의 업무는 그리 바쁘지는 않았다. 직원들 대부분이 삼척에 내려가 있어 나는 조금 늦은 출근도 가능했고 퇴근도 상황에 맞게 조정이 가능했다. 하지만 그곳으로 출근을 시작하고 정작 나를 바쁘게 하는 일은 아버지의 전화였다. 아버지는 변비와의 전쟁을 치르시고 부쩍 몸 상태가 좋지 않으셨다.

그렇다고 어느 한 곳이 심하게 아프시거나 어떤 증상이 도드라지게 표출되는 것은 아니었지만 이전보다 체력이 급격하게 떨어져 있는 듯 보였고, 여기저기 아픈 곳도 늘어가고 있었다. 가장 중요한 증상은 예전 어머니가 살아 계실 때부터 있었던 불안감을 호소하는 것이었다. 이 증상은 어머니가 세상을 떠나시기 전까지 어머니를 가장 힘들게 했던 증상이었다.

그 증상은 쉽게 설명하자면 불안감으로 인해 찾아오는 신경쇠약 증상 같은 것이었다. 이 증상이 찾아오면 당신은 늘 오늘을 넘기지 못할 것 같다는 말씀을 자주 하셨다. 어머니 생전에도 이런 증상이 시작되면 우리 집 식구들은 밤마다 아버지의 호출에 본가로 집결해야 했었다.

이 증상은 주로 밤이 되면 발생을 했었기 때문에 밤 10시가 넘어 아들 불러라 딸 불러라 하시며 식구들을 불렀지만 병원을 갈 만큼의 큰 증상으로 이어지는 일은 드물었다. 가족들이 모이고 나면 아버지는 조금은 마음에 안정을 찾으시고 여러 증상도 가라앉게 되고는 했었다. 그런데 이번엔 예전과 달리 아침부터 증상이 시작되었다. 예전에 밤이 되면 시작됐던 증상이 아침부터 시작되는 이유는 그 시각 아버지가 혼자 계시는 것이 가장 큰 이유 같았다.

당시 아버지의 아침은 일을 마치고 돌아온 동생의 존재를 확인하는 것으로 시작됐었다. 새벽에 일을 마친동생은 집에 돌아와 잠을 자고 있었고 아버지는 그런 동생이 귀가가 확인되면 안도를 하시고 하루를 시작할 수 있었다. 그때쯤 나는 출근을 하기 전 집에 들러 아버지의 아침 상황을 확인하고 출근을 했는데 동생이 자고 있어도 집에만 있으면 아버지는 편안해 하셨다.

그때만 해도 아버지는 동생이 밤에 출근을 하고 내가 들러서 잠자리를 살펴 드리고 나면 밤에는 혼자 잠도 잘 주무셨다. 따라서 그때는 나도 집에서 잠을 잘 수 있었다. 이때까지만 해도 불면증은 심하지 않으셔서 내가 잠자리를 살피러 본가에 가면 이미 주무시고 계시는 날도 많았다.

아침이 되면 출근길에 들러 아침을 차려 드리고 나갔지만 대부분은 홀로 드실 수 있다며 나중에 먹을 테니 먼저 출근을 하라고 나를 그냥 보내는 경우가 많았다. 그러면 나는 국을 덜어 놓아 데워 드실 수 있게만 해 놓고 출근하고는 했다. 이전에는 동생이 아침에 집에 돌아와 아버지와 함께 아침을 먹고 잠을 잤는데 동생의 귀가 시간이 조금 빨라지면서 새벽에 들어와 잠들어 버리면 아침 시간이 지나야 일어나는 일이 많아졌다.

따라서 간혹 동생이 잠에 빠져 일어나지 못하면 아버지는 동생이 일어날 때까지 기다리다가 아침을 굶고 계시는 일도 생기고 있었다. 해서 나는 출근길에 본가에 들러 국을 덜어 놓고 나면 동생이 일어나도록 기다리지 마시고 꼭 아침을 드시라 당부를 하고 출근을 했다. 당시에는 아버지가 몸을 움직이던 시기라서 동생이 잠을 자고 있더라도 아침밥 정도는 혼자 차려 드셨었다.

아내가 아침에 집에 와 아침을 차려 드리겠다고 했지만 아버지는 집에서 팬티 바람에 돌아다니는데 며느리가 오면 오히려 당신이 옷 챙겨 입고 있기가 더 불편하다며 아침 정도는 혼자 차려 드실 수 있다며 만류하셨다. 그런데 그러던 아버지의 일상이 조금씩 무너지기 시작했다.

아침을 드시는 일이 조금씩 힘들어지기 시작한 것이다. 얼굴을 뵙고 출근을 한 지 두 시간도 되지 않아 아버지에게 전화가 왔다.

전화기 너머 아버지의 음성에서는 불안감이 묻어났다.

"성우야, 아버지가 몸이 좋지 않은 것 같다."

"네가 지금 좀 와주면 안 되겠니?"

나는 우선 아버지를 설득하고 안심시켜 보려 노력을 했다.

"왜요? 어디가 아파서 그래요? 증상을 말해 보세요."

하지만 말은 들어보면 어디가 심하게 아프거나 하신 것은 아닌 것 같아 보였다.

"아침은 드셨어요? 성한이는 자요?"

"아니 아침은 안 먹었다. 성한이는 자는데 깨워도 안 일어나는구나."

"성한이 깨워서 아침부터 드세요. 약 드셔야 하니 밥부터 드세요."

"약은 먹었다."

"그럼 대현 엄마 가라고 할게요. 기다려 보세요."

"아니 그러지 말고, 네가 좀 오면 안 되겠니?"

사무실에 앉아 전화를 받고 있으려니 가슴이 답답해 왔다. 여러 가지 생각이 머릿속에 밀려들었다. 동생에게 먼저 전화를 했다. 전화를 몇 번 한 뒤에야 통화가 되었다.

잠시 후 일어난 동생이 아버지가 밥은 드셨고 지금은 편안해 보인다고 걱정 말고 일하라는 연락이 왔다. 입에서 작은 한숨이 세어 나왔다. 안도감도 잠시 한 시간이 지났을까 다시 아버지에게 전화가 왔다. 상황은 아침 그때와 달라진 것이 없어 보였다.

아침을 드셨다는 사실을 빼고는 아침에 하셨던 이야기를 다시 시작하셨다. 다시금 내가 집으로 빨리 와줄 수 없느냐는 독촉만 이어졌다. 오전에만 벌써 두 번째.

동생은 아버지 밥을 차려 드리고 다시 잠이 들었다. 밤을 꼬박 새우고 들어온 동생도 잠시라도 잠을 자야 오후에 아버지도 살펴 드리고 밤에는 일도 갈 수 있는데 다시 깨우려고 하니 미안한 마음이 들었다. 아버지를 설득해 본다. 대답은 한결같다.

며느리도 아니고 동생도 아니고 네가 빨리 와 줬으면 좋겠다. 이런 전화는 점심시간을 지나 오후에도 1~2시간 간격으로 이어졌다. 하물며 동생이 깨어 아버지 곁을 지키는 오후에도 전화는 계속 이어졌다. 서둘러 퇴근을 하고 집에 돌아와 보면 아버지의 상태는 생각보다 평온해 보였다.

"너를 보니 이제야 마음이 놓인다."

아버지는 나를 보고는 그 말만 하셨다. 이 상황은 어머니가 살아 계실 때 누나랑 내가 한밤중에 본가로 달려왔던 그 상황과 닮아 있었다. 하지만 한 가지 그때와 다른 것이 있었다. 바로 아버지 곁에 어머니가 없다는 사실이다.

아버지는 지금 내가 필요했던 것이 아니라 언제나 당신 곁에서 당신을 지켜 주었던 어머니가 필요한 듯 보였다. 아버지는 어디가 아프시기보다는 당신 곁을 지켜주고, 당신의 이야기를 들어줄 사람을 찾고 계시는 것 같았다. 그런 일상은 이후에도 하루가 멀다 하고 이어졌다. 그런 상황이 반복되자 결국 나는 오후를 넘기지 못하고 조기 퇴근을 해야 하는 날이 생기기 시작했다. 더 이상 설득이 어렵게 되면 다른 방법이 없었다.

아무리 열심히 일을 해도 오후 3시가 넘어 집으로 돌아와야 하는 일상이 반복되자 내 사정을 잘 알고 이해해 주었던 선배에게도 더 이상 양해를 구하기 어려워지고 있었다. 그러던 어느 날 가족을 놀라게 할 큰 사건이 벌어졌다.

그날도 다른 날처럼 아침에 본가에 들러 국을 덜어 아침을 드실 준비를 해놓고 출근을 했다. 국은 아침 드실 만큼 적은 양을 덜어 놓고 나왔다. 참고로 아버지는 국이 없으면 식사를 못하시는 식성을 지니셨다. 반찬이 아무리 적어도 국만 있으면 한 끼 식사는 문제가 없는 분이셨다. 따라서 언제나 집에는 냉장실과 냉동실에 국이 준비되어 있었다. 당장 먹을 국은 조금씩 덜어 냉장실에 두고 다른 종류의 국은 얼려서 냉동실에 두었다가 녹여서 교대로 드시게 했었다.

언제나처럼 출근을 하고 식사 여부를 물으려 전화를 드렸다. 그런데 통화가 되지 않았다. 집 전화도 아버지 핸드폰도 모두 불통이었다. 더욱 불안한 상황은 그날따라 동생이 일이 있어 퇴근을 하지 않았던 터라 집에는 아버지 혼자 계셨다. 때마침 아내도 아이를 데리고 친정에 다니러 가고 없었다. 손이 부르르 떨려왔다.

해서는 안 되는 생각들이 머릿속으로 밀려들었지만, 나는 애써 밀어내고 있었다. 불안한 마음에 집 전화와 핸드폰을 번갈아 걸기를 십 분. 통화가 되었고 "여보세요"라는 말이 이어지고 난 후 아버지의 비명 소리가 들렸다. 그리고 한참 후 아버지는 다시 전화를 받으셨다. 아버지의 비명 소리 후 다시 전화를 받기까지 얼마간의 시간. 나는 숨이 멎는 것 같았다.

머릿속에는 입에 올리기도 싫은 여러 가지 공포스러운 상황들이 스쳐갔다.

"불이 났었다. 지금은 껐다."

그리고 전화는 끊어졌다. 나는 그 길로 회사를 나와 집으로 내달렸다. 택시를 타고 집에 도착해 보니 아버지는 거실 소파에 아침에 출근하던 때 모습 그대로 누워 계셨다. 당신도 많이 놀라셨던지 얼굴에 핏기가 하나도 없이 잔뜩 질려 있었다.

이야기를 들어보니 오늘은 동생도 들어오지 않았으니 일어나기를 기다릴 필요가 없어 당신이 혼자 아침을 드시려 했다고 한다. 냄비에 덜어 놓은 국을 데우려고 불은 켜 놓고 소파에 잠시 누워 계신다는 것이 그만 잠이 드셨던 모양이었다.

결국 냄비가 모두 타서 집안에 연기가 가득 차고 더 큰 가스가 사고로 번지기 직전에 내가 걸었던 전화벨 소리를 듣고 극적으로 잠에서 깨어 위기를 모면하게 된 것이었다. 그 광경을 보고는 나도 다리에 힘이 풀려 그 자리에 주저앉고 말았다. 그래도 감사했다.

십여 분 만에 내 전화를 받아 주신 아버지가. 타고 타서 검은 숯덩이가 됐지만 녹아내리지는 않고 버텨준 작은 냄비가. 그날 집안에 가득했던 연기로 인해 생긴 탄 내음은 환기를 하고 방향제를 뿌리고 할 수 있는 짓을 다 해 보아도 사라지지 않고 일주일이 넘게 집안에 머물렀다.

얼마 후 그 내음이 점차 사라졌지만 나의 고민은 사라지지 않았다. 그 일이 있고 난 후에도 아버지의 전화는 더 계속됐고, 나의 조기 퇴근도 계속 이어지고 있었다. 다시금 결단이 필요한 시기가 온 것 같았다. 이대로는 아버지의 건강도 나의 일도 어느 것 하나 담보할 수 있는 상황이 되지 못했다.

나는 선배에게 사정 이야기를 했다. 정말 미안하지만 당분간 일을 도울 수 없을 것 같다는 사과를 하고 그 프로젝트에서 빠졌다. 내가 그 프로젝트에서 빠지게 된 더욱 큰 문제는 얼마 후에는 내가 삼척으로 내려가야 할 시기가 다가오고 있다는 것이었다. 하지만 그때의 상황으로는 삼척은 고사하고 당시 사무실이 있던 서초동에 나와 있는 일조차 힘겨워 보였다.

당장의 우리 가족의 생활이 마음에 걸렸지만 그보다는 지금 아버지를 살피는 일이 먼저인 것 같았다. 선배에게도 하루라도 빨리 나를 대신할 대체 인력을 구해 준비를 하는 것이 옳은 것 같아 보였다. 내가 삼척에 갔을 때 이런 일이 생겼으면 그때는 이러지도 저러지도 못하는 상황으로 이어질 것이 분명했다. 나는 모든 일들을 뒤로 하고 쌍문동 본가로 들어갔다. 아버지 곁으로 들어왔다. 그곳은 어머니가 떠나시며 비어 있던 그 자리였다.

# 파킨슨, 조우

그때는 알지 못했다. 내가 하던 일도 중단하고 아버지 곁을 지키기로 했을 때 그 시간이 얼마나 길어지게 될 줄은. 그때는 그저 지금의 아버지를 어떻게든 보살펴야 한다는 생각밖에 없었다. 하지만 다른 대안이 없었기 때문에 선택한 나의 작은 결단은 그 후로 나의 40대를 아우르는 시간으로 남고 말았다.

내가 아버지 곁을 지키는 일을 시작하며 가졌던 생각은 어떻게 하든 지금 아버지를 고통스러운 상황에서 벗어나게 해드려야 한다는 생각뿐이었다. 그리고 그때는 정말 얼마간의 시간이면 가능할 듯 보였다. 아니 얼마간의 시간으로 가능하게 해보려 했었다. 그래야 나도 다시 정상적인 생활을 할 수 있고, 다시 나의 가족도 부양할 수 있기 때문이었다.

일을 중단했으니 이제 나의 시간은 온전히 아버지를 위한 일로 채워야 했다. 가장 먼저 아버지가 저렇게 힘들어하시는 원인을 찾아야 했다. 원인을 찾겠다고 노력했던 지난 시간들과는 다른 방법이 필요했다. 우선은 아무런 결과를 얻지 못하고 돈과 시간만 낭비하는 방법은 피해야 했다.

일단은 아버지가 다니시던 병원을 찾아 지금의 아버지 상태를 알아보는 일부터 시작했다. 어느 부분이 예전보다 더 심해지셨는지 어느 부분이 예전보다 달라지셨는지 알고 싶었다. 그러고 난 후 원인을 찾는 것이 순서인 듯 보였다. 가장 먼저 심장혈관 내과를 찾았다. 마침 아버지의 진료 예약 일자가 임박해 있어 그날은 내가 아버지를 병원에 모시고 갔다.

나를 만난 의사 선생님은 그간의 증상을 들으시고 의외의 대답을 하셨다. 검사 결과만을 놓고는 지금 아버지의 상태는 안정적이라는 말이었다. 심전도 검사 결과도 좋고 혈압도 안정적이라고 하셨다. 즉 아버지가 나를 찾으실 때마다 나타나는 불안감이나 두통, 가슴이 답답한 증상은 지금 아버지의 건강 상태와는 무관해 보인다는 의견이었다.

결론적으로 심장혈관 내과에서는 두통을 유발하거나 가슴 조임이 나타날 정도의 증상을 일으킬 수 있는 징조는 발견할 수 없다는 소견이었다. 그리고 더 정밀한 검사를 원하면 MRI 검사를 해 볼 수도 있지만 지금으로서는 권할 단계가 아니라고 하셨다. 하지만 마음이 급했던 나는 검사를 부탁했다.

원인을 찾아야 개선도 가능했기에 목마른 사람이 우물을 파야 할 상황이었다. 결국 검사를 받았지만 결과는 깨끗했다. 예전 혈관이 좁아지거나 막혀 고생했던 경우는 있었지만 지금은 모두 깨끗하고 이상 징후는 없다는 결론이 나왔다. 의외의 검사 결과에 아버지도 안도감이 드시는 듯 보였다.

당신 마음속에서 항상 불안감을 유발하던 몸의 상태가 정상이라는 통보를 받으시니 마음이 편안해지시는 것 같았다. 아버지의 심리적 안도감은 곧장 일상 생활의 안정으로 이어졌다. 내가 곁에서 챙길 수 있어지니 식사도 생활도 조금씩 정상적으로 돌아오는 것 같아 보였다.

이런 추세라면 나도 곧 다시 일상으로 복귀가 가능할 것 같다는 희망을 품을 수 있는 상황이 이어지고 있었다. 하지만 희망은 단지 희망일 뿐이었다. 아버지의 예전 증상들은 조금씩 다시 나타나기 시작했다. 그러던 중 신경과 진료가 예약되어 있다는 문자가 아버지 핸드폰으로 날아 왔다. 그런데 아버지의 반응이 이상했다.

예약 일자가 되었는데 약이 아직 많이 남아 있다며, 신경과는 가지 않아도 될 것 같으니 예약을 연기하라고 하셨다. 그때까지도 아버지에게 신경과 진료는 그저 두통약을 받으러 가는 수준에서 크게 벗어나지 않고 있었다.

어머니가 살아 계실 때는 심장혈관 내과와 신경과 진료 날짜를 잘 맞춰 같은 날 진료를 받아 왔는데, 어머니가 돌아가시고 난 후 신경과는 예약을 건너뛰고 다시 예약 날짜를 연장하는 식으로 진료를 미루어 오면서 심장혈관 내과 가는 날과 날짜가 맞지 않았다.

그도 그럴 것이 몇 달 분량의 약들이 집안에 쌓여 있으니 가서 약을 더 받아 오기도 그랬던 것 같다. 나는 그래도 혹시 모르니 진료를 가자고 아버지를 재촉해 병원을 찾았다. 어떤 가능성이라도 열어 놓고 아버지의 상태를 체크해야 했다. 내가 일을 중단하고 아버지 곁을 지키는 기간 동안 지금 증상의 호전이 없다면 지금의 내 시간은 의미가 없었다.

신경과를 찾았다. 그리고 나는 그곳에서 그분을 처음 만났다. 신경과 의사 선생님 입을 통해 처음 듣게 된 낯선 이름의 그분. 파킨슨. 신경과 의사 선생님은 아버지의 병명은 파킨슨병이라고 하셨다. 우리 가족과 그분과의 공식적인 동거는 그때부터 그렇게 시작되었다.

아니 이미 비공식적인 동거는 시작되었고 그분의 존재를 그때 비로소 알게 되었다는 표현이 맞는 것 같다. 하지만 그분을 일단 만나기는 했는데, 그분이 뭐하는 분인지 뭘 하실 분인지 우리는 전혀 알지 못했다. 병을 앓고 있는 환자도 그 환자의 보호자도 전혀 알지 못했던 그분은 그러는 사이 우리 곁에 성큼 다가와 있었다.

우선은 그분과 맞서기 위해서는 그분에 대한 공부가 필요했다. 상대는 이미 공격을 시작했는데 우리는 방어조차도 시작하지 못하고 있는 형국이었다. 하지만 그 병에 대해 공부를 시작하자 나의 마음은 차츰 무거워졌다. 파킨슨병.

원인을 밝혀내지 못한 이유로 인해 뇌 안에 어떤 물질의 생성이 중단되면서 그로 인해 자신의 몸이 서서히 굳어가는 병. 원인을 알지 못하므로 치료는 불가능하며 약물을 통해 진행 속도를 늦추는 것이 최선책. 내가 알아낸 파킨슨병의 정의는 그랬다. 몸이 굳어가는 병. 듣기만 해도 절망감이 엄습하는 내용이었다.

그 절망감은 시간이 흐르고 그분에게 접근해 갈수록 공포감으로 변해갔다. 언제부터 얼마나 몸이 어떻게 굳어 가는 것일까? 몸이 굳으면 굳은 상태로 또 얼마를 견디며 살아야 하는 것일까? 하지만 아직 아버지는 신체 어느 부분도 굳어지고 있는 것처럼 보이지는 않았다. 우리가 판단하기에는 아직 그 병은 아버지에게 진행되고 있지 않은 것처럼 보였다.

그때의 우리 생각으로는 지금이라도 알게 되었으니 증상이 시작되기 전 어떻게든 시기를 늦추는 치료를 열심히 하면 될 듯 보였다. 하지만 그 생각은 야무진 생각이었지만 무모한 생각이기도 했다. 그 병이 그저 몸만 굳는 그런 병으로만 인식한 초급 지식으로 발생한 착각이었다.

나는 곧 대학병원에서 주최하는 파킨슨병 관련 세미나를 다니기 시작했다. 인터넷 커뮤니티에도 가입했다. 이렇게 저렇게 정보를 모으며 기초 지식을 지나 조금 더 깊이가 있는 내용들까지 알아보려고 노력했다. 하지만 이런 일련의 과정을 통해 병에 대해 가까이 가면 갈수록 그 실체는 내가 최초 알았던 사실보다 크고 복잡했다.

어느 대학병원 파킨슨병 관련 세미나. 수술 사례가 소개되었다. 몸을 움직이지 못하던 환자가 홀로 걷게 되는 호전을 일으킨 수술이라고 소개되었다. 하지만 나는 그 수술 장면을 보며 기겁을 했다. 물론 의학적으로는 병의 호전을 위해 행해지는 수술 장면이었지만 보호자의 입장에서 보기에는 충격적인 영상이었다. 내 아버지가 저 수술을 받아야 한다면, 상상을 멈춰야 했다. 자꾸 오지도 않은 미래가 그 장면과 오버랩되자 공포감이 밀려왔다.

또 가끔은 저녁 뉴스에 파킨슨병의 미래를 밝혀 줄 혁신적인 의학 기술이 혹은 신약이 발견되었다는 소식이 나오고는 했다. 그럴 때마다 나는 희망을 품었다. 아버지의 병이 진행되기 전 이런 것들이 나왔으니 천만다행이다. 그러나 그 희망은 그저 희망에 불과했다. 대부분 뉴스에 소개되는 의학 기술이나 신약은 처음 실험에 성공한 단계 정도의 발표였다.

그 후 그 기술이나 연구가 상용화되기까지 얼마가 걸리게 되는지는 아무도 모르는 것이 현실이었다. 무엇에 관해 알아 간다는 것이 이렇게 힘이 들고 무거운 일이 되었던 경우는 처음이었다. 하지만 그 두려움과 어려움 속에서도 나름의 성과는 있었다.

지금 아버지 병의 원인을 찾지 못하던 여러 가지 증상들이 파킨슨병의 몸 경직 외에 동반되는 증상들과 묘하게 겹치고 있다는 사실을 발견했기 때문이었다. 그간 오랜 시간 이 병원 저 병원을 전전하며 찾고 싶었던 아버지의 여러 증상들의 원인을 찾은 것 같았다. 놀라운 발견이었다.

그렇게 만나고 싶었던 정체불명의 존재. 그를 대면하는 순간이었다. 그렇게 어머니와 우리 가족을 힘들게 했던, 아니 오랜 시간 동안 아버지를 힘들게 했던 그 증상들의 원인을 찾는 순간이기도 했다.

# 새로운 시작

병명을 듣고 공부를 하면서 내가 가장 먼저 한 일은 신경과 병원을 옮기는 일이었다. 우선 신경과 병원을 신촌 세브란스병원에서 집 옆의 한일병원으로 옮겼다. 가장 큰 원인은 거리와 진료 간격이었다. 대학병원의 진료 간격은 보통 3개월이었기 때문이다.

어머니와 아버지의 이전 진료를 살펴보면 3개월의 진료 간격은 너무 길었다. 어머니의 간암도 마지막에는 병원에 가는 간격이 조금은 빨라졌지만 그 빨라진 간격 사이에도 암은 온몸으로 퍼져 버리고 말았었다. 물론 그 정도 상태라면 매일 병원에 간다고 해도 암의 진행 속도를 막을 수는 없었을 것이다.

하지만 보호자 입장에서는 아무리 훌륭한 의사라도 필요한 때에 만나지 못하면 도움이 되지 않는 것처럼 느껴지는 것이 현실이다. 해서 집에서 가장 근거리에 있는 한일병원으로 신경과 진료만 병원을 옮겼다. 병원을 옮기게 된 계기는 의사와의 만남이었다. 한참 여기저기 파킨슨병 공부를 하며 다니다가 집 옆에 있는 병원의 신경과를 찾은 적이 있었다.

그때는 누구라도 만나 무슨 이야기라도 듣고 싶어 여기저기를 찾아 다니던 시기였다. 다행히 우리 집에서 담을 하나 사이에 두고 병원이 있었다. 한일병원이었다. 우리 아파트는 예전 한국전력 연수원이 있던 자리이다. 우리 집 인근에는 예전 80년대 기업 연수원이 몇 곳 있었다. 지금은 이런 시설들이 경기도나 강원도 일원으로 옮겨 갔지만 80년대만 해도 우리 동네에는 유공 연수원, 한전 연수원 등이 있었다.

한 드라마에 소개되었던 쌍문동은 그 시절만 해도 그저 서울 외곽의 한적한 동네였다. 그래서 우리 집이 있던 아파트는 당초 한전 사원 주택 조합에서 건설한 아파트였고 그 옆에는 서소문에 있던 한전에서 운영하던 한일병원이 옮겨와 있었다. 하지만 집 근처에 큰 병원이 있어도 부모님들은 주로 신촌 세브란스 병원을 다니셨다.

아버지의 변비 때문에 이 병원 응급실을 다녀는 봤지만 외래 진료를 와 본 것은 처음이었다. 병원에는 점심시간이 끝나지 않아 간호사만 홀로 자리를 지키고 있었다. 나는 그 간호사에게 아버지에 관한 이야기를 하기 시작했다.

고맙게도 그 간호사는 메모까지 하면서 나의 이야기를 친절하게 들어 주었다. 이야기를 하면서 나는 생각했다. 의사를 만나 해야 할 이야기를 쉬고 계시는 간호사에게 왜 이렇게 자세히 하고 있을까? 하지만 그때 내 심정은 간호사가 아니라 지나가는 낯선 사람이라도 붙잡고 이야기를 하고 싶었다.

아버지의 파킨슨병 진단으로 나는 당황했었고 그 당황으로 마음은 자꾸 조급해졌었다. 긴 이야기를 듣고 난 간호사는 신경과 3명의 선생님 중에 신경과 과장님을 추천해 주었다. 그날 오후 나는 진료 신청을 하고 신경과 과장님을 만났다.

이미 간호사 선생님이 차트를 만들어 내가 했던 이야기를 잘 정리해 놓았던 모양이었다. 나는 그간 있었던 아버지와의 긴 이야기를 늘어놓았다. 환자도 없이 찾아온 병원에서 나의 이야기는 길게 이어지고 있었다.

어머니가 살아 계실 때부터 그 후 파킨슨병을 알게 되었던 최근까지 마치 우리 집안의 그간 일들을 끝없이 풀어내고 있었다. 길었던 내 이야기가 끝나자 과장님은 내게 한마디 말을 던졌다.

"앞으로 병원 가실 일이 많을 것 같은데, 세브란스병원은 너무 멀지 않으세요?"

하지만 한일병원으로 오라는 말씀은 하지 않았다. 다만 지금의 증상들은 확실히 파킨슨병과 연관이 있어 보인다는 소견과 함께 자세한 사항은 환자와 만나봐야 알 것 같다는 이야기만 했다. 판단은 나의 몫이었다. 하지만 그 후 신경과 과장님의 그 한마디는 예언처럼 들어맞았다.

이후 아버지는 그 병원 신경과를 옆집 드나들 듯 자주 가시게 되고 말았다. 결국 나는 신경과만 병원을 집 옆 한일병원으로 옮기는 일을 감행했다. 처음 가족은 나의 행동에 우려를 표했다. 계속 다니던 병원을 다니는 것이 좋을 것 같다는 의견이었다. 그 말도 틀린 말은 아니었다. 하지만 지금 아버지에게 필요한 것은 힘들어하실 때마다 찾을 수 있는 병원이었다.

몇 달에 한 번씩 찾아가 약을 받는 병원보다는 자주 가서 아버지의 증상을 들어주고 해결책을 제시해줄 병원이 필요했다. 무엇보다 그 통증들의 원인이 파킨슨병이라면 더욱 그래야 했다. 나는 진료에 앞서 신경과 과장님께 몇 가지 부탁을 드렸다. 그 첫 번째는 아버지께 안도감을 주시라는 부탁이었다.

아버지는 의사 선생님의 말 한마디면 죽을 것 같다가 다시 살아나는 일이 자주 있었다. 반대로 잘 지내시고 계시다가 병원에서 들은 말 한마디로 그날로 앓아누워 버리신 일도 많았다.

'당신은 지금 건강하다. 아무런 문제가 없으니 건강하게 생활해라.'

이런 말에는 살아나셨다가,

'상태가 저번보다 조금 안 좋아진 듯 보인다.'

이런 말에는 다시금 앓아누우셨다.

마치 성경 속 예수님이 앉은뱅이에게 일어나 걸으라 하니 걸었던 것처럼 아버지에게 의사 선생님의 말은 예수의 능력과도 같은 큰 힘을 지니고 있었다. 물론 그 효과가 오래도록 지속되는 것은 아니었지만, 분명히 영향력은 있었다.

따라서 선생님께 특별히 부탁을 드렸다. 만약 어디가 안 좋아지셨다는 말을 하실 거라면 그건 나에게만 말씀을 해달라고 부탁을 했다. 아버지 앞에서는 그냥 용기를 주는 이야기만 해 달라고 했다. 선생님도 내 의도를 파악하시고 그렇게 하겠다고 약속을 해 주셨다.

두 번째는 필요할 때마다 수시로 진료를 할 수 있게 해 달라는 부탁이었다. 진료가 아니더라도 아버지가 병원이라는 곳을 찾아야 할 것 같으면 이곳을 찾게 해달라는 부탁이었다.

원인을 알지 못하고 이곳저곳을 찾았던 아버지의 증상들이 정말 파킨슨병에 동반되는 증상들이라면 더 이상 여러 병원이며 한의원들을 쫓아다니며 시간과 돈을 허비하지 않아도 될 것 같아서였다. 과장님은 흔쾌히 승낙을 해 주셨다.

예약만 해 놓으면 그 날짜가 아니라도 언제든 예약을 변경해 진료를 할 수 있도록 간호사 선생님들에게도 조치를 해 주셨다. 그렇게 공식적인 파킨슨병의 첫 진료를 그곳에서 그렇게 시작했다. 그간 세브란스병원 신경과에서 일방적으로 약만 받아오던 단순한 진료에서 한일병원에서는 본격적인 진료가 시작된 것이다.

그렇다고 두 병원 중 어느 한쪽 병원도 아버지의 병을 고칠 수 있는 새롭고 확실한 치료가 이루어질 가능성은 없어 보였다. 아니 그 병 자체가 완치를 목적으로 하는 치료가 아니었으니 정확한 표현은 지연을 위한 치료라는 표현이 더 맞을 것 같았다. 다만 지금 중요한 것은 가까이에서 자주 아버지를 살피는 일 같았다. 따라서 병원도 가까이 자주 갈 수 있는 병원을 찾아 병원을 옮긴 것뿐이었다.

아버지의 파킨슨병과의 투병은 그렇게 시작되었다. 무엇이 문제인지도 모르고 살았던 지난 시간들, 그 답답하고 힘들었던 아버지의 여러 증상들을 조금은 완화시켜 드리고 싶었다. 그것이 지금 나의 생업을 접고 아버지에게 올인하고 있는 시간 동안 해야 할 가장 중요한 일이기 때문이었다. 사실 약간의 조바심도 있었다.

그 사이 내가 일을 그만두고 집에서 아버지만 돌보기 시작한 지도 3개월이 넘어가고 있었다. 그 사이 계절은 여름에서 가을이 되어 있었다. 그때 나는 처음 알았다. 계절의 변화가 사람에게 조바심을 준다는 사실을.

아파트 화단에 나무들이 초록에서 갈색으로 변해가는 모습을 보는 것만으로도 마음속에서는 자꾸만 불안감 같은 것들이 생겨났다. 하지만 나는 그때만 해도 몇 달만 쉬면서 아버지를 조금 안정시켜 드리면 내가 다시 일상으로 복귀할 수 있을 거라는 믿음을 버리지 않고 있었다. 마음은 급했고 무엇을 해도 조급한 마음은 일에 속도를 점점 높이고 있었다. 하지만 그러는 사이 내가 알아야 할 것들은 늘어났고 내가 해야 할 일도 늘어만 갔다.

실체에 하나씩 다가갈수록 해야 할 일도 하나씩 늘어가는 모양새였다. 우선은 그간의 증상들을 정리해 보는 일이 필요했다. 불안함을 유발하는 여러 증상들, 지독한 변비, 일정하지 않았던 신체 여러 부위의 통증들.

신경과 선생님의 소견으로는 이런 대부분의 증상들이 파킨슨병의 진행으로 유발되고 있을 거라고 추측하셨다. 설명을 듣고 상태를 살펴보니 접점이 생겼다. 그렇게 접근하고 정리를 해보니 마음이 한결 가벼워지는 느낌이었다. 우선은 그간 원인을 알지 못하고 방황하며 진행했던 여러 가지 치료들을 중단해도 될 것 같았다.

돌이켜 생각해 보면 그간 어머니가 살아 계실 때부터 위에 열거 된 증상들을 개선해 보겠다고 너무나 많은 병원을 전전했었다. 하지만 그런 시도들은 정확한 원인도 찾지 못하고 한동안 다니다가 호전이 없으면 중단하기를 여러 차례 반복했었다.

결국 파킨슨 씨는 이미 아버지에게 찾아와 여러 가지 형태로 자신의 존재감을 드러내고 있었지만 우리는 눈치채지 못하고 남의 다리만 긁고 있었던 것 같았다. 여러 가지 치료를 했던 원인 중의 하나는 병세가 호전되지 않았던 것이 가장 큰 이유일 것이다. 백약이 무효한데 증상은 반복되는 절망적인 상황. 하지만 그런 중에도 이런 일들을 계속 반복하는 원인은 주변의 적극적인 추천이다.

바이럴 마케팅의 피해라고 해야 할까? 어머니는 아버지가 여기저기 아프시다는 말씀을 주변에 자주 하셨고 그런 이야기가 나오면 신기하게도 그 주변의 한 분은 기다렸다는 듯이 그 증상에 용한 의사나 병원을 꼭 추천해 주셨다. 일종의 성공사례 같은 것이다.

그 이야기 속 주인공은 언제나 어떻게 그렇게 아버지와 똑같은 증상을 가졌는지 신기할 정도였지만 그 후 이어진 이야기 속에는 극적으로 명의를 만나 완치에 이르는 감동적인 장면이 연출되고 있었다. 환자를 두고 있는 사람이라면 그런 말들은 사막에서 오아시스를 만나는 이야기였다. 아무리 말재주가 없는 분이 미사여구 없이 설명을 해도 그 이야기는 환상적이고 극적인 스토리로 변모했다.

어머니는 귀가 얇은 분은 아니셨지만 워낙 아버지의 병으로 마음 고생을 하시고 난 후에는 두터웠던 귀가 몹시 얇아져 있었다. 따라서 여기저기서 불쑥 솟아나는 성공의 치유 스토리는 우리도 이제 곧 완치의 감동을 맛보게 되리라는 희망을 품기에 충분했다. 주변의 추천을 듣고 나면 우리 가족은 그 유명하다는 병원을 결국 찾아가게 되고 일정기간 그 병원에 치료를 받고는 했다. 하지만 성공 신화 속 병원에서 어떠한 개선의 효과를 얻었던 기억은 한 번도 없는 것 같았다.

신기하게도 장안에 소문이 파다할 정도로 유명한 병원이고 한의원이라고 했는데, 막상 찾아가면 고개를 끄떡이며 금방 고쳐줄 것 같이 치료를 시작했지만 꼭 아버지만은 예외였다. 기적에 가까운 의술을 펼친다는 그 많은 곳들이 아버지에는 그저 단 1%의 예외에 불과했던 것 같았다. 어머니가 주로 병원 쪽이라면 누나는 주로 한의원 쪽이었다. 두 사람이 수소문해서 얻어오면 용한 곳들은 일 년이면 대여섯 곳을 넘었었다.

그런데 그 많은 병원의 치료와 노력이 모두 허사로 끝나고도 몰랐던 그 증상의 원인이 모두 한 가지 병을 통해 유발된 것이라는 사실을 알게 되면서 나는 그간의 실패 원인을 찾은 것 같았다. 그저 몸이 굳는 병이라는 단순한 상식으로만 알고 있었던 파킨슨병이 그렇게 많은 천군만마를 거느린 큰 병이라니 병에 대해 알아가면 갈수록 놀라움의 연속이었다. 지피지기면 백전백승이라고 했는데, 그간 우리는 상대를 모르고 싸우고 있었던 것 같았다.

이제 이기는 싸움은 아니더라도 적어도 적을 막고 버티는 싸움을 시작해야 할 시기가 온 것 같아 보였다. 시간이 흐를수록 처음 조급했던 마음이 차츰 진정되는 듯 보였다. 처음의 내 마음처럼 서둘러 정리하고 나의 일상으로 넘어갈 그런 상황은 아닌 듯 보였다. 신중함이 필요한 순간이었다.

예전의 실패를 거울삼아 신중한 접근이 필요한 것 같았다. 그렇게 아버지의 새로운 병마와의 인생 3차대전은 시작되었다. 언제나 아군이셨던 어머니의 부재를 극복하고 새로운 아군으로 등장한 아들과 함께.

# 허니문

신경과에서 본격적인 병원 진료를 시작하고, 약도 적극적으로 드시기 시작했다. 약이 가져온 변화는 커 보였다. 그저 두통약처럼 가끔 드시던 그 파킨슨병 약을 이제는 하루 4번 정기적으로 드시기 시작하셨다. 그러자 정말 신기하게도 일상 생활에 변화들이 찾아오기 시작했다.

아버지의 움직임이 다양해지기 시작한 것이다. 일단은 약을 드시기 시작하면서 외출이 많아지셨다. 가깝게 교회 지인들 모임을 시작으로, 조금 멀리 가야 하는 황해도 고향 분들 동창회, 아주 멀게는 아버지가 근무하셨던 학교가 있던 동두천 소요산을 찾는 일까지. 물론 그 전에도 모두 다니시던 모임이나 장소들이지만 어머니가 돌아가시고 한동안 혼자 밖에 나가시는 일을 불안해 하셨다. 해서 모임도 자주 빠지시고 자주 다니시던 곳들도 왕래를 하지 않고 계셨다. 하지만 약을 드시고 난 후부터는 예전의 활기를 다시 되찾고 계시는 것처럼 보였다.

병원은 2~3주 간격으로 갔다. 물론 의사 선생님은 지금 상태면 한 달 만에 오셔도 좋을 것 같다고 했지만 우리가 부탁을 해서 가능하면 2주 간격으로 병원을 찾았다. 병원을 찾으면 이것저것 걸어도 보시고 앉았다가 일어나기도 하시고 다양한 검사를 했지만, 언제나 가장 먼저 물어보는 것은 "식사는 잘 하시나요?"였다. 처음에는 그냥 인사로 하는 이야기로 들었지만 실상은 그게 아니었다.

음식을 드실 때 잘 넘기고 계시느냐는 질문이었다. 병원에 가서 아버지가 진료를 마치고 나오시면 나는 예약 날짜를 잡는다는 핑계로 다시 진료실에 들어갔었다. 아버지가 없는 자리에서 의사 선생님에게 아버지의 상태를 확인하고 싶어서였다. 어느 날 의사 선생님이 내게 질문을 하셨다.

"진짜 식사는 잘 하고 계시죠? 음식물 잘 넘기고 계시죠?"

그렇다고 대답을 하자 의사 선생님은 내게 당부했다.

"잘 살펴보세요. 만약 음식을 넘기지 못하는 경우가 발생하면 식도에 마비가 와서 굳어지기 시작한 것이니 잘 살펴야 해요."

여러 차례 그런 이야기를 듣고 나니 살짝 겁이 났다. 목 안쪽이 굳어져 밥을 못 드시면 어떻게 되는 것일까? 상상하기 싫은 상황들이 자꾸 눈앞에 아른거렸다. 하지만 의사 선생님의 주문은 그것만이 아니었다.

철저하게 지금은 약물을 통해 파킨슨병의 진행을 늦추고 있는 상황이니 지금 드시는 약이 약효를 발휘하지 못하면 약을 올려야 한다고 하셨다. 그러려면 몇 가지 일러주는 상황들을 주시하고 있다가 그런 증상들이 유발되면 알려 달라고 하셨다. 그 중 하나가 식사였다.

나는 항상 아버지를 주의 깊게 관찰하게 되었다. 다행스럽게도 아직까지는 의사 선생님이 우려하는 증상들은 나오지 않고 있었다. 의사 선생님은 그때를 허니문 시기라고 이야기했다. 초기 파킨슨병에 약물을 투여하고 그 약이 가장 효과를 잘 발휘하는 시기를 지칭하는 말이었다.

이때는 병의 증상과 약물의 효과가 조화롭게 잘 어우러져 지낸다고 하여 그렇게 불리는 말이라고 했다. 그랬다. 언제나 우려 섞인 질문들로 아버지의 상태를 걱정했던 의사 선생님의 염려와는 달리 아버지와 파킨슨 씨의 허니문 기간은 조금은 지속되고 있는 것처럼 보였다.

무엇보다 고무적인 것은 전에 있었던 여러 가지 증상들에 대한 호전도 조금은 이루어지고 있는 것이었다. 그렇게 오랜 시간 우리들을 괴롭혔던 변비 증상도 조금은 완화된 것 같아 보였다. 그렇다고 완전히 좋아진 것은 아니었지만 적어도 응급실에 달려가는 일은 확실하게 줄어들고 있었다.

또한 가슴 통증, 머리 통증, 불안감 호소 등 한동안 아버지를 괴롭혔던 주요 증상들이 조금은 개선의 여지를 보여주고 있었다. 이렇게 증상들이 완화되자 곧바로 아버지의 외출은 늘어났다. 그간 원인을 알지 못하던 여러 증상들에 시달려온 가족에게는 이보다 더 좋은 일은 없을 것만 같았다.

그간 변비와 두통과 가슴 통증으로 인한 불안감 호소로 인해 가족이 보냈던 시간들은 정말 끔찍했다. 하지만 정작 더 힘들었을 사람은 그 고통을 느끼고 지냈던 아버지 본인이었을 것이다. 그러기에 다시 시작된 아버지의 외출과 모임 참석은 우리 가족으로서는 무슨 일이 있어도 적극적으로 돕고 지원하고 싶은 일이었다.

나가실 수만 있다면 지구 끝까지 모시고 갈 수 있다는 마음이었다. 처음에는 낮에 아버지가 외출을 하실 일이 생기면 주로 동생이 아버지를 모시고 다녔다. 당시 동생은 밤에 일을 했기 때문에 낮에는 시간이 자유로웠다. 따라서 아버지의 외출에는 동생이 늘 기사 역할을 자처했다.

동네 인근을 나가시는 경우에는 문제가 되지 않았지만 동두천의 소요산을 갈 경우에는 긴 시간을 필요로 하는 일정이었다. 집에서 아무리 빨리 가더라도 1시간 이상을 달려가야 하는 먼 거리였다.

동생은 오전에 아버지를 모시고 소요산 입구에 아버지를 내려 드리면 아버지는 인근 동네 분들과 식사도 하시고 시간을 보내다가 해가 저물 때가 되어서야 집으로 돌아오셨다. 아버지의 동두천 나들이는 언제나 의정부에 사시는 김 선생님이 동행하셨다. 김 선생님은 예전 동두천에 사실 때 소요산 인근에 사셨고, 아버지와는 분교 근무를 하실 때 같이 근무를 하셨던 친한 후배 선생님이셨다.

또한 동생에게는 초등학교 시절 담임을 맡으셨던 선생님이라 우리 집과는 여러모로 친분이 두터운 분이셨다. 소요산 일정은 언제나 동두천에 가면서 의정부에 들러 선생님을 태우고 다시 돌아오는 길에 의정부에 선생님을 내려 드리는 식이었다.

하지만 워낙 술을 좋아하셨던 김 선생님은 술을 더 드셔야 한다며 아버지만 먼저 보내고 남아서 늦도록 술을 드시고 오시는 일도 많았다. 동두천 소요산에는 아버지와 친한 분들이 여럿 계셨다. 그곳은 아버지에게는 제2의 고향 같은 곳이었다.

예전에 소요산 인근 소요초등학교에서 오랫동안 근무를 하셨고 그 이후에도 시간이 날 때면 언제나 그곳을 찾아 그 동네 분들과 시간을 보내셨던 곳이다. 그곳에 가면 그 동네 분들이 친구이고 후배이고 친척 같았다.

내가 군대에 입대했을 때 아버지는 아들을 군대에 보내놓고 내 안부가 궁금해 매일 소요산 주변 분들에게 내 걱정을 하셨다고 한다. 처음으로 자식을 군에 보냈던 나의 군입대는 아버지에게는 큰 걱정이셨던 모양이었다. 아버지도 홀로 남쪽에서 외로운 군대 생활을 경험하셔서 그랬는지 몰라도 예전부터 나의 군입대에 대한 막연한 걱정을 품고 계셨다.

내가 고등학교 다닐 때였던 걸로 기억한다. 아버지는 그날 고향 분들이 모이는 모임에 다녀오셨다. 내 기억으로는 황해도에서 다니시던 중학교의 재경 총 동문회에 다녀오셨던 것 같았다. 평소 술을 잘 드시는 분은 아니셨는데 그날은 술이 많이 취해서 귀가하셨다.

오자마자 옷만 벗으시고는 그대로 쓰러져 누워 버리셨다. 취해서 주무시는 줄 알았던 아버지가 안방으로 나를 부르셨다. 그리고 갑자기 내 군대 이야기를 하시기 시작했다. 처음에는 무슨 말씀을 하시는지 몰라 어리둥절했다. 이제 고등학생인 내게 무슨 군대 갈 이야기를 하시나 했다.

그런데 아버지는 이야기를 하시면서 기분이 좋아 보이셨다.

"성우야! 걱정 말아라. 네가 나중에 군대 가더라도 고생 안 하게 좋은 곳으로 갈 수 있게 해줄 수 있을 것 같다."

"아버지 학교 선배님 중에 올해 별 3개 달고 전역하신 선배님이 계시는데 오늘 내가 만나서 인사도 하고 이야기도 많이 했다."

"아무 걱정 안 해도 된다. 아무 걱정 할 필요 없다."

그런데 그 말씀을 웃으며 하시던 아버지 눈가에 눈물이 보였다. 분명 말씀은 웃으며 하시고 계셨지만 아버지는 울고 계셨다. 그날 아버지가 우리 자식들 앞에서 처음으로 눈물을 보이셨다. 나는 그때 아버지의 그 눈물의 의미를 잘 알지 못했다.

오랜만에 술을 많이 드셔서 그런 것이겠지 생각했을 뿐이다. 세월이 한참 흐르고 나는 비로소 아버지의 눈물의 의미를 조금은 이해할 것 같았다. 전쟁 후 홀로 남한에 내려와 외로운 군대 생활을 하셨던 아버지. 아버지에게 사무치게 외로웠던 남쪽에서의 첫 시간은 군대였다.

당신에게 그렇게 외롭던 기억으로 남아있는 그런 곳에 아들을 보낼 상상을 하면 억장이 무너지셨던 모양이었다. 당신의 고통스럽던 시간이 아들에게 전이될 것 같아 불안해하셨던 것 같았다. 그런데 우연히 참석한 총 동창회에서 고향 선배님 중에 별이 무려 3개나 되는 장군을 만나고 나니 든든한 빽이 생긴 것 같았던 모양이었다.

집에 돌아와 내 얼굴을 보니 그간의 걱정이 안도감으로 변하면서 그렇게 눈물이 나셨던 것 같았다. 그렇게 걱정이었던 아들의 입대가 현실로 이루어졌으니 아버지는 매일 아들 걱정에 한숨으로 나날을 보냈다고 한다.

매일 입만 열면 군대 간 아들 걱정을 하고 계시는 아버지를 보다 못한 소요산 동네 후배 한 분이 결국 내가 훈련을 받고 있던 백마부대 훈련소로 나를 찾아 오셨던 적이 있었다. 그분은 소요산 인근 부대에 근무하시던 이 상사 아저씨였다. 후에는 주임 원사가 되셔서 '이 원사 아저씨'라고 불렀지만, 당시에는 상사였기 때문에 '이 상사 아저씨'라고 불렀다.

원래 훈련소 기간에는 훈련병은 외부인과의 면회가 금지되어 있는데 이 상사 아저씨는 군인이셨기 때문에 나를 위해 특별히 휴가를 내시고 내가 훈련을 받고 있던 훈련소를 찾아 왔었다.

5월 한낮의 뜨거운 연병장에서 구슬땀을 흘리며 훈련을 받던 내게 조교가 다가왔다. 갑자기 열외를 하게 되어 어리둥절해 하고 있는 나를 조교는 우선 세면장으로 데려가 얼굴을 씻기고 복장을 정돈시키더니 나를 어디론가 데리고 갔다.

조교가 나를 데리고 간 곳에는 익숙한 얼굴의 군인 한 분이 나를 기다리고 있었다. 이 상사 아저씨였다. 아저씨는 휴가까지 내며 이곳을 찾은 이유를 설명해 주셨다.

"저녁마다 아버지가 소요산에 오셔서 네 걱정에 연신 한숨만 쉬고 계셔서 내가 보다 못해 달려왔다. 잘 지내고 있지?"

결국 이 상사 아저씨가 나의 안부를 아버지에게 전한 후에야 매일 이어지던 한숨 소리는 멈추게 되었다는 후일담이 있다.

이후 훈련소를 마치고 퇴소식을 할 때는 소요산의 아버지 후배 유 사장님 아저씨가 자신의 차로 아버지와 어머니를 모시고 찾아 왔었다. 당시 차가 없었던 우리 가족을 위해 당신의 차에 음식을 가득 싣고 부대를 찾아 주셨던 유 사장님 아저씨.

이후 유 사장님 아저씨는 내가 자대 배치를 받고 면회를 올 때도 당신의 차로 부모님을 모시고 부대를 찾았었다. 처음 찾아가야 하는 전방 지역 부대에 길도 모르는 아버지와 어머니를 그냥 보낼 수 없어 함께 오셨다고 했다. 소요산 동네 분들은 가족도 하기가 힘든 일들을 마치 자신들의 가족처럼 해 주시고 계셨다.

여름이면 우리를 불러 맛난 음식을 챙겨 주셨던 정육점 사장님, 아버지를 친형처럼 따르던 갑수 아저씨, 아무 때나 찾아가도 자리를 내어주고 말동무가 되어 주던 소요산 입구의 슈퍼 사장님.

그곳에는 헤아릴 수 없이 많은 분들이 아버지를 친가족처럼 대해 주시며 정을 나누어 주고 있었다. 그래서 아버지는 소요산을 찾으며 남쪽에는 없는 고향 사람들의 훈훈한 정 같은 것을 느끼셨던 것 같다.

이후 거동이 힘들어 부축을 해야 외출이 가능했던 시절에도 아버지는 혼자라도 소요산에 들러 슈퍼에서 잠시 앉아 짧은 담소라도 나누거나 갑수 아저씨를 만나 식사라도 하고 오시는 날도 많았다. 그렇게 아버지에게 소요산은 제2의 고향이었다.

아버지는 모임이 많은 분이셨다. 소요산에만 한 달에 한 번 하시는 모임이 두 개나 있었다. 하나는 소요산 동네 분들과 하시는 친목계. 하나는 소요산에 있던 학교에 계실 때 같이 근무하셨던 선생님과 그 주변 지인들 모임. 그러니 그 모임이 있는 날은 무조건 소요산에 가셨다.

다른 날도 의정부 김 선생님이 술 드시러 가신다고 하면 당신은 술을 드시지 않으셔도 함께 가셔서 동네 분들과 어울리다가 오시는 것이 일상이었다. 언제나 소요산을 찾은 아버지가 그곳에서 동네 분들을 만나고 있는 동안 아버지를 모시고 갔던 동생은 동두천에서 머물며 기다리다가 일정이 끝나면 아버지를 다시 태우고 서울로 돌아왔다.

보통은 서너 시간을 차에서 기다려야 하는 경우가 대부분이었다. 저녁에 일을 해야 하는 동생으로서는 여간 피곤한 일정이 아닐 수 없었다. 하지만 동생은 불평 한마디 없이 아버지를 모시고 다녔다. 이후 동생이 힘들면 내가 아버지를 모시고 다니는 일도 점차 많아졌다.

소요산 외에도 모임은 더 있었다. 가장 처음 동두천에서 교직 생활을 하실 때 함께 근무했던 선생님들 모임. 이 모임은 아버지가 하시는 모임 중에 가장 역사가 긴 모임이었다. 이 모임은 단순한 모임 외에도 돈을 모아 해외 여행도 자주 다녀오셨던 모임이었다. 그리고 퇴직 전 동두천에서 서울로 출퇴근을 함께 하시던 선생님 모임. 이 모임은 아버지를 제외하고는 모두 여선생님들로 구성된 모임이었다. 특히 선생님들 댁은 서울 각지에 흩어져 있었지만 항상 아버지가 나오시기 편하게 우리 집 근처에서 모임을 하는 것이 특징이었다.

다음은 아버지 고향 중학교 동창회 모임. 아버지의 진짜 친구들이 모이는 모임이었다. 중학교 동창 중에서 전쟁 때 남한으로 내려오신 분들의 고향 친구 모임이었다. 주로 모임은 종로 삼일빌딩에 있는 뷔페 식당에서 하셨다. 하지만 때로는 아버지의 주선으로 소요산 유 사장님 아저씨네 오리구이 집에서도 모임을 했었다. 그런 날이면 길음동 사시는 아버지 친구분까지 모시고 갔다가 모셔다 드리는 일정을 소화해야 했다. 그리고 교회 친목 모임. 연배가 비슷한 분들끼리 모임을 만들어 하는 모임인데, 아버지를 배려해 우리 집 근처에서 모임을 하는 경우가 많았다.

우리 집 근처에 큰 고깃집이 하나 있었는데 맛은 뭐 그냥 그럭저럭 하는 유명한 집은 아니였지만, 단지 우리 집에서 가장 가깝다는 이유로 그 모임의 단골 장소로 이용되기도 했다. 더 맛나고 좋은 집도 많았을 텐데 아버지를 위해 매달 그 집에서 모임을 하시는 교회 분들에게 미안하기도 했지만 고맙기도 했었다.

이 모임들은 대부분 한 달에 한 번은 모임을 가졌기 때문에 그 모임만 해도 한 달이면 6개 정도의 정기 모임이 있었다. 하지만 나와 동생은 그 장소가 어디라도 주저함 없이 아버지를 모시고 모임을 다녔다.

약을 드시고 활력을 찾기 전을 상상한다면, 그렇게 평화롭게 밖을 나가시는 아버지의 모습은 나에게도 동생에게도 허니문 같은 시간이었기 때문이다. 행복한 시간은 빨리 흐르는 것일까? 시간은 언제 지나갔는지 느낄 틈도 없이 바르게 지나가고 있었다. 지나고 나면 짜릿한 추억으로 남아 버리는 허니문처럼.

# 보호자의 일상

그렇게 아버지의 본격적인 진료가 시작되고 일상의 안정이 찾아오기까지 6개월가량이 걸린 듯 보였다. 내가 회사 일을 접고 아버지에게 매달리기 시작하고 계절이 여러 번 변하고 있었다.

어느덧 해를 넘겨 벌써 새해가 되었다. 지난 여름 처음 일을 중단하고 아버지 곁을 지키기 시작할 때는 이렇게 시간이 빨리 가게 될 줄은 상상하지 못했다. 그때는 정말 그냥 몇 달만 아버지에게 안정감을 찾아 드리고 나면 곧바로 다시 일을 재개할 수 있을 줄 알았다. 하지만 사람의 일이라는 것이 그렇게 마음먹은 것처럼 되는 것은 아니었다.

최초 마음에 품었던 그 몇 달, 나는 그 기간을 파킨슨 씨를 찾는 데 모두 소진해 버렸다. 그래도 그 기간은 나름 큰 성과는 있었던 기간이었다. 하지만 본격적으로 약을 드시고 그 변화를 살피는 데 또 다시 몇 달이 맥없이 흘러가 버렸다. 그 시절 내게 가장 중요한 일과는 아버지의 식사와 약을 살피는 일이었다.

당시 아버지는 하루에 4회 고혈압 약을 드시고 계셨기 때문에 그 시간을 피해 다시 신경과 약을 4번 같이 드셔야 했다. 따라서 고혈압 약을 먼저 드시고 10분 정도 간격을 두고 다시 신경과 약을 드셨다. 총 8번의 약을 챙겨 드려야 하는 일정은 정확하게 신경을 써서 준비를 하고 챙겨야 했다. 결국 나는 아버지 침대 옆 탁자에 약통을 만들었다. 아들의 장난감 중에 기다란 플라스틱 통에 칸을 나누어 이름표를 붙였다.

아침 약, 점심 약, 저녁 약, 취침 전 약, 이렇게 이름표를 썼다. 내가 아니라도 아버지를 포함한 가족 누구나 약통을 보면 그때 그 약을 드셨는지 드시지 않았는지 알 수 있도록 하기 위해서였다. 이렇게 약을 챙겨야 하는 이유는 따로 있었다.

평소 아버지가 식사를 마치시면 30분 후에 고혈압 약, 그리고 다시 10분 후에 신경과 약을 드셨는데 식사를 마치시면 그 시간을 기다리다가 자신도 모르게 잠이 드는 경우가 많았다. 이렇게 되면 10분 간격으로 드셔야 하는 두 가지 약 중에서 하나만 드시거나 아예 두 가지 모두를 드시지 않는 경우도 많이 발생했다.

약을 거실 소파 테이블에 물이랑 함께 놓아 드리고 "10분 후에 드세요."라고 이야기를 하거나, 침대 옆에 두고 드시라고 말씀을 드린 후 잠시 나와서 다른 일을 하고 들어가 보면 잠이 드셔서 약은 그대로 있는 경우가 많았다. 그런 일이 몇 번 있고 나서는 식사가 끝나면 내가 기다렸다가 약을 챙겨 드리고 약을 다 드시고 난 후에야 다른 일을 할 수 있었다.

이렇게 약을 챙기는 일은 식사를 챙기는 일과 함께 나의 가장 중요한 일과로 자리를 잡기 시작했다. 그때 내게는 신경과 약을 챙기는 일보다 더 중요한 일은 없었다. 처음에 내가 아버지 곁을 지키기 시작할 때는 내가 직장 생활을 하던 시절에 해왔던 일들이 계속 이어지고 있었다. 동생도 아버지를 챙기고 누나도 일주일에 한 번 집에 들러 집안 일을 챙겼다.

아내도 예전처럼 아버지 식사를 위해 찬거리를 만들어 날랐다. 하지만 시간이 지날수록 내가 아버지를 전담하게 되면서 다른 가족의 수고를 줄여야 한다는 생각을 하게 되었다. 매일 밤을 새워 일을 해야 하는 동생도 낮에는 휴식이 필요했다.

학원을 끝내고 1시간이 넘게 차를 몰고 달려와 본가 청소며 반찬이며 하느라 밤 12시가 되어야 돌아가는 누나의 노고도 덜어줘야 했다. 아내도 내가 본가에 와 있는 동안은 아이 육아에 집중하게 하고 싶었다.

나에게는 아직 어린 아들을 돌보는 일도 내가 아버지를 돌보는 일만큼 중요한 일이었다. 내가 종일 본가에서 시간을 보내야 하는 만큼 아이만이라도 엄마가 잘 돌봤으면 하는 나의 바람이었다. 그래서 다른 가족은 내가 있는 동안만은 아버지를 위한 시간을 줄여주고 싶었다.

하지만 그들의 역할은 생각보다 커다란 것이었고 그 역할을 하나씩 내가 가져오고 나니 나의 일과는 온전히 본가에서 하루 24시간을 보내는 것으로 채워져 버리고 말았다. 밥도 본가에서 해결하고 잠도 본가에서 자는 일상이 되어 버렸다. 우리 집에는 하루에 몇 번 아들의 얼굴을 보러 가는 것이 전부였다.

아침에 일어나면 아침을 준비해 아버지와 함께 식사를 하고, 아침 약들을 모두 챙겨 드리고 나면 아버지가 잠시 쉬시고 계시는 틈에 30여 분 집에 돌아와 밤 사이 아내와 아들의 안부만을 확인하고 본가로 다시 돌아왔다. 다시 점심을 준비해 아버지, 동생과 함께 점심 식사를 마치면 다시 약을 챙겼다. 밤에 일을 다녀온 동생은 오전에는 잠을 자고 그때가 첫 식사였다.

오후 시간은 아버지가 외출을 하시는 경우가 많았다. 동생은 아버지를 모시고 인근 모임을 가거나 동두천에 가기도 했다. 아버지와 동생이 집을 비우는 오후 시간은 집안일을 하느라 바빴다. 찬거리가 없으면 시장에 나가 찬거리를 장만하기도 하고 청소나 세탁을 했다.

아버지의 식사도 초기에는 아내와 누나가 만들어 오는 음식에 의존했었지만 시간이 갈수록 내가 직접 하는 일이 많아졌다. 다행스러운 것은 아버지와 동생의 식성이 너무 비슷해서 음식은 선택의 폭이 좁다는 것이었다. 따라서 적어도 본가 식탁에는 아버지를 위한 반찬과 동생을 위한 반찬을 따로 만들어야 할 일은 없었다.

동두천에 가셨던 아버지가 그곳에서 식사를 하고 오시는 날에는 그나마 집에 돌아와 아들과 함께 아내가 해준 밥을 먹을 기회도 가끔은 생겼다. 하지만 그런 날에는 동생에게 여러 번 전화를 걸어 아버지의 저녁 약을 챙겨야 했다.

동생도 약을 계속 챙겨 왔었기 때문에 그 정도 일은 문제가 없었지만, 나는 마치 무슬림들이 하루 다섯 번 기도 시간을 챙기듯 아버지의 약을 챙기는 일에 집착했다. 특히 신경과 약은 지금의 아버지의 외출을 지탱해 주는 원동력이었기 때문에 약을 드시지 못해서 무슨 일이 생기기라도 할까 늘 노심초사했다. 그렇게 아버지가 외출에서 돌아오시면 동생은 그제서야 출근 준비를 했다.

나는 그때 즈음 잠시 집에 들러 소중한 아들과의 시간을 보냈다. 동생이 조금 일찍 나가는 날이면 그 달콤한 아들과의 시간도 금방 끝나 버렸다. 그리고 다시 본가로 돌아와 아버지의 밤 약을 챙겨야 했다. 밤 약은 수면제도 같이 챙겨 드려야 했기 때문에 잠드시기 전에 드렸다. 11시가 넘으면 밤 약을 드시고 아버지는 잠자리에 드셨다. 그때야 나의 하루 일과도 아버지의 수면과 함께 종료되었다.

생각해 보니 이런 일상은 어머니가 살아 계시던 때 어머니의 일상과 닮아 있었다. 어설프기는 해도 나는 조금씩 어머니의 역할을 흉내 내고 있는 듯 보였다. 그런데 내가 본가에서 어머니의 역할에 조금씩 다가가고 있을 무렵, 정작 우리 집의 경제 상황은 악화 일로를 걷고 있었다. 일을 쉬면서 초기에는 그간 모아 두었던 적은 돈으로 생활비를 대신했었다. 그러나 수입이 없는 상태에서 모아두었던 돈을 쓰는 일은 한여름 햇빛 아래서 소프트 아이스크림을 먹는 일과 같았다. 봉긋하고 커다란 아이스크림은 보기와는 달리 햇빛을 만나면 다 먹기도 전에 금방 녹아 흘러 내렸다. 우리 집 생활비가 그랬다.

아이 기저귀 값을 제외하면 큰 돈이 들어갈 일이 없던 생활비였지만 모아 두었던 쌈지 돈은 이내 바닥을 드러내고 녹아내렸다. 다행히도 전에 다니던 직장에서 밀린 월급이 조금씩 들어오면서 그것으로 잠시 동안은 버틸 수 있었다. 내가 그만둘 때 최악이었던 회사 상황이 조금은 좋아진 것 같았지만 밀린 월급을 모두 지급할 정도는 아닌 듯 보였다. 하지만 지금의 내 상황을 알고 있는 선배는 없는 돈을 어떻게든 융통해서 체불했던 임금을 조금씩 나누어 보내 주려고 노력했다. 하지만 약속을 하면 대부분은 약속한 날짜를 두세 번 미루고 나서야 돈이 들어오고는 했다. 그것도 일부 금액을 여러 번에 나누어 보내 주었다.

하지만 그것만 해도 얼마나 다행스러운 일인지 몰랐다. 그 돈이라도 들어오는 덕분에 그때까지는 근근이 생활을 이어가고 있었다. 다만 그 회사에서 약속한 날짜에 체불되었던 월급이 들어오지 못하고 펑크가 나는 날에는 우리 집에도 비상이 걸렸다. 아내에게는 말을 못하고 여기저기 친한 친구들에게 전화를 돌려 일주일만 오일만 하며 돈을 빌리는 일까지 생기기 시작했다.

갑자기 전화해 돈을 빌려 달라는 나의 부탁에 친구들은 의아해 했었다. 대부분의 반응은 "너 무슨 일 있어?"였다. 나는 남에게 아쉬운 소리를 못하는 성격이었다. 가진 것은 없어도 누구에게 아쉬운 소리를 하는 일은 죽기보다 싫어하는 성격이었다. 그래서 40년이 넘는 세월을 살면서 누구에게 돈을 빌려 본 적은 한 번도 없었다.

하지만 그때는 달랐다. 나는 아버지의 아들이기도 했지만 한 가정의 가장이기도 했다. 아버지의 병을 살피는 일도 중요했지만 나의 가정을 부양하는 일도 더욱 중요했다. 자존심, 성격 그런 것은 지금의 내게는 아무런 이유가 될 수 없었다. 친구들이 여의치 않으면 후배들에게도 전화를 했다. 후배에게 전화해 일주일만 돈 좀 빌려 달라는 이야기를 하기는 더욱 힘이 들었다.

어떤 후배들은 '이 선배가 무슨 사기 다단계나 보이스피싱에 걸려 이러는 게 아닌가?' 생각해 일부로 거절을 했던 적도 있었다고 했다. 내가 지금 뭘 하고 있는 거지? 문득 작은 혼란이 밀려왔다. 당초 이러려고 시작한 일은 절대 아니었다.

그때는 정말 힘들어하시는 아버지를 잠시 보살펴 드리고 곧 바로 일에 복귀하려는 생각으로 시작한 일이었다. 일을 그만두기 전에 프로젝트를 함께하던 선배에게서 여러 번 전화가 왔었다. 몇 달만 쉬겠다고 해서 네 후임을 뽑지 않고 버티고 있는데 언제 다시 나올 수 있느냐는 전화였다. 하지만 나는 쉽게 대답을 하지 못했다.

그 사이 나는 그만둘 때는 모르고 있던 파킨슨 씨를 만났고 그분과의 동거를 이미 시작한 후였다. 쉽게 언제라고 단정 지어 대답을 하기가 힘들었다. 나는 그때마다 죄송하다는 말로 대답을 대신했다. 구구절절 내가 처한 상황을 설명하기에도 어려웠다. 하지만 지금은 움직일 수 있는 상황은 분명 아닌 것 같았다.

언제부터 아버지의 몸이 굳어지게 될지 알 수가 없는 상황에서 지금은 내 역할을 갑자기 중단하는 일은 쉽지 않았다. 하지만 그 후 시간이 많이 흐르고 난 후 생각을 해보면 내가 다시 일을 할 수 있었던 시기는 그때뿐이었던 것 같기도 했다. 그 후 아버지의 상황은 그때보다 나아진 적이 한 번도 없었기 때문이다.

따라서 그때만큼 아버지의 활동이 가능했던 시기가 내가 일을 다시 시작할 수 있었던 마지막 적기이기도 했던 것 같았다. 하지만 나는 그 시기를 아버지의 작은 행복한 시간과 바꾸고 말았다. 어머니가 세상을 떠나신 이후 10년의 시간을 통틀어 그때만큼 아버지가 행복하고 편안하게 지내셨던 시간이 없었기 때문이다.

그나마 그때의 행복한 기억들이 이후 힘들고 어려웠던 시간을 지탱해 준 작은 버팀목이 되어 주었던 것은 분명했다. 하지만 가장 큰 문제는 나 자신이었다. 나에 대한 아무런 대책이 없는 시간은 그렇게 또 흘러가고 있었다.

처음 시작할 때 예상하지 못했던 시간에 다다르자 결국 그 시간은 다시 대안 없는 시간을 만들고 있었다. 처음 개펄에 들어섰을 때는 곧 물이 이렇게 차오르게 될 때까지 머무르게 될지는 전혀 예상하지 못했기에, 개펄을 뒤져 발견한 몇 개의 조개들로 인해 이미 물은 개펄을 뒤덮고 내 발목까지 차오르고 있음을 자각하지 못하고 있었다. 그때는 앞으로 더욱 긴 시간이 나를 기다릴 거란 생각도 하지 못했다. 발목을 넘어 내 몸까지 깊이 잠기게 될 미래도.

우선 살아야 했다. 당장 생활을 위한 대책이 필요했다. 그러던 어느 날 어머니가 사용하시던 옷장을 정리하다가 커다란 서류 뭉치를 발견했다. 자세히 살펴보니 법원 판결문 같은 것이었다. 내용은 어머니가 빌려줬던 돈의 채권을 어머니에게서 아버지에게 양도 한다는 내용의 법원 판결문이었다. 그런데 서류 뭉치에서 같은 내용의 문서가 하나 더 나왔다.

금액도 상당했다. 한 문서당 칠천만 원씩 두 건을 합치면 일억사천만 원이나 되었다. 뭔가 희망이 보이는 것 같았다. 나는 그때야 알게 되었다. 어머니가 돌아가시기 직전까지 법원을 드나드셨던 그 이유를. 당시 어머니는 당신에게 주어진 시간이 얼마 남지 않았다는 사실을 알고 계신 것 같았다.

결국 이 오래된 채권을 받지 못하고 당신이 세상을 떠나실 것에 대비해 그 권리를 아버지에게 양도하는 재판을 진행하고 계셨던 것이었다. 문서를 조금 더 꼼꼼하게 살펴보았다. 한 분은 내가 얼굴을 여러 번 보앴던 어머니와 가깝게 지내던 부동산 사장님이셨다. 다른 한 분은 얼굴은 모르는데, 어머니가 누군가와 통화를 할 때 자주 등장하던 이름의 주인공이었다.

어머니는 이 두 분에게 오백만 원, 천만 원씩 작은 단위로 돈을 빌려주셨고 그 돈들은 다시 돌려받지 못하고 이렇게 큰 금액으로 불어나 있었던 모양이었다. 일단 두 사람을 만나봐야 할 것 같았다. 부동산 사장님은 예전에 어머니와 잘 알고 계시던 분이라서 나와 안면이 있는 분이셨다. 하지만 전화 속에 등장하는 다른 그 분은 얼굴은 모르고 이름만 아는 분이셨다. 얼굴도 모르는 그 분을 어디에서 어떻게 만나야 하는지 방법이 없었다.

그런데 다행히 동생이 그 분을 한 번 본 적이 있다고 했다. 동생을 대동하고 그 분을 만났다. 채무는 인정했다. 하지만 어머니가 돌아 가셨으니 이제 변재의 의무도 사라졌는데 왜 이러냐는 표정이었다. 서류를 내밀었다. 그 분 얼굴에서 묘한 미소가 피어났다.

예상치 못했던 판결문을 읽어 보며 쓴웃음을 지어 보이던 그 분은 잘 알겠다고 곧 연락을 주겠다는 대답만 남기고 사라졌다. 다음은 내가 얼굴을 아는 부동산 아주머니를 만났다. 어머니 장례식장에도 왔었고 그 전에도 자주 만났기 때문에 얼굴은 잘 알고 있었다. 생각보다 차분했다. 아주머니는 당장은 힘들어도 여유가 생길 때마다 분할 상환하겠다며 조금만 시간을 달라고 부탁을 했다.

그리고 또 다른 그 채무자에 대해서도 이야기해 주었다. 그 사람 돈은 포기하는 게 좋을 것 같다는 조언이었다. 어머니 생전에도 오랜 기간을 속만 썩이고 줄 생각을 하지 않았던 사람이라고 했다. 그 후 부동산 사장 아주머니는 적은 금액이기는 하지만 몇 차례 채무를 변재하셨다. 작은 돈이었지만 나름 변재를 위한 노력을 하시는 것 같아 보였다.

하지만 결국 변재는 그때 잠시뿐 결국 그 총액은 전체 변재 금액의 10% 에도 미치지 못했다.

또 다른 채무자는 우리의 계속된 요구에도 아무런 변재의 노력을 하지 않다가 연락처를 바꾸고 직장을 옮겨 사라져 버렸다. 결국 부동산 아주머니가 몇 번에 걸쳐 보내주신 돈은 당시 경제적인 압박감을 받던 내게 잠시간의 도움을 주기는 했다. 아버지는 그 사람들이 줄 돈이었으면 벌써 어머니가 살아 계실 때 받았을 거라고 포기하라고 하셨다. 나는 그러면 조금이라도 받으면 내가 살림에 보태 보겠다고 했더니 웃으며 할 수 있으면 그러라고 하셨다.

아버지는 그간 어머니와 이분들의 거래 과정을 조금은 알고 계셨기 때문에 쉽게 돌려줄 사람들이 아니라는 판단을 하고 계셨다. 결국 아버지의 허락으로 아주 잠시 어려웠던 우리 집 살림살이에 작은 보탬을 받았다. 이것이 내가 아버지의 곁을 지키며 받은 어머니의 첫 유산이었다. 당신이 죽음을 앞두고 준비하셨던 그 유산은 그렇게 조금은 아쉽게 마무리되고 말았다.

# 포르테 & 스타카토

　시간이 흐를수록 파킨슨병은 조금씩 그 실체를 드러내기 시작했다. 그 본 모습은 드디어 아버지의 움직임이 무거워지고 약을 드시고 약 기운이 지속되는 시간이 점점 줄어드는 현상으로 나타났다. 곁에서 지켜보는 사람이 육안으로도 지금 아버지에게 약이 작용하고 있는지 아니면 약 기운이 사라지고 없는지를 구분할 수 있는 상황이 될 시기가 왔다.

　즉 아침에 약을 드시고 다음 약을 드실 점심이 되기 전에 이미 서서히 움직임이 둔화되는 모습을 보이기 시작했기 때문이었다. 처음에는 아니겠지 하는 부정의 마음이 먼저 생겨났다. 사실 그때까지 다른 부수적인 증상들을 겪을 때는 파킨슨병의 실체에는 조금 멀리 떨어져 있다고만 생각했었다.

　몸이 굳어 가는 병이라고 했는데 아버지의 움직임은 그때까지는 자유로워 보였기 때문이다. 하지만 막상 처음으로 아버지의 움직임이 둔화되자 나는 현실을 부정하고 싶었던 모양이었다. 오늘은 아버지가 컨디션이 좋지 않으셔서 그렇겠지. 어제 외출이 길어서 피곤해서 그럴 수 있어. 내일이면 어제처럼 잘 움직일 수 있을 거야. 그러면서도 마음 한구석에서는 정말 이제 굳기 시작하시는 건가? 아버지를 보면서 하루 종일 현실을 부정했다가 인정했다가 하는 과정을 반복하고 있었다.

　하지만 약을 드시고 몇 시간이 흐르면 아버지는 침대에 누워 일어날 생각을 하지 못하셨다. 다시 점심을 드시고 점심 약을 드시면 그때서야 조금씩 움직이기 시작하셨다. 이런 상황이 처음 일어났을 때는 내일은 좋아지겠지 하는 작은 기대도 품어 보았지만 이후 증상은 반복되고 있었다.

그것이 우리가 파킨슨병의 실체를 피부로 느끼게 된 처음 증상이었다. 물론 그 이전의 여러 증상들도 파킨슨병이 유발한 증상들이 많았지만 본격적으로 몸의 움직임이 둔화되기 시작한 것은 이 무렵이 처음이었다. 두려웠다.

왠지 이제 올 것이 온 것만 같았다. 놀란 마음에 아버지를 모시고 병원으로 달려갔다. 크게 놀랐던 우리와는 달리 병원의 해결책은 의외로 간단했다. 약을 조금 올리자 끊어졌던 아버지의 움직임이 예전처럼 계속 이어지고 있었다. 약을 드시기 시작하고 허니문이라 느끼고 지냈던 시간이 1년이 되지 못해 일어난 현상이었다.

하지만 이런 증상은 다시 반복되었다. 그러면 다시 병원에 달려가 증상을 이야기했고 그럴 때마다 약은 다시 조금씩 늘어나서 처방되었다. 그 후로도 약은 같은 증상이 반복될 때마다 조금씩 올라갔다. 처방된 여러 약 중에서 동그란 모양의 분홍색 약이 파킨슨병 약이었다. 그런데 그 약에는 중앙에 십자가 모양으로 홈이 파여 있었다.

그 약을 가르는 십자가 형태의 선은 약을 4개로 쪼개어 나눌 수 있는 선이었다. 따라서 그 약을 한 알 드시던 아버지는 이후 증상이 조금씩 심해지시면 사 분의 일씩 그 약을 올렸다. 처음 얼마간은 한 알과 사 분의 일. 그리고 얼마 후 한 알과 사분의 이. 또 다시 한 알과 사분의 삼. 그러는 사이 그 약은 두 알로 늘어나 있었다.

약의 용량이 늘어나는 속도는 한번 늘기 시작하자 기하급수적으로 늘어나기 시작했다. 물론 많은 시간 차를 두고 늘려 나간 과정이지만 어느 날 정신을 차리고 약을 살펴보니 그 약이 두 알로 늘어나 있었다. 신경과 선생님은 약을 최대한 천천히 늘려 가려고 노력 하셨다. 처음 증상을 호소하고 난 후 다시 그 증상이 나타나면 바로 약을 늘려 주는 것이 아니라 일정 시간을 견디게 하고 그래도 증상이 지속되면 그때서야 약을 늘렸다.

그 이유는 그 약을 늘려서 가면 갈수록 다시 또 금방 한계에 도달하게 될 것을 알고 있었기 때문이었다. 약이 두 알까지 늘어났을 즈음 의사 선생님은 나에게 새로운 제안을 했다. 약의 간격을 조금 좁혀 보면 좋을 것 같다는 의견이었다. 즉 약을 한번에 드시고 나면 약의 지속성이 중간에 끊어지니 그 약을 다시 세분화해서 약을 드시면 한방에 강하게 작용했던 약의 효능이 몇 차례로 나누어 작용하므로 중간에 공백이 사라질 수 있을 거라는 설명이었다.

그 설명을 하면서 한 가지를 더 물으셨다.

"혹시 아버님 곁에 누가 계속 계실 수 있나요?"

이렇게 약을 드시려면 약을 하루 종일 챙겨 드려야 하는데 그러려면 누가 계속 옆에서 챙겨야 할 것 같아 하는 이야기라고 하셨다. 그 질문에는 자신 있게 대답을 했다.

"그럼요. 제가 하루 24시간 곁에 있을 수 있습니다."

그러자 의사 선생님은 안심된다는 표정으로 약 처방을 내리셨다. 나는 그 처방전을 받아 들고 약국으로 갔다. 그런데 처방전을 내고 한참이 지나도록 다른 손님들의 약은 모두 나오는데 우리 약은 나오지 않고 있었다.

약국에 있던 손님이 모두 약을 받아 나가고 난 후 그제서야 우리 약이 나왔다. 약국에서 처방전을 내고 약이 나오면 약사는 약을 주면서 복용 설명을 해준다. 이 약은 무슨 약이고 언제 먹어야 하며 주의할 사항은 뭐 이런저런 것들이다.

벌써 긴 시간을 그 약국에서 약을 지어 왔기 때문에 3~4명이나 되는 그 약국의 약사들은 얼굴이 익숙한 상태였다. 마침 나랑 안면이 많은 약사님이 약을 들고 나왔다.

"저기 김상호님. 아 네. 약은 늘 드시던 약인데 복용 시간이 조금 많네요."

약사의 설명을 듣고 나니 머리 속이 아득해졌다. 오늘 처방된 약은 아침에 한 번, 그리고 오전 10시 30분에 한 번, 다시 점심에 한 번, 또 오후 3시에 한 번, 그리고 저녁에 한 번, 마지막으로 밤에 한 번. 총 6번 나누어 약을 먹게 처방되어 있었다. 그리고 왜 약이 늦게 나왔는지도 덧붙여 설명해 주셨다.

"파킨슨병 약을 모두 일일이 손으로 사등분했어요. 그거 쪼개는데 시간이 조금 많이 걸렸네요."

약을 받아 들며 나도 한마디했다.

"아, 그래요. 이 약 말고도 고혈압 약 하루에 4번 드시는데."

그러자 약사님이 놀라며 말씀하셨다.

"어머 그래요? 그럼 약을 10번 드려야 하겠네요."

그랬다. 그 약과 기존에 드시던 약을 합쳐보니 하루에 약을 10번 드셔야 하는 상황이 맞았다. 물론 고혈압 약을 드실 때 신경과 약을 같이 드려도 가능은 하다. 그러면 약을 드리는 횟수가 확 줄어든다. 하지만 서로 다른 약을 한번에 드리는 것도 좋은 것 같아 보이지 않았고, 두 약이 워낙 알약 수가 많아 한번에 털어 넣기도 힘이 들었다.

결국 그날부터 하루에 온전히 10번의 투약이 시작되었다. 하기는 나중에 증상이 심해졌을 때는 아예 신경과 약을 식사 전에 드리게 되었었다. 그 약을 드셔야 몸도 움직이고 식도의 움직임도 원활해져 식사가 가능했기 때문이었다. 따라서 아주 나중에는 식사를 기준으로 신경과 약과 고혈압 약을 나누어 드리게 되기도 했었다.

하지만 그건 나중에 시간이 흐른 뒤의 이야기이고 그 당시에는 두 약을 모두 식사 후 30분이 지나면 10분 간격을 두고 드리던 시절이었다. 약으로 시작해 약으로 끝났던 그 시기의 하루 일과이다.

07:00 기상 및 아침 준비
08:00 아침 식사
08:30 아침 고혈압 약 챙겨 드리기
08:40 아침 신경과 약 챙겨 드리기
10:30 중간 신경과 약 챙겨 드리기
12:00 점심식사
12:30 점심 고혈압 약 챙겨 드리기
12:40 점심 신경과 약 챙겨 드리기
15:00 중간 신경과 약 챙겨 드리기
18:00 저녁식사
18:30 저녁 고혈압 약 챙겨 드리기
18:40 저녁 신경과 약 챙겨 드리기
22:00 밤 신경과 약 챙겨 드리기
23:00 밤 고혈압 약 챙겨 드리기

아버지가 아이도 아니고 치매가 있으신 것도 아닌데 무슨 약을 그리 챙겨 드려야 하냐고 묻는 사람도 있을 수 있다. 하지만 투약 횟수가 10번이라면 일반 건강한 사람도 약을 챙겨 먹기가 쉬운 일은 아닐 것 같다. 당시 나는 신경과 약이라면 목숨을 걸고 챙겨 드리고 있는 시기라서 그 누구에게도 미루거나 부탁을 하지 않았다. 그래야만 지금 진행 중인 투약 방법이 아버지에게 도움이 되는지 되지 못하는지 판단을 할 수 있기 때문이기도 했다.

이렇게 시간에 맞게 약을 드리려면 식사도 마치 군대처럼 그 시간에 맞게 드려야 했다. 아침은 8시, 점심은 12시, 저녁은 오후 6시, 칼같이 시간에 맞게 식사를 준비해 드렸다. 대부분은 약을 늘리거나 투약 시간을 변경하거나 하면 약을 드시고 1주일이나 2주일 후에 아버지는 빼고 나만 홀로 신경과 병원을 찾았었다.

일종의 중간보고 같은 것이었다. 즉 약을 늘렸을 경우에는 약을 늘린 만큼 아버지의 몸에도 어떤 변화가 있었는지 여부를 미리 의사 선생님에게 이야기하고 약을 더 늘릴 것인지 아니면 이 상태를 지속해야 할지 판단하고는 했다. 아버지 없이 병원을 찾는 이때가 내게는 신경과 과장님과 편히 이야기를 나눌 수 있는 시간이 되어 나는 좋았다.

아버지가 없이 병원에 가면 물어 보고 싶은 이야기를 마음대로 물어 볼 수 있었고, 과장님도 아버지 눈치 보지 않고 하고 싶은 이야기를 편하게 할 수 있었기 때문이었다.

평소에는 아버지를 모시고 병원에 가면 혹시나 의사 선생님 말씀 중에 아버지가 걱정을 하실 이야기가 나올까 하는 불안한 마음에 궁금한 것도 제대로 질문하지 못했다. 그저 예약을 잡는다고 잠시 들어가 솔직한 현 상황에 대한 이야기만 잠시 듣고 나오는 것이 전부였다. 하지만 이렇게 혼자 병원을 찾으면 궁금한 것도 많이 물어보고 아버지가 들어서 안 좋을 이야기도 자유롭게 할 수 있었다.

그날도 약 간격을 끊어서 드리고 2주일 후 나 홀로 병원을 찾았다. 사실 약을 10번이나 드려야 하는 수고를 감수했지만 결과는 생각보다 좋아 보이지 않았다. 투약 간격을 좁혀 드리는 일은 아버지 움직임에 큰 개선으로 이어지고 있는 것은 아니었다. 과장님은 하는 김에 2주만 더 해보자고 하셨다. 어차피 지어 놓은 약 2주를 더 드린다고 어려울 것이 뭐가 있을까 싶었다. 다만 하루 일과의 대부분을 약 드리는 일로 보내야 하는 내게는 조금 버거울 뿐이었다.

정말 이때는 다른 일을 하지 못했다. 뭘 조금 하려고 하면 다시 약 드릴 시간. 집에 와서 아들 재롱 조금 보려고 하면 다시 약 드릴 시간. 찬거리가 없어 시장에 잠시 나갔다 하면 다시 약 드릴 시간. 중간에 간격이 조금 넓은 시간에는 주로 긴 시간을 요하는 장보기, 아들 만나기 등의 일을 하고 나머지 시간은 그냥 포기하고 본가에서 약통 옆만 지켰다.

그렇게 아버지는 약에 의존해 시간을 보내야 하는 상황 속으로 접어들고 있었다. 어느 순간에는 강하게 다시 어느 순간에는 약하게 여러 번씩.

# 벌초와 유산

예전보다 더 오랜 시간 아버지 곁을 지키고 있으면서 나의 일상은 어느 사이 지금의 상황으로 굳어져 가고 있었다. 어느덧 나의 일상은 아버지 외에 다른 일과는 점점 멀어지고 있는 듯 보였다. 어머니가 남겨주셨던 채권도 지난 직장의 밀렸던 급여도 모두 끝이 나고 나는 다시 생활의 대책을 세우지 못하는 지경을 맞고 있었다. 무엇인가 근본적인 대책이 필요한 시기였다.

어느 날 본가 거실에 앉아 차분히 생각을 정리해 보았다. 지금 내가 일을 그만두고 집안에서 아버지를 보고 지낸 시간이 얼마가 되었을까? 그리고 그간 나는 어떻게 살았을까? 일 년이 넘어가고 있는 시간. 결국 나는 잠시 몇 달만 해보자며 시작한 시간을 일 년이 넘게 보내고 있었다.

그리고 그 시간 동안 좌충우돌하며 한 달 한 달을 버티고 지냈었다. 일단 그 달의 생활비만 해결되면 나에게는 더 이상의 문제는 없었다. 다음달은 미리 생각할 수 없었던 먼 미래였다. 그저 아버지 때문에 매일을 분주한 일상을 보내다가 우리 집에 월급을 주어야 하는 며칠 정도만 나의 가정을 생각하는 일상이었다.

아이는 하루가 다르게 크고 있지만 그 날들 속에서 단 하루도 아이만을 위한 시간을 보내지 못하고 있었다. 그렇게 이미 나는 너무 깊이 들어와 있었다. 아버지의 일상과 그리고 파킨슨 씨와 함께하는 일상. 시시각각 작은 두려움 같은 것이 나를 누르는 것 같았다.

어느덧 계절은 어머니가 떠나셨던 여름이 되고 있었다. 어머니의 기

일을 며칠 앞두고 홀로 어머니 산소를 찾았다. 7월 30일이 기일이라서 산소에는 한여름 잡초가 무성했다. 기일에 아버지를 모시고 오려면 미리 벌초를 해야 했다.

평일 날 오후 교회 묘역은 조용하고 한산했다. 넓은 묘역에 나 홀로 있는 듯 보였다. 어머니 산소는 묘역 가장 아래쪽에 있었다. 주차장에서 내려 돌계단 3~4개만 오르면 도착하는 가장 가까운 자리였다. 하지만 한여름 풀은 이미 돌계단조차 오르기 힘들 정도로 무성하게 자라 있었다. 강한 한여름 햇빛을 머리에 이고 낫을 꺼내 벌초를 시작했다.

낫질이 서툰 내 실력으로는 계단 3개에 자란 풀들을 자르는 일부터 힘겨웠다. 계단을 오르고 나니 어머니 봉분이 있는 곳까지는 서너 발자국이 남아 있었지만 어른 허리 높이까지 자란 풀들로 인해 아직 봉분은 눈에 들어오지도 않았다. 삼복 더위에 서툰 낫질을 계속해 겨우 어머니 봉분이 있는 곳까지 풀을 베어 다가섰다. 서툰 낫질에 이제 어머니 봉분은 시작도 못했는데 몸도 마음도 이미 지쳐 버렸다.

풀 속에 드러난 어머니 봉분을 보니 울컥 마음속 그리움이 터져 나왔다. 봉분의 풀들을 베고 있자니 연신 흘러내리는 땀을 주체할 수가 없었다. 땀인지 눈물인지, 원망인지 그리움인지, 출처를 알 수 없는 감정과 마음들이 혼란스럽게 뒤엉키고 있을 무렵, 겨우 봉분 벌초도 끝이 났다. 잘라 낸 풀들을 정리하고 어머니 산소와 마주했다.

전화기를 꺼내 아들의 최근 사진을 열어 어머니께 보여 드렸다.

"어머니, 저 왔어요. 어머니가 여기 누워 계시는 동안 그렇게 보고 싶어 하던 손자는 이렇게 컸네."

쉬 마르지 않는 땀만큼 눈물도 쉬 멈추지 않는다.

"엄마, 나 이제 어떻게 살아야 하는 거야?"

"엄마 가시고 아버지 곁에서 일 년 살았는데, 한 가지는 알겠더라. 엄마가 얼마나 힘들었는지."

생각하지 않았던 말들이 나도 모르게 쏟아져 나왔다. 청개구리 아들은 그렇게 어머니 산소 옆에서 또 울고 있었다. 살아생전 불효가 죄스러워 개굴개굴. 자신은 채울 수 없을 것 같은 당신의 공백이 떠올라 개굴개굴. 그렇게 또 한참을 개굴개굴.

어머니 산소에 벌초를 다녀왔던 그날 저녁. 오래전부터 흔들거리던 어금니 하나가 빠져 버렸다. 생각해 보니 이미 두 번째였다.

예전 다니던 회사에 재정적 위기가 찾아와 월급이 몇 달이나 밀려 있던 때 오른쪽 어금니 하나가 흔들려 치과에 갔더니 빼야 한다고 했다. 그때 그 이를 빼고 다시금 반대쪽 어금니가 오늘 빠져 버렸다. 저번과 이번을 비교해 보니 공통점이 하나 있었다.

내 인생사에 처음으로 겪어 보는 재정적 압박감에 첫 번째 어금니가 흔들리기 시작했고 다시 두 번째 압박감에는 조금 흔들리는 것 같더니 이내 혼자 빠져 버렸다. 두 압박감의 차이라면 첫 번째는 결혼 후 맞은 재정적 압박감, 두 번째는 앞길을 알 수 없는 내 삶에 대한 압박감인 것 같았다.

내 몸은 마음속 압박감을 어금니를 밀어내는 일로 대신하고 있는 듯 보였다. 나이가 들면 이가 빠져 버린다는 사실은 알고 있었지만 그때가 지금인 줄은 알 수 없었다. 분명한 것은 일 년 사이를 두고 어금니가 두 번이나 빠질 만큼 내 삶이 처절해지고 있다는 사실이었다. 온실 속 화초 같았던 내 삶.

고민은 그만해야 할 듯싶었다. 지금의 현실에서 내가 피해갈 틈은 보이지 않았다. 처음 단순히 어머니를 대신할 역할을 잠시 하려던 나였다면 이제는 어머니를 대신해 아버지 곁을 완벽히 지키는 일이 내 역할이 되어가고 있는 것 같았다.

하루가 다르게 변해가는 아버지의 몸 상태는 나의 판단력을 묶어 버리고 말았다. 하지만 여전히 나의 가족을 위한 생활 문제는 해결 할 방법이 없어 보였다. 최소의 생활비로 버티고 있는 시간은 이미 일 년을 넘어서고 있었다. 그것도 매달 아슬아슬 줄타기를 하는 듯 불안한 날들의 연속이었다.

그 즈음 내가 살던 집의 전세가 만기가 되고 연장을 해야 하는 시기가 다가왔다. 집 주인은 기다렸다는 듯이 가격을 올리며 어려우면 이사를 준비하라고 통보해 왔다. 내게는 청천벽력 같은 소식이었다. 당장 매달 생활비를 만들어 내기도 버겁던 내게 천만 원 단위의 돈은 상상하기 힘든 액수였다.

일단 부동산을 찾았다. 다른 해결 방법이 있는지 알아보기 위해서 였다. 전세금을 올려주지 못하면 이사를 하는 것이 대안이었다. 일단 다른 방법 중에는 이사를 하거나 아니면 은행에서 낮은 금리로 전세자금 대출을 받는 방법이 있다고 알려 주었다.

일단 이사를 하려면 같은 아파트는 답이 없었다. 그 몇 년 사이 아파트 전세금은 모두 크게 올라서 지금 있는 전세금으로는 같은 아파트는 갈 곳이 없었다. 대안으로 단독주택을 알아 봤더니 집에서 너무 멀었다.

본가와 우리 집은 앞뒤로 있는 관계로 언제나 두 집 사이를 빠르게 오고 갔는데 부동산에서 소개하는 집들은 집에서 거리가 조금은 먼 곳들이었다. 지금의 상황을 고려하면 아파트에 남아야 하는 듯 보였다. 그렇다면 판단은 은행을 가는 것이 맞는 것 같았다.

은행원의 추천으로 우선은 이자율이 낮은 전세 지원자금 대출을 알아보았다. 그런데 은행에서 의외의 대답이 날아왔다. 나는 자격이 없다는 대답이 돌와왔다. 이유가 궁금했다. 아무리 궁핍한 생활을 하고 있어도 신용은 불량하지 않았는데 왜 자격이 없다고 하는지 알 수 없었다.

은행원은 의외의 대답을 했다.

"고객님은 집을 보유하고 계시는데요."

그랬다. 나는 집을 보유하고 있었다. 어머니가 돌아가시고 당신 명의의 재산들을 아버지 명의로 변경하면서 우리가 모르고 있는 것이 있었다. 동두천에 작은 연립주택이 하나 있었는데 그 명의는 이미 내 앞으로 되어 있었다.

어머니는 돌아가시기 오래전에 동두천에 우리가 살던 시골집 말고 시내에 작은 집을 하나 사 두셨었다. 그리고 그 집은 늘 우리 큰아들 집이라고 입버릇처럼 이야기하셨었다. 어머니는 내가 결혼할 때 신혼 집 아파트를 전세로 장만한 것이 마음에 걸리셨는지 그 집 이야기를 자주 하셨다.

작지만 네 집은 준비를 해 놓았으니 걱정 말아라. 하지만 그때는 그 집에 대한 관심은 별로 없었다. 아니 관심을 가져야 할 일이 없었다는 표현이 더 맞을 것 같다. 하지만 지금 상황에서 그 집은 보유하고 있을 대상은 아닌 것 같았다.

아버지에게 상의를 해야 할 시간이 된 것 같았다. 아버지는 내 이야기를 모두 들으시고 네 뜻이 그렇다면 처분을 해서 전세금에 보태라고 하셨다. 아버지가 알고 계시는 선에서 그 집은 앞으로 호재를 목적으로 보유하고 기다릴 상황은 없을 것 같다고 하셨다.

집도 조금은 오래 되었고 그 집이 있던 곳을 절묘하게 피해 인근 지역에 이미 신도시가 들어서 그곳은 더 이상 재개발 가능성이 낮다고 하셨다. 당시 동두천에 자주 가셨던 아버지가 나보다는 동두천의 돌아가는 상황에 밝으셨다. 아버지 주변 분들도 그 집의 존재를 알고 있어 자주 조언을 해 주셨던 모양이었다.

급하게 집을 내놓았다. 마침 어머니께 채무를 안고 계시던 그 부동산 아주머니가 동두천 집 근처에서 부동산 사무실을 하고 계셨다. 조금씩 채무를 갚아 나가고 있었지만 일부 금액에 머물고 있는 처지였던 아주머니는 그 죄책감으로 집을 빠른 시간에 처분해 주셨다.

아주머니네 부동산 말고도 여러 곳을 알아보아도 그 아주머니가 처분해준 금액을 넘어서는 가격은 찾기 힘들었다. 소요산 유 사장님 아저씨까지 나서 아는 지인들을 총 동원해 도움을 주셨다. 여러 분들의 도움으로 그렇게 어머니가 내게 남겨 주셨던 집은 처분을 했다. 전세금을 제외하고 나니 몇 천만 원의 목돈이 만들어졌다.

어머니가 남겨 주신 유산 중 처음으로 처분한 것이었다. 하지만 명의가 내 앞으로 되어 있던 집이라고 그 돈이 모두 내 돈은 아니었다. 큰돈을 집행하기에 앞서 아버지에게 상의를 드렸다.

아버지는 전세금 외에 당장 집안에 급하게 필요한 곳이 있는지 살피고 나머지 잉여 금액을 비축해 두라고 하셨다. 그렇게 정리를 하고 나니 일단 숨통이 트이는 것 같았다. 일단 매달 생활비 조달에 시달리던 우리 집 생존 자금도 조금은 비축이 된 듯 보였다.

세 번째 어금니가 또 빠질 뻔했던 위기의 순간은 그렇게 어머니가 남겨 주신 첫 유산으로 모면했다. 당시 나에게 가장 두려운 부분은 수입이 없는 상태에서 돈을 쓰는 일이었다. 하지만 나를 위해 사용할 돈은 필요치 않았다.

쉽게 말해 나는 한 달에 몇만 원의 돈만 있으면 생활이 가능했다. 나의 집에는 아들과 아내를 위한 정말 최소한의 생존 자금만 주고 있었고 본가의 살림은 동생의 월급과 아버지의 돈으로 살고 있었다.

동생은 월급으로 본가의 공과금이나 관리비 등을 충당하고 있었고 나머지 병원비나 그런 것들은 아버지 카드를 이용하고 있었다. 결국 나는 생활도 식사도 모두 본가에서 해결하고 있으니 별도로 내가 사용해야 하는 돈은 필요치 않았다.

내게 필요한 것은 담뱃값 정도가 유일했다. 교회 집사였던 나는 담배를 끊지 못하고 계속 피우고 있었다. 교회는 오래 전부터 다녔으니 교회와 담배의 대적 관계는 이미 내게는 큰 문제가 되지 않고 있었다. 다만 결혼을 하고 임신을 하면 끊겠다는 금연 다짐은 실패를 했고 아이가 태어나면 다시 하겠다던 금연도 연이어 실패하고 말았다.

담뱃값이 크게 오르기 전이었던 때라서 월 오만 원 정도면 한 달은 버틸 수 있었다. 당시 담배는 나의 유일한 피난처였다. 이유는 간단했다. 하루 종일 본가에 있으며 유일하게 내가 아버지의 곁에서 벗어나는 시간이 담배를 피우러 아파트 1층으로 내려오는 시간이었다. 하지만 아버지가 약 기운이 빠져버려 침대에 누워 계실 때는 이것마저도 여의치가 않았다.

고작해야 5분에서 8분 정도가 소요되는 시간이지만 잠시 딴 생각을 하다가 10분이 넘어서면 이내 아버지에게 전화가 왔다. 따라서 담배를 피우러 나가면서도 항상 전화기를 손에 들고 나가야 했다. 동생이 집에 있는데도 내가 곁에 없으면 어김없이 전화가 울렸다. 받아보면 그냥 왜 빨리 올라오지 않느냐는 물음이셨다.

그럴 때는 피우고 있던 담배가 아무리 많이 남아 있어도 이내 꺼버리고 달려 올라가야 했다. 아버지에게 불안감은 그 다음 증상을 부르는 시발점이 되기 때문에 가능하다면 언제나 아버지의 불안감이 오지 않게 하는 것이 내 임무였다.

이후 아버지의 몸 상태가 심하게 좋지 않을 시기에는 담배 한 개비를 태우는 동안 3~4번의 전화가 울린 적도 있었다. 그토록 처절한 흡연 생활이었지만 내가 느끼는 만족도는 컸다. 그 시간은 내가 유일하게 홀로 심호흡을 할 소중한 나만의 시간이었기 때문이다.

몸에 해롭다는 담배였지만 그 당시 내 마음을 안정시켜 줄 유일한 돌파구는 담배밖에 없어 보였다. 몸에 해로운 그 담배가 그때는 나를 숨 쉬게 할 유일한 대안인 셈이었다. 나는 그렇게 담배에 기대어 또 하루하루를 보내고 있었다.

그리고 나는 잠시 생활비의 압박에서 벗어날 수 있었다. 그 덕분에 그렇게 얼마간은 경제적 압박에서 벗어나 아버지의 곁을 지키는 일에 집중할 수 있었다. 어머니가 남겨 주셨던 소중한 그 유산으로.

# 증증 환자와 장애인 등록

한일병원에서 신경과 진료를 받으며 신경과 과장님은 우리에게 중증 환자 등록을 권유하셨다. 당시 우리는 그것이 무엇인지 알지 못하는 상태였기 때문에 그저 설명을 해 주시는 것만 듣고 따르기만 했다. 그렇게 중증환자 등록을 하고 이후 판정도 받았다.

비록 등급은 낮게 나왔지만 당시에는 그 등급이 무슨 의미인지도 모르는 시기였다. 그렇게 무엇을 위해 하는지도 모르고 시작한 일이었지만 막상 등급을 받고 나니 우리에게 주어지는 여러 가지 혜택에 대해서도 관심이 생기기 시작했다.

일단 아버지의 신경과 치료비는 본인 부담이 반으로 줄어들며 병원비가 반 가격으로 저렴해졌다. 일단 혜택을 체감하고 나니 조금은 적극적인 활용이 필요한 것 같았다. 이후 나는 의료보험 공단에서 실시하는 교육에도 참가를 했다.

그 교육을 통해 나는 아버지의 등급에 따라 요양보호사도 집에 파견이 가능하다는 새로운 사실도 알게 되었다. 하지만 거기까지는 아직 아닌 것 같았다. 아버지는 아직은 스스로 움직일 수 있고 그 곁에는 우리가 지키고 있으니 요양보호사의 파견은 아직은 먼 이야기처럼 들렸다. 그저 등록 후 병원비를 감면 받는 것에서 그만 만족하고 있었다.

그러나 그 등록을 했던 시기를 기준으로 아버지의 증상은 날이 갈수록 점점 심해지고 있었다. 약을 늘리고 투약 시간을 나누어 투약하면서 버티고 있었지만 분명 예전과는 다른 모습들이 더 자주 나타나기 시작하던 시기도 그때쯤이었다. 하지만 처음 중증환자 등급 심사를 받던 날 아버지는 평소와 다르게 당당하셨다.

심사를 위해 집을 방문한 분과 대화를 하시면서도 가능하면 자신이 아프지 않은 모습을 보이시려 노력하셨다. 질문에 대답도 잘 하시고 손발을 움직여 보라고 하면 몸이 아프지 않은 사람보다 더 잘 움직이셨다. 그 후 심사 결과를 받아보니 아버지의 몸 상태에 비해 정말 낮은 등급이 나왔다. 주변 지인에게 그 이야기를 했더니 지인은 그 이야기를 듣고 한참을 웃었다. 그리고 우리에게 조언했다.

방문 심사는 현재 아버지의 상태가 얼마나 좋지 않으신지 판단 하는 것인데 상태를 있는 그대로 보여 주어야지 일부로 좋은 것처럼 보이려고 노력을 하면 어떻게 하냐는 것이었다. 지인의 이야기를 듣고 보니 일부러 거짓으로 더 아픈 것처럼 꾸며 등급을 올릴 것은 아니지만 반대로 약을 평소보다 더 드시고 덜 아픈 척하실 이유까지는 없어 보였다.

그런데 지인의 이야기를 들어보면 우리 아버지만 아니라 다른 질병의 어르신들도 심사만 오면 이런 경험을 하는 경우가 많았다고 한다. 치매로 가족을 힘들게 하시던 다른 집 어르신도 심사만 오면 말씀을 얼마나 또박또박 잘 하시고 전혀 치매 증세를 보이지 않아 가족을 황당하게 하는 적이 있었다고 한다.

우리 아버지도 그랬다. 심사만 온다고 하면 약도 잘 챙겨 드시고 공단에서 오신 분이 하시는 이야기도 잘 듣고 대답도 잘 하시고 손발도 잘 움직이셨다. 아버지는 심사의 취지와는 관계없이 외부인에게 당신 스스로 아직은 건재하다는 모습을 보이고 싶었는지 모르겠다. 다르게 말하자면 아버지는 지금의 자신이 현실을 받아들이기 싫은 것 같았다.

이후 중증환자 등록 후 아버지는 의사의 소견서를 통해 장애인 등록까지 하게 되셨다. 물론 그때만 해도 등급이 낮은 판정을 받았지만 아버지는 그 등급을 받는 것도 탐탁치 못해 하셨다. 처음 장애인 등록을 한다고 할 때 아버지는 당신은 장애가 없는 사람인데 왜 장애인 등록을 해야 하냐고 역정을 내셨다. 중증 환자 등록 때와 같은 반응을 보이셨다.

그 당시 아버지는 그랬던 것 같다. 아버지는 주변에 당신이 파킨슨병을 앓고 계신다는 사실을 드러내고 싶지 않아 하셨다. 증세가 조금 심해졌을 때 우리가 부축을 하고 모임에 가시게 되더라도 모임 장소 앞까지만 부축을 받으셨다. 사람들의 시선이 드러나는 곳에 도착을 하면 우리 손을 뿌리치시고 혼자 걸어서 모임 장소에 들어가셨다.

집에서는 한없이 약한 모습으로 작은 고통에도 가족을 찾으셨지만 다른 사람들 앞에서는 당신의 흐트러진 모습을 절대 보이고 싶지 않아 하셨다. 아버지의 그 마음은 우리도 일찍부터 알고 있었기 때문에 다른 사람들 앞에서는 아버지의 흐트러진 모습을 보이지 않게 하기 위해 우리도 노력을 했다.

처음 장애인 등록을 하고 차량에 장애인 차량 표시 스티커도 한동안은 차량의 보이지 않는 곳에 넣어 두고 다녔다. 모임에 가실 때는 절대 차에 그 장애인 차량 스티커를 부착하지 못하게 하셨다. 하기는 우리들도 초기에는 그 두 가지의 등록과 판정이 우리에게 무슨 의미가 있나 하는 의구심을 가지고 있었다. 우리가 체감할 수 있는 것들이 그 당시에는 별로 없어서 더욱 그랬던 것 같았다.

어떻게 보면 아버지가 지금 앓고 계시는 병이 중증환자 등록과 장애인 판정을 받을 만큼 큰 병이라는 것을 우리 스스로도 덜 실감하고 있었는지 모르겠다. 하지만 처음 중증환자 등록을 시키고 장애인 등록까지 할 수 있게 해 주신 신경과 과장님은 곧 닥쳐올 우리의 미래를 예언이라도 하시는 것만 같았다. 그 예언처럼 아버지는 그 후 정말 중증 환자로 자리를 보존하고 누우셨으니 그보다 더 심한 중증 환자는 없었다.

장애인 등록 또한 나중에 차에서 화장실을 걸어가는 일도 힘이 들 때 장애인 주차구역에 차를 세우고 화장실을 갈 수 있는 것으로도 엄청난 감사의 마음을 품게 해 주었다. 주차장이 있는 곳이면 어디라도 가장 가까운 곳에 차를 세우고 아버지를 모시고 다닐 수 있었던 것은 움직임이 어려운 파킨슨병 환자에게는 정말 큰 도움이 되는 일이었다.

이후 거동이 힘들었을 때 아버지를 부축하고 걸으면 3~4미터의 거리가 십리처럼 멀게 느껴지던 때도 많았기 때문이다. 그리고 이후 처음에는 관심도 없었던 요양보호사의 4시간 파견 근무는 우리 에게는 사막의 오아시스 같은 시간이 되어 주었다. 나는 그 소중한 4시간을 통해 잠시 동안이라도 숨을 쉬고 안식을 가질 수 있었다.

하지만 그때까지는 그럴 시기가 아니었다. 아직은 그저 약을 통해 그나마 근근이 버티고 계셨던 시기였기 때문에 중증환자 등록도 장애인 판정도 커다란 체감을 하지 못하고 있던 시기였다. 신경과 과장님의 배려가 예언처럼 현실로 우리에게 다가 왔던 그날까지는.

# 병원 순례

아버지는 그 무렵 정말 많은 병원을 다니시고 계셨다. 어머니가 살아 계실 때부터 다니시던 심장혈관 내과와 신경과를 시작으로 이후 다른 여러 병원들을 며칠간격으로 두루 다니고 계셨다.

일단 심장혈관 내과는 1~3개월에 한 번 가셨기 때문에 날짜만 잘 체크해 놓으면 큰 문제는 없었다. 아버지의 증상에 따라 가는 간격은 결정되었다. 진료를 갔던 때에 혈압이 높거나 심전도가 좋지 않으면 한 달후 다시 예약을 잡아 주었고, 모든 수치가 정상이면 3개월 후에 다시 진료를 가는 형태였다. 단 심장혈관 내과는 신촌 세브란스까지 가야 했기 때문에 집에서는 거리가 조금 멀었다.

초기에는 동생이 주로 모시고 다녔지만 내가 본가에 들어오고 난 후에는 동생과 내가 교대로 가거나 동생과 내가 함께 가기도 했다. 이곳 진료의 가장 중요한 일정은 진료를 마치고 처방전을 받아 약을 조제하는 일이었다. 대학병원 앞 약국들은 대형 약국이기는 하지만 워낙 사람이 많아 약을 조제하려면 한참을 기다려야 약을 지을 수 있었다. 또한 3개월치 약은 그 양도 엄청 많았기 때문에 더욱 시간이 많이 걸렸다.

그래서 우리는 진료는 신촌에서 보고 약은 쌍문동에 와서 쌍문역 인근 약국에서 약을 지었다. 그 약국은 어머니가 돌아가시기 전부터 자주 가시던 약국이라서 우리 가족과는 잘 아는 사이로 여러 가지 편의를 봐 주었다. 사실 아버지 약은 큰 병원 인근의 약국에서만 조제가 가능했다. 집 근처의 작은 약국은 약이 없거나 수량이 부족하다며 처방전을 내밀어도 약을 조제하지 못했다. 하지만 쌍문역에 있던 약국은 병원 진료 후 처방전만 드리고 나면 아무 때나 우리가 편한 시간에 가서 약을 찾아올 수 있었다.

그래서 언제나 세브란스 병원에 진료를 가는 날은 오전에 진료를 받고 나면 쌍문역 약국에 들러 처방전만 드리고 약은 받지 않고 곧바로 의정부로 갔다. 병원에 가는 날은 언제나 아버지가 제일 좋아하시는 평양냉면을 먹는 날이었다. 아버지는 음식 중에서도 평양냉면을 제일 좋아하셨다. 실향민이라면 누구나 좋아하는 평양냉면. 특히나 아버지의 평양냉면 사랑은 유별나셨다.

아버지의 말씀으로는 아버지의 외할머니가 황해도에서 냉면집을 하셨다고 했다. 냉면을 먹을 때마다 아버지는 늘 외증조할머니의 말씀을 하셨다.

"냉면은 겨울에 이빨이 부딪칠 정도로 추울 때 덜덜 떨면서 먹는 게 냉면의 진정한 맛이라고 외할머니가 늘 말씀하셨단다."

시내에 나갈 때는 을지로나 필동에서 집에서 갈 때는 의정부에서 평양냉면을 드셨었다. 나중에 알게 된 사실은 우리가 다니던 그 냉면집이 모두 한 가족이 하는 집이었다는 것이다. 의정부가 오빠, 을지로와 필동은 여동생들이라고 했다. 그 사실을 모르고 다녔던 우리는 나중에 그 사실을 알고 많이 신기해했었다.

아버지를 따라 다니며 평양냉면을 먹었던 우리 가족은 그 세 집 외에는 다른 집 냉면은 별로 경험해 보지 못했다. 그만큼 그 세 집의 냉면 맛에 적응되어 있었다. 하지만 평양냉면을 즐겨먹지 않았던 아내는 우리 집에 시집을 와서 가장 처음 적응을 하지 못했던 부분이 평양냉면이다.

평소 평양냉면을 즐기지 않았던 사람들에게 자극성이 없는 평양냉면에 적응하는 데 한참의 시간이 필요한 듯 보였다. 아직도 아내는 평양냉면을 먹으러 가면 물냉면보다는 비빔냉면을 먹는 이유도 그래서이다. 그렇게 신촌에 진료를 가는 날은 반드시 약국에 처방전을 드리고 의정부 냉면집에 들러 평양냉면을 한 그릇 드시는 것이 아버지의 행복한 작은 일상이었다.

그렇게 끔찍한 아버지의 평양냉면 사랑은 거동이 힘들어 동생과 내가 양쪽에서 부축을 해야 겨우 걸음을 옮기실 수 있던 시기까지 계속 이어졌다. 그러다가 보니 아버지의 세브란스 병원 방문은 늘 아침을 먹고 바로 출발을 해도 점심까지 먹고 오후가 되어서야 끝이 나는 긴 일정이 되고는 했다. 신경과는 한일병원으로 옮긴 후 예전 세브란스 병원 신경과를 다닐 때와는 달리 정기적인 진료를 이어가고 있었다. 그리고 한일병원에서 진료를 가는 곳이 한 곳 더 있었다. 정신과였다.

주무실 때 드셔야 할 수면제가 필요했는데 신경과에서는 고작 일주일 분량밖에 처방이 되지 않아 할 수 없이 정신과의 진료를 받고 수면제를 받아 오셨다. 따라서 한일병원을 갈 때면 늘 신경과와 정신과 진료 날짜와 진료 시간을 조정하는 일이 필요했다.

아버지는 워낙 여러 병원을 가야 하기 때문에 같은 병원을 다른 날짜에 두 번 가는 일은 가능하면 없도록 노력했다. 어떻게 해서든 날짜와 시간을 조정해서 한번 걸음으로 두 곳의 진료를 보는 것이 아버지에게도 우리에게도 유리했다. 따라서 신경과와 정신과의 진료 날짜와 시간을 조정하는 일은 병원을 찾을 때마다 거쳐야 하는 주요 업무였다.

시간이 흐르고 나중에는 우리와 친해진 간호사 선생님들이 서로 통화를 해서 각자 시간을 알맞게 조정해 주는 수준에 이르기도 했다. 특히 신경과 간호사 선생님들은 우리를 정말 많이 배려해 주셨다. 시도 때도 없이 찾아가도 언제나 예약을 변경해 바로 진료를 볼 수 있도록 배려해 주셨다. 대부분 환자가 많은 날 당일 진료를 신청하면 예약 환자가 모두 진료를 하고 난 후에나 진료를 받을 수 있었다. 하지만 거동이 불편한 아버지가 좁은 진료실 대기 의자에 앉아 몇 시간을 대기하는 일은 힘든 일이었다.

처음에는 갑자기 신경과를 가게 되면 내가 먼저 병원에 가서 예약 변경을 하고 진료 시간을 체크한 후 기다리고 있다가 진료 시간이 임박하면 집에 연락을 하고 연락을 받은 동생이 아버지를 병원으로 모시고 와 진료를 받았다. 007작전을 방불케 하는 진료 작전이었다.

아버지가 방문을 시작한 초기에는 신경과 진료 환자가 그렇게 많은 편은 아니었는데 시간이 가면서 환자들이 기하급수적으로 늘어나 진료실을 옆 건물로 이전해 넓은 단독 진료실을 만들기까지 했다. 그렇게 진료 환자가 많은 날은 갑자기 아버지의 증상이 심해져 병원을 찾게 된다면 하루 종일 오후까지 진료실에서 대기를 해야 진료를 받을 수 있던 날도 많았다.

하지만 이후 누구보다도 자주 병원을 찾다 보니 간호사 선생님들과도 친분이 쌓여 아버지를 직접 모시고 찾아가도 빠른 시간 안에 진료를 받을 수 있게 배려를 해 주셨다. 그분들 덕분에 우리는 급작스러운 아버지의 변화에 빠르게 대처할 수 있었던 경우도 많았다. 푸근한 인상의 신경과 간호사 선생님은 우리가 잊지 못하는 고마우신 분으로 우리 기억 속에 남아 있다.

다음은 치과였다. 아버지는 치아가 몇 개 남아있지 않으셔서 음식 드시기가 불편하셨고 그나마 남은 치아들도 상태가 좋지 않아 늘 흔들리고 아프셨다. 하지만 그렇게 열악한 아버지의 치아 상태와는 달리 치과 치료는 아버지에게는 언제나 힘들고 험난한 과정이었다. 특히 흔들리던 치아가 더 이상 버티지 못하고 치아를 빼야 하는 경우가 생길 때는 여러 가지 힘겨운 일들이 발생했다.

아버지는 고혈압 약을 드시고 계셨기 때문에 치아를 빼려면 고혈압 약을 일주일 이상 중단하고 가야만 발치가 가능했다. 한번은 약을 일주일이나 중단하고 발치를 했는데도 3일간이나 피가 멈추지 않아 음식도 드시지 못하고 3일간을 솜만 물고 지내기도 하셨다.

아버지가 드시던 고혈압 약은 피가 굳어져 혈관이 막히는 것을 방지하려고 피를 묽게 만드는 약이어서 발치를 하면 지혈이 어렵다는 것이 치과의 설명이었다. 따라서 아버지 같이 장기간 고혈압 약을 복용한 환자는 치과에서 약간의 기피 현상을 보였다. 동네 여러 치과를 다녔지만 아버지 증상을 말씀드리면 간단한 치료는 해 주었지만 발치 같은 치료는 꺼리는 눈치였다.

그러던 중에 아버지 치과 치료에 새로운 장이 열렸다. 아내의 사촌동생이 집 근처 신창동 치과에서 진료상담사로 근무를 하게 된 것이다. 사촌 처제는 우리의 설명을 통해 아버지의 상태를 잘 이해하고 있었다. 따라서 필요 없는 치료나 시술에 무리가 따르는 치료는 과감하게 차단하고 가장 효과적이고 간단한 맞춤형 치료만 할 수 있도록 배려해 주었다.

사촌 처제는 평소에도 워낙 성격이 시원시원하기로 유명했다. 아버지가 치과를 방문하면 되는 것은 된다고 안 될 것 같은 것은 안 된다고 이야기하며 바로 대안을 제시해 아버지를 안심시켰다. 지금의 아버지의 몸 상태로는 이렇게만 해도 최고의 결과를 얻는 것이라는 처제의 설명은 아버지를 안심시키고 진료 의자에 앉게 하기에 충분했다. 늘 치과에 가면 불안해하시던 아버지도 처제가 있는 치과만 가시면 커다란 만족감을 표하셨다.

그런 처제의 말 한마디는 어떠한 치과 진료보다 아버지에게는 안도감과 만족감을 주는 듯 보였다. 해서 아버지는 늘 '치과 처제'라는 말만 나오시면 기분 좋아하셨고, 나에게는 늘 '치과 처제' 언제 밥 한번 사주라고 재촉하시고는 했다. 그렇게 늘 난관에 부딪쳤던 치과 치료는 사촌처제의 신창동 치과 취업으로 순항을 이어 갈 수 있었다. 지금은 처제가 다른 곳으로 병원을 옮기면서 다른 가족은 갈 치과를 쉽게 정하지 못하고 이 치과 저 치과를 방황하고 있다.

다음은 안과였다. 안과는 안약을 받아 늘 아침 저녁으로 투약을 했기 때문에 정기적으로 병원을 다녀야 했다. 한 번 방문으로 받을 수 있는 안약은 수량이 정해져 있었기 때문에 약이 떨어지면 다시 병원을 찾는 식으로 안과를 다녔다. 안과는 쌍문역에 있는 안과를 다녔는데 지하철 역 인근에 있는 병원 치고는 조금은 한산한 병원이었다. 당시에 조금 미안한 말이지만 동생과 내가 그 안과를 선택한 이유는 아버지를 모시고 가도 오래 기다리지 않아도 될 만큼 한산하다는 점 때문이었다.

안과에서 들으면 섭섭해 할 소리가 될 수 있지만 우리 입장에서는 그 한산함이 큰 장점이었다. 움직임이 불편하신 아버지를 모시고 병원을 가는 일은 진료 시간의 최소화가 중요 과제이다.

언제 아버지가 드신 약의 기운이 떨어져 버려 움직임이 어려워질지 모르기 때문에 약의 힘이 남아 있을 때 빠르게 병원 업무를 보고 귀가하는 것이 가장 좋은 병원 방문 방법이었다. 그런데 얼마 후 아버지가 다니시던 그 안과에 의사 선생님 한 분이 더 오셨다.

병원 길 건너 교회에 다니신다는 젊은 의사 선생님은 아마도 월급을 받는 의사 선생님 같아 보였다. 그런데 그분이 오시고 얼마 후 병원에는 엄청난 변화가 일어났다. 언제나 병원을 가도 우리 말고는 다른 환자를 본 일이 없었던 그 안과에 갑자기 환자들이 몰려들기 시작했다. 그렇게 환자가 갑자기 늘어나면서 병원에 가면 한참을 기다려야 하는 상황이 발생하기 시작했다. 결국 그 안과는 밀려드는 환자들을 감당하지 못하고 얼마 후 병원을 주차장이 딸린 옆 빌딩으로 확장 이전하게 되었다.

쌍문동 사람들이 갑자기 동시에 시력에 문제가 발생한 것이 아니라면 이렇게까지 한순간에 환자가 늘어나는 일이 신기할 지경이었다. 하지만 그런 이유로 병원을 또 옮기기도 쉽지는 않아 보였다. 새로 오셔서 그 안과의 부흥을 이끌었던 그 의사 선생님이 너무 친절하셔서 아버지가 진료를 받으시며 너무 편안해 하셨기 때문이었다. 우리는 그때야 이 병원에 왜 갑자기 환자가 늘어났는지 조금은 이해를 할 수 있을 것 같았다.

의사 한 분과 간호사 한 분만 계시던 조용한 안과가 직원만 해도 열 명이 넘는 거대한 안과로 탈바꿈한 모습은 그 과정을 지켜보는 우리 입장에서는 기적에 가까웠다. 쌍문동 인근의 모든 어르신들이 약속이나 한 듯 모두 그곳으로 몰려와 앞다투어 백내장 수술을 받고 계시는 것 같아 보였다. 결국 아버지도 이후 그 안과에서 백내장 수술을 받으시고 그 후로도 꾸준히 그 안과를 다니셨다. 아버지도 역시 쌍문동 어르신이셨기 때문에.

다음은 피부과였다. 피부과는 쌍문동에는 그렇게 많지 않았기 때문에 쌍문역 인근에 있는 피부과가 근방에서는 유일했다. 그 피부과는 아버지 외에도 우리 집에서 나와 아들과 그리고 아내까지 모든 식구가 다니는 곳이었다. 인근에 피부과가 그곳 하나이니 그럴 수밖에 없었다.

아버지는 시간이 갈수록 혈액순환이 잘 안 되면서 머리 끝 발끝 등 심장에서 먼 신체 부위를 지속적으로 가려워하셨다. 하지만 피부과의 먹는 약들은 워낙 강하기로 소문이 나 있어서 증상이 아주 심하지 않으면 주로 바르는 연고만 처방 받았다. 의사는 약을 10일간만 드시면 좋아질 수 있다고 했지만 지금 드시는 약에 피부과 약까지 드시는 것은 약을 드리는 우리조차도 어려워 보여 늘 마다했었다. 약을 직접 드시는 아버지는 말할 나위도 없었다.

결국 피부과도 연고가 떨어지면 다시 가는 것이 일정이 되었는데 아버지가 연고를 워낙 많이 바르는 바람에 그 일정은 병원도 놀랄 만큼 빠르게 돌아왔다. 아침 저녁으로 바르라고 처방해준 연고를 가려울 때마다 바르시더니 연고 하나가 2~3일 만에 소진되고는 했다. 연고가 부족하다고 사정을 해서 두 개씩 받아 보았지만 신기하게도 소진되는 날짜는 한 개를 받았을 때와 비슷했다.

아마도 가려운 부위가 갈수록 늘어가는 것도 이유일 것 같았지만 정작 가장 큰 이유는 다른 데 있었다. 아버지 발등에 피부색이 조금씩 검은 색으로 변하기 시작하셨다. 아버지는 발등 피부가 자꾸만 검게 변하는 것이 신경이 쓰이셨던 모양이었다. 병원에서는 큰 이상이 있는 것은 아니고 이런저런 이유로 그리 되는 것이니 너무 걱정은 하지 말라고 했지만 아버지는 발등을 볼 때마다 신경이 많이 쓰이셨던 것 같았다.

그러다 보니 아버지는 가려운 곳에 바르라고 준 다른 연고도 그곳에 바르고, 그곳에 바르라고 준 연고도 그곳에 바르셨다. 결국 두 통을 받아온 연고도 일주일이 되기 전에 바닥을 드러내기 일쑤였다. 결국 나중에는 피부색만 조금 검게 변했을 뿐이지 피부 상태는 그 발등 부분이 제일 좋아 보이는 부작용도 나타났다.

당시 아버지는 연고 외에도 시중에는 판매도 하지 않아 온라인으로만 구입이 가능했던 아기들이 바르는 수입산 로션을 인터넷으로 주문해서 바르고 계셨다. 피부색이 조금 변했던 아버지의 발등은 이후에도 각종 연고와 수입산 로션의 융단폭격을 받고 최상의 피부 상태를 유지했다.

다음은 한의원이었다. 한의원은 예전 어머니가 떠나시기 전부터 지속적으로 다니셨던 병원 중 하나였다. 하지만 강남 강북 유명하다는 한의원은 모두 다녔지만 번번이 결과는 신통치 않았다. 그저 침 시술 몇 번 후에는 늘 한약을 드셔야 했기 때문에. 하지만 신경과 치료를 집중적으로 받으면서 한약은 가능하면 드시지 않으려 노력했다. 신경과 약의 흡수를 방해할 수 있다는 의사의 소견이 있었기 때문이었다.

지금 아버지의 몸 상태를 결정하는 가장 중요한 것이 신경과 약이었기 때문에 그 약에 방해가 되는 일은 절대 삼가야 했다. 하지만 파킨슨병 증상으로 얼굴의 눈가 경련이나 손을 떠는 증상이 나타나기 시작하면서 아버지는 침 시술을 받고 싶어 하셨다. 침 시술로 파킨슨병 증상들이 완화되는 것은 아닌 듯 보였지만 아버지가 원하시니 침 시술을 받을 곳을 찾아보아야 했다. 멀리 돈암동에 유명하다는 한의원도 가보고 입소문을 타던 한의원은 모두 다녀 보았지만 결과는 늘 같았다.

지금은 아버지의 상태는 원인이 명확한 증상이기 때문에 한방적인 치료의 호전을 기대하기는 어렵다는 반응이 대부분이었다. 어느 유명한 한의원은 아예 침도 놓아주지 않았다. 침이라도 한방 맞고 싶어 먼 곳을 찾아갔는데 아버지의 몸 상태는 침을 맞기에 적정치 않다는 말만 하고는 우리를 돌려보냈다.

어떻게 보면 몸이 아니라 마음에 침 시술을 받고 싶었던 아버지는 그런 한의원을 다녀오시고 나면 실망감에 한동안 우울해 하셨다. 이곳저곳을 전전하다가 쌍문역의 한의원 한 곳을 가게 되었다. 그곳은 한약 이야기도 하지 않으시고, 그만 오라는 만류도 하지 않으시고, 묵묵히 아버지에게 침을 시술해 주었다.

나중에 거동이 더 어려워져 거의 부축을 하고 다닐 때까지 그 한의원은 오랜 시간을 거의 매일 침 시술을 받으러 다녔다. 그곳 한의사 분도 아버지 증상을 잘 알고 계셨지만 아버지에게 늘 용기가 되는 이야기를 해 주시고 침을 시술해 주셨다.

"네 어르신 좋아질 것 같아요."

"어르신 좋아지고 있어요."

일종의 플라시보 효과 같은 진료였다. 결과가 어떻게 되든 우리는 그 한의원이 그저 고마웠다. 아버지는 당시 파킨슨병으로 인해 일어나는 당신 몸의 작은 변화에도 민감하게 반응하셨다. 그런 아버지에게 효과를 떠나서 심리적 안정감을 줄 수 있다는 사실 하나로 우리에게는 큰 도움이 되는 것 같았다.

아버지는 그렇게 한의원에서 찜질을 하시고 침 시술 받으시는 것을 하루 일과처럼 하셨다. 그렇게 침 시술을 받으시는 동안은 얼굴 떨림과 손 떨림이 완화될 거라는 희망을 품으실 수 있었기 때문에 아버지는 한의원 방문은 일종의 마음 수련 같은 것이었다. 거의 매일 가시고 싶어 하셨지만 한의사는 거동이 힘드시면 이틀에 한 번 오시는 것도 좋다고 하셨다. 하지만 아버지는 그마저도 하루 거르면 몸이 더 떨리는 것 같다고 하시며 매일 그곳을 찾았다.

그렇게 쉼 없이 한의원을 방문해도 그곳 한의사 선생님은 아무 불만 없이 한결같은 태도로 아버지에게 침을 시술해 주셨다. 이미 아버지와 우리들의 마음을 알고 계시는 듯 보였다. 당신이 시술하는 침으로 아버지의 증상을 완화시켜 드리지는 못해도 우리 가족에게 마음의 위안은 줄 수 있음을 알고 있는 것 같았다. 그렇게 아버지는 총 8곳의 병원을 다니고 계셨다.

어떤 주에는 주말을 빼고 매일 병원을 간 경우도 많았다. 언제나 병원을 가는 일은 아버지 머리를 감겨 드리는 일로 시작된다. 혼자 양치질은 하실 수 있었지만 허리를 숙이거나 샤워기 밑에서 머리를 감는 일은 조금씩 힘들어하셨다. 그래서 아내는 아버지가 욕실에서 사용할 플라스틱 의자를 구매해 욕실에 비치해 두었다.

처음 아내가 의자를 사 왔을 때는 설마 앉아서 욕실에서 뭘 할 거라고는 상상도 하지 못했었다. 하지만 막상 사용을 해보니 아버지도 우리도 너무 좋고 편안했다. 왜 진작 그런 생각을 못했는지 우리가 원망스러울 정도였다.

몸이 불편하신 할아버지를 집에서 모셨던 처가의 노하우가 우리 집에도 적용되는 경우였다. 아버지는 우선 혼자 의자에 앉아 양치를 하시고 나면 몸만 욕조 쪽으로 돌려서 머리는 샤워기를 이용해 동생이나 내가 감겨 드렸다. 머리를 감겨 드리고 세수도 시켜 드리고 나면 머리를 말려 드리고 옷까지 챙겨 드려야 비로소 외출 준비가 끝났다.

간단한 과정인 듯 보이지만 거동이 불편한 아버지를 모시고 진행을 하자면 시간이 제법 걸리는 과정이었다. 따라서 아침 식사를 끝내고 약까지 모두 드시고 나면 서둘러 준비를 해야 그나마 오전 중에 병원 한 곳을 다녀올 수 있는 빠듯한 일정이었다. 외출 준비에 오랜 시간이 소요되기 때문에 아버지를 모시고 병원을 찾는 일은 나에게는 아침부터 엉덩이를 한 번도 땅에 붙여보지 못하고 동동거려야 하는 분주한 일상이었다.

그러니 매일 병원을 가는 일상은 아버지에게도 우리에게도 상당히 힘겨운 일정이었다. 따라서 그 분주함을 조금이라도 줄이는 방법은 하루에 병원을 두 곳을 가는 것이었다. 아침 시간을 조금만 서둘러 움직이거나 일정을 오후로 변경하면 두 곳도 가능했다. 대부분 신경과 외래 진료는 3시에서 4시 사이에 마감을 하기 때문에 시간 조정이 중요했다.

신경과를 가는 날은 신경과 진료를 하고 피부과나 안과를 가거나, 치과를 가는 날은 한의원을 들러서 돌아오는 식으로 일정을 만들기도 했다. 하지만 대부분은 다른 병원을 방문하시고는 부록처럼 한의원을 거처서 오시는 경우가 많아 나중에는 결국 한의원과 짝을 맞추어 병원을 다니기도 했다. 이 시기에 아버지에게 병원은 일종의 힐링 장소 같은 곳이었다.

날이 갈수록 파킨슨병의 증상이 조금씩 심해지고 있는 상황에서 아버지에게는 언제가 될지 알 수 없다는 병에 관한 공포감 같은 것이 존재했다. 따라서 아버지는 몸의 아주 작은 변화로 인해 불안해 했다. 그 작은 변화에 즉각 대처를 하지 못하면 곧 큰 병으로 이어질지 모른다는 막연한 불안감이었다. 나는 그런 아버지의 마음을 누구보다 잘 알고 있었다.

그 불안감을 해소할 방법은 병원을 찾는 일뿐이었다. 발등이나 두피가 조금만 가려워도, 잇몸이 조금만 아파와도, 눈앞이 조금만 침침해져도, 얼굴에 작은 경련이 조금만 생겨도 아버지는 병원에 가서야 했다. 그리고 그 병원에서 당신의 마음에 안도감을 줄 치료를 받으셔야 했다. 몸의 치료와 아울러 마음의 치료도.

# 일상의 진화

아버지의 일상이 변하듯 나의 일상도 시간이 흐를수록 조금씩 변하고 있었다. 나의 가장 큰 변화는 이제 내 자신이 제법 아버지와의 일상에 적응하고 있다는 사실이었다. 그 변화의 시작은 내가 하지 못하던 일, 내가 못할 것 같았던 일, 내가 하면 큰일날 것 같았던 일들을 나도 모르는 사이에 하고 있다는 것이었다. 해를 넘길수록 나의 일상은 본가 생활에 최적화되어 가고 있었다. 나는 결혼을 할 때까지 집안 일이라는 것을 해본 적이 없었다. 아니 할 수 없었다.

어머니는 살아생전 집안에서 내 손에 물 한방울이라도 닿는 것을 용납하지 않으셨다. 어린시절 동두천에 살 때 유명한 일화가 있다.

군산 사촌 큰누나가 우리 집에 다니러 온 적이 있었다. 나이 차가 있는 누나는 당시 학교를 졸업하시고 사회생활을 하시던 시기였다. 연탄을 사용하던 동두천 시골 집에는 집 옆 마당에 겨울 동안 어머니가 밖에 내다 버리지 못한 연탄재가 수북하게 쌓여 있었다. 언제 어머니가 시간을 내어 한번에 버리시려고 가까운 곳에 모아 두었던 연탄재였다.

학교에 다녀오니 사촌 누나가 나와 동생을 불렀다.

"성우야, 성한아. 네 엄마 올 겨울 다 지나도록 이 연탄재 버리기는 어려울 듯 보이니 우리가 좀 내다 버리자."

누나와 우리 형제는 한참을 연탄재를 밖으로 날라 모두 내다 버렸다. 회사에서 돌아오신 어머니는 사라진 연탄재를 보시고 깜짝 놀라셨다. 누가 버렸냐고 물으시니 누나는 우리 형제와 자신이 버렸다고 대답을 했다고 한다. 그랬더니 어머니는 펄쩍 뛰시면서 아니 아이들 손에 어떻게 연탄재를 버리게 하냐고 놀라섰다고 한다. 하지만 어머니의 그런 반응에 정작 더 놀란 사람은 사촌 누나였다.

아니 아이들이 연탄재 버리게 하는 일이 어떻게 놀랄 일이냐는 것이었다. 어린 아이도 아니고 당시엔 머리가 제법 굵어져 연탄재 정도는 들어다가 버릴 능력은 되는 아이들인데 그게 무슨 큰일날 일인 것처럼 여기시는 어머니의 반응이 신기했다고 한다. 지금도 엄마 이야기만 나오면 사촌 누나가 빼먹지 않고 하는 이야기는 그날 연탄재 버렸던 이야기이다.

그 이야기를 할 때면 사촌 누나가 반드시 한마디 덧붙이는 이야기가 있다.

"너희 엄마 살아생전에 니들 손에 물 한 방울 묻히면 큰일나는 줄 알고 그렇게 곱게 키웠는데."

그랬다. 그렇게 나는 나이 마흔이 다 되도록 둥지 안의 어린 새처럼 어머니가 해주시는 밥만 받아먹고 살았다. 그나마 어머니가 세상을 떠나시고 처음 했던 일은 누나나 아내가 해준 반찬이나 국을 아버지에게 차려 드리는 수준이었다. 하지만 내가 아버지를 전담하기 시작하면서 누나도 아내도 더 이상의 아버지 식사를 위한 일들은 중단시켰다.

분명 집에서 전담을 위해 내가 존재하는데 집안에 다른 식구들이 같은 일로 고생하는 것은 효율성이 떨어지는 것처럼 보였다. 수고를 자처한 만큼 그 수고는 나 한사람이면 충분한 듯 보였다. 따라서 어떻게 해서든 본가의 집안 일은 내 손으로 해결해 보고 싶었다. 하지만 마음만 먹는다고 일이 생각대로 이루어지는 것은 아닌 것 같았다.

누나와 아내가 아버지 식사를 위해 마련해 오던 음식은 아버지 혼자 드시는 것이 아니었다. 동생도 먹어야 했고 이제는 그 옆을 지키는 나도 먹어야 했다. 그 무렵 나는 숙식을 거의 본가에서 해결하고 있었다.

잠도 본가에서 자고 밥도 본가에서 먹었다.

처음 그런 일상 속에서 장정 세 명이 하루 세 끼를 해결하다 보니 누나와 아내가 가져다 준 음식들은 보통 2~3일이면 바닥이 났다. 아버지는 드시는 양이 적으니 그렇다고 쳐도 나와 동생이 먹어 치우는 음식의 양도 상당했다. 이제는 내가 직접 집에서 요리를 해야 할 때가 온 것 같았다. 우선은 동생과 아버지의 식사 형태를 면밀하게 살폈다.

이유는 내가 음식을 하려면 두 사람이 좋아하는 음식 위주로 가지수를 최소화해야 했기 때문이었다. 좀 더 정확히 말하자면 당시 내가 할 수 있는 음식의 종류가 많지 않았다는 표현이 옳을 것 같다. 아버지는 앞서 말했듯이 식사에 국이나 찌개가 있어야 식사를 하시는 분이셨다. 동생은 정육점으로 장가를 가야 할 만큼 채소류를 싫어했다. 따라서 우선은 두 사람 식성에 맞는 음식부터 해 봐야 했다. 하지만 아직은 내가 할 수 있는 음식에는 한계가 있었다.

가장 먼저 시작한 것은 국이나 찌개를 만드는 일이었다. 한 번에 한 가지씩 도전을 해 보았다. 초기에는 세 가지를 하면 한 가지 정도는 먹을 수 있는 수준에 도달했다. 이후 시간이 조금 흐르고 3가지를 만들면 두 가지 정도는 먹을 수 있는 수준으로 발전했다.

나머지 한 가지는 먹지 못하고 버리거나 다시 만들어서 재생을 하거나 하는 수준이었다. 하지만 뭐든 하면 할수록 느는 것이 요리 실력이었다. 그것에 절박함이라는 것이 동반되자 그 향상 속도는 더욱 빨라졌다. 여러 번의 실패와 성공을 반복하자 국과 찌개가 어느 정도 자리를 잡기 시작했다.

이 국도 끓여보고 저 찌개도 끓여 보면서 동생과 아버지의 반응이 좋은 베스트 3 정도만을 엄선했다. 엄선된 메뉴들은 한번에 커다란 솥에 많은 양을 끓였다. 요리에 성공하고 두 사람의 입맛에 합격한 것들. 이제 많은 양을 조리할 수준에 이르게 된 것이다. 그리고 일정 분량을 나누어 냉동실에 얼려 두었다.

같은 음식을 계속 드릴 수 없기 때문에 이렇게 3가지 정도의 국이나 찌개를 만들어 놓고 교대로 순서를 바꾸어 가며 냉동실에서 꺼내 해동을 해서 데워 드렸다. 국과 찌개가 조금 자리를 잡으니 슬슬 반찬에 대한 욕심도 생기기 시작했다. 하지만 그때까지 내 음식 맛에 원천은 대부분 MSG의 맛이 그 중심에 있었다.

국이나 찌개는 조미료의 도움이면 어느 정도 커버가 가능했다. 하지만 반찬은 달랐다. 맛이 날 때까지 조미료를 부었던 국과 찌개하고는 접근 방식이 각각 달랐다. 특히나 치아가 부실하셨던 아버지가 드실 수 있는 음식은 종류가 그렇게 많지는 않았다. 또한 조금이라도 매운 음식도 드시기 힘들어하셨다. 그 당시 김치는 우리 집도 본가도 아내의 친정에서 장모님이 담가 주시는 김치를 먹었었다.

장모님은 매운 것을 드시지 못하시는 아버지를 위해 우리 집 김치와 아버지 드실 본가 김치를 구분했는데, 아버지가 드실 김치는 따로 덜 맵게 만들어 주시기도 하셨다. 나의 반찬 원칙은 저비용 고효율이었다. 아버지도 동생도 식사 대부분의 비중은 국과 찌개에 있었기 때문에 반찬은 큰 비중을 차지하지는 않았다. 그렇다면 가능한 한 아버지가 드시기 편한 반찬을 만들어 드리고 싶었다.

가장 손쉬운 반찬부터 시작해야 했다. 계란 찜. 참 쉬우면서 아버지가 드시기 편한 반찬이었다. 그리고 두부 요리나 묵 요리. 이것도 난이도가 낮은 요리 중에서 아버지가 드시기 편한 음식들이었다. 하지만 이런 간단한 요리들이 성공을 하기 시작하자 나는 다른 요리들에 욕심이 생기기 시작했다.

조금 난이도가 있는 꽈리고추 볶음, 오징어 볶음 같은 요리들도 과감하게 도전을 하기 시작했다. 이때 나는 비로소 모든 요리는 MSG만 이용해서 맛을 내는 것이 아니라는 것도 알게 되었다. 아마 이때 즈음이 내가 요리에 간장을 이용한 첫 순간이었던 것 같다.

정말 나는 내가 요리에 간장을 쓰게 될 줄은 상상을 하지 못했다. 요리의 모든 간은 조미료와 맛소금으로 하면 된다고 믿고 살았던 나의 요리 세계에 새로운 장이 열리는 순간이었다. 사실 아버지를 만족시킬 방법은 간단했다. 아버지나 동생은 육식을 좋아했기 때문에 소고기 등심 한 덩이 구워 드리면 그 이상은 바랄 것이 없는 최고의 밥상이었다. 하지만 삼시세끼 고기를 드릴 수는 없는 노릇이었다.

나는 보통 일주일 찬거리 비용을 만 원 정도로 버티려고 노력했다. 국과 찌개가 해결되면 만 원 한 장 들고 시장에 갔다. 2천 원 계란 한 묶음, 2천 원 꽈리고추 한 봉지, 4천 원 오징어 두 마리, 천 원 애호박 하나. 이 정도면 일주일 아버지 동생 내가 버티기에 충분했다.

만 원으로 일주일 찬거리 마련하기 원칙은 이후로도 오랜 기간 계속되었었다. 그러던 어느 날 누나가 꼬막 요리를 해 왔다. 그런데 아버지가 그 꼬막 요리를 정말 맛있게 잘 드셨다. 아버지는 원래 해산물을 좋아하지 않으셨던 식성이라서 집에서 비린내 나는 것을 참지 못하는 성격이셨다. 그래서 어머니 살아생전에는 우리 집에서 단 한 번도 생선을 구워 본 적이 없었다.

하지만 세월이 흘러서 식성도 변하셨는지 오징어나 조개류는 이제 제법 잘 드셨다. 누나가 가져온 꼬막은 내가 맛도 보기 전에 아버지와 동생이 두 끼를 먹고 나니 사라지고 없었다. 아버지는 다음날도 꼬막을 찾으셨다.

하지만 누나가 사온 꼬막은 이미 아버지와 동생이 모두 먹고 남아있지 않은 상황이었다. 나는 시장으로 달려갔다. 한 번 드시고 더 있냐고 찾으신 음식은 최근에 꼬막이 처음이었다. 꼬막을 넉넉하게 사 왔다. 아버지가 좋아하시는 음식을 해 드린다는 마음에 시장에서 돌아오는 발걸음이 가벼웠다.

사실 그동안 음식을 드시며 아버지는 단 한 번도 음식 투정을 하신 적은 없었다. 누나가 가져온 반찬이건, 아내가 해온 반찬이건, 부족한 내가 만든 반찬이건 말없이 잘 드셔 주셨다. 어떤 때는 내가 먹어 보아도 빈틈이 많이 보이는 음식도 말없이 잘 드셨다. 그런 아버지께 내 마음 한구석에서는 고마우면서 미안한 마음이 항상 남아 있었다.

그랬던 아버지가 더 드시고 싶어 찾으시는 음식이 있다니 실컷 드시게 해드리고 싶었다. 그런데 막상 꼬막을 엄청 많이 사기는 했는데 요리를 할 방법을 알 길이 없었다. 내가 아는 꼬막은 언제나 잘 익혀 양념을 뿌린 가지런한 모습의 완제품을 본 것이 전부였다. 인터넷을 검색해 꼬막 요리법을 찾아보았다. 다행히 다양한 요리 방법이 상세하게 나와 있었다.

요리 과정도 그렇게 힘들어 보이지 않았다. 잘 씻어서 잘 삶아서 양념장을 잘 올려 먹거나 속살만 꺼내어 무쳐 먹으면 되는 것 같았다. 그런데 검색한 정보마다 똑같은 주의사항이 눈에 띄었다.

첫 번째는 깨끗한 해감, 두 번째는 살짝 삶기. 눈으로 보기에는 무엇을 하라는 것인지 금방 알 것 같기도 했다. 이후 과정인 간장 양념은 비율이 잘 나와 있어 비교적 쉬워 보였다. 일단 해감을 시키기 위해 소금물에 잠시 담가 놓았다. 그리고 일정 시간이 지나면 박박 소리가 나도록 씻어야 꼬막 표면에 뻘 잔여물이 잘 씻긴다고 나와 있었다. 검색 정보에서 공통적으로 일러 주었던 첫 번째 주의사항이었다.

상당한 양의 꼬막을 커다란 바가지에 넣고 소리가 나도록 씻고 또 씻었다. 박박 소리가 나도록 씻어야 한다고 해서 박박 소리가 나도록 씻었다. 한겨울 찬물에 꼬막을 씻으니 손이 얼어 버리는 것 같았다. 참고 또 씻었다. 또 씻었다. 또 씻었다.

몇 번을 씻었는지 기억이 나지 않을 만큼 씻고 또 씻었는데 맑은 물이 나올 생각을 하지 않았다. 인터넷에서는 7~8번 정도 씻으면 된다고 나온 것 같은데, 10번은 넘게 씻어도 물은 계속 탁한 상태로 뻘을 토해내고 있었다. 이젠 몸도 지치고 손이 너무 시려 더 이상은 힘들 것 같았다. 포기하고 다음 단계인 삶기로 넘어갔다.

인터넷에서는 꼬막이 몇 개만 입을 벌리기 시작하면 불을 꼭 꺼야 한다고 당부했었다. 꼬막들이 서서히 입을 벌리기 시작하자 마음이 급해졌다. 조금만 더, 조금만 더. 일단 하나가 입을 벌리기 시작하자 금방 여기저기 꼬막들이 모두 입을 벌리는 것이 곧 모든 꼬막이 입을 벌려 버릴 것 같았다. 서둘러 불을 끄고 꼬막들을 구출했다. 다행히 생각보다 입을 벌린 꼬막은 몇 개 되지 않아 보였다.

이제 꼬막을 까서 준비한 양념을 올리기만 하면 될 것 같았다. 인터넷에서는 홈에 수저를 끼우고 돌리면 쉽게 꼬막이 벌어질 거라고 나와 있었다. 문제는 홈이었다. 아무리 찾아봐도 홈이 없었다. 앞쪽을 만지고 또 만져봐도 홈은 없고 꼬막은 강력한 저항으로 입을 다물고 있었다. 수저로는 답이 없어 보였다.

급히 도구를 과도로 변경하고 손톱으로 꼬막을 벌려 과도를 들이밀고 벌려가며 한 개씩 꼬막을 까기 시작했다. 한 시간여를 꼬막과 씨름한 끝에 그 많던 꼬막을 모두 까는 데 성공은 했다. 미리 해놓은 양념장에 버무리고 나니 그 많았던 꼬막이 조금 큰 반찬 그릇 하나 정도밖에 되지 않았다. 모로 가도 서울만 가면 된다고 했던가?

일단 아버지는 맛나게 드셔 주셨다. 동생도 누나가 사온 것보다 더 맛있다며 잘 먹었다. 그런데 아무리 생각해도 이건 아니었다. 꼬막을 사

오고 밥상에 올리는 데 총 3시간이 소요되었다. 사오고 준비하는 데 1시간, 해감하고 씻고 삶는 데 1시간, 다시 까는 데 1시간. 정신을 차리고 보니 내 손톱이 엉망이었다.

꼬막의 저항에 맞서 틈을 만들어 벌리느라 손톱이 모두 부서지고 깨지고 난리가 아니었다. 나는 궁금해지기 시작했다. 원래 이렇게 하는 게 맞는 건가? 그리고 며칠 뒤 누나가 왔다. 누나에게 꼬막과 치른 전쟁 이야기를 하며 손톱을 보여 주었다.

누나는 내 손톱을 보고는 놀라며 자기가 가져 왔던 꼬막도 사온 것이라며 다시는 하지 말라고 당부를 했다. 그러면서 왜 손톱이 이리 부서졌는지 궁금해 했다. 꼬막이 벌어지지 않아 그런 것이라고 설명을 했더니 누나는 그때야 이유를 알았다는 듯 크게 웃었다.

그리고 꼬막을 벌리는 홈은 꼬막 뒤에 있는 홈을 말하는 것이라는 사실을 알려 주었다.

"뭐, 뒤를."

나는 생각지도 못했다. 수많은 조개를 먹어 봤지만 그 조개가 스스로 입을 벌리면 알맹이를 빼서 먹었지 조개를 내가 벌려서 먹어 보기는 꼬막이 처음이었다. 언제나 조개는 앞쪽으로 입을 벌리니 꼬막도 당연히 앞쪽을 벌려야 입이 벌어질 거라고 생각을 했던 것이다. 그러나 꼬막은 뒤쪽 홈을 살짝만 비틀면 너무나 손쉽게 입이 벌어지는 사실은 전혀 생각도 하지 못했다. 허무했다.

3시간에 걸친 꼬막과의 첫 사투는 그렇게 처참하게 부서진 내 손톱의 상처만 남기고 끝이 났다. 하지만 그만 하라는 누나의 당부와는 달리 나는 그 이후에도 꼬막 요리를 자주 해 드렸다. 무엇이든 한두 번의 실패를 거치면 그 다음은 수월했다.

이후 산더미 같은 꼬막도 수저 하나로 10분 만에 모두 까 버리는 놀라운 솜씨를 자랑하며 내 꼬막 요리는 일취월장했다. 그렇게 나의 일상은 나도 모르는 사이 아버지의 시간에 익숙해져 가고 있었다. 아니 아버지의 시간들이 나의 일상으로 굳어지고 있었다. 꼬막 요리 이후 부서졌던 내 손톱이 다시 단단해진 것처럼.

# 가을 나들이

그렇게 시간은 또 흘러 가을이 되었다. 나는 계속 집과 본가를 오고 가며 같은 일상을 보내고 있었다. 아들은 나의 단순한 일상과는 달리 하루가 다르게 크고 있었다. 계절이 가을로 들어서며 전국에는 단풍놀이가 한창이었다.

뉴스에는 연일 가을 단풍이 어디까지 왔다는 단풍 중계 방송이 이어졌고 행락객들의 모습이 화면을 채우고 있었다. 말은 하지 않지만 아이와 매일 집에서 씨름하는 아내도 나와 같은 뉴스를 보고 있는 것 같았다. 답답한 마음이야 나도 아내도 같았겠지만 서로 내색을 하지는 않았다. 마치 먼저 이야기를 꺼낸 사람이 책임을 져야 할 것 같은 그런 심정이랄까?

몇 년째 같은 일상으로 살아가는 남편을 보며 매일 같은 일상으로 아이와 씨름하고 있는 아내. 마음 같아서는 이럴 때 아내와 아이를 데리고 단풍이 한창인 곳으로 가을 나들이라도 다녀오면 좋을 것 같은 계절이었다. 하지만 현실은 그런 내 마음과는 멀었다. 나의 일상은 아버지의 일상이었다.

아버지가 병원에 가시면 나도 병원에 가고, 아버지가 모임에 가시면 나도 모임에 가고, 아버지가 쉬시면 나도 쉬어야 하는 일상. 온전히 나만을 위한 시간은 없어 보였다. 더욱 나를 슬프게 하는 것은 어느 한곳에서도 마음 편히 있지 못하고 있는 나의 현실이었다.

내가 사는 집은 아파트 6동, 아버지가 계시는 본가는 아파트 2동이었다. 우리 집 앞 주차장을 사이로 3동이 있고 그 옆으로 아버지 본가 2

동이었다. 따라서 우리 집을 나와 집 앞 주차장만 대각선으로 가로 질러 가면 아버지 집이었다. 걸어서 3분 거리.

나는 아파트 3동이 기역 자 형태로 가로 막고 있는 주차장만 하루 종일 오고 가고 있었다. 그 주차장을 종일 오고 가고 있자면 마치 아파트 3동 건물이 울타리 같아 보이고 나는 그 울타리 속에 갇혀 있는 듯한 착각이 들었다. 아니 그냥 감옥 같았다. 기역 자로 막고 있는 13층 높이의 담벼락 안을 오고 가야 하는 감옥. 집을 나와 본가로 가는 동안 눈 앞에 보이는 아파트 3동의 건물을 보면서 걷는다.

아무것도 보이지 않는다. 하루 종일 그 아파트 건물만 보며 오고 간다. 그 답답함은 양쪽 집에 있으면서 이어지고 있었다. 아버지와 본가에 있으면 부엌 창 밖으로 우리 집이 보였다. 그랬다. 대각선 방향이라 집안은 보이지 않지만 그저 창만 보이는 우리 집을 나는 수시로 내다보고 있었다. 본가에 있는 동안 내 머리 속에는 집에 아들 생각이 떠나질 않았다.

엄마와 잘 있겠지만 아니 잘 있지만 내 마음은 자꾸만 아들 옆으로 가고 싶어 안달이 나 있었다. 그런 마음이 들면 아버지에게 부탁을 했다.

"아버지, 나 집에 10분만 갔다 올게요."

아침에 퇴근을 해서 동생이 작은방에 자고 있으니 무슨 일이 생기면 동생을 부르라는 당부를 드리고 집으로 달려 왔었다. 그렇게 달려와 아들을 안으면 기쁜 마음이 1분, 나는 다시 집에 있는 아버지가 마음에 걸려 오래 더 이상 머물지 못하고 이내 다시금 본가로 달려 왔다. 내 마음을 어떻게 할 수 없었다.

집에 있으면 아버지가 신경 쓰여 아들과 오래 있지 못하겠고, 본가에 있으면 아들이 보고 싶어 견딜 수가 없었다. 일종의 정서불안 같은 상태가 이어지고 있었다. 묘하게도 집에 있으면 본가 아버지가, 본가에 있으면 집의 아들이 나를 계속 흔들었다. 모든 것을 내려놓고 잠시만이라도 마음의 휴식을 갖고 싶은 마음이 간절했다.

그러는 사이 집 앞 북한산에도 단풍이 들었다는 소식이 들렸다. 처음으로 눈을 들어 멀리 집 앞 북한산을 바라보았다. 그렇게 많은 날들을 오고 가면서도 고개를 들어 북한산 쪽을 바라본 적은 없었던 것 같았다. 동생에게 오후 일정을 물어 보았다. 저녁에 출근할 때까지는 큰 일정이 없다고 했다.

아버지의 오후 시간을 동생에게 잠시 부탁하고 아내와 아이를 데리고 밖으로 나왔다. 얼마나 오랜만에 나의 가족을 데리고 집 밖을 나왔는지 기억나지 않았다. 2동과 3동 사이를 오가며 지냈던 시간 속에서 처음으로 탈출을 하는 순간이었다. 드디어 내 차는 감옥 같았던 3동 울타리를 벗어나 밖으로 향하고 있었다. 하지만 나오기는 했는데 갈 곳이 없었다. 물론 돈도 없었다.

바람 좀 쐬러 가자며 호기 좋게 가족을 데리고 나왔지만 햇살 좋은 가을날 갈 곳도 쓸 돈도 없는 나는 이내 좌절했다. 주머니에는 만 원 한 장이 전부였다. 주어진 시간은 서너 시간, 가진 돈은 달랑 만 원.

"아빠 어디가?"

아들의 질문에 나는 당황스러웠다.

"응. 단풍 구경하러 가자."

무작정 차를 몰고 북한산 쪽으로 달렸다. 차로 한참을 달려 북한산을 오르니 더 이상 오를 수 없는 곳에 도착했다. 도선사 입구에 있는 공영 주차장이었다. 차를 세우고 주변을 둘러보니 북한산 매표소 입구 옆에 작은 가게가 눈에 들어왔다. 등산객에게 생수나 음료를 파는 아주 작은 가게였다.

그런데 그 앞에 파라솔 두 개를 치고 의자와 테이블을 놓고 파전을 구워 팔고 있었다. 파전 한 장에 4천 원, 막걸리 한 통에 2천 원. 아내와 아이를 데리고 파라솔에 자리를 잡고 파전 한 장과 막걸리 한 통을 시켰다. 파전이 나왔다. 4천 원짜리 파전이 크기도 했다.

운전을 해야 하는 나는 반 사발 아내에게는 한 사발 그득 막걸리를 따랐다. 아내와 나는 그렇게 가을이 깊은 도선사 앞 주차장 구멍 가게에서 막걸리에 파전으로 가을 나들이 최고의 만찬을 즐겼다. 비둘기를 보고는 따라 다니겠다고 나서는 아들 탓에 나는 이내 자리에서 일어나 아들과 주차장 주변을 돌아다녔다.

잠시 후 돌아와 보니 아내는 막걸리 한 통을 파전에 모두 비워 놓고 있었다. 평소 숙취가 온다며 막걸리는 입에 대지 않았던 아내는 아들도 남편도 없는 파라솔 의자에 앉아 홀로 막걸리 한 통을 비운 것이었다.

"한 통 더 시켜줄까?"

아내는 고개를 가로 저었다. 테이블 위에는 먹다가 반 이상 남은 파전만 덩그러니 놓여 있었다. 아내는 그렇게 말없이 홀로 막걸리만 한 통을 마신 듯 보였다. 주변에는 나이 지긋한 어르신들만 삼삼오오 모여 막걸리를 드시고 계셨다. 그분들 사이에서 홀로 막걸리를 마시며 아내는 무슨 생각을 했을까? 홀로 빈 막걸리 잔을 응시하고 있는 아내를 보고 있자니 명치끝이 아파왔다. 하지만 그런 아내에게 딱히 위로의 말조차 떠오르지 않았다. 자리를 털고 일어났다.

"얼마예요?"

"6천 원입니다."

우리 가족의 6천 원짜리 슬픈 가을 나들이는 그렇게 금방 끝이 났다. 돌아오는 차 안에서 우리는 말이 없었다. 나도 아내도. 못 마시는 막걸리를 한 통이나 마셔 취기가 돌아 그랬는지, 답답하게 이어지는 현실에 할 말이 없었는지 알 수는 없지만 아내는 그 사이 잠이 든 아이만 바라보고 있었다. 운전을 하며 차오르는 눈물을 막아보려 어금니를 악물었다.

돌아오는 내내 가족에게 아무것도 해줄 수 없는 내 자신만 원망하고 또 원망했다. 집에 돌아와 아들과 낮잠에 빠져든 아내를 집에 남겨두고 나는 다시 본가로 돌아왔다. 본가로 돌아오는 길에는 오늘따라 아파트 3동 건물만이 담벼락처럼 높고 높아 보이는 하루였다.

# 드롭 홀리데이

같은 일상이 반복되고 있으면 변화를 인식하는 일이 무뎌진다. 어제가 오늘 같고, 오늘이 내일 같은 날들이 이어지고 있었다. 본가와 집을 오가는 일과 아버지 곁을 지키는 일이 반복되고 그 사이 나는 요일도 날짜도 계절도 잊고 살고 있었다. 하지만 똑같은 일상 중에서도 지속적인 변화를 보이고 있는 것이 있었다.

하루가 다르게 둔화되고 있는 아버지의 움직임이었다. 약을 드시고 다음 약을 드실 때까지는 견디어 주던 아버지의 몸이 이제는 약을 드셔도 예전처럼 움직임이 자유롭지 못했다. 집안에서 아버지의 동선은 단순했다. 평소 식사 시간을 제외하면 대부분의 시간을 침대에 누워 계시거나 거실 소파에 앉아 계셨다.

움직이는 동선이라고 해봐야 침대에서 화장실, 침대에서 식탁, 식탁에서 거실 소파 정도였다. 열 걸음 남짓한 이 동선에서 열 발자국의 움직임이 버거워진다면 약을 올려야 한다는 신호였다. 약은 이미 작은 단위에서 큰 단위로 올라갔고 숫자도 하나에서 두 개로 지속적으로 증가하고 있었다. 약 하나를 사 분의 일씩 쪼개서 올렸지만 늘어나는 약의 증가는 우리도 모르는 사이에 크게 늘어 있었다.

다시 신경과를 찾았다. 신경과 과장님은 큰 결단을 해야 할 시기가 왔다고 했다. 우리는 긴장했다. 무슨 수술이라도 해야 하는 것일까? 예전 파킨슨병 관련 세미나에서 보았던 수술 장면이 떠올라 가슴이 요동쳤다.

"드롭 홀리데이를 해야 할 것 같아요."

무슨 말일까? 이해가 어려워 눈만 깜박이고 있을 때 선생님은 설명을 이어갔다.

"약의 내성이 강해졌으니 잠시 약을 중단하고 휴식기간을 갖는 것입니다."

그랬다. 아버지는 이미 약의 내성으로 예전만큼 약이 효력을 발휘하지 못하고 있었다. 따라서 약의 효력을 재생하려면 약을 잠시 중단하고 몸에 있던 약의 내성이 모두 사라질 때까지 기다리는 시간이 필요하다는 것이었다. 약의 효능이 잘 발휘되던 허니문 시기를 지나 이제는 약의 권태기가 온 듯싶었다.

설명을 듣고 나니 의사 선생님의 말은 이해를 할 수 있었다. 그런데 지금도 약 기운이 부족하면 침대에서 거실도 나오시기 힘들어하시는데 어떻게 약을 중단하고 지내라는 것일까? 과장님의 설명으로 나의 의문은 금방 풀렸다.

"당장 약을 중단하면 침대에서 일어나지도 못하실 거라 예상합니다."

"네? 그럼 생활은 어떻게 하지요?"

"아마도 누워서 하셔야 할 것 같아요."

누워서. 무슨 상황인지 실감이 나지 않는 이야기였다. 신경과 과장님은 단호했다. 지금으로서는 다른 선택이 없을 것 같다고 했다. 약을 더 올렸다가 아예 약이 전혀 약효를 발휘하지 못할 지경에 갈 수도 있으니 이 방법이 필요하다고 우리를 설득하셨다. 기간이 궁금했다.

"얼마나 약을 쉬어야 할까요?"

"글쎄요. 지금으로서는 2~3주 정도가 적당할 것 같은데 기간은 최초 2주를 시행해 보고, 이후에 기간을 늘려야 할지 여부는 그때 가서 결정하기로 하죠."

약을 다시 드시기 시작하더라도 아주 작은 분량으로 시작하기 때문에 이렇게 다시 걸어다니기 시작하시려면 한 달 이상 걸릴 수도 있다는 설명도 추가하셨다. 당시로서는 말만 들어도 눈앞이 아득해지는 상황이었다. 여러 가지 주의 사항도 일러 주셨다.

앞으로는 아버지 스스로 하시던 일이 전혀 불가능해질 수도 있으니 거기에 대한 대비를 해야 한다고 하셨다. 볼일도 침대에서 보시고 식사도 침대에서 하시고 모든 생활을 침대에서 하게 될 거라고 하셨다. 그리고 식사를 하시기가 어려워질 수도 있으니 음식을 잘 넘기실 수 있는지 확인을 하며 식사를 드리라는 당부도 하셨다.

일주일도 아니고 한 달이 넘는 기간을 그렇게 지내야 한다니 눈 앞이 캄캄해지는 느낌이었다. 하지만 다시 예전처럼 움직일 수만 있다면 얼마간의 고생은 감수할 수 있을 것 같았다. 일단 2주만 시행하고 그때 아버지를 병원으로 모시고 오라고 했다. 그런데 그날은 아마도 아버지를 들쳐 메고 오게 될 것이라는 예언도 하셨다.

우리는 처음으로 신경과에서는 약 처방 없이 정신과에 들러 수면제만 처방 받고 돌아왔다. 그리고 그날 오후부터 신경과 약을 중단하기 시작했다. 결과는 놀라웠다. 처음 반나절은 겁이 나서 아버지를 움직이지 못하게 했다. 일단 약을 드시지 않기 때문에 움직이다가 넘어지기라도 할 것 같아 조심 또 조심했다. 하지만 반나절을 침대에만 누워 계시라고 하니 아버지 스스로가 답답하셨던 모양이었다.

저녁이 되자 식사를 위해 거실로 나오시겠다고 하셨다. 일단 부축을 하고 조심스럽게 식탁으로 나와 보았다. 아직 다리에 힘은 남아 있는 듯 보였지만 부축을 하지 않고는 중심을 잡기가 힘들어 보였다. 그리고 식사 후 거실로 가는 발걸음은 더욱 힘겨웠다. 하지만 결국 거실에서 다시 침대로 갈 때는 나와 동생이 양쪽에서 부축을 해야만 방안으로 이동이 가능했다.

약을 반나절 중단했는데 이 정도라니. 그리고 시간이 지나면서 움직임은 더욱 둔화되었다. 결국 약을 중단하고 일주일 만에 아버지는 침대에서 한 발작도 움직이지 못하시고 누워 버리셨다. 급히 의료기 가게에 가서 소변기를 구입했다. 큰 볼일은 화장실에 가야 하지만 소변까지 화장실에 모시고 가기에는 너무 힘이 들었다.

아버지를 동생과 내가 양쪽에서 들고 화장실로 이동해야 했다. 부축이 아니라 의사 선생님의 예언처럼 들쳐 메고 움직여야 이동이 가능했다. 최초 머리가 아프시다며 두통약처럼 드시기 시작했던 신경과 약은, 우리가 인식하지 못하는 사이에 드시지 않으면 손 하나 움직일 수 없는 약이 되어 버리고 말았다. 놀라울 뿐이었다.

현재 아버지의 상태를 대변하는 지금의 모습을 보며 우리는 긴장했다. 그동안은 그나마 약의 도움으로 정상적인 일상 사이에 병세를 나타냈기 때문에 아버지의 병의 진행 속도를 체감하지 못하고 있었던 것이 사실이었다. 하지만 이미 아버지는 약의 도움이 없이는 전혀 몸을 움직이지 못하실 만큼 병이 진행되고 있다는 것이 현실이었다. 조금은 두려웠다. 공포감 같은 것이 조금씩 밀려왔다.

일주일을 넘기며 아버지는 모든 생활을 침대에서 해결해야 했다. 밥도 침대에서 드시고 볼일도 침대에서 해결하셨다. 2주일이 가까워지자 아버지는 눈동자만 움직이고 계셨다.

"성우야, 목 좀 오른쪽으로 돌려주겠니?"

일단 놀라고 당황하며 시간은 약속한 2주가 되었고 우리는 과장님의 예언처럼 아버지를 들쳐 업고 병원으로 향했다. 아버지를 본 과장님은 가장 먼저 식사는 잘 하시는지 물으셨다. 우리에겐 놀랍기만 했던 지금의 아버지의 모습이지만 과장님에게는 예상했던 상황이라서 식사 여부가 가장 궁금하셨던 모양이었다. 정말 다행스러운 것은 그나마 식사는 그럭저럭 잘 넘기고 계셨다.

과장님은 안심을 하시는 듯 보였고 다시 일주일을 명하셨다.

"힘드시겠지만 식사도 잘 하시고 하니 일주일만 더 고생하시죠."

그러더니 잠시 생각을 하시는 듯 말을 멈추신 후 계속 이야기를 이어 가셨다.

"아니 그러지 말고 하시는 김에 한주 더 보태서 2주만 더 하시죠."

신경과 과장님의 말씀은 그랬다. 식도까지 굳어져 식사가 어려우면 중단을 하려고 했는데 식사를 잘 하신다고 하니 2주 정도는 더 하셔도 될 것 같다는 소견이었다. 혹시 모르니 다음주 1주일 후에 보호자만 병원에 들러 중간 보고를 해 달라고 했다. 결국 우리는 다시 약을 중단하고 2주일을 더 버텼다. 후반 2주일은 전반 2주일 보다 더 혹독했다. 그 2주일 동안 아버지는 정말 침대에 누워 숨만 쉬고 계셨다.

식사를 할 때와 말씀을 할 때 입을 움직이는 것 말고는 눈동자 외에는 몸의 어느 부분도 움직이지 못하셨다. 화장실은 아예 갈 엄두도 내지 못했다. 큰 볼일 작은 볼일 가릴 것 없이 모두 침대에서 해결했다. 식사는 가능한 한 반찬은 작게 다져서 밥과 함께 한입에 드실 수 있게 드렸다. 신경과 약은 드시지 않아도 고혈압 약은 드셔야 했기 때문에 그 약을 드시는 일이 가장 신경 쓰였다. 다행히 약은 잘 드시고 계셨다.

신기한 일은 처음 2주간은 그렇게 힘들었던 일상이 나머지 2주 동안은 조금은 수월하게 느껴진다는 점이었다. 수월하다는 표현이 적절하지는 않지만 동생과 내가 적응을 하고 있는 듯 보였다. 더욱 놀라운 점은 후반 2주간은 아버지의 몸이 전반 2주간보다 더욱 굳어 있었다는 점이다. 모든 일상을 침대에서 진행했지만 그럭저럭 잘 헤쳐 나갔다. 물론 몸은 후반 2주간이 10배쯤 더 힘들었다. 그런데 마음은 처음 당황하고 허둥거리던 전반 2주일보다 덜 힘든 것 같았다.

돌이켜 생각해 보니 그 이유는 현실을 받아들이는 시간이 필요했던 것 같다. 처음 2주는 어디서 어디까지 해야 하는지 몰라 허둥지둥했지만 나머지 2주간은 아무런 기대 없이 모든 것을 침대에서 해야 한다고 생각을 하니 어떤 일이든지 자연스럽게 받아들이고 행동하게 되었다. 우리 가족에게 아버지의 한 달 동안의 침대 생활은 커다란 학습의 효과를 낳았다.

먼 훗날 아버지의 침대 생활이 2주나 한 달이 아닌 일상이 되었을 때 우리는 당황하지 않고 현실을 쉽게 잘 받아들였다. 결국 한 달 동안의, 아니 두 달 동안의 아버지의 침대 생활은 훗날 우리에게 닥쳐올 미래에 대한 예행연습이었다. 그 시간들을 통해 우리는 지금 아버지의 병이 얼마나 위중하고 힘든 병인지를 새롭게 깨닫게 되었고, 우리에게 닥쳐올 미래에 대한 상황도 잠시 미리 마주했었다.

아버지는 한 달 후 다시 약을 아주 조금씩 드시기 시작했다. 미량의 약으로는 누워 계시는 아버지를 일으켜 세우기는 힘들었다. 결국 아버지는 한 달 정도를 더 침대에 누워 계셨다. 결국 드롭 홀리데이는 두 달 간 아버지를 침대에 누워있게 했다. 그리고 두 달이 지나서야 조금씩 걸음을 옮길 수 있었다. 하지만 예전처럼 움직이기까지는 또 다시 그만큼의 시간이 더 소요되었다. 그렇게 몇 달 간의 긴 예행연습은 무사히 마무리되고 있었다.

# 대화의 부재

2개월의 전쟁을 마치고 아버지의 일상은 조금씩 다시 회복되고 있었다. 모임도 다시 나가기 시작하시고 병원 순례도 다시 시작하셨다. 나의 일상도 변화에 맞춰 다시 반복되고 있었다. 나는 평소 말이 많은 사람이었다. 아니 조금 더 정확히 말하자면 수다 떨기를 좋아하는 사람이었다. 동네 아주머니들의 수다를 능가할 만큼 말하기를 좋아했다.

아버지가 아프시고 집에 들어와 곁을 지키기 전까지는 사람들을 만나고 수다를 떠는 일이 내 일상의 가장 큰 행복이라 느끼며 살던 시절도 있었다. 당시 내 주변에는 수많은 모임과 친구 선후배들이 있었다. 초등학교를 시작으로 각종 동창회 모임과 업무와 관련된 각종 모임, 그리고 이런저런 계기로 결성된 사적인 모임들까지 그 수를 헤아리기 힘들 정도의 모임과 인맥을 보유하고 있었다.

친구들도 누구와 비교해도 뒤지지 않을 만큼의 수를 보유하고 있었다. 따라서 결혼 전까지 나의 일상은 일을 마치면 그 많은 모임과 사람들을 만나는 일이 대부분이었다. 그들을 만나 늦은 시간까지 먹고 마시고 수다를 떠는 일로 세월을 보냈었다. 그랬던 내가 지금의 일상을 보면 마치 템플스테이에서 묵언수행을 하는 수준에 가까웠다. 만나는 사람이라고는 우리 집의 아들과 아내, 그리고 본가에서의 동생과 아버지가 전부였다. 그러니 수다쟁이는 늘 대화 상대가 부족했다.

만나는 사람이 제한적이니 대화의 양도 제한적일 수밖에 없었다. 집에서 가족과 대화의 시간은 늘 시간에 쫓겨 잠시 얼굴만 대면하고 이내 본가로 돌아와야 하는 짧은 만남이 전부였다. 동생은 오전엔 늘 자고 있고 그나마 오후에는 서로 교대로 아버지를 챙기느라 얼굴 맞대고 앉아 수다를 떨 시간은 없었다. 아버지와 둘이 있는 시간은 더욱 조용했다. 아버지는 워낙 과묵한 성격의 소유자였다. 내가 말이 많은 것은 아마도 어머니의 성격을 닮은 것 같아 보였다.

아프시기 전에도 아버지는 가족과 많은 대화가 없으셨던 분이셨다. 열거된 네 명의 가족을 제외하면 하루 종일 내가 만나는 사람은 거의 없는 것이 현실이었다. 하지만 그나마 내가 의도하지 않게 만나게 되는 사람들이 있었다. 당시 우리 집이 있는 6동과 본가가 있는 2동에 사는 사람들이었다.

우리 집이 있는 6동은 복도식 아파트라서 모든 동의 사람들이 같은 엘리베이터를 이용하고 있었다. 하지만 아버지 집은 두 집이 마주보고 한 개의 엘리베이터를 이용하는 형태의 구조였다. 따라서 본가는 13층 26가구가 한 엘리베이터를 이용했다. 우선은 아파트에서 내가 가장 자주 마주치는 사람은 경비아저씨였다. 적어도 6동과 2동 경비아저씨는 내가 하루 일과 중 가장 많이 대면하는 사람들이다. 그러다가 보니 아파트 입구를 드나들 때마다 하루에 여러 번 아저씨들을 만나고 또 만날 때마다 나는 인사를 드렸다.

단순한 동선으로 하루를 사는 내게는 그렇게 마주하는 경비아저씨들도 반가운 대화의 상대였다.

"오늘은 추워졌네요. 아이구, 무슨 비가 이렇게 오는지 모르겠네요."

별스러울 것 없는 날씨를 소재로 건네는 인사 한마디가 내게는 말을 못해 단내가 풀풀 나던 입안을 잠시나마 열어 줄 돌파구였다. 그렇게라도 인사를 하고 아저씨가 맞장구라도 쳐주시면 기분이 좋아졌다. 간단한 날씨 인사 한마디가 내게는 소중한 대화의 수단이었다. 우리 집 6동은 세대수가 많고 두 대의 엘리베이터를 모든 동 사람이 이용하다 보니 누가 누군지 잘 파악하기는 힘들었다. 그나마 6동 경비실 앞 벤치를 지키는 세 분이 계셨다.

일명 '6동 어르신 삼인방'.

이분들은 언제나 6동 앞 벤치에 앉아 시간을 보내시는 어르신들이셨다. 시간이 많으신 세 분은 언제나 재미있는 일을 만들고 계셨다. 봄이면 3동과 6동 사이 통로 길에 기둥을 만들고 기둥과 기둥 사이를 연결해 그물 형태의 지붕을 만드셨다. 그리고 여름이 오면 그곳에 수많은 종류의 넝쿨 식물을 심어 시원한 그늘을 만들어 주셨다.

연세가 있으셔도 손재주가 좋으셔서 무엇이든 뚝딱 잘 만드시는 분들이셨다. 가을이면 앞 화단에 고구마를 심었다가 고구마가 달리면 아파트 주민들에게 나누어 주시기도 했다. 겨울이면 여름에 만들었던 넝쿨 식물 구조물에 크리스마스 트리 장식을 달아 놓기도 하셨다. 이 세 분의 어르신들은 내가 우리 집을 드나들 때마다 인사를 드리면 늘 나의 안부를 물었고 그 후 계절마다 만들어 놓으신 여러 가지 솜씨 좋은 작품들의 감상평을 한마디씩 덧붙여 드리면 기뻐하셨다.

나중에는 우리 아들이 학교에 가고, 세 어르신 중 대장 할아버지 손자가 같은 반의 친구가 되면서 더 가까워지기도 했었다. 그분들은 언제나 나를 보면 반가운 얼굴로 인사를 건네주셨고 인사 외에도 가벼운 농담이라도 한마디 더 해주시는 친근함을 전해주셨다. 웃을 일이 없던 나에게 그 세 분의 어르신들은 만날 때마다 나를 미소 짓게 해 주시는 고맙고 반가운 분들이셨다.

물론 시간이 많이 흘러 나중에는 더 많은 분들과 인사를 하고 지냈지만 워낙 가구수가 많은 곳이라 그러기까지는 시간이 오래 걸렸다. 하지만 본가가 있는 2동은 달랐다. 본가 집은 7층에 있었고 같은 엘리베이터를 이용하는 집은 본가 집을 제외하면 25가구가 전부였다. 나는 의도하지 않게 그 25가구를 모두 외우게 되었다. 몇 층에 누가 살고 그 집 식구는 누가누가 있는지 통장 반장보다도 더 자세히 알게 되었다. 이유는 간단했다.

나의 일상은 언제나 본가에서 우리 집, 다시 우리 집에서 본가를 오가는 일이다 보니 하루에도 몇 번씩이나 엘리베이터를 타게 된다. 아침이면 출근하는 사람들과 만나고 낮에는 주로 안주인들이나 아이들이 마주치게 된다. 물론 장가를 가기 전까지 그 집에 살았기 때문에 20년 이상을 거주한 사람으로 한 번쯤은 마주쳤던 사람들이기도 하다. 하지만 이전까지 그 많은 사람들 중에 내가 인사를 하고 지내던 사람은 본가 앞집에 사는 교수님 가족 분들과 그 위 층에 사시는 교수님 여동생인 선생님 집뿐이었다.

두 집은 오래도록 우리와 이웃으로 사셨기 때문에 기본적인 친분이 있었다. 하지만 다른 집들은 가끔 한번씩 얼굴을 마주치는 사이 정도였지 인사를 나누는 사이는 아니었다. 그런데 내가 본가에서 몇 년을 오르락내리락 하며 지내다 보니 하루에도 몇 번씩 얼굴을 마주하게 되었고 그런 상황이 반복되자 눈인사 정도는 하고 지내는 사이로 발전하게 되었다. 그 사이 본가가 있는 6호, 7호 라인도 여러 집이 이사를 가고 이사를 왔다.

예전 같으면 낮 시간에 집에 있지 않으니 누가 이사를 가고 누가 이사를 오는지 알 길이 없었다. 그런데 이제는 누가 이사를 갔고, 누가 이사를 왔고, 그 집에 자녀가 몇 명이고 가끔 찾아오는 손주가 몇 명인지까지 자세히 파악이 가능했다. 본가 라인 분들과의 친분은 이제 동네 아주머니 수준까지 진보하게 되어 경비아저씨들과 나누었던 날씨 인사를 2동 본가 라인 분들과도 나누는 수준에 이르게 되었다.

대화가 부족한 나로서는 그분들을 만나면 한 마디라도 더 나누고 싶어 이런저런 이야기로 말을 걸고는 했다. 나의 주요 대화 상대는 손주들을 돌보고 계시는 할머니들이 많았다. 4층은 구청 국장님 집인데 1동 사는 쌍둥이를 외할머니가 돌봐 주셨다. 9층은 맞벌이 부부 집인데 남매를 봐주러 역시 외할머니가 와 계셨다. 6층 훈이네 아이를 봐주시는 할머니는 가족이 아니라 내가 사는 6동 분인데 맞벌이 하는 부부를 대신해 훈이를 봐주시는 분이셨다.

할머니들과 친해지면 손자들과도 친해진다. 엘리베이터를 타면 녀석들이 먼저 인사를 하고 아는 척을 해준다. 나는 반가운 마음에 녀석들 안부를 묻고 할머니들과 인사도 나누고는 했다. 이 그림은 멀리서 지켜보면 영락없는 동네 아주머니 모습이었다. 대화 내용은 더 가관이다.

"어제는 쌍둥이가 엄청 울던데 또 뭐가 맘에 들지 않았던 모양이죠?"

"아이구 시끄러우셨죠. 아주 요즘 고집이 늘어 죽겠어요."

그렇게 나의 무료함을 달래주던 아이들은 이젠 커서 중고등 학생이 되거나 대학에 간 친구도 있다. 특히나 인사성이 밝았던 13층 인테리어 사장님 집의 딸들은 이사 가기 전까지 초등학교 중학교 고등학교 대학교를 가는 과정을 지켜보고 살기도 했다. 또한 9층 어르신 내외는 언제나 아버지 안부를 물어 주시는 친근한 이웃이기도 했다.

아버지를 부축하고 엘리베이터를 타는 모습을 자주 보아왔던 어르신 내외는 묻지 않아도 우리 집의 상황을 잘 아시는 듯 보였다. 6층 훈이는 아파트 근처 어린이집을 다녔는데 아파트 놀이터로 야외 수업을 나오면서 나를 발견하고는 달려와 큰 소리로 내게 인사를 건네 어린이집 선생님을 당황하게 했다.

"훈아 인사한 저 아저씨 누구야? 아빠야?"

"아니요. 우리 아파트 아저씨입니다."

그랬다. 나는 훈이네 아파트에 사는 아저씨였다.

"얼마 전까지 유모차 타고 다니던 녀석이 벌써 어린이집을 다니고 있네."

나는 혼잣말을 중얼거리며 훈이의 성장을 내일처럼 기뻐했다. 그러고 보니 지금은 내 생활 패턴이 딱 집안 살림하는 아주머니의 일상과 많이 닮아 있었다. 그리고 한 가지 더 깨닫게 된 사실이 있었다. 아주머니들이 잠시 만나도 왜 그렇게 이런저런 이야기를 길게 하시는지 그 이유를 알 것 같았다.

아무도 없는 빈집에서 홀로 가족을 기다리며 집을 지키고 있으면 입에서 사리가 나올 수준에 이르게 된다는 사실을 깨닫게 되는 순간이었다. 나는 아버지와 함께 있었지만 대화는 홀로 있는 아주머니와 다를 바 없었다. 그러니 누구라도 만나면 반갑고 말이라도 걸어주면 고맙고 그렇게 시작된 말은 끝내기 싫었다. 단순한 생활과 처절한 고립이 만들어낸 일종의 부작용이었다. 하지만 그 시절 내가 정말 하고 싶었던 이야기는 그런 것이 아니었다.

그냥 내가 지금 힘들고 외로운 마음을 내 속이 풀릴 때까지 푸념을 늘어놓으며 말하고 싶었다. 잠시라도 그냥 조용히 내 푸념을 들어줄 상대가 필요했다. 나는 조금씩 지쳐가고 있었다. 힘들어서, 외로워서, 답답해서, 말할 사람이 없어서.

# 나를 숨 쉬게 했던 사람들

답답한 일상이 반복될수록 나에게도 작은 여유와 위로의 시간이 필요했다. 이 무렵 아주 사소하고 작은 일들도 내게는 큰 위로가 되었다. 그중 하나가 음악이었다. 아버지는 낮잠이 많으셨다. 길지는 않지만 한번 주무시면 한 시간에서 짧게는 30분가량을 자주 주무셨다. 하지만 아버지가 주무신다고 나는 본가를 비우고 나갈 수는 없었다. 아버지는 일어나시면 항상 나부터 찾으셨고 찾고 난 후에는 물을 찾으시거나 간식을 찾으시거나 했다. 따라서 아버지가 잠시 짧은 낮잠을 주무시면 나는 음악을 들었다. 멍하게 앉아 시간을 갖기는 그것이 가장 좋았다.

아버지가 계시는 안방에는 하루 종일 밤에 주무시는 시간을 제외하고는 늘 텔레비전이 켜져 있기 때문에 거실에서도 텔레비전을 켜면 정신이 없었다. 그냥 조용하게 노트북으로 음악을 듣는 편이 나았다.

유재하. 그는 내가 대학교 2학년 무렵에 세상을 떠난 가수이다. 그의 음악은 젊은 시절 내가 즐겨 듣던 음악은 아니었다. 단조로운 멜로디에 여린 보이스의 차분한 창법. 당시 강력한 사운드의 록 발라드와 일렉트로닉 사운드의 댄스 곡들이 넘쳐나던 시절에 그의 음악은 나의 관심을 얻기에는 너무 차분했다. 당시 사람들은 그를 "요절한 천재 음악가"라 칭했었다. 하지만 그 당시 그의 음악을 들으면 그가 음악을 잘 만들고 좋은 음악을 했는지는 모르겠지만 천재까지는 아닌 것 같은 생각이 들었었다.

그렇게 그의 노래들은 그저 한 시절 내 귀를 스쳐간 지난 음악으로 남아 있었다. 그런데 나이가 들어 40대 후반에 접어들자 비로소 그의 음악이 귀에 들어오기 시작했다. 아니 귀에 들어온 것이 아니라 가슴에 와 닿았다. 멜로디와 가사, 단조롭게만 들리던 그의 목소리까지. 마치 내가 이때 즈음이면 자신의 음악을 찾게 될 것 같아 미리 준비라도 해 놓은 것처럼 그의 음악은 나를 맞아 주었다.

그의 음악은 당시 나의 마음에 작은 위로가 되어 나의 마음을 어루만 져 주었다. 40대를 불혹의 나이라고 한다. 세상 유혹에 흔들리지 않을 만큼 자신을 성숙시킬 나이란 의미인 것 같다. 하지만 그 불혹은 나를 유혹할 새로운 대상과 조우하는 나이이기도 한 것 같다. 50대를 바라보 며 나는 유재하의 음악에 빠져 버렸다.

나에게 나이를 먹는다는 것은 유재하의 음악을 사랑하게 되는 일인 것 같았다. 그의 음악이 갑자기 좋아진다면, 그의 노래 가사가 마음에 와 닿는다면, 그의 목소리가 마음을 흔들고 있다면 나이가 들어가고 있다는 뜻일 것 같다. 그렇게 유재하의 음악은 그 시절 나의 작은 위로 였다.

그때 주말이면 동생이 더욱 일이 많아서 집에 들어오지 못하는 날도 많았다. 그런 날에는 내가 우리 집과 본가를 오고 갈 수 없어서 아이와 아내를 명일동의 처가로 보냈다. 그래야 내가 좀 더 아버지에게 집중할 수 있었기 때문이었다. 본가와 우리 집을 왔다 갔다 할 필요도 없고 본 가에서만 있으면 되니 동선도 단순하고 시간도 여유로웠다. 아내도 매 일 아이와 둘이 씨름을 하느라 지친 몸과 마음을 처가에서 잠시 위로 받을 시간이 필요할 듯 보였다.

토요일에는 동생이 평일과 다른 일을 하고 있었다. 따라서 평일보다 출근이 조금은 늦었다. 주말이면 밤 10시쯤 출근을 해서 새벽이 아니라 오전이 되어서야 집에 들어왔다. 그러다 보니 토요일은 유일하게 저녁 시간이 조금은 여유로웠다. 저녁 준비만 마쳐 놓으면 밤 10시까지는 동생이 아버지와 시간을 보내 주었다. 아이와 아내도 없고 아버지도 동생이 보살펴 주는 4시간의 시간이 내게는 일주일 중 유일한 휴식 시간이었다.

나는 누구를 만날 일이 있으면 항상 이 시간을 이용했다. 하지만 막상 모임에 나가면 10시까지 집으로 다시 돌아와야 해서 일정은 언제나 빠듯했다. 모임이 한참 흥이 오르고 뭔가 재미있는 일이 시작될 무렵이면 나는 늘 집으로 돌아와야 했다. 해질 무렵에 시작하는 대부분의 모임은 참석자가 모두 도착을 하면 8시경이 된다. 일찍 온 사람, 늦는 사람, 그날의 각자 스케줄에 따라 달라지는 도착 시간이 8시경이 되어야 마무리되었다.

그리고 이어지는 시간들은 9시를 넘기며 절정을 향해 가는데 나는 그때면 자리를 박차고 나와야 했다. 왜 벌써 일어나냐고 원성이 가득했지만 일일이 설명할 겨를도 없었다. 10시가 가까워지면 아버지는 '동생은 나갈 준비를 하는데 너는 언제 도착하냐?'고 전화를 하기 시작했기 때문이었다. 몇 번 이런 모임이 반복되고 나는 더 이상 그런 모임을 만들지 않았다. 나를 위해 토요일 오후 시간을 만들어 나왔는데 내가 제일 먼저 도망을 간다는 원망을 듣는 것이 힘겨웠다.

사실 주 5일제 근무가 시작될 즈음이라 토요일 약속은 사람들에게 환영을 받던 일정도 아니었다. 결국 내게 황금 같던 휴식의 시간은 아내와 아이가 처가로 가고 비어있는 집에 와서 조용히 홀로 시간을 보내는 일이 일상이 되고 있었다. 그런데 언제부터인가 그런 주말 시간을 함께해줄 동지가 생기게 되었다. 후배 정민이.

정민이와 주말을 보내게 된 계기는 단순했다. 그냥 우연히 둘이 만나 시간을 보내게 되었는데 그날 나누었던 긴 이야기가 만남의 시발점이 되었다. 여러 후배들과 종로에서 약속이 있던 날. 이런저런 이유로 몇 명 나오기로 했던 후배들이 펑크를 내고 후배 정민이와 단 둘이 만나게 되었었다. 그날 나는 처음으로 그간 나의 시간들에 대해 정민이에게 이야기를 늘어놓았고 나의 이야기를 들은 정민이는 격한 공감을 표했다.

정민이는 대학 연극 동아리 후배로 재학 시절에는 같이 학교를 다녀 본 적도 없는 후배였다. 그 친구가 입학을 할 때는 나는 군에 있었고 내가 복학을 하고는 그 친구가 졸업을 하는 바람에 둘은 졸업을 하고 동아리 OB 모임에서 친하게 된 후배였다. 졸업 후 OB 모임을 하면서 오프라인 모임을 주도적으로 이끌던 정민이와 당시 유행이던 온라인 커뮤니티를 만들었던 내가 의기투합을 하면서 동아리 OB 모임은 한동안 어느 학교 동창회 부럽지 않은 유대를 자랑하는 큰 모임으로 급성장했다.

그렇게 둘은 연극 동아리 졸업생들을 이끄는 사람으로 남다른 친분을 쌓아오고 있었다. 커다란 덩치만큼 풍성한 인품을 자랑하는 정민이는 모든 동아리 선후배들이 좋아하는 인물이었다. 정민이는 졸업 후 이태원에 해밀톤 호텔에서 호텔리어로 생활하고 있었다. 그런데 그의 아버지에게 갑작스럽게 신부전증이 발병하게 되었다.

이후 이틀에 한 번 투석을 하시는 아버지를 돌보기 위해 정민이는 호텔을 그만두고 오랜 세월을 가족과 떨어져 아버지 곁을 지키며 지냈었다. 결국 정민이는 아버지 병수발을 하며 중간중간 어머니 일을 도와 가족을 부양하는 길고 힘든 시간을 보냈다. 오랜 투병 끝에 몇 년 전에 아버지가 돌아가시고 그 후에는 다른 일을 하고 있었다. 그렇게 오랜 시간 아버지를 위해 시간을 보냈던 정민이는 지금의 나를 보면 거울을 보는 것 같다고 했다.

강한 동질감을 느꼈던 첫 만남 이후 정민이는 별다른 약속이 없으면 주말마다 나를 종로로 불러 3시간씩 나의 수다를 들어주고 나를 위로해 주었다. 당시 나에게 정민이와 만나는 주말의 4시간은 일주일의 스트레스를 풀 수 있는 유일한 돌파구였다. 나는 정민이가 일이 끝나는 5시에서 6시 무렵에 종로 돈의동 골목에 '포항집'이라는 작은 술집에서 만났다. 돈의동은 종로의 번화가와는 달리 허름하고 작은 술집이 많이 몰려 있는 동네였고 그만큼 모든 음식의 가격도 저렴했다.

어르신들이 많이 모이는 탑골공원과 종묘 사이에 위치한 돈의동은 주머니 사정이 넉넉치 못한 어르신들이 많은 곳이었다. 그런데 신기하게도 종로에서 돈의동으로 들어오는 탑골공원 옆쪽 도로에는 어르신들이 많았고 그분들을 위한 가게들도 많았지만 낙원상가를 지나 돈의동 골목에는 또 다른 부류의 사람들이 많은 거리였다. 그 거리는 우리와 이성에 관한 취향이 조금 다른 이들이 모이는 골목으로 유명한 곳이었다. 왜 그 골목에 그런 취향의 사람들이 많은지는 잘 모르지만 그 골목을 남자가 단둘이 활보하고 다니면 오해를 받기 딱 좋은 곳이기도 했다. 하지만 그런 오해의 시선은 중요하지 않았다.

우리 또한 주머니 사정이 넉넉한 것도 아니었기 때문에 가능하면 저렴하고 조용한 그곳이 좋았다. 그런 우리들에게 포항집은 안성맞춤형 술집이었다. 가끔 오해가 아닌 실제 남다른 이성 취향의 분들도 드나드는 곳이기도 했지만 대부분은 그 집 음식 맛을 기억하는 단골들만 찾는 그런 곳이었다. 테이블 4개와 다락방이 전부인 작은 가게였지만 내공이 있는 노포였다. 특히 겨울철 그 집 과메기는 정말 일품이었다. 또한 포항에서 직접 배를 타고 고기를 잡는다는 여사장님의 동생분이 보내준 신선한 해산물들은 그 집의 외관과는 다른 높은 수준을 자랑했다.

우리는 토요일마다 포항집의 맛난 안주로 일주일간의 회포를 풀었다. 나는 정민이에게 그 주 아버지와 지내며 힘들었던 이야기들을 늘어놓았고 정민이는 자신이 아버지를 모시며 지낼 때 경험했던 사례들을 들려주며 내게 조언을 해주기도 했다. 처음에는 정민이가 한 번 술을 사면 나도 한 번 술을 사 보려 노력했지만 그럴 수 없었다. 수입이 없던 나로서는 정민이가 여러 번 술을 사면 한 번 정도 술을 살 형편밖에 되지 못했다. 그럴 때마다 정민이는 내게 말했다.

"형, 나는 돈벌이하구 있는데 뭘 그래. 신경 쓰지 마셔."

하지만 나는 알고 있었다. 지금의 그는 예전 호텔리어 시절처럼 선후배 가리지 않고 술을 사주던 정민이가 아니라는 사실을. 4대 독자로 군에 가지 않았던 정민이는 선배들보다 이른 나이에 사회생활을 시작했다. 따라서 당시 우리 연극 동아리 선후배들은 한동안 돈 잘 버는 호텔 후배의 술을 얻어먹고 살던 시절도 있었다. 하지만 정민이는 오랜 아버지 투병 병수발로 호텔은 오래전에 그만두었고 아버지가 돌아가신 후 다른 일을 시작하여 돈을 벌고 있었다.

하지만 그는 자신의 형편을 떠나 나를 위해 베푸는 시간에는 인색함이 없었다. 그는 돈이 아니라 마음으로 나를 위로하고 있었다. 나는 그렇게 주말이면 그를 만나 숨을 쉬었다. 그를 만나고 돌아오는 길에는 다시 일주일을 견디어낼 작은 힘을 마음에 담아 돌아왔다. 그 행복한 만남은 정민이가 몇 년 후 다시 호텔리어로 화려하게 복귀해 경주의 특급호텔로 내려가기 전까지 이어졌었다.

그가 경주로 내려간 후 나는 한동안 토요일만 되면 종로의 포항집이 그리워 깊은 몸살을 앓아야 했다. 정민이의 부재는 당시 내게는 커다란 시련이었다. 하지만 그를 만나지 못하는 외로움보다는 그가 다시금 호텔리어로 특급호텔에 취직을 했다는 사실이 나를 기쁘게 했다. 하지만 분명한 것은 그는 나와 파킨슨 씨와의 긴 싸움에서 나를 숨쉬게 해준 일등 공신이라는 사실이다.

앞서 언급했듯이 나는 친구가 많다. 동두천 시골 학교시절 초등학교 동창들을 시작으로 대학교 동창까지 각 학교마다 나와 친밀한 우정을 나누었던 절친들이 있다. 그 중에서도 재미있는 추억을 공유하고 있는 친구들이 있다. 재수 시절 친구들이다.

아내는 나와 결혼하며 언제쯤 내 친구들을 모두 볼 수 있는지 궁금하다고 했었다. 보고 또 보아도 끝없이 나타나는 친구들 때문에 한 이야기였다. 특히나 많은 친구들 모임들 중에서도 이 모임을 보고는 엄청 신기해했다. 아니 무슨 재수 때 만난 친구를 아직도 만나고 있냐며 한참을 웃었었다. 친구들 중에는 어머니 살아 계실 때 나와 동일한 우리 집 아들 취급을 받던 대학시절 같은 과 3명의 동기들이 있다.

누구보다 우리 집 일이라면 가장 앞에 나서서 도움을 주었던 우정 깊은 친구들이다. 동생이 군대 갈 때 논산훈련소에서 우리 가족보다 더 오래도록 눈물을 흘렸고, 어머니가 돌아가셨을 때는 조문을 하며 너무 오래 울어서 문상객들이 긴 줄을 만들며 대기를 하게 만들었던 유명한 내 친구들이다. 하지만 대학 4년을 뒹굴며 함께 살던 친구라면 그 정도의 친분은 이해가 갈 수도 있었다.

하지만 1년 잠시 재수를 하며 만난 친구를 그것도 친하게 20년 넘게 만나고 있다는 것이 다른 사람들 눈에는 신기하게 보였던 모양이었다. 하지만 우리는 누가 뭐라고 해도 가장 끈끈한 우정으로 뭉친 친구들이었다. 가장 친했던 10여명의 무리가 있었는데 몇 명은 연락이 끊어져 못 보게 되었고 7명 정도가 긴 시간을 함께하며 친하게 지내고 있었다.

그러던 중 2명은 미국으로 이민을 가게 되었고 한국에는 5명의 친구만이 남았다. 우리 다섯 친구들은 그간 자주 만나며 크고 작은 대소사에는 가족처럼 도움을 주고받으며 지내왔다. 그 친구 중에 오이도 인근 시흥에서 사는 순택이라는 친구가 있었다. 나랑은 다섯 친구들 중에 가장 친했던 친구였다.

어머니는 돌아가시기 전까지 순택이라는 이름 발음이 입에 익지 않으셔서 그 친구를 승택이라고 불렀고 끝내 그렇게 알고 돌아가셨다. 승택이가 아닌 순택이는 아버지와 생활할 동안 내게 가장 큰 일탈을 안겨준 친구였다. 당시 그 친구가 살던 시흥은 우리 집에서 오이도역까지 지하철로 1시간 40분이 걸리는 먼 거리였다. 사실 아버지와 함께 있으면서 그렇게 먼 거리를 집에서 떠나 있기는 쉽지 않았다. 하지만 정말 가끔 동생이 쉰다고 아버지와 함께 잠을 자지 않아도 되는 날이 생기면 큰맘 먹고 순택이를 만나러 오이도로 갔었다.

순택이는 언제나 나에게 전화를 해서 언제라도 좋으니 한번만 내려오라고 늘 나를 독촉했었다. 누구보다 지금의 내 형편을 잘 알고 있었던 친구였기 때문에 내게 작은 휴식의 시간을 주고 싶어 했었다. 하지만 그렇게 긴 시간 먼 거리를 아버지 곁을 비우는 일은 내게는 쉬운 일이 아니었다. 하지만 동생이 정말 가끔 일을 쉬는 날 저녁시간이 허락되는 순간이 오면 나는 제일 먼저 순택이에게 전화를 했다.

순택이는 자신이 지금 어떤 상황에 있든 내 전화를 받으면 무조건 내려오라고 했다. 다음날 중요한 납품이 있는 경우에도 납품을 하루 미루는 수고를 하면서까지 나를 만나 주었다. 오이도는 비록 서해였지만 시원한 바다와 잠시 마주할 수 있는 곳이었다. 오이도 조개구이 촌에 순택이 단골집 '내고향' 사장님은 내가 가면 언제나 다 먹기 힘들 만큼 많은 조개를 내어 주시고는 했다. 그 시절 오이도에서 순택이를 만나 조개구이를 먹고 바다를 보는 일은 내게는 가장 큰 호사였다.

조개구이를 먹으며 순택이는 항상 내 상황을 안타까워하며 하루가 멀다고 만나 놀러 다니던 지난 시절을 그리워했었다. 순택이는 나와 지난 추억도 많은 친구였다. 순택이의 아내도 나와는 결혼 전부터 여행도 다니고 친하게 지내던 사이였다. 해서 내가 내려오는 날이면 순택이는 온전히 집에서 하루 휴가를 받아 나를 위해 사용했다. 순택이 아내도 내가 왔다고 하면 그날은 밤늦도록 들어오지 않아도 절대 잔소리를 하지 않았다고 했다.

나의 답답한 일상에 순택이와의 만남은 한여름 소나기 같은 일탈이었다. 나와 우리 가족의 일탈을 위한 안식처도 있었다. 집에서 멀지 않은 노원역 인근에는 대학 연극 동아리 후배 부부가 살고 있었다. 내외가 모두 연극 동아리 후배라 나와는 가까운 사이였다. 남자 후배는 대학로에서 연극을 하는 배우였고 여자 후배는 미술을 전공해 디자인 관련 일을 하고 있었다. 이 부부에게는 우리 아들보다 두 살 어린 '이구'라는 아들이 있었다.

두 아이는 어릴 적 걸음마 시절부터 만나 친분을 유지해 왔었다. 해서 두 집은 노원역과 쌍문동을 오가며 자주 만남을 가졌다. 우리 아들이 유치원에 가기 전까지 이구네는 아들의 가장 좋은 나들이 장소였다. 아들은 내가 함께 놀아주지 못하는 갈증을 이구네서 풀었다. 또한 연극을 하는 후배 석이는 비교적 시간이 여유가 있어 만나기도 좋았다. 또한 이구 엄마 상숙이도 디자인 관련 일을 집에서 하고 있어서 집에 있는 경우가 많았다. 따라서 서로 시간이 허락하는 날은 그 집 식구들이 우리 집에 놀러 오거나 우리 식구들이 그 집에 놀러 가는 일이 많았다.

나이 차이가 나기는 해도 아들과 이구는 잘 놀았다. 동생이 없는 아들에게는 이구는 친동생 같은 존재였다. 그러다 보니 나에게 조금이라도 시간이 주어지면 아내와 아들을 데리고 이구네로 놀러 가는 날이 많았다. 나는 시간이 많지 않으니 이구네 집에 가족을 데려다 주고 나만 돌아오는 경우도 많았다. 그러면 한나절 이구네서 놀다가 다시 이구네가 아내와 아들을 우리 집에 데려다 주고는 했다.

이구 아빠 석이가 공연이 있는 날은 대학로에서 동아리 선후배들이 모두 모여 공연을 보고 노원까지 몰려와 이구네서 늦도록 술판을 벌이기도 했다. 이구 엄마 상숙이는 요리 솜씨가 좋았다. 간단한 재료만 가져가면 뚝딱 한상 요리를 만들어 주고는 했다. 그 중에서도 으뜸은 나주 영산포에 계시는 시어머님의 손맛이 가미된 묵은지로 만든 김치찜이었다. 돼지고기 목살을 큰 덩어리로 사가면 일부는 잘라 구이로 구워주고 나머지 덩어리는 묵은지 찜을 해 주었다.

　특히 고기를 구워 함께 내오던 3년 된 묵은지 요리는 기가 막히게 맛이 있었다. 3년 차 묵은지를 들기름에 버무려 함께 나오는 목살 구이는 고기 한 점과 들기름에 버무린 묵은지를 입에 넣으면 '이거 큰일 났다'라는 생각이 가장 먼저 떠올랐다. 큰일이란 오늘 이 자리에서 일어나기 힘들겠다는 격정의 탄성이었다. 누구라도 상숙이네 목살 구이와 묵은지 찜을 먹은 사람은 단 한사람도 똑바로 걸어서 그 집 문을 나선 이가 없다는 전설이 전해지던 최고의 안주였다. 하지만 아쉽게도 나는 그 맛나는 음식을 늘 그리 오래 즐길 수는 없었다.

　석이와 상숙이가 사는 노원은 집에서 조금 거리가 있었기 때문에 그 집에 가면 항상 마음이 분주했다. 나에게 주어진 시간은 언제나 길지 않았기 때문에 상숙이의 최고 안주도 마음 편히 즐길 시간이 부족했다. 언제나 아쉽게도 조금 맛만 보고 서둘러 아버지가 계시는 본가로 돌아와야 했다. 아내와 아들에게는 노원역 이구네는 단조롭던 일상의 무료함을 달래 준 최고의 안식처였다. 석이와 상숙이, 그리고 그들의 아들 이구는 언제나 우리를 반갑게 맞이해준 고마운 이웃이었다. 그렇게 아들은 이구 동생이 태어날 때까지 줄기차게 노원과 쌍문을 오가며 이구와 시간을 보냈다.

　이후 이구 동생도 태어나고 우리 집에서 가까운 쌍문동 꽃동네로 이사도 왔지만 아이들이 크고 서로 분주해진 일상으로 조금 더 멀리 있을 때보다 더 자주 보지 못하고 지내게 되었다. 아이가 크고 학교를 다니고 나니 아이가 바빠지고 아이가 분주하니 어른들도 분주해지는 시절이 시작된 것이었다. 아이들이 한가하던 시절이 그리운 이구네와의 추억이다.

# 쌍둥이 할머니

아버지의 드롭 홀리데이 이후 혹독한 시련을 치르며 얻어낸 약의 위력은 대단했다. 아버지의 움직임은 예전 허니문이라 불리던 초기 치료 시기와 비슷할 만큼 향상되었다. 다만 한 가지 우려스러운 일은 약의 효과가 예정보다 빠르게 소멸된다는 점이었다. 이렇게 된다면 이후 일어나게 될 상황은 명확했다. 점차 다시 약의 복용량이 증가하는 일만 남겨두고 있었다. 하지만 신경과 과장님은 약을 올리는 시기를 예전처럼 아버지의 몸 상태에 따라 즉각적으로 결정하지 않으셨다.

약의 효능이 부족해 보인다는 의견을 피력하면 그 다음 병원에 다시 올 때까지 현재의 약을 계속 복용하도록 하셨다. 이렇게 해서라도 약의 증가를 최대한 늦추려는 의도로 보였다. 그러다 보니 예전처럼 약을 늘려가는 시간이 조금은 늦춰지고 있기는 했다. 하지만 분명한 것은 이젠 아버지의 모든 움직임에 동생과 나의 부축이 필요해지기 시작했다는 사실이다.

한 가지 다른 변화는 드롭 홀리데이를 하며 사용했던 환자용 소변기를 아직도 사용하고 있다는 점이었다. 이것은 변화라기보다는 몸은 움직이기 시작했는데 환자용 소변기는 여전히 움직이지 못하시던 시절처럼 사용하고 계신다는 문제였다. 그리고 이 상태는 화장실까지 움직이시는 것이 이제 조금 버거워지고 계시다는 방증 이기도 했다. 그래서 처음에는 이 소변기 때문에 아버지와 많은 실랑이를 했다.

소변기는 한 번 사용을 하고 나면 세척을 해서 화장실에 건조를 시켜 놓았었다. 그런데 아버지가 자꾸 소변기를 침대 옆에 가져다 놓으라고 하셨다. 소변을 보실 때마다 소변기를 가져 오라고 하시기가 미안하셨던 모양이었다. 하지만 나는 계속 소변기를 화장실에 두고 침대 옆에 가져다 놓지 않았다.

나는 아버지가 소변기에 소변을 보시는 것을 반대했었다. 그나마 점점 짧아져 가는 아버지의 동선이 화장실 용무마저 방에서 해결하면 그 후에는 그냥 침대에 누워 버릴 것 같은 불안감이 있었기 때문이다. 소변기는 약을 중단하고 몸을 움직이지 못하고 계실 때 사용을 했던 것이지 지금은 화장실 정도는 부축을 해 드리면 힘들지만 다닐 수 있는 상황이었다. 하지만 아버지는 나의 만류에도 계속 소변기를 가져 오라고만 하셨다. 나는 아버지를 설득하려고 노력했다.

"아버지, 화장실은 걸어서 다녀오세요. 그래야 몸이 덜 굳어요. 이러시면 정말 앞으로는 걸어서 화장실 못 가요."

내가 잔소리를 하면 아버지는 화장실을 가서 소변을 보셨지만 동생이랑 있으면 다시 소변기를 찾으셨다. 더 이상 설득이 어려웠다. 이제 아버지는 소변은 침대에서 해결하시는 처지가 되었다. 소변을 침대에서 해결한다는 것은 아버지의 몸 상태를 나타내는 가장 큰 지표였다. 움직임은 예전과 비슷한데 아버지 몸에 힘이 없어 보였다. 예전처럼 걷기는 하시는데 옆에서 손을 잡아 주어야 걸음을 걸을 수 있었다.

이제는 혼자 스스로 무엇을 하는 상황은 불가능해진 듯 보였다. 아버지의 식사량은 그렇게 많은 편이 아니셨다. 어머니가 살아 계실 때는 밥을 드시기 전에 제일 먼저 하는 말씀이 밥 좀 덜어라였다. 하지만 예전보다 식사량이 더 작아진 아버지는 간식을 자주 드셨다. 예전에는 하루 밥 세 끼 외에는 주전부리는 절대 입에 대지도 않으시던 분이 갑자기 간식을 찾기 시작하셨다.

워낙 식사량이 갈수록 작아졌던 상황이라 우리는 간식을 드시는 일에는 적극적으로 동참했다. 아버지가 자주 드시던 간식은 카스타드 크림 빵이었다. 치아가 부실한 아버지가 드시기에는 딱 좋은 간식이었다. 빵도 부드럽고 하나씩 포장이 되어 있어서 박스로 사다 놓고 하나씩 드시게 하기에 용이했다. 그리고 다른 하나는 비타민500 음료도 있었다. 식사 후에는 약을 드셔야 해서 물을 드시고 그 중간에는 갈증이 나시면 비타민 500을 물처럼 드셨다.

오전에 비타민 음료를 드셨다면 오후에는 화이바 음료를 드셨다. 따라서 아버지는 오전에 비타민 음료 하나에 카스타드 빵 하나, 오후에 화이바 음료에 카스타드 빵 하나를 드셨다. 그런데 식탁에 비치된 빵이나 냉장고에 들어 있는 음료를 이제는 스스로 꺼내 드시지 못하고 계셨다. 사실 그동안은 간식은 아버지 혼자 스스로 챙겨 드시던 품목이었다.

그런데 어느 날부터 간식이 드시고 싶으면 동생이나 나를 불러 가져다 달라고 하셨다. 이런 사소한 일상의 변화도 또 아버지의 몸의 변화와 직결되고 있었다. 결국 이제 아버지는 잠시도 혼자 계시는 시간을 허락하지 않은 몸 상태가 된 듯 보였다. 드롭 홀리데이를 하기 전까지는 30여 분 정도는 혼자 계시라고 하고 시장을 다녀오거나 우리 집에 다녀와도 큰 문제가 없었다. 하지만 이젠 그런 시간이 힘들 것 같아 보였다.

부축을 해야 걸음을 걸으시고 혼자 하시던 사소한 일들도 우리의 도움이 없이는 어려워지고 있었다. 결국 동생과 나는 노인장기요양보험에서 지원하는 방문 요양보호사를 신청했다. 월요일에서 금요일까지 하루 4시간 환자를 돌봐 주는 제도였다. 마침 등급 재심사 기간이 되어 재심사를 받았다. 다행히 전번보다는 높은 등급이 나왔다. 드디어 하루 4시간의 휴식 시간이 생긴 듯 보였다.

귀중한 4시간을 어떻게 활용해야 할까 고민도 되었다. 하지만 현실은 그렇지 못했다. 방문 요양보호사의 방문은 우리에게 온전히 4시간의 자유를 허락하지 못했다. 방문 초기에는 상황이 더욱 좋지 않았다. 그 이유는 아버지가 그분의 손길을 달가워하지 않으셨기 때문이다. 늘 아들들이 하던 일들을 낯선 사람의 손을 통해 하는 것이 싫으셨던 모양이었다. 하기는 두 아들 외에는 다른 사람의 손을 통한 도움은 받은 적이 없으셨던 아버지에게는 낯선 일이 될 수도 있었다.

이해가 가는 상황이기는 했지만 어떻게 해서라도 적응이 필요했다. 방문 요양보호사의 업무는 철저히 환자 위주로 구분되어 있었다. 방문을 해서 집안의 일에 도움을 주기도 하지만 그 일도 철저하게 환자의 영역에 해당하는 일만 하게 되어 있었다. 즉 다른 식구들 생활에 관련된 집안 일은 하지 않는 것이 원칙이었다. 여기서 작은 딜레마가 발생한다.

식사를 하시고 설거지 할 그릇이 생기면 내가 먹은 그릇은 두고 아버지가 드신 그릇만 설거지를 해야 하는 것인지? 아버지가 계시는 안방을 청소하고 다른 식구와 아버지가 함께 생활하는 거실은 청소를 하면 안 되는 것인지? 경계가 모호하기는 해도 원칙은 존재했다. 모호한 경계는 반대로 우리에게 있었다. 집안 일을 아버지 부분만 구분해서 해야 하는 것인지 모호한 상황이었다. 결국 우리는 요양보호사가 방문하기 전에 경계가 모호한 일들은 우리가 모두 해치워 버렸다.

밥을 먹어도 같이 먹고, 청소를 하려고 해도 모두 해야 하는데, 아버지 것에 해당하는 것들만 남겨 두기도 어려운 지경이었다. 아버지를 돌보는 일도 그랬다. 약을 챙겨 드리거나 물을 가져다 드리거나 간식을 챙겨 드리는 일 정도는 요양보호사의 손을 빌려 할 수 있었다. 하지만 소변기 통을 가져다 드리거나 큰 볼일을 위해 관장을 하는 일 등은 엄두도 내지 못했다.

예전처럼 병원에 가서 관장을 해야 하는 상황은 아니었지만 아버지는 며칠에 한 번씩은 관장을 하셔야 큰 볼일을 해결하셨다. 동생이나 나는 지난 변비 전쟁을 경험하고 난 후 이제 관장을 하는 일 정도는 수월하게 할 수 있는 수준이 되어 있었다. 결국 요양보호사가 방문을 하면 잠시, 정말 잠시 우리가 자리를 비우고 해야 할 일을 하는 잠시의 여유만이 존재했다.

사실 나는 방문 요양보호사를 부르기 시작하면서 작은 희망 같은 것을 품어 보기도 했었다. 내가 아버지 곁을 지키기 시작한 지도 어느덧 4년이 지나고 있었기 때문에 나에게도 대안이 필요한 시기였다. 내년이면 아이를 유치원에 보낼 시기도 다가오고 우리 집에도 예전에 없던 교육비라는 항목이 발생될 시기가 다가오고 있었다.

지금까지야 이렇게 저렇게 최소 생활비로 버티고 있지만 곧 그 한계가 드러날 시간이 눈앞에 있었다. 내가 다시 경제 활동을 시작해야 할 시기인 것만은 분명한 사실인데 아버지의 몸 상태는 반대로 점점 어려워지고 있는 상황이었다. 그러다 보니 방문 요양보호사가 방문을 하면 예전처럼 동생이 아버지를 잠시 봐주면서 나머지 시간은 요양보호사가 아버지를 돌볼 수 있지 않을까 하는 기대를 했었다.

처음 장기요양보험 교육을 받을 때 추가 시간이 필요하면 정부지원금액과 본인 부담 금액을 모두 지급하면 보장 시간 이외에도 도움을 받을 수 있다는 이야기를 들었던 적도 있었기 때문에 최후의 방법도 생각할 수 있었다.

이 제도의 방문 비용의 일부는 나라가 보험으로 지원을 하고 그 일부는 우리가 내는 시스템이었다. 그런데 내가 모든 비용을 다 지급하면 제도가 보장하는 시간 외에 시간을 더 이용할 방법이 있다는 뜻이었다. 하지만 그것은 아버지가 방문 요양보호사의 손길을 그렇게 거부할 거라는 생각을 하지 못하고 떠올린 작은 희망이었다.

내가 힘들어도 밤 시간만 책임지면 가능할 것도 같았던 그 작은 희망은 막상 요양보호사가 방문을 시작하자 사라져 버렸다. 한차례 요양보호사가 바뀌고 나이가 제법 지긋하신 어르신이 오셨다. 요양보호사는 각 동네 센터에서 신청을 하면 파견을 하기 때문에 센터에 교체를 요구하면 교체도 가능한 모양이었다. 하지만 우리가 교체를 요구한 것이 아니라 그냥 센터에서 다른 분을 보내 주셨다.

어차피 그전까지 오셨던 분은 그저 방문 시간 동안 소소한 일들만 도움을 주고 돌아가셨다. 아니 아버지의 거부로 그분이 해야 할 일을 맡기지 못했다는 표현이 맞을 것 같다. 그러다가 새로운 분이 오셨는데 이야기를 나누어 보니 우리 아파트에 사시는 이웃 분이셨다. 그것도 바로 옆 동인 3동에 살고 계셨고 그분의 따님은 우리 집이 있는 6동에 살고 있었다. 같은 아파트에 살고 있다는 사실 하나 만으로 왠지 친근한 마음이 들었다.

이야기를 들어보니 우리 동에 사는 그분의 딸은 내가 오고 가며 몇 번은 얼굴을 마주쳤던 분이셨다. 금방 기억을 할 수 있었던 이유는 그 따님네는 여자 쌍둥이 아이가 있었기 때문이었다. 가끔 6동 엘리베이터에서 그 쌍둥이들을 보았던 기억이 났다. 그리고 보니 내가 보았던 그 어린 쌍둥이 얼굴에 어르신 얼굴이 들어 있는 듯 보였다. 우리는 그분을 '쌍둥이 할머니'라 불렀다.

물론 마주할 때는 "어르신"이라고 호칭을 붙여 이야기를 했지만 우리들만 있을 때는 그냥 쌍둥이 할머니라는 말로 불렀다. 쌍둥이 할머니가 오시고 나서 분위기는 조금 좋아졌다. 일단 집안 일에 도움을 많이 주셨다. 쌍둥이 할머니는 원칙과는 상관없이 여러가지 집안 일을 알아서 정리하고 살펴 주셨다. 가장 먼저 우리가 방치하고 지냈던 집안 곳곳을 깔끔하게 정리하기 시작하셨다.

안방 아버지 침대 주변도, 우리가 취약했던 싱크대 주변도 정갈하게 정리를 해 주셨다. 그렇다고 우리가 정리를 하지 않고 살았던 것은 아니지만 쌍둥이 할머니는 집안의 모든 물건들을 아버지가 사용하기 편리하게 정리를 해 놓으신 것 같았다. 전문가의 손길이 느껴지는 순간이었다. 쌍둥이 할머니가 오실 무렵 동생은 평일에는 낮에 출근을 하기 시작했다. 주말에는 여전히 홍대에서 일을 했지만 주중에는 일산으로 출근을 했다.

이제 낮 시간은 온전히 나의 몫이 되었다. 그러다 보니 쌍둥이 할머니의 역할이 더욱 절실해진 상황이 되고 말았다. 동생은 바쁘면 집에 들어오지 못하는 날도 많았기 때문에 온전히 나 혼자 24시간을 아버지와 있어야 하는 날도 많았다. 그런 날은 정말 쌍둥이 할머니가 잠시라도 오셔서 숨을 돌릴 시간을 마련해 주지 않으면 힘이 부쳤다.

아버지는 점점 내 손을 빌려야 하는 일상이 늘어났기 때문에 온 종일 아버지와 시간을 보내는 일은 점점 힘겨운 일로 변모해 가는 중이었다. 하지만 동생이 저녁에 집에 오거나 해서 잠시 여유가 생기는 날은 쌍둥이 할머니를 쉬게 해 드렸다. 이것은 우리와 쌍둥이 할머니의 편법을 위해서였다.

동생은 주말에도 일을 하기 때문에 갑작스러운 일이 생겨 내가 자리를 비워야 할 일이 있으면 아버지를 돌볼 사람이 없었다. 특히나 아내와 아이까지 함께 움직여야 하는 날은 더욱 그랬다. 그런 날은 우리의 고민을 해결해 줄 해결사가 바로 쌍둥이 할머니였다. 평일 2일 정도를 저축해 두었다가 주말에 하루 저녁 정도를 부탁을 드리는 편법이었다.

쌍둥이 할머니를 파견하는 센터나 공단이 알면 큰일날 일이지만 우리는 그렇게라도 시간을 만들어야 했다. 어머니가 돌아가셨을 때 멀리서 나를 위로해주려 찾아 준 분들이 많았다. 그런 분들에게 경조사가 생기면 나도 품앗이를 해 주어야 했다. 하지만 나도 받았던 온기를 나누고 싶은데, 받은 일부라도 돌려 드리고 싶은데 지금의 내 상황으로는 쉬운 일이 아니었다. 그런 시간을 만드는 데 쌍둥이 할머니는 큰 도움을 많이 주셨다.

사실 예전에는 동생과 시간을 잘 조정하면 가능했던 일들이었는데 이젠 그조차 불가능한 상황에 놓여 있었으니 쌍둥이 할머니의 도움이 더욱 절실했다. 그런 나의 빈틈을 쌍둥이 할머니는 정말 효과적으로 메워 주셨다. 그래서 주말에 나갈 일이 있는 주에는 주중에는 아무리 힘이 들어도 2일 정도는 쌍둥이 할머니를 쉬게 해 드리고 주말에 한 번에 몰아 시간을 부탁드렸다.

물론 주중에 8시간을 쉬셨다고 주말에 8시간을 모두 채워 달라는 것은 도리가 아니었다. 해서 가능하면 그보다 이른 시간에 용무를 마치고 돌아오려고 노력했다. 최소한 3~4시간 안에 용무를 보고 돌아오고는 했다.

자주 있는 일은 아니지만 몇 달에 한 번 정도는 이런저런 이유로 이런 일이 생겼던 것 같다. 쌍둥이 할머니는 시간이 흐를수록 집의 일들에 적응을 하셔서 내가 해야만 했던 일들도 몇 가지를 수행하시는 수준에 이르게 되셨다. 아버지도 내가 아니면 절대 안 된다고 하시던 일도 나중에는 쌍둥이 할머니에게 부탁을 하시는 여유도 생기게 된 듯 보였다.

쌍둥이 할머니는 이제 동생과 나에게는 없어서는 안 되는 존재가 되어 있었다. 쌍둥이 할머니의 하루 4시간은 우리에게는 가뭄에 단비 같은 시간이기도 하지만 한편으로는 아쉬운 시간이기도 했다. 욕심일지는 모르지만 당시 아버지가 쌍둥이 할머니에게 적응을 하시고 이런저런 일들을 알아서 해결해 주시는 동안 나는 이번 기회에 내가 다른 일을 할 수도 있지 않을까 하는 기대를 품어 보기도 했다.

처음 방문 요양보호사를 불렀을 때 품었던 기대와 같은 것이었다. 하지만 주어진 4시간으로는 아무것도 할 수 없었다. 잠시 동안의 도움을 주는 것은 분명하지만 적극적인 도움으로는 물리적인 시간이 부족했다. 적어도 내가 다른 일을 할 수 있는 시간을 만들기에는 4시간은 턱없이 부족했다. 그러다가 보니 4시간은 하루 종일 아버지와 시간을 보내는 내게는 그냥 잠시 동안의 휴식 시간에 불과했다. 물론 교육을 받을 때 알려 주었던 방문 요양보호사를 정부의 보조금 없이 우리 자비로 시간을 늘려 이용하는 방법이 있기는 했지만 그 비용 또한 만만치 않았다.

그 무렵 내가 자꾸만 일을 다시 시작해야 한다는 강박에 시달린 이유는 동두천에 있던 집을 처분하고 남았던 조금의 여유 자금이 바닥이 나고 있었기 때문이다. 또한 내년이면 아들도 유치원에 갈 시기가 되고 있었다. 무엇보다 나를 압박하고 있던 요인은 그사이 다시 돌아온 전세금 재계약 시기였다. 시간이 날 때마다 주변 부동산에 들러 전세 가격을 알아보면 그 압박감은 더욱 커졌다. 지금 금액에 몇 천만 원의 액수가 올라가 있었다.

다음달이면 전세 계약 만기를 앞두고 곧 집 주인에게 전화가 올 것 같았다. 그런 압박감은 결국 어떻게 해서라도 내가 하루 빨리 돈벌이를 해야 하는 현실을 수시로 상기시키고 있었다. 하지만 아버지의 몸은 하루가 다르게 무거워지고 있었다. 어제 열 가지의 도움을 드리며 하루를 보냈다면 오늘은 열두 가지, 내일은 열다섯 가지로 늘어가는 추세였다. 결국 나의 일상은 더 가까이 더 오랫동안 아버지 곁을 지켜야 하는 일들로 채워지고 있었다.

# 위대한 유산

금전적 한계는 내게만 닥친 현실이 아니었다. 주말도 쉬지 못하고 일을 하고 있지만 동생도 하는 일들이 큰 수익으로 이어지지 못하고 힘들어하고 있었다. 당장 본가의 생활은 동생의 수익으로 버티고는 있지만 아버지로 인해 발생되는 일들은 동생의 수익으로는 한계가 있었다. 각종 병원비, 약값 외에도 이렇게 저렇게 들어가는 돈들이 생각보다 많았다. 동생과 나는 아버지에게 지금의 상황을 설명 드렸다.

아버지는 잠시 고민을 하시고는 이제 때가 된 것 같다며 연천에 있는 논을 팔자고 하셨다. 연천의 그 땅은 어머니가 내가 대학에 들어가자 식구들 몰래 나만 데리고 가서 보여 주셨던 그 논이었다. 그 논에서는 일 년에 한 번씩 대신 농사를 지어주던 집에서 쌀을 보내오던 그런 곳이었다. 그래서 당시에는 우리 집도 본가도 누나네까지 일 년 내내 쌀은 사지 않고 살았다.

우리 논에서 보내 온 쌀을 가지면 우리 집과 본가, 누나네까지 일 년이 충분했다. 누나네까지 불러 가족회의를 했다. 우리가 결정을 할 것은 아니었지만 아버지의 결정을 공유하는 수준의 가족회의 였다. 나는 다시 동두천에 내려가 어머니 채무가 있었던 그 부동산 아주머니에게 연천 땅 처분을 부탁드렸다. 초기에 몇 번의 변제를 한다며 돈을 보냈던 아주머니는 이미 돈을 보내지 못한 지 한참이 되어 있었다. 아니 몇 번 보내고 아예 포기를 하고 있는 듯 보였다.

그런 상황이 마음에 걸렸었는지 부동산 아주머니는 최선을 다해 빠른 시간 안에 그 땅을 처분해 주었다. 다시금 얼마의 큰돈이 생겼다. 아버지는 그 돈을 가족을 위해 고루 사용하셨다. 우선은 다시 만기가 도래한 내 전세 자금을 올려 주셨고 은행에 대출이 있던 누나도 얼마의 도움을 주었다. 그리고 나머지는 당신의 생활 자금으로 비축을 하셨다. 나는 다시 한번 커다란 경제적 위기를 벗어났다. 나뿐만 아니라 우리 가족 모두가 약속이나 한 듯 한번에 몰려들었던 자금의 압박을 연천 땅이 한방에 해결해준 격이 되었다.

연천 땅. 그 땅은 어머니가 고생 고생하시며 어렵게 모은 돈으로 처음 구입한 땅이었다. 비록 큰 값어치가 있는 비싼 땅은 아니라도 어머니에게 그 땅은 당신이 고생 끝에 일구어낸 첫 수확이었기 때문에 언제나 소중하게 생각하셨다. 어머니는 그 땅을 구입하시고 얼마간 정말 많이 기뻐하셨다. 콩 한 자루 머리에 이고 피란 나오셔서 맨손으로 삶을 일구고 사셨던 어머니는 자신은 배 주리고 없이 살아도 당신의 자식들만큼은 절대 당신과 같은 어려움을 물려주지 않겠다는 신념으로 사셨던 분이셨다.

그랬던 어머니가 연천의 그 땅을 사시고 이제 우리 가족은 쌀이 없어 배를 주리고 살 일은 없을 거라며 기뻐하셨던 일이 눈에 선하다. 실제로 그 후 오랫동안 우리 가족은 그 땅에서 나오는 쌀로 밥을 지어 먹고 살아왔다. 그렇게 당신에게는 자부심이 가득했던 땅이었기 때문에 성인이 된 내게 가장 먼저 보여주고 싶어 했을지 모른다. 그랬던 그 땅을 처분할 때는 나는 그렇게 마음이 좋지만은 않았다.

어머니의 살아생전의 가장 큰 유산을 처분하는 것 같아 정말 마음이 많이 무거웠다. 하지만 다른 선택이 있는 것도 아니었다. 지금 당장 우리에게 가장 필요한 것은 아버지를 조금이라도 더 힘들지 않게 보살피는 것이었다. 나는 그 일을 위해 이미 몇 년을 아버지 곁을 지키고 있었고 앞으로도 그래야 할 것 같았다. 나는 마음 속으로 계속 자기합리화를 하고 있었다.

"잘한 일이야. 잘 된 일이야. 가족 모두에게 필요한 일이었어."

그 땅을 생각하면 어머니 생각이 더욱 커져 갔다. 당신이 남겨주신 유산이 지금 우리 가족 모두의 힘겨운 현실을 이겨 나갈 수 있는 버팀목이 되고 있다는 부인할 수 없는 현실 때문이었다. 살아생전 어머니의 그 노고가 없었다면 지금의 우리 가족은 어떻게 되었을까? 결국 어머니는 살아 계실 때도, 세상을 떠나시고 난 후에도 우리 가족을 끊임없이 지켜주고 있는 것 같았다.

어머니는 곁에 없지만 우리는 아직도 어머니를 통해 하루하루의 삶을 살아가고 있다는 표현이 맞을 것도 같았다. 어머니는 그렇게 살아서도 세상을 떠나시고 나서도 우리 가족과 함께 있었다. 살아생전 그렇게 내어 주시던 것으로만 부족하셨는지 돌아가시고 나서도 끊임없이 내어 주시며.

# 한계의 시간

다시 또 한 해가 지나가고 있었다. 아들은 다섯 살이 되면서 유치원에 입학을 했다. 아버지는 손주의 유치원만큼은 당신이 책임을 지시겠다고 아이의 유치원 비를 지원해 주셨다. 아이가 유치원에 다니기 시작하자 아내도 조금의 시간적 여유를 찾게 되었다. 아이가 유치원에 적응을 할 무렵 결국 아내는 아들을 유치원 종일 반으로 옮기고 직장 생활을 시작했다.

우리 부부에게도 더 이상 남은 생활 자금이 없었다. 누군가는 경제 활동을 해야 버틸 수 있는 상황이 온 듯 보였다. 나의 상황을 누구보다 잘 알고 있던 아내는 주저하지 않았다. 일단 아이가 유치원에서만 견디어 준다면 자신이 돈을 버는 것이 가장 현실적이라고 판단한 듯 보였다. 하지만 나는 만류하지 못했다. 아니 아내를 말릴 명분이 없었다. 더 이상 누군가 돈을 벌지 않으면 우리 가족은 더 이상 버틸 경제적 여유가 없었기 때문이었다.

나는 평소 아내에게 부탁했던 일이 있었다. 우리가 남들보다 조금 덜 먹고 덜 쓰는 경우가 있더라도 당신만은 아이 곁을 꼭 지키는 전업 주부로 살아 달라는 당부였다. 그런 말을 했던 이유는 나의 어린시절 경험 때문이었다. 나의 어머니도 내가 어릴 적에는 나의 곁을 지켜주며 집에서 우리를 돌봐 주셨다. 하지만 어머니는 우리 삼 남매를 서울로 전학을 보내고 난 후에는 그 뒷바라지를 위해 사회 생활을 시작하셨다.

그 후 나는 집에 돌아올 때마다 어머니의 빈자리를 가장 크게 느끼고 살았다. 그런 어머니의 빈자리로 인해 나는 그 시절 조금은 힘든 시간을 보내기도 했다. 물론 어머니의 그 선택은 우리들에게 좀 더 나은 삶을 만들어 주기 위한 노력이셨다. 그리고 그 노력의 결실도 있었다. 누나는 어머니의 선택이 옳았음을 증명이라도 하듯 명문대에 합격해 가족에게 기쁨을 주기도 했었다. 하지만 나는 그렇지 못했다.

돌이켜 생각해 보면 어머니의 손길 없이도 스스로 잘 해냈던 누나와는 달리 나는 어머니의 손길이 늘 필요한 사람이었던 모양이다. 자식이 여러 명 있으면 부모의 기대를 따르는 기특한 자식도 있는 반면, 그러지 못한 자식도 존재하기 마련이었다. 그래서 단 하나밖에 없는 내 아들만큼은 어머니의 보살핌 속에 성장하기를 누구보다도 바라고 있었다. 하지만 아들이 다섯 살이 되고 그 바람은 무너지고 말았다. 가장으로 경제적 의무를 다하지 못하는 나로서는 아내의 선택에 어떠한 이의를 제기할 명목이 없었다.

나의 일과는 더욱 분주해졌다. 아침 아내가 출근을 하고 나면 아이를 준비시켜 유치원에 보내고 본가로 달려와 다시 아버지를 보살폈다. 다행히 아이의 유치원 가는 시간이 조금은 이른 시간이라서 아침 식사가 늦으신 아버지 아침 시간과는 겹치지 않았다. 하지만 나의 아침은 아내가 직장에 나가기 전보다 한층 더 분주해져 하루가 더욱 길어진 듯 보였다.

눈을 뜨기 무섭게 본가 아버지 상황부터 살피고 다시 우리 집으로 달려와 아내가 출근을 하고 나면 아이를 데리고 후문 슈퍼 앞에서 유치원 차를 기다리다 태워 보내고 다시 본가로 달려와 아침을 준비했다. 오후도 분주하기는 마찬가지였다.

아이가 유치원에서 돌아오면 아내가 퇴근할 때까지 본가로 데리고 와서 잠시 시간을 보내다가 아내가 퇴근하면 집으로 데려다 주고 다시 본가로 돌아와 아버지 저녁을 준비했다. 그래봐야 아이를 보살피는 시간이 모두 합쳐 1~2시간 남짓인데 내가 느끼는 피로감은 온종일 아이와 있는 것 같았다.

아버지와 지내는 일상의 시간이 이미 익숙할 만큼 익숙해진 상황에서 아침과 저녁에 아이를 잠시 살피는 일이 힘들게 느껴지는 것 같았다. 그러면서도 가끔은 오후에 잠시 시간적 여유가 생기면 유치원에 가서 종일반이 끝나기 전에 아이를 미리 데리고 오기도 했다.

아이의 유치원 체류 시간을 조금이라도 줄여주고 싶은 마음에서 시작한 일이었다. 하지만 나중에는 거의 매일 아이를 중간에 데려오는 지경에 이르게 되었다. 그렇게 아이를 중간에 데려오기 시작한 데는 이유가 있었다. 아이의 유치원은 집에서 차로 10분 거리에 있었다.

어느 날 아이가 감기로 병원에 가야 하는 일이 생겨 병원이 문을 닫기 전에 아이를 미리 데려오려고 유치원에 갔던 적이 있었다. 마침 종일반 아이들이 유치원 마당 놀이터에서 자유 놀이 시간을 보내고 있었다. 나는 우리 아들이 잘 놀고 있나 잠시 지켜보고 있었다. 그런데 조금 큰 아이가 아들을 자꾸 때리는 모습이 눈에 보였다. 처음에는 그냥 한번 그러는 모양이겠지 하고 지켜봤는데 한번 때리고 도망갔다가 다시 돌아와 또 때리기를 반복하고 있었다. 그것도 주먹으로 아들 배를 심하게 치는 모습을 보고 있자니 화가 울컥 치밀어 올랐다.

아들을 불러 데리고 들어가 선생님에게 따졌다. 애가 계속 큰 아이에게 맞고 있는데 제지를 하지 않으시냐고. 선생님은 당황해 누가 그랬는지 알아보겠다고 하셨다. 잠시 후 선생님이 돌아오셨다. 아들보다 두 살이 많은 아이인데 또래들에게 밀려 약간 왕따를 당하는 아이라서 항상 저렇게 자기보다 어린 아이들을 괴롭히고 있다는 이야기였다.

선생님은 내가 보는 앞에서 그 아이를 불러 주의를 줬다. 속이 상했지만 웃는 얼굴로 그 아이에게 우리 아들과 사이좋게 놀아 달라고 부탁을 하고 아이를 데리고 나왔다. 아이를 차에 태워 데리고 오는 내내 속이 상해서 미칠 것 같았다. 큰 아이가 매일 우리 아들을 그렇게 괴롭혔을 것 같은 상상에 울화가 치밀어 올랐다.

다음날부터는 야외 놀이 시간이 시작되는 3시 30분이 되기 전에 유치원에 가서 아이를 데리고 집으로 왔다. 아버지를 돌보며 아이도 함께 보아야 하는 수고는 문제가 되지 않았다. 다행히 쌍둥이 할머니가 오시는 시간과 아이를 데리고 오는 시간이 겹쳐서 시간을 만들 수 있는 날도 많았다. 아이를 데려오지 못하면 또 괴롭힘을 당할까 불안한 마음에 견딜 수가 없었다.

결국 아들은 종일반을 절반만 다니는 상황이 되어 버렸다. 종일반 시간을 모두 채우면 유치원에서 아이를 집까지 데려다 주지만 그렇지 못하면 내가 직접 유치원에 가서 아이를 데려와야 하는 수고도 해야 했다. 시간은 또 그렇게 흐르고 여름이 끝나가고 있었다. 여름을 넘기면서 아버지의 몸은 더욱 무거워지셨다.

조금씩 움직이기는 하시지만 부축이 없으면 움직이기 힘들어하셨다. 결국 아버지는 식사를 하시기 위해 식탁으로 나오시는 일 외에는 거의 모든 일을 침대에서 해결하고 계셨다. 그나마 다행스러운 것은 식사는 아직은 식탁에 나오셔서 하고 있다는 점이었다. 더욱 다행인 것은 음식을 아직은 잘 넘기고 계시다는 것이었다. 그것만으로도 감사해야 했다.

드롭 홀리데이를 치르면서 눈동자밖에 움직이지 못하시던 아버지의 모습에서 우리는 미래의 아버지 모습을 조금은 엿보았다. 어찌 보면 그때의 혹독한 예행연습이 지금 시시각각 무뎌지는 아버지의 움직임에 당황하지 않고 대처할 수 있는 예행연습을 시켜준 것이 아닌가 싶었다.

아버지의 움직임이 힘겨워지고 있던 무렵, 주말에 정민이를 만났다.

아이의 이야기며 아버지 이야기를 하며 속상한 마음을 털어놓고 있었다. 그러던 중에 정민이가 다음달부터 아르바이트를 하게 되었다는 이야기를 꺼냈다. 당시 정민이는 안양에서 잠시 우유 대리점을 하고 있었다. 그런데 대리점 일이 생각만큼 잘 되지 않아 대리점을 그만두어야 할까 고민을 하고 있던 중이었다. 당장 대리점을 접으면 생활이 어려워질 것에 대비해 아르바이트 자리를 알아보고 있다고 했다.

당시 정민이에게는 우유 대리점을 운영하며 사용하던 냉동 탑차가 있었다. 1.5톤 트럭이었다. 정민이가 말한 아르바이트는 곧 다가올 추석 명절 선물을 배송하는 아르바이트였다. 추석 선물 시즌을 맞아 백화점 신선 상품 세트를 배송하는 일이 주 업무였다.

단기간 많은 수량의 택배가 몰리게 되니 냉동 탑차를 가진 사람들에게 단기 배송을 맡기는 아르바이트였다. 그런데 정민이가 제안을 하나 했다. 자신은 트럭 운전만 하고 물건을 배송하는 보조 알바가 한 명 더 필요하다는 것이었다.

"형. 다음주부터 동생이 집에서 일을 한다면서. 이번 기회에 잠시라도 아버님에게서 한번 떨어져 있어 봐. 내 생각에는 이 핑계로 연습 삼아 한번 시도라도 해 보는 것이 좋을 것 같아."

마침 동생이 일산으로 출퇴근 하던 회사 일을 집에서 하는 재택근무로 바꿀 무렵이었다. 일산이 집에서 너무 멀고 나 혼자 아버지와 있는 시간도 너무 길어져 내가 힘들어하니 고민 끝에 내린 결정이었다. 다만 밤 시간을 이용해 회사에 일주일에 한 번이나 두 번 정도 다녀오면 되는 상황이었다.

내가 아버지와 떨어진다. 지난 5년이라는 시간 동안 단 한 번도 상상해 보지 못한 일이었다. 아버지도 나도 지금 당장 서로 떨어져 지낸다는 생각은 해본 적이 없었다. 하지만 지금의 모든 상황은 내가 더 이상

이대로는 버티기 힘들 거라고 말해주고 있는 것 같았다. 정민이 말도 나름 의미가 있어 보였다.

당장 떨어져 지내라는 것이 아니라 떨어져 지내는 시도를 해보아야 한다는 말이었다. 나보다 더 긴 시간 아버지의 병수발을 했던 정민이는 정작 아버지가 돌아가시고 난 후 다시금 자신의 자리를 잡는 데 많은 시간을 소비했던 상황이었다.

"형. 언제까지 형 혼자 할 수는 없어. 동생이 도와주고는 있지만 동생은 그나마 경제 활동을 하고 있는데 형은 뭐야? 형도 이제 돈을 벌어야 할 때가 온 것 같아."

나보다 아버지 병수발 선배인 정민이의 말은 많은 부분이 경험에서 우러나온 이야기였다. 2주만 하는 일이라면 한번 경험 삼아 해보는 것도 나쁘지 않을 것 같았다. 가족에게 양해를 구했다.

잠시 아르바이트를 해보려 하니 2주만 낮 시간에 아버지를 책임져 달라는 부탁이었다. 나의 상황을 잘 알고 있던 동생은 흔쾌히 허락을 했다. 아버지도 알겠다며 당신이 견뎌 보겠다고 찬성을 해 주셨다. 작은 부작용도 있었다.

매일 3시 30분이면 종일반에서 자신을 구출해 주었던 아버지가 오지 않자 아들은 유치원을 마치고 타야 하는 귀가 차량에 탑승을 거부하고 아버지를 기다려야 한다고 버티는 일이 발생했다. 처음 며칠은 울며불며 눈물 바람에 귀가 버스를 타는 일이 생겼다고 했다. 그런 아들에게는 정말 미안한 일이지만 나에게는 중요한 시험의 시간이었다.

지난 시간 어머니의 빈자리를 대신해 아버지 곁을 지켰던 내가 다시 그 빈틈을 만들게 된다면 아버지는 어머니가 돌아가시고 초기에 그 빈자리로 인해 보이셨던 극도의 불안 증세를 다시금 보이시는 것은 아닐까 불안한 마음도 들었다. 하지만 고맙게도 아버지는 비교적 잘 견디어 주셨다.

나는 드디어 정민이와 알바를 시작했다. 내가 직장을 잠시 쉬고 아버지 곁에 머물기 시작한 지 무려 5년만의 외출이었다. 일은 단순했다. 아침 일찍 양재동에서 정민이를 만나 송파 언저리에 있는 물류창고에 가서 갈비와 곶감 선물세트를 냉동 트럭에 싣고 수서 강남 멀게는 분당과 용인 수지까지 배송을 해주는 일이었다.

정민이는 운전을 하고 나는 배송 장소에 도착을 하면 물건을 집까지 전달해 주는 일이었다. 우리의 조합은 환상의 업무 효율을 자랑했다. 남들은 하루 배송 분량을 소화하기도 힘들 시간에 우리는 소위 두 탕을 소화했다.

우리가 남들 두 배의 물량을 배송하고 돌아오면 그 시간까지 우리의 절반 분량도 소화를 못해 도착을 하지 못하는 팀이 많았다. 배송 담당자는 매일 두 배의 물량을 소화해 내는 우리를 보며 매일 혀를 내둘렀다. 우리가 일을 잘 하는 데는 몇 가지 비결이 있었다.

우선은 그곳을 찾은 트럭 기사들은 전문 택배 기사가 아니라 단기 아르바이트를 위해 오신 분들이라 업무가 서툴렀다. 그리고 내 역할을 하는 사람들은 주로 대학생들이었다. 배송이 서툰 기사에 일이 서툰 대학생 알바. 일이 빠를 수가 없는 조합이었다.

회사에서도 그런 점을 감안해 물량을 적정 수준에서 배분해 주었다. 하지만 우리는 그 분량으로는 성에 차지가 않아 두 팀이 소화 할 물량을 받아 하루에 배송을 했던 것이다. 나는 그 배송 일을 하며 5년만에 처음으로 일이라는 것을 하며 흥이 났다.

한 달에 몇 번 만나 그간 밀렸던 수다를 마음껏 떨 수 있었던 정민이를 매일 만나는 일도 즐거움의 하나였다. 그간 일상의 돌파구 역할을 해주던 정민이를 매일 볼 수 있다는 것으로도 기분이 좋았다. 다른 한 가지는 5년만의 바깥 구경이었다. 5년을 하루 같이 우리 집과 본가 사이만을 오가고 살았던 내게는 집 밖을 나간다는 사실 하나가 기쁨이었던 것 같다.

그날은 대치동에 갈 물량들이 많은 날이었다. 물량의 절반 이상이 대치동 은마아파트였다. 그 은마아파트에 배송을 하던 날 나는 그곳에서 작은 충격을 받았다. 외관은 내가 사는 쌍문동 아파트와 별 다를 것 없어 보이던 은마아파트. 아니 지은 지가 더 오래되어 더 낡아 보이는 은마아파트.

나는 그 아파트에 백화점 선물세트들을 배송하러 갔던 한 집에서 놀라 입을 다물 수가 없었다. 허름한 복도에 들어서자 입구부터 가득 쌓여 있는 빈 선물 박스들. 복도에는 이미 받아서 내용물을 덜어낸 빈 박스들이 천장까지 닿을 높이로 쌓여 있었다. 그리고 물건을 전달하려 그 집의 문을 열었는데 그 안에 펼쳐진 풍경은 더욱 장관이었다. 사람이 걸어 다닐 수 있는 통로를 제외하고는 선물 상자가 천장 높이까지 쌓여 있었다. 복도에서 보았던 빈 상자는 예고편이었다.

집안에는 그 몇 배에 달하는 선물들이 정리할 틈도 없이 밀려들었는지 여기저기 받은 순서대로 그냥 쌓여 있었다. 투 플러스 등급 갈비 세트를 배송하고 돌아서 나오는데 갑자기 알 수 없는 위축감이 밀려들었다. 저 집의 주인은 무슨 일을 하는 사람일까? 얼마나 높고 중요한 위치에 있으면 추석에 집안에 걸어 다닐 공간도 없을 만큼 많은 선물을 받는 것일까? 신바람 나던 일상이 갑자기 무거워 지는 것 같았다. 일을 하는 내내 그 집의 모습이 머리 속을 떠나지 않았다.

다음 일정은 분당이었다. 그곳은 분당에서도 커다란 규모의 고급빌라들이 밀집해 있는 곳이었다. 이런 집들은 입구를 찾는 일이 제일 힘이 들었다. 집은 있는데 입구처럼 보이는 곳으로는 접근할 방법을 찾을 수가 없었다. 결국 찾아낸 입구는 주차장으로 들어가 다시 엘리베이터를 타고 들어가야 하는 복잡한 구조를 하고 있었다. 커다란 그 빌라들은 나를 다시 한번 위축시켰다.

일이 끝날 무렵 아들에게 자꾸 전화가 왔다. 그날은 배송 거리도 길었고 물량도 많아 8시가 되어서야 일이 마무리되었다. 일을 하느라 긴 통화를 하지 못하다가 일을 마치고 아들에게 전화를 했다.

"아들 무슨 일 있어?"

"아빠 오늘 아빠 생일이죠?"

그랬다. 그날이 내 생일이었다. 아침에 아들과 아내가 일어나기도 전에 나오느라 그날이 내 생일이라는 것도 잊고 있었다.

"할아버지가 아빠랑 저녁 사 먹으라고 돈을 주었어요."

아버지가 내 생일을 기억하시고 아들을 불러 돈을 주신 모양이었다. 8시가 넘었는데 아빠랑 저녁을 먹겠다고 기다리고 있었다고 했다. 물류센터에 들러 전화기와 장비를 반납하고 퇴근을 해야 하지만 정민이에게 반납을 부탁하고 분당에서 내려 집으로 달려왔다. 9시30분이 다 되어서야 집에 도착을 했다.

아파트 단지 입구부터 나를 기다리고 있던 아들은 나를 발견하고 달려와 내 품을 파고들었다. 아들을 끌어안으니 이유를 알 수 없는 눈물이 터져 나왔다. 여러 가지 생각이 머리 속을 스쳐갔다. 치킨 한 마리로 늦은 저녁을 먹는 내내 머리 속은 복잡했다. 내가 지금 뭘 하고 있는 것인지? 나는 내 가정을 위해 뭘 했던 것인지? 나는 이 두 사람을 위해 뭘 할 수 있는 것인지?

낮에 마주했던, 나를 위축시켰던, 그 사람들의 모습이 자꾸 떠올라 나를 더욱 작아지게 만들고 있었다. 지난 5년의 시간 나는 무엇인가를 위해 끊임없이 노력하고 남들보다 더욱 치열한 삶을 살았는데 지금 내 눈앞에 보이는 것은 초라하고 궁핍한 가족의 현실이었다. 아내는 아이와 떨어져 직장에서, 아들은 부모와 떨어져 유치원에서, 나는 가족과 떨어져 아버지 곁에서.

정민이가 아르바이트를 시작하며 내게 해 주었던 이야기가 생각났다.

"형, 나는 아버지 보내 드리고 났더니 정작 내게 남아있는 것은 아무것도 없더라. 끝까지 갔더니 정말 거기가 끝이더라. 나는 결국 제로에서 다시 시작했어."

그랬다. 나는 제로를 향해 가고 있었다. 지난 5년 힘든 시간 속에서도 나를 위로하고 다그치며 견디게 했던 용기가 한순간에 무너져 내리는 것만 같았다. 모든 것이 한계에 와 있는 것 같았다. 나의 의지도, 아버지의 몸 상태도, 우리 가정의 상태도.

# 중대한 결단

아르바이트를 마치고 80여만 원의 돈을 받았다. 5년 만에 내가 처음으로 경제활동을 통해 얻은 수익이었다. 그 돈으로 그해 추석은 조카 용돈도 주고 아들에게 선물도 사줬다. 명절을 보내며 내 손에 돈을 들고 있다는 것으로 얻는 기쁨을 5년만에 다시 느끼는 순간이었다. 사실 보수가 얼마나 될지 예상을 하고 시작한 일은 아니었다. 그저 아버지를 살피는 일을 잠시 중단하고 내 일을 해보는 실험을 위한 시간이었기 때문에 그 액수는 내게 중요하지 않았다. 하지만 다시 경제활동을 하고 그 결과를 영위하는 일은 그간 잊고 살았던 나의 존재감을 다시 찾는 것 같았다.

결과도 생각보다는 성공적인 듯 보였다. 담배를 피우는 5분도 견디지 못해 언제 올라오냐고 전화를 하시던 아버지였지만 그 2주간은 온전히 동생과 누나 그리고 쌍둥이 할머니 손에 당신을 맡기고 견디어 주셨다. 처음 아버지 곁을 지키기 시작할 때에 비하면 지금 아버지의 모습은 나의 손길이 더욱 많이 필요한 시기인 것만은 틀림없지만 모든 사람들이 나를 위해 기꺼이 고통의 분담을 해주었기에 가능했던 2주였다.

어느 날 옛 직장 동료였던 영진이에게서 전화가 왔다.

"형! 뭐해요? 얼굴 좀 봐요."

영진이는 나의 첫 직장에서 함께 근무했던 동료였다. 나와 가장 친했던 첫 직장 상사이자 가장 친한 동생이다. 회사는 나보다는 일찍 입사해 내가 사원 시절에는 대리였고, 내가 대리 시절에는 과장이었던 엄연한 상사이지만, 나이는 나보다 어려 이후에는 그저 같은 일을 하는 업계 가장 친한 동생이었다. 전부터 여러 번 전화가 왔었지만 내가 시간을 내지 못해 번번이 만남이 어려웠었다.

일단 만나서 얼굴이라도 좀 보자고 보채는 통에 더 이상 미룰 수가 없어 시간을 만들어 만났다. 점심에 시작한 만남은 저녁까지 이어졌다. 영진이는 그간 만나지 못했던 5년 치 회포를 모두 풀어 버리려는 듯 이곳저곳으로 나를 끌고 다니며 맛난 음식들을 사 먹였다. 평소 속초 음식을 좋아하는 나를 위해 북창동의 유명하다는 식당으로 나를 데리고 갔다.

속초에서 올라 온 양미리와 도루묵 가자미 식해 등을 파는 집이었다. 평소 먹고 싶었던 속초 음식을 실컷 먹고는 배가 꺼질 틈도 없이 다시 평양냉면 집으로 데리고 가 냉면을 사 먹였다. 그날 둘이 먹어 치운 음식은 족히 일개 소대가 식사를 하고도 남을 분량이었다. 영진이는 속이 깊은 동생이었다. 아버지 곁을 지키느라 외식 한번 하지 못했던 나를 위해 내가 평소 좋아했던 음식을 기억해 그것들을 사주려고 노력하고 있었다.

갑자기 영진이가 내게 일 이야기를 꺼냈다.

"형, 내년에 여수에서 엑스포 하는 거 알지?"

영진이가 몸담고 있는 대기업의 대행사에서는 이미 엑스포의 큰 프로젝트를 두 가지나 수주하여 준비 중이었다. 업계를 떠나 5년이란 시간을 보낸 나로서는 내가 몸담고 있던 곳에서 지금 무슨 일이 일어나고 있는지 알 턱이 없었다. 그중 하나는 자신이 담당을 하고 있고 다른 하나는 후배를 감독으로 추천해 진행하고 있었는데 그 후배가 갑자기 그만두게 되었다는 것이었다.

"형, 여수 한번 같이 내려가자."

엑스포. 우리가 처음 업계에 입문할 당시 대전에서 있었던 엑스포가 또 열린다니 그것도 20년 만에 여수에서. 말만 들어도 마음은 여수로 달려가고 있었다. 잊고 있었던 일에 대한 욕망이 물밀 듯 밀려들었다.

"참, 내가 맡은 프로젝트는 병선이 형이랑 같이 하고 있어."

병선이는 첫 직장 동기로 나랑은 정말 친한 친구였다. 병선이는 워낙 성격이 좋고 유쾌한 친구라서 그 녀석과는 마주앉아 있으면 냉수만 같이 마셔도 술에 만취한 것처럼 홍이 올라오게 하는 재주를 지닌 친구였다. 두 사람과 여수에서 엑스포를 한다. 상상만으로도 벌써 홍이 나는 것 같았다. 하지만 상상은 상상으로 그쳐야 했다.

아르바이트 2주일을 하는데도 그 난리를 치러야 했는데 지방에서 1년가량을 지내야 하는 프로젝트를 한다는 것은 당시로써는 감히 상상할 수 없는 일이었다. 그냥 헛웃음만 남발하던 내게 영진이는 생각 좀 해보라는 여운을 남기고 아쉬운 만남을 마무리했다. 영진이를 만나고 돌아온 후 일주일가량을 영진이가 했던 여수 이야기가 머릿속을 떠나지를 않았다.

나를 뽑겠다는 이야기도 아니고 내가 필요하다는 이야기도 아니었다. 그저 그 프로젝트를 담당하던 감독이 곧 그만 둔다고 해서 공석이 되는데 그 자리에 내가 와보면 어떨까 하는 자신의 생각을 말한 것뿐이었다. 하지만 시간이 흐르면 흐를수록 영진이가 했던 그 말은 작은 열망으로 변하기 시작하고 있었다. 하지만 나는 그 열망을 누구에게도 이야기할 수 없었다. 아니 차마 말을 꺼낼 용기가 없었다.

동생에게는 형이 지방에 1년 가 있으려고 하는데 아버지 좀 부탁한다고 말을 할 수도 없었고, 가족에게도 '나 1년만 지방에 다녀 올 일이 있는데 가능할까?'라는 이야기를 꺼내기는 더욱 쉽지 않았다. 고민이 깊어질수록 누구와 상의라도 하고 싶은데 그 누구와 상의할 용기조차 나지 않았다. 그러던 어느 날 나는 홀로 예정에 없던 신경과를 찾았다.

진료 예약 일도 아니었다. 1주일 넘게 나를 누르고 있는 고민을 누구라도 붙잡고 이야기하고 싶었다. 진료가 끝나는 제일 마지막 시간을 택해 진료 신청을 했다. 괜한 나의 넋두리 때문에 다른 환자분들의 진료가 방해 받는 일이 생길까 조심스러웠다. 당일 진료를 모두 마친 한산한 진료실에서 신경과 과장님과 단둘이 마주했다. 앉자마자 나는 그간 하고 싶었던 이야기를 꺼내 놓기 시작했다.

우선은 지금의 아버지의 상태와 전망에 대해 물었다. 과장님은 냉정한 예측을 해 주셨다. 지금은 그래도 밥은 식탁에서 드시고 계시지만 멀지 않아 밥도 침대에 누워 드시게 될 것 같다고 하셨다. 이미 대소변은 침대에서 해결을 하고 계시니 다음 순서는 이런저런 경우가 될 것 같다고 설명하셨다. 설명만 들어도 눈앞이 아득해지는 기분이 들었다.

그리고 증세가 심해지는 기간은 점점 더 짧아질 것이라는 우려도 덧붙였다. 혼란스러운 마음으로 나는 여수 이야기를 꺼냈다. 이런 일이 생겼는데 아버지를 두고 가도 되겠냐고 물었다. 과장님은 주저 없이 대답했다.

"가세요 엑스포. 지금 가지 못하시면 앞으로도 일을 못하세요. 아버님 돌아가실 때까지. 큰 아드님이 당장 자리 비운다고 아버님이 어떻게 되시거나 당장 힘들어지시는 것은 아니에요. 제 생각으로는 그만큼 하셨으면 이제 가족과 분담하시고 자신의 일을 하시는 것이 맞을 것 같아요."

"그리고 앞으로 얼마가 걸릴지 기약이 없어요. 아버님 병이 그렇게 쉽게 돌아가시는 병이 아니에요."

과장님 말에 갑자기 눈물이 걷잡을 수 없이 터져 나왔다. 그냥 이 세상에 내 마음을 이해해 주고 내 편을 들어주는 사람을 하나 만난 것 같았다. 과장님은 내 눈물이 멈출 때까지 한참을 기다려 주셨다. 그리고 한마디 덧붙였다.

"가세요, 엑스포인가 여수인가. 못 가시면 보호자 분이 병이 날 것 같아요."

집으로 돌아오는 길에 영진이에게 전화를 했다.

"영진아 형이야. 전번에 말했던 여수 엑스포, 그거 나 소개 좀 해줄 수 있겠니?"

"정말, 그래 알았어. 이야기해 볼게."

나는 가족과는 상의도 없이 병원문을 나서며 영진이에게 연락을 하고 말았다. 그리고 집으로 돌아와 아버지 누나 동생 그리고 아내와 아들에게도 차례로 나의 입장을 이야기했다. 정말 고마운 일은 가족 누구도 나의 여수 행에 반대하지 않았다. 아니 모두 약속이라도 한 듯한 목소리로 용기를 주고 격려를 보냈다.

아버지는 네가 돈을 벌어야 한다니 아버지가 힘들어도 버티어 보겠다고 하셨다. 동생과 누나는 그간 고생을 했으니 자신들이 조금 더 힘들어도 버티어 보겠다고 했다. 아내와 아들도 나의 결심에 힘을 보태 주었다. 이제는 그 프로젝트 팀에서 나를 뽑아 주는 일만 남았다. 여러 날 고민하고 여러 사람 설득해서 하게 된 결심이지만 정작 결정된 일은 아무것도 없었다.

왜 슬픈 예감은 틀린 적이 없다고 했던가? 영진이에게서 연락이 왔다.

"형 어떡하지? 그간 자꾸 감독이 일을 그만두어서 이번에는 심사숙고해서 사람을 선발할 모양이야."

참 애매한 대답이었다. 뽑겠다는 이야기도 아니고 뽑지 않겠다는 이야기도 아니고, 그렇다고 기다리라는 이야기도 아니었다. 나의 이력서는 이미 들어가 있는 상황에서 나온 결론은 나를 맘에 들어 하지 않는다는 뜻 같아 보였다. 깊은 좌절감이 밀려왔다.

영진이 연락을 받고 1주일가량을 물조차 넘기기 힘든 시간을 보냈다. 잠시의 해프닝이 있었고 나는 원래 있던 자리로 돌아왔는데, 나는 마치 오지 말아야 할 곳에 와 있는 것 같은 심정에 시달렸다. 5년을 하루같이 해왔던 일상이 지난 일주일만큼 힘들고 어렵게 느껴진 적은 없었던 것 같았다.

다시 1주일이 흐르고 영진이에게서 연락이 왔다. 일단 다시 검토를 하려고 하니 얼굴이나 한번 보자는 연락이었다. 그리고 전해 온 이야기는 프로젝트를 맡고 있는 대행사 총 책임자가 자신보다 경력이 높아 보이는 내가 오는 것을 부담스러워 망설였다는 후일담이었다. 그간의 시름이 한순간에 사라지는 기분이었다.

나는 내 이력서가 마음에 들지 않아 주저하고 있는 것 같아 자괴감이 들었는데, 사실은 주저한 이유가 넘치는 경력 때문이었다고 하니 안심이 되는 것 같았다.

면접은 3차에 걸쳐 복잡하게 진행되었다. 컨소시엄으로 팀을 구성해 준비 중이던 프로젝트라 대행사가 두 곳이나 있었다. 나를 선택한 대행사에서 단계별로 두 차례에 걸쳐 면접을 치르고 다른 대행사에서 또 한 번 면접을 치러서 총 세 번의 면접을 하고 최종 합류가 결정되었다. 막상 그토록 바라던 여수 엑스포 행이 결정되고 나니 작은 두려움 같은 것이 밀려왔다.

우선은 5년 만에 일을 다시 시작하려니 살짝 겁이 나기 시작했다. 그 두려움의 실체는 내가 업계를 떠나 있는 동안 많은 변화가 있었을 텐데 내가 그 변화를 쉽게 흡수하고 일을 잘 할 수 있을까 하는 마음이었다.

다음으로는 아버지에 대한 걱정이었다. 5년을 내가 해드리는 도움을 받고 사시던 분이 내가 없이 무엇을 할 수 있을까 하는 걱정이었다. 나 없이는 물 한 모금도 못 드시는 분을 두고 일 년을 집을 비울 수 있을까? 하지만 이제는 그런 걱정을 하고 있을 시간이 없었다. 곧 프로젝트 팀에 합류할 날짜가 눈앞에 다가와 있었다. 무려 5년 만의 복귀였다. 나는 작은 심호흡으로 숨을 고르고 있었다.

# 세상 밖으로

드디어 세상 밖으로 나왔다. 정확히 4년 6개월, 햇수로 5년 만의 일이다.

출근을 시작했다. 햇살 가득한 가을날 집을 나서는 나의 발걸음은 설렘 반 두려움 반이었다. 여수에 내려가기 전까지는 대행사가 있는 신사동으로 출근을 했다. 내가 근무하던 사무실이 있던 동네 인근이라 익숙한 곳이었지만 5년 만에 다시 마주한 신사동은 별천지가 되어 있었다.

대행사가 있는 그곳은 예전에 웨딩 관련 매장과 화랑 몇 개가 있는 조용한 골목이었는데, 지금은 가로수길이라는 이름으로 엄청난 번화가로 변모해 있었다. 그 변화한 동네의 모습을 보면서 나는 살짝 긴장을 했다. 내가 일을 하게 될 이곳도 5년 동안 이만큼이나 변화한 것은 아닌가 하는 생각이 나를 긴장시키고 있었다.

일단 여수로 내려가 상주하기까지는 이곳 사무실에서 준비 작업을 했다. 당분간은 일이 있을 때만 여수에 내려가 회의를 하고 올라왔다.

나는 처음에는 그만둔 전 감독의 후임으로 왔기 때문에 어느 정도 적응 기간을 주고 실무에 깊은 관여는 시키지 않았다. 하지만 그러는 사이 내 마음은 더욱 조급해졌다.

지금 이 기간에 업무를 빨리 파악을 해야 곧 여수에 내려가 상주를 하며 본격적인 업무를 할 수 있을 것 같았다. 하지만 막상 일을 접하고 알아갈수록 이 프로젝트는 내가 단기간에 흡수할 업무가 아니었다. 내가 일을 시작한 프로젝트는 여수엑스포 거리문화공연팀이었다. 엑스포 기간 중 엑스포 행사장 곳곳에서 공연을 펼치는 프로젝트였다.

처음 이 일을 소개할 때 영진이가 내게 남겼던 말이 생각났다.

"형, 만약 형이 이 일을 맡게 된다면 소개해준 나를 원망하거나 욕할지도 몰라."

나는 당시 여수에 가고 싶다는 생각 하나만 가지고 있었지 영진이가 했던 그 이야기는 귀담아 듣지 않았다. 막상 들어와서 내용을 파악하고 나니 그 방대하고 엄청난 공연 범위에 엄두가 나지 않는 프로젝트였다. 내 역할은 이 모든 공연을 총괄하는 총감독이었다.

팀의 구성 또한 엄청나게 복잡했다. 먼저 컨소시엄을 구성하는 두 개의 대형 대행사를 축으로 그 밑으로 대행사의 일을 수주하고 있던 각각의 에이전시가 있고, 그 에이전시 안에는 각종 공연 팀을 운영할 공연 전담 회사들이 줄줄이 연결되어 있었다.

처음 이 구조를 파악하는 데 한참의 시간이 걸렸다. 이 사람 저 사람 명함을 주고 인사를 하는데 도대체 이 사람이 이 거대한 구조 속에서 어느 영역에 속하는 사람인지 구분을 하기 어려웠다. 시간이 조금 흐르고 우선은 인적 구성에 관한 파악이 대충 마무리되었다.

다음은 업무에 관한 파악이 필요했다. 하지만 이것이 문제였다. 엑스포가 열리는 90일간 하루에 평균 130회의 각기 다른 공연이 이루어지는 내용을 단기간에 파악하고 숙지하기란 쉬운 일이 아니었다. 막상 숙지를 하려고 시도만 했는데도 머리가 아파왔다. 하지만 팀 내에서 이 모든 내용을 숙지할 사람은 몇 명 되지 않아 보였다. 대부분의 구성원들은 각자 자기가 속해 있는 파트의 공연만 알고 있으면 되는 일이었다. 구태여 다른 파트 공연에 관심을 가질 필요가 없는 구조였다. 따라서 대부분의 구성원들은 각자 자신의 공연에 관한 이야기만 했다.

이쪽 파트의 이 사람이 이런 자신의 공연 이야기를 하면, 연이어 저쪽 파트의 저 사람은 또 다른 자신의 공연 이야기를 했다.

"잠시만 가만 있어봐. 아까 뭐였지."

나는 그때야 비로소 왜 내가 오기 전 두 명이나 되는 감독이 사임을 했는지 조금은 이해가 갈 것도 같았다. 그리고 영진이가 왜 자신을 원망하지 말라고 했는지도 조금은 알 것 같았다. 아니 이미 약간의 원망이 마음속에서 스멀스멀 흘러나오기 시작했다. 하지만 아직 그런 마음을 갖기에는 일렀다.

본 게임은 아직 시작도 하지 않았다. 당장 다음달부터는 여수에 내려가 상주를 시작하며 본격적으로 조직위의 공무원들과 업무를 시작해야 하는 일정이 기다리고 있었다. 사실 지금까지는 프로젝트를 총괄하고 있는 대표 대행사의 수석 국장님이 혼자 모든 업무를 조율하고 있었다. 따라서 내가 대외적으로 나서거나 직접 업무를 조율할 일은 없었다. 결국 나는 내 역량을 펼쳐 보기도 전에 이미 편두통이 생길 만큼의 방대한 업무와 마주하고 있었다.

여수 상주를 코앞에 두고 마지막 출장을 다녀오는 비행기 안에서 대행사 수석 국장님은 내 손을 잡으며 이야기했다.

"김 감독, 이제 김 감독은 도망가면 안돼. 김 감독은 이제 끝까지 가는 것으로 알고 있을게."

이제 머리가 아무리 아파도 되돌릴 수 없는 지점까지 들어와 있는 것 같았다. 곧 짐을 싸야 하는 시간이 다가오고 있었다. 그때까지는 매일 정시 출근 정시 퇴근을 한 것이 아니었기 때문에 회의가 있는 날만 신사동에서 모이거나 여수에 출장을 가는 날만 모여서 움직였다. 따라서 아직은 시간적인 여유가 조금은 있었다. 업무에 직접 뛰어들지 않고 있는 내 상황만큼 시간적인 여유도 아직은 남아 있는 것 같았다.

당시에는 일주일의 절반 정도는 집에서 업무를 보고 절반 정도는 회의를 하거나 여수로 출장을 갔다. 덕분에 여수에 가기 전까지는 틈틈이 아버지도 살피고 모처럼 가족과의 시간도 즐겼다. 내가 일을 시작하고 이미 아버지를 돌보는 일은 내가 없다는 가정 하에 이루어지고 있었다. 주중에는 동생이 재택근무를 하면서 아버지를 보살폈고 회사에 다녀와야 하는 날에는 그 빈 시간을 쌍둥이 할머니가 채워 주셨다.

주말에도 일을 하는 동생을 위해 주말마다 아버지가 누나 집으로 가서서 이틀을 보내셨다. 금요일 저녁이 되면 동생이 홍대로 출근을 하며 아버지를 등촌동 누나네 집에 데려다 드리고 일요일 오후에 다시 집으로 모시고 왔다. 내가 해왔던 일들을 분담해 주는 누나와 동생이 고마웠다.

더욱 고마운 것은 그간 그들의 경제 활동을 위해 내가 그만큼의 시간을 희생했으니 이젠 그 정도의 고통 분담은 당연하다고 여겨주는 누나와 동생의 생각이었다. 주변에서 이렇게 도움을 줄 때 어떻게 하든 내가 빨리 자리를 잡고 세상과 마주해야 했다.

여수에 내려갈 준비를 하면서 마음은 더욱 조급해졌다. 당분간은 주중에는 그곳에서 근무를 하고 그나마 주말에는 서울에 올라올 수 있을 것 같았다. 마음을 다잡고 또 다잡았다.

출근을 하지 않는 날은 집에 있어도 일부로 본가에 가지 않았다. 여수에 가기 전까지는 주말에도 일부로 아버지를 누나 집에 모시고 가게 했다. 물론 가기 전까지 내가 아버지 곁을 지켜 드리다가 갈 수도 있었다. 하지만 그러다가는 차마 발이 떨어지지 않아 여수에 내려갈 수 없을 것만 같았다. 내려가기도 전부터 아버지만 생각하면 여러 가지 생각이 밀려와 나를 힘들게 했다.

아버지를 두고 떠나는 일은 당시 내게는 젖먹이 어린 아이를 두고 집밖으로 나서는 아기 엄마의 그 심경과 같았다. 내 눈으로 확인하고 싶었다. 내가 없이도 누나와 동생이 아버지를 잘 보살피는 모습을. 다행이 아버지의 일상은 내가 여수로 떠나도 될 만큼의 믿음을 심어주고 있었다.

# 여수의 사계

거울. 여수에 내려왔다. 출장을 통해 여러 차례 내려왔었지만 막상 짐을 싸서 내려와 보니 느낌이 사뭇 달랐다. 우리 팀은 여수 종합 운동장 인근 아파트에 숙소를 정하고 그 아파트의 부속 건물이 있던 곳에 사무실을 차렸다.

서울에 있을 때 업무를 조율해주던 대행사 수석 국장님은 이제 업무에서 한걸음 물러나 있었다. 이제부터 업무는 온전히 나와 또 다른 대행사에서 대표로 내려온 여자 차장이 맡아 진행하게 되었다. 그리고 우리 옆에는 각 대행사 별로 에이전시 직원과 공연 파트의 담당자들이 내려와 상주했다.

본격적으로 업무를 조율하고 일을 하려고 하는데 사무실 내에 묘한 저항감 같은 것이 감지되었다. 속내를 조금 들여다보니 무언가 원인을 알 수 없는 불신의 기운이 엿보였다. 이유는 모르지만 서로에 대해 보이지 않는 견제를 하고 있는 것 같았다. 대행사 담당자 김 차장을 밖으로 불러 이야기를 들었다.

김 차장은 두 대행사 중 다른 한 곳의 대행사 대표로 여수에 내려 와 있는 유일한 프로젝트 주관 대행사 담당자였다. 문제는 서로간의 업무 조율이 가장 큰 문제였다. 각자 자신이 맡은 부분의 일만을 하려고 하다 보니 전체적인 업무의 경계가 모호해서 일어난 일 같았다. 하지만 나보다 몇 달을 먼저 일을 시작했던 스텝들이 처음부터 내가 이끄는 만큼 따라와 주기는 힘든 상황이었다.

전체적인 업무 파악도 부족한 내가 팀원 모두를 통솔하고 가기에는 아직은 미흡했다. 회의만 하면 서로 불만만 쏟아내기에 급급했다. 그 와중에도 김 차장은 내 편을 들어 주느라 진땀을 흘리고 있었다. 김 차장 입장에서는 어떻게 해서든 내가 팀을 통솔하고 나가야 했기 때문에 힘이 들어도 하루라도 빨리 내가 팀에 적응하기를 기다리고 있었다.

회의만 하면 늘 벽에 부딪친 기분이었다. 사무실서 어려운 일이 생기면 잠시 숙소로 왔다. 사무실은 숙소가 있던 아파트 단지 내에 있었기 때문에 걸어서 1분 거리였다. 가슴이 답답해지고 한숨이 절로 터져 나왔다. 어느새 나도 모르는 사이에 서울로 전화를 하고 있었다.

먼저 동생이 전화를 받았다.

"형 잘 지내? 힘들지는 않아?"

동생의 힘들지 않느냐는 말 한마디에 마음이 울컥했다. 하지만 연이어 등장한 아버지와의 통화를 위해 마음을 다잡고 말을 이어갔다.

"성우야? 별일 없지? 힘들지는 않니? 너무 힘들면 참지 말고 서울로 올라와도 된다. 알겠지."

아버지의 그 한마디에 갑자기 눈물이 터져 나왔다. 어찌 아셨을까? 아들이 힘이 들어 전화했다는 사실을. 하지만 나는 터져 나오는 눈물을 훔치며 애써 태연한 척 잘 있으니 걱정 말라는 당부만 남기고 급히 전화를 끊었다.

커다란 빈 아파트에 홀로 앉아 한참을 멍하니 있었다. 아버지 말처럼 힘들면 서울에 갈 수 있을까? 아니었다. 이 정도로 서울에 간다면 내려오지도 말았어야 했다. 그저 업무가 잘 풀리지 않아 답답해서 서울로 전화를 했던 것인데, 아버지의 의외의 말에 갑자기 마음이 울컥했던 것 같았다.

통화 후 밀려드는 아버지에 대한 마음은 그리움으로 변하고 있었다. 한동안 마음을 진정시키려 애를 썼지만 쉽지 않았다. 복잡한 심정들이 날아들고 있었다. 아버지에 대한 그리움, 죄송함, 불안함. 다소 힘겨운 여수에서의 첫 생활에 적응하고 있을 무렵 내게 강력한 아군이 한 명 등장했다.

한쪽 에이전시 담당 직원이 빠지면서 용병으로 합류한 친구였다. 오 실장. 이 친구는 나보다는 나이가 어렸지만 다른 팀원들보다는 연배나 경력이 높은 나와 비슷한 급의 팀원이었다. 프로젝트의 운영 총괄로 오 실장이 오고 나는 조금은 숨을 돌릴 여유가 생겼다.

프로젝트의 한 쪽 축을 책임져 줄 책임자가 오면서 나의 부담감을 일부 줄여주는 역할을 해주었기 때문이었다. 신기하게도 오 실장이 온 후로는 나도 조금씩 자신감을 회복하고 업무 적응에 속도를 내기 시작했다. 이런 나의 변화는 오 실장의 업무 스타일이 많은 도움이 되었다.

오 실장은 매사에 긍정적이고 추진력이 좋았다. 모든 일에 신중하고 꼼꼼함을 추구하던 나와는 정반대되는 스타일이었다. 오 실장은 선 추진 후 수습의 스타일이라면 나는 선 수습 후 추진의 업무 스타일이었다. 얼핏 보면 충돌이 생길 것 같은 상극의 업무 스타일 이지만 의외로 둘은 손발이 잘 맞아 돌아갔다.

업무도 조금씩 자리를 잡고 있었다. 김 차장은 조직위와의 행정적인 업무를, 오 실장은 프로젝트 전체의 운영적인 업무를, 나는 이제 공연 관련 업무만 열심히 준비하면 될 것 같았다. 그렇게 여수의 겨울은 끝나가고 있었다.

봄. 여수의 봄은 서울 보다 빨랐다. 아직 겨울의 끝자락에 있던 서울과는 달리 여수의 거리에는 이미 개나리가 꽃망울을 터트리고 있었다. 이제 나의 하루 일과는 엑스포 조직위의 담당 과장님을 만나고 회의를 하는 일로 채워지고 있었다.

거리문화공연을 담당하던 과장님은 울산시청에서 파견을 오신 분이셨다. 연배는 우리보다 위였고 오랜 공무원 생활을 통해 올림픽에서 월드컵까지 국가 행사라면 참가를 하지 않으셨던 적이 없던 베테랑 공무원이셨다. 과장님은 과거 울산 월드컵경기장에서 진행되었던 월드컵 관련 행사를 담당했던 분이셨다.

당시 우리 업계에 전설처럼 전해 내려오는 일화가 있다. 예산 문제로 조명 업체와 실랑이가 생기자 과장님은 행사에 사용할 조명기구를 종류별로 구분해 월드컵 경기장 주차장에 모두 펼쳐 놓았다고 한다. 그리고 그 조명 기구들을 견적서와 일일이 비교하며 수량을 파악하셨다고 한다.

나도 업계에서 20년을 몸 담아 왔지만 행사에 사용할 견적을 받고 그 조명 기구의 숫자를 헤아려 본 적은 없다. 하지만 과장님은 조명 회사와의 마찰을 그런 원초적인 방법으로 해결하셨다고 한다. 이 이야기는 우리 업계에 전설로 남아 그 후로는 조명 숫자를 가지고 문제를 일으키는 일은 사라졌다는 후일담을 남길 정도였다.

그런 과장님을 매일 대하고 있는 나는 긴장감을 늦출 수 없었다. 과장님의 그 꼼꼼함이 언제 나를 시험에 들게 할지 몰라 늘 긴장을 하고 있어야 했다. 하지만 과장님은 나의 무지가 드러날 때마다 그저 한마디 말로 넘겨주셨다.

"김 감독아, 아직 여기까지는 파악이 안 된나배~"

그랬다. 회의를 거듭할수록 내가 파악하지 못하고 있던 구멍이 여기저기서 튀어 나오고는 했다. 하지만 과장님은 나를 나무라거나 보채지 않고 내가 업무를 파악할 때까지는 기다려 주셨다. 하지만 나의 무지로 인해 결국 더 이상 회의가 어려울 지경에 이르면 서울에 있던 대표 대행사의 수석 국장을 다시 여수로 불러 내렸다.

사실 이 프로젝트에 관한 모든 사항을 알고 있는 사람은 단 한 사람

뿐이었다. 그가 바로 대표 대행사 수석 국장인 백 국장님이었다. 최초 프로젝트를 시작했고 지금까지 이끌고 왔던 유일한 존재였다.

그 사이 감독은 나까지 세 명을 바꾸어야 했고 각 에이전시 담당자들도 수시로 교체가 되는 바람에 정작 엑스포 개막을 몇 달 앞두고는 마지막으로 꾸린 정예 멤버가 지금의 팀원들이었다. 하지만 백 국장의 딜레마는 팀은 모두 꾸려는 놓았는데 정작 업무의 A에서 Z까지를 모두 알고 있는 사람은 자신뿐이라는 점이었다.

방법이 없었다. 결국 백 국장님은 우리가 모르는 부분이 생기면 수시로 서울과 여수를 오가며 그 간극을 좁혀주는 역할을 한동안 계속 해야 했다. 사실 백 국장에게 가장 미안한 사람은 나였다.

여수에 내려오기 전까지 사력을 다해 자신이 알고 있는 것들을 내게 전수하려고 노력을 했지만 결국 내가 모두를 흡수하지 못하고 여수에 온 것이 지금의 사단을 만드는 원인이었다. 계속 미안했지만 그 후로도 나는 막히는 부분만 생기면 백 국장을 여수로 내려오게 했다.

나는 여수의 봄이 다 가도록 먼지 펄펄 날리던 엑스포 공사 현장을 돌고 또 돌았다. 머리가 용량을 초과하면 몸이 받아서 업무를 숙지해야 했다. 그런 나의 노력이 결국 엑스포 개막을 앞두고 조금씩 업무의 성과를 올리기 시작했다. 나의 여수 생활에도 조금씩 봄이 오고 있는 듯 보였다.

나는 결국 앞서 열거된 사람들의 큰 도움으로 2012여수세계박람회 거리문화공연 팀의 총 감독으로 엑스포 개막을 눈앞에 두게 되었다.

여름. 2012년 5월 12일. 드디어 7개월의 준비 기간이 끝나고 엑스포가 개막했다. 내가 지금 이런 모습으로 서 있을 거라는 것은 불과 7개월 전만 해도 상상도 하지 못했던 일이었다. 그저 매일 같은 일상으로 아버지 곁만 지키던 내가 큰 행사의 감독으로 현장을 누비게 된다는 사실 하나로 나는 감격스러웠다.

여수의 5월은 이미 한여름의 날씨를 방불케 하고 있었다. 그렇게 더운 엑스포 행사장은 넓기도 엄청나게 넓었다. 내가 담당을 하고 있는 거리공연팀은 그 넓은 엑스포 장 곳곳에서 동시간에 여러 가지 공연을 진행하고 있었다.

입장을 기다리며 줄을 서 있는 분들에게 마임으로 즐거움을 주는 공연부터 세 개의 광장에서는 세계 각국에서 초청된 공연 팀들의 공연이 펼쳐졌다. 또 다른 무대에서는 매일 2팀의 인디 밴드가 공연을 펼쳤다. 매일 40여 개 팀의 140회 공연이 펼쳐지고 있었다. 혼자의 힘으로는 하루 펼쳐지고 있는 공연들을 한 번씩 보기도 힘이 들었다.

처음에는 조직위 담당 과장님과 함께 공연이 시작되었는지 확인만 하고 다니는데도 하루가 걸렸다. 공연을 볼 시간은 없었다. 약속 된 일정에 맞게 공연이 올라갔는지 확인도 버거웠다. 그러나 처음 며칠간의 이런저런 시행착오를 거치며 공연 팀들은 서서히 자리를 잡고 있었다. 사실 공연 팀에는 공연 파트 별로 감독이 별도로 있었고 나는 그들을 통솔하기만 하면 되는 위치에 있었다. 하지만 워낙 부지런한 조직위 과장님을 모시고 일을 하는 처지라서 나도 과장님만큼 부지런한 사람이 되어가고 있었다.

우리 팀의 아침 일과는 아침부터 엑스포 입장을 기다리는 사람들에게 연주를 들려주는 일로 시작한다. 길게 늘어선 사람들 앞으로 외국인으로 구성된 5인조 브라스 밴드가 다가간다. 낯선 이방인 밴드가 나타나자 의아해 하던 관객들을 향해 밴드는 연주를 시작했다. 그런데 외국인 밴드가 들려주는 음악은 관객들 귀에 익숙한 트로트 곡이었다.

'남행열차', '찬찬찬' 같은 트로트 곡들은 아침부터 줄을 서서 지루하게 개장을 기다리던 관객들에게 큰 즐거움을 주었다. 3곳의 입구에서 펼쳐지는 아침 공연이 우리 팀 공연을 시작이다.

이렇게 시작된 공연은 해가 질 때까지 엑스포장 곳곳에서 이어졌다. 우리 팀의 공연은 의외로 여기저기서 좋은 반응을 얻고 있었다. 조직위에서도 연일 우리들을 칭찬하는 이야기만 흘러나오니 팀의 사기도 올라갔다. 세계 각국에서 모인 공연 팀들이지만 나름 각자의 역할을 잘 해주고 있었다. 개장을 하고 일주일쯤 지났을까 우연히 방송사 취재에 인터뷰를 했는데 그것이 아침 뉴스에 나왔던 모양이었다.

아침부터 집에서 전화가 날아들었다. 아내도 뉴스에서 내 모습을 본 지인들의 전화로 알게 되었다고 한다. 유치원에 다녀온 아들의 전화가 왔다.

"아빠~ 뉴스에 나온 아빠 봤어요!"

전화기 너머 들려오는 아들의 기쁜 목소리에 그간의 피로가 한방에 녹아내리는 것 같았다. 그간 아들은 아빠를 뭐하는 사람으로 알고 있었을까? 아들의 눈에 비친 아빠의 모습은 정체가 모호한 사람이었다. 유치원 친구들 아빠들처럼 무슨 일을 하는 사람이 아니었다. 그러니 유치원에서 우리 아빠는 무슨 일을 해요라는 말을 하지 못했을 것 같다. 그랬던 아버지가 뉴스에 나왔으니 아들은 비로소 친구들에게 우리 아빠는 이런 일을 하는 사람이다 이야기 할 수 있게 된 듯 보였다.

기뻤다. 내가 담당하고 있는 팀의 공연도 잘 돌아가고 있고, 가족도 나를 위해 잘 견디어 주고 있고, 나만 잘 하면 될 것 같았다. 그렇게 엑스포에서 나의 일상은 순조롭게 흘러가고 있었다. 시간이 흐르고 드디어 아내와 아들이 여수에 내려왔다.

한 달에 두 번 정도 휴일을 가졌는데 6월 휴일은 서울에 가지 않고 아내와 아들을 여수로 불렀다. 아들을 데리고 여수 엑스포 구경을 시켜주며 나는 세상 무엇과도 비교할 수 없는 기쁨의 시간을 보냈다. 지난

5년 아들에게 해주지 못했던 아빠의 역할을 이틀 동안 몰아서 모두 해주고 싶었다.

즐거워하는 아들의 모습은 내 평생 잊을 수 없는 큰 추억으로 남게 되었다. 아들의 즐거운 모습을 보니 다른 한 사람이 떠올랐다. 아버지였다. 아버지가 몸이 조금만 좋으셨으면 여수에 모시고 와 열심히 일하고 있는 아들의 모습을 보여줄 수 있었을 텐데 하는 아쉬운 마음이 밀려들었다. 하지만 그 아쉬움은 그저 아쉬움으로 남아 버렸다.

아버지를 돌보느라 분주했던 누나네 가족도 동생도 엑스포가 끝나도록 여수를 한 번 내려올 시간을 만들지 못하고 말았다. 가족이 다녀 간 이후로는 나의 다른 가족들 대신 주변의 여러 사람들이 여수를 찾았다. 그들이 올 때마다 나는 소위 의전을 해야 했다.

낮에는 시간을 쪼개 엑스포 이곳저곳을 안내하고, 저녁에는 여수의 유명 맛집을 소개하고, 밤에는 그들의 잠자리까지 살펴야 하는 의전이었다. 물론 당일치기로 오시는 분들도 많아 하루 의전으로 끝나는 일도 많았다. 손님이 오시면 우선 주차 자리부터 확보하는 일이 우선이었다.

엑스포 행사장 주변에는 주차 공간이 협소해서 여수 외곽 지역에 차를 세우고 셔틀 버스를 이용해 엑스포에 와야 하는 시스템이었다. 하지만 우리 팀의 사무실은 엑스포 입구 바로 옆 KTX 여수 역 뒤에 위치하고 있어 역 주차장을 사용하고 있었다. 따라서 엑스포 입구 인근에 차를 주차할 수 있다는 큰 혜택을 지니고 있었다. 또한 공연 팀들이 짧게는 2주에서 한 달 사이로 교체가 되는 이유로 공연 팀의 교체 기간 중에는 가끔 숙소가 비어 있는 곳도 있었다.

시간을 잘 맞추어 그런 기간에 여수를 찾는 사람들에게는 숙소를 무료로 제공하기도 했다. 수시로 공연 팀들이 드나들던 곳이라 깔끔한 숙소는 아니었지만 당시 숙박료가 비싸던 여수에서 하루를 묵어가기에는 아쉽지만 쓸 만한 곳이었다. 주변의 지인들이 몰려오기 시작했다. 우선은 주변 선배나 후배 가족들이 많았다.

대학 후배들, 업계 후배들, 옛 직장 동료 가족들. 경주의 특급 호텔에 내려가 있는 정민이도 여수를 찾았다. 정민이는 여수에서 맞은 손님 중 가장 반가운 손님이었다. 여수에서 일하고 있는 내 모습을 보며 자신의 일처럼 좋아해 주었다. 그러던 어느 날 대학 후배의 부모님이 오셨다. 친했던 후배인 만큼 정성을 다해 의전을 펼쳤다.

아버지를 모시고 오지 못한 아쉬움을 후배의 부모님을 통해 대신하고 있었다. 내가 누군가에게 도움을 줄 수 있다는 사실 하나로 행복했다. 일면식도 없던 분이셨지만 우리 아버지를 모시는 것 같아 나에게 위로가 되는 시간이었다. 이제 손님의 범위는 아들의 영역까지 미치고 있었다.

어느 날 아내에게서 연락이 왔다. 아들이 다니던 소아과의 원장님이 여수에 온다는 소식이었다. 나도 자주 뵈었던 아들이 다니던 병원 선생님이셨다. 아내가 병원에 갔다가 내 안부를 물으시기에 여수에 있다고 했더니 다음주에 자신도 여수에 간다고 했다는 것이었다.

소아과 원장님이 오신다는 날이 되었다. 그 소아과에는 우리 옆집에 살던 어르신 부부의 딸이 간호사로 근무하고 있었다. 병원에 전화를 해서 원장님 연락처를 받았다. 그리고 연락을 드렸다. 원장님은 아니 그러지 않아도 된다며 나의 의전을 만류하셨다. 하지만 그때는 엑스포가 홍보가 널리 되면서 방문 인원이 기하급수로 늘어나기 시작하던 때였다.

나의 의전이 없이는 아마도 당일치기 관람으로는 엑스포 전체의 절반도 관람하기 힘든 상황이었다. 상황을 설명 드리고 역에서 기다리겠다고 했다. 다행히 입장권 티켓은 미리 온라인으로 구매를 했다고 하셨다. 아쉬운 대목이었다. 내가 입장권이라도 사 드리고 싶었는데.

시간 계획을 잘 짜서 내가 비는 시간 사이 사이에 엑스포 이곳저곳을 안내해 드렸다. 다행히 여러 곳을 관람할 수 있어 뿌듯한 마음이 들었다. 어느 날은 아들의 유치원 친구의 가족들이 오신다는 연락이 왔다. 문제는 내가 만난 적이 없는 가족이었다.

일단 아직 표를 구입하지 않았다고 하니 표부터 구매했다. 아들 친구네 가족이라는데 표 정도는 내가 끊어 드려야 할 것 같았다. 오시는 날 내 상황을 알 수 없으니 일단 표부터 구입해서 서울로 올려 보내 주었다. 다행히 그 가족이 엑스포에 오던 날 시간이 잘 맞아 입구부터 의전을 할 수 있었다.

할머니를 동반하고 두 아들과 함께 여수를 찾은 가족을 보니 일단 부러운 마음이 들었다. 우리 가족도 아버지를 모시고 올 수 있었다면 얼마나 좋았을까 하는 아쉬움이 다시금 밀려 왔다. 그 아들 친구네 가족은 엑스포를 계기로 우리 가족과 친해져 수시로 양쪽 집을 드나들며 친분을 유지하고 지내는 사이가 되었다. 또한 그날 함께 오셨던 아들 친구의 할머니도 이후 자주 뵙고 친분을 나누는 사이가 되어 동네에서 자주 뵙고 안부를 나누며 지내게 되었다.

엑스포를 하면서 주변 지인들이 이곳을 찾고 내가 그분들을 챙겼던 것은 내게는 나름의 이유가 있었다. 지난 5년 나는 주변에 어떠한 도움도 주지 못하고 살았다. 도움은 고사하고 언제나 신세만 지고 살았다는 표현이 맞을 것도 같다.

존재감 없이 살았던 지난 5년. 나는 여수 엑스포에서 그 분풀이를 하고 있는 것 같았다. 나는 살아있고 지금 잘 지내고 있다고 여수를 찾는 지인들에게 알리고 싶었는지 모른다. 누구라도 좋았다. 후배의 부모님, 교회의 지인 분이라도 좋았고, 아들이 다니는 병원 의사 선생님이라도 좋았다. 본인이 원하지 않는 분들까지 내가 낼 수 있는 시간을 총 동원해 의전을 했다. 결국 나의 그 의전은 힘들었던 나의 지난 시간에 대한 작은 위로이자 보상이었다.

결국은 여수에서의 의전은 나 좋자고 했던 일인 것 같았다. 그러는 사이 여수의 여름은 절정으로 향하고 있었다. 주로 전시관에서 엑스포를 치르는 사람들과 달리 우리 팀들은 모두 야외에서 공연을 하다 보니 모두가 얼굴이 햇살에 그을려 검게 변해가고 있었다.

하루는 길을 가다가 가방에서 물건을 흘린 할머니 한 분의 물건을 주워 드린 적이 있었다. 말없이 물건을 주워 건네 드렸는데 할머니의 입에서 의외의 대답이 나왔다.

"움마 그것을 언제 흘렸다냐? 어이~ 땡큐여~."

내 얼굴이 얼마나 검었으면 나를 외국인으로 착각을 하시는 것 같았다. 바다를 끼고 있던 엑스포 행사장은 한여름 뜨거운 햇빛과 강력한 해풍으로 한 달만 돌아다니면 사람의 인종도 바꾸어 버릴 만큼 뜨거웠다. 내가 외국인으로 보일 무렵 여수의 여름도 끝나가고 있었다.

가을. 엑스포는 성황리에 끝이 났다. 우리 팀은 큰 사고 없이 무사히 모든 공연을 마쳤다. 나의 5년 만의 세상 체험은 결국 성공적인 마무리가 된 듯 보였다. 엑스포가 끝나고 나라에서는 오랜 기간 엑스포를 하느라 고생한 사람들을 뽑아 표창장을 나누어 주었다.

나도 우리 팀을 대표해 상을 받았다. 대통령 표창이었다. 물론 큰 공적을 세워 받는 다른 대통령 훈장 같은 것은 아니었지만 나름 국가 행사에 노력한 공을 치하해 주는 일종의 포상 같은 것이었다. 하지만 이 상은 크게 의미를 부여할 만큼은 아니었지만 아들에게는 다시 한번 아버지의 정체성을 확인한 기회가 되었다.

여섯 살이 되도록 정체를 알 수 없었던 아버지의 정체를 확인했던 한

해였고, 그런 아버지가 상까지 받아오니 아들은 정말 세상을 얻은 듯 보였다. 결국 이 표창장은 아들을 위한 상이 되었다. 아들은 동네방네 소문을 내고 다녔다. 유치원에도 유치원 차량 선생님 에게도 주변 지인들 에게도.

그런 아들의 모습을 보고 있자니 마음이 먹먹해 왔다. 아들에게도 친구들에게 자랑할 일이 필요했겠구나. 아들에게도 자랑스러운 아버지가 필요했겠구나. 그런 아들에게 지난 시간 나는 어떻게 보였을까? 엄마를 대신해 자신을 유치원에 보내주는 사람. 엄마를 대신해 자신의 간식을 챙겨주는 사람. 매일 할아버지 집에서 먹고 자는 사람. 친구들은 해외로 여행을 다녀온다고 자랑할 때 국내 여행도 데리고 가지 못하는 사람. 아들과 나는 엑스포를 통해 각자 한 가지씩의 소득은 얻은 것 같았다. 나는 다시 세상 속으로 나갈 용기를, 아들은 일하는 자랑스러운 아버지의 모습을.

# 아버지의 팔순 잔치

엑스포가 한창이던 7월 말, 동생에게서 전화가 왔다.

"형, 8월 7일이 아버지 생일이지. 올해가 아버지 팔순이신 것 같아."

그랬다. 다음 달 아버지 생신이 팔순을 맞는 생일이셨다. 엑스포에 가기 전에는 분명 기억하고 있었다. 2012년이 아버지가 팔순을 맞는 해라는 사실을. 하지만 엑스포에 내려와서 그만 모두 잊어버리고 있었다. 어떻게 해야 할지 동생이 물었다.

실은 아버지가 예전에 칠순을 맞으셨을 때 내가 장가를 가지 않아 창피하다고 잔치를 하지 않았다. 만나는 사람마다 아들 장가 언제 가냐고 물어보던 시절, 아버지는 그 질문이 싫어 칠순 잔치를 포기하셨다. 내게는 그 일이 항상 마음에 걸렸다. 형편이 어려워 잔치를 못한 것도 아니고 아들이 장가를 가지 못해 잔치를 못 했으니 오래도록 죄책감이 드는 일이 되고 말았다.

그렇다면 팔순 잔치는 해야 할 것 같았다. 무엇보다 아버지의 의견이 중요했다. 당신이 하시겠다고 해야 준비를 할 수 있으니 아버지의 결정이 필요했다. 그 주에 쉬는 날을 정해 급히 서울에 올라왔다. 아버지께 의사를 타진해야 했다. 다행히 아버지는 팔순 잔치를 하시겠다는 의견을 주셨다. 비록 몸을 움직이는 데 어려움은 있지만 지인들을 모아 식사 한번 하고 싶다고 하셨다.

마음이 급해졌다. 아버지 팔순까지는 열흘 남짓 남아 있었다. 우선은 장소를 알아봐야 했다. 아버지 생신은 화요일이라서 장소를 예약하기는 어렵지 않았다. 아내와 주변 여러 곳을 살펴보고 가장 적당한 곳을 정했다. 일단 아버지가 움직여야 하니 가급적 가까운 곳이 좋을 것 같았다. 주변의 여러 곳을 둘러보고 가장 최근에 오픈한 미아역 부근의 웨딩 뷔페로 장소를 정했다. 그리고 연락을 하는 일은 동생에게 부탁을 했다.

하루에 연락까지 모두 하기에는 시간이 부족했다. 그렇게 서둘러 아버지 팔순 잔치 준비가 끝이 났다. 나는 정말 가까운 친구들 몇 명을 초대했다. 시작 시간보다 조금 일찍 교회 분들을 모셔 간단하게 예배도 드리고 손님들을 맞았다. 많은 아버지 지인 분들이 자리를 채워 주셨다. 멀리 소요산 지인 분들도 모두 오셨다. 학교 선생님들, 교회 지인 분들, 고향 친구 분들. 아버지의 주변 분들은 총 망라한 듯 보였다.

우리 가족에게도 아버지에게도 그 팔순 잔치는 의미가 큰 행사였다. 그날 그 팔순 잔치는 아버지가 두 다리로 서서 마지막으로 사람들을 만난 공식적인 자리로 남고 말았다. 물론 그 이후 개별적으로 아버지를 만난 분들도 몇몇 있으셨지만 나머지 대부분의 분들은 그날 이후 아버지의 장례식장에서 다시 얼굴을 보게 되었다.

이후 1년 후부터는 아버지가 거의 자리에 누워 생활을 이어 가셨기 때문에 그날 아버지를 마지막으로 보신 분들도 많았다. 그날 아버지의 모습은 당당하셨다. 부축을 하지 않았는데 테이블과 테이블 사이를 스스로 걸어서 이동하시며 손님들을 만났다. 그날 모습만을 보면 움직임이 조금 느려서 그렇지 몸이 아프지 않은 일반 사람과 큰 차이를 느끼기 힘들 정도로 당당하셨다. 부축 없이는 화장실도 이동하기 힘들어하시던 아버지의 모습은 찾아보기 힘들었다. 그 순간만큼은 그런 아버지의 밝고 당당한 모습이 우리 가족에게는 한 없이 행복하고 즐거운 시간이었다. 그 순간의 아버지 모습을 어떻게 하면 더 연장할 수 있는 방법은 없을까 하는 생각이 들었다.

나중에 들은 이야기이지만 그날 아버지는 평소보다 약을 두 배로 드시고 그 자리에 오셨다고 했다. 아버지는 아마도 그날 3~4시간을 위해 당신에게 남아있던 모든 에너지를 분출하셨던 것 같다. 아쉽지만 아버지에게 가장 행복했던 그 시간은 그렇게 마무리 되었다. 아버지도 많은 주변 분들의 축하와 축복 속에 팔순 잔치를 마무리하셨다. 우리의 기억 속에는 그날의 아버지 모습은 영원히 잊지 못할 소중한 기억으로 남겨져 있다. 그날만큼은 태어나 처음으로 아버지께 효도를 한 것 같은 마음이 드는 하루이기도 했다.

# 그 후 1년

나는 엑스포를 마치고 돌아와 잠시 간의 휴식 기간을 보내고 있었다. 1년 만에 맞아보는 달콤한 휴식이었다. 아버지의 몸은 내가 자리를 비운 1년 사이 움직임이 더욱 많이 무거워지셨다. 하지만 아직까지는 부축을 하면 몇 발자국은 걸으실 정도의 움직임을 보이고 계셨다. 그간 고생한 동생과 누나를 위해 내가 다시 일을 시작할 때까지는 아버지를 돌봐 드려야 했다.

1년 만에 돌아와 보니 내가 고집하고 지키려 노력했던 아버지의 여러 가지 일상들이 이제는 돌이킬 수 없는 상황이 되어가고 있었다. 이제 아버지는 화장실은 아예 가지를 않고 계셨다. 그리고 가끔은 특히 아침은 침대에서 앉아 식사를 하시는 날도 많았다. 나는 그전까지 그 두 가지를 마지노선으로 삼고 그 선을 사수해 보려고 노력했다. 소변기를 침대 옆에 두었을 때도 움직일 수 있다면 화장실에 모시고 가려고 노력했다. 그리고 식사는 반드시 식탁에 나와 드시도록 했다.

그 두 가지를 포기하는 날 아버지는 침대에서 한 발작도 움직이지 못하실 것 같아서였다. 그러나 그 마지노선은 1년 만에 모두 무너져 있었다. 집안 내에서의 움직임도 아주 최소화되어 있었다. 하루 대부분의 시간을 침대에서 보내고 계셨다. 그런 아버지의 모습을 보니 마음이 아팠다. 나는 1년 동안 그간의 자유를 만끽하고 개선장군처럼 돌아 왔는데 그곳에는 1년 전보다 더욱 힘들어지신 아버지가 남아 계셨다. 얼마간은 아버지에게 집중하고 싶었다. 막연한 상상이지만 그렇게 내가 다시 아버지 가까이서 시간을 보내면 예전의 모습을 돌이킬 수 있을 것만 같았다. 하지만 그것은 그저 막연한 기대일 뿐이었다.

아버지는 이미 그때부터 더 이상 일상적인 생활이 불가능한 상태로 접어들고 있었다. 가장 두드러진 변화는 예전에 없던 이야기를 자꾸 하신다는 점이었다. 그 이야기는 자세히 들어보면 아버지의 예전 과거 상황의 연장 같은 이야기들이었다. 즉 예전에 경험하셨던 일들 가운데 어떤 상황이 계속해서 머리 속에 떠오르고 있는 것 같아 보였다.

아버지의 정신력이 약해져 있는 듯 보였다. 가끔은 교육청에서 감사를 나올 것 같다는 말씀을 하셨다. 정년퇴임을 한 지가 언젠데 감사를 나오냐고 물으면 자고 일어났는데 그런 꿈을 꾸신 것 같다고 하셨다. 어떤 날은 아버지와 친하셨던 분들을 열거하시며 그분들이 잡혀가 아버지를 밀고했다고 곧 당신을 잡으러 올 것 같다고도 하셨다.

처음에는 왜 이상한 꿈을 꾸시고 계속 힘들어하시냐고 무시했지만 그런 일이 자주 발생하자 아버지를 안심시키는 일이 필요했다. 지금 아버지의 상태는 몸이 약해지면서 정신력도 약해져 있는 듯 보였다. 따라서 당신 인생에서 가장 취약했거나 두려움을 느꼈던 부분이 자꾸만 꿈에 나타나 현실과 꿈을 혼돈하게 하는 듯 보였다.

평생을 교직에 계시면서 아버지가 가장 두려웠던 부분이 교육부의 감사로 다른 사람들의 투고 같은 것이었던 모양이었다. 물론 내가 아는 바로는 아버지는 교직에 계시면서 단 한 차례도 그런 일을 겪지 않으셨다. 하지만 그런 일들은 약해진 아버지의 마음속을 비집고 들어와 다시금 아버지에게 불안감을 만들고 있는 것 같았다.

마냥 말도 안 되는 이야기라고 무시하고 있을 수만은 없었다. 잠만 주무시고 나면 반복되는 꿈에서 아버지를 구제해 드려야 했다. 결국 방법은 나도 아버지를 따라 그 꿈속으로 들어가는 방법밖에 없었다. 차분하게 당시의 상황을 설명했다.

"아버지! 아버지 곁에는 나도 있고 막내도 있고 누나도 있어요."

"누가 아버지를 음해하려고 하면 우리가 가만히 있지 않을 거예요."

"우리 자식들 믿고 아무 걱정 하지 마세요. 우리가 다 지켜 드릴게요. 아시겠죠."

그때야 아버지는 작은 안도감을 보이셨다. 그리고 한동안 그런 꿈은 꾸지 않으셨다. 당시 아버지는 사소한 자극에도 민감하게 반응 하셨다. 밤이 되면 자꾸 누군가 우리 집을 감시하는 것 같다는 말씀도 하셨다. 이유를 물었더니 창 밖에서 누군가 우리 집에 빛을 비추고 있다고 하셨다. 때문에 자꾸 창을 통해 그 빛이 천장으로 드리운다는 이야기였다.

처음에는 무슨 말도 안 되는 이야기를 하시냐고 무시했다. 하지만 그 이야기가 반복되자 아버지의 불안감을 덜어 드려야만 했다. 이야기를 다시 천천히 듣고 시간을 살펴봤다. 매일 같은 시간에 그런 이야기를 하신다는 것을 알았다. 아버지의 말은 거짓이 아니었다. 우리 아파트 뒤편에는 도시가스 배관이 각층으로 이어져 있다.

순찰을 도시는 경비아저씨가 손전등을 드시고 그 가스 배관이 있는 부분을 한 번씩 비추고 계셨다. 혹시나 한밤중에 배관을 타고 침입하는 도둑이 없나 확인하는 과정이었다. 그러다가 그 빛이 우리 집 뒤쪽 창문에 닿게 되는 경우가 있었고, 그러면 그 빛이 거실까지 들어오는 경우도 있었다. 그런데 안방에서도 그 빛을 보셨다고 하니 의아했다.

다시 알아보니 가끔 아파트 앞쪽도 손전등으로 살펴보는 경우도 있다고 했다. 나는 아버지 집 2동 경비아저씨에게 부탁을 드렸다. 내가 집에 같이 있어도 손전등 빛 때문에 아버지가 놀라시는 일이 생기니 앞에서는 집 쪽으로는 등을 비추는 일이 없게 주의해 달라고 부탁을 드렸다. 당시 경비아저씨는 내가 살던 6동에서 근무하시다가 아버지 댁의 2동으로 옮겨 오셔서 아파트 단지 내 전체 경비 대장님을 하던 분이셨다.

우리 집 사정을 모르시는 분이라면 무슨 소리를 하냐고 할 수도 있지만 나의 사정도 아버지의 모습도 가까이서 몇 년째 지켜보셨던 분이라서 누구보다 우리 집에 대한 사정을 잘 알고 계시는 분이셨다. 잘 알겠다고 조심시키겠다고 하셨다.

그 후 경비아저씨는 야간 순찰을 할 때 전등을 비추는 일은 물론 우리 집을 드나드는 사람들까지 통제를 해 주셨다. 아버지가 놀라실 요소가 있는 일들은 아저씨 선에서 미리 정리를 하신 것이다. 우편물이나 택배도 아저씨가 받으시고 우리가 내려갔을 때 직접 전달해 주셨다. 우리 집에 용무가 있어 방문하는 사람들은 전화를 통해 지금 올라가도 되는지 상황을 확인하시고 올려 보내셨다.

경비아저씨의 이런 사전 검열 조치에 부작용도 있었다. 아버지와 연락이 닿지 않았던 아버지의 옛 학교 후배 선생님과 아버지의 옛 제자이시면서 다른 학교에서 교장 선생님으로 근무하시던 두 분이 어느 날 우리 집을 찾았다고 한다. 무작정 주소만을 들고 집에 찾아와 확인을 위해 경비아저씨께 문의를 했다고 한다.

아저씨는 단호하셨다. 누구인지 신분을 알 수 없는 분들에게 주민의 신원을 확인해 줄 수 없다고 하시며 조용히 돌려보냈다고 한다. 모처럼 시간을 내어 멀리서 아버지 얼굴을 뵙겠다고 찾아 왔는데 경비아저씨에게 제지를 당해 돌아가는 황당한 상황이 연출되기도 했다. 하지만 그런 경비 대장 아저씨의 숨은 노력으로 아버지의 불안감은 다소나마 줄어드는 효과를 가져 오기도 했다.

이렇듯 아버지는 몸뿐만 아니라 정신력도 많이 약해져 있었다. 몸도 마음도 햇살에 오래 노출되어 바싹 말라버린 물건 같아 보였다. 조금이라도 힘을 가하면 가루처럼 부서져 내릴 것 같았다. 모든 것이 조심스러웠다. 말하는 것도, 드시는 것도, 생활 하는 모든 것이. 그런데 더욱 우려가 되는 일이 발생했다.

내가 돌아 왔으니 이제 다시 조금씩이라도 움직이는 연습을 하고 싶었다. 이대로 남은 생을 침대에서 지내게 하고 싶지는 않았다. 아버지를 설득해 식사 때만이라도 식탁으로 나와서 식사를 하시게 하고 싶었다. 조심스럽게 아버지를 식탁으로 모시고 나왔다. 그런데 아버지는 식탁 의자에 앉자마자 그대로 기절을 하고 마셨다. 그리고 5분 정도 정신을 차리지 못하셨다.

5분 정도 시간이 흐르자 다시 정신이 돌아오셨다. 겁이 나서 한동안 움직임을 자제할 수밖에 없었다. 그러던 어느 날 다시 아버지를 거실로 모시고 나올 일이 생겼다. 그날은 한동안 교회에 가지 못하신 아버지를 위해 교회에서 신방을 오셨기 때문에 예배를 위해 용기를 내서 거실로 나오셨다. 하지만 거실에 나오자마자 역시 지난번 그랬던 것처럼 몇 분 가량 의식이 없이 고개를 숙이고 계시다가 깨어나셨다.

신방을 오셨던 교회 분들도 놀라고 우리들도 한 번 더 놀라 가슴을 쓸어내렸다. 그 후로는 방법이 없었다. 가능한 한 움직임을 자제하고 모든 생활을 침대에서 해야만 했다. 결국 지난 드롭 홀리데이의 모습이 일상이 되는 순간이었다. 죄책감 같은 것이 밀려왔다.

내가 아버지 곁을 비웠던 1년이 지금의 아버지의 상태를 유발한 것 같은 자책감이 들어 견딜 수가 없었다. 객관적으로는 이전부터 이어오던 증상의 연장선이라고 생각할 수도 있었다. 하지만 내 마음은 그것을 받아들이지 못하고 있었다.

여수에서 돌아와 6개월 동안을 나는 사력을 다해 아버지 곁을 지켰다. 그것이 마음속에 남아 있는 그 죄책감을 지우는 길인 것만 같았다. 하지만 아버지의 몸 상태는 다시 돌아오지 못하고 있었다. 내가 여수로 떠나던 그 1년 전만큼도.

# 다시 세상 속으로

다시 한 해가 지나고 봄이 왔다. 아버지 곁을 지키던 내게도 한계의 시간이 왔다. 다시 일을 해야 하는 때가 돌아온 듯 보였다. 그나마 지난 겨울은 여수에서 비축된 자금으로 잘 버티고 지냈다.

여수에서 일을 했던 기간보다는 못했지만 그나마 겨울을 보내기에는 충분했다. 하지만 이제 다시 일을 해야 할 때가 되었다. 때마침 후배가 횡성에서 작은 공모사업에 당선이 되었다며 도움을 요청했다.

잠시 내려가 일을 돕기로 하고 횡성으로 내려갔다. 하지만 다시금 아버지와 떨어져 지내는 일이 시시각각 마음에 걸렸다. 좀처럼 일에 집중을 할 수가 없었다. 여수에서 일에 몰두할 때와는 느낌이 달랐다. 내가 여수에 있을 때만 해도 아버지는 서울에 오면 짧은 시간 이었지만 잘 지내시는 모습을 보여 주셨고 전화도 자주 하시지 않으셨다. 그래서 나는 더욱 일에 집중할 수 있었다.

하지만 횡성에 내려오면서 내가 보았던 아버지의 모습은 여수를 오가며 보았던 아버지의 모습과는 달랐다. 그리고 무엇보다도 나를 흔들리게 하는 것은 예전처럼 자주 걸려오는 아버지의 전화였다. 물론 멀리 떨어져 있어 주말이 되어야 집에 갈 수 있다는 사실을 알고 계셨기 때문에 예전처럼 당장 올 수 있냐는 말씀을 하지는 않으셨다. 하지만 통화 내용은 늘 오늘은 어디가 좋지 않으시고 어디가 불편하다는 증세에 관한 이야기가 대부분이었다.

그나마 다행인 것은 매주 주말에는 내가 서울에 올라가기 때문에 예전처럼 누나네 집에 가거나 하지는 않아도 된다는 점이었다. 대신 내가 바쁜 일이 있어 서울에 가지 못하는 경우가 생기면 반대로 누나가 집으로 와서 아버지 곁을 지켰다. 이젠 아버지에게는 누나네 집까지 움직일 힘이 남아있지 않은 듯 보였다.

횡성에 내려오고 3개월, 예전 여수에서 우리 프로젝트를 총괄했던 수석 국장님의 연락이 왔다. 국장님과 오 실장, 나는 엑스포가 끝나고 나서도 교류를 이어가고 있었다. 서울에 일자리를 하나 마련했으니 서울로 상경하라는 연락이었다. 국장님은 언제나 엑스포가 끝나고도 오 실장과 나를 자신의 곁에 두고 싶어 하셨다.

자신이 맡은 엑스포 프로젝트를 오 실장과 내가 잘 처리 주었으니 그 노력의 대가로 일자리를 만들어 주고 싶어 하셨다. 오 실장이나 나는 모두 프리랜서였기 때문에 엑스포가 끝남과 동시에 다시 백수가 되어 있었다. 그래서 국장님은 늘 "조금만 기다려라 곧 일자리 만들어 연락을 한다"고 입버릇처럼 이야기하고는 했었다. 그때가 지금인 것 같았다.

오 실장은 어느 협회 사무국장 자리를 만들어 일을 시작했고, 나도 국장님이 친분이 깊었던 한 회사에 자리를 만들어 주었다. 급하게 횡성 일을 정리하고 서울로 올라왔다. 일단은 다시 서울로 올라오니 마음이 편안해졌다. 마침 다니게 된 회사는 출근도 이르지 않고 업무 시간을 자유롭게 사용할 수 있어 마음에 부담이 적었다. 무엇보다 좋았던 일은 아침에 일어나 본가에 가서 아버지 아침 일과를 살피고 출근을 할 수 있다는 점이었다.

아버지의 아침을 차려 드리고 약까지 챙겨 드리고 나갈 수 있다는 점은 나로서는 편한 마음으로 하루를 시작할 수 있는 좋은 일과였다. 또한 아버지가 전화를 하셔도 급하면 집으로 금방 달려 갈 수 있는 거리에 있다는 것이 좋았다. 물론 그 사이 근무 중 아버지 때문에 집에 달려와야 하는 일이 많지는 않았다. 하지만 걱정스러운 마음으로 내게 전화를 하시는 아버지에게 급하면 언제든 달려 갈 수 있다는 안도감을 드리는 일은 아버지에게도 내게도 일상의 안정감을 주는 듯 보였다. 하지만 낮에는 그나마 잘 견디어 주시는 것 같았던 아버지는 퇴근 후 밤이 되면 자주 힘들어하시는 일이 많아졌다.

아버지는 낮보다는 밤에 몸 상태의 기복이 심했다. 낮에는 잘 견디고 계시다가 밤이 되면 혈압이 갑자기 오르거나 여러 다른 부위의 통증을 호소하시어 응급실로 달려가는 일이 종종 발생했다.

그런 날에는 혈압이 감당하기 힘든 수치까지 치솟았다. 우리는 놀라 아버지를 들쳐 업고 응급실로 달려갔다. 그런데 집에서 그렇게 혈압이 상승하고 위급한 상황이던 아버지의 몸이 막상 응급실에 도착하면 점차 안정을 찾으면서 정상으로 돌아 오셨다. 하지만 응급실이라는 곳은 도착과 동시에 여러 가지 검사를 한다.

결국 아버지는 갈 때마다 엑스레이 찍고 피 검사 하고 소변 검사 하고 각종 검사를 하시는 과정을 겪어야 했다. 하지만 신기하게도 번번이 그런 검사로는 아무런 결과도 어떤 문제도 찾을 수 없었다. 이렇게 응급실을 다녀 온 다음날은 신경과 외래에 가서 다시 진료를 받고 필요하면 여러 가지 검사도 받았다. CT도 찍고 MRI도 찍었다. 하지만 지난 밤 아버지의 증상을 유발했던 원인을 찾기는 힘이 들었다.

오히려 검사 결과는 지극히 정상으로 나오는 경우도 많았다. 이런 일이 있을 때마다 병원비도 만만치 않게 소요되었다. 응급실은 한번 가면 이런저런 검사 비용도 만만치 않았다. 거기에 외래에서 정밀 검사라도 받는 날에는 비용은 더욱 늘어났다. 하지만 돈이 문제가 아니었다.

얼마가 들더라도 하루가 멀다고 응급실로 달려와야 하는 원인을 찾을 수 있다면 그 돈이 아깝다는 생각이 들지 않을 것 같았다. 하지만 돈은 엄청나게 들어가는 데 비해 그 성과는 언제나 미미했다. 거기에 한번 응급실을 가는 날이면 동생과 내가 밤을 꼬박 새우는 것은 물론이며 누나랑 매형까지 달려와 같이 밤을 새워야 하는 날도 많았다.

우리가 연락을 하지 않아도 아버지가 누나에게 전화를 해서 고통을 호소하시고 나면 걱정스러운 마음에 누나랑 매형도 밤길을 달려 쌍문동으로 달려오고는 했다. 이러니 아버지가 한번 응급실에 가시는 날에는 온 가족이 밤을 새우고 다음날도 정상적인 일을 할 수 없는 지경에 이르고는 했다. 하지만 답답함과 피곤함이 공존하는 시간 속에서도 누구 하나도 힘든 기색을 표출하는 이는 없었다.

우리는 오히려 그 힘겹던 시간이 멈추게 될까 불안해했다. 이 수고스러움도 이 피곤함도 결국 마지막이 될지 모른다는 불안감이 늘 우리를 따라다녔다. 그 중 가장 큰 이유는 아버지가 응급실을 가서야 할 만큼 몸이 좋지 못한 날은 우리에게 하시던 이야기가 있었다.

"성우야~ 성한이, 누나 좀 불러라."

"왜요? 성한이는 일 때문에 일산 갔어요. 조금 있어야 와요. 누나는 이 한밤중에 왜 불러요?"

"매형도 오라고 해라. 나 오늘밤을 못 넘길 것 같다."

내가 전화를 미루고 아버지를 설득하려고 하면 당신이 직접 동생과 누나에게 전화를 하셨다. 그리고 같은 이야기를 하셨다.

"집으로 빨리 좀 와라. 나 오늘밤을 넘기기 힘들 것 같다."

그러니 그 이야기를 들은 누나와 동생은 혼비백산 집으로 달려오기를 수차례 반복했다. 하지만 천만다행스럽게도 그런 날은 아직은 오지 않았다. 우리들은 아직은 그런 날이 아닌 것 같아 안도의 한숨을 내쉬며 또 하룻밤을 새우고는 했다.

집에서의 일과가 이러다 보니 회사에서 일은 마음먹은 것처럼 잘 풀리지 않았다. 일 자체도 내가 주 종목으로 하던 파트도 아니었고 의도

한 만큼 성과가 나지 않았다. 회사에서 성과를 독촉하거나 하지는 않았지만 내 스스로 업무에 대한 부담감이 조금씩 쌓이고 있었다. 생각해 보면 그 부담감은 여수에 대한 후유증 같은 것이었다.

여수 엑스포 프로젝트는 초반의 어지럽고 혼란스럽던 업무의 쓰나미를 극복하고 실전에서는 큰 능력을 발휘하며 일을 마쳤다. 일에 대한 자부심도 컸고 내 능력에 대한 자신감도 극대화되었다. 그랬던 내가 그후 다시 시작한 업무가 내가 마음먹은 만큼 일이 풀리지 않으니 그 스트레스가 더 심화되는 듯 보였다. 이런 내우외환이 거듭되면서도 시간은 흐르고 있었다.

하루하루가 어떻게 가는지 가늠하기 어려웠지만 그러는 중에도 시간은 빠르게 흐르고 계절은 오가고 있었다. 돌이켜 생각해 보면 그렇게 정신없던 그 시절이 오히려 시간은 더 잘 흘러갔던 것 같다. 다른 생각을 할 겨를이 없는 일상의 반복은 시간의 변화도 무디게 했던 것 같았다.

서울에서 일을 시작하고 다시 한 해가 저물고 있었다. 이제 아들이 학교에 입학하는 시기가 다가오고 있었다. 어머니가 세상을 떠나시던 해에 태어난 아이가 어느 사이 이렇게 커서 초등학교에 입학을 한다니 신기하기만 했다. 하기는 내 또래 친구들은 아이들이 대부분 중고등 학교를 다니고 있던 시기에 이제 아이를 초등학교 보낸다고 감격해 하는 내가 주변에서 보기에는 조금은 창피하기도 했다.

하지만 내게 아들의 입학은 남다른 의미가 있었다. 아들이 성장해온 그 시간 속에는 아들이 자라온 시기와 내가 아버지 곁을 지킨 시기가 묘하게 겹쳐 있기 때문이었다. 그간 나의 시간은 여수에서 보낸 1년을 제외하면 본가에서 아버지와 8할을, 그리고 우리 집에서 가족과 2할을 보내고 살아왔다.

그렇게 부족했던 2할의 보호와 관심 속에서도 잘 자라준 아들에게 고맙기도 했지만 한편으로는 미안하기도 했다. 하지만 그 한 해는 아들의 입학 말고도 나에게는 인생의 큰 사건을 남기게 되는 한 해가 되고 말았다. 내 인생의 가장 큰 시련을 안겨줄 그 새로운 한 해는 그렇게 밝아오고 있었다.

# 시련의 5월

당시 나의 직장 생활은 점점 한계점을 향해 가고 있었다. 내가 할 수 있는 것들은 모두 한 듯 보였는데 성과가 나지 않았다. 거래처를 관리해야 하는 업무 때문이었다.

나는 20년간 이벤트 업종에 종사하면서 거래처를 관리하는 일은 접해보지 않은 분야였다. 그러다 보니 지금 직장에서의 업무는 내게는 낯선 일들의 연속이었다. 그간 내가 했던 전공 분야는 행사를 기획하고 연출하는 파트였다. 그 중에서도 주로 연출 부분의 일을 전담해 왔었다. 따라서 거래처의 사람들을 만나고 관리하는 일은 20년의 경력의 나에게도 조금은 생소한 업무였다.

하지만 나의 사정을 잘 알고 있어서 나에게 좀더 아버지와 가까운 곳에서 일하게 해주려 했던 국장님의 배려가 있었던 곳이었기 때문에 나름 최선을 다하려고 노력을 했었다.

업무에 적응하려고 노력하는 사이에 시간은 자꾸 흘러갔다. 성과가 나지 않자 조바심이 생기기 시작했다. 회사에서는 나의 경력을 모두 알고 채용을 했기 때문에 업무의 성과를 재촉하는 사람은 없었다. 조금 더 참고 견디어 보자고만 했다. 하지만 시간이 흐를수록 진전의 기미는 보이지 않았다.

이런 상황이라면 빨리 일을 정리해야 하는 것이 아닌가 하는 생각이 들기 시작했다. 여기에서 더 시간을 보내는 것은 이곳 회사에도, 나를 소개했던 국장님에게도 모두에게 누가 되는 일인 것 같았다. 일단 회사에 그만두겠다는 의사를 표명했다. 하지만 회사에서는 일단 기다려 달라는 통보가 돌아왔다.

후임자 선정을 위한 기간이 필요한 듯 보였다. 여기서부터 나의 회사 생활은 더욱 힘들어지기 시작했다. 퇴사를 통보하고 나니 그곳에 머물러 있는 시간들이 많이 어색하고 낯설었다. 10개월 가까이 몸담고 있던 사무실인데 출근을 하면 사무실 사람들과 얼굴을 대하는 자체가 고통스러웠다.

지난 시간 업무에 적응하며 받았던 스트레스보다 몇 곱절 큰 스트레스가 밀려들었다. 그 무렵 오후 시간만 되면 이상하리만큼 전에 없던 갈증이 밀려오고는 했다. 물을 연거푸 여러 컵 들이켜도 갈증은 가시지 않았다. 물을 마시며 혼잣말을 하기도 했다.

"당뇨가 왔나? 왜 이렇게 갈증이 오지?"

거기에 더해 연일 불안한 아버지의 몸 상태는 나를 더욱 힘들게 했다. 하루가 멀다고 응급실을 오가는 상황은 좀처럼 나아질 기미가 보이지 않았다. 회사에 나가면 가슴이 답답해지고 집에 돌아오면 상황이 막막해지는 일과가 반복되고 있었다.

드디어 회사와의 정리가 마무리되었다. 돌아오는 급여일까지만 출근을 하고 그만두는 것으로 이야기를 마쳤다. 이제 일주일 정도만 출근을 하면 이곳 회사 일은 마무리가 되는 일정이었다. 하지만 나는 그 일주일을 채우지 못하고 말았다.

5월 긴 연휴가 있던 일주일. 어린이 날, 부처님 오신 날, 주말을 더해 5일간의 긴 연휴가 시작되었다. 이번 연휴를 보내고 며칠만 더 회사에 나가면 되는 상황이었다. 연휴 기간에도 아버지의 응급실 행은 다시 이어졌다. 연휴에 아이와 잠시 집 앞에 나갔다가 집에서 연락을 받고 다시 본가로 달려 들어와야 했다.

아버지는 혈압도 오르락내리락하고 몸 상태도 바닥을 치고 있었다.

벌써 몇주째 침대에서 한 발작도 움직이지 못하고 계셨다. 그러다가 연휴 마지막 날 갑자기 내가 지쳐 누워 버렸다. 갑자기 몸에 열이 나고 미칠 듯한 갈증이 밀려들었다. 혀가 가뭄에 논바닥 갈라지 듯 갈라져 말라가고 있었다.

처음에는 연휴 기간 아이와의 외출에 아버지 응급실 행에 분주한 일과에 몸살이 온 줄만 알았다. 조금 쉬면 나아지겠지 싶어 약을 먹고 자리에 누웠지만 몸 상태는 나아질 기미가 보이지 않았다. 갈증과 고열로 그렇게 밤을 꼬박 지새웠다. 미친 듯이 밀려드는 갈증에 밤 사이 커다란 1.5리터 이온음료를 3통이나 비웠지만 갈증은 계속 이어졌다.

아침이 되니 자리에서 일어날 힘도 남아 있지 않았다. 자리에서 일어서면 현기증으로 한걸음도 움직일 수가 없었다. 아들을 학교에 보내고 아내의 부축을 받으며 벌벌 기어서 병원을 찾았다. 나를 진료한 병원 원장님은 깜짝 놀라셨다.

정말 큰일날 뻔했다고만 말씀하셨다. 의아한 표정에 아내와 나를 보며 원장님은 진찰 결과를 말씀하셨다.

"급성 당뇨입니다. 혈당이 무려 800까지 올라갔어요. 참고로 일반 정상인의 혈당은 100 정도입니다. 내 의사 생활 30년 만에 혈당 800인 사람이 걸어서 진료실을 들어온 경우는 처음입니다. 구급차에 실려 왔어야 할 사람이 걸어 왔다는 뜻이에요."

그리고 이어서 내게 물었다.

"혹시 최근에 무슨 일이 있으셨어요?"

"지금의 급성 당뇨는 아마도 몇 달간 쌓이고 쌓인 몸의 스트레스가 더 이상 견디지 못하고 폭발한 듯 보이네요."

"이 상태라면 적어도 3개월 이상은 축적된 것이 터진 듯 보이는데."

체중을 측정하고 나는 깜짝 놀랐다. 체중이 이틀 만에 15kg이 줄어 있었다. 사람 몸이 어떻게 이틀 만에 이렇게 변할 수 있는지 그저 신기할 따름이었다. 팔뚝과 허벅지는 살이 빠져 나가 버리고 가죽만 남아 흐물흐물한 상태가 되어 있었다.

의사 선생님은 지금은 약으로 융단 폭격을 해야 한다고 하셨다. 당치수가 내려 갈 때까지 폭격은 계속 해야 한다고 이야기했다. 의사 선생님 말이 맞는 것 같았다. 결국 터지고 말았다. 내 몸이 더 이상 견디지 못하고 터져 버렸다. 내 마음이, 내 몸이 한계점에 도달한 듯 보였다. 입원 치료가 필요한 상황이지만 그러지도 못했다.

본가의 아버지 상황도 나와 별달라 보이지 않았다. 이젠 침대에서 한 발작도 움직이지 못하시고 식사조차 제대로 하지 못하고 계셨다. 벌벌 기어서 본가로 왔다. 그리고 모처럼 돌아누워 보시려 몸을 돌린 아버지 허리에서 커다란 상처를 발견했다.

무슨 상처인가 환부에 손을 가져가 보니 살이 힘없이 밀려 나갔다. 욕창이었다. 손바닥 크기만큼의 커다란 욕창이 허리에 그리고 다리에도 욕창이 두 곳이나 생겨 있었다. 내가 입원을 하기에 앞서 아버지부터 당장 입원을 시켜 드려야 했다.

아버지는 급하게 한일병원에 입원을 했다. 결국 이번에도 나는 아파해야 할 겨를도 없었다. 병원에 도착해 보니 허리에 욕창은 심각해 보였다. 손가락 한 마디가 들어 갈 정도의 깊이로 살이 파여 있었다. 아버지의 상처를 보니 억장이 무너져 내렸다. 신경을 쓰니 다시 혈당이 치솟아 오르는지 현기증이 밀려왔다. 동생에게 아버지를 부탁하고 다시금 거의 기어서 집으로 왔다.

나는 몸을 마음대로 움직일 수가 없었다. 거실에서 침대까지 서너 발자국 움직이는 일도 힘이 들었다. 특히나 음식을 조금이라도 입에 넣으면 다시금 혈당이 치솟아 그 상태로 침대로 기어가 누워 버리게 되었다. 몸을 가눌 수 없는 상황에서도 신경은 온통 병원에 계신 아버지에게 쏠려 있었다. 하지만 지금의 몸 상태로는 걸어서 5분 거리의 병원에 가볼 엄두조차 나지 않았다.

몸에 힘이 모두 빠져 나가는 것 같아 기어서 침대로 와 누우면 이대로 내가 죽는 건 아닌가 하는 생각이 밀려왔다. 다행이 일주일 정도 약의 융단폭격을 받으니 혈당이 절반가량 줄어들었다. 400 정도의 혈당 수치를 보며 잠시 기뻐하는 내게 원장님은 말씀하셨다.

"혈당 수치가 줄었다고 기뻐할 상태는 아닙니다. 전에 말씀드렸듯이 일반인 정상 수치의 4배가 되는 상황입니다."

혈당 400이라는 수치는 기뻐할 수치가 아니었다. 혈당 수치 400은 당뇨 환자도 위험한 상황의 수치지만 당시 나로서는 그 정도만으로 살 것 같았다. 혈당이 조금 내려가자 잠시 동안은 일어나 걸음을 옮길 수 있는 수준은 되었다.

5분 거리의 병원을 아내가 운전하는 차를 타고 찾았다. 아버지는 일단 간병인을 신청해 놓았다. 동생도 일을 해야 하고 누나도 일을 하고 아내는 나를 돌보느라 당장 낮 시간에 종일 아버지를 돌볼 사람이 없었다. 병원에 도착해 마주한 아버지에 모습이 아픈 나를 다시 한번 주저앉게 만들었다.

간병인이 아버지 목욕을 시키며 머리를 삭발해 버린 것이었다. 물론 그간 오랫동안 침대에만 누워 계셨던 아버지는 이발을 해야 할 시기를 넘긴 지 오래되었었다. 물론 이발이 필요한 시기이기는 했지만 그렇다고 삭발을 하고 누워 계시는 아버지의 모습을 보니 억장이 내려앉는 것 같았다. 놀라는 나를 보며 간병인은 당황한 듯 한마디했다.

"그냥 그간 이발을 하지 못해 길어진 머리를 잘라 주었을 뿐인데."

"아픈 노인 분들은 대부분 머리 관리가 힘들어 다들 이렇게 해요."

언제 다시 이발을 할 수 있을지 기약을 할 수 없어 미리 짧게 잘라 준 것뿐이라는 간병인의 설명에도 그 모습은 내가 받아들이기 힘든 낯선 모습이었다. 아버지를 마주하는 순간 참았던 눈물이 터져 나왔다. 하지만 아버지는 그 와중에도 힘겹게 내 몸 상태만 걱정하셨다.

"성우야. 몸은."

말씀을 길게 이어 갈 기운조차 없어 보였다.

속상한 마음에 몸도 가누지 못하는 아버지를 이발시키느라 고생하셨을 간병인 아주머니에게 수고했다는 인사 대신 원망의 소리가 먼저 터져 나왔다. 하지만 더 이상 긴 이야기를 할 수는 없었다.

동생이 이미 왜 머리를 그렇게 짧게 잘랐냐고 한바탕 실랑이를 벌였던 모양이었다. 결국 동생의 부탁으로 그 간병인은 오후에 다른 사람으로 변경이 되고 말았다. 그렇게까지 할 일은 아닌 것 같았는데 아버지의 모습을 보고 동생이 흥분해 말다툼을 하다가 일이 이 지경까지 진행된 것 같았다. 새로운 간병인이 왔다. 보라색으로 머리를 염색하고 진한 화장에 한눈에도 강렬한 인상을 가진 아주머니였다.

새로운 간병인이 오고 이틀이 지나 다시 병원을 찾았다. 그런데 이웃 침상의 보호자가 나를 불렀다. 복도로 나가보니 내게 할 말이 있다고 했다. 이야기를 들어보니 지금 간병인이 아버지에게 너무 막 대하고 계시니 병원에 이야기해 다시 교체를 해야 할 것 같다는 이야기였다. 동생이나 우리 가족이 있을 때는 잘 하는 듯하다가 우리만 없으면 아버지를 돌볼 생각은 하지 않고 하루 종일 거울만 보고 화장만 하고 있다고 했다.

혹시라도 아버지가 도움을 요청하면 험한 소리를 하며 아버지를 구박하고 심지어 아버지 머리에 손찌검까지 서슴지 않는다고 했다. 이야기를 듣고 있는데 화가 치밀어 올랐다. 손이 부들부들 떨리고 얼굴에 경련이 일어 말을 할 수가 없었다. 병실로 돌아와 간병인 아주머니를 그 자리에서 그만두라고 하고 돌려보냈다.

잠시 변명의 시간이라도 준다면 그 간병인과 이웃 침상 보호자들 간에 시끄러운 사태가 일어날 듯 보였다. 하지만 처음 이웃 침상 보호자가 나를 데리고 나갈 때부터 그 간병인은 앞으로 일어날 일을 조금은 예측하고 있는 듯 보였다. 짐을 싸며 혼자 말로 자신의 결백을 주장하는 말들을 늘어놓고는 병실을 나갔다.

그 간병인이 나가자 주변 침상의 환자와 보호자들이 이구동성으로 간병인의 만행을 내게 이야기하기 시작했다. 아침에 출근하면 화장만 몇 시간씩 하고 환자는 돌보지 않다가 환자가 무슨 말만 하면 머리를 쥐어박으며 "네 자식들 오면 시켜"라고 구박을 했다는 것이었다. 그 간병인이 아마 착각을 한 것 같았다.

욕창도 있고 기력이 없이 누워 있는 아버지를 보고 치매에 걸린 환자로 알고 뭐라고 해도 모를 거라는 생각에 아버지를 막 대했던 것 같았다. 병원에 등록된 간병인 단체를 통해 섭외를 했는데 이런 결과를 얻자 간병인을 신뢰할 수가 없게 되었다. 병원에 항의를 했더니 간병인센터 사장이 찾아와 사과를 했다.

사장이 아무리 사과를 해도 그곳에서 다시 간병인을 파견 받을 수는 없었다. 머리가 터질 듯 아파왔다. 몸도 곧 쓰러져 버릴 듯 현기증이 밀려왔다. 내 몸을 가누지도 못할 상태에서 아버지가 계신 병실은 더 아수라장이었다.

일단 신경과 과장님을 만났다. 과장님은 갑자기 야윈 내 모습을 보고 깜짝 놀라며 어디가 아프냐고 물었다. 모르는 사람이 보아도 지금의 내 모습은 흉측할 만큼 변해 있었다. 그간의 사정 이야기를 드리고 대책을 논의 드렸다.

과장님은 다음주 정도면 여기 병원에서 할 수 있는 조치는 모두 마무리될 것 같다고 하셨다. 일단 급한 욕창 치료만 마무리하면 급한 불은 끌 것 같다는 이야기였다. 그 후에는 퇴원을 하거나 다른 병원으로 모셔야 할 것 같은데 지금 내 상태나 아버지의 상태로는 집으로 돌아가기는 어려울 것 같다는 조언도 하셨다.

진퇴양난의 상황이었다. 내 몸도 간수하기 어려운 내가 지금의 컨디션으로는 아버지를 돌보기는 더 어려울 것 같았다. 아니 몸이 온전한 동생 혼자도 감당이 어려울 것 같았다. 가장 큰 문제는 욕창이었다. 집에서 감당할 수준이 아니었기 때문이었다.

다행히 허리 욕창은 더 심해지지는 않아 수술까지는 가지 않아도 될 것 같았다. 살이 파인 깊이가 커서 아물지 못하면 수술을 해야 할 것 같다고 했었다. 하지만 정말 다행스럽게 조금씩 아물고 있어 수술은 피할 수 있었다.

그래도 앞으로 다시 관리를 잘 하지 못하면 언제 다시 욕창이 재발할지 알 수 없었다. 신경과 과장님은 조심스럽게 요양 병원을 추천하셨다. 급한 치료적인 부분은 어느 정도 마무리가 되었기 때문에 이젠 장기전에 대비해야 할 것 같다고 했다. 계속 이곳 병원에 입원해 있는 것은 어려모로 비효율적이라고 했다. 그도 그럴 것이 2주 입원을 하고 중간 정산을 했더니 몇 백만 원의 입원비가 나와 있었다.

거기에 간병인 비용까지 합치면 한 달에 들어가는 비용만도 상당한 액수가 되었다. 그러나 요양 병원은 우리에게는 선뜻 결정을 하기 쉬운 대상은 아니었다. 왠지 그곳에 아버지를 모시는 일은 가족 모두가 쉽게 판단을 하기에 어려운 일 같았다. 마치 예전으로 하면 부모님을 부양하기 싫은 자식들이 나이 드신 부모님을 양로원에 보내는 그런 그림이 자꾸 연상되었기 때문이었다.

더 큰 문제는 아버지였다. 과장님과 이야기를 나누고 요양 병원 이야기를 꺼내자 아버지는 절대 안 된다고 펄쩍 뛰셨다. 내가 뭐가 부족해 그런 곳에 가야 하냐고 우리를 나무라셨다. 요양 병원에 관한 선입견은 우리나 아버지나 같은 듯 보였다. 하지만 지금 다시 아버지를 집으로 모시고 오는 일은 불가능해 보였다.

욕창 부위를 매일 소독하고 치료를 해야 하는데 집에서 그 작업을 하기에는 아직도 상처가 깊었다. 그렇다고 욕창 치료 외에는 다른 치료는 없는 한일병원에 고가의 입원비와 간병인 비를 지불하며 버티는 일도 쉽지 않아 보였다. 먼저 가족이 모두 모여 대책을 논의했다. 이런저런 방법론을 놓고 상의를 했지만 다른 방법을 찾지 못했다.

지금 형편으로 한일병원의 장기 입원은 경제적인 부담이 너무 컸다. 그렇다고 나도 아파서 누워있는 처지에 아버지를 집에 모시는 일은 더욱 힘들어 보였다. 답은 이미 나와 있는 것 같았다. 아버지를 설득해야 하는 일이 필요했다. 아버지께 차분하게 지금의 상황을 설명 드렸다. 아버지가 조금씩이라도 움직이고 생활을 하시던 때와는 다른 지금의 상황을 자세하게 설명했다.

욕창 부위의 소독도 매일 몇 번씩 해야 하고 다시 욕창을 유발 시키지 않으려면 목욕도 자주 하셔야 하는데, 지금 상황으로는 집에서 그런 일들이 불가능하다는 점을 말씀드렸다. 우리의 설명을 듣고 마지못해 허락을 하신 아버지는 조건을 다셨다. 그 병원에서 일주일 내내 지내는 것은 힘들 것 같다고 하셨다. 주말에는 집에서 지내고 치료를 위해 평일에 병원에 계시겠다는 것이었다.

가족은 모두 아버지의 말씀에 동의했다. 그렇게 하겠다고 다짐을 드리는 것으로 요양 병원 입원이 결정되었다. 그 결정을 하면서도 가족은 모두 마음이 아팠다. 어머니 떠나시고 8년을 전 가족이 아버지를 잘 모시려고 그렇게 노력했는데 결국은 이런 상태로 요양 병원에 입원을 시켜야 한다는 사실이 우리 모두에게는 허무하고 가슴 아픈 현실이었다.

동생은 온 동네를 뒤져 요양 병원을 알아보기 시작했다. 집 근처 가까운 거리로 우이동 인근의 병원 3곳으로 일단 압축을 했다. 동생과 나는 다시 그 병원들을 차례로 세심하게 돌아보고 그 중 규모나 시설이 가장 양호한 병원을 하나 선택하기로 했다. 요양 병원은 의료진이 대부분 여러 과를 아우르지 못하고 있었다.

아버지를 위해서는 신경과 의사가 있는 병원을 찾는 것이 좋겠지만 그런 요양 병원은 주변에 존재하지 않았다. 대부분의 요양 병원은 내과나 신경외과 의사 몇 명이 전체 환자들을 모두 관리하는 체계였다. 쉽게 말해 전문적인 치료를 위한 병원은 아니라는 뜻이었다. 그래서 병원을 결정하기 전 동생이 추천한 세 곳의 병원을 더욱 자세히 둘러보았었다.

온전치 못한 몸을 이끌고 병원 세 곳을 돌아보는 일도 쉬운 일은 아니었다. 그래도 아버지가 계실 곳인데 어디가 나은지 꼼꼼하게 살펴보고 싶었다. 사실 종합적인 평가로는 세 곳의 수준은 거기서 거기인 듯 보였다. 위치도 집에서 비슷한 거리에 있고 비용도 비슷했다. 시설도 거의 비슷해 보였다. 다만 시설이 양호했던 방학동의 병원이 한 곳 있었는데 그곳은 비용이 다른 병원에 비해 너무 높았다.

단지 시설이 조금 양호하다는 이유만으로 두 배 가까운 높은 비용을 지불하기에는 무리가 있어 보였다. 그렇다고 병실 한 곳에 입원 환자 수가 적은 것도 아니고 의료진이 우리가 원하는 신경과 전문의가 있는 것도 아니었다. 결국 동생이 처음 추천했던 우이동 세 곳 병원 중 한 곳을 결정했다. 집에서 차로 10분 거리에 있는 병원이었다.

일주일간 병원을 다니고 살피고 상담도 하며 심사숙고해서 내린 결정이지만 결론은 동생이 혼자 돌아보고 내린 결론과 같았다. 생각해 보면 동생의 결정이 객관적으로 가장 적합하다는 것은 수긍하지만, 마음속으로는 나 자신을 설득할 시간이 필요했던 것 같았다. 아픈 몸을 이끌고 일주일을 돌아다니며 나 스스로에게 아버지를 요양 병원에 모시는 현실을 스스로 설득하고 있었던 것 같았다.

결국 아버지는 한일병원을 나와 요양 병원으로 병원을 옮기셨다. 엠불런스를 타고 한일병원을 나와 요양 병원까지 가는 길은 아팠다. 그 차안에 타고 있는 환자도 아프고 그 옆을 지키고 있는 두 형제의 마음도 아팠다. 아픔을 가득 안고 도착한 요양 병원에는 우리가 몰랐던 새로운 세계가 우리와 아버지를 기다리고 있었다.

# 요양 병원 사람들

신록이 푸르던 초여름, 아버지는 북한산이 보이는 우이동 버스 종점 인근의 요양 병원에 입원을 하셨다. 요양 병원은 은행과 마트가 있는 1층을 제외하고 2층부터 5층까지 건물 전체가 병원이었다. 각 층마다 여러 개의 입원실이 있고 각 입원실에는 5~6명의 환자들이 입원해 있었다.

입원 환자의 대부분은 나이 드신 노인들이었다. 아버지는 5층 502호 제일 창가 쪽 침상을 배정받았다. 각 층 몇 곳의 입원실을 추천 받아 살펴보았는데, 침대 위치가 창가에 있는 5층이 가장 마음에 들었다. 대부분의 입원실은 남자들만 있는 남자 입원실과 여자만 있는 여자 입원실로 구분되어 있었다. 그리고 그 입원실에는 그 방을 돌보는 전담 간병인이 한 명씩 상주하고 있었다.

6명이 있는 입원실도 있지만 아버지가 계시는 입원실은 5인실이었다. 처음 들어선 요양 병원 502호 병실은 우리에게는 낯선 풍경 그 자체였다. 그곳의 첫 인상은 왠지 병원의 입원실이 아닌 것 같은 느낌이었다. 아버지는 병실을 들어서며 가장 먼저 이 입원실에는 왜 커튼이 없느냐고 물으셨다.

그리고 보니 우리가 낯설어 하는 풍경 중 가장 큰 것이 넓은 방에 침대만 줄줄이 놓여 있는 모습이 우리가 알던 일반 병원의 병실 풍경과는 많이 달라 보였다. 대부분의 병원 입원실에는 각 침상마다 침대를 둘러 가릴 수 있는 커튼이 달려 있었다. 그런데 이곳 병실 어디에도 그런 커튼이 달려 있는 곳은 없었다.

처음엔 이해하지 못하던 그 이유는 이후 시간이 조금 지난 후에 알게 되었다. 일반 병원의 병실은 환자 별로 보호자가 각각 따로 있어서 각 환자의 사생활 보호를 위해 커튼이 달려 있지만, 이곳은 침상이 여러 개 있어도 보호자는 한 명뿐이었다. 각 병실의 5~6명 환자를 돌보는 보호자는 오직 각 방에 상주하는 간병인 한 사람뿐이란 뜻이다. 따라서 각 침상을 가릴 커튼은 필요하지 않았다. 아니 오히려 커튼은 환자를 돌보기에 걸림돌이 되는 장애물이었다.

처음 아버지는 이 상황에 적응하지 못하고 힘들어하셨다. 옆 침상에서 일어나는 일이, 아니 병실 전체에서 일어나는 일이 그대로 모두에게 노출되고 있는 상황이 싫으셨던 모양이었다. 하지만 방법은 없었다. 한 명의 간병인이 다섯 명의 환자를 그것도 중환자를 돌보기 위해서는 다른 방안이 없어 보였다. 그나마 아버지는 창가 제일 안쪽 침상이라 조금은 한산한 편이었다. 하지만 아버지의 최초 커튼에 대한 지적은 이 병원의 정체성을 가장 잘 드러내는 날카로운 지적이었다.

이후 병원 생활을 하면서 가장 크게 놀랐던 점 중에는 커튼이 없는 병실 생활은 환자 간의 프라이버시도 없는 생활이라는 것이었다. 시간이 흐를수록 익숙해지기는 했지만 처음 병원의 모습들은 아버지에게도 우리에게도 놀라움의 연속이었다. 대부분의 중환자들은 식사나 대소변도 모두 침상에서 해결을 하기 때문에 병실 안의 모든 환자들은 누가 언제 뭘 먹고 언제 무슨 볼일을 보았는지 모두에게 그대로 노출이 되고 있었다.

가릴 것 하나 없는 침상 위에서 환자의 기저귀를 스스럼없이 갈아주는 모습은 우리가 처음엔 적응하기가 힘든 장면이었다. 아버지에게도 이런 병원 생활에 적응하는 데는 조금은 긴 시간이 걸렸다. 그렇게 사생활 없는 병실 생활이 익숙해지기까지 우리도 아버지도 연일 당황스러움의 연속인 시간이었다.

낯설기만 했던 이곳 생활에 우리가 적응하는 방법은 보이는 일들을 그대로 받아들이는 방법뿐이었다. 방법은 결국 하루 빨리 이곳 룰을 익히고 그것에 익숙해지는 것밖에는 별다른 방법이 없었다. 아버지와 우리가 이곳 생활에 적응하는 데 가장 큰 도움을 준 사람이 두 명 있다.

첫 번째 인물은 502호 병실의 전담 간병인 아주머니였다. 그리고 두 번째 인물은 아버지 바로 옆 침상에 계시는 갑산 할아버지이셨다. 먼저 병실 전담 간병인 아주머니는 중국에서 오신 동포 분이셨다. 아주머니뿐만 아니라 이 병원에서 간병인으로 일하는 대부분의 사람들이 모두 중국 동포들이셨다.

5층에 남자 환자 방은 501호와 502호, 503호 세 방이 있었다. 501호는 1호 아저씨라고 불리는 남자 간병인이 6명의 환자들을 돌보고 있었고, 503호도 남자 간병인이 5명의 환자를 돌보고 있었다. 그런데 유일하게 502호만 남자 환자를 여자 간병인이 돌보고 있었다.

성별이 뭐가 중요할까 생각할 수도 있지만 5~6명의 중환자를 하루 종일 돌보는 일은 보통 사람이 할 수 있는 일이 아니었다. 각 병실에는 대소변을 처리하는 일은 물론이요 식사까지 직접 떠 먹여야 하는 환자가 절반을 넘었다. 그런 남자 중환자들을 일으키고 누이고 기저귀까지 갈아주는 일은 웬만한 남자가 하기에도 힘이 부치는 일이었다.

그나마 몸을 움직이는 분들도 화장실에 갈 때는 부축을 해야 하거나 움직일 때 필요한 보조 기구를 챙겨 주어야 했기 때문에 모든 환자가 간병인의 도움이 없이는 생활이 불가능한 곳이었다. 쉽게 말해 우리 삼남매가 돌보던 아버지 같은 환자 5명을 하루 24시간 간병인 혼자 돌보고 있다고 보면 맞을 것 같았다. 그것도 연약한 여자의 몸으로. 하지만 간병인 아주머니는 연약한 여자가 아니었다. 한마디로 여장부였다.

아주머니는 가끔 처음 한국에 왔을 때 이야기를 자주 해 주셨다.

"여기 일은 아무것도 아님다. 제가 지금은 나이를 먹어 예전만큼 기운을 못 쓰지만 처음 한국에 왔을 때는 혼자서 공사장 인부들 400명 밥을 지어 먹어 드렸슴다. 그것도 가마솥에 불 피워 밥을 해 먹였슴다. 그때에 비하면 여기는 제게는 일 없슴다."

정말 간병인 아주머니는 1호나 3호 아저씨들 못지않게 일을 잘 하셨다. 순진하고 온순한 성격은 덤이고 무슨 일이든지 요령을 부릴 줄 모르는 성실함을 지닌 분이셨다. 일반 병원에 비해 열악한 환경의 요양 병원이었지만 일반 병원에서 아버지를 막 대했던 그 간병인을 떠올리면 간병인 아줌마는 천사였다. 간병인 아주머니의 일하는 모습 하나만으로도 우리에게는 요양 병원에 계시는 아버지로 인해 생겼던 마음의 짐을 조금은 내려놓을 수 있을 것 같았다.

두 번째 분은 아버지 옆 침상 갑산 할아버지. 이 분은 우리가 이 병원에 입원하고 적응하는 기간 동안 아버지와 우리를 이끌어 준 멘토 같은 분이셨다. 할아버지는 자신을 소개하실 때 이북 함경도 갑산이라는 곳이 고향이라고 소개하셔서 우리는 그 할아버지를 갑산 할아버지라고 불렀다. 그해 나이가 96세. 보통 그 나이라면 자리에 누워 움직이지도 못하고 정신력도 흐릿해지는 것이 일반적인 경우이지만 갑산 할아버지는 달랐다.

침상에서 내려와 걷는 것만 조금 힘들어하실 뿐 침상 위에서는 병원의 모든 일들을 손바닥 안에 놓고 보고 계시는 병원의 제갈공명이셨다. 갑산 할아버지는 이북에서 피란을 나와 오랫동안 장사를 하셨다고 한다. 이후 장사가 힘에 부치자 상가를 얻어 월세로 전환을 하시고 월세만 받고 사셨다고 했다. 하지만 두 내외분은 서로 자주 병치레를 하다 보니 집에 있는 날보다 병원에 입원해 계시는 날이 많아지셨다고 한다.

결국 할아버지는 상가를 정리하시고 그 돈으로 치매가 오신 할머니와 함께 이 병원이 문을 열었던 6년 전 스스로 입원을 하셨다고 한다. 결국 할아버지는 이 병원에서 할머니와 6년의 시간을 함께하신 분이셨다. 따라서 할아버지는 병원에서 일어나는 일은 모르는 것이 없는 분이셨다.

병원 일이라면 침상에 앉아서 모든 것을 다 읽어 내시는 능력자이기도 하셨다. 갑산 할아버지는 96세라는 나이가 믿기지 않을 만큼 목소리도 크시고 정신은 젊은 나보다 더 뚜렷하셨다. 결국 아버지가 입원하시던 날부터 병원 생활에 필요한 모든 지식은 갑산 할아버지를 통해 숙지했다.

물론 병원 직원과 간호사 그리고 간병인 아주머니를 통해 여러 가지 이야기를 들었지만 갑산 할아버지의 정보는 그것과는 다른 병원 생활에 필요한 고급 정보들이었다. 예를 들면 병원이나 간병인 아주머니의 정보는 아버지 목욕을 위해 준비할 품목은 뭔가라고 하면, 갑산 할아버지의 정보는 그 물품은 어디에서 판매 하고 어디에 가면 저렴하게 살 수 있는지 알려주는 세심하고 편리한 정보였다.

그 외에 병원 생활에 필요한 모든 물품과 구입처도 자세하게 알려 주셨다. 또한 병원의 영양 주사는 어떤 종류가 있고 그중 뭐는 무료고 뭐는 얼마를 주면 놓아 주는지까지 의료적인 부분도 상세하게 설명해 주셨다. 할아버지는 당신이 6년간 이곳에 계시면서 쌓은 노하우를 아낌없이 우리에게 알려 주셨다.

우리는 갑산 할아버지 조언 덕분에 조금 더 빠른 적응과 조금 더 슬기로운 병원 생활을 시작할 수 있었다. 그리고 내가 집에서 병원을 찾아가면 아버지는 대부분 주무시고 계시는 날이 많았다. 그럴 때면 옆 침상의 갑산 할아버지가 오전에 아버지가 무엇을 하셨고 방금 전까지 무엇을 하시고 지금 잠을 자기 시작한 지 얼마가 되었는지 상세한 설명을 내게 해 주셨다.

결국 나는 내가 없던 시간 동안 아버지가 병원에서 어떤 시간을 보내고 계셨는지 갑산 할아버지의 입을 통해 모두 알 수 있었다. 502호 병실에는 총 6명이 함께 지내고 있었다. 먼저 간병인 아줌마와 갑산 할아버지 그리고 그 옆에는 석이 아저씨, 순둥이 할아버지 그리고 목포 할아버지 이렇게 환자 5명에 간병인 순녀 아주머니 1명 해서 총 6명이 있었다. 아버지를 시작으로 그 옆에는 갑산 할아버지 그리고 그 옆에는 석이 아저씨가 계셨다.

석이 아저씨는 다른 분들에 비하면 비교적 나이가 젊은 분이셨다. 그렇다고 아주 젊은 나이는 아니셨지만 자리를 보존하고 누워 계시기에는 아직 이른 듯 보이는 나이셨다. 이른 나이에 병을 얻어 이미 몇 년째 침대에서 움직이지도 못하고 누워만 계시는 분이셨다. 석이 아저씨는 홀로 아무것도 할 수 없는 분이셨다. 팔은 움직이기는 하시지만 밥도 물도 모두 입에 넣어 드려야 드실 수 있는 상태였다.

그 옆 순둥이 할아버지는 하루 종일 조용히 말도 없이 계시는 분이셨다. 가까이 가서 모습을 보아야 병실에 계신 것을 확인할 수 있을 만큼 조용한 분이셨다. 마지막 목포 할아버지는 이 병실에서 가장 움직임이 자유로운 분이셨다. 홀로 외출도 하시고 모든 움직임이 정상적이셨다. 하지만 움직임이 좋으니 자신을 믿고 잠시 퇴원을 하고 홀로 지내다가 그만 병세가 다시 나빠지면서 재입원을 하셨다고 했다. 즉 병원에서는 가장 정상적인 모습이지만 외부로 나가면 홀로 생활을 하기에는 어려움이 따르는 몸 상태인 듯 보였다.

아버지는 이제 홀로 식사를 하기 어려웠다. 손의 움직임이 느려져 수저를 들어 올리지 못하시고 계셨다. 따라서 식사를 하려면 옆에서 간병인 아주머니가 밥과 반찬을 먹여 드려야 식사가 가능했다. 결국 그 병실에서 홀로 식사를 하실 수 있는 사람은 그나마 갑산 할아버지와 목포 할아버지 두 분뿐이었다.

입원을 하시고 얼마 지나지 않아 식사 시간에 병실을 찾은 나는 식사 광경을 보고 잠시 넋이 나가 버렸다. 간병인 아줌마가 세 사람의 식사를 도와주고 있었다. 입구에서 제일 가까운 순둥이 할아버지 밥을 한 수저 떠 먹여 드리고 다시 석이 아저씨 밥을 떠 먹여 드리고 한 칸 건너 아버지 밥을 한 수저 떠 드렸다. 그렇게 세 사람은 간병인 아줌마의 움직임에 따라 한 수저 한 수저 식사를 하셨다.

간병인 아줌마는 식사가 끝나도록 세 침상을 무한반복하며 오고 가고 있었다. 그나마 갑산 할아버지는 식사만 침대에 올려 드리면 스스로 식사를 하셨다. 목포 할아버지는 아예 당신이 직접 식사를 받아서 식사하시고 식사가 끝나면 직접 가져다 놓으실 만큼 움직임이 자유로웠다. 이렇게 길고도 어려운 식사가 끝나고 나서야 간병인 아주머니는 자신의 식사를 가져와 허겁지겁 식사를 하셨다.

이 전쟁 같은 식사 광경을 목격한 후로는 나는 병원에 올 경우에는 가능하면 식사 시간에 맞춰 방문을 했다. 식사 시간만큼이라도 간병인 아줌마의 일을 덜어 드리고 싶었다. 또한 간병인 아줌마의 속도에 따라 선택의 여지도 없이 식사를 하시는 아버지에게 조금 이라도 여유로운 식사를 할 수 있게 해드리고 싶었다.

아버지는 원래 식성이 까다롭지는 않았지만, 의외로 드시지 않는 음식도 많았다. 하지만 간병인 아주머니의 식사 방식에는 그런 여유를 부릴 틈이 없었다. 한 수저에 밥과 국 그리고 반찬이 한꺼번에 올라가 있기 때문에 이 반찬 저 반찬 선택할 여유가 없었다. 차라리 석이 아저씨처럼 잘 씹지를 못하시는 분들은 모든 반찬이 갈아져서 나오기 때문에 그저 국처럼 떠서 먹이니 드시기가 수월해 보이기는 했다. 하지만 아버지는 그 전 단계인 작게 잘라서 나오는 스타일이라 반찬이 원래의 모습을 지니고 있었다.

내가 식사를 먹여 드리니 아버지는 식사를 좀 더 편안하게 하시는 듯 보였다. 또한 아버지는 식사 후에는 반드시 후식을 드셨다. 당시에는 과일 중에서 가장 부드러운 멜론을 즐겨 드셨다. 멜론이 나오지 않는 계절에는 복숭아 통조림이나 망고 통조림 같은 것으로 대체하기도 했다. 해서 병원 냉장고에는 항상 아버지 후식용 멜론을 한입 크기로 잘라 커다란 밀폐용기에 담아다 놓았었다.

그리고 식사가 끝나면 멜론을 가져다가 7~8조각 정도 먹여 드렸다. 하지만 간병인 아주머니가 이것까지 챙겨 주려면 당신이 식사할 시간이 부족할 듯 보였다. 거기다가 바쁜 시간 동안 5명의 약까지 챙겨야 하니 식사를 떠 드리는 사람은 식사 마지막 수저에 약을 올려 드시게 하면서 식사 시간을 마무리했다. 나는 그 모습을 보며 약을 식사 후 조금 쉬었다가 드리면 안 되냐고 이야기하고 싶었지만 그럴 수가 없었다.

간병인 아줌마의 전쟁 같은 식사 시간은 뭐를 어떻게 해 달라고 이야기할 틈이 보이지 않았다. 결국 하루에 한 끼라도 내가 챙기고 싶었다. 그렇게 시작된 나의 아버지 식사 챙기기는 이후 시간이 갈수록 점점 일상으로 굳어져 가고 있었다.

입원 초기에는 아침 식사부터 챙기는 것은 다소 무리였다. 몸이 온전치 못한 나로서는 7시에 시작하는 그곳 아침 식사 시간에 맞춰 병원을 찾기는 힘이 들었다. 해서 처음에는 점심시간만 병원을 찾았다.

나는 아직은 혈당이 높아 아침밥을 먹으면 혈당이 올라가 몇 시간 이상을 누워 있어야 활동이 가능했다. 결국 아침에 일어나 밥을 먹으면 침대로 기어들어가 쓰러져 있다가 점심 때 가까이 되어서 일어날 수 있었다.

정신을 차리고 무거운 몸을 일으켜 병원으로 가면 가까스로 점심 식사 전까지 병원에 갈 수 있었다. 내가 병실에 도착하면 기다렸다는 듯 갑산 할아버지의 브리핑이 이어졌다.

"오전에 아침 먹고 욕창 소독했어."

"오늘은 오전에 목욕하셨어."

6년을 하루같이 병원의 침상을 지키셨던 갑산 할아버지는 병원의 모든 일과를 외우고 계셨다.

"오늘 오후에는 3시쯤 물리치료사가 와서 물리치료 할 거야."

그렇게 아버지의 요양 병원 생활은 간병인 아줌마의 분주한 보살핌과 갑산 할아버지의 일정 관리로 조금씩 적응을 하고 계셨다. 일주일에 5일은 그렇게 요양 병원에서, 그리고 금요일부터 일요일 주말은 집에서 보내는 일상이 반복되고 있었다.

# 아버지의 삼일

요양 병원 생활을 시작한 지도 한 달을 넘기고 있었다. 모든 것이 어색하고 낯설기만 했던 이곳도 이제는 조금씩 적응을 하기 시작했다. 다행히 아버지의 욕창도 조금씩 좋아지고 있었다.

처음 이곳으로 병원을 옮기려고 할 때 아버지와 했던 약속이 있었다. 지금 가장 필요한 치료가 욕창이니 그 치료만 마무리될 때까지 이 병원에 있자는 약속이었다. 아버지도 우리도 아물어 가는 욕창 상처를 보며 그 약속을 지킬 수 있는 날이 조금은 다가오고 있다는 희망을 품고 있었다.

하지만 그 희망은 점점 굳어가는 아버지의 몸을 보면서 그 약속을 지키지 못할 것 같다는 절망으로 변해가고 있었다. 이제 아버지는 몸 관절들을 스스로의 힘으로는 전혀 움직이지 못하고 계셨다. 손도 발도 몸도 어느 부분도 스스로 움직이지 못하셨다.

그나마 천만다행인 것은 입만큼은 아직 스스로 움직일 수 있어 음식은 드실 수 있다는 점이었다. 아버지는 매일을 하루 같이 금요일만 기다리셨다. 금요일이 되면 오후에 아버지를 모시고 집으로 왔다.

병원에는 우리가 의료기 전문점에서 장기 임대한 아버지 전용 휠체어가 있었다. 그 휠체어는 병원에서는 사용할 일이 전혀 없었다. 종일 침상에 누워만 계시니 일어나 밖으로 나오실 일은 주말 집에 갈 때나 아니면 외래 진료를 위해 병원에 갈 때만 사용했다. 이제 아버지는 휠체어가 없으면 밖으로 한 발작도 움직이지 못하셨다. 그러나 그 휠체어에 아버지를 앉게 하는 일도 쉬운 일은 아니었다.

관절이 굳어 있는 아버지를 휠체어에 앉게 하려면 아버지의 몸과 다리를 들어서 조심스럽게 앉게 해드리는 것이 가장 좋은 방법이었다. 따라서 오랫동안 서 있는 일도 버거웠던 당시 내 체력으로는 혼자 아버지를 집으로 모시고 오는 일은 쉽지 않았다. 하지만 건강한 동생도 혼자는 아버지를 집으로 모시고 오는 일은 만만한 일이 아니었다.

휠체어에 타고 내리는 문제도 문제지만 휠체어에서 다시 차에 태우고 차에서 내려 다시 휠체어에 앉게 하는 일은 장정 혼자서 하기에는 힘에 부치는 과정이었다. 하지만 병원에는 유일하게 홀로 그 일이 가능한 사람이 한 명 있기는 했다. 일명 1호 아저씨라고 불리는 501호 간병인 아저씨였다. 40대 초반쯤 되는 나이에 건장한 체구의 1호 아저씨는 5층 병동의 슈퍼맨이었다.

501호의 환자 간병은 물론이요 나머지 5층 7개 병실의 각종 일들을 홀로 다 처리해 주는 인물이었다. 1호 아저씨가 계시는 날은 아버지를 모시고 오기가 한결 수월했다. 침대에서 아버지를 번쩍 안아서 휠체어에 앉게 도와주고 다시 주차장까지 따라와 휠체어의 아버지를 번쩍 들어 차에 태워 드렸다. 이런 아저씨의 도움이 없는 날에는 동생과 내가 아버지를 앞뒤에서 다리와 몸통을 잡고 밀고 당기며 이 과정을 진행해야 했었다.

집에 도착해서도 마찬가지였다. 다시 차에서 아버지를 들어 휠체어로 옮겨 드리고 아파트 현관에 도착을 하면 다시 들어서 침대로 모셔 드렸다. 아버지를 집에 모시고 오는 일은 이런 힘겨운 이동 과정 외에도 챙겨야 할 것도 많았다. 3일간 집에서 드실 약을 종류별로 미리 받아 챙기고 침대에 사용할 방수용 디펜드부터 기저귀까지 별도로 챙겨서 가지고 와야 했다.

물론 집에서 아버지용으로 준비해둔 것들이 있었지만 간병인 아주머니는 돈을 아껴야 한다며 병원에 아버지 용으로 지급된 기저귀와 디펜드를 별도로 챙겨 주셨다. 결국 아버지는 어렵게 환자복을 벗기고 외출복으로 갈아입고 나면 기저귀 보따리 그리고 약 보따리를 챙겨야 집으로 갈 준비가 끝났다. 아버지가 오시는 금요일은 오전부터 분주했다.

3일간 아버지가 드실 음식을 준비해야 했기 때문이었다. 병원 음식도 다양한 종류의 반찬들이 나오기는 했지만 아버지가 좋아하는 종류의 음식은 아니었다. 예전만큼 식사가 원활하지 못하셨지만 드시기 버거운 음식들을 가위로 잘게 잘라서라도 아버지가 좋아하시는 음식을 드실 수 있게 해드리려 노력했다. 아버지가 좋아하시는 음식 중에는 녹두 빈대떡이 있었다.

우리 가족은 어머니가 돌아가시고 난 후 이 음식을 재현해 보려고 무단히 노력을 했었다. 특히 아내는 어머니가 만드셨던 녹두전을 재현해 보려고 다방면으로 노력했지만 번번이 실패의 고배를 마셨다. 그 후 서울에 녹두 빈대떡을 잘 한다는 집은 모두 찾아다니며 선을 보여 보았지만 결과는 모두 퇴짜였다. 내가 알고 있던 인생 최고의 녹두전은 따로 있었다.

가게 이름은 기억나지 않지만 신설동 로터리 마리아병원 건너 골목 안에는 순대 국밥과 녹두전을 하던 작은 노포가 있었다. 나이가 지긋하신 어르신 부부가 운영하던 순대국밥 전문점이었는데 이 집 녹두전은 정말 최고였다. 나중에 알아보니 예전 시내에서 명성이 자자하던 가게였다고 한다.

신설동으로 가게만 옮겨 장사를 하고 계시던 집이었다. 가게 이름이 충청도 어느 지역 이름을 딴 '○○집' 이런 것 같았는데, 기억이 나지 않는다. 당시 후배가 신설동에 살고 있어 후배 집 근처에서 자주 얼굴을 보고는 했는데 그때마다 이 집을 찾았었다. 크기는 크지 않지만 돼지기름으로 철판에 부쳐주던 이 집 녹두전은 겉은 튀겨진 듯 바삭하고 속은 부드러웠다.

뜨거울 때 한 조각 입에 넣으면 그 고소함이 이내 온몸으로 퍼져 나가던 최고의 녹두 빈대떡이었다. 어머니가 돌아가시고 이 집을 떠올리고는 그 길로 신설동으로 달려갔다. 이 집 녹두전이라면 분명 아버지도 좋아하실 것 같다는 확신에 찾아 갔었는데 아쉽게도 이미 어르신들이 가게를 접고 난 후였다. 엄청난 내공을 지닌 녹두전이었는데 정말 아쉬웠다.

그러던 중에 우연히 광장시장에서 파는 녹두전을 사다가 드렸더니 바로 합격 통보가 나왔다. 몇 년을 명절 때마다 만들어도 보고 사다가 드려 보기도 했지만 번번이 실패를 했었는데 광장시장 녹두전은 일단 합격을 받았다. 우리는 전을 구입할 때마다 웃돈을 더 드리고 재료에 고기와 김치를 추가시켜 특별 주문으로 전을 사다 드렸다. 그리고 당장 드실 것을 빼고는 한 장씩 냉동실에 얼려 놓고 주말마다 한 장씩 꺼내어 해동을 시켜 드시게 해 드렸다.

다른 한 가지는 동두천에 사실 때 드셨던 미국산 소시지였다. 포장지에 옥수수 그림이 그려져 있는 아주 짠맛이 특징인 그 소시지. 처음에는 동두천에 갈 일이 있을 때마다 동두천 양키 시장에 가서 구입해 드렸었는데 동두천에 갈 일이 줄어들자 조달에 힘이 들었다.

그런데 어느 날 집 인근 창동에 대형 식자재 마트에 그 소시지가 있다는 소식을 들었다. 하지만 그곳은 사업자 등록을 가지고 가서 회원 등록을 해야 이용이 가능한 곳이었다. 우리는 회원카드가 없어 구입이 불가능했다. 어렵게 동네 친분이 있는 아들 유치원 친구네 후배에게 부탁을 해서 회원카드를 만들었다. 그리고 결국 그곳에서 옥수수 그림이 있는 소시지를 구입할 수 있었다.

아버지는 그 두 가지 음식이 있으면 아무리 식욕이 없으셔도 식사를 잘 하셨다. 병원에서는 가끔 아버지 입에 맞지 않는 요리가 나오기도 했는데 그런 날은 식사를 잘 하시지 않으셨다. 특히나 싫어하시는 생선 종류의 반찬이 나오는 날은 아예 입도 대지 않으셨다.

그러니 집에 오시는 날이라도 오로지 아버지가 좋아하시는 식단을 구성하기 위해 노력을 할 수밖에 없었다. 점점 식사가 어려워지는 아버지를 위해 당신이 드시고 싶어 하는 음식이라면 무엇이라도 구해서 해 드리고 싶었다. 그것은 어떻게 보면 5일간 입에 잘 맞지 않는 요양 병원 식사를 하시는 아버지에 대한 작은 보상이었다. 또한 아버지는 식도 기능이 예전보다 많이 저하되어 있어 밥은 항상 국에 말아서 드려야 했다.

워낙 육류를 좋아하시던 아버지가 가장 좋아하시는 국은 설렁탕이었다. 집에서 곰국을 만들 수 없는 형편이니 주변 유명한 설렁탕 집을 뒤져 가장 맛있는 설렁탕을 공수해서 드시게 했다. 여기저기 여러 집의 설렁탕을 드셔 본 결과 집 인근 창동의 설렁탕 전문점 맛이 가장 아버지 입맛에 맞는 것 같았다. 밥과 고기 김치를 모두 빼고 설렁탕만 포장을 하면 많은 양을 포장해 주었다. 2인분 정도면 3일간 식사에 충분했다.

우리가 주말마다 준비했던 음식은 고혈압이 있으셨던 아버지에게 도움이 되는 음식은 하나도 없었다. 녹두전도 소시지도 설렁탕도 모두 그랬다. 하지만 언제까지 스스로 음식을 씹어서 드실 수 있을지 기약이 없는 상황에서 지금 이 음식을 챙겨 드리지 못하면 앞으로도 기회가 없을 것 같았다. 아버지가 드시고 싶은 음식을 드실 수 있는 마지막 기회 같았다. 그나마도 음식을 가위로 작게 잘라야 겨우 목으로 넘기실 수 있는 상태이시니 지금의 이 상황도 아슬아슬 하기만 했다.

한번은 소시지를 작게 잘라서 드렸는데 그 중 한 조각이 크기가 조금 크게 잘렸던 모양이었다. 식사를 하시다가 그 소시지 조각이 그만 목에 걸리고 말았다. 물을 드시고 맨밥도 드시고 이런저런 노력을 했지만 목에 걸린 소시지는 목 안에 붙어 내려갈 기미가 보이지 않았다. 그날은 누나도 없고 동생도 없이 나 혼자 아버지를 돌보고 있었다.

결국 몸에 힘이 없는 내가 혼자 어떻게 해볼 방법이 없어 119에 연락을 했다. 잠시 후 구급차가 왔고 아버지를 모시고 한일병원 응급실에 갔다. 하지만 안타깝게도 그곳에는 이비인후과 의사가 없었다. 장비도 없다고 했다. 호흡이 힘들어 거친 숨을 토하고 계시는 아버지를 모시고 한일병원 응급실을 나온 119 구급 대원은 온 동네를 다니며 이비인후과 장비가 있는 응급실을 무전기로 찾고 있었다.

호흡에 곤란을 느끼는 위급한 상황에도 의사가 없고 장비도 없으면 아예 응급실에 들어설 수도 없었다. 들어와 봐야 해줄 수 있는 조치가 아무것도 없다는 말이었다. 백방으로 수소문한 끝에 겨우 상계 백병원 응급실로 가면 될 것 같다는 무전이 왔다. 어렵사리 병원을 수배해 막 병원으로 달려가려는 순간 갑자기 아버지가 차를 세웠다. 목에 걸린 음식이 넘어간 것 같다고 하셨다.

정말 다행히 병원을 찾느라 난리법석을 떠는 사이 아버지 목에 걸렸던 소시지가 뒤늦게 넘어가 주었던 모양이었다. 아버지와 나는 가슴을 쓸어내리며 집으로 돌아왔다. 이 사건이 있은 후로 주말이면 토요일은 누나가 본가에 와서 하루 아버지를 보살폈다. 일주일 내내 일을 하느라 피곤했겠지만 아직 몸 상태가 완전히 돌아오지 못한 내가 동생이 주말 일을 나간 후 홀로 아버지를 돌보는 일은 무리인 것 같다는 판단 때문이었다.

다시금 아버지의 주말 3일에는 온 가족이 투입되기 시작했다. 그렇게 아버지의 요양 병원과 집을 오가는 일상은 기약도 없이 지속되고 있었다.

# 요양 병원 희로애락

요양 병원 생활이 한 달을 넘기고 나니 이제 병원의 모습이 내 눈에도 대충 들어오기 시작했다. 그 중에서도 일반 병원과 요양 병원의 차이를 가장 크게 구분할 수 있는 것은 환자의 치료 부분이었다.

이 병원에 입원한 환자들은 대부분 중증 질환을 앓고 계시는 고령의 노인들이다. 따라서 이곳을 찾는 노인들 대부분은 이곳에서 병의 치료나 완치를 위해 입원해 있는 분은 거의 없었다. 아이러니하게도 이 병원은 병원임에도 불구하고 치료를 목적으로 하기보다는 관리를 목적으로 하는 병원이라고 표현하는 것이 맞을 것 같아 보였다.

처음 요양 병원을 찾아다니며 신경과 의료진이 있는 요양 병원이 없어 그런 병원을 찾아 여기저기를 다녔던 기억이 있다. 하지만 이곳에 와서 시간이 지나고 병원의 돌아가는 사정을 알고 보니 요양 병원에 왜 신경과 의사가 있는 곳이 없었는지 그 이유를 알 것 같았다.

요양 병원 의사들은 거의 대부분 내과나 가정의학과 의사들이 많았다. 처음 입원해서 병원 의사와 만났을 때 담당 의사는 기존에 아버지가 다니시고 약을 받던 병원이 있으면 계속 다니실 것을 권유했다. 드시던 약을 요양 병원에서 처방을 할 수도 있지만 환자의 상태를 정확히 아는 의사의 처방이 더 효율적일 것 같다고 이야기했다.

결국 요양 병원에서 의사의 역할은 깊은 병의 치료가 아닌 병원을 찾은 환자의 유지 관리 정도라는 표현이 맞을 듯 보였다. 물론 드러나는 소소한 증상들에 대한 조치나 치료는 이루어지고 있지만 병원을 찾게 만들었던 깊은 병들에 대해서는 기존의 입원 전 병원의 외래를 계속 이용하는 환자들이 많았다. 따라서 아버지도 신촌 세브란스 병원과 한일 병원 신경과는 그대로 외래를 다니기로 했다.

다만 예전보다 기간을 조금은 길게 두고 병원을 찾게 했다. 지금의 아버지의 몸 상태로 예전처럼 병원 외래를 방문하는 일이 그렇게 쉬운 일은 아니었기 때문이었다.

요양 병원의 의사는 병원 원장이 계시고 각 층별로 담당 의사가 한 분씩 상주하고 있었다. 원장은 경력이 있어 보이는 나이가 지긋한 분이셨지만 각 층에 있는 담당 의사들은 이제 막 전문의 자격을 취득한 젊은 의사들이 대부분이었다. 하루 한 번 있는 원장의 회진은 그저 병실을 한번 둘러보고 별일 없나 살피는 정도의 가벼운 체크였다.

일반 병원처럼 담당 의사가 회진을 하고 다른 의사들이 뒤를 따르며 회진을 하는 모습이나 차트를 보며 환자의 상태를 상의하는 풍경은 찾아보기 힘들었다. 하루에 한 번 정도 원장님 혼자 "밤 사이 안녕하세요"라며 아침 문안드리듯 병실을 돌거나, 가끔 "식사는 잘 하시죠"라는 말로 안부를 묻는 정도였다.

물론 그 후 각층 담당 의사가 정식 회진을 돌기는 하지만 그조차도 환자의 상태를 살피는 수준이지 일반 병원처럼 환자의 증상에 관한 심도 깊은 관찰은 없는 듯 보였다. 따라서 요양 병원에 입원한 대부분의 환자들은 그 정도 수준의 병원 관리를 받으며 각자 인생의 마지막 시간을 준비하고 있는 것처럼 느껴졌다.

결국 이곳의 환자들을 가장 직접적으로 관리하는 사람은 병원 간호사들이었다. 요양 병원에 근무하는 간호사들은 대부분 연령대가 높은 분들이었다. 일반 병원 간호사를 기준으로 한다면 왕고참 간호사 급의 나이가 드신 분들이 대부분이셨다. 어림잡아 평균 연령이 50대 이상은 되는 것 같았다.

그 간호사들이 환자와 가장 직접적인 일들을 처리하는 당사자였다. 하지만 그들의 업무도 분명한 가이드 라인이 있었다. 결국 그런 간호사조차 의료와 관련된 일만을 하고 있기 때문에 병원의 가장 주 업무인 환자를 관리하는 일은 결국 간병인들이 모두 하고 있다고 해도 과언은 아니었다.

처음 아버지가 요양 병원에 입원을 하고 내가 가장 많이 대면한 사람도 간호사였다. 이런저런 요구 사항이 생길 때마다 간호사를 찾아가 요청을 했고 요청한 사항이 받아들여지지 않을 때는 재차 거친 항의를 하기도 했었다. 그런데 그런 간호사와의 일이 발생할 때면 아버지 병실의 담당 간병인 아줌마가 안절부절못하는 모습이 자주 눈에 들어왔다.

처음부터 그런 모습을 발견한 것은 아니었는데 자주 그런 일이 있으면서 내가 간호사들이 근무하는 곳에 가서 따지고 실랑이를 벌이고 있으면 어느 사이 간병인 아줌마가 내 옆에 와 있는 모습이 보이기 시작했다. 그런데 그럴 때마다 간병인 아줌마의 그 모습이 몹시 불안해 보였다. 어찌해야 할지를 몰라 안절부절 못하고 있는 듯 보였다.

나는 그 당시에는 간병인 아줌마의 그런 모습이 눈에 들어오지 않아 크게 신경을 쓰지 않았지만 이후 아줌마와 좀 더 친분이 쌓이고 난 후 그 이유를 깨닫게 되고는 조심을 할 수밖에 없었다. 병원의 특성상 병실에서 일어나는 모든 일의 1차 책임은 모두 간병인에게 있는 것 같았다.

그 일이 의료적인 일이건 그러지 않은 일상적인 일이건 상관없이 병실에서 일어나는 일의 1차 책임자는 간병인이었다. 따라서 병실에서 일어나는 일로 제기되는 모든 사항은 결국 고스란히 간병인 아줌마의 문제로 귀결되었다.

한 가지 더 큰 문제는 이 병원은 우리처럼 보호자가 매일 찾아와 환자를 살피고 돌보는 사람이 없다는 사실이었다. 물론 우리 말고도 매일 병원을 찾는 보호자는 있었다. 심한 경우 병원에 계시던 어머니를 보러 매일 병원을 찾던 여자 보호자 한 분은 어머니가 돌아가신 후에도 지속적으로 병원을 찾아와 자신의 어머니와 생활하던 다른 환자들을 매일 만나는 분도 있었다. 하지만 그분이나 우리 식구들은 이 병원에서는 전례를 찾아보기 힘든 특별한 경우의 보호자였다.

대부분 환자들의 보호자들은 주말에 한 번 아니면 몇 주나 한 달에 한 번 정도 병원을 찾아오는 것이 일반적이었다. 따라서 보호자가 의사나 간호사를 찾아와 환자의 관리에 대한 요청을 하거나 개선을 요구하는 일은 그렇게 자주 있는 일은 아니었다. 물론 오랜만에 병원을 찾았다가 환자에게 예상치 못한 문제가 발견될 경우에는 한바탕 병원이 시끄러워지는 항의가 생기는 경우도 왕왕 있었다.

예를 들어 병원의 관리 소홀로 환자가 침대에서 낙상을 하여 골절을 입는다거나 예상치 않았던 부위에 상처를 입는 경우, 그날 병원은 항의하는 보호자로 인해 한바탕 시끄러운 일이 생기고는 했다. 하지만 이런 경우는 정말 가끔 발생하는 이례적인 일이고 나처럼 입원을 시키고 매일 병원을 찾아와 시시각각 아버지에 관한 요구사항을 늘어놓는 보호자는 찾아보기 힘들었다. 따라서 병원에서 나의 존재는 자신들을 피곤하게 하는 일종의 '진상 보호자' 정도에 해당된다고 보면 될 것 같았다.

결국 나의 요구나 항의는 이후 늘 간병인 아줌마에 대한 질책으로 이어지고 있었다. 질책의 내용은 왜 환자 관리를 잘 하지 못해서 보호자 입에서 그런 이야기가 나오게 만드냐는 그런 것이었다. 하지만 내가 볼때는 정작 그 질책을 받아야 할 사람은 간병인이 아니라 그런 상황을 유발한 병원 측인 듯 보였지만 여기의 상황은 그렇지 않은 것 같았다.

결국 나의 개선을 위한 거듭된 요구나 항의가 아버지의 병원 생활에 개선을 가져올 것 같아 보이지 않았다. 내가 그곳에서 24시간 아버지를 지키는 것이 아니라면 그곳 룰에 어느 정도는 적응을 하는 것도 필요할 듯 보였다. 하지만 누구보다도 병원을 많이 다녀 보았고 입원 생활 또한 남부럽지 않게 경험해 보았던 나로서는 처음 이곳의 돌아가는 일들이 온통 불만 그 자체였다.

그렇다고 뭐가 크게 잘못되고 있는 것은 아니었지만 더 잘 할 수 있는 일들이 눈에 보여도 그 어느 누구도 개선을 위한 노력을 하는 사람은 없는 것 같았다. 하지만 내가 어느 정도 선에서 더 이상 병원에 요구나 항의를 하지 않았던 더 큰 이유는 간병인 아줌마 때문이었다. 더 이상 나로 인해 아줌마가 간호사들에게 야단을 맞는 일을 만들고 싶지 않았다. 결국 그 후로는 요구 사항이 생기면 직접 병원에 이야기하지 않고 간병인 아줌마에게 이야기를 드렸다.

그러면 눈치가 빠른 간병인 아줌마는 나도 모르게 간호사들도 모르게 자신만의 방법으로 나의 민원을 조용히 처리해 주고는 했다. 결국 누가 해야 할 병원의 일이라면 그것이 정말 전문적인 의료 행위가 아닌 이상 간병인 아줌마 선에서 모든 정리가 가능했다고 보면 될 것 같았다.

간호사의 업무 영역이 어디까지 정해져 있는지는 정확히 알 수는 없지만 가끔은 그 모호한 경계가 간병인 손에 의해 조용히 정리되고는 했던 것이다. 그렇게 보자면 옆방 1호실 아저씨는 더 대단한 분이셨다. 6명의 501호 환자들을 보살피는 일은 물론이요, 각방의 힘이 필요한 부분의 도움, 더 나아가서는 병원의 소소한 지원 업무까지 많은 일들이 그분의 손을 거쳐 이루어졌다.

환자들이 목욕을 하는 날이면 무거운 환자들을 목욕용 이동식 침대에 옮기는 일이며 외출을 나가는 환자를 휠체어에 태우고 내리는 일까지 힘이 필요한 곳에는 언제나 그가 있었다. 또한 환자들이 소비하는 각종 물품의 수령 배포 현황 정리와 하루 세 번, 4층 식당에서 식사를 담은 커다란 카트를 가져오고 반납하는 일까지 1호 아저씨가 하시는 일은 수를 헤아리기 힘들 정도였다.

결국 요양 병원의 생활이란 아주 약간의 의사의 보살핌과 아주 조금의 간호사의 관리 그리고 전폭적인 간병인의 병수발로 움직이는 곳이라고 해도 과언은 아니었다. 그 모습을 다른 관점에서 보자면 중병의 부모님을 모시는 일을 집의 가족을 대신해 요양 병원 중국동포 간병인이 대신하고 있는 곳이 요양 병원이라고 표현하는 것이 옳을 듯 보였다. 그래서일까? 주변에서는 부모님을 요양 병원에 모시면 대부분 1년을 넘기기 힘들다는 흉흉한 소문들이 돌아다녔다.

눈앞에 마주한 진실은 아팠다. 그런 곳에서의 힘겨운 1년이 부모님의 마지막 시간이라고 생각한다면 더욱 그랬다. 힘들고 고달픈 일생을 살며 자신이 해야 할 인생의 숙제를 모두 마치고 이제는 편안한 인생의 휴식을 맞아야 할 사람들의 마지막 종착역이 결국 이곳이라니. 생각할수록 그 현실은 아프고 슬펐다.

따지고 보면 요양 병원의 업무 중 간병인의 비중이 가장 높은 이유라면 이유일 수 있는 것은 환자 보호자의 부재라고 할 수 있다. 이곳은 일반 병원처럼 보호자가 환자 곁을 지키는 풍경은 극히 드물다. 결국 환자 곁을 지키는 사람은 언제나 간병인뿐이라고 해도 과언이 아니다. 이곳 환자의 대부분은 거동이 불편한 중증 노인들이다.

그 중 절반가량은 치매를 앓고 계시는 분들이고 나머지 절반 정도는 거동이 어려워 대소변 수발을 해야 하거나 식사도 다른 사람의 도움이 필요한 분들이다. 처음 이곳에 왔을 때는 이곳에 계시는 환자분들을 외형적으로만 보면 오히려 일부 치매 환자분들이 다른 중증 환자들보다 나아 보이기도 했었다.

일부 치매 환자분들 중에는 거동도 자유롭고 대화도 잘 하시고 식사도 잘 하시니 저분은 왜 이곳에 계실까 하는 의구심이 들게 만드는 분들도 많이 계셨다. 나를 처음 혼란에 빠지게 했던 분은 중학교 동창인 친구의 아버지셨다.

그곳에는 중학교 동창인 동네 친구의 아버지가 501호에 입원해 계셨다. 고등학교 때에는 그 친구 집에 자주 놀러 가기도 했었기 때문에 친구의 아버지는 내게는 친숙한 분이셨다. 아버님을 병원에서 처음 뵙고 한참 후 문병을 왔던 친구를 만나 이야기를 듣기 전까지 나는 친구 아버님의 이야기를 모두 믿고 내 친구를 오해했던 시간이 있었다.

친구 아버님은 언제나 5층 로비 의자에 나와 앉아 계셨다. 병원을 찾으면 아버지 병실에 들어서기 전 가장 먼저 만나게 되는 사람이 친구 아버님이었다. 나는 병실에 들어가기에 앞서 친구 아버님에게 가장 먼저 인사를 드렸다. 나의 인사를 받은 친구 아버님은 항상 나에게 당신의 아들의 안부를 물으셨다.

"우리 아들 연락처 있어?"

"요즘 우리 아들은 무슨 일 하구 있어?"

"통 얼굴을 못 보니 궁금해 죽겠어. 연락되면 말 좀 전해줘. 내가 보고 싶어 한다고."

친구 아버님의 이야기를 들으면서 나는 친구에 대한 오해가 조금은 쌓이기 시작했다. 아니 아무리 바빠도 그렇지 어떻게 아버지를 한 번도 찾아뵙지 않아 늘 자식의 안부를 내게 물어보게 하는 것인지? 연락처가 있기는 했지만 그렇다고 바로 친구에게 전화는 하지 않았다.

나름 무슨 사연이 있었겠지 생각을 하며 시간을 흘려보냈다. 물론 내가 관여할 수 있는 범위도 아닌 듯 보였다. 그런데 한 가지 궁금한 점이 있었다. 친구 아버님은 어디가 아프서서 입원해 계시는 것인지 그 이유가 보이지 않았던 것이다. 몸도 건강해 보이고 말씀도 잘 하시고 어디가 아픈 분처럼 보이지는 않았다. 하지만 그 궁금증과 친구에 대한 오해는 친구를 만나고 금방 풀려 버렸다.

얼마 지나지 않아 병원을 찾은 친구를 5층 로비에서 마주했다. 나도 친구도 학교를 졸업하고 오랜만에 만나는 반가운 시간이었다. 친구와 반가운 인사를 나누고 친구도 우리 아버지 병실에 찾아와 아버지께 인사도 드렸다. 이런저런 이야기를 나누다가 궁금해서 도저히 더 이상은 참지 못하고 질문부터 꺼냈다.

"아버님은 어디가 아프서서 입원하셨어?"

"응 치매가 심해서."

모든 궁금증은 거기서 풀리고 말았다. 신기하게도 친구 아버님은 나와 대화를 할 때만큼은 정상인에 가까운 모습을 보였기 때문에 나는 그분이 치매를 앓고 계실 거라고는 전혀 생각하지 못했다.

친구는 아버님이 치매로 어머니를 너무 힘들게 하셔서, 어머니가 먼저 병이 나실 것 같아 아버지를 입원시키게 되었다고 했다. 현재 자신은 멀리 양재동에 살아서 자주는 오지 못하고 한 달에 두 번 정도 찾아뵙는다는 말도 덧붙였다.

친구의 말을 들으며 생각해 보니 친구 아버님은 나를 만날 때마다 매일 같은 질문을 반복했던 일이 생각났다. 처음에는 아들이 그리워 그러는 것으로 생각했는데, 돌이켜 생각해 보니 나는 같은 질문을 몇 달이 넘도록 반복적으로 듣고 있었던 것이다. 치매를 앓고 계시는 친구 아버지에게 아들에 대한 기억은 연락이 뜸했었던 과거 어느 시간에서 멈춰 버린 것 같았다.

그렇게 그곳 요양 병원은 다양한 삶의 세계가 공존하는 곳이었다. 몸을 움직일 수 없을 만큼 심한 병으로 인해 남은 삶을 누워서 보내야 하는 침대 위의 삶. 자유롭게 병원을 누비고 있지만 어느 순간에 멈춰버린 기억으로 인해 남들과는 다른 세상을 보고 있는 자기만의 삶. 더 이상 자신을 보살피지 못하는 가족을 대신해 병원의 손길로 인생의 마지막을 향해 가고 있는 외로운 삶.

그렇게 다양한 사람의 다양한 삶이 공존하고 있었지만, 그들에게 정작 없는 것이 하나 있었다. 가족이었다. 그 병원 모든 환자들도 분명 가족이 있는 사람들이었다. 하지만 몇 달이 넘게 그곳을 드나들어도 그 가족들의 모습을 찾아보기란 쉬운 일이 아니었다. 물론 내가 가는 시간이 아닌 다른 시간에 병원을 찾는 경우도 있을 수 있었다.

대부분 가족들이 병원을 찾는 주말에는 나와 아버지는 집에 와 있으니 그렇게 보일 수도 있을 것 같았다. 하지만 자기 삶의 마지막이 될지 모르는 대부분의 시간들을 그렇게 홀로 견디어 내야 하는 그분들의 모습은 내게 아픈 모습으로 다가왔다. 한 사람의 외롭고 처절한 생의 마지막 시간이 흘러가고 있는 곳, 그곳이 바로 요양 병원이었다. 하지만 나는 누구보다 그 서글픈 현실을 인식하고 있는 사람 중 하나였다.

아픈 아버지를 위해 9년간 전 가족이 매달려 보살폈지만 우리 또한 그 마지막엔 아버지를 모시고 이곳을 찾았기 때문이었다. 단지 내가 아프다는 이유 때문에 잠시 얻어진 시간으로 매일 병원을 찾는 것과 달리, 생업을 위해 자주 병원을 찾지 못하는 것의 차이는 그렇게 커 보이지 않았다. 정작 이곳을 찾는 그 당사자들은 자신들의 가족이 자신을 찾는 여부와 관계없이 이곳의 시간에 이미 자신을 의탁하고 살고 있는 듯 보였다.

홀로 세상에 나왔던 한 사람의 삶이 결국 마지막 순간에도 철저히 혼자가 되어가는 모습을 바라보는 일은 힘들고 아프지만 거부 할 수 없는 현실이기도 했다.

어느 날 병원을 찾았더니 갑산 할아버지가 코에 호흡기를 달고 계셨다. 지난 밤부터 숨쉬기 힘들어하셔서 달아 드렸다고 했다. 어제까지 갑산 할아버지는 예전이나 다름 없으셨는데, 지난 밤 사이 갑자기 몸 상태가 좋지 않아지신 듯 보였다. 하지만 오후가 되자 불편하다고 다시 호흡기를 빼시더니 얼마 지나지 않아 다시 호흡이 힘들다며 호흡기를 넣는 모습을 보고 집으로 왔다.

그리고 다음날 오전 병원에 갔더니 갑산 할아버지 침상이 비어 있었다. 갑산 할아버지는 그렇게 침대에 앉아 병원을 호령하시더니, 단 이틀간 호흡을 힘들어하시다가 조용히 세상을 떠나셨다. 502호 병실에 큰 기둥이 무너진 것 같았다. 더욱 안타까운 일은 새벽에 갑자기 돌아가셔서 멀리 부산에 있는 가족은 아직 병원에 도착도 하지 못하고 있었다.

4층에 계시는 갑산 할아버지네 할머니는 치매로 할아버지의 임종 자체를 인지하지 못하고 계신다고 했다. 5층 빈 입원실에 홀로 누워 계시는 갑산 할아버지를 뵈러 갔다. 주무시는 것처럼 편안히 눈을 감고 계셨다. 할아버지 앞에 고개를 숙이고 짧은 작별의 기도를 드렸다. 아니 짧은 감사의 작별 인사를 드렸다.

처음 요양 병원에 와서 적응하는 몇 달 동안 우리에게 많은 도움을 주시고 아버지 옆 침상에서 아버지를 많이 보살펴 주셨던 고마움에 대한 감사 인사였다. 항상 남쪽에 사시면서도 함경도 갑산에 있는 북쪽의 가족을 그리워하시며 사셨던 할아버지는 북쪽 가족의 배웅도, 남쪽 가족의 배웅도 받지 못하시고 그렇게 조용히 당신의 삶을 마감하셨다.

96년 굴곡의 시간을 사셨던 갑산 할아버지의 마지막 시간은 그렇게 홀로 조용히 지나갔다. 갑산 할아버지가 떠나시고 얼마 후 갑산 할아버지가 계시던 침상에는 용이 아저씨가 들어오셨다. 갑작스러운 병환으로 오랫동안 일반 병원 생활을 하시던 용이 아저씨는 긴 일반 병원 입원 생활을 정리하시고 요양 병원에 들어오셨다고 했다.

자녀들은 모두 시집 장가를 보내고 두 분만 사시던 용이 아저씨네 아주머니는 그간 병원 생활로 많이 지쳐 계신 듯 보였다. 그 집뿐만 아니라 대부분 이곳을 찾은 분들의 사연은 비슷했다. 옆 침상 석이 아저씨네도 마찬가지였다.

병원 인근 우이동에 사시던 석이 아저씨네 가족은 비교적 이른 나이에 큰 병을 얻으신 아저씨로 인해 결국은 그 아들까지 다니던 직장을 그만두고 아저씨 간병에 매달렸다고 한다. 하지만 결국 병은 더욱 깊어지고 서울의 집까지 병원비로 청산을 하고는 남양주로 이사를 했다고 했다. 결국 이사를 하면서 아저씨만 계시던 요양 병원에 남겨두고, 자신들은 서울을 떠나게 되었다고 한다. 석이 아저씨네 아주머니는 친정어머니까지 치매가 오게 되자 남양주와 우이동을 오가며 두 환자를 돌보고 계시다고 했다.

이야기를 들어보면 대부분 이곳을 찾은 가족들은 우리 가족이 겪은 힘겨운 시간들과 비슷한 경험들을 가지고 있었다. 기간이나 병명만 조금씩 다를 뿐 그 고통의 시간들은 시시콜콜 긴 이야기를 듣지 않아도 마음속까지 공감이 갈 사연들이었다.

나는 요양 병원 생활이 처음인 용이 아저씨네를 위해 가능한 한 많은 설명을 해 드렸다. 갑산 할아버지가 우리에게 일러 주셨던 그 많은 정보들과 내가 몇 달의 생활을 통해 얻은 지식들을 고스란히 용이 아저씨네 아주머니에게 전달해 드렸다. 우리가 이곳에 처음 왔을 때 갑산 할아버지가 해 주셨던 것처럼. 특히나 이곳에 입원해 용이 아저씨의 치료에 관심이 많으셨던 아주머니에게는 더 많은 설명이 필요했다.

병원이지만 병원이 아닌 듯한 이곳의 현실을 이해시키기까지는 긴 시간과 긴 설명이 필요했다. 이곳에 오기 전까지 일반 병원에서 진행하셨던 치료는 그냥 계속 그곳에서 치료하시도록 권유해 드렸다. 병원에 입원해 있으면서 다시 병원 외래를 다니며 진료를 받아야 한다는 사실을 이해하지 못하셨던 아주머니를 이해시키려면 다른 방법이 없었다. 마치 우리가 초기에 신경과 의사가 상주하는 요양 병원을 찾아다니던 시절과 같은 상황처럼 보였다.

병원 환자들의 상태나 보호자의 형편과는 상관없이 이곳을 찾는 보호자의 유형을 구분한다면 크게 세 가지 정도로 나눌 수 있다. 첫 번째는 매일 방문 유형 보호자이다. 시간이나 횟수는 조금 다르지만 거의 매일 방문을 하는 유형이다. 두 번째는 정기 방문 유형이다. 일정 시간을 두고 정기적으로 방문을 하는 유형이다. 세 번째는 연중 행사 유형이다. 긴 시간을 두고 일 년에 몇 번 방문을 하는 유형이다. 용이 아저씨네 아주머니는 첫 번째 유형의 분이셨다. 병원에서 도보로 30분 거리에 집이 있으셔서 매일 걸어서 집과 병원을 오가고 계셨다.

처음에는 오전이나 오후 시간을 이용해 병원을 찾으셨지만 나중에는 간병인 아주머니와 나랑 친분이 쌓이고 난 후에는 나와 같은 식사 시간을 이용해 병원에 오셨다. 간병인 아줌마가 환자를 릴레이로 밥을 먹이는 장면을 보시고는 나와 같은 생각을 하셨던 것 같았다. 병실을 찾으면 인사할 사람이 있고 대화할 대상이 있다는 일은 무료한 병실 방문에 도움이 되는 일이었다. 다른 집 보호자들도 모두 같은 심정이었다.

그곳의 보호자들은 서로의 마음을 길게 설명하지 않아도 절반 정도는 이해할 수 있는 관계였다. 서로가 서로의 수고와 아픔을 이해하고 있는 사이라고 할 수 있었다. 마치 고달픈 타향살이에 고향 사람을 만난 기분이랄까?

그 후 용이 아저씨네 가족과는 그런 공감대를 바탕으로 힘든 병원 생활에 도움을 주고받는 가족 같은 친분을 유지하며 지냈었다. 서로의 고충을 털어놓을 상대가 있다는 자체만으로도 서로에게 큰 위로가 되는 것이 요양 병원의 보호자 생활 같았다. 그 대상이 누구인지는 중요하지 않았다. 그저 내 이야기를 들어주는 것만으로 고맙고 감사한 일이었다.

거기에 나의 이야기를 세상 누구보다 공감해 준다는 사실은 잠시나마 마음의 짐을 나눌 수 있는 소중한 시간이었다. 나의 몸도 시간이 흐를수록 조금씩 회복을 하고 있었다. 이제는 일주일에 몇 번은 걸어서 병원에 가기도 했다. 내가 다니던 병원에서 내게 운동을 하라는 권고를 했기 때문이었다.

밥 먹고 나면 혈당이 치솟아 침대까지 가기도 힘이 들어 벌벌 기어서 침대로 달려갔던 때에 비하면 놀라운 회복이었다. 조금씩 몸을 움직이는 시간을 늘려가면서 800이 넘던 높은 혈당 수치가 400대에서 200대으로 점차 줄어들고 있었다. 몸이 조금씩 회복되면서 내가 병원을 찾는 횟수도 점차 늘어가고 있었다. 겨우 몸을 움직여 요양 병원을 찾던 때에 비하면 걸어서 병원을 갈 수 있다는 사실 하나로도 감사할 일이었다.

몸 상태가 좋아지고 있다는 방증은 내가 병원에 체류하는 시간이 길어지고 있다는 것이었다. 이제 나의 일상은 점점 집과 요양 병원을 반복적으로 오고 가는 일로 하루가 채워지고 있었다.

오전에 병원에 들러 밤사이 안부를 살피고, 다시 점심시간에 맞춰 식사를 살피고, 다시 저녁식사 시간에 맞춰 병원에 들렀다. 밤 시간에는 동생이 주로 병원을 찾았다. 가능하면 밤 시간에 동생에게 가도록 부탁을 했던 데에는 그럴만한 이유가 있었다.

밤 시간에 내가 가면 아버지가 나를 놓아주지 않고 계속 붙잡고 계시기 때문이었다. 밤 시간은 다른 환자들과 간병인 아줌마도 주무셔야 하기 때문에 늦게까지 병실에 머물 수가 없었다. 그런데 아버지는 늘 조금 더 병실에 남아 있기를 원해서 밤에 집으로 가려면 계속 아버지와 실랑이를 벌여야 했다.

다른 분들은 이미 침상에 누워 주무실 준비를 마쳤고 간병인 아줌마도 우리가 빨리 가야 피곤한 몸을 누일 수 있는데, 아버지는 조금 더 있다가 가라고 늘 나를 잡으시는 난감한 상황이었다. 그렇다고 그때가 아주 늦은 시간은 아니었다. 이곳은 저녁 9시면 취침 시간에 들어가기 때문에 8시 30분이 넘으면 모든 병실이 잘 준비를 마친다. 해서 가끔 8시 30분까지 병실에 남아 있으면 당직 간호사가 찾아와 이젠 가시라며 등을 밀어내는 경우도 종종 있었다.

그러던 어느 날, 그날도 나를 잡는 아버지와 오랜 실랑이 끝에 간신히 아버지를 설득해 병원을 나왔다. 그렇게 아버지를 어두운 병실에 남겨두고 병원을 나서면 늘 집으로 향하는 나의 발걸음은 무겁기만 했다. 10분만 더 있다가 가라고 하시던 아버지 부탁을 뒤로하고 병원 문을 나서 차에 올랐다.

차를 몰고 집으로 오는 길은 어둡고 조용하다. 심란한 마음에 라디오를 켰다. 덕성여대 후문 앞을 지날 무렵 라디오에서 노래 한 곡이 흘러나왔다. 음악의 노래 가사가 순간 내 마음 속으로 강하게 밀려들었다.

"너무 외롭다 나 눈물이 난다 내 인생은 이토록 화려한데 고독이 온다 넌 나에게 묻는다 너는 이 순간 진짜 행복하니 난 대답한다 난 너무 외롭다 내가 존재하는 이유는 뭘까."

달리는 차 안에서 나는 그 노래 한 곡에 그냥 무너져 버렸다. 어제가 오늘 같은 일상 속 나. 병원에서도 집에서도 어디에 계셔도 힘들기만 한 아버지의 현실, 내 몸도 추스르지 못하는 현실 속에서 매일처럼 아버지 병원만 오고 가고 있는 내 일상.

10분만 더 있다가 가라는 아버지의 부탁을 뿌리치고 돌아서 나온 차에서 들리는 노래 가사에 종잇장처럼 얇아진 내 마음이 우르르 무너져 버렸다. 아니 그 노래에 내가 무너져 버렸다. 노래가 끝나기도 전에 차는 이미 아파트 주차장에 도착했다. 하지만 나는 내릴 수 없었다. 이미 터져버린 눈물이 멈출 것 같아 보이지 않았다. 주차장 차 안에 앉아 그렇게 혼자 한참을 울었다. 나는 그 노래 속 가사처럼 내 자신에게 묻고 싶었다.

'지금 이 순간 너는 행복하니?'

앞이 보이지 않았다. 바닥을 쳤던 내 몸이 조금씩 회복될수록 아버지 몸은 그만큼 더 굳어가고 있었다. 그렇게 아버지의 요양 병원 생활은 다시 두 계절을 지나고 있었다. 여름이 시작될 무렵 들어온 이곳에도 깊숙한 가을이 드리우고 있었다.

# 마지막 시련

시간은 흐른다. 나의 일상과 상관없이 그 시간이 고통의 연속일지라도 시간은 그렇게 그냥 흐른다. 요양 병원에서 맞은 첫 겨울은 몹시 추웠다.

금요일 오후 아버지를 모시고 집으로 오는 길은 그래서 더욱 험난했다. 두꺼운 옷으로 아버지를 꽁꽁 싸매고 휠체어에 아버지를 어렵사리 들어서 앉혀 드리면 겨우 병원을 빠져 나올 수 있었다. 털모자에 털장갑, 목도리로 중무장을 했지만 혹시라도 감기에 걸리지 않을까 조심 또 조심했다.

문제는 병원에서 나와 차에 오르기까지 몇 분간의 시간이었다. 최대한 빠르게 아버지를 차에 타시게 해야 하는데 몸이 완전히 굳어져 버린 아버지는 스스로 몸을 전혀 지탱하지 못하셨다.

동생과 내가 차 안팎에서 들고 당겨서 겨우 차 안에 진입하는 것은 예전과 같았지만 이제는 집에 도착할 때까지 중심을 잡지 못하시는 아버지를 동생이나 내가 몸으로 지탱하고 있어야 했다.

몸을 지탱할 힘이 조금이라도 남아 있던 여름 무렵과는 비교하기 힘든 상황이었다. 아버지의 팔과 다리는 어느 날부터 굳어진 그 상태로 전혀 움직이지 못하고 계셨다. 마치 예전 드룸 홀리데이를 했던 그때의 모습이었다. 다시 집에 도착을 하면 다시금 빠르게 아버지를 집으로 모셔야 했다.

찬바람 노출을 최소화하기 위해서는 아무리 힘이 들어도 빠르게 아버지를 들고 앉히고 해야 했다. 지금 아버지 몸 상태에서 감기는 치명적인 질병으로 이어질 위험한 병이었다. 따라서 날씨가 추워지면서 병원에서는 항상 감기나 독감에 걸릴 것을 염려해 아버지의 외출을 자제하라고 했었다. 하지만 일주일을 집에 오시는 날만 기다리고 계시는 아버지를 주말 내내 병원에 두기는 힘들었다.

결국 독감 예방주사를 맞고 외부 공기와의 노출을 최소화하며 주말 외출은 계속되었다. 그나마 다행스러운 것은 아직까지는 음식을 넘기시는 일이 가까스로 가능했다는 것이다. 정작 문제는 약을 드시는 일이었다. 이제는 약을 스스로 입에 넣고 목으로 넘기기 어려운 지경에 이르셨던 것이다.

결국 우리가 선택한 방법은 손을 깨끗이 씻고 알약을 손가락으로 들어 아버지 목안 깊숙이 넣어 드린 후 물을 드려 넘기게 해드리는 방법이었다. 물을 드리는 타이밍이 조금만 늦어도 알약이 목안에 붙어 버릴 수 있기 때문에 신속한 동작으로 물을 드려야 했다. 따라서 약을 드리는 일은 집에서나 병원에서나 가능하면 내가 직접 했다.

결국 아버지는 눈동자와 입만 당신의 의지대로 움직이실 수 있는 상태였다. 말을 하시기는 하지만 의사 전달이 예전만큼 정확하지는 못했다. 그마저도 기능이 살아있는 입도 식도 부분의 기능은 현저하게 떨어져 물 한 모금 넘기는 일도 신중을 기해야 했다. 그러다 보니 주말 3일간, 집에서 아버지를 돌보는 일은 무엇 하나 쉬운 일이 없었다.

하나에서 열까지 다른 사람의 도움을 필요로 하는 상황에서 아버지 곁을 잠시도 비울 수 없는 시간의 연속이었다. 따라서 내가 아버지를 주말 내내 돌보는 일은 당시의 나의 체력으로는 역부족이었다. 우리 삼 남매는 순번을 정해 3일간 아버지와 집에서 시간을 함께 보냈다.

금요일에 아버지가 집에 도착하면 토요일 오전까지는 내가 아버지를 돌봤다. 아무래도 음식이며 여러 가지 아버지를 맞을 준비를 하는 일은 내가 주로 했기 때문에 첫날부터 다른 사람이 아버지를 돌보기는 어려웠다. 아버지와 하룻밤을 보내고 나면 토요일에 누나가 왔다. 누나는 토요일 밤을 아버지와 보내고 일요일 아침 동생과 교대를 했다.

하지만 주말에도 일을 해야 하는 동생 때문에 대부분 일요일 아침엔 내가 다시 가서 교대를 해 주었다. 동생은 주로 일요일 낮 시간을 책임졌다. 일요일 오전 중에 동생과 교대가 되는 날은 겨우 교회에 가서 예배를 드리는 호사를 누릴 수 있었다.

일요일 교회를 가는 일은 내게는 일주일에 한 번 나의 일상을 누군가에게 털어놓고 푸념을 늘어놓을 수 있는 시간이 되었다. 그렇게라도 교회에 가서 힘든 시간의 흔적들을 내려놓고 오고 싶었다. 당시 내 예배는 누구를 위해 기도한다기보다는 그냥 내가 힘들다는 푸념을 한 시간 내내 늘어놓고 왔다는 표현이 맞을 것 같았다.

어머니의 뱃속에서부터 다녔던 교회였지만 이때처럼 매주일 교회에 가고 싶었던 시간은 없었던 것 같았다. 힘겨운 시간 속에서 내가 유일하게 기댈 곳은 교회뿐인 듯 보였다. 그해에도 어김없이 크리스마스 이브가 찾아왔다.

세상 곳곳에서는 모두가 성탄의 전야를 맞아 행복한 분위기로 가득했다. 그날도 나는 아버지와 단둘이 집에 남았다. 아버지 좋아하시는 생크림 조각 케이크를 사다가 나누어 먹는 것으로 우리만의 성탄 전야를 즐겼다. 달달한 케이크를 먹고 아버지도 나도 편안해진 마음으로 침대에 나란히 누웠다.

아버지가 입을 열었다.

"너 아파트 전세 만기가 언제까지라고 했지?"

"아직 일 년 가까이 남았어요."

"성우야, 이번 전세 만기 끝나면 이 집에 들어와 살면 안 되니?"

아버지는 의외의 말씀을 하셨다. 어머니가 세상을 떠나고 나서도 며느리와 사시는 것은 불편하다고 하시던 아버지가 이제서 갑자기 모여서 같이 살자고 하시니 조금은 놀랄 만한 이야기였다. 하지만 나는 아버지의 마음을 알 것 같았다.

"네, 그래 볼까요 아버지. 이제 우리 가족 모두 모여서 좁아도 지지고 볶고 살아 볼까요?"

"그래 그러자. 내년에는 이 집에서 우리 가족 모두 모여서 살자."

아버지 말을 들으며 나도 모르게 눈물이 났다. 고개를 벽 쪽으로 돌려 조용히 흐르는 눈물을 닦았다. 올 크리스마스 아버지의 작은 소망은 내년에는 본가에서 우리 가족이 모두 모여서 함께 지내는 것이었다.

나는 마음속으로 홀로 기도를 했다. 우리가 모여 같이 살자고 다짐한 내년 가을까지만이라도 아버지와 함께 있게 해달라고. 그렇게만 해 주신다면 집 안에 요양 병원 병실을 차리는 일이 있더라도 아버지의 소망을 이루게 해 드리겠다고 다짐했다. 하지만 현실에서는 아버지의 소망을 이루어 드릴 수 없었다.

평생을 후회로 남은 그 아버지의 작은 소망은 그때 들어 드려야 했던 소망이었다. 왜 아버지도 나도 전세 만기가 되는 1년 후 가을을 기다리며 먼 소망을 품었는지.

그해 겨울, 아버지에게는 또 다른 큰 시련이 기다리고 있었다. 얼마 후 아버지를 뵈러 병원을 찾았다. 목욕을 하는 날이라서 목욕 시간에 맞춰 서둘러 병원에 도착했다.

겨울이 되면서 피부가 더욱 건조해진 아버지를 위해 목욕을 하고 나면 보습이 강한 로션을 온몸에 고루 발라 드려야 했다. 장정 5명을 목욕시키는 일만으로도 보통 힘이 드는 일이 아닌지라 간병인 아줌마에게 로션을 바르는 일까지 부탁하기는 미안했다. 그래서 언제나 목욕을 하는 날에는 시간에 맞춰 병실에 가서 항상 아버지 몸에 로션을 바르는 일은 내가 직접 하고는 했었다.

목욕은 아버지를 이 병원에 모시게 된 가장 큰 이유 중 하나였다. 집에서는 동생과 내가 아무리 노력을 해도 지금의 아버지를 목욕시킬 방법이 없었다. 몸 관절이 모두 굳어버린 아버지는 결국 이동형 침상에 누운 상태로 목욕을 하셨다. 아버지를 들고 옮기고 하는 일은 1호 아저씨가 담당하셨다. 간병인 아줌마는 씻기는 역할을 하셨다. 아무리 1호 아저씨가 도움을 주셔도 장정 다섯을, 그것도 움직이지 못하는 노인들을 씻기는 일은 쉬운 일이 절대 아니었다. 그래도 간병인 아줌마는 머리도 감기고 몸도 구석구석 잘 씻겨 주셨다. 그 덕분인지 병원에 들어올 때 생겼던 욕창은 더 이상 재발하지 않고 있었다.

목욕도 목욕이지만 욕창을 방지하려면 스스로 몸을 움직이지 못하는 아버지를 위해 30분 단위로 아버지를 좌우로 돌려 드리며 누워있게 해 드려야 했다. 욕창은 그렇게 우리에게 민감하고 가장 조심해야 하는 것이었다. 따라서 나는 목욕 후 로션을 발라 드릴 때는 아버지의 온몸을 꼼꼼하게 살펴보았다.

어디 다시 욕창이 생길 기미가 있는 곳은 없나 구석구석 온몸을 살폈다. 그런데 그날 로션을 바르며 의외의 부위에 붉은 반점 형태가 나타나는 것을 발견했다. 손등과 발등에 붉은 반점 같은 것이 보였던 것이었다.

아버지 곁을 10년 가까이 지키면서 나는 각종 병원에 아버지를 모시고 다녔고 각 병원의 의사들을 만나 여러 증상에 대한 이야기를 들었다. 그러다 보니 보호자인 나도 병을 고칠 의사 수준은 되지 못해도 증상을 보면 어떤 병이 오고 있는지 정도는 가늠할 수준은 되었다. 그런데 지금 아버지의 반점이 보이는 부분은 욕창이 생길 곳이 아니었다.

반점은 욕창이 생기기 시작하는 증상과 유사해 보였다. 하지만 욕창은 대부분 피부와 침상의 닿는 부분에서 발생한다. 그런데 지금 붉은 반점이 보이는 부위는 대부분 하늘 쪽을 향하고 있는 곳이라 아무리 봐도 욕창이 생길 곳이 아니었다. 피부과 의사가 없는 요양 병원에서는 그저 연고를 조금 발라 보라는 처방을 하며 대수롭지 않게 생각했다.

자꾸 신경이 쓰이는 것이 이상한 불안감이 밀려왔다. 왜냐하면 그 반점은 시간이 흐를수록 점점 색이 짙어지고 있었기 때문이었다. 그리고 얼마 후 나의 우려는 이내 현실이 되고 말았다. 발등과 손등에 붉은 반점 위로 반나절도 되지 않아 큰 수포가 생기고 말았다. 정말 순식간에 일어난 일이었다.

손등과 발등의 수포는 보는 사람도 공포스러워 할 만큼 컸다. 요양 병원 의사의 말로는 천포창이 온 것 같으니 급하게 전문 병원에 가서 진료를 받아 보아야 할 것 같다고 했다. 동생과 나는 다음날 급하게 아버지를 모시고 서울대학병원 피부과를 찾았다.

예약을 하려면 오랜 시간을 기다려야 했지만, 요양 병원의 의사 선생님이 소견서를 작성하고 직접 예약을 도와줘 다음날 바로 진료가 가능했다. 다른 예약 환자의 진료가 모두 끝나기를 기다려 겨우 진료를 받았다.

드디어 진료실에서 의사를 만났다. 천포창이라는 병 같아 보이지만, 의사의 소견으로는 단순 수포로 보여진다고 했다. 일단 그 병이 아닌 것 같다는 말만 들어도 살 것 같았다. 이미 요양 병원에서 천포창 같다는 의견을 듣고 한차례 큰 걱정을 하고 병원에 온 상태라서 아니라고 하니 일단 안심을 하고 연고와 약을 받아 돌아왔다.

천포창. 태어나서 처음 들어보는 병명이었다. 인터넷에 검색을 해보니 일종의 자기면역질환이라는 특이한 병이었다. 외부의 공격에 대비해 만들어진 면역체계가 원인을 알 수 없는 이유로 스스로 자신의 몸을 공격하는 증상이라고 했다. 간병인 아주머니의 경험담은 우리를 더욱 공포스럽게 했다.

예전 요양 병원에 계시던 할머니가 그 병에 걸리셨던 적이 있었다고 했다. 그때 간병인 아줌마가 보았던 할머니의 모습은 충격 그 자체였다고 한다. 온몸에 수포가 생겨 앉지도 눕지도 못하고 고생을 하셨다고 했었다.

간병인 아줌마 말로는 증세가 심해지면 온몸에 수포가 바늘 하나 들어갈 틈도 없이 가득 생겨 그 수포의 물을 빼는 데 반나절이 걸렸다고 했었다. 서울대병원에 다녀온 뒤 수포는 조금씩 가라앉는 듯 보였다. 우리는 가슴을 쓸어내리며 더 이상 재발이 되지 않기를 기원했다. 그리고 두 주 정도가 흘렀다.

다시 주말이 되고 아버지를 모시고 집으로 왔다. 마침 그 주말에는 누나가 일이 생겨 오지 못하는 주였다. 결국 내가 아버지와 이틀을 지내야 하는 상황이었다.

집에서의 첫날을 보내고 토요일 오전 아침을 드시고 잠시 낮잠을 주무시던 아버지가 잠에서 깨셨다. 보통 잠을 주무시고 나면 한 자세로 오랫동안 계셨기 때문에 아버지 몸을 반대편으로 돌려 드리거나 등을 세워 잠시 앉게 해드렸다. 물론 앉는다고 해서 일반 사람들처럼 침대에서 앉을 수 있는 상황은 되지 못했다.

그냥 잠시 몸을 일으켜 허리를 폈다가 다시 눕는 정도였다. 하지만 이조차도 혼자 하기에는 감당이 어려운 경우가 많았다. 일으키고 잠시 동안 그 자세로 버티고 있어야 하는데 잘못하면 그 짧은 시간도 견디지 못하고 아버지가 침대 옆으로 넘어져 버리는 경우가 있었기 때문이었다.

아버지를 일으켜 드리기가 혼자서는 버거운 상황이라 그냥 몸만 돌려 드리려고 아버지 팔을 잡았다. 그런데 순간 아버지 팔을 잡은 내 손에 무엇인가 물컹하는 물기가 느껴졌다. 깜짝 놀라 손을 놓고 급히 아버지 몸을 살폈다. 수포였다. 팔과 다리 그리고 등 부분까지 몸의 여러 부분에 수포가 생겨 있었다.

처음 수포가 생겼을 때보다 크기도 더 크고 더 많은 곳에 수포가 생겼다. 급히 아내를 불러 둘이 아버지를 모시고 요양 병원으로 돌아왔다. 급히 수포에 가득 차 있던 물기부터 빼냈다.

인터넷에 나와 있는 내용 중에는 수포의 물을 잘 제거하지 않으면 그 물기가 닿은 자리에 다시 수포가 잡히는 경우가 있으니 주의를 하라는 이야기가 있었다. 아버지 옆에 붙어 간호사와 1시간이 넘게 씨름을 하며 조심 또 조심스럽게 수포의 물을 빼냈다.

몸의 기운이 모두 빠져 버리는 것 같았다. 무엇부터 해야 할지 머릿속이 하얗게 변하는 것 같았다. 하지만 이대로 넋을 놓고 있을 시간이 없었다. 몸에 생기기 시작한 수포가 언제 급속도로 늘어날지 알 수 없는 상황이었다.

주말 동안 인터넷을 검색해 보니 영동 세브란스병원 피부과에 천포창 전문 의료진이 있다는 정보를 얻었다. 가장 빠른 예약을 해도 1주일 이상을 기다려야 한다고 했다. 사정을 이야기하고 얼마를 기다려도 좋으니 그 주에 진료를 하게 해달라고 사정을 했다.

결국 그 주중에 진료 예약을 했다. 동생과 나는 아버지를 모시고 강남의 영동 세브란스병원으로 향했다. 우이동에서 강남까지 먼 거리를 가야 하는 일정이었다. 진료 예약 시간도 식사 시간을 걸치고 있으니 진료가 끝나면 식사 시간이 너무 지난 상태가 될 것 같았다. 해서 도시락도 준비했다. 차에서 간단하게 식사를 할 수 있는 음식으로 도시락까지 만들어 병원으로 향했다. 오랜 기다림 끝에 진료와 검사를 받았다. 자세한 검사 결과는 다음주 진료에서 알 수 있지만 천포창이 유력해 보인다는 소견이었다.

절망감이 엄습했다. 어떻게 해야 할지 막막했다. 정말 간병인 아줌마 말처럼 수포가 온몸에 생기는 걸까 공포감이 밀려왔다. 하지만 아버지 앞에서는 그런 내색을 할 수는 없었다. 우리는 애써 침착한 모습을 보이려 노력했다. 요양 병원에 돌아오자 담당 의사가 찾아왔다. 의사는 일단 영동 세브란스병원에서 처방한 약과 연고로 꾸준히 치료를 해 보자며 우리를 안심시켜 주었다.

그리고 한 가지 부탁을 더 했다. 당분간 주말에 집에는 가지 말았으면 한다는 의견이었다. 아버지도 우리도 모두 그 의견에 동의할 수밖에 없었다. 언제 또 다시 갑자기 수포가 생길지 알 수 없는 상황에서 3일씩 병원을 비우는 일은 위험할 수 있다는 의견이었다. 그렇게 아버지는 요양 병원에 입원하신 후 처음으로 주말에 집에 오지 못하고 병원에서 보냈다.

그 주말 나는 홀로 교회에 갔다. 그리고 어느 때보다 간절한 기도를 했다. 나의 기도는 같은 바람만 반복하고 있었다. 제발 아버지가 감당할 수 있는 만큼만, 아버지가 견뎌낼 수 있을 만큼만. 지금의 고통으로도 충분히 힘겨워 하시는 아버지에게 더 이상의 고통은 없기를.

신은 인간이 견디어 낼 만큼만 고통을 주신다고 했는데 지금 이 이상의 고통은 아버지도 그 곁을 지키는 우리에게도 힘겨울 것 같았다. 하지만 그 기도조차도 긴 시간 할 수 없었다.

예배가 끝나도록 교회에 있다가는 아버지 점심 식사 시간에 병원에 도착하기 어려울 것 같아서였다. 긴 기도도 마무리하지 못하고 예배 중간에 서둘러 교회를 나와 병원으로 향했다.

식사 전에는 혹여 입 안에 수포가 생긴 것은 아닌지 입 안을 꼼꼼히 살펴보고 난 후에 식사를 했다. 하루하루가 아니 순간순간이 수포에 대한 공포로 이어지고 있었다. 우리의 그런 긴장감을 비웃기라도 하듯 이후에도 수포는 일주일 정도의 주기로 생겼다가 사라지기를 반복했다.

수포가 생기면 물을 빼고 연고를 바른다. 3~4일 후면 조금씩 아물기 시작해 일주일이 지나면 검은 자국을 남기고 가라앉았다. 그리고는 얼마 후에는 다른 자리에 다시 수포가 생겨났다. 우리는 그 일주일을 절망과 안도가 교차하며 지내야 했다. 그나마 다행스러운 것은 수포가 발생하는 부위가 온몸으로 번지는 일까지는 발생하지 않고 있었다.

그 사이 영동 세브란스병원에서는 검사 결과 천포창이 맞다는 확진 결과가 날아들었다. 결국 우리는 2주에 한 번 우이동에서 강남까지 긴 거리를 달려 병원을 오가게 되었다. 스스로 자리에 앉지도 못하시는 아버지를 모시고 멀리 강남까지 오가는 일정이 수월하지는 않았지만 방법이 없었다.

아버지의 천포창 발병은 아버지와 우리 가족은 물론 요양 병원 사람들에게도 긴장과 피로감을 주고 있었다. 평소에는 하루 한 번 회진 때나 환자를 살피던 담당 의사도 수시로 아버지를 살펴야 했고, 간호사들도 연일 수포가 생기면 물을 제거하고 연고를 마르며 수포 부위를 관리하느라 분주한 시간을 보내야 했다.

힘이 들기는 간병인 아주머니도 마찬가지였다. 목욕을 할 때도 평소보다 두 배의 시간을 들여 조심스럽게 목욕을 시켰고 수포 부위가 침대와 닿지 않게 하려고 아버지의 자세를 수시로 살펴야 하는 수고도 해야 했다. 두 달 정도 그렇게 많은 사람들의 노력이 이어지고 있을 무렵, 아버지의 천포창은 잠시 소강상태를 보이기 시작했다.

아버지는 두 달 만에 드디어 다시 집으로 주말 외출을 하시게 되었다. 아버지도 우리 가족도 그 주말은 어느 때보다 기쁘고 행복한 3일을 보낼 수 있었다. 그때 심정 같아서는 온 가족이 모여 잔치라도 하고 싶은 마음이었다.

다행히 3개월 간의 혹독한 천포창과의 전쟁은 그렇게 마무리되는 듯 보였다. 어느 사이 그해 겨울도 그렇게 혹독한 천포창과의 전쟁과 더불어 끝나가고 있었다. 하지만 우리는 누구도 알지 못했다. 그해 겨울이 아버지와 맞는 마지막 겨울이라는 사실을. 아버지와의 마지막 겨울은 그렇게 혹독하고 힘겹게 끝났다.

# 마지막 여정

요양 병원에도 봄이 오고 있었다. 아버지가 계시는 5층 위에는 옥상이 있었다. 넓은 옥상에는 담배를 피우는 사람들을 위한 흡연실과 이불이나 침대 시트 같은 커다란 세탁물을 말릴 수 있는 건조대가 설치되어 있었다.

그 옥상은 내가 병원에서 잠시 숨을 돌리는 나만의 장소였다. 언제나 조용한 그곳에서는 눈앞에 북한산의 풍경이 병풍처럼 펼쳐져 있는 곳이었다. 아버지 식사를 드리고 나면 약을 드시기까지 잠시간의 시간 동안 나는 그곳 옥상에서 조용히 북한산을 바라보고는 했다.

어느덧 그곳에서 바라본 북한산의 모습도 세 번의 계절을 지나 봄으로 향하고 있었다. 만년설처럼 쌓여 있는 백운대의 눈들도 어느 사이 모두 녹아 사라지고, 가까운 거리의 나무에는 조금씩 겨울 흔적들이 사라지고 있었다. 그 무렵 나는 병원과 집을 하루 4번 오고 가며 바쁜 하루를 보내고 있었다.

새벽 6시에 일어나 병원으로 달려와 아침 식사 준비를 해야 했다. 병원에 도착하면 가장 먼저 해야 하는 일은 신경과 약을 챙겨 드리는 일이었다. 밤 사이 약 기운이 모두 사라진 아버지는 물 한 모금 넘기기도 힘겨운 상태가 되어 계셨다. 따라서 빨리 신경과 약을 드셔야 약 기운이 돌면서 그나마 물이라도 넘길 수 있는 상태로 돌아오셨다. 그래서 얼마 전부터 아버지의 아침 식사는 다진 식사에서 갈아서 나오는 식사로 변해 있었다.

아침에는 다진 음식조차 목에 넘기기 힘겨워지신 아버지는 모든 음식을 갈아서 나오는 식사를 하고 계셨다. 간 음식 식사는 그 음식이 무슨 음식인지는 겉만 봐서는 알 방법이 없었다. 모든 음식을 갈아서 액체 상태로 만들어 나오기 때문에 옆 침상의 용이 아저씨 식사를 보고서야 이게 버섯볶음인지 시금치 나물인지 알 수 있었다. 그렇게 아침을 마치고 나면 잠시 기다렸다가 약을 챙겨 드리고 집으로 돌아와 나도 아침을 먹었다.

오전에 잠시 한숨 돌리고 나면 다시 병원에 와서 점심 식사를 챙겼다. 점심에 역시 신경과 약을 먼저 드렸다. 그나마 점심은 다시 다진 음식 식사를 하셨다. 아침은 어쩔 수 없이 갈아서 만든 식사를 하셨지만 점심은 그보다 한 단계 위인 다진 식사를 하려고 노력하셨다.

사실 갈아서 나온 식사는 드시기는 용이할 수 있지만 무슨 음식을 먹는지 알 수 없어 식사의 느낌이 전혀 나지 않았다. 그냥 액체 상태의 밥과 반찬을 섞어서 마신다고 보면 될 것 같았다. 그 중에는 갈아서 먹을 수 없는 음식들도 갈아서 액체 상태로 나오는 경우도 많았다.

우리가 저걸 갈아서 먹을 수 있을까 상상조차 할 수 없는 반찬들도 그냥 갈아서 나왔다. 어차피 요양 병원의 환자식들이 모두 갈아서 제공할 음식 용도로 만든 것이 아니었다. 정상적인 식사를 위해 만들어진 음식을 일부 환자를 위해 갈아주는 형태였다. 그러나 갈아서 먹을 수 없는 음식도 물을 살짝 부어서 갈아 버리면 그 맛은 상상을 초월하는 맛이 되어 버렸다. 따라서 아버지는 아침을 제외하고는 그나마 음식의 형태를 유지하고 있는 다진 음식 식사를 원하셨다.

드시기가 약간은 힘겹기는 했지만 그나마 그렇게라도 드셔야 음식을 드시는 느낌이 들었기 때문이다. 하지만 점심 식사는 아침 식사 시간의 두 배의 시간이 걸렸다. 목 넘김이 어려운 아버지로서는 다져진 음식을 넘기는 일도 쉽지는 않았다. 밥알 다섯 알 정도를 드리면 넘기시던 아버지는 여섯 알갱이의 밥알을 드리면 목에 걸려 넘기지 못하셨다. 결국 아버지의 점심 식사는 밥알 다섯 알을 헤아려 반찬과 함께 드려야 하는 신중하고 조심스러운 일이었다.

다른 침상의 분들이 식사를 마치고 식사 그릇을 모두 반납하고, 반납된 식사용 카트가 4층 식당으로 가고 난 후에야 아버지의 식사는 끝이 나고는 했다. 아무리 식사 시간이 길어져도 그나마 다진 음식 식사를 할 수 있다는 점에 감사해야 했다. 또한 그런 이유로 이제는 내가 아버지의 모든 식사 시간에 병원에 와야 했었다.

바쁜 간병인 아주머니에게 밥알 다섯 개를 헤아려 아버지 밥을 드리라고 할 수는 없었다. 긴 점심 식사가 끝나면 다시 시간을 기다려 약을 챙겨 드리고 나도 집으로 돌아와 점심을 먹었다. 그리고 오후에 잠시 한숨 돌리고 병원으로 갔다.

오후에는 병실에서 여러 가지 일들이 일어나기 때문에 내가 곁을 지켜야 했다. 아버지는 이제 말씀을 통해서 의사 소통이 어려운 상황이었다. 자세하게 들어야 무슨 이야기를 하시는지 이해가 되는 수준이었다. 따라서 그 이야기를 가장 잘 해석할 수 있는 사람은 나와 동생밖에 없었다. 눈치가 빠른 간병인 아줌마는 그냥 아버지 말을 알아듣는다라기보다는 눈치로 상황을 파악한다고 보는 것이 맞을 것 같았다.

요양 병원 간병인 생활 5년이면 대화를 하지 않고도 환자가 무엇을 원하는지 파악할 수 있는 경지에 오른 것 같았다. 오후 시간은 하는 것도 없는데 빠르게 지나갔다. 병원은 저녁 식사 시간이 조금 빨랐다. 이유는 단순했다.

새벽부터 나와서 아침 식사를 준비했던 식당 직원들이 저녁 식사를 마치고 정리까지 하고 가려면 해지는 저녁까지 기다리기는 너무 늦기 때문이라고 했다. 따라서 저녁 식사는 5시 정도면 식사를 시작해 식사를 마치고 정리 후 식당 직원들이 퇴근하는 시간이 6시 정도가 되는 것 같았다. 그래서인지 아버지가 드시던 저녁 식사 그릇들은 가끔 너무 늦게 반납을 해서 다음날 아침까지 복도 한쪽에 남아 있는 경우도 많았다.

저녁 식사를 드리고 다시 약을 챙겨 드리면 나도 집으로 돌아와 저녁을 먹을 수 있었다. 이 식사 시간은 내가 가족과 얼굴을 대할 수 있는 유일한 시간이었다. 하지만 그도 잠시 다시 서둘러 병원에 돌아와야 아버지의 취침 전 약을 챙겨드릴 수 있었다.

8시가 넘으면 모두 불을 끄고 취침 모드에 들어가기 때문에 8시 전에 병원에 도착해야만 주무시기 전 약들을 드릴 수 있었다. 물론 간병인 아줌마가 밥을 드릴 수도 있고 약을 드릴 수도 있었다. 아니 그 일을 하려고 계시는 분이 간병인 아줌마였다. 하지만 지금 아버지의 몸 상태는 간병인 아줌마의 손을 빌기에는 너무 불안했다.

물이나 약을 넘기는 일이 다른 환자들처럼 쉽지 않았기 때문에 음식이나 물을 넘기다가 기도가 막혀 버릴까 늘 노심초사했다. 결국 그 불안감은 나를 하루에 4번 병원과 집을 오고 가게 만드는 일과를 만들고 있었다. 어김없이 주말이 다가왔다. 그 주말은 꽃샘추위가 찾아와 봄이 잠시 주춤하고 있던 날이었다.

장롱 속에 넣어 두었던 겨울 용품을 다시 꺼내어 병원으로 갔다. 모자랑 목도리로 아버지를 꽁꽁 싸매고 집에 갈 준비를 했다. 병원에서는 어제부터 살짝 감기 기운이 있으셨던 아버지의 외출을 만류했다. 꽃샘추위로 밖의 날씨도 그렇고 아버지 몸 상태도 그렇고 이번 주는 병원에서 그냥 보내시는 것이 좋겠다는 의견이었다.

우리는 아버지를 설득해 보려고 했지만 설득이 불가능했다. 간병인 아주머니 말로는 점심을 드시고 오후 내내 집에 갈 생각만 하고 계셨다고 한다. 나와 동생이 언제 병원에 올지 병실 입구만 응시하고 계셨다고 했다. 방법이 없었다.

최대한 조심해서 다녀오겠다는 다짐을 하고 아버지를 모시고 집으로 왔다. 이번 주는 누나가 주말에 일이 있다며 금요일 밤에 집에 왔다. 나의 수고를 하루라도 덜어 주려고 종일 일에 시달려 피곤한 몸을 이끌고 쌍문동까지 와 있는 누나를 보니 마음이 아팠지만 내게도 휴식은 필요했다.

금요일 밤을 보내고 토요일 아침 본가에 도착을 하니 누나가 걱정스러운 표정으로 내게 말했다. 밤사이 아버지가 계속 기침을 하셨다는 말이었다. 보일러를 최대치로 올리고 겨울 이불을 덮어 드렸지만 소용이 없었다고 했다. 병원 출발 전에 외출을 만류했던 병원 간호사의 말이 자꾸 떠올랐다.

아버지의 기침은 토요일에도 계속 되었다. 그 심각성을 느낀 것은 나도 아버지와 하룻밤을 보낸 후였다. 원래 일요일 오후에 저녁을 드시고 병원에 갔었지만 아침을 드시고 급히 병원으로 아버지를 모시고 왔다.

점심시간이 되었는데 아버지 밥이 나오지 않았다. 저녁까지 외출이 신청되어 있어 식사를 중지시켜 놓은 것이었다. 눈치가 빠른 순녀 아줌마는 식당에 가서 아버지 밥을 만들어 오셨다. 그런데 밥을 가져 오기는 했는데 일반 식사가 도착을 했다. 급하게 가지고 있던 식용 가위로 찬들을 자르고 다져서 식사를 드렸다. 하지만 집에서부터 아버지는 이미 식사를 제대로 하지 못하고 계셨다.

일반 사람으로 하면 두 수저 정도의 밥을 30분 걸려 간신히 드시고 계셨다. 오후 이야기를 들은 담당 의사가 병실로 달려왔다. 아버지 상태를 살펴 본 의사는 감기가 심해져 폐렴 증상이 온 것 같다고 했다. 아버지의 감기는 집으로 외출했던 이틀 사이 폐렴으로 발전해 있었다.

의사는 모든 약의 투약을 중단하고 폐렴 치료를 하는 것이 좋겠다는 의견을 제시했다. 하지만 나는 지금 드시고 계시는 약을 모두 중단하자는 말에 겁이 덜컥 났다. 혈압 약, 신경과 약 그리고 천포청 때문에 드시던 피부과 약까지 모든 약을 중단한다니 그래도 될지 두려운 마음이 들었다.

10년 병원을 그렇게 다녔지만 모든 약의 투약을 중단하는 치료는 처음이었다. 일단 반대를 했다. 그러다가 갑자기 어렵사리 진정되었던 천포창이 재발할까 걱정이 된다고 했다. 의사는 보호자의 의견이 그렇다면 하루 이틀만 지켜보고 다시 결정을 하자고 했다. 그렇게 이틀이 지났지만 아버지의 증세는 좋아질 기미가 보이지 않았다. 오히려 이틀이 되던 날 아버지는 병원의 1인실로 병실을 옮겼다.

우리는 1인실로 이동을 한 후에 아버지의 심각성을 체감했다. 식사는 4일째 거의 드시지 못하고 기침은 더욱 심해지셨다. 1인실에 오고 처음으로 점심 식사가 나왔다. 그런데 5일 만에 처음으로 아버지가 식사를 잘 하셨다. 나온 밥과 찬을 거의 다 드셨다.

아버지의 식사 모습을 보니 작은 기대감이 생겼다. 이제 조금 좋아지고 있는 것 같은 생각이 들어서였다. 그런데 오후가 되자 원장 선생님이 병실로 찾아왔다. 원장 선생님은 나에게 아버지의 상태를 설명했다. 한 마디로 심각하게 위중한 상태이니 오늘 오후라도 큰 병원으로 가봐야 할 것 같다는 말이었다.

머릿속이 멍해졌다. 분명 방금 전까지 내가 떠 주는 식사를 그렇게 잘 드셨던 아버지가 위독한 상태라는 말이 믿어지지 않았다. 돌이켜 생각해 보면 결국 그날 그 점심 식사는 내가 아버지에게 먹여드린 마지막 식사가 되었다.

지난 몇 년간 아버지 입에 한 수저 한 수저 식사를 넣어 드렸던 그 시간도 방금 전 식사로 끝이 났던 것이었다. 그래서 아버지는 그렇게 위중하다는 상태에서도 내가 드리는 식사를 그리 잘 드셨던 것일까? 급히 동생과 누나에게 연락을 했다. 혼자 어떻게 해야 할지 아무런 생각도 나지 않았다.

동생이 달려왔다. 병원과 상의를 해보니 지금 가장 가까운 큰 병원은 상계동 백병원이라고 했다. 선택의 여지가 없었다. 병원에서 사설 앰불런스를 불러 주었다. 입고 계시는 환자복에 이불을 꽁꽁 싸매고 앰불런스에 올랐다. 동생은 차로 나와 아버지는 앰불런스에 올라 백병원으로 향했다.

요양 병원이 있는 우이동에서 상계동 백병원까지는 그렇게 가까운 거리는 아니었지만 앰불런스는 우리를 10분도 되지 않아 병원 응급실에 데려다 주었다. 커다란 소리로 사이렌을 울리며 거리를 내달리는 앰불런스의 모습이 지금 위중한 아버지의 모습을 대변하고 있는 듯 보였다.

병원에 도착해 수속을 마치고 응급실 의사들이 아버지와 만났다. 아버지는 응급실 안에서도 위급한 환자들을 치료하는 커다란 방으로 이동했다. 각종 검사를 하고 여러 개의 링거가 아버지 팔에 연결되었다. 응급실 구석에서 동생과 나는 분주한 의사들의 모습을 그저 멍하게 바라만 보고 있었다.

아무런 생각도 나지 않았다. 불과 두 시간 전까지 요양 병원 병실에서 내가 떠주던 밥을 받아 드시던 아버지는 그 자리에 없었다. 드라마에서나 보았던 응급실의 다급한 풍경이 내게는 현실로 받아들여지지 않고 있었다. 나는 계속 현실을 부정하고 있었다. 다급한 처치가 끝나자 일단 보호자들은 잠시 나가 있으라고 했다.

응급실 문을 나서는데, 저기 멀리서 누나의 모습이 들어왔다. 누나를 발견한 동생과 나는 누나와 마주친 그 순간부터 눈물이 터져 나왔다.

우리를 발견한 누나도 같아 보였다. 그렇게 우리 삼 남매는 백병원 응급실 복도에서 아무런 말도 하지 못하고 그냥 한참을 울었다. 그렇게 한참을 울어도 눈물은 멈추지를 않았다.

머릿속에는 떠올리기 싫은 생각들이 자꾸만 떠오르고 있었다. 그렇게 울고만 있던 우리는 의사의 호출을 듣고 눈물을 멈추고 응급실 담당 의사를 만났다. 겨우 진정을 하고 의사를 만났던 우리는 의사의 말한마디에 다시 멈췄던 울음이 터져 버렸다.

"위독하시네요. 이대로 있으면 오늘밤을 넘기기 힘드실 것 같네요."

아니 그건 아니었다. 믿을 수 없었다. 불과 세 시간 전만 해도 내가 드리는 밥을 그렇게 잘 드셨던 아버지가 오늘밤도 넘기기 힘든 상태라는 말은 도저히 받아들이기 힘든 말이었다.

"결정하실 일이 하나 있습니다. 인공호흡기 삽입인데요, 보호자 분들이 상의를 해서 결정을 해 주세요."

이건 무슨 소리인지? 뭐를 상의를 하라는 말인지? 우리는 의사의 말을 쉽게 이해하지 못했다. 아니 오늘밤을 넘기기 힘들다는 환자에게 호흡기를 삽입하는데 왜 보호자가 동의를 해야 하는 절차가 필요한지 알 수 없었다.

하지만 이후 의사의 설명을 듣고 우리는 그 이유를 알게 되었다. 목에 기도를 절개하고 호흡기 관을 입을 통해 삽입하는 일은 이제 아버지의 호흡이 자신의 의지가 아닌 기계에 의해 시작된다는 의미였다. 그리고 그 인공호흡기는 환자의 생명을 계속 기계의 힘으로 연장하는 수단이 될 거라는 뜻이었다. 잘 생각하고 충분히 상의해서 결정을 하라며 우리에게 생각의 시간을 줬다.

지금 결정을 한다고 바로 시술을 해서 관을 삽입할 수 있는 것은 아니고 절차를 거쳐 한 시간 이상 기다려야 하는 일정이니 충분히 상의를 하고 몇 시까지 답변을 달라고 했다. 상의를 하라고 해서 등이 밀려 복도로 나왔지만 무엇을 상의해야 할지 알 수 없었다. 그저 한없이 눈물만 났다.

인공호흡기를 삽입하지 않으면 당장 오늘밤에 아버지가 돌아가신다고 하는데 그냥 돌아가시게 둘지 말지를 상의하라는 것인가? 선택의 여지가 없었다. 우리는 아버지를 보내드릴 아무런 준비도 되어 있지 않았다. 오늘밤을 아버지와의 마지막 밤으로 보내고 싶지 않았다. 결정을 했다며 의사를 만나 우리의 생각을 이야기했다. 의사는 마지막 당부를 전했다.

"아직 경험을 하지 못해 잘 모르시겠지만 아버님께 인공호흡기를 삽입하신다는 것은 이제 지금까지와 다른 새로운 시간이 시작된다는 의미입니다."

"그 시간은 언제 끝이 날지 기약할 수 없는 긴 시간이 시작될 수도 있습니다. 그리고 그에 따르는 경제적인 부담도 아울러 갖게 될 수 있습니다."

우리는 그때서야 의사가 우리에게 왜 상의를 하고 결정을 하라고 했는지 그 의미를 조금은 더 이해할 수 있었다.

인공호흡기. 그랬다. 이제 아버지의 생명은 아버지의 의지가 아니라 기계의 의지에 따라 좌우하게 된다는 사실을 깨닫게 되는 순간이었다.

지난 10년, 우리는 어머니를 먼저 보내고 각종 어려움 속에서도 오직 아버지를 살피는 일만을 위해 살아왔다. 이후 지금보다 더 큰 어려움이 닥쳐온다고 해도 우리에게 두려울 일은 없었다. 그것이 무엇이라도 우리가 감당하지 못할 일은 없을 것 같았다. 결국 아버지는 그날 밤 기도 절개술을 통해 인공호흡기를 삽입했다. 그리고 아버지는 응급실에서 중환자실로 이송되었다.

담당 의사를 만났다. 이틀 정도는 아무런 치료도 하지 않고 약물을 통해 아버지를 주무시게 할 예정이라고 했다. 아버지는 인공호흡기의 도움으로 이틀 동안 휴식을 취하고 나면 이후 다시 치료를 재개하게 될 예정이라고 설명했다.

이틀 동안은 면회도 되지 않으니 3일 후 중환자실 면회 시간에 맞춰 오시면 면회가 가능하다고 했다. 면회 시간은 하루에 총 2회 오전에 30분 오후에 30분이었다.

병원 중환자실을 내려와 누나를 먼저 보내고 길가로 나왔다. 동생이 잠시 기다려 달라고 하더니 담배를 한 갑 사왔다. 나는 지난해 급성 당뇨로 쓰러진 이후 담배를 끊고 지냈다. 동생도 내가 금연을 하자 자신도 담배를 끊겠다고 금연 중이었다.

도저히 참을 방법이 없었다. 우리는 동시에 담배를 한 대씩 피워 물었다. 나는 1년 만에 끊었던 담배를 다시 피웠다. 잠시 후 중년의 두 남자가 다가와 동생과 나를 사진기로 찍기 시작했다. 영문을 모르는 우리는 왜 사진을 찍느냐고 물었다. 그중 한 분이 대답했다.

"동일로 전 구간은 금연 거리입니다. 두 분은 금연 거리에서 흡연하셨기 때문에 스티커 발부 대상입니다. 신분증 주세요."

울고 싶은 사람 뺨을 때리는 상황이었다. 1년 만에 담배를 피우니 몸이 몽롱해져 말할 기운도 없었지만 뭐라 변명이라도 해야 할 것 같았다. 우리는 이 동네 사람이 아니라서 몰랐다고 양해를 구했다.

그랬더니 거리 곳곳에 붙어있는 금연 표시를 보여주며 이건 왜 못 봤냐고 되물었다. 할 말이 없었다. 우리는 병원 건물 앞이라 금연 표시가 있는 줄 알고 피한다고 도로 앞까지 나와서 담배를 피웠던 것인데, 그 도로가 금연 도로인 줄 생각도 하지 못했다.

지켜보던 동생이 입을 열었다. 오늘 우리가 왜 병원에 왔고 지금 무슨 일을 치르고 내려와 1년 만에 왜 담배를 피웠는지 설명을 했다. 단속 아저씨들에게 오늘의 일을 설명하고 있자니 오후 반나절 동안 일어났던 일들이 머릿속으로 주마등처럼 스쳐갔다.

참았던 눈물이 다시금 터져 나왔다. 동생의 말을 들은 단속반 아저씨들은 남은 담배는 길 안쪽 골목에 가서 마저 피워 달라는 당부를 남기고 조용히 우리 곁을 떠났다. 단속 아저씨들이 떠나고 나서도 한번 터진 눈물은 쉬 멈출 생각을 하지 않았다.

중환자실에서 홀로 계실 아버지 생각에 병원을 떠날 수가 없었다. 병원 옆 골목에서 동생과 그렇게 서서 담배만 피우고 또 피웠다. 우리는 늦은 밤이 되어서야 병원을 나섰다. 집에 돌아오니 아들과 아내가 밥상을 차려 놓고 나를 기다리고 있었다.

저녁시간이 한참 지났는데 두 사람도 아버지 걱정에 저녁을 먹지 못하고 나를 기다린다는 핑계로 그렇게 앉아 있었다. 오늘 상황을 짧게 설명하고 가족과 식탁에 둘러앉았다. 아들이 내게 말했다.

"아버지, 할아버지는 다시 일어나시겠죠?"

나는 대답했다.

"그럼 일어나고 말고. 꼭 일어나 예전처럼 주말마다 집에 오실 수 있어. 걱정하지 마."

그 말을 하고 나는 또 다시 무너져 버렸다. 결국 나는 저녁을 먹지 못하고 혼자 방으로 들어와 또 한참을 그렇게 눈물만 흘렸다. 그날은 울고 또 울어도 눈물이 멈추지 않았다.

응급실로 들어서는 누나를 발견하고 나오기 시작한 눈물은 반나절이 지난 지금까지 멈출 기미가 보이지 않았다. 그렇게 긴 하루는 끝나고 있었다. 그리고 이틀이 흘렀다.

아버지를 다시 만나기까지 이틀은 정말 지루하고 길었다. 하루에 병원에 아버지를 뵈러 4번씩 가던 일상이 중단되자 하루가 아니라 오전 반나절을 보내는 일도 버겁고 길었다. 노심초사 안절부절 그저 어찌 할지를 몰라 이틀 내내 종종거렸다. 결국 3일째 아버지를 면회할 오전 면회 시간이 왔다.

면회 시간이 아직 남아 있었지만 중환자실 입구에는 벌써 보호자들이 면회를 기다리며 모여 있었다. 중환자실 입구에 모여 있는 보호자들의 모습은 대부분 비슷했다. 표정도 없고 말도 없이 그저 중환자실 문이 열리기를 기다리며 문만 응시하고 있었다. 약속이라도 한 듯 같은 모습 같은 표정으로 좁은 복도에 그렇게 모여 있었다.

시간이 되고 문이 열리며 직원이 나와 면회 시간이 시작되었음을 알리고 주의사항을 공지한다.

"들어가시기 전 손을 반드시 소독하시고 면회는 환자 한 분에 보호자 한 분만 입장이 가능합니다."

다른 보호자들은 익숙한 듯 입구의 소독제를 손에 바르고 빠르게 중환자실로 밀려들어갔다. 나도 그 사람들을 따라 중환자실로 들어섰다. 입구에 들어서자 가장 첫 침상에 아버지의 모습이 눈에 들어왔다. 아버지를 보는 순간 다시금 눈물이 터져 나왔다. 아버지 곁으로 다가갔다. 나의 인기척을 느끼셨는지 아버지는 감았던 눈을 뜨셨다. 뭐라 말씀을 하려고 하시는 것 같은데 소리는 나지 않았다.

목에 관을 삽입하기 위해 절개를 한 상태라서 말을 하실 수 없었다. 아버지 곁을 지키던 간호사가 내게 설명을 시작했다. 이틀간 수면제로 아버지를 주무시게 했고 오늘 아침부터는 수면제를 중단하고 약물을 주입하기 시작했다고 했다. 이틀간의 긴 잠에서 깨어난 아버지는 인공호흡기의 도움을 받아 호흡을 하고 계셨다.

나를 알아보실 수 있을까?

"아버지 나 보이세요? 나 알아 보시겠으면 눈 두 번만 감았다가 떠 보세요."

아버지가 눈을 두 번 깜박였다. 마음속에서 감사하다는 말이 터져 나왔다.

'감사합니다. 감사합니다.'

그냥 감사하다는 말 외에는 아무런 말도 떠오르지 않았다. 잠시 후 담당 의사가 왔다. 아버지의 상태를 설명하고 이후 치료 과정도 이야기 해 주었다. 아직은 어떤 상황도 예측할 수 없는 이야기들이었다.

호흡기에 의지해 얼마를 이곳에서 더 지내야 할지 기약할 수 없는 상황이었다. 하지만 그 어떤 이야기도 내게는 중요하지 않았다. 아버지는 아직 우리 곁에 계시고 나를 알아보셨다는 사실 하나로 나는 더 이상 어떤 것도 필요하지 않았다. 30분은 그렇게 지나갔다.

오후에 오겠다는 이야기를 남기고 병실을 빠져 나왔다. 아직은 아니 었다. 아버지는 아직 우리가 헤어질 시간이 아니라고 내게 이야기 하고 계셨다. 그 작은 희망은 긴 시간 흐르던 눈물도 멈추게 하는 듯 보였다.

하지만 그 순간은 새로운 시작을 알리는 신호탄 같았다. 1년간의 요양 병원 생활에서 다시금 새로운 대학병원 중환자실 생활이 시작되는 순간이었다.

# 영원한 휴식

하루에 두 번, 이젠 우이동이 아니라 상계동으로 나는 또 병원과 집을 오고 가고 있었다. 오전에 한 번, 오후에 한 번, 나는 중환자실에서 아버지를 만났다.

오전 면회 시간이면 중환자실 물품을 체크하고 부족한 것이 있으면 구입해서 오후에 사갔다. 중환자실 입구에는 언제나 양손 가득 그런 물품들을 들고 서 있는 가족들이 면회 시간을 기다리고 있었다. 30분의 애타는 만남을 기다리며 언제나처럼 무표정한 얼굴의 사람들. 아버지는 시간이 흐를수록 점차 증세가 호전되고 있었다.

내일부터는 인공호흡기를 제거하고 자가 호흡을 시도해 봐도 좋을 것 같다는 희망적인 이야기도 들었다. 만약 인공호흡기를 제거할 수 있다면 일반 병실로 옮길 수 있다는 이야기도 해 주었다. 앞이 보이지 않던 중환자실 생활에 작은 빛이 보이는 것 같았다. 하지만 지나친 기대는 큰 실망감으로 이어질까 하는 작은 불안감도 있었다.

최대한 기대치를 낮추고 기다려 보는 수밖에 없었다. 사소한 변화에도 울고 웃는 지금 상황에서 하루하루가 살얼음판을 걷는 것 같은 심정이었다. 드디어 아버지는 반나절 호흡기를 제거하시고 스스로의 힘으로 호흡을 유지하셨다. 그리고 다음날은 하루를 견디셨다. 아버지에게서 삶에 대한 의지가 엿보였다. 이대로라면 다음주 정도에는 일반 병실로 옮길 수 있을 것 같다는 희망적인 이야기가 나왔다.

그저 감사하다는 인사밖에 할 말이 없었다. 중환자실에 들어서 마주치는 모든 사람들에게 감사하다는 인사를 드렸다. 의사 간호사 청소를 하시는 아주머니, 입구를 지키는 청원경찰까지.

아버지는 이제 조금 기력을 회복하셔서 내가 하는 이야기에 반응을 보이셨다. 하지만 여전히 말씀을 하시지 못하고 눈을 깜빡거리는 것으로 대답을 대신했다. 그렇게 2주째를 맞고 계시던 아버지에게 드디어 중환자실을 나와 일반 병실로 옮겨도 된다는 통보를 받았다. 하지만 인공호흡기를 완전히 제거하지는 못하고 일반 병실로 이동하셨다.

중환자실에서 스스로 호흡을 최대 이틀 동안도 하셨지만, 이후 그 상태를 지속하시지 못해 다시 인공호흡기를 달고 나오셨다. 결국 달라진 점이라면 언제나 아버지를 곁에서 우리가 지켜볼 수 있다는 것 외에는 중환자실에 계실 때와 비슷한 상황의 연속이었다. 또 한 가지 차이점은 중환자실에서 모두 알아서 해주시던 부분을 이제는 우리가 알아서 해야 한다는 점이었다. 결국 하루 24시간을 아버지 곁에서 돌보아야 하는 상황이 되었다.

중환자실에 계실 때는 이곳만 나올 수 있다면 더 이상 바랄 것이 없을 것만 같았는데, 막상 그곳을 나오고 보니 전혀 다른 상황이 펼쳐졌다. 여전히 호흡기에 의지해 의식만 겨우 유지하고 계시는 아버지의 상태는 여전했다. 하지만 일반 병실로 나오고 아버지의 상태는 중환자실에 계실 때보다 조금씩 더 악화되는 것처럼 보였다.

깨어 계시는 시간도 줄어들었다. 주무시고 계시는지 의식을 잃고 계시는지 경계가 모호한 상태가 이어졌다. 자꾸만 후회가 밀려왔다. 이럴 바에야 중환자실에 조금 더 머물러 있는 편이 나았던 것은 아닐까 하는 생각이 자꾸 들었다. 의사를 만났다.

중환자실에서부터 아버지를 돌보셨던 담당 의사였다. 아버지의 상태를 확인하려고 잠시 들렀다고 했다. 이미 일반 병실로 이동을 하고는 다른 담당 의사가 아버지를 살피고 있었다.

"지나가다가 들렀어요. 좀 어떠세요?"

푸근한 인상의 여자 의사였다. 젊은 의사답지 않게 중환자실에서부터 아버지를 꼼꼼하게 잘 살펴 주셨던 분이셨다.

"제 생각으로는 이제 이 상태가 당분간 지속될 것 같습니다. 더 이상 병원에서 해줄 수 있는 치료는 크게 없을 것 같아요."

조금은 솔직한 '오프 더 레코드' 발언이었다.

"그래서 말인데 예전에 계시던 요양 병원이나 아니면 다른 곳이라도 장기 입원에 대비할 곳을 찾아보시는 것이 좋을 것 같습니다."

솔직하고 고마운 조언이었다.

무엇보다도 경제적인 부분이 부담되는 것은 사실이지만 아직은 돈 문제를 생각할 겨를이 없었다. 하지만 대학 병원에 장기 입원을 하는 일은 경제적인 부담이 큰 것은 사실이었다. 사실 일반 병실로 옮기고 나니 아버지에게 각종 검사 오더가 쏟아져 나오기 시작했다. 이런저런 검사는 그렇다고 쳐도 내시경 검사를 하라고 하니 기가 막혔다.

입도 벌리지 못해 관을 통해 간신히 음식물 주입을 하는 환자를 무슨 방법으로 내시경을 한다는 말인지 이해를 할 수 없었다. 하지만 로마에 가면 로마법을 따라야 하기 때문에 우리의 의견은 의사에게는 자신의 진료를 불신하는 것처럼 보일 수 있었다.

처음에는 이 검사는 아버지가 할 수 없을 것 같다며 거부를 했더니 담당 의사가 화를 냈다. 결국 교수님이 회진을 오셨을 때 다시 한번 거부 의사를 피력했더니 교수님조차도 검사를 한번 해봐야 할 것 같아서 그러는 것이니 해 보시라고만 했다. 결국 아버지는 내시경을 받으러 가셨다.

내시경 검사를 하는 의사도 이런 상태의 환자를 어떻게 내시경 검사를 하라고 보냈는지 이해가 가지 않는다는 표정이었다. 하지만 아버지는 내시경 검사를 받으셨고 그 검사를 통해 얻어 낸 결과는 아무것도 없었다.

나는 얼마 전 중환자실 담당 의사가 했던 조언이 떠올랐다. 병원을 옮길 시기가 온 것 같았다. 아버지의 상태는 큰 변화도 없고 당분간 이 상태가 지속될 것 같은데 장기전에 대비하는 것이 맞는 것 같았다.

문제는 인공호흡기였다. 인공호흡기가 비치되어 있는 병원일 경우 사용이 용이하지만 없는 병원은 우리가 기계를 빌려서 병원에 비치하고 사용해야 하는 어려움이 있었다. 일단은 대학병원 대외협력실에 도움을 구했다.

대학병원이라 이런 부분은 도움을 줄 수 있는 부서가 마련되어 있었다. 이곳도 중환자실 담당 의사 선생님이 추천을 해 주셨다. 집과 대학병원 인근의 요양 병원을 뒤지기 시작했다.

노원역 인근부터 시작해 공릉동까지 병원 인근의 병원을 모두 찾아가 보았지만 인공호흡기가 있는 병원은 없었다. 혹여 있는 곳이 있다고 해서 찾아가 봐도 이미 다른 환자가 사용을 하고 있어 가용한 인공호흡기가 없었다. 병원에서 추천한 곳을 모두 다녀도 마땅한 곳을 찾지 못하자 내가 스스로 병원 리스트를 구해 병원을 찾아다니기 시작했다.

서울 근교에서 찾지 못하게 되자 범위는 의정부까지 넓어졌다. 의정부 끝자락 녹양동까지 살폈지만 마땅한 곳을 찾지 못했다. 그런데 병원을 찾고 있던 와중에 아버지가 기적적으로 인공호흡기를 제거하고 스스로 호흡을 하시기 시작했다. 그전에도 하루나 반나절 정도 호흡기를 제거하고 스스로 호흡을 하시는 연습을 해 오셨다. 그러더니 이틀 동안 스스로 호흡을 하신 후, 곧 호흡기를 제거하고 스스로 호흡을 잘 하시는 상태가 되셨다.

일반 병실 담당 의사도 퇴원을 거론하기 시작했다. 말이 좋아 퇴원이지 이곳에서는 더 이상 치료해 줄 것이 없다는 말과 다름없었다. 가족과 여러 가지 방법을 놓고 상의한 끝에 아버지는 기존에 계시던 우이동 요양 병원 중환자실로 가시기로 결정을 했다.

인공호흡기가 필요하지 않다면 여러 병원을 고민할 이유는 없었다. 결국 아버지는 한 달이 넘는 대학병원 입원을 마치시고 다시 우이동 요양 병원으로 돌아오셨다. 아버지가 계시던 5층이 아닌 3층에 위치한 중환자실은 아버지와 비슷한 상태의 환자들 20여 명이 한 곳에 모여 있는 곳이었다.

그리고 일반 병실에 있는 중국동포 간병인이 아닌 조금은 전문적인 경험이 있는 간병인이 전담 간병을 하고 있었다. 아버지가 도착을 했다는 소식이 병원에 전해지자 5층 502호 식구들이 모두 내려와 눈물로 아버지를 맞아 주었다.

감병인 아줌마부터 용이 아저씨네 아주머니, 목포 할아버지까지. 한 달 만에 돌아온 아버지의 모습을 보며 모두 한결같이 눈물을 흘렸다. 그 눈물은 오랜만에 다시 만난 재회의 기쁜 눈물이기도 했지만 떠날 때와 전혀 다른 모습으로 돌아온 아버지의 모습을 보며 느끼는 안타까움의 눈물이었다. 나 또한 한 달 만에 만난 그분들을 보니 눈물이 절로 터져 나왔다.

병원 가족들의 눈물 속에 돌아온 우이동 요양 병원은 그나마 집에 돌아온 것처럼 편안한 마음이 들었다. 그렇게 아버지는 다시 요양 병원 생활을 시작하셨다. 하지만 이곳의 생활은 예전의 생활과는 다른 일상이었다.

하루 종일 의식도 가물가물 하시고 몸에는 각종 기계를 부착하여 아버지의 몸 상태가 계속 숫자로 표시되고 있었다. 당장 이곳의 가장 큰 문제는 아버지를 면회하는 일이었다. 아버지가 대학병원에서 이곳으로 병원을 옮길 무렵 전국에 메르스 사태가 일어났다. 중동호흡기증후군이라는 커다란 전염병이 국내에 유입되어 급속도로 퍼져 나가기 시작했다. 따라서 어느 병원을 막론하고 모두가 전염병에 촉각을 세우고 있던 시기였다.

메르스의 광풍은 요양 병원의 면회조차 중단시키는 위력을 발휘하고 있었다. 특히나 저항력이 약한 노인들이 밀집된 요양 병원은 전염병의 취약 지대였다. 더욱이 아버지가 계시는 중환자실은 더 말할 필요가 없는 곳이었다.

원래도 면회를 잘 허용하지 않는 곳이 중환자실인데 거기다가 전염병까지 돌고 있는 상황에서 보호자의 면회는 더욱 힘이 들었다. 하지만 나는 병원 측의 입장은 안중에 없었다. 병원을 옮기고 며칠 동안은 온종일 병원에서 대기하며 아버지의 상태를 살폈다. 그러자 중환자실 수간호사가 나를 불렀다.

수간호사는 내게 더 이상 면회가 어려우니 내일부터는 병원 출입을 자제해 달라고 말했다. 그리고 한마디 덧붙였다. 아버지와 우리 가족은 메르스가 발병한 강남지역 병원 출입 기록이 있어 더욱 위험한 상태니 당분간 병원에 오지 말아 달라고 했다. 이게 무슨 소린가 생각해 보니 예전 천포청 치료를 위해 강남 세브란스병원에 다녔던 기록을 문제 삼고 했던 이야기였다.

나는 말도 되지 않는 이야기라며 화를 냈다. 강남의 병원을 마지막으로 다녀온 것이 두 달도 더 지났고 메르스와 관련이 있는 삼성병원하고는 관련도 없는 다른 병원이라고 항변했다. 하지만 중환자실 수간호사는 잠복기가 긴 메르스 증상을 운운하며 절대 불가 방침을 고집했다.

나는 병원 책임자를 만나게 해달라고 요구했다. 병원 전체 책임자는 간호 부장이라고 했다. 한참을 기다려 간호 부장을 만났다. 그리고 간호 부장에게 자초지종을 설명했다. 이 병원에 입원했던 시간부터 시작해서 백병원에서의 상황, 그리고 다시 이곳 중환자실에 입원하기까지 과정을 자세히 설명했다.

오해의 소지가 있던 강남의 병원 출입 기록도 상세하게 설명했다. 그리고 한 가지 약속도 덧붙였다. 이곳 면회를 위해서는 내가 자가 격리를 하겠다는 약속이었다. 그 이야기는 이곳 중환자실 출입을 하는 동안은 내가 집에서 홀로 자체 격리를 하겠다는 약속이었다.

즉 당분간은 함께 사는 우리 가족과도 접촉을 하지 않고, 혼자 방에서 지내고 밥도 혼자 먹고 오로지 혼자 생활하겠다는 약속이었다. 간호 부장님은 나의 이야기와 아버지의 차트를 살펴보시고는 내게 면회를 허락했다. 자체 격리를 하겠다는 내 의지도 의지이지만 차트에 나타난 아버지의 상태가 심각하다는 것을 인지하고 내린 결정 같았다.

나는 간호 부장님과 이야기를 나누면서 한 가지 중요한 사실을 깨달았다. 그것은 막연히 생각으로만 가지고 있던 것이지만 이제는 현실로 다가오는 것 같았다.

아버지 차트를 보시던 간호 부장님이 말했다.

"그랬군요. 언제 큰일이 닥칠지 알 수가 없으니 당분간 아버지 곁을 지키시는 것이 맞을 것 같네요."

우리가 인지하지 못하고 있던 아버지의 마지막 시간이 이미 눈앞에 다가와 있다는 이야기 같았다. 사실 요양 병원 중환자실로 아버지를 옮기면서 지금의 상태가 호전되리라는 희망 같은 것을 가지고 온 것은 아니었다.

백병원에서 입원을 지속하려면 치료를 위한 희망이 있어야 했다. 하지만 쉽게 말해 백병원에서는 더 이상 아버지를 위해 해줄 치료가 없는 것 같았다. 마지막에는 치료보다는 검사만 계속되고 있었다. 물론 검사를 통해 원인을 규명해야 치료가 가능하다는 기본적인 프로세스는 알고 있다. 하지만 그 어떤 검사도 치료로 이어지지 못하는 상황에서 더 이상의 검사가 무의미해 보였다.

그런 상황에서 찾은 일반 병원도 아닌 요양 병원에서 아버지를 위한 치료를 기대하기란 어려워 보였다. 이제 아버지는 당신의 마지막 시간을 향한 외로운 싸움을 홀로 견디고 계셨다. 이후 아버지의 몸 상태는 하루가 다르게 급변했다.

아버지 몸에 부착된 기계의 여러 가지 숫자는 하루 또 하루 달라지고 있는 아버지의 몸 상태를 보여주고 있었다. 심장 박동수, 동맥 혈압, 산소포화도, 혈압, 호흡, 체온.

처음 며칠 동안은 그 수치 하나 오르고 내리는 것에 긴장도 하고 안심도 했지만, 이제는 그 숫자의 오르내림이 큰 의미가 없었다. 이미 며칠째 아버지는 의식을 회복하지 못하고 계셨다.

수면 상태인지 의식을 잃은 상태인지 구분할 수 없는 시간이 이어졌다. 그 사이 아버지의 얼굴색은 눈에 띄게 변하고 있었다. 처음 이곳에 올 때만 해도 일반 사람들과 큰 차이가 없던 얼굴의 혈색이 이제는 검게 변하고 있었다. 변해가는 아버지 얼굴은 이제 당신의 시간이 얼마 남지 않았음을 대변하는 듯 보였다.

그날도 오전부터 병원에 가서 홀로 중환자실 로비를 지키고 있었다. 나는 일주일째 요양 병원의 유일한 면회객이었다. 병원을 드나들려면 절차도 까다로웠다. 입구부터 비치된 손 세정제로 여러 번의 손 소독을 마치면 로비부터는 병원에서 지급한 마스크를 쓰고 입장을 해야 했다. 또한 병실에 들어가려면 멸균 소독된 임시 가운을 입고 들어가야 했다.

나는 번거롭지만 손을 소독제로 씻고 또 씻었다. 병원 실내로 들어

갈 때면 마스크와 가운도 철저하게 입고 움직였다. 전국이 전염병 사태로 난리가 난 상황에서도 내게 면회를 허락해준 병원에 대한 작은 배려였다. 나는 종일 병원을 지키고 있더라도 중환자실 출입은 최소화했다. 내가 자꾸 그곳을 드나드는 것을 좋아할 사람은 아무도 없었기 때문이었다.

그곳 중환자실은 대학병원 중환자실처럼 폐쇄적이지 않았기 때문에 로비에서도 환자의 상태를 확인할 수 있었다. 나는 병원에 도착할 때 한번 들어가서 아버지의 상태를 확인하고 그 이후에는 내내 로비에서 멀리 아버지의 모습을 살펴보다가 돌아올 때 다시 병실에 들어가 아버지의 상태를 마지막으로 확인하고 집으로 돌아왔다.

그날도 홀로 로비에 앉아 있는데 병원 원장님이 나를 불렀다. 중환자실 회진을 마치고 나오는 중이었다. 원장님은 내게 아버지의 상태를 설명해 주었다.

"오늘 혈액과 알부민 주사를 처방했습니다. 아버님 몸 상태가 너무 바닥을 쳐서 일부 처방을 하기는 했지만 지금 판단으로는 밑 빠진 독에 물 붓기 같습니다."

"오늘은 잠시 기력을 조금은 회복하실 수 있을지 모르겠지만 이런 처방을 계속하는 것은 의미가 없어 보입니다."

이제는 놀랄 일도 좌절을 할 일도 없었다. 이미 우리 눈에 보이는 아버지의 모습은 의사의 설명을 뒷받침하고 있었다. 그날 원장님의 예상은 적중했다. 오후가 되자 아버지가 눈을 떴다. 나를 보자 이내 알아보시고 내게 무엇인가 말을 하시려 했다. 하지만 기도를 절개하고 계시는 아버지는 목소리가 나오지 않았다. 두어 차례 내게 말씀을 했지만 내가 알아듣지 못하자 그만 포기를 하시는 것처럼 보였다.

아버지가 의식을 회복하셨다는 소식에 동생이 병원으로 달려왔다.

동생이 도착을 하고 병원의 허락을 받아 동생도 아버지를 만났다. 잠시 아버지를 만나고 나온 동생이 아버지 이야기를 들었다고 했다. 절개된 기도에 삽입된 관을 손으로 잠시 막으면 작게나마 아버지가 하시는 말소리가 들린다고 했다. 아버지가 말을 하시려고 할 때마다 관을 막아드렸더니 이야기를 하셨다고 했다. 아버지가 동생과 내게 하려고 했던 말은 두 가지였다.

"내가 이렇게 아픈데 왜 약을 주지 않니?"

"왜 치료를 하지 않니?"

며칠 만에 겨우 정신을 차리신 아버지의 말씀은 왜 약도 주지 않고 치료도 하지 않느냐는 이야기였다. 동생은 아버지에게 설명을 해드렸다고 했다. 지금 아버지는 모든 음식과 약은 코에 연결된 관을 통해서 드리고 있고 치료도 계속하고 있으니 걱정하지 말라고 말씀을 드렸다고 했다.

나는 동생의 말을 듣고 바로 병실로 들어가 아버지께 다시 말씀을 드렸다.

"아버지, 지금 치료를 하고 있어요. 약도 드리고 있고요."

가슴이 무엇에 베인 것처럼 쓰리고 아파왔다. 아버지는 아직도 삶의 의지가 남아 있으셨다. 우리는 당신의 모습을 보며 마지막 시간을 떠올리고 있지만 아버지는 아직은 마지막을 생각하고 있지 않으셨다. 이토록 삶의 애착이 남아있는 분을 어떻게 이렇게 무기력하게 보내야 하는지 억장이 무너져 내리는 것 같았다.

하지만 짧았던 그 대화는 동생과 내가 아버지와 나누었던 마지막 대화가 되었다. 우리에게 왜 치료를 하지 않느냐고 하셨던 말씀은 아버지의 마지막 말씀이 되고 말았다.

오후가 되자 다시 아버지는 기력을 잃으시고 의식이 없는 상태로 되

돌아가 버렸다. 원장님이 투약했다는 약의 효력이 모두 떨어진 듯 보였다. 이제 정말 시간이 없는 것 같았다.

약의 힘을 빌려 잠시 동안 회복되었던 아버지의 의식은 이제는 돌아올 수 없는 시간을 향해 서서히 사라지고 있었다. 모니터의 숫자들도 다시 위험한 상황을 나타내는 숫자로 변하고 있었다.

그날 밤은 그 상태로 지나갔다. 다음날 아침 일찍 병원에 도착하니 아버지의 호흡이 어제와 달라져 있었다. 숨소리가 거칠어지시고 호흡도 힘겨워 보였다. 내가 메르스가 창궐하는 상황 속에서도 병원과 싸워가며 중환자실을 지켰던 이유는 하나였다.

열여덟 어린 나이에 혈혈단신으로 남쪽에 내려와 외로움과 여러 병마와 싸우면서도 가족과 가정을 지키며 삶을 사셨던 아버지를 마지막에 홀로 쓸쓸히 보내 드릴 수 없었기 때문이었다.

전쟁 통에 빈손으로 남쪽으로 내려와 오늘을 일구기까지 어려움과 고통의 순간마다 당신을 더욱 힘들게 했던 것은 아무런 의지 할 곳 없는 외로움이었다.

전쟁 이후 65년간 남쪽에서 그 외로움을 혼자 온몸으로 버티며 사셨던 아버지가 이제 마지막 순간을 맞이할 때만큼은 당신의 가족과 함께 하시기를 바랐다.

누나에게 급히 연락을 했다. 조카를 데리고 빨리 병원으로 오라고 이야기했다. 조카는 아버지가 가족 누구보다도 가장 사랑하셨던 우리 집의 첫 손자였다. 이젠 다 자라서 대학도 졸업을 하고 직장에도 다니는 우리 집 가장 큰 손자. 아버지는 조카의 성장을 누구보다도 기특해 하셨다. 20대 후반이나 된 다 큰 녀석이지만 아버지 지갑에는 항상 조카가 집에 오면 용돈 주려고 오만 원 지폐를 챙겨 두셨었다.

공식적인 우리 집 장손인 우리 아들도 아버지에게는 특별한 손자 이지만 누나네 조카에 비해 애정을 쏟을 시간이 상대적으로 부족했다. 몸이 건강했다면 조카만큼 우리 아들도 옆에 두고 애지중지하시며 키우셨겠지만 아들이 태어나고 아버지는 병마와 싸우시느라 조카만큼의 교감의 시간은 부족했다.

누나와 조카가 병원에 도착했다. 어제처럼 잠시만이라도 의식이 돌아와 그렇게 좋아하셨던 조카의 얼굴을 볼 수 있다면 좋으련만 아버지는 더 이상 의식을 회복하지 못하셨다. 숨소리는 더욱 거칠어지셨고 이제는 호흡을 이어 가시기가 힘겨워 보였다. 숨을 한번 들이쉬고 내쉬는데 한참의 긴 시간이 걸렸다.

그리고 아버지는 그날 오후 가족이 지켜보는 가운데 마지막 숨을 쉬시고는 깊은 잠에 드셨다. 어머니가 세상을 떠나시고 10년. 아버지의 외롭고도 긴 시간 동안 아버지 곁을 맴돌던 그분도 아버지와 함께 떠나셨다. 파킨슨.

긴 시간이었다. 그분과의 긴 사투의 흔적은 긴 잠에 빠지신 아버지의 모습에 고스란히 남아 있었다. 팔도 다리도 손가락마저도 어느 한 곳도 온전히 펴지 못하시고 아버지는 그렇게 당신과 파킨슨 씨의 동거를 마치셨다.

나는 한참을 병원 로비에 멍하게 앉아 있었다.

장례 절차를 위해서는 매형도 오셔야 했고 무엇보다도 사망 진단서를 발부 받아야 했는데 휴일이라 당직 의사가 병원에 다시 오려면 시간이 조금 필요하다고 했다. 나는 그렇게 한 시간 정도를 그 상태로 움직이지도 못하고 그냥 앉아 있었다.

어제까지 아버지의 작은 몸짓 하나에도 그렇게 눈물이 쏟아졌는데 막상 아버지가 세상을 떠나신 지금 이 순간을 마주하자 머릿속이 텅 비어버린 것 같았다. 아무런 생각이 나지 않았다. 누구에게 연락조차

할 수도 없었다.

42.195km의 긴 마라톤을 끝내고 피니시 라인 통과 후 쓰러져 버린 마라토너처럼 나는 자리에 주저앉아 숨만 몰아쉬고 있었다. 그렇게 한참을 앉아 있자니 누나와 동생이 나를 찾아 왔다. 장례 준비를 해야 하는데 어떻게 하면 좋겠냐는 이야기였다. 그제서야 나는 정신을 차렸다.

아무런 생각도 나지 않던 머릿속이 이런저런 생각들로 순식간에 복잡해지기 시작했다. 내가 정신을 차려야 할 것 같았다. 정신을 가다듬고 나니 비로소 이제 아버지가 우리 곁을 떠나셨다는 현실이 실감나는 것 같았다. 하지만 현실은 깨닫고 있는 것 같은데 무엇을 먼저 해야 할지 머릿속 생각은 정리가 되지 않았다.

많은 생각들이 밀려오고 있지만 나는 아직도 아버지 곁을 지키던 그 시간에 머물러 있는 것만 같았다. 동생이 먼저 이야기를 했다.

"형, 장례식장부터 알아봐야 하는 거 아냐?"

그랬다. 사망 진단서를 작성해줄 의사를 기다리며 시간은 벌써 저녁이 되어가고 있었다. 동생은 장례식장을 알아보러 한일병원으로 떠나고 다시 나는 아무것도 하지 못하고 로비에 주저앉아 버렸다.

잠시 후 중환자실 간병인 분이 나를 불렀다. 작은 체구의 중환자실 간병인은 그간 중환자실에 계시는 아버지를 위해 고생을 많이 하신 분이셨다. 암에 걸려 고생하시는 어머니를 수년간 병수발 하시고 어머니가 떠나신 후 결국 중환자들을 돌보는 간병인 일을 시작하셨다는 그분.

누구보다 보호자의 마음을 잘 이해하시던 그분은 아버지가 입원하고 쉬는 시간도 없이 아버지를 돌보느라 고생을 많이 하셨던 고마운 분이셨다. 아버지를 장례식장으로 옮기기 전에 옷도 갈아 입혀 드리고 몸도 마지막으로 씻겨 드리려고 하니 들어와 참관을 하라고 했다.

병실로 들어섰다. 침상에는 아버지가 조용히 누워 계셨다. 10년간 힘겨웠던 긴 투병을 끝내고 지친 모습으로 누워 계신 아버지. 옷을 갈아입히고 병원을 떠날 준비를 마쳤다. 그 무렵 당직 의사가 사망 진단서를 작성해 가져왔다.

장례식장에 갔던 동생도 돌아왔다. 매형도 도착을 했다. 아버지는 그렇게 1년간 생활했던 요양 병원을 떠나 장례식장으로 향하셨다. 병원 5층 식구들이 모두 나와 눈물로 아버지를 배웅했다. 간병인 아줌마. 용이 아저씨네 아주머니. 목포 할아버지. 1호실 아저씨.

한일병원 장례식장에 도착하고 시간을 보니 저녁 8시가 되어 있었다. 연락도 하고 장례식장 문상객을 맞을 준비도 해야 하는데 아무것도 하지 못하고 하루가 다 가버렸다. 아니 할 수가 없었다.

나는 마치 나들이 나왔다가 주인을 잃어버린 강아지처럼 무엇을 하려고 안절부절 하고는 있는데 아무것도 하지 못하고 있었다. 지난 10년 아버지만 바라보고 아버지만 살피며 살았던 시간이 갑자기 끝나 버리자 나는 그만 무기력해지고 말았다.

다행히 동생은 나와는 달리 우리가 해야 할 일들을 기억하고 하나씩 내게 이야기하고 있었다. 나는 그저 멍청히 동생이 하는 말에 대답만 하고 있었다. 나의 이런 모습은 다음날 오전 첫 문상객이 오기 전까지 이어졌다.

나는 아마도 그때까지도 아버지를 보낼 준비를 하지 못하고 있는 것 같았다. 갑자기 시작된 새로운 일상에 적응하지 못하고 있었다.

아버지가 없는 시간의 시작을.

3장
·

# 파킨슨병 이후

*After parkinson*

# 회복 탄력성

아버지의 본격적인 장례 절차는 둘째 날이 되어서야 시작되었다. 첫날 아무것도 하지 못하고 있었던 나는 다음날이 되어서야 겨우 정신을 차리고 장례 절차를 진행하기 시작했다. 오전 내내 연락을 하고 오후가 되자 문상객들이 오기 시작했다.

아버지의 손님들도 오기 시작했다. 교회 분들, 고향 친구 분들, 소요산 식구들, 선생님들. 이런 아버지 주변 분들의 한결같은 이야기는 왜 돌아가시기 전에 아버지 얼굴을 뵙지 못했냐는 이야기였다.

얼굴이라도 뵙고 싶어서 연락을 드렸지만, 전화를 받지 않으시거나 받으셔서 나중에 보자며 만나기를 꺼려하셨다는 후일담이었다.

그랬었다. 아버지는 거동이 힘들어지고 침상에 누어서 생활을 하기 시작하시면서 주변 사람들과의 접촉을 중단하셨다. 평소 매달 모임을 하시던 가까운 분들조차도 집으로 문병을 오겠다고 하면 당신은 언제나 고사하셨다.

아버지는 움직이지 못하고 침상에 누워 계시는 모습을 주변에 보이고 싶어하지 않으셨다. 아마도 당당히 두 발로 서서 만났던 그 모습을 당신의 생전 마지막 기억으로 남기고 싶어하셨는지 모르겠다.

결국 그 많은 아버지의 주변 분들은 아무도 누워 계시던 아버지의 모습을 본 사람은 없었다. 결국 아버지의 지인분들은 모두 몇 년 전에 보았던 아버지의 마지막 모습을 떠올리며 그간의 시간들을 추억하셨다.

아버지 고향 친구 분들이 오셨다. 세 분의 어르신이 오셔서 문상을 하며 우리에게 하신 말씀에 우리는 한 번 더 마음이 아파왔다.

"50명 가까이 되던 우리 동창들 중에 이제 걸어서 움직일 수 있는 사람은 우리 세 명뿐이야."

"대부분은 이미 세상을 떠났고 그나마 살아 있는 친구들도 모두 자리 보존하고 누워 있어."

아버지의 황해도 중학교 동창 친구 분들은 이제 몇 분만 살아 계시고 모두 세상을 떠나셨다. 전쟁이 나고 고향을 떠나 65년, 언제나 모이시면 고향 이야기로 한결같이 다시 고향 땅을 밟을 그날만을 고대하며 사셨던 그분들.

이제 세 분만이 빈소를 찾아 다시 한 명 줄어든 친구들의 소망의 끈을 이어 부여잡고 계셨다. 그날 밤 문상객이 모두 다녀가고 한산해진 장례식장에 익숙한 얼굴 하나가 들어섰다. 밤 12시가 넘은 시간이었다.

"형부 죄송해요. 늦었죠."

커다란 짐 가방 두 개를 메고 끌고 장례식장에 들어선 이는 다름 아닌 아들의 유치원 시절 친구 엄마였다.

"오늘 못 뵈면 못 올 것 같아서 늦게라도 왔어요. 형부."

내가 엑스포에 있을 때 가족과 여수를 찾았던 아들의 유치원 동창 가족. 낮에 애 아빠가 다녀갔는데 늦은 밤에 다시 애 엄마가 빈소를 찾은 것이었다.

이틀 전 직장에서 제주도로 연수를 갔고, 제주도에서 아버지 소식을 듣고는 연수를 마치고 공항에 도착하자마자 이곳으로 달려온 것이었다. 긴 연수로 얼굴 가득 피곤함을 안고 들어서던 서준 엄마의 모습에서 나는 그만 왈칵 눈물이 터져 나왔다.

가족도 아니고 친척도 아니고 그냥 아이들이 다니던 유치원에서 알게 된 이웃이었는데, 그것도 남편이 낮에 이미 문상을 다녀갔었는데, 그 늦은 시간에 많은 짐을 들고, 피곤한 몸을 이끌고 이곳을 찾아 준 그 마음이 너무 고마워 눈물이 났다.

서준 엄마도 우는 나를 붙잡고 그렇게 한참을 함께 울어주고 돌아갔다. 장례 기간 동안 그렇게 많은 사람들이 아버지의 떠나시는 마지막 시간을 함께 지켜 주었다. 그 많은 분들의 배웅을 받으며 아버지는 옛 교회 묘역의 어머니 곁으로 가셨다. 모역에 도착해 보니 많은 소요산 지인 분들과 동두천 교회 분들이 와 계셨다.

아버지를 어머니 옆에 뉘여 드렸다. 어머니가 먼저 떠나시고 10년, 아버지는 그 긴 시간을 돌아 어머니 옆에 함께 누우셨다. 누워계신 아버지 위로 예전에 황해도에서 가져 온 흙을 뿌려 드렸다.

그토록 가고 싶었던 고향 땅을 결국 다시 밟아 보지 못하고 떠나신 아버지께 고향의 흙이라도 덮고 쉬시라고. 그렇게 아버지와 마지막 이별을 끝냈다.

정말 이제 모든 것이 끝이 났다. 아버지는 영원히 떠나셨다. 그리고 긴 휴식에 들어가셨다. 이제 내게도 잠시간의 휴식이 필요했다. 몸도 마음도 잠시만이라도 쉬고 싶었다. 하지만 나는 아직 끝나지 않은 것이 있었다.

아니 내게는 한참을 더 해야 할 일이 남아 있었다. 아버지 명의로 있던 것들을 정리하는 절차였다. 남아있는 것들을 정리해야 했다. 아니 남겨 주신 것들을 정리해야 했다. 하지만 이 절차는 결국 남겨진 것들을 정리하는 절차가 아니었다.

결론부터 이야기하자면, 어머니가 떠나시고 남겨졌던 것들부터 지금 남겨진 것들까지 모두 정리하는 절차가 되고 말았다. 나름 이곳저곳 지인들의 소개로 상속 절차를 알아봤다. 5억이 넘지 않으면 상속세를 부과하지 않는다는 대전제를 파악했다. 정리를 해 보니 우리도 해당되는 절차인 듯 보였다. 쉽게 생각을 하고 세무사를 선임하고 상속 절차를 밟았다. 비교적 수월하게 절차가 진행되는 것 같았다. 하지만 신고를 마치고 돌아온 결과는 우리의 예상을 크게 벗어났다.

보통 일반적인 상속은 돌아가신 분의 지난 5년 기간 정도의 재산을 살펴보고 그에 따르는 상속 부분에 상속세를 부과하는데 아버지는 그렇지 못했다. 세무서에서 아버지의 지난 10년 치 재산 변동에 따르는 내역을 살펴보고 그에 따르는 내역을 추가 상속세로 부과했다.

10년의 재산을 들여다보는 경우는 재산이 많은 사람들의 경우라고 들었는데 왜 우리에게 그랬는지 이유가 궁금했다. 세무서의 대답은 재산의 변동이 많았다는 것이 이유였다. 사실 세무서의 판단이 아주 틀린 것은 아니었다.

어머니가 돌아가시고 우리에게 남겨졌던 재산들 중 집을 제외하고 대부분은 그간 아버지의 병수발을 위해 처분을 했다. 내 앞으로 되어있던 작은 집도, 연천의 논도, 동두천의 땅도. 그러니 세무서에서 보기에는 그 재산들이 모두 자식들에게 상속되었다고 판단할 수도 있을 것 같았다.

일단은 소명이 필요하다고 했다. 한마디로 그 재산을 처분하고 어떤 용도로 사용했는지 밝혀야 한다는 이야기였다. 간단할 것 같았던 상속 절차가 긴 시간을 필요로 하는 일로 변모하는 순간이었다. 그때서야 나는 왜 상속 절차 기간을 6개월이나 할 수 있도록 법으로 정해 놓았는지 그 이유를 알 것 같았다.

동생이 갑자기 분주해졌다. 아버지 집의 모든 금전 관계를 맡아 왔던 동생은 그날부터 지난 10년의 시간을 거슬러 돈의 사용처를 밝히는 일에 동분서주해야 했다. 다니던 병원을 돌며 의료비 내역을 뽑는 일부터 시작해서 목돈이 들어간 부분은 모두 그 내역을 알아내어 소명할 서류들을 만들었다.

정말 실제로 6개월이 다 걸리는 긴 작업이었다. 그 사이 내게도 잠시간의 여유 시간이 생겼다. 누나는 내게 잠시 동안의 휴식을 권고했다. 3~4달이라도 아무 생각도 하지 말고 잠시 휴식을 가지라고 권했다. 생활에 필요한 부분은 누나와 동생이 알아서 도움을 주겠으니 조금이라도 맘 편하게 쉬라는 권고였다.

나만 혼자 고생을 한 것은 아니었는데 나만 쉬라고 하니 마음이 불편하기는 했지만 내게도 잠시간의 휴식은 필요해 보였다. 급성 당뇨로 쓰러지고 난 후 내 몸의 회복 속도와는 반대로 아버지의 몸은 계속 악화일로에 있었다. 결국 나는 기력을 회복하는 대로 그 모든 기력을 악화된 아버지를 돌보는 일로 소진했던 것이다.

결국 아버지가 떠나시고 내 몸은 급성 당뇨로 쓰러졌던 그 시기의 몸 상태에서 아주 조금의 회복을 한 상태에 머물러 있었다. 객관적으로 보아도 휴식과 회복의 시간이 더 필요한 것이 맞는 것 같았다. 그해 겨울을 나는 온전한 휴식을 위한 시간으로 보내기로 했다. 아니 회복을 위한 시간으로 보내야 했다. 하지만 나는 그때까지도 마음속으로는 아버지를 보내 드리지 못하고 있었다.

지난 10년 아버지와의 일상의 기억이 아직 나의 마음에서 떠나지 못하고 있는 듯 보였다. 하루에도 여러 번 반복적으로 내 머리 속에 떠오르는 잔상이 있었다. 아버지가 돌아가시기 전날 소리가 나지 않는데도 내게 무언가 이야기하려 애쓰시던 아버지의 모습과 그 이야기가 무엇인지 들려주었던 동생의 말들이 머릿속을 떠나지 않고 있었다.

"왜 내가 이렇게 아픈데, 치료도 하지 않고 약도 주지 않고 있니?"

아버지는 아직도 내게 그 원망스러운 심경을 토로하고 계시는 것만 같아 견딜 수가 없었다. 특히나 아무런 일도 없이 집에 있는 날은 그런 생각이 더 자주 떠올라 나를 힘들게 했다. 그러던 어느 날 정민이로부터 전화가 왔다.

이런저런 이야기를 하다가 아버지 이야기를 꺼냈다. 자꾸 잔상이 떠올라 힘들다는 이야기였다. 사실은 나보다는 아버지를 먼저 떠나보낸 정민이에게 너도 그랬는지 물어보고 싶었다.

정민이는 간단한 해결책을 제시했다.

"형, 그러지 말고 여행이나 한번 갑시다. 지금까지 형수와 대현이 데리고 어디 제대로 여행 한번 간 적도 없는데 이번에 한번 갑시다."

"강릉 가서 바다도 좀 보고, 속초 가서 남석 선배도 좀 만나고 합시다. 숙소는 기룡이에게 부탁을 해서 잡아 볼게."

남석 선배. 그 선배는 대학 연극 동아리 한 해 위 선배였다. 언제나 속초에 가면 가족처럼 반갑게 맞아주며 먹거리와 잠자리를 제공해 주던 사람 좋은 선배였다.

아버지 때문에 밖으로 나가지 못하던 시기에는 술만 마시면 전화를 해서 특유의 속초 사투리로 언제 내려와 얼굴을 보여 줄 수 있냐고 나를 보채던 그런 사람이었다.

아내와 아이를 데리고 가도 언제나 속초 사람들만 가는 집이라며 외지 사람들은 모르는 곳들로 데리고 가서는 진귀한 계절 진미를 맛보게 해주던 남석 선배.

아내는 결혼 후 첫 겨울에 찾았던 속초에서 남석 선배가 사준 양미리 구이와 도루묵찌개를 아직도 인생 최고의 맛으로 기억하고 있다. 싸구려 음식을 사줬는데 뭘 그리 감동하냐고 쑥스러워하던 순박한 인품의 속초 사람. 정민이가 이야기를 하자 갑자기 남석 선배가 정말 많이 보고 싶어졌다.

강릉과 속초는 언제나 내 마음의 고향 같은 곳이었다. 직장 생활을 할 때도 힘든 일이 있거나 하면 무단으로 회사를 결근하고 강릉과 속초를 다녀오기도 했었다. 당시 내가 2~3일씩 잠수를 타고 나타나지 않으면 회사 팀장은 당연히 내가 강릉이나 속초에 갔을 것이라며 이틀만 있으면 올 테니 걱정 말라고 연락도 하지 않았었다.

그렇듯 강릉과 속초는 언제나 지친 내게 휴식과 위로를 주던 곳이었다. 그런 나를 가장 잘 알던 정민이는 아버지를 떠나보내지 못하고 있던 내게 강릉과 속초 여행을 제안했다.

숙소는 정민이 동기이자 군인으로 생활하는 기룡이에게 군 콘도를 부탁했다고 했다. 신청을 하다고 모두 당첨이 되는 것은 아니라서 기룡이는 군 동료들까지 동원해서 우리가 정한 날짜에 강릉과 속초의 콘도를 신청했다고 했다.

언제나 선배 일에 자신의 일처럼 발 벗고 나서는 후배들이 그저 고맙기만 했다. 결국 정민이와 기룡이는 휴가까지 내며 강릉과 속초에 콘도를 예약하고 맛나는 음식을 잔뜩 준비하고 우리를 초대했다.

그해 겨울 나는 선후배들의 도움으로 언제가 마지막인지 기억조차 없는 가족 여행을 다녀왔다. 기룡이 삼촌을 따라 새벽에 일어나 일출을 처음 본 아들의 기쁨도, 오랜만에 남석 선배가 사주는 맛난 음식을 먹고는 행복해 하는 아내의 웃음도 내게는 고맙고 소중한 순간들이었다. 정민이가 내린 처방이 적중했을까. 나는 조금씩 일상으로 복귀를 준비할 수 있었다.

그 무렵 두바이에 있는 지인에게서 전화가 왔다. 예전에도 몇 번 안부 전화가 오기는 했지만 아버지가 돌아가시기 전에 왔던 전화에서 내게 부탁을 했던 일이 있었기 때문에 이번 전화도 조금은 미안한 마음으로 받아야 했다.

앞선 전화의 부탁은 나에게 두바이에 들어와 자신의 일을 조금 도와줄 수 없겠냐는 제안이었다. 하지만 당시에는 아버지 때문에 두바이는 고사하고 집 근처 울타리 밖도 벗어나기 힘들었던 상황 속에서 나는 어떤 대답도 하지 못했다.

지인의 제안은 그런 것이었다. 두바이에서 여행사를 하고 있는데 손님들에게 친근하게 다가갈 가이드가 필요하다는 이야기였다. 여러 명의 젊은 가이드를 고용하고 있지만 일은 잘하는데 손님과의 교감이 부족하다는 이야기였다. 이유는 하나였다. 손님과 가이드의 세대 차이.

20~30대의 젊은 친구들이 60~70대의 어르신들을 가이드하니 가이드는 참 잘하는데 감정적인 교감이 부족해 항상 5%가 부족하다는 평가를 받는다는 고충이었다. 그런 일로 스트레스를 받다가 어느 날 문득 내가 떠올랐다고 했다. 나라면 세상에 둘도 없는 적임자가 될 것 같은 생각이 들어 불쑥 연락을 했다고 했었다.

하지만 당시 나는 나라는 사람을 좋게 기억해준 그의 마음만 받는 차원에서 통화를 마무리했었다. 하지만 이번 전화에서는 또 다른 제안이 추가되었다.

자신이 다른 나라의 상품을 개발하려고 하는데 두 곳을 모두 감당하기는 힘이 드니 내가 들어와 한 곳을 담당해 달라는 제안이었다. 20여 년을 이벤트만 하고 살아왔던 내가 여행 관련 업무와 가이드라는 일을 할 수 있겠냐는 의구심을 보이자 그는 내게 이야기했다.

"업무는 배우면 되고 가이드는 그저 네가 평소 말하던 만큼만 하면 될 것 같은데."

그의 전화가 내게는 반가울 수밖에 없는 이유가 있었다. 가족과 약속한 휴식 기간도 이제 끝이 다 되어가고 머리를 조금 아프게 했던 상속문제도 마무리가 되어 가고 있었다. 이제 나도 언제까지 아버지 곁을 지키던 그때 그 모습에 머물러 있을 수는 없었다. 이제 나도 세상 속으로 다시 나가야 할 시점이 도래한 것이었다.

하지만 나는 쉽게 대답을 하지 못했다. 50년을 살면서 외국에 나가 생활을 한다는 상상을 단 한 번도 해보지 못했기 때문에 그 결정은 전화로 간단히 할 수 있는 일은 아닌 듯 보였다. 한 가지 나의 관심을 끄는 부분은 누구보다 나를 잘 알고 있는 사람이 나를 적임자라 생각하여 나를 불렀다는 점이었다. 하지만 외국에 나가서 일을 하려면 가장 마음에 걸리는 일이 가족이었다.

가족을 데리고 가야 하는 것인지 두고 가야 하는 것인지 하는 문제가 마음에 걸렸다. 나를 불렀던 두바이 지인은 두 가지 모두 가능하다고 했다. 사실상 모든 가능성을 열어두고 나를 불렀던 것 같았다. 일단은 생각을 해 보겠다고 하고 전화를 끊었다.

그는 자신의 연락처를 다시 한번 불러주며 생각이 정리되면 꼭 연락을 달라며 전화를 끊었다. 전화 통화를 하고 난 후 나는 가족에게도 쉽게 말을 꺼내지 못했다. 가늠이 되지 않았다.

내게 제안했던 일에 대한 가늠이 전혀 되지 않았다. 말로 들어서는 대충 무슨 일을 하는 것인지 알 듯도 싶었지만 그걸 내가 해낼 수 있는 일인지, 한다면 얼마나 할 수 있는 일인지 짐작이 되지 않았다. 그렇게 고민만 하다가 한 달이 흘렀다. 그리고 지인에게서 다시 전화가 왔다.

"이번 달 별일 없지?"

"일단 비행기표 보낼 테니까 들어와서 한 달만 놀면서 여기 구경이나 하고 들어가 결정은 그 다음에 하면 되니까."

그리고 3일 뒤 비행기표가 날아 왔다. 3일 후 출발하는 일정이었다. 아내와 아들에게는 이야기를 해야 할 시점이 온 것 같았다. 그날 저녁 아내와 아들에게 이야기를 꺼냈다. 상반된 반응이 나왔다.

일을 위해 무엇인가 움직임을 시작했다니 아내는 흔쾌히 두바이 행을 찬성했다. 하지만 아들은 아빠와 떨어져야 한다는 사실에 대답을 하지 못하고 눈물만 흘렸다. 아들에게는 아빠가 다녀오고 난 후 꼭 가족과 다시 갈 수 있도록 하겠다는 약속으로 허락을 받았다.

나는 그간 쉬는 동안 지난 10년 아버지에게 집중하느라 아들에게 소홀했던 시간들을 보상해 보려고 노력하고 있었다. 아침 차로 아들을 학교까지 데려다 주고 학교가 끝날 시간이면 학교 앞에서 기다리다가 아들을 집까지 데리고 왔다.

집에서 학교까지는 걸어서 15분의 가까운 거리였지만 아들을 위해 무엇이라도 해주고 싶은 마음에 차로 등교와 하교를 시켜 주었다.

평소 매일 할아버지 집에만 가 있던 아빠가 하루 종일 자신의 곁에서 함께 있어주니 아들은 어느 때보다 기쁘고 즐거운 나날을 보내고 있었다. 그랬던 아빠가 한 달을 외국에 간다니 아들에게는 잠시간의 행복에 마침표를 찍는 심정이었던 것 같았다.

가족의 허락이 떨어지고 나는 짐을 꾸렸다. 내 인생의 새로운 시작이 될지 모를 새로운 시간을 위해서. 지난 10년간 나는 나의 대부분의 시간을 아버지를 위해 살아왔다. 하지만 막상 그 시간이 끝나고 이제는 온전히 나를 위한 시간으로 살아야 하지만 나는 아무것도 하지 못하고 있었다.

그 사이 나의 건강은 바닥을 쳤고, 나의 경제 상황도 바닥을 보였다. 결국 나는 바닥의 끝에 내려와 있는 듯 보였다. 나는 다시 일어나야 했다. 끝이 보이지 않았던 아버지와의 고통 속의 시간도, 당장 다음달을 어찌 살아야 할지 대책도 없이 한숨으로 하루하루를 지냈던 궁핍의 시간도 이제는 모두 지난 시간의 흔적일 뿐이었다.

나에게는 떠나보낸 가족 외에도 나를 바라보고 있는 남아있는 가족이 있었다. 다시 살아야 하는 시간이 내 앞에 있었다.

# 아부다비 그리고 두바이

인천국제공항. 길게 늘어선 사람들 뒤로 줄을 섰다. 줄이 줄어들고 내 차례가 되었다.

"아부다비, 한 분이시네요. 11시 50분까지 탑승 장소에 도착해 주세요."

내 손에는 인천-아부다비 비행 티켓이 한 장 주어졌다. 편한 마음으로 그냥 와서 놀다 가라는 말로 시작된 일정이지만 나는 마음 속으로 새로운 시작을 떠올리고 있었다.

10시간의 비행 시간 내내 머릿속에는 여러 가지 생각이 스쳤다. 그간 나를 누르던 아버지의 잔상도 이제 조금은 내려놓고 싶었다. 아부다비에 가까워질수록 마음속에는 작은 불안감도 생겨나기 시작했다.

한 번도 가보지 못한 낯선 곳에서 내가 무엇을 얼마나 할 수 있을까 하는 막연한 불안감이 나를 계속 눌렀다. 그렇게 여러 생각이 나를 스치는 사이 내가 탄 비행기는 아랍에미레이트연합의 수도 아부다비에 다다르고 있었다. 그렇게 비행기는 밤 하늘을 날아 새벽 5시 아부다비에 도착했다.

출국 수속을 마치고 밖으로 나오니 6시가 조금 넘었다. 아부다비 공항은 비교적 한산했다. 새벽 공기는 우리나라 가을 날씨를 연상시켰다. 낯선 풍경 낯선 사람들이 눈에 들어왔다. 묘한 긴장감이 밀려왔다.

1시간여를 기다려 마중 나온 지인을 만났다. 급할 것 없으니 차나 한 잔 하고 두바이로 넘어 가자며 나를 데리고 아부다비 시내의 한 호텔로 갔다.

에미레이트 팰리스 호텔. 소위 8성급이라고 하는 최고급 호텔. 나는 지인과 그곳에서 금가루가 뿌려진 카프치노를 마시는 것으로 이곳의 첫 일정을 시작했다.

입술 가득 거품 대신 금가루를 묻히며 마시는 에미레이트 카프치노. 나는 비로소 그 호사스러운 커피를 마시며 내가 지금 오일 머니 가득한 중동에 와 있다는 사실을 실감했다.

아부다비에 온 김에 몇 곳을 더 둘러보고 나는 두바이로 이동했다. 아부다비에서 두바이는 차로 1시간이 조금 더 걸리는 거리였다. 사막 위 기적의 땅 두바이. 소문처럼 그곳 사막 위의 신기루 같은 도심이 나를 맞았다.

사막 위에 만들었다고는 믿기 어려운 빌딩들과 거리들. 그곳은 낙타를 타고 다니는 모래 바람이 부는 사막의 땅이 아니었다. 지인의 집에 여정을 풀었다. 시계를 꺼내 시간을 맞췄다. 한국 시간에 맞춰져 있던 내 시계가 이제 두바이 시간으로 가기 시작했다. 그렇게 나는 비로소 두바이의 일상을 시작했다.

서울과는 5시간의 시차가 있는 두바이는 서울보다는 5시간이 늦었다. 초저녁부터 피로감이 밀려왔다. 아직 내 몸이 서울의 시간에서 벗어나지 못하고 있는 듯 보였다. 하지만 이제 이곳에 왔으니 이곳 시간의 적응이 필요했다.

해도 떨어지기 전부터 잠을 잘 수는 없을 것 같았다. 졸음을 참고 조금 견디다가 이른 시간 잠자리에 들었다. 졸음이 밀려와 참고 참다가 잠자리에 들었는데 신기하게 막상 자려고 마음을 먹으니 잠이 오지 않았다. 머릿속 생각들이 파노라마처럼 연이어 스쳐갔다.

아버지, 아내, 아들, 누나, 동생, 조카. 가족이 차례로 머릿속에서 떠오르고 사라지기를 반복했다. 나의 두바이에서 첫날밤은 그렇게 가족 모습을 차례로 떠올리며 지나갔다. 아마도 비행기를 타고 서울을 떠날 때부터 머릿속을 맴돌던 생각들을 두바이에 도착해서도 떨쳐내지 못하고 있는 듯 보였다. 두바이에서의 첫날밤을 그렇게 보내고 두바이의 아침이 밝았다.

3월의 두바이는 일 년에 한 번 돌아오는 우기였다. 일 년 열두 달 중 봄에 서너 번의 비가 내리고 일 년 내내 비가 내리지 않는 두바이. 아직 비는 내리지 않고 있지만 날씨가 아침에는 가을 날씨, 낮에는 한국의 초여름 날씨 정도였다.

비만 내리지 않으면 관광을 하기에는 적당한 날씨였다. 두바이에 왔으니 두바이 구경을 시작해 보기로 했다. 순서는 제일 유명한 곳부터 둘러보기로 했다.

하루에 몇 곳씩 두바이 시내를 돌아봤다. 세계에서 가장 높은 빌딩이라는 브르즈 칼리파, 세계에서 가장 커다란 쇼핑몰이라는 두바이 몰, 그리고 유명하다는 그 분수 쇼, 우주 정거장에서도 보인다는 인공섬 팜 아일랜드, 7성급 호텔로 유명한 버즈 알 아랍 호텔. 아부다비 그랜드 모스크와 금가루 커피를 팔던 에미레이트 팰리스 호텔까지.

서울에서 언론이나 인터넷에서 보고 들었던 곳들을 하나씩 차례로 모두 돌아 봤다. 정말 도착 후 2주일 정도는 두바이와 아부다비의 유명 관광지를 하나도 빠짐없이 모두 본 것 같았다.

나의 SNS는 연일 내가 올리는 두바이와 아부다비 이야기들로 뜨거운 반응이 일어나고 있었다. 그렇게 2주일이 지나고 나를 초대한 지인은 이제 비로소 자신이 일하는 모습을 보여 주겠다고 제안했다.

지난 2주 동안은 정말 관광객처럼 지냈다면 이제부터는 자신이 하고 있는 일을 한번 둘러보라는 제안이었다. 자신의 일을 소개하고 내가 정말 이곳의 일에 적응이 가능할지 한번 가늠해 보라는 취지였다. 좋은 제안이었다. 일단 어떤 일을 하고 있는지 알아야 지인의 말처럼 내가 이곳에서 일에 도움을 줄 수 있을지 없을 지 판단이 가능할 듯 보였다.

가장 먼저 참관한 일은 시티투어였다. 새벽에 공항에서 손님을 픽업해서 두바이 시내를 돌아보고 점심 무렵에 끝나는 반나절 투어였다. 다른 손님에게 피해가 가지 않게 하기 위해 나는 손님으로 위장해 투어에 합류했다.

신혼부부 한 팀과 회사의 다른 인턴 직원 한 사람이 나와 합류 했다. 시티투어는 두바이 시내 곳곳의 명소들을 가이드가 차를 직접 몰면서 설명하는 투어였다. 여러 장소들은 이미 2주 동안 관광객 모드로 모두 둘러 본 곳이라서 가이드의 이야기가 이해하기 쉬웠다. 다만 가이드가 기어를 넣는 매뉴얼 승합차를 운전하며 설명을 하는 모습에서는 나도 저렇게 할 수 있으려나 싶은 의구심이 들기도 했다.

시티투어는 시간이 날 때마다 이후 몇 번을 더 참관했다. 지인이 진행하는 투어를 참관한 후 회사 다른 직원이 진행하는 투어도 고르게 참관했다. 같은 내용을 다르게 표현하는 두 사람의 모습을 보면서 가이드의 스타일이라는 것도 잠시 접할 수 있는 기회가 되었다.

시티투어를 두세 번 체험하고 나니 다음은 패키지 투어를 참관해 보라고 제안했다. 하지만 패키지 투어는 단체에서 오는 투어이기 때문에 손님을 위장해 참관을 하기에는 어려움이 있었다. 결국 나는 인솔을 도와주러 나온 회사 직원을 가장해 패키지 투어에 참여했다.

보통 패키지 팀은 버스 단위로 인솔을 하기 때문에 보조 가이드가 따라 다니는 경우가 많다. 30~40명의 인원을 인솔하여 다니려면 가이드 혼자 힘으로는 통제가 어려울 때가 많기 때문이었다. 보조 가이드의 주요 역할이라고 해봐야 팀 뒤쪽에서 낙오되는 손님은 없는지 살피기만 하면 되는 일이라서 큰 역할 비중은 없었다.

나는 그렇게 회사의 메인 가이드가 진행하는 3박 4일 두바이 아부다비 패키지 투어를 보조 가이드로 지켜보았다. 당시 투어를 진행했던 가이드가 워낙 탁월한 실력의 가이드였기 때문에 그가 진행하는 패키지 투어는 내게 큰 도움이 되었다.

해박한 지식과 탁월한 언변으로 손님들에게 한시도 쉼 없이 가이드를 하고 있던 그 직원의 모습은 나에게 잠시 경외심을 불러일으킬 정도였다. 나는 그렇게 3~4주차를 이곳의 가장 대표적인 두 가지 투어를 참관하는 일정으로 보냈다.

모든 참관을 마치니 지인은 내게 본격적인 일 이야기를 했다.

"직접 경험해 보니 느낌이 어떤 것 같아?"

지인은 강요는 하지 않았다.

"한국 돌아가서 잘 생각해 보고 결정해. 시간 충분히 갖고. 급할 것 없으니까."

부담을 지우지 않으려는 배려가 엿보였다. 그렇게 나는 한 달간의 두바이 여행을 마무리했다.

그는 한국으로 돌아가는 내게 두바이 가이드 매뉴얼을 쥐어 주었다. 다시 내가 두바이에 들어간다면 이 매뉴얼 정도는 숙지하고 가야 할 것 같았다. 나는 한 달간의 긴 여행을 마치고 가족이 기다리는 집으로 돌아왔다.

한 달이라는 시간이지만 가족과의 재회는 무엇과 비교할 수 없을 만큼 행복했다. 집에 돌아온 내게는 중요한 일이 하나 남아 있었다. 두바이에 다녀오는 동안 동생의 노력으로 아버지의 유산 정리가 1차 마무리되어 있었다.

이제 우리가 소명한 자료들을 세무서에서 최종 판단하고 마지막 상속세를 부과 받는 절차만을 남겨두고 있었다. 남겨진 유산을 정리할 시기가 온 것 같았다. 하지만 따지고 보면 당장 정리할 유산이라고 해봐야 마지막 아버지를 살피려고 처분했던 땅값 중 현금이 조금 남아있는 것이 전부였다.

돌이켜 보면 어머니가 동분서주하며 만들어 놓으셨던 집안의 재산들 대부분은 지난 10년 아버지를 살피는 일에 모두 소진한 듯 보였다. 그 유산들은 세상 누구보다 검소한 생활로 아끼고 아껴 모으셨던 어머니의 피와 땀이었다. 그나마 그 유산들이 아버지를 살피고 돌보는 일에 사용할 수 있었다는 사실이 내게는 다행스러운 일이었다.

비록 현재 남아있는 유산이 없다고 하더라도 애초에 그것들은 나와 다른 형제들의 몫은 아니었던 것 같았다. 오히려 나누고 분배하느라 형제들이 싸우고 다투어야 할 것이 없는 것이 다행이라는 생각도 들었다. 그나마 일부 남아있던 현금마저 상속세로 모두 소진하는 사태는 일단은 막은 것 같아 다행스러웠다. 물론 세무서의 최종 부과가 있어봐야 알겠지만 많은 부분을 소명해서 큰 금액의 추가 상속세를 내는 일은 피한 듯 보였다.

이제 나의 결심이 필요한 시기가 왔다. 내 결심은 남은 현금을 어떻게 분배할 것인가를 결정하는 일이었다. 가족들이 모두 모였다. 누나네 식구와 동생까지 장례를 마치고 처음으로 온 가족이 우리 집에 모였다. 나는 그 자리에서 나의 결심을 이야기했다.

"나 당분간 두바이 가서 일을 좀 해보려고 해."

그리고 부모님의 유산에 대한 나의 의견을 피력했다. 집안의 장남으로서 나의 마지막 소임이었다. 누나도 동생도 큰 이견은 없었다. 그것은 가족들의 지금 현실을 반영한 나의 최선의 선택이었다. 그리고 그 결정은 두바이로 떠나려는 나의 결심에 대한 강한 채찍질이기도 했다.

그간 채워진 적도 없었지만 당장 나의 결심을 흔들리게 만들 여유로

움은 다만 내 결심에 걸림돌이 될 것만 같았다. 모두 비우고 다시 처음부터 채우기 위해 떠나고 싶었다. 그렇게 나는 새로운 시간을 눈앞에 두고 있었다. 그간 나의 주변을 단단하게 감싸고 있던 울타리에서 온전히 한번 벗어나고 싶었다.

지난 시간에 관한 잔상도, 이루지 못한 일들에 대한 회한도 모두 훌훌 털어 버리고 먼 이역 땅에서 새로운 시간을 맞고 싶었다. 그리고 한 달 후, 그렇게 나는 다시 두바이행 비행기에 몸을 실었다. 뜨거운 여름이 오고 있는 두바이를 향해.

# 알과 딜

다시 두바이로 돌아왔다. 이제는 잠시간의 여정이 아닌 긴 여정이었다. 앞서 한 달간의 시간이 아닌 얼마가 될지 알 수 없는 긴 시간을 이곳에서 보내기로 마음먹고 온 일정이었다.

그런 탓이었을까? 두 번째 도착한 두바이는 내게 여러 가지 압박감을 주고 있었다. 우선은 가장 먼저 잘 해야 한다는 부담감이 나를 눌렀다. 나의 능력을 높이 평가해 주고 나를 자신의 일에 끌어들인 지인에게 실망감을 주지 않기 위해서라도 정말 잘 하고 싶었다.

또 다른 부담감은 건강에 대한 두려움이었다. 급성 당뇨로 이후 급격하게 떨어져 있는 나의 체력이 이곳 생활에 적응이 가능할지 늘 불안했다. 몸이 아프고 난 후 처음으로 일을 하는 것이기 때문에 건강에 대한 불안감이 늘 잔존했다. 하지만 그 어떤 압박감도 지금 내게는 중요하지 않았다.

나는 중대한 결심을 했고 지금 먼 타국에서 새로운 시작을 눈앞에 두고 있었다. 나를 믿고 한국에서 기다리는 가족을 위해서도, 떠나는 나를 격려해 주었던 주변의 많은 지인들을 위해서도 나는 이곳에서 잘 견디어 내고 싶었다. 도착을 하고 내가 가장 먼저 한 일은 두바이를 익히는 일이었다.

지인은 내게 자신의 승용차를 내어 주었다. 당분간 아무 생각도 하지 말고 아침부터 저녁까지 이 차를 몰고 두바이 시내를 돌아다니라고 했다. 국제 운전면허증을 발급받았기 때문에 두바이에서의 운전에는 아무런 문제가 없었다.

정작 두바이 운전의 가장 큰 문제는 길이었다. 다행히 운전석은 우리와 같은 왼쪽에 있어 운전을 하기에는 용이했다. 영국의 영향이 큰 두바이가 운전석이 오른쪽이 아닌 왼쪽에 있는 것은 정말 다행스러운 일이었다. 하지만 두바이의 도로는 약간의 적응 시간이 필요한 구조였다.

커다란 대로를 달릴 때는 아무런 문제가 없었다. 하지만 큰 길을 벗어나 다른 곳으로 가려면 길의 구조를 정확히 알아야 하는 어려움이 있었다. 우리나라는 큰 길에서 다른 길로 접어들려면 우회전 좌회전 직진의 세 가지만 잘 살피면 되는데 이곳은 그렇지 않았다.

길이 갈라지는 곳에서는 많게는 세 곳으로 길이 갈라지는 곳도 있는데 여기가 문제였다. 우리나라처럼 제일 왼쪽이 좌회전 제일 오른쪽이 우회전 나머지가 직진이 아니었다. 길이 갑자기 지하도나 고가로 나뉘어지는데 차선 하나만 잘못 들어가면 엉뚱한 곳으로 가게 되어 있었다. 즉 차선에 따라 지하도를 거쳐 좌회전을 하거나 고가를 거쳐 우회전을 하는 식이었다.

하지만 어떤 곳은 제일 마지막 차선에서 고가를 타고 올라갔더니 좌회전을 하게 되는 경우도 있고, 직진이라고 생각하고 지하도를 내려갔더니 전혀 다른 길이 나오는 경우도 많았다.

비교를 하기는 다소 무리가 있지만 그래도 예를 들자면 서울 동작대교 남단의 차선과 유사하다고 생각하면 쉬울 것 같다. 이곳에서 차선을 잘못 들어서면 올림픽대로로 가거나 흑석동으로 갈 차가 동작대교를 넘어가게 되는 일이 발생하는 경우와 같다고 할 수 있겠다.

특히나 '쉐이크 자이드로'라는 두바이 도심의 가장 큰 도로가 있는데, 서울로 치자면 올림픽대로쯤 되는 도심을 관통하는 가장 큰 도로이다. 구도심이 끝나는 지점에서 이 도로는 여러 갈래로 나뉘게 되는데 이때 차선을 잘 외우고 있지 못하면 전혀 다른 동네로 가게 되는 일이 생기는 경우가 많았다.

　나는 이 길에서 여러 번 실수를 반복하면서 두바이 도로에 대한 의구심이 들기 시작했다. 지금의 두바이 도심은 허허벌판 사막에 도시를 설계하여 만든 계획 도시였다. 그런데 사전에 설계를 했다는 길을 이렇게 꽈배기처럼 꼬아 놓았을까 쉽게 이해가 되지 않았다.

　그것도 왕복 12차선의 커다란 도로가 끝나는 부분을 왜 이렇게 어렵게 설계를 했는지 이유를 알 수가 없었다. 그 답은 얼마 후 출퇴근 시간에 그 길을 달리며 알게 되었다. 일순간 차량의 수가 급격하게 증가하자 그 커다란 도로도 순식간에 차로 가득 차버렸다. 결국 그 커다란 도로가 끝나는 지점에서 다시 시작되는 갈림길을 우리나라처럼 신호등을 만들어 도로를 연결했다면 차량 정체가 엄청나게 일어날 듯 보였다.

　왜냐하면 그곳부터는 옛 두바이 도심이었던 올드 두바이로 이어지는 길과 이웃 다른 토후국으로 이어지는 길이 여러 갈래로 연결되는 지점이었다. 따라서 두바이는 차량이 늘어나도 새로운 도심의 넓은 길과 구도심의 조그만 길을 이런 식으로 연결해 차량의 흐름을 유지하고 있었다. 그래서 그 연결 교차로에는 신호를 만들지 않고 지하도와 고가를 이용해 차량의 흐름을 원활하게 진행하도록 만들었던 것이었다. 결국 차량이 늘어나 정체는 일어나지만 그나마 그 정체 중에도 차량의 흐름은 계속 유지하고 있어 큰 혼잡을 줄일 수 있는 것 같았다.

　또한 큰 도로에는 옆으로 작은 도로를 만들어 큰 도로를 진행하는 차량은 그대로 진행을 하게 하고 도로 옆 건물에 접근하거나 진입하는 차량은 별도의 서브 도로를 만들어 중간 중간에 진입로를 통해 접근하도록 설계했다. 이것도 차량의 흐름을 좋게 하기 위한 좋은 정책인 것은 알겠는데 정작 처음 운전하는 사람에게는 커다란 장벽으로 다가오는 구조였다.

내가 가려는 건물이 옆에 보여 이제 나가야지 하면 막상 그 건물 옆에는 서브 도로로 나가는 진출로가 없는 경우가 많았다. 결국 건물과 서브 도로 진출로를 정확히 맞추지 못할 경우 가야 할 건물을 옆에 두고 그 주변을 계속 뱅뱅 돌아야 하는 웃지 못할 일이 발생했다.

나는 결국 이렇게 복잡하고 생소한 두바이의 도로 사정을 파악하는 데 몇 주일의 시간을 길에서 보내야 했다. 그렇게 혹독한 적응 기간을 보내고 나는 이제 두바이 전체를 알지는 못하지만 내가 움직여야 하는 동선은 대충 내 스스로 운전을 하고 다닐 정도로 길에 익숙해졌다. 지인은 그래도 내가 남들보다는 빠르게 길을 익혔다며 놀라워했다.

다음은 가이드를 직접 할 수 있도록 실무를 익히는 일이 필요했다. 하지만 이 일은 나 혼자 할 수 있는 일은 아닌 것 같았다. 결국 내가 처음 가이드 업무를 익히는 데 도움을 줄 사람이 필요했다.

내가 본격적인 가이드 업무를 시작하는 데 내게 도움을 주었던 사람은 알과 딜 두 사람이었다. 알은 지인의 회사에 과장으로 근무하는 파키스탄 사람이었다. 우리는 그를 알 과장이라고 불렀다. 그리고 딜은 알 과장의 파키스탄 고향 친구였다. 또한 딜은 두바이에서 자신의 차로 우버 택시를 운행하는 친구였다.

두 친구의 공통점은 두 사람 모두 두바이에 오기 전에 한국에서 생활을 했었다는 경험을 가지고 있었다. 알 과장은 한국에서 6년을 딜은 한국에서 무려 11년을 살았던 친구들이었다. 그런데 두 친구는 한국에서 지낸 시간과 한국어 실력은 조금 상이했다.

알은 6년을 살았지만 한국어 실력이 뛰어났다. 그는 한국어뿐만 아니라 영어 아랍어에도 능통했다. 자신의 모국어를 포함해 4개 국어에 능통한 언어 능력자였다. 반면 11년이나 한국 생활을 했던 딜은 알만큼 한국어 실력이 뛰어나지 못했다. 물론 그의 영어 실력도 한국어 실력과 비슷했다.

이 두 사람은 내가 두바이에서 처음 일을 시작하고 적응하는 데 큰 도움을 준 친구들이다. 일단은 이들이 있어 영어가 부족했던 내가 한국어로 의사소통을 하며 가이드 일을 시작할 수 있었다. 두바이 길을 익혔다고 바로 가이드 일을 할 수는 없었다.

길을 익히고 보조 가이드를 여러 차례 나가며 가이드를 해야 하는 내용도 숙지하고 말을 하는 연습도 계속 했다. 어느 정도 시간이 지나면서 내 스스로 가이드를 할 수 있을 만큼은 준비가 된 것 같았다. 하지만 아직은 부족한 것이 있었다.

첫 번째는 운전을 하며 가이드를 해야 하는 일이었다. 길도 익숙해지고 가이드해야 할 내용도 모두 숙지했지만 두 가지를 동시에 하는 일은 아직은 어려워 보였다. 길을 찾느라 신경을 쓰고 운전을 하면 입에서 말이 제대로 나오지 못하고, 말을 잘 하면서 운전을 하면 길을 잘못 드는 일이 생기고 했다. 해서 이 부분의 도움을 딜이 담당했다.

회사에 준비된 차가 있었지만 당분간은 딜이 자신의 차에 손님을 모시고 투어를 진행했다. 길은 누구보다도 딜이 잘 알고 있으니 나는 가이드만 하면서 투어를 했다. 가끔은 손님에게 농담을 던지면 한국어를 알아듣는 딜이 손님보다 더 크게 웃어 버려서 손님도 나도 당황하게 하는 일도 있었다.

딜은 알 과장보다 언어 능력은 다소 떨어지지만 마음씨가 착하고 순진한 친구였다. 늘 자신이 한국에 있었을 때 이야기를 하며 한국에 대한 그리움을 피력하기도 했다.

"형님, 제가 한국 롱 타임 있었어요. 경기도 광주, 전라도 광주, 마산, 창원, 안산, 구미, 대구."

딜은 한국에 안 가 본 도시가 없을 만큼 많은 도시에서 많은 일을 했었다고 했다. 웬만한 한국 사람보다 더 많은 도시를 다녀 본 딜이었다. 가끔 직원 숙소에 뭐가 망가지면 딜이 와서 뚝딱 고쳐 주기도 했다. 나는 그의 솜씨에 놀라며 물었었다.

"야 딜, 이런 일은 어디서 배웠니?"

"형님, 이건 나 대구 가구 공장 일할 때, 나 한국에서 다 해봤어 일."

내가 우연히 집에 들렀던 딜에게 밥 한 끼 대접하면 다음에 집에 올 때 맛있는 파키스탄 음식을 만들어 내게 주던 한국 사람 같은 인심을 지닌 순박한 친구였다.

나의 첫 시티투어를 딜이 자신의 차로 도와 줬다면 패키지 투어는 알 과장이 도움을 주었다. 한국 손님들을 모시고 반나절 두바이 시내를 도는 시티투어와는 달리 패키지 투어는 3박 4일간 많은 손님과 함께 움직여야 하는 일이기 때문에 초보자인 내가 하기에는 어려움이 많았다.

우선은 버스 기사와의 의사 소통은 물론 호텔이나 식당 혹은 여러 관광지에서도 의사 소통을 해야 했다. 나의 짧은 영어로는 손님에게 안내를 하는 가이드 업무 외의 업무들은 아직은 버거운 일이었다. 결국 내가 패키지 투어에 익숙해지기까지 내 옆자리에는 항상 알 과장이 있었다.

나의 부족한 영어를 대변해 주는 일은 물론이요 각종 패키지 업무에 관한 전반적인 일들을 내게 알려 주었다. 알 과장은 순박한 딜과는 달리 머리가 좋은 친구였다. 무엇보다 한국어 실력이 뛰어났다. 그와 대화를 하다 보면 나도 모르게 알 과장이 파키스탄 사람이라는 것을 잊게 만드는 경우가 많았다.

무의식 중에 그에 입에서 튀어 나오는 한국 말은 한국 사람의 대화 그 자체였다. 앞에 차가 갑자기 끼어들어 버스가 급정거를 할 경우 그에 입에서 나오는 말은 완벽한 한국 사람이었다.

"아, 저 자식 운전 더럽게 하네요. 여긴 저런 놈이 많아요 형님."

웬만한 은어나 간단한 욕 정도는 가볍게 소화하며 대화를 구사했다. 11년을 살았던 딜보다는 6년을 살았던 알 과장의 한국어 실력은 거의 한국 사람 수준에 가까웠다.

그는 회사의 다른 여러 가지 업무도 전담할 정도로 뛰어난 업무 능력을 지니고 있었다. 영어와 아랍어에 능통하기 때문에 각종 관공서 업무나 서류 업무 등을 전담했었다. 그런 알 과장 덕분에 나는 패키지 투어의 여러 가지 업무들을 쉽고 빠르게 습득할 수 있었다.

"형님, 이건 이렇게 하시면 되고요. 참, 형님 예약은 항상 1시간 전에 하셔야 합니다."

그는 내 옆에서 보조 가이드처럼 앉아서 손님들 모르게 그림자처럼 내가 해야 할 일들을 처리해 주고, 그 사이 사이에 내게 설명도 곁들여 주었다. 그렇게 알과 딜의 도움으로 나는 서서히 두바이 가이드 업무에 적응하고 있었다. 그러는 사이에 나는 홀로 단독 투어가 가능한 수준에 다다르고 있었다.

# 쌍문동 영어

내가 혼자 가이드 업무를 하는 데 가장 큰 걸림돌은 영어였다. 두바이에 다시 돌아와 본격적인 업무를 시작한 지 3개월. 시티투어에 필요한 길은 어느 정도 숙지하고 혼자 운전을 하고 다닐 정도의 수준은 되었다.

가이드도 이젠 제법 농담을 섞어 손님들을 즐겁게 해줄 만큼 숙련되고 있었다. 하지만 알 과장과 딜이 내 옆을 지키며 도움을 주던 때와는 달리 혼자 가이드를 하려면 이곳 두바이 사람들과의 소통이 필요했다.

시티투어의 경우는 영어가 필요한 경우가 많지 않았다. 내가 차로 손님들을 모시고 시내를 반나절 돌아보는 일이니 거의 대부분이 차 안에서 진행되고 어느 곳에 내린다고 해도 다른 사람들과 접촉을 할 일이 적었다.

인공섬 팜 아일랜드에 모노레일을 탈 때 표를 끊는 일 정도가 내가 유일하게 외국어를 써야 하는 순간이었다. 하지만 패키지 투어의 경우 소통할 사람이 많이 등장했다.

일단은 손님을 모시고 다닐 버스 기사와의 대화가 가장 중요했다. 투어 전날 저녁이면 배차가 되어 다음날 나와 일할 기사와 연락처가 내게 전해진다. 그때부터 나는 기사와 연락을 하고 일정을 조율해야 했다. 내일 언제 공항에 나와 대기하고 어떻게 만날지 사전에 일정을 맞춰야 하기 때문이었다.

공항에는 버스 대기 공간이 정해져 있지만 언제나 많은 버스들이 들어와 대기를 하고 있기 때문에 상당히 복잡했다. 해서 기사들은 공항 인근에서 대기하다가 손님들이 도착을 하면 나의 연락을 받고 공항으로 진입해 손님들을 픽업했다. 따라서 나는 투어 전날 기사에게 몇 시까지 공항 근처에 와 있으라는 대기 시간을 통보해 주어야 했다.

또한 투어가 시작되면 코스를 주지시키고 각 코스마다 손님을 내려 주고 얼마 후에 다시 데리러 오라고 지시도 해야 했다. 호텔에 가면 체크인 체크아웃을 위해 호텔 직원과의 대화도 필요했다. 특히나 손님의 불만사항이 생기면 호텔에 강력한 시정 조치를 요구해야 할 경우도 많았다.

식사 때는 예약된 식당에 미리 전화를 해서 얼마 후에 손님과 갈 예정이니 미리 준비를 해 놓으라는 연락도 해야 했다. 또한 여러 관광지에 들어갈 때에는 표도 끊어야 하고 예약 확인도 해야 했다. 그전까지는 이런 모든 일들을 알 과장이 나를 대신해 해 주었었다. 그러나 알 과장 없이 홀로 투어를 진행하려면 이 많은 일을 내가 직접 해야 했다.

참고로 두바이는 아랍어를 한마디 하지 못해도 살아가는 데 아무런 불편함이 없는 곳이었다. 아랍어와 영어가 공용어로 되어 있기 때문에 영어만 할 줄 알면 어디서나 의사소통이 가능한 곳이었다.

정작 문제는 나였다. 아랍어는 고사하고 영어도 제대로 하지 못하니 어디를 가도 입을 열기가 곤란한 상황이었다. 처음 일을 제안받았을 때부터 나는 이런 나의 문제점을 지인에게 이야기했었다.

"말이 통해야 일을 하지. 영어가 통용된다고 해도 내가 영어가 안 되는데 일이 가능하겠어?"

지인은 별 문제가 아니라는 듯 대답했다.

"한국 사람들 대상으로 일을 하는데 영어 사용할 일이 뭐가 있겠어? 그냥 버스 기사와 가자 멈춰라 이런 이야기만 하면 가능해. 이 정도 할 수 있지."

물론 그 정도는 할 수 있었다. 하지만 그 정도만 해서는 일이 되지 않았다. 지인의 말처럼 가자는 말과 멈추라는 말 외에도 내가 투어를 진행하면서 해야 할 영어는 수도 없이 많았다.

영어 공부는 언제 해보고 안 했는지 기억도 없었다. 평소 영어를 사용하고 살았던 것도 아니고 외국을 많이 다녔던 것도 아닌데 내 입에서 영어가 얼마나 나올 수 있을지는 가늠하기 어려웠다. 하지만 나는 생각보다 많은 단어를 알고 있었다.

내가 이야기를 하면서 내가 내 말에 놀라는 일이 발생하기 시작했다. 도대체 나는 이런 단어를 언제 배워서 알고 있었나 싶은 말들이 내 입에서 터져 나왔다. 그러나 문제는 그 말이 문맥상 맞는 말인가 하는 점이었다.

내 입을 통해 나오는 영어는 문법 무시, 어순 무시 그야말로 콩글리시 그 자체였다. 그런데 천만다행인 점은 내 영어를 듣고 움직이는 두바이 버스 기사들이 실력도 나와 별 차이가 없다는 사실이었다. 두바이 버스 기사들은 대부분이 인도나 파키스탄 출신 사람들이었다.

너무나 신기한 것은 내가 하는 영어를 이들이 너무나 찰떡 같이 알아듣는다는 점이었다. 가장 쉬운 예로 회사의 젊은 직원과 내가 똑같이 다음날 기사를 배정받고 전화를 하는 장면은 주변 사람들이 봐도 너무나 신기해 할 상황이었다.

먼저 영어에 능통한 젊은 직원이 현란한 영어로 기사와 통화를 시작했다. "유 캔 뭐~"로 시작되는 긴 대화는 10분 가까이 이어졌다. 자세한 단어들은 이해하기 힘들지만 내용은 한결같은 것이었다. 공항 인근에서 언제까지 대기하고 언제까지 연락하면 공항 안으로 들어와라 뭐 이런 내용이었다.

내가 볼 때는 저 간단한 내용을 어떻게 저렇게 길게 통화를 할 수 있는지 그 자체가 신기한 상황이었다. 젊은 직원이 대화를 끝내며 한마디 던졌다.

"아 그 자식! 말기를 못 알아먹어요."

다시 내가 내 담당 기사에게 전화를 했다.

"헬로 쿠루마, 아임 투어 컴퍼니 킴. 투모로우 터미널 원 씩스 피엠 오케이!"

"아이 윌 콜 어게인. 오케이!"

"오케이! 오케이! 씨유 투모로우~."

세 마디의 대화로 일정 정리가 끝났다. 달리 더 구사할 수 있는 말도 없었다. 그저 내일 오후 6시 공항터미널 원에서 보자는 말만 전달했다.

터미널에 도착해 손님들이 나오기 시작하면 한 번 더 전화해서 터미널 안으로 들어오라고 하면 기사와의 접선 작전은 완료되었다. 젊은 직원들은 내 영어를 명동사 영어라고 불렀다. 무슨 영어가 명사와 동사밖에 사용을 안 한다는 뜻에서 붙여진 이름이었다.

결국 내가 구사하는 영어는 대화가 아니라 그냥 단어만 던지는 영어라고 표현하는 것이 맞는 것 같아 보였다. 내게는 그저 생존을 위한 영어일 뿐이었다. 천만다행인 것은 나와 가장 많이 대화를 나누는 기사들의 영어 실력이 내 수준에서 크게 벗어나지 않고 있다는 점이었다.

영어 실력이 월등한 기사가 등장한다면 나의 짧은 영어 실력이 언제 바닥으로 추락할지 알 수 없는 상황이기도 했다. 대부분 버스 기사들은 인도나 파키스탄 출신들인데 회사마다 파벌이 있어 인도 기사가 많은 곳은 인도 기사만 파키스탄 기사가 많은 곳은 파키스탄 기사만 근무를 했다. 우리가 거래하는 회사는 주로 인도 출신의 기사들이 대부분이었다.

정작 기사들을 상대하는 일 중에 영어 대화보다 어려운 일은 그들의 이름을 부르는 일이었다. 인도 스타일 이름이 파키스탄 이름 보다 길고 어려웠다.

'발라스브라미니안, 소다하카란, 스르니바사르, 라다하카리스한, 세르제시아.'

이름 부르기가 어려워도 그들은 내가 자신의 이름을 불러주면 좋아했었다. 어눌한 발음으로 자신들의 이름을 부르는 나의 모습이 웃기면서도 정겨워 보였던 모양이었다. 정작 나의 영어가 한계를 만나는 곳은 늘 호텔이었다.

물론 체크인과 체크아웃은 비교적 수월했다. 대부분 단체 예약을 잡아 놓은 상태라서 예약 코드만 전해주고 여권만 전달하면 체크인을 하는 일은 비교적 쉬웠다. 여기서 쉽다는 의미는 구사해야 할 영어가 적다는 의미이기도 하다. 하지만 정작 나를 힘들게 하는 일은 고객의 불만 사항을 호텔에 어필하는 일이었다.

체크인이 끝나고 손님이 방에 올라가면 나는 호텔 로비에서 30분 정도 머물렀다가 돌아왔다. 이유는 고객의 불만 사항이 생길 것에 대비해 로비에서 대기하는 시간이었다.

처음에는 체크인을 하고 바로 돌아왔더니 다음날 아침 투어를 시작하기 전부터 고객의 불만 사항을 받아 내느라 투어가 늦어지고 아침부터 분위기가 가라앉아 어려운 투어를 진행하는 일이 생겼다. 밤사이 호텔에 불만 사항이 생겼는데 직접 전화로 해결이 안 될 경우 아침까지 해결을 하지 못하는 경우가 많았기 때문이었다.

영어가 가능한 손님의 경우 직접 전화를 해서 불만 사항이나 필요한 물품을 건네받기도 하지만 영어가 원활하지 못한 고객의 경우 겁을 내고 전화를 하지 못하는 경우가 많았다. 해서 고객이 올라가기 전 항상 안내를 했다. 내가 30분을 여기서 기다릴 예정이니 불편 사항이 있으시면 로비로 내려와 이야기해 주면 즉시 해결을 해드리겠다고 이야기했다.

사실 호기 좋게 즉시 해결을 해주겠다고 안내는 했지만 나의 해결 능력에는 약간의 한계가 있었다. 칫솔, 치약이나 면도기가 필요하다고 하는 정도는 가볍게 처리가 가능하다. 단어만 던지면 가능한 내 영어 수준이면 충분히 즉시 해결이 가능한 문제였다. 하지만 뷰가 맘에 들지 않으니 방을 바꾸어 달라는 요구 사항이나 가족이 세 팀인데 층이 다르니 옆방으로 붙여 달라는 요구 등은 호텔과 실랑이를 벌여야 하는 난감한 사항이었다.

원칙적으로 단체 손님이라 해도 같은 층에 손님을 몰아주기는 힘든 것이 두바이 호텔의 기본 방침이었다. 하지만 나이가 어린 자녀들과 방을 두 개 예약한 손님들은 사전에 체크를 주지 않으면 현지에서는 가족이라고 인지할 수가 없다. 물론 꼼꼼하게 체크를 하고 살펴보면 가족을 대충 구분할 수는 있다.

하지만 그러려면 생년월일 주소까지 모두 살펴보고 성이 같은 사람들을 묶어 가족으로 분류를 하고 살펴야 하는데, 호텔 예약은 대부분 특별한 사전 체크 사항이 없으면 예약 명단을 그냥 호텔에 넘기고 호텔은 그 명단을 비워진 순서대로 방에 대입시켜 방을 준다.

그러니 부모님 방은 4층에 초등학생 자녀들 방은 12층에 배정받는 경우가 왕왕 발생했다. 예약 업무는 내가 진행하는 일이 아닌 관계로 나는 결국 상황이 발생한 시점에서 대처를 해야 하는 어려움이 따랐다. 다행이 4층이나 12층에 단체 팀의 방이 있을 경우에는 현장에서 자연스럽게 교체를 유도해 문제를 해결하는 경우도 있었다.

하지만 그조차 어려울 경우에는 나의 짧은 영어가 호텔 데스크에서 고초를 치르는 일이 발생하고는 했다. 객실 예약이 모두 차 있는 날에는 방 교체가 아예 불가능하므로 대화가 빨리 끝났다. 하지만 방이 있는데도 호텔의 원칙을 내세우며 방 교체를 거부하면 말이 길어지고 결국에는 호텔 직원과의 실랑이가 시작된다. 이럴 때 나의 영어는 중학교 시절 교과서에서 잠시 스쳐 보았던 단어들까지 총 출동을 하게 되고는 했다.

일부로라도 화가 난 듯 보이게 표정을 짓고 말을 최대한 짧게 하는 것은 나의 스킬이었다. 최대한 얼굴 표정으로 내 의사를 표현하고 말은 필요한 단어만 무심하게 그리고 약간은 거칠게 던지는 것이다.

"와이~ 와이~."

"노우~ 프리즈~ 프리즈~."

필요한 말은 처음에 했으니 그 다음부터는 주로 이런 단어만 던지며 부탁을 해야 없던 방이라도 만들어 교체를 해 주었다. 이후 차차 시간이 흐르면서 호텔 직원들도 나의 얼굴을 알게 되고 나의 스타일도 파악하게 되면서 이런 나의 짧은 영어 항의는 약발을 잃게 되기도 했다.

이렇게 나는 쌍문동에 살면서 사용하지 않고 넣어 두었던 영어를 두바이 현지에서 상용화하며 두바이 생활에 적응하고 있었다. 오래전 깊숙한 곳에 숨겨 두었던 그 흐릿한 단어들을 꺼내들고.

# 테러와 메르스

두바이를 찾는 손님들은 크게 두 가지의 공통된 불안감을 안고 온다. 그 첫 번째는 지난해 한국을 크게 요동치게 했던 중동호흡기증후군, 즉 메르스에 대한 공포이다.

메르스의 시작이 중동 낙타에 의해 시작되었다는 정부 발표로 인해 중동 하면 낙타, 낙타 하면 메르스라는 묘한 공식이 성립되어 있었다. 따라서 낙타가 살고 있는 두바이도 메르스를 유발한 그 중동의 한 지역으로 인식되는 것은 당연한 이치였다.

거기에 중동행 비행기를 타고 나면 어느 지역을 막론하고 보건복지부의 경고 문자가 날아오니 출발도 하기 전부터 공포감이 밀려드는 일이 생기게 되는 듯 보였다. 더욱이 문자 내용은 메르스 발생 지역을 방문하니 조심하라는 경고 문자였다. 정확히 말하면 '메르스 발생 지역의 근처를 방문하니'가 정확한 표현이겠지만, 문자는 그렇게 나라별로 세심하게 구분되어 있지는 못한 것 같았다.

두 번째 공포는 테러였다. 당시 IS라는 테러 단체가 생겨 전세계 곳곳에서 테러를 일으키고 있던 시기라 중동 하면 IS라는 새로운 이미지가 생겼던 시기이기도 했다.

두바이도 분명 중동지역이라는 정체성을 벗어나지 못하니 손님들에게는 이것도 하나의 공포스러운 상황이 되기도 했다. 이것 역시 비행기에 타면 외교부의 문자가 하나 날아들면서 분위기를 고조시켰다.

당신은 테러 지역에 가게 되니 가능하면 사람이 많이 모이는 곳은 가지 말고 각별히 조심하라는 당부 문자였다. 아니 여행 가는 사람에게 사람이 많이 모이는 장소에 가지 말라니 참 난감한 상황의 문자이기도 했다. 문자의 주의사항을 그대로 따르려면 조용한 사찰을 찾아 템플스테이라도 하다가 와야 할 노릇이었다.

물론 모든 사람들이 그 문자를 그렇게 받아들이지는 않지만 간혹 연세가 많으신 어르신들은 그 문자에서 공포감을 느끼셨다는 분들도 많았다. 결론부터 말하자면 두바이는 테러나 메르스 두 가지 모두에서 자유로운 곳이었다.

당시 중동지역 중동 사람을 모두 테러와 겹쳐서 생각하는 분위기가 있었지만 두바이는 그런 곳들과는 거리도 멀고 관련도 없는 곳이었다. 메르스도 마찬가지였다. 두바이는 안전하고 청결한 곳이었다.

두바이. 두바이는 작은 나라였다. 쉽게 말하자면 중동의 많은 작은 도시국가 중 하나였다. 전문 용어로는 토후국이라고 한다. 토후국이란 작은 부족국가로 시작을 해서 도시국가 형태까지는 성장을 했지만 그 이상 성장하지 못한 작은 나라를 뜻하는 말이다. 두바이는 아랍에미레이트연합의 한 도시이기도 하지만 독립적인 작은 토후국이기도 하다. 즉 쉽게 설명하자면 '아랍에미레이트연합'이란 나라는 일곱 개의 작은 토후국이 모여 나라를 만든 도시국가 연합이었다.

이웃 토후국 아부다비의 선왕이시던 쉐이크 자이드 국왕이 주변의 일곱 개 토후국을 규합해 국가를 건설한 것이 오늘의 아랍에미레이트연합이란 국가이다. 따라서 외부적으로는 온전한 하나의 국가의 모습을 하고 있지만 각 토후국에는 각자의 왕이 존재하는 독립된 국가들의 연합체이다.

두바이를 찾는 많은 사람들이 가장 궁금해 하는 것이 여기는 나라인지 도시인지 구분이 힘들다는 것이다. 하지만 정답은 둘 다 맞는다고 해도 될 것 같다. 아랍에미레이트연합에는 아부다비 두바이 말고도 다섯 개의 토후국이 더 있다. 하지만 일반인들은 그 다섯 토후국의 이름은 잘 알지 못한다.

그도 그럴 것이 다섯 토후국은 아랍에미레이트연합에서 두바이나 아부다비에 비해 존재감이 작다. 샤르자, 아즈만, 라스 알 카이마, 푸자이라, 움 알 카이와 이런 생소한 토후국이 더 있다. 일곱의 토후국 중에 사람들에게 가장 잘 알려진 곳은 두바이라 할 수 있다.

존재감이 없는 다섯 토후국을 제외하고는 그나마 아부다비가 두바이 다음 정도의 지명도를 가지고 있다고 할 수 있다. 하지만 아랍에미레이트연합의 중심은 아부다비이다. 나라를 건설한 것도 아부다비의 선왕이시고 나라를 만들 때 가장 많은 공을 세운 곳도 아부다비이다.

공을 세웠다는 의미는 나라를 세우는 데 필요한 자금을 가장 많이 투자했다는 의미이기도 하다. 따라서 아랍에미레이트연합의 대통령은 아부다비 국왕이 겸임하게 되어 있고 수도 역시 아부다비이다. 나라를 세울 때 두 번째로 투자를 많이 했던 두바이의 국왕은 나라의 총리를 겸직하고 있다. 그 이유는 일곱 토후국 중에 산유국은 아부다비와 두바이뿐이었기 때문이었다.

나머지 다섯 토후국은 그저 모래 날리는 사막과 인구만을 가진 작은 토후국들이었다. 하지만 70년대 나라가 생기고 다섯 토후국도 예전보다는 윤택한 삶을 살 수 있는 기틀을 마련한 계기가 되었다고 할 수 있다. 각 토후국의 살림은 독립적으로 운영되므로 기본적인 사회보장 외에는 각자 생존을 하고 있는 중이라고 보면 좋을 것 같다.

처음 국가를 만들 때부터 지금까지 나라의 중심을 잡고 있는 곳은 아부다비이다. 두바이에 비해 지명도가 조금은 떨어지는 곳이기는 하지만 진정한 아랍에미레이트연합의 큰형으로 그 중심을 단단히 잡고 있는 곳이다. 풍부한 자원과 오일머니로 구축한 탄탄한 재정을 바탕으로 진정한 중동 부국의 면모를 갖춘 부국 중의 부국이다.

반면 우리가 중동 부국의 대명사로 알고 있는 두바이는 일찍이 60년대 후반 산유국에 합류하여 오일머니를 구축하며 살았지만 매장된 원유가 곧 고갈될 것이라는 사실을 알게되면서 새로운 플랜을 만들고 나라를 바꾼 사례이다. 산유국으로 승승장구하던 두바이는 원유 매장량을 측정하는 과정에서 2000년 초면 원유가 고갈된다는 사실을 알게 되었고, 그 후 막대한 자금을 투자해 모래 사막 위에 오늘의 미래 도시를 건설하는 큰 프로젝트를 시작하게 되었다.

이 사업을 계획한 지금 두바이의 모하메드 국왕은 자신의 백성들을 위해 모래 사막 위에 꿈의 도시를 실현한 위대한 인물로 칭송받고 있다. 물론 개발 과정에서 미국 발 금융위기로 한차례 국가 부도 사태를 맞을 위기도 있었지만 아부다비의 도움으로 위기를 넘기고 오늘의 두바이를 만들었다. 하지만 많은 사람들은 이런 두바이의 히스토리를 알지 못하고 그저 중동의 오일달러 가득한 부자나라 정도로만 알고 이곳을 찾는다.

하지만 두바이의 원유는 이미 고갈 상태이다. 결국 지금의 두바이는 오일달러가 바탕이 되기는 했어도 그들의 커다란 노력으로 일군 기적의 도시이기도 하다. 그래서 두바이를 찾는 많은 사람들은 한 번쯤 그런 기적의 땅에서 자신의 기적을 꿈꾸기도 한다.

메르스와 테러의 공포를 안고 찾은 두바이에서 많은 사람들은 이곳이 불과 몇 십년 전까지 모래바람 날리는 사막이었다고는 믿기 힘든 현실을 마주하게 된다. 외부 사람들, 즉 관광객이 만나는 두바이는 사막 위 신기루 같은 도시의 모습이다.

도심 가득한 빌딩과 길거리 가득한 고가의 자동차들, 그리고 각종 명품들이 즐비한 쇼핑몰까지 전염병이나 테러는 모두 잊고 연신 놀라운 감탄이 두바이를 만나는 손님들의 공통된 반응이었다. 그런 손님들의 감탄이 이어질수록 나의 두바이 생활도 차츰 익숙한 일상이 되어가고 있었다.

# 라마단

두바이의 여름 시즌이 다가오고 있었다. 6월부터는 본격적인 더위가 시작되는 시기이다. 6월을 맞은 이곳의 날씨는 이미 낮 기온이 40도를 넘어서고 있었다.

여름에 앞서 두바이에는 라마단이라는 이슬람 금식 기간이 시작 되었다. 라마단 시기는 이슬람력에 따라 정해지기 때문에 해마다 날짜가 변하지만 올해는 6월에 라마단이 시작되었다. 라마단이란 이슬람에서 정한 금식 기간이다.

한 달 동안을 해가 뜨는 시간부터 해가 질 때까지 물을 포함한 어떠한 음식도 먹지 않고 금식을 하는 기간이다. 이 기간에 주간에는 모든 음식점이 문을 닫고 해가 지는 밤에 문을 여는 밤낮을 거꾸로 살아야 하는 시간이 계속된다. 따라서 해가 떠 있는 낮에는 물을 포함한 음식을 먹을 수 없으며 담배도 피울 수 없다.

물론 이슬람 교도인 무슬림에게만 해당되는 일이다. 이 기간 주간에는 무슬림들 사이에는 해가 있는 낮에는 침도 삼키지 말아야 한다고 한다. 거의 대부분의 이슬람 국가들은 종교 규율에 따라 술을 마실 수 없게 되어 있다.

술은 나라에서 금지하고 있는 반면에 담배는 다른 나라에 비해 비교적 자유롭게 피울 수 있는 환경을 조성하고 있다. 실내와 종교시설 모스크만 아니라면 외부에서는 대부분 담배를 비우는 데 크게 제약이 없는 곳이 두바이이다. 하지만 라마단 기간에는 주간에 어느 곳에서도 담배를 피울 수가 없다.

물론 이 모든 규율도 이슬람 신도만이 실천하는 규칙이다. 하지만 나라 전체가 이슬람 문화를 지키는 두바이로서는 이슬람 신자가 아니더라도 라마단 기간에는 공공장소에서 음식물 섭취와 흡연은 엄격하게 규제된다. 정작 자신들의 종교적 규율을 지키며 사는 이곳 사람들에게는 일 년에 한 번 치르는 종교 행사이지만, 우리 같은 이교도들에게는 상당한 애로사항이 유발되는 기간이라고 할 수 있다.

라마단 기간에도 손님은 평소와 다름없이 계속 두바이를 찾는다. 여행사에서는 라마단 기간 중동 지역을 찾는 여행객에게 반드시 안내를 한다. 라마단 기간이라 주간에는 음식물 섭취에 제약이 따를 수 있다는 안내를 미리 해주는 것이다.

라마단이라는 것을 알고는 오지만 여행을 온 사람들을 낮 시간 동안 굶길 수는 없는 것이 손님을 맞는 우리들의 고충이기도 하다. 물론 관광객이 많은 두바이는 그런 고충을 알고 이교도들을 위한 배려도 있는 곳이다. 전체 인구의 80%가 넘는 사람이 외국인인 두바이에 라마단은 다른 중동 지역과는 조금은 다른 모습을 하고 있다.

일부 사전 허가를 받은 음식점은 라마단 기간에도 문을 열수 있도록 배려하는 것이다. 그렇다고 많은 업소들이 문을 열지는 못한다. 라마단 기간에 주간에 문을 열고 장사를 하려면 사전에 허가를 얻고 몇 백만 원의 돈을 미리 내야 하는 과정을 거쳐야 한다. 따라서 주간에 장사를 해서 얻는 이득이 미리 내는 세금의 금액보다 적다면 라마단 기간에 주간 영업을 할 이유가 없기 때문이다.

라마단 기간에는 일몰 후 저녁 장사가 다른 기간보다 더 잘되기 때문이다. 장사를 하더라도 금식 중인 무슬림들이 보지 못하게 커튼을 치거나 대형 막을 설치해 가게의 모습이 밖에서 보이지 않게 해야 한다. 마치 80년대 한국의 심야 영업이 제한되었을 때 12시 이후 술집의 모습과 유사하다고 보면 될 것 같다.

이런 상황이다 보니 가장 큰 고충은 손님들의 식사를 챙기는 일이었다. 평소 다니던 음식점들은 모두 문을 닫았기 때문에 문을 연 식당들만 찾아다니며 식사를 할 수 있게 해야 하는 어려움이 생긴 것이다. 하지만 메뉴의 제약을 받아서 그렇지 식사를 할 수 없는 것은 아니기 때문에 그런 불편함을 감수하면 큰 어려움은 없을 것 같았다. 가장 큰 문제는 시티투어를 하는 신혼여행객들이었다.

보통 시티투어는 반나절 진행을 하기 때문에 별도의 식사가 제공되지는 않았다. 따라서 투어 중 적당한 곳에서 잠시 자유시간을 드리고 식사를 할 수 있도록 안내를 해주었다. 그런데 우리가 시티투어를 하는 동선에서 항상 식사할 시간을 제공하던 JBR 거리는 라마단 기간에 모든 가게가 문을 닫아 버렸다.

이 거리는 두바이의 신도시 지역으로 주로 유럽에서 온 사람들이 모여 사는 곳으로 고급스러운 유럽 취향의 카페 거리가 조성되어 있었다. 이곳에는 프랑스 파리에서 온 오랜 전통의 빵집과 미국의 뉴욕에서 온 팬케이크 가게 등 세계 각국의 유명 음식점들이 거리에 가득한 곳이다.

대부분의 신혼여행객들은 이곳에서 신혼여행의 첫 식사를 바닷가의 낭만적인 야외 카페에서 즐기고는 했었다. 물론 식사를 하는 시간보다 사진을 찍는 시간이 더 긴 앵글 속 낭만 식사이기는 했지만 그 만족도는 매우 높았다. 그곳에서는 신혼여행에서만 연출할 수 있는 분위기가 잘 조성되어 있었기 때문이었다.

그랬던 허니문의 낭만적인 첫 식사 장소는 라마단이 시작되면서 마치 유령 거리처럼 변해 버렸다. 거리를 낭만으로 가득 메웠던 카페와 레스토랑들은 모두 문을 닫아 버리고 거리에는 사람마저 없어 황량한 분위기를 내고 있었다. 한마디로 낭만이 넘치던 바닷가 야외 테라스 거리는 라마단을 지키는 엄숙한 무슬림 거리로 변해 버린 것이다.

새벽 5시쯤 비행기에서 내려 6시에 시작하는 시티투어의 아침 시간은 8시에서 9시 사이에 진행을 했었다. 라마단이 아니라도 이 시간에 문을 여는 곳은 JBR처럼 브런치 카페들이 밀집된 특화 거리의 가게들 외에는 많지 않았다. 그러니 JBR 거리 외에 라마단 기간에 문을 연 곳을 찾기란 쉬운 일이 아니었다. 결국 궁여지책으로 우리가 찾아낸 방법은 슈퍼에서 음식을 사서 주차장 차 안에서 몰래 숨어서 식사를 하는 방법이었다.

6시간 동안 두바이의 명소를 모두 둘러보아야 하는 시티투어의 특성상 식사를 위해 많은 시간을 소진하기에는 어려움이 있었다. 그렇다고 식사를 위해 원래 정해진 코스를 이탈해 다른 곳을 가기에도 주어진 시간이 부족했다. 따라서 짧은 시간에 식사를 해결하려다 보니 그런 방법밖에는 달리 다른 방도가 없어 보였다.

두바이 마리나가 있는 신도시에는 바다를 끼고 있는 고급 레지던스가 많이 있었다. 두바이에서 레지던스라고 하면 우리나라의 주상복합 아파트와 같은 곳이라고 생각하면 된다. 그런 레지던스에는 1층에 레스토랑이나 카페 그리고 중형급마트가 입주해 있었다. 중형급마트란 우리나라의 '이마트 에브리데이'나 '롯데마트 익스프레스' 정도 규모의 마트들이다. 우선은 그 레지던스 실내 주차장에 차를 주차한다. 그것도 주차장 가장 구석 어두운 자리에 주차를 한다. 그리고 그 마트에 가서 음식을 구입한다. 다시 차로 돌아와 몰래 차에 들어가 음식을 먹는다.

마치 첩보 영화의 한 장면을 연상시키는 이 상황은 라마단 기간 두바이를 찾은 신혼여행객의 첫 식사 장면이다. 무슬림이 아니더라도 주간에 공공장소에서 담배를 피우거나 음식을 먹을 경우 벌금을 물게 되어 있기 때문에 이조차도 조심스럽게 진행해야 하는 비밀스러운 식사였다.

담배의 경우도 마찬가지였다. 특히 패키지 여행객들 중에서 중년의 남자 손님이 많은 팀은 라마단 기간의 담배는 늘 골칫거리였다. 숨 쉴 틈만 생기면 담배를 피워 무시는 우리 애연가들은 쉽게 말하자면 나와 비슷한 또래의 아저씨들이 많았다. 오히려 연령이 높은 어르신 분들은 대부분 담배를 끊으신 분들이 많아 흡연자가 많지 않으셨다.

하지만 나와 비슷한 연배의 중년층의 손님들은 담뱃값 인상이나 금연 열풍에도 여전히 담배를 피우고 계시는 분들이 가장 많은 계층이었다. 이런 분들이 많은 팀은 아침 출발 전에 호텔에서 충분히 담배를 피울 수 있도록 시간을 많이 배려했다.

라마단 기간에도 외국인이 많은 호텔 내부는 식사와 흡연이 비교적 자유로웠다. 하지만 호텔을 나와 시내에 접어들면 이분들을 모시고 담배를 피우러 다니는 일은 투어의 중요한 한 업무가 되고 말았다. 방법은 간단했다. 고등학교 시절 어른들의 눈을 피해 몰래 담배를 피웠던 그 방법 그대로를 재현하면 되는 상황이었다.

세계 어느 곳을 가도 사람들의 눈을 피할 수 있는 으슥한 곳은 존재하기 마련. 담배를 피우는 분들에게는 관람을 위해 20분의 자유시간을 주면 15분만 관람을 하고 5분 일찍 집결해 달라고 미리 공지를 한다. 그리고 손님들이 자유시간 동안 서로 사진을 찍고 관람을 하고 있을 때 나는 빠르게 주변을 탐색해 가장 으슥한 장소를 찾아낸다. 15분 만에 오라는 공지와는 달리 우리의 애연가님들은 10분도 되지 않아 모여들기 시작한다.

"어디야, 어디로 가? 얼른 가서 한 대 피우자! 못 피우게 하니 더 피우고 싶어 죽겠네."

결국 나는 그분들의 성화에 못 이겨 그분들을 인솔해 골목 뒤편의 으슥한 곳으로 무리를 모시고 간다. 낮은 나무에 몸을 숨기려고 나무 옆에 주저앉아 몸을 최대한 낮추고 담배를 한 대씩 피워 물면 여기저기서 감탄사가 터져 나왔다.

"이야~ 좋구나."

"이게 몇 년 만에 숨어서 담배를 피우는 거야!"

"짜릿하네, 짜릿해."

"아~ 옛 추억이 떠오른다 떠올라!"

하지만 3~4명이 동시에 담배를 피우자 순식간에 그 골목은 연기로 가득해지고 주변에 있던 씨큐리티가 달려 왔다. 두바이는 어느 곳을 가도 사설 씨큐리티가 건물이나 레지던스를 지키고 있기 때문에 곳곳에 그들이 포진해 있다. 물론 그들은 사설 요원들이기 때문에 단속을 하거나 벌금을 부여하는 권한이 있는 사람들은 아니다. 하지만 와서 담배를 피우지 말아 달라고 부탁을 하고 걸리면 큰 금액의 벌금을 물게 된다는 경고성 안내도 한다.

처음에는 씨큐리티가 오면 무서워서 피우던 담배를 집어 던지고 줄행랑을 치던 애연가 손님들은 그들에게 단속 권한이 없다는 사실을 알고 나서는 그들이 와도 알겠다며 고개를 끄덕이면서 피우던 담배를 마저 다 피우고 자리를 뜨는 여유를 갖게 되기도 했다.

라마단은 종교적으로 여러 가지 의미를 지니고 있다. 그중 하나가 낮 동안 금식을 통해 먹지 못하고 굶주리는 사람들의 마음을 헤아리라는 깊은 의미도 담겨 있다. 따라서 이 기간 무슬림들은 누구나 베푸는 마음을 실천하는 일들을 하기도 한다.

금식은 해가 뜨기 전부터 시작해 해가 지는 시간까지 이루어지지만 동네마다 지역마다 해가 뜨고 지는 시간의 차이가 있을 수 있기 때문에 대부분은 시간을 정해주고 그 시간에 금식을 진행한다. 새벽 5시 정도에 시작한 금식은 저녁 7시가 넘어서야 끝이 났다.

낮의 길이가 긴 여름에 라마단을 할 경우 상대적으로 금식 시간이 길고 겨울철 낮이 짧은 기간은 반대로 금식 시간이 단축되기도 한다. 한 가지 예로, 오만 인근 산악 지역의 마을은 하루에 해가 5시간가량만 뜨는 관계로 해를 기준으로 금식을 할 수가 없는 곳이라고 한다.

해를 기준으로 금식을 하면 다른 지역의 무슬림보다 너무 적은 시간만 금식을 하기 때문에 주간 금식이라는 의미가 사라지는 것은 물론이요, 형평성에 약간의 문제가 발생하게 되는 것 같았다. 따라서 일출 일몰과는 관계없이 종교 기관에서 정해 준 시간에 맞춰 금식을 했다고 하는 일화도 있다. 배려의 실천은 주로 금식이 끝나는 저녁시간이 되면 거리 곳곳에서 목격된다.

금식이 풀리는 시간이 되면 길거리에는 커다란 박스에 음식을 포장해서 들고 나와 거리의 사람들에게 나누어 주는 사람들이 여기저기 눈에 보이기 시작한다. 대부분은 음료와 빵 그리고 간단한 디저트를 비닐 봉투에 하나씩 포장해서 거리의 사람들에게 나누어 준다. 그 사람이 무슬림이든 이교도이든 상관하지 않고 모두에게 나누어 준다. 이 시간에는 이슬람 성전인 모스크에 가면 이슬람 신자들 말고도 모스크를 찾는 모든 사람들에게 음식을 제공하기도 한다. 마치 부처님 오신 날 절에 가면 식사를 주는 풍경과 유사하다고 보면 될 것 같다.

짧은 거리지만 거리를 잠시 걸어서 다녀보면 이런 음식 봉지를 3~4개씩 받았다. 두바이에는 라마단에 관련한 유명한 일화가 있다. 일명 '두바이 거지', '라마단 거지' 이야기이다.

어느 사람이 라마단 기간에 두바이에 와서 한 달 동안 모스크를 돌아다니며 구걸을 했더니 한 달 만에 일억에 가까운 돈을 벌었다는 이야기이다. 그 거지는 낮에는 모스크에서 구걸을 하고 밤에는 구걸한 돈으로 5성급 호텔에서 지냈다는 이야기도 있었다.

나도 전해들은 이야기라서 사실을 확인하기는 어렵지만 두바이에서 처음 라마단을 지내보니 아주 불가능한 이야기는 아닌 것 같아 보였다. 물론 지금은 어디에서 구걸을 하면 당장 잡혀가 추방을 당하기 때문에 현실적으로 가능한 이야기는 아니다.

이렇게 두바이의 라마단은 그 땅의 주인인 무슬림들에게는 종교가 정한 금식 기간이지만 자신들보다 많은 이교도들에게는 낯선 풍경의 불편한 한 달뿐일 수 있다. 하지만 그런 중에도 두바이의 라마단은 무슬림들의 배려와 이교도들의 양보가 공존하는 시간이기도 했다. 우리들에게는 테러나 저지르는 무서운 존재로 각인된 무슬림들에 대한 인상이 조금은 친근해지는 계기를 만든 시간이 라마단이기도 했던 것 같다.

드디어 라마단이 끝이 났다. 라마단이 끝나면 전 중동 지역이 한바탕 난리가 난다. 한 달간의 금식 주간을 마치고 이슬람 국가들은 큰 축제를 연다. 우리의 설 명절이나 추석 명절처럼 긴 연휴가 시작된다. 그들에게는 이 기간이 손가락에 꼽는 이슬람 큰 명절인 셈이다.

이 기간에는 라마단의 의미를 되새기기 위해 서로 음식을 나누는 전통이 있다. 이 시기에는 내가 직원들과 지내는 집에도 아는 주변의 무슬림들이 가져다 준 음식들이 쌓이기 시작했다. 그 중에서도 젊은 직원이 친하게 지내던 두바이 여자친구가 보내준 음식은 압권이었다.

한국 문화와 한류에 관심이 많은 그 친구는 여자이지만 의사라는 직업을 가지고 있고 중동 여성이라고는 믿기 힘들 만큼 외국 남자들과 스스럼없이 지내고 있었다. 물론 우리 직원을 이성으로 대하는 것은 아니고 그저 외국 친구로 대하고 이슬람 율법에 어긋나는 행동을 절대 하지는 않는다.

우리 집에 자주 놀러 오기도 했지만 가족이 아닌 남자들이 있는 실내 공간에는 들어올 수 없다며 항상 차에 탄 상태에서 잠시 대화만 나누고 돌아가고는 했다. 이슬람의 율법은 지키면서도 자유분방한 사고를 지닌 두바이 여성의 대표적인 모습인 듯 보였다.

우리는 라마단이 끝나고 그녀가 가져온 음식에 당황했다. 우리로 말하면 커다란 찬합 크기의 도시락 용기를 4단으로 만들어 음식을 만들어 왔다. 밥도 중동 스타일의 볶음밥과 일반 밥, 그리고 각종 전통 생선 요리와 닭고기 요리를 만들어 왔다.

장정 3~4명이 삼시 세끼는 먹어야 다 먹을 것 같은 엄청난 양의 음식이었다. 하지만 정작 그 음식을 받은 직원 녀석은 이곳 현지 음식에 입도 대지 못하는 입이 짧은 스타일이었다. 다른 직원들도 아무도 음식에 입을 대보려 하지 않았다.

대부분 한국 사람들이 이곳 음식에 적응하지 못하는 이유는 강한 향신료 때문이었다. 평소 접해 보기 힘들었던 독특한 향의 향신료는 이곳 음식에 대한 이질감을 만들고 있었다. 하지만 나는 그 음식들을 버릴 수 없었다. 정성을 다해 직접 만들었다는 그 음식들을 버리면 내가 알라신에게 벌을 받을 것만 같았다.

나는 하루에 한 가지씩 이곳 현지 음식 체험에 들어갔다. 라마단 기간 내내 손님들 모시고 주간에 숨어서 음식을 먹고 숨어서 담배를 피웠던 이교도가 라마단이 끝나고 나 홀로 '이드 알 피트르'를 즐기게 되었다. 음식은 약간의 향신료 향만 극복하면 대부분 맛있었다. 특히 생선 요리는 우리나라 생선 조림과 유사했다.

사흘 동안 나는 홀로 직원 친구가 가져다 준 아랍 음식을 모두 먹어 치웠다. 우연히 접한 현지 음식으로 인해 나는 두바이 현지 음식 세계에 입문을 하게 되었다. 나는 이후 다양한 이곳의 현지 음식을 아무런 두려움이나 이질감 없이 모두 먹을 수 있게 되었다.

그렇게 길었던 한 달간의 라마단은 끝이 났다. 라마단을 지내며 나는 한 걸음 더 깊숙이 두바이 속으로 들어서 있었다. 하지만 아직 내게 진짜 모습을 드러내지 않았던 두바이의 진면모가 나를 기다리고 있었다.

라마단이 끝나고 두바이는 진짜 여름이 시작되고 있었다. 50년을 살면서 단 한 번도 경험해 보지 못했던 중동의 뜨거운 여름이 눈앞에 다가와 있었다.

# 두바이의 여름

두바이의 여름은 강렬했다. 세상에 태어나 단 한 번도 느껴보지 못했던 더위. 두바이의 여름이 시작되었다.

섭씨 50도에 육박하는 날씨. 이 느낌은 간혹 한국에서 찜질방에 갔다가 숯가마 찜질방에 처음 들어설 때 느껴지던 그런 후끈한 느낌, 온몸이 짜릿해지는 바로 그 느낌이었다. 그것이 내가 몸으로 느낀 두바이의 여름 날씨였다.

두바이의 여름이 왔다는 것을 알 수 있게 해주는 두 가지 지표가 있다. 첫째는 일제히 시작되는 두바이 호텔들의 세일이다. 여름 휴가철이면 바가지요금이 극성을 부리는 한국과는 달리 두바이는 여름 한철 3~4달 동안은 호텔들이 세일을 한다.

우리가 보통은 중동 지역은 사시사철 일 년 내내 날씨가 더울 거라고 생각하는 사람들이 많다. 나부터도 두바이에 오면서 같은 생각을 갖고 왔다. 하지만 이곳도 우리처럼 뚜렷한 사계절은 아니더라도 계절의 변화가 있는 곳이다.

우리 기준으로 가을부터 겨울을 지나 봄까지는 비교적 온순하던 날씨는 여름이 되면 미친 듯이 치솟게 된다. 즉, 두바이 날씨는 여름과 여름이 아닌 기간으로 크게 둘로 나누어 구분하면 될 것 같다. 결국 두바이를 아는 사람들은 이 기간에는 여행을 자제하기 때문에 호텔들이 세일을 하는 것이다. 물론 두바이가 더 많이 알려지고 찾는 관광객이 늘어나면서 이런 현상도 차츰 줄어들고 있기도 하다.

하지만 우리는 여름 한철 장사라고 하는 그 시기에 이곳은 호텔이 세

일을 할 만큼 더운 날씨가 유지되고 있는 점이 신기하기만 했다. 또 한 가지 두바이의 여름을 알리는 지표는 수돗물의 온도 변화였다. 여름이 오면 집에서는 온수 버튼을 누를 필요가 없어진다.

물론 겨울에는 우리나라 초가을 날씨 정도까지 온도가 내려가기 때문에 온수를 틀어야 샤워가 가능한 날도 많다. 하지만 어느 날 수도를 틀었는데 수도꼭지를 좌우로 아무리 이리저리 돌려봐도 차가운 물이 나오지 않는다면 그것은 두바이에 여름이 시작되었다는 뜻이다.

내가 생활하던 소위 '빌라'라 불리는 단독주택의 경우 물을 저장하는 물탱크가 옥상에 위치해 있기 때문에 그 저장된 물은 구태여 다른 장치의 도움이 없이도 태양열로만 충분히 따뜻한 온도까지 물을 데울 수 있었다.

처음에는 계속 더운물만 나와 수도꼭지를 좌우로 이리도 돌려보고 저리도 돌려 보면서 당황했었다. 분명히 온수 버튼은 잠겨 있는데 뭐가 또 고장이 났나 싶어서 온수기기를 점검하기도 했다. 두바이의 여름은 그렇게 시작되었다.

호텔이 세일에 들어가고 아침에 수돗물을 틀면 온수가 꽐꽐 쏟아지는 그런 날들. 이런 여름이 되면 두바이 도심에는 거리에 걸어 다니는 사람을 찾기란 쉬운 일이 아니었다. 물론 옛 도심 지역인 올드 두바이 지역에 가면 그곳에는 길거리를 걸어 다니는 사람들이 보이기도 한다. 하지만 도심 지역 거리에는 차만 가득할 뿐, 그 길을 걸어 다니는 사람들의 모습은 찾아 볼 수 없었다.

아니 이런 더위에 익숙지 못한 이방인이라면 50도가 넘는 날씨에 밖을 걸어서 이동한다는 생각을 할 사람은 드물어 보였다. 따라서 한여름 두바이의 생활 방식은 집에서 차를 이용해 이동해서 일을 보고, 다시 차를 이용해 집으로 돌아오는 것이다. 그러다 보니 올드 두바이 지역을 제외하고는 도심에서는 길거리를 걸어서 다닐 수 있는 동선에 일반 상점이 있는 경우가 드물다.

우리나라에 한집 건너 하나씩 있는 편의점도 두바이 도심에서는 찾아보기가 힘들다. 그러다 보니 두바이 도심 중심가에서 물을 살 수 있는 가게를 찾는 일은 쉬운 일이 아니다. 도심 어디를 둘러봐도 그저 빌딩들만 즐비하게 늘어서 있다. 물론 중간중간에 상점들이 몰려 있는 곳도 있지만 우리가 생각하는 것처럼 길거리 아무 곳이나 가면 편의점이 있어 물을 살 수 있는 한국과는 차이가 크다. 그럼 그 편의점이나 상점은 어디에 있을까? 의외로 가까운 곳에 있다. 도심 지역의 편의점이나 패스트푸드 음식점은 대부분 주유소에 있다.

도심 지역 사람들은 대부분 걸어서 이동하는 일이 없기 때문에 차가 잠시 정차하는 주유소에 편의 시설이 위치해 있는 것이다. 따라서 더운 한여름 이곳 사람들은 모든 용무를 쇼핑몰에서 해결한다. 세계에서 가장 크다고 하는 두바이 몰 말고도 두바이에는 동네마다 커다란 쇼핑몰이 하나씩 있다.

대부분 이 쇼핑몰에는 우리나라 백화점 수준의 여러 상점들이 있고, 우리나라의 대형 마트에 해당하는 마트도 입점해 있다. 또한 각종 음식점들도 입점해 있다. 다양한 전문 음식점부터 대형 패스트푸드들이 밀집해 있는 공간까지 다양한 먹거리가 입점해 있다. 그리고 동네마다 조금씩의 차이는 있지만 각 쇼핑몰에는 각종 오락시설들도 들어와 있다.

따라서 더위로 인해 야외활동을 별로 하지 않는 이곳 사람들은 밖에서 볼 업무들을 대부분 이런 쇼핑몰에서 해결한다. 언제나 가도 에어컨이 최고 수준으로 나오기 때문에 집에서 에어컨 켜고 있다가 다시 차를 타고 쇼핑몰로 이동해 그곳에서 볼일을 보면 50도를 육박하는 더위에 시달리지 않고 일상을 보낼 수 있는 것 같았다.

따라서 이곳 여름에 에어컨이 없는 곳은 상상하기도 싫은 일이다. 우리나라는 에너지 절약을 목적으로 한여름에 에어컨을 켜고 문을 열어놓으면 벌금을 물지만, 이곳 두바이는 사람들이 드나드는 공공시설에 한여름 에어컨이 쾌적하게 나오지 않으면 벌금을 물린다고 한다. 이렇게 두바이의 여러 시설들은 더위와 밀접한 연관을 가지고 설계되고 구성되어 있다.

사실 두바이의 한낮 더위는 몸으로 체험해 보기 전에는 그 정도를 가늠하기 힘들다. 내가 두바이에 가기 전, 한 TV 여행프로그램에 두바이에 관한 방송이 되면서 사람들의 관심이 더 높아졌다. 무엇보다도 두바이 몰의 인공 호수에서 펼쳐지는 분수 쇼 장면이 방송을 타면서 사람들의 엄청난 관심이 집중되었다. 당시 출연진이 앉아 식사를 하며 분수 쇼를 보았던 레스토랑은 이후 한국 관광객들의 워너비 장소가 되었다. 특히 야외 테라스 좌석은 두바이에 간다면 꼭 한번 가보고 싶은 장소였다. 하지만 한국 사람들이 그토록 가고 싶어 하던 그 장소는 날씨의 변화에 민감하다는 단점을 지니고 있다.

그 방송 프로그램 분들이 촬영을 했던 시기는 3월 즈음으로 알고 있다. 그 시기 두바이의 저녁 날씨는 야외 테라스에서 식사를 하기에는 적합한 날씨였다. 우리나라의 봄, 가을 정도에 해당하는 날씨라서 야외 테라스가 잘 어울리는 시기인 것이다. 하지만 한여름 두바이의 날씨는 그렇지 못했다.

손님들은 한 목소리로 그 야외 테라스에서 식사를 하며 분수 쇼를 보고 싶다고 말씀하신다. 어느 손님은 그것을 하려고 두바이에 왔다면서 꼭 하게 해달라는 부탁을 하는 분들도 있었다. 하지만 한여름 나는 그 레스토랑 야외 테라스에 손님을 절대 앉게 하고 싶지 않았다.

아쉽게도 한여름의 그곳은 앉아서 식사를 할 수 없는 환경이었다. 낮

기온이 50도를 육박하면 해가 지고 어둠이 내려도 그 온도는 크게 떨어지지 않는다고 봐야 한다. 저녁 식사를 할 때 즈음엔 기온이 떨어졌다고 해도 40도 이상 된다고 생각하면 맞을 것 같다. 즉 우리나라로 치면 한여름 가장 더운 날 야외에서 식사를 한다고 상상하면 맞을 것 같다.

하지만 나의 만류는 묘한 오해를 불러일으킨다. 더워서 그런다고 말씀을 드려도 손님들은 내가 업소와 커넥션이 있는 다른 곳으로 데리고 가려 한다고 생각을 하는 분이 많았다. 그런 오해가 생길 때는 두말 하지 말고 모시고 가면 된다. 그곳은 이탈리아 음식을 파는 레스토랑인데 음식 값도 만만치 않았다.

스파게티 하나 가격이 6만 원이 넘는 비싼 레스토랑이었다. 우여곡절 끝에 꿈에 그리던 두바이 몰 분수 쇼를 관람할 수 있는 레스토랑 야외 테라스에 자리를 잡고 앉았다. 음식이 나오고 분수 쇼도 시작되었다.

한여름의 환상적인 분수 쇼 관람을 꿈꾸었지만, 현실과 마주한 이들은 긴 시간이 지나지 않아 상상의 안개는 걷히고 현실의 먹구름을 만나게 된다. 첫 번째 현실은 견딜 수 없는 더위의 고통이다. 고급 레스토랑 야외 테라스는 이내 불가마사우나 안에서 파스타를 먹는 형국으로 변하게 된다. 땀이 비오듯 쏟아지고 파스타를 먹는지 자신의 땀을 먹는지 구분도 어려워져 우아하게 앉아서 분수 쇼를 관람하기가 어려운 지경에 이르게 되는 것이다. 두 번째 현실은 테라스에 앉아 분수 쇼를 보기에는 시야가 너무 좁아 도통 TV에서 보았던 그림이 나오지 않는 것이다. 그도 그럴 것이 방송에 소개된 영상은 레스토랑 야외 테라스에서만 찍은 것이 아니라 주변의 건물 옥상 등 여러 곳에 카메라를 설치하여 촬영한 영상을 편집하여 만든 것이니 그 시야가 말할 수 없이 넓고 멋질 수밖에 없었다. 결국 손님은 화를 내시며 에어컨 나오는 실내로 자리를 옮겨 달라고 말씀을 하시는 지경에 이르게 된다.

이렇게 두바이의 한여름 더위는 눈앞의 삼수갑산도 무용지물로 만들어 버리는 위력을 지녔다. 가장 놀라운 것은 한여름 한낮에는 그늘에 들어가 있어도 얼굴 피부가 따갑게 느껴지는 것이었다. 마치 숯가마 사우나에 거적 같은 것을 뒤집어쓰고 들어갔을 때 그 느낌이라고 하면 이해가 쉬울 것 같다.

그런 더위를 느끼고 있을 무렵 그해 한국의 여름도 몇십 년 만에 더위가 찾아와 몸살을 앓고 있었다. 한국 지인들의 SNS에는 연일 덥다는 하소연이 올라오고 있었다. 나는 그런 지인들에게 두바이에서 내가 타던 자동차 계기판에 표시된 온도계를 찍어서 올려 주었다.

계기판 시계는 오후 6시 30분을 표시하는데 온도계는 46도를 나타내고 있는 사진이었다. 실시간 두바이의 날씨를 실감하게 할 사진이었다. 그 사진을 본 지인들은 대부분 덥다는 푸념을 접고 위로의 말들을 남겼다.

"미안하다. 거기 아침 날씨도 안 되는 더위에 호들갑을 떨었구나."

"아이구, 미안하다. 번데기 앞에서 주름 잡았구나."

여름 더위를 만나고 나니 정말 내가 중동 한가운데 사막 땅에 와 있다는 실감이 나는 것 같았다.

빌딩만 그득한 두바이에서 이곳이 사막 한가운데 열사의 땅이라는 실감을 하지 못했던 시간들은 한여름 더위 한방에 이곳이 중동 땅임을 알게 되었다는 고해성사를 하게 만들었다. 하지만 그 더위는 나를 진정한 두바이 사람으로 거듭나게 만들었다. 아니 쉽게 말하자면 내 몸이 조금씩 더위에 적응을 하는 듯 보였다.

햇빛에 나서기 무섭게 비처럼 쏟아지던 땀도 따가움에 붉게 상기되던 얼굴 피부도 시간이 지나면서 이제는 일상처럼 받아들이게 된 듯 보였다. 그 뜨거운 중동의 여름 한가운데 내가 있었다.

# 손님과 나

　나의 적응은 더욱 빨라지고 있었다. 두바이 생활을 서울 쌍문동을 돌아다니는 수준까지 올리고 있었던 것이다.

　일상 생활도 가이드 업무도 어느 정도 경지에 오른 것 같았다. 물론 이곳 생활에 적응을 하면서 작은 실수들도 발생되고 있었다. 초기 긴장 감을 가득 안고 거리로 나설 때와는 다르게 조금은 여유롭게 일을 한다는 것이 나도 모르는 사이에 실수를 만들었던 모양이었다. 하지만 아무리 작은 실수라도 나의 실수는 곧바로 손님들의 컴플레인으로 이어지게 된다.

　대부분의 컴플레인의 경우 내가 인식하지 못한 부분에서 나오고는 했다. 나는 이런 의도로 이야기를 해도 손님은 저런 이야기로 받아들이면 방법이 없었다. 나의 첫 컴플레인은 예상하지 못한 곳에서 나왔다.

　인공섬에서 옵션 상품 하나를 안내를 드리다가 이것은 옵션이니 타실 분만 타시라고 안내를 드렸다. 그런데 그 말 끝에 내가 뭐 남겨 먹으려고 강요드리는 것이 아니니 편하게 선택을 하라는 안내를 드렸다. 두바이 투어는 다른 지역 투어와 다르게 가이드에게 커미션이 주어지는 쇼핑 투어나 옵션 투어가 많지 않았다.

　해서 손님을 억지로 쇼핑할 곳에 데려가 판매를 강요하거나 할 일이 전혀 없는 곳이었다. 그렇게 동남아 투어와 다른 두바이 투어만의 특징을 강조하려고 했던 말인데 투어가 끝나고 한 손님이 컴플레인을 걸었다. 남겨 먹는 게 없다더니 기존 요금보다 비싸게 요금을 받는다는 것이 이유였다.

친절하게 요금 사진까지 첨부해서 자세한 항의가 들어왔다. 내가 내 입으로 한 말이니 틀린 말은 아니었다. 그러나 여행 중 옵션으로 판매되는 투어 일정들은 대부분 여행사의 마진이 들어 있다는 것은 모두가 아는 사실이다. 하지만 가이드가 남겨 먹으려고 이야기하는 것이 아니라고 했는데 남겨 먹었다고 이야기하니 할 말이 없었다.

내 의도가 손님들의 선택을 최대한 존중한다는 의도라 해도 그 전달이 그렇게 되었다면 모두 내 잘못인 것이었다. 이렇게 첫 컴플레인을 받고 나면 가이드는 손님을 대하는 태도에 위축이 생긴다. 그 일이 있고 나서 한동안 나는 다시 초심으로 돌아가 말수를 줄이고 필요한 말들만 하며 가이드를 해야 했다.

내가 손님에게 하게 되는 말 한마디가 어떤 불만사항으로 돌아올지 몰라 불안한 마음이 앞섰다. 그러던 어느 날 나의 트라우마를 깨어 줄 손님이 등장했다. 3박 4일간의 패키지 팀이 들어왔다.

나이가 있는 부부와 젊은 분들로 구성된 팀이었다. 젊은 분들 중에는 혼자 오신 여자 분과 친구들과 오신 분들도 계시고 커플도 계셨다. 평소 팀들과는 달리 중년을 넘기신 부부 두 분을 제외하고는 대부분 젊은 분들로 구성된 팀이었다.

나는 가이드를 할 때 팀의 구성원 중 연령대가 가장 많은 분들의 눈높이로 가이드를 한다. 어르신들이 많은 팀은 그 분들 눈높이에 맞게 안내를 드리고 젊은 분들이 많은 팀 그 눈높이에 맞게 이야기를 드린다. 직원들이 쓰는 전문용어로 '만담형'과 '지식전달형'으로 구분을 한다고 보면 좋을 것 같다.

단어의 선택이나 이야기의 소재도 구분해서 사용한다. 만담형의 경우 두바이에 떠도는 야사 위주의 이야기를 많이 넣어서 이야기를 풀어 간다. 지식전달형의 경우에는 블로그나 SNS에 사진을 올릴 때 첨부할 전문 지식 위주로 이야기를 들려준다. 예를 들어 두바이 국왕에 대한 이야기를 하더라도 만담형의 경우에는 이런 식으로 이야기를 풀어낸다.

"자! 두바이 국왕께서는 부인이 몇 명이라고 그랬죠?"

"네 맞습니다, 두 명!"

"그러면 이슬람 국가는 부인을 몇 명까지 얻을 수 있다고 그랬죠?"

"네 그렇죠, 네 명."

"자! 그러면 왕비 자리가 몇 자리 남아 있다는 말이죠?"

"네 그렇죠! 두 자리가 남아 있습니다."

"자! 사람 일은 알 수 없죠! 기회는 누구에게나 있다? 없다?"

이렇게 이야기를 하면 대부분의 중년 이상 어머니들은 모두 같은 반응을 보이신다.

"저기 국왕 전화번호 좀 알아봐 주세요. 나도 두바이에서 팔자 한번 고쳐 보게!"

하지만 젊은 분들이 많은 지식전달형의 경우에는 조금 더 깊은 이야기를 들려준다. 국왕의 영국 유학 경력, IOC 위원 시절 세계승마협회에서 요르단 공주를 만나 결혼에 이르게 되었던 러브스토리까지. 물론 두 가지 케이스 모두 드리는 이야기는 같다. 하지만 어느 부분의 이야기를 좀더 자세히 스토리로 풀어내느냐가 여행의 분위기를 살리고 즐거움을 전달할 수 있느냐를 결정하는 것 같았다.

그런데 이번에 함께한 패키지 팀은 중년 이상의 어르신이 한 팀, 나머지는 모두 젊은 분들이었다. 이럴 경우에는 적당하게 분위기를 보아가며 이야기를 풀어내야 할 것 같았다. 이번 팀은 내가 이야기를 하고 나면 꼭 한 박자 쉬고 손님들의 웃음이 터지는 이상한 현상이 반복되었다.

처음에 이번 손님들은 반응 속도가 늦은 분들만 모여서 그런가 하는 생각을 했지만 그런 반응이 계속 이어지자 이유가 궁금해졌다. 차가 이동하는 동안은 나도 자리에 앉아 이야기를 하기 때문에 손님들의 작은 이야기 소리는 앞자리에서는 잘 들리지 않는다. 잠시 후 나는 손님들의 한 박자 늦게 터지는 웃음보의 정체를 알게 되었다. 그 주인공은 바로 그 중년 부부의 남자 손님이셨다.

그 손님은 내가 가이드를 하면 내 말이 끝나기 무섭게 꼭 한마디씩 말씀을 보태고 계셨다. 타고난 유머 감각으로 내 이야기에 꼭 한마디씩 토를 다시는데 그 이야기가 젊은 손님들을 빵빵 터지게 하고 있었다.

결국 나도 모르는 사이 그 손님과 나는 주거니 받거니 만담 형식의 아재 개그가 이어지고 있었다. 그 팀의 젊은 손님들 중에는 혼자 여행을 온 여자 분들이 여러 명 계셨다. 대부분 이런 경우 일행이 계시는 다른 손님들과 어울리지 못하고 투어 내내 조용히 자리를 지키는 경우가 많았지만 이 팀은 그 손님 덕분에 반나절 만에 팀 분위기가 가족처럼 변해 버렸다.

그 부부 손님은 한국에서 중소기업을 운영하시는 사장님 부부였다. 일 년에 한 번 꼭 많은 직원을 모두 이끌고 해외여행을 가신다고 하셨다. 그래서 먼저 사모님과 사전에 여행을 다녀보고 좋은 곳을 찾아 직원들과 다시 여행을 하신다고 했다. 관광지에 도착을 하면 사장님은 더욱 바빠지셨다. DSLR 카메라를 가지고 팀의 모든 손님들 사진을 찍어 주셨다.

혼자 여행을 오신 손님은 사진을 찍는 일이 가장 큰 문제였다. 셀카 봉이라는 도구도 이용해 보고 이렇게 저렇게 사진을 찍어 보지만 다른 사람이 구도를 잘 잡아 찍어주는 사진만큼 구도가 좋은 사진을 얻기란 쉽지 않았다. 내가 사진을 찍어 주는 경우도 있지만 워낙 사진 찍는 실력이 엉망이었던 나였기 때문에 찍어 준 사진들은 내가 봐도 영 맘에 들지 않았다.

 그런데 그 사장님은 팀의 모든 사람들을 독사진부터 그룹 사진까지 일일이 자청해서 사진을 찍어 주셨다. 정작 함께 온 사모님은 사진을 찍어 주지 않으시고 다른 손님들 사진만 찍어주고 계셨다. 사모님도 사진 찍는 것을 좋아하시는 사장님을 배려해 당신은 사진을 찍지도 않으시고 조금 떨어진 곳에서 사진 찍으시는 사장님만 바라보고 계셨다.

 나는 사모님도 사진 좀 찍어 드리라고 사장님께 부탁을 드려 보았지만 사모님은 자신이 사진 찍는 것을 별로 좋아하지 않으신다며 사장님을 밀어 내셨다. 그 사진들은 결국 투어가 끝나고 사장님의 회사 직원의 친절한 이메일과 함께 각 손님들에게 전달되었다고 한다.

 물론 나에게도 사진이 전달되어 왔다. 자유 시간이 주어지면 그때마다 사장님은 팀 전체를 커피숍으로 데리고 가서 시원한 아이스 커피도 한잔씩 돌리셨다. 그 사장님과 4일간 투어를 하며 나는 컴플레인으로 위축되었던 업무에 자신감을 다시 되찾게 되었다.

 아직도 나는 4일간 나를 즐겁게 해 주셨던 그 사장님 내외분들과 창원의 태권도 관장님 커플 그리고 유명 연예인에게 주짓수를 가르쳐 주셨다던 그 여자 사범님, 홀로 여행 오셨던 여자 손님 등 팀의 손님들 면면이 눈에 선하다.

 손님을 모시고 다녀야 하는 업무의 특성상 언제나 손님은 손님이고 나는 가이드였다. 하지만 손님과 가이드가 업무적인 관계가 아닌 가족처럼 즐겁게 여행을 할 수도 있다는 믿음을 갖게 해주신 그 사장님은 두고두고 나의 두바이 생활에 큰 활력소로 남아 있다.

# 두바이 스킬

여름을 보내며 내게는 이제 두바이는 더 이상 낯선 도시가 아니었다. 여러 가지 면에서 두바이에 대해 알게 되었고 그렇게 쌓인 지식들은 손님들에게 정보로 전달되고 있었다.

내가 두바이에 처음 왔을 때 느꼈던 당황스러움을 두바이를 처음 방문한 손님들도 똑같이 느끼고 있었다. 처음 가이드 일을 하면서는 짧은 기간 내가 학습을 통해 습득한 지식만을 손님에게 전달했다면 이제부터는 내가 스스로 몸소 체험한 지식들을 전달하기 시작했다.

처음 가이드 일을 시작할 때는 내게 가장 두려웠던 것이 손님들의 예고 없는 질문들이었다. 언제나 궁금한 것이 많았던 손님들이 가이드를 만나기 무섭게 두바이에 와서 궁금했던 것들을 질문으로 쏟아 냈다.

물론 일을 처음 시작하면서 손님들의 예상 질문을 준비하지 않은 것은 아니었다. 나의 사수들이 일하는 모습을 여러 차례 참관했었기 때문에 공통적인 질문에 관해서는 항상 대답을 할 준비를 하고 있었다. 하지만 예상 질문지 밖의 질문이 나올 때면 나는 당황할 수밖에 없었다.

나는 나를 당황시켰던 질문들은 꼼꼼하게 체크를 하고 그 답을 조사해 다음 투어를 준비했다. 내가 두바이에 관한 여러 가지 지식들을 쌓는 데 도움을 준 사람은 많이 있었지만, 가장 큰 도움을 주었던 사람은 크게 두 사람이다.

첫 번째 나의 멘토는 나의 가이드 첫 사수 권 대리이다. 권 대리는 대학시절 한 학기 동안 두바이로 실습을 나왔다가 워낙 성실하고 꼼꼼한 성격에 반한 회사 대표의 눈에 들어 다시 두바이로 스카우트된 친구였다. 그는 나이는 나보다 한참 어린 친구지만 내가 배울 것이 정말 많은 청년이었다. 나를 부사수로 데리고 다니며 교육을 하던 시절 손님들에게는 나를 인솔에 도움을 주러 함께 온 회사 간부로 소개를 했다. 따라서 나는 권 대리가 일하는 모습을 따라다니며 참관했지만 손님들 눈에는 권 대리를 도우려고 나온 회사의 높은 사람 정도로 보였다.

권 대리가 배려심이 강한 친구라는 점은 나를 대하는 사소한 태도에서도 드러났다. 많은 손님을 데리고 자신의 일을 하기에도 바쁜 와중에도 사소한 결정 하나도 나와 상의를 하며 일을 진행했다.

처음에는 아무것도 모르는 내게 왜 자꾸 허락을 받는 척을 할까 의아해 했지만 이내 나는 그것이 권 대리의 큰 배려라는 사실을 깨달았다. 권 대리의 그 배려에는 두 가지 의미가 있었다.

하나는 손님들에게 내가 자신이 허락을 득하고 일을 처리해야 할 만큼의 위치에 있는 사람이라는 모습을 보여주려는 의도였고, 다른 하나는 자신이 하는 업무의 포인트를 하나씩 내가 인식할 수 있도록 체크해주려는 의도가 숨어 있었다. 즉, 나이 먹은 부사수를 손님들의 눈에 거슬리지 않게 교육하려는 권 대리만의 교육 방식이었다. 그런 권 대리의 배려 덕분에 나는 짧은 시간에 업무의 스킬을 쉽게 습득하고 익힐 수 있었다.

두 번째 나의 두바이 멘토는 이 실장이었다. 사실 그는 나뿐만 아니라 회사의 모든 직원들의 멘토였다. 그렇다고 우리를 별도로 가르치고 지도하는 역할을 했던 것은 아니지만 우리가 두바이에 관해 궁금한 사항이 있으면 언제나 지식을 전달해주는 그런 인물이었다. 이 실장은 두바이 생활만 14년 차에 달하는 말 그대로 두바이 사람이었다.

두바이에 관해서는 모르는 것이 없는 두바이 박사 이 실장. 유명 TV 프로그램이 두바이에서 촬영을 하면 가장 먼저 찾는 인물도 바로 이 실장이었다. 두바이에 관해서라면 현지 두바이 로컬들만큼 많은 것을 알고 있다는 그는 직원들 숙소가 있는 인근에 살고 있었다.

해서 우리는 궁금한 점이 있거나 하면 언제나 그의 집으로 달려가 물어보거나 도움을 청하고는 했다. 심성도 착하고 사람 좋아하는 성격을 지닌 그는 자신의 집에 우리 직원들이 몰려가도 언제나 웃으며 우리를 맞아 주었다.

나는 그의 입을 통해 두바이에 관한 여러 정보들 중에서도 주로 깊이 있는 내용의 정보들을 얻고는 했었다. 그가 들려주는 정보들은 14년 내공이 들어있는 고급 정보들이었다. 또한 많은 방송 촬영의 가이드와 코디네이터를 하며 경험했던 뒷이야기들도 덤으로 얻어 듣게 되었다.

그에게서 얻은 고급 정보들은 내가 손님들에게 경험 많은 두바이의 가이드라는 이미지를 얻는 데 많은 도움이 되었다. 특히나 가장 화제를 일으켰던 모 방송 프로그램 꽃할배들의 촬영 뒷이야기나, 너무 고급스럽고 편안해 외국인 수감자들을 놀라게 한다는 두바이 교도소 이야기 같은 것들은 손님들의 큰 호응을 이끌어 내기에 충분했다. 그렇게 나는 스스로 습득했던 지식과 사수와 멘토의 지식을 더하면서 두바이 생활 몇 달 만에 3~4년 차 가이드 부럽지 않은 스킬을 쌓게 되었다.

어느 패키지 팀의 오전 투어를 마치고 오후 손님들 자유시간이 주어졌던 어느 날, 내 전화기로 국제 전화가 왔다. 이런 전화는 생각할 것도 없이 지금 투어 중인 손님의 전화일 확률이 200%이다. 그 패키지 팀은 주로 중년 이상의 어머님들 단체가 세 팀 묶여 있는 팀이었다. 그리고 그 팀에는 자칭 '8공주'라 불리는 여고 동창 친구 분들 모임이 있었다. 나는 투어 내내 그분들을 공주님이라고 불러 드렸다.

오전부터 오후 자유시간을 어떻게 보낼지 고민이 많으셨던 8공주 팀의 총무님 전화가 분명했다. 국제통화 로밍을 해온 전화기로 전화를 하시기 때문에 내게는 한국에서 걸려온 국제 전화로 표시가 된다. 나는 전화를 받자마자 이렇게 물었다.

"공주님? 무엇을 도와 드릴까요?"

숙소에서 내가 전화를 받는 모습을 지켜보던 직원들은 순식간에 조용해졌다. 아니 번호도 확인을 안 하고 전화기를 자세히 보지도 않고 다짜고짜 공주님을 찾는 내가 이상해 보였던 모양이었다. 내 예상은 적중했다. 8공주 팀의 총무님 전화였다. 나는 이내 8공주 팀의 총무님의 민원을 해결해 드렸다.

그 모습을 지켜보던 젊은 직원들은 어이가 없는 표정으로 나를 바라보았다. 어떻게 어제 만난 손님을 '공주님!'이라고 부르고 화면도 보지 않고 저장도 되어 있지 않은 번호의 전화를 그 손님인 줄 알고 첫마디에 공주님이라는 말을 할 수 있는지 이해가 가지 않는다고 했다.

나는 지인이 두바이로 나를 처음 부를 때 내게 했던 말의 의미를 조금은 알 것 같았다. 95%를 잘 하면서도 젊은 친구들이 하지 못했다던 손님과의 5%의 교감. 내가 이제 두바이에서 그 5%의 간극을 좁히고 있지 않나 싶은 생각이 들었다.

특히나 중년 이상의 어머님들이나 아버님들이 많은 팀들은 소위 기도원 부흥회 투어가 진행되고 있었다. 내가 가이드하는 모습을 옆에서 지켜보던 직원이 붙여준 별명이었다. 손님을 이끄는 기술, 손님을 몰입하게 하는 기술, 손님을 즐겁게 해주는 기술. 나는 그렇게 두바이의 가이드 일에 빠르게 적응하며 그 기술들은 하루하루 늘어만 가고 있었다.

# 두바이 사용 설명서

두바이를 찾는 많은 사람들이 두바이에 오면 꼭 하고 싶었던 일들이 있다. 그 중에서도 가장 많은 요청이 오는 일은 몇 가지로 압축할 수 있었다.

그 첫 번째는 TV 프로그램에서 보았던 두바이 몰 분수 쇼를 직접 눈으로 관람하는 일이었다. 두 번째는 최근에 방영된 TV 프로그램에서 유명 여배우들이 음식을 먹고 갔던 레스토랑을 찾아가 같은 자리에서 같은 음식을 먹으며 인증샷을 찍어 자신의 SNS에 올리는 일이었다. 그리고 또 한 가지는 남들이 사왔다고 자랑하던 그 상품들을 쇼핑하는 일이다. 두바이에서만 저렴하다고 알려진 몇 가지 상품들. 그 쇼핑 리스트는 사실 인터넷 포털 사이트에만 들어가도 종류와 파는 곳들이 자세하게 소개되어 있다.

두바이에 관한 로망들은 나이나 성별에 따라 조금씩 차이를 보인다. 중년 이상의 여성 손님들이 가장 원하는 것은 두바이 몰 분수 쇼이다. 세계에서 가장 높은 빌딩 전망대도, 세계에서 가장 큰 쇼핑몰 구경도 모두 분수 쇼를 이기지는 못하는 듯 보였다. 물론 위에 열거한 세 가지는 모두 한 곳에서 체험이 가능한 일이다.

세계에서 가장 높은 빌딩이라는 브르즈 칼리파와 세계에서 가장 큰 쇼핑몰이라는 두바이 몰은 같은 장소에 있다. 그리고 그 두 건물 사이에는 커다란 인공 호수가 있는데 그곳에서 매일 밤 분수 쇼가 열린다. 하지만 전망대에 오르는 일보다 쇼핑을 즐기는 일보다 분수 쇼의 비중은 크고 중요했다.

앞서 언급했지만 날씨가 시원해지는 겨울 시즌이 오기 전까지는 방송 촬영을 했던 그 레스토랑 야외 테라스에서의 분수 쇼 관람은 적극적으로 말리고 있었다. 그 이유는 늘 손님이 이해하실 때까지 충분히 설명해 드렸다.

마침 브르즈 칼리파를 관람하고 두바이 몰로 가는 길에 그 방송 촬영 장소인 레스토랑 앞을 지나쳐야 하기 때문에 나는 항상 그곳에서 방송 촬영 후일담을 곁들인 분수 쇼 이야기를 재미있는 스토리로 엮어 이야기해 준다. 그때 손님들에게 분수 쇼를 이곳에 앉아 음식을 드시며 보시기는 덥다는 이야기도 자세하게 안내해 준다. 그리고 야경을 관람하는 투어에서 분수 쇼를 보러 온다면 인공호수 난간에 서서 보는 것이 가장 좋다는 안내도 아울러 해 준다.

이유는 분수 쇼를 관람하는 야경 투어를 한다고 하면 열이면 열 사람 모두 그 방송 프로그램의 한 장면을 가장 먼저 떠올리기 때문이었다. 따라서 방송의 카메라 앵글과 현실의 차이에 관한 설명을 해주지 않으면 손님들의 방송 재현 로망은 가이드에 의해 구현되지 못한다는 착각을 불러올 수 있었다.

사실 당시 분수 쇼를 보기에 가장 좋은 장소는 두바이 몰과 인공호수 사이에 있는 '쑤크 알바하르'라는 곳의 호수 난간이다. 하지만 두바이 몰을 찾은 많은 사람들은 대부분 두바이 몰에서 인공호수로 나오면 가장 먼저 만나게 되는 '파이브가이즈'라는 햄버거 가게 앞에서 분수 쇼를 관람한다.

이유는 간단했다. 그곳이 쇼핑몰에서 나오는 입구가 있는 곳이고 그곳에 사람들이 가장 많이 있기 때문이었다. 하지만 그곳에서 분수 쇼를 보는 것은 기다란 타원형의 인공호수 한쪽 옆에서 분수 쇼를 보게 되는 상황이 된다.

인공호수는 좌우로 길게 펼쳐져 있고 분수 쇼는 그런 인공호수의 좌우로 넓게 펼쳐지는데 큰 그림을 보려면 그 중앙에서 보는 것이 가장 좋았다. 그 중앙이 되는 곳이 바로 쑤크 알바하르 호수 난간이었다. 물론 그 방송 프로그램에서 저녁을 먹었던 레스토랑도 그 라인에 있다.

해서 나는 꼭 그 자리에 앉아 식사를 하면서 분수 쇼를 보고 싶다고 하는 분들에게는 그 레스토랑과 같은 라인에 있는 쉑쉑버거를 추천했었다. 방송에 나왔던 이탈리아 레스토랑보다 가격도 저렴하고 꼭 햄버거를 먹지 않고 음료만 시켜도 같은 장소에서 같은 느낌으로 분수 쇼를 관람할 수 있기 때문이었다.

하지만 정작 분수 쇼의 가장 큰 문제는 분수 쇼 배경 음악이었다. 분수 쇼는 오후 6시부터 11시까지 30분 간격으로 각 시간에 노래 한 곡만 쇼를 한다. 결국 30분에 한 번, 3~4분 분량의 분수 쇼를 한다는 뜻이다. 따라서 내가 갔을 때 원하는 노래의 분수 쇼를 보지 못하면 다시 30분을 기다려야 다음 곡을 볼 수 있는 시스템이었다.

더욱 큰 문제는 그 노래 순서는 일반인들은 알 방법이 없다는 것이었다. 따라서 다음 곡도 원하는 노래가 나올지는 아무도 장담할 수 없는 것이 현실이다. 분수 쇼에 사용되는 노래들은 아랍 음악 팝송 영화음악 외국 가수의 노래까지 다양하다.

하지만 대부분의 손님들은 꽃할배들이 오셨을 때 방송에서 소개되었던 노래를 듣고 싶어했다. 그 노래는 안드레아 보첼리의 'time to say good-bye'. 그 노래를 배경으로 펼쳐진 분수 쇼는, 두바이를 한국에 알리는 데 큰 공을 세운 그 방송 프로그램을 통해 우리에게 알려졌다.

사실 방송 후일담을 들어보면 방송 팀이 분수 쇼 노래로 점 찍어 놓은 곡은 그 노래가 아니었다고 한다. 영화 보디가드의 주제곡인 휘트니 휴스턴의 'I will always love you'였다고 한다. 사전 답사 팀이 어렵게 촬영해 온 분수 쇼 전 영상을 사전에 몇 번씩 돌려 보고 그 곡의 그림이 가장 좋아 촬영 당일에는 그 곡을 찍기로 하고 왔다고 한다.

하지만 막상 호수 주변 여섯 곳에 카메라를 설치하고 분수 쇼를 처음부터 끝까지 찍었지만 그날 분수 쇼에는 사전에 점찍어 두었던 그 노래는 나오지 않았다고 한다. 결국 귀국 후 찍었던 영상을 모두 돌려보고 그 중에 가장 그림이 좋은 안드레아 보첼리 곡이 방송에 나가게 되었다고 한다. 위 방송 팀의 경우를 보아도 알 수 있듯이 분수 쇼 배경 음악의 순서는 임의로 변경이 어렵다.

그저 그곳에서 틀어주는 순서대로 듣는 수밖에 달리 다른 방법이 없었다. 물론 그 노래들은 세계적으로 유명한 명곡들로 구성을 했기 때문에 다른 곡들도 멋진 분수 쇼를 연출해 내기에 충분하다. 하지만 사람의 심리는 모두 같은 것 같았다.

기왕이면 자신이 갔을 때 자신이 원하는 노래의 분수 쇼를 보고 싶은 마음인 것이다. 하지만 두바이관광청까지 나서서 협조를 했던 방송 촬영도 맞추지 못했던 노래 선곡을 일개 여행사 가이드인 내가 어찌 맞춰줄 수 있을까?

방법은 없었다. 그저 마음속으로 기도를 할 뿐이었다. 제발 내가 손님을 모시고 가는 시간에는 아랍 노래가 나오지 않아 주었으면 하는 기도였다. 하지만 슬픈 예감은 언제나 틀린 적이 없다고 했었나?

그날 분수 쇼를 직접 눈으로 보게 된다는 부푼 기대를 안고 난간에 기대어 기다리던 손님들에게 보란 듯이 아랍 노래가 흘러 나왔다. 아랍 노래가 나오면 망연자실하는 이유는 간단했다.

일단 노래가 귀에 익숙한 곡이 아니라서 감흥이 떨어졌다. 둘째는 아랍 노래 특유의 단순한 멜로디와 늘어지는 창법은 안드레아 보첼리의 감미로운 목소리를 기대했던 손님들의 기대감에 냉수를 쏟아 붓는 듯 보였다. 그래서 나는 언제나 브르즈 칼리파 전망대에 올라가기 전에 분수 쇼를 관람했다. 이유는 간단했다. 올라가기 전에 보았던 분수 쇼에서 아랍 노래가 나오면 전망대에서 내려와 다시 한번 분수 쇼를 보여드려야 하기 때문이었다. 그렇다고 다음 분수 쇼를 보려고 30분을 무작정 기다리게 할 수는 없었기 때문에 이렇게라도 안전장치를 해야 내 마음이 조금은 편안했다.

그것이 이 분수 쇼를 보시겠다고 비행기를 타고 10시간을 날아오신 손님들에 대한 내가 할 수 있는 최소한의 배려였다. 두바이 몰 쇼핑도 마찬가지였다. 세계 각국의 명품들이 즐비한 두바이 몰에서 쇼핑을 하는 일은 쉬운 일이 아니었다.

막상 쇼핑을 위한 자유시간을 드리면 사전에 정보를 파악하고 원하는 상품을 사려고 쇼핑몰을 찾아다니며 쇼핑을 하시는 손님도 있지만 대부분의 손님들은 그냥 아이쇼핑으로 그치는 경우가 많았다. 쇼핑 천국이라는 두바이에 왔는데 막상 두바이 몰을 둘러보면 여행 중 살 만한 상품을 접하기가 쉽지는 않아 보였다. 세계 각국의 유명 명품 구경도 잠시 동안이면 금방 지치고 말았다. 결국 대부분의 손님들은 자유시간 커피숍에서 시간을 보내는 경우도 많았다.

그도 그럴 것이 축구장 50개를 합쳐 놓은 크기와 같다는 두바이 몰은 그 규모만도 워낙 커서 모두를 한번 둘러보려면 상당한 시간이 소요된다.

나는 두바이 몰에서 쇼핑의 갈증을 풀지 못한 손님들을 위해 또 다른 마트 쇼핑을 계획했다. 명색이 해외여행을 왔는데 주변 가족이나 지인들에게 선물 하나라도 전해 주고 싶은데, 다니는 곳은 명품들만 가득한 쇼핑몰이니 손님들은 선물 구매에 대한 갈증이 심했다. 거기에 포털 사이트에 두바이 쇼핑 리스트를 치면 이런저런 상품들 사진이 올라오는데 그런 상품은 여행 중 다니는 쇼핑몰에서는 찾아 볼 수가 없었다. 사실 그 상품을 파는 곳은 다른 곳에 있었다. 두바이의 어느 곳이나 큰 쇼핑몰에 가면 있는 대형마트였다.

우리나라에 입점했다가 자리를 잡지 못하고 철수했던 프랑스 계열의 그 대형마트였다. 그래서 그 마트의 카트를 자세히 살펴보면 동전을 넣는 곳에 100원이라는 한글이 선명하게 적혀 있다. 우리나라에서 사용하던 카트가 매장 철수 후 두바이까지 날아와 사용되고 있는 것이었다. 그런데 그 마트는 아쉽게도 두바이 몰에는 입점해 있지 않았다.

두바이의 다른 대형 쇼핑몰에는 거의 대부분 입점해 있는 그 마트가 유독 두바이 몰에만 없는 것이 정말 아쉬운 대목이었다. 결국 나는 투어 중 별도로 시간을 쪼개어 그 대형마트로 손님들의 쇼핑 갈증을 풀어 드리러 가야만 했다.

두바이에서 시간이 허락되지 않으면 아부다비에 갔을 때라도 시간을 만들어 쇼핑을 할 수 있는 시간을 만들어 드렸다. 손님들의 반응은 폭발적이었다. 일단 단가가 명품처럼 몇백만 원 단위가 아니라 우리 돈 오천 원, 만 원 단위이니 구입이 용이했다. 즉 여러 개 사서 주변에 쭉 돌릴 만한 상품으로도 적당했다.

또한 가격이 싸다고 가치가 낮은 상품이 아니었다. 영국산 영양 크림이나 이태리산 명품 비누 등 주변에 선물을 해도 그 값어치를 인정받을 만한 제품들이었다. 무엇보다 손님들의 이목을 끄는 이유는 원래 한국에서 구입하는 가격의 삼분의 일 가격이면 구입이 가능하다는 점 때문이었다.

결국 손님들은 그 대형마트 쇼핑을 마치고 나면 늘 여행의 만족감을 표하며 즐거워했다. 나 또한 기뻐하는 손님들의 모습을 보면서 일정에 없는 시간을 쪼개어 대형마트에 오기를 잘했다는 뿌듯한 마음이 들었다. 하지만 아쉬움을 남겨야 하는 경우도 있었다.

얼마 전 여배우 두 명이 두바이 여행을 하는 프로그램이 방송을 통해 소개되었다. 그러자 두바이를 찾는 젊은 손님들 사이에서 그 배우들이 갔던 카페와 레스토랑에 데려가 달라는 요구가 늘어나기 시작했다. 이후 방송을 찾아보니 한 곳은 우리가 투어 코스로 가는 바스타키야라는 곳에 있는 익숙한 카페였다.

하지만 다른 레스토랑은 우리에게 익숙하지 않은 레바논 스타일의 아랍 음식 전문점인데 일종의 프랜차이즈 레스토랑이었다. 시내 여러 곳에 점포가 있었지만 젊은 손님들은 방송에 나온 그곳을 꼭 가고 싶어했다. 그런데 방송에 소개된 그곳은 교통도 아주 불편한 팜 아일랜드 중앙에 위치해 있었다.

일정에 포함되었거나 일정 중 지나치는 코스에 있는 곳이라면 무리를 해서라도 손님들이 찾아갈 수 있도록 배려해 보겠지만 일정과 동떨어진 곳은 아쉽게도 자유시간에 개별적으로 가도록 안내를 해주는 방법밖에 없었다. 쉽게 말하자면 우리나라로 말하면 샤브샤브 전문점이나 부대찌개 전문점 같은 체인점인데 손님들은 꼭 쌍문동 지점만 가겠다고 하는 것과 같은 경우였다.

물론 그들에게는 음식 맛도 중요하지만 방송에 나왔던 곳을 가고 싶어하는 마음을 모르지는 않았다. 나도 맛집 골목에 가면 줄이 제일 길더라도 방송에 소개된 집을 가려고 하는 것도 같은 이치였다. 모든 투어가 모두를 만족시킬 수는 없었다.

하지만 나는 가능한 한 고르게 손님들의 취향을 존중하는 투어를 만들어 보려고 노력했다. 때로는 회사에서 가지 말라는 곳도 가고 회사에서 하지 말라는 일도 했다. 사실 회사에서 규제를 하는 이유는 분명했다.

힘들게 대형마트에 모시고 가서 화장품 쇼핑을 도와 드렸더니 자신이 한국에 가지고 가다 깨졌다며 화장품 값과 그 화장품 때문에 상한 옷값까지 물어 달라는 손님이 있었기 때문이었다. 어렵사리 시간을 만들어 싸고 저렴한 쇼핑을 하도록 도움을 주었지만, 그로 인하여 발생하는 이후 모든 일의 책임도 가이드가 져야 하는 것이 이곳의 현실이었다.

다른 나라 가이드처럼 쇼핑 투어를 하며 가이드 커미션을 목표로 구입을 권유한 경우도 아닌데 일단 가이드가 데리고 갔으니 가이드가 책임을 지라는 것이 이 바닥의 규칙이었다. 그런 위험을 감수하면서까지 내가 그런 일들을 했던 이유는 결국 기뻐하시는 손님을 보며 내가 느끼는 만족감 때문인 것 같았다. 그 만족감은 두바이의 여름을 견디게 해 준 활력소 같았다. 그렇게 손님의 만족감이 쌓일수록 나의 일에 대한 노하우도 조금씩 쌓이고 있었다. 나만의 두바이 투어 코스도.

# 스톱오버

두바이 공항은 그 규모가 정말 크고 대단했다. 총 세 개의 터미널이 있는데, 제1 터미널은 외국 항공사가 제3 터미널은 국적 항공사인 에미 레이트 항공이 그리고 규모가 조금 작은 제2 터미널은 국내선과 인근 근거리 노선이 사용을 한다. 그중에서도 우리나라 항공사가 드나드는 제1 터미널은 많은 외국 항공사들이 공동으로 사용을 하는 곳이라 가장 복잡했다. 이곳에서는 세계 각국의 손님들이 두바이로 오거나 다른 곳으로 가기 위해 두바이에 잠시 머물게 된다. 이렇게 비행기를 갈아타게 될 경우 경유지 도시에서 하루나 이틀 잠시 머물게 되는 경우를 '스톱오버'라고 한다. 그런 손님들은 주로 새벽에 도착해 하루나 반나절 잠시 두바이 시내를 둘러보고 다음 목적지로 가게 된다. 두바이를 찾는 스톱오버 손님들은 대부분 유럽을 가는 손님들이 많았다. 유럽을 가는 일정은 최소 일주일 이상 긴 일정이었다. 그 일정 중 일부는 아프리카를 다시 경유해 유럽으로 가는 긴 일정도 많았다. 그 긴 일정의 첫 경유지가 바로 두바이였다.

나는 이 손님들을 정말 어린아이 다루듯이 조심스럽게 모시고 다니며 투어를 진행했다. 이런 긴 일정의 투어인 경우는 전담 가이드인 인솔자가 따라온다. 하지만 나는 그 인솔자들도 두바이에서만큼은 아무 것도 하지 않고 조용히 쉴 수 있도록 배려했다. 내가 그렇게 그 일정의 손님과 인솔자에게 신경을 쓰는 이유는 몇 가지가 있었다.

첫 번째는 빡빡한 일정 때문이었다. 유럽을 가거나 아프리카를 경유해 다시 유럽을 가더라도 이 투어는 대부분 최초 이틀 밤을 비행기에서 보내야 하는 일정이 대부분이기 때문이었다. 보통은 첫날 저녁 인천 공항에서 출발해 하룻밤을 비행기에서 보내고 두바이에 도착을 한다. 그리고 다시 하루 종일 혹은 반나절 두바이에서 투어를 하고 다시 비행기에서 이틀째 밤을 보낸다. 그리고 두 번째 경유지 혹은 최종 목적지에 도착을 하지만 그곳에서 바로 호텔에 여장을 풀지 못하고 다시 하루 투어를 진행하고 그날 저녁 호텔에 여장을 풀게 된다. 결국 이분들은 서울을 떠나고 2박 3일만에 처음으로 숙소에 들어갈 수 있는 일정을 가진 분들인 것이다. 이런 일정은 여행 경비와 일정을 고려해 정리된 것이지만 결코 쉬운 일정은 아닌 듯 보였다. 그러니 그 첫 경유지인 두바이에서 손님들의 진을 쏙 빼 놓으면 그 다음 일정에 차질이 생길 수 있는 상황이었다. 특히나 날씨가 더운 시즌에는 더운 두바이에서 더위에 지치기라도 한다면 정작 본 여행지인 아프리카나 유럽에서 제대로 여행을 하지 못하는 일이 발생할까 항상 조심 또 조심했다.

두 번째는 여행객의 연령대였다. 휴가철도 아니고 연휴도 아닌 시즌에 일주일 이상의 긴 여행 일정을 소화할 손님들은 대부분 은퇴를 하신 고령의 분들이었다. 평균 나이가 70세에 육박하는 나이가 지긋하신 어르신들이었다.

평소 두바이에 패키지로 오시는 손님들보다는 확실히 높은 연령의 손님들이 대부분이었다. 대부분의 손님들은 이제 그간 힘겨웠던 시기를 마치고, 자식들도 모두 시집 장가 보내고, 여유롭게 해외여행을 나오신 그런 분들이 대부분이었다. 큰 걱정 근심 없이 은퇴 후 여유로운 해외여행에 오신 것까지는 좋은데 문제는 체력이었다. 70이 넘은 나이에 3일 동안 바닥에 몸을 누이지 못하고 여행을 강행하는 일은 쉬운 일이 아니었다. 나는 그분들을 보면서 한편으로는 마음이 조금 아팠다.

체력이 왕성하고 혈기가 넘치던 시절에는 가족을 위해 여행 한번 못하고, 좋은 구경 한번 못하고 일에만 매진하시다가 이제 가족들 뒷바라지 모두 끝내고 조금 여유가 생겨 여행을 왔는데, 이미 체력은 예전의 그 체력이 아니셨다. 하지만 두바이에서의 일정은 나이와 상관없이 모두에게 강렬한 첫 여행지였다.

여행의 첫날은 누구나 어디서나 공통적으로 약간의 긴장과 흥분으로 피곤함도 모르고 지나치게 마련이었다. 나로서는 여행 첫날이라는 강점으로 투어를 진행하기에 좋은 환경이었다. 하지만 반대로 첫 여행지에서 마음에 들지 않는 일이 생기게 되면 여행 일정 내내 손님들을 모시고 다녀야 하는 인솔자는 힘이 들게 된다. 따라서 나야 반나절이나 하루만 만나면 되는 일이지만 일주일 이상을 손님들과 지내야 하는 인솔자를 생각해서 더욱 좋은 첫 인상을 만들어 주려 노력해야 했다. 그래서 긴 일정에 높은 연령대의 이 팀들은 언제나 내게는 가장 신경 쓰이는 팀이었다. 무엇보다도 그분들을 보고 있으면 돌아가신 아버지, 어머니의 모습이 자꾸 떠올라 가슴이 아려왔다. 그분들 한 분 한 분이 모두 내 부모님 같았다. 무엇이라도 하나 더 해 드리고 챙겨 드리고 싶은 마음이 늘 나를 눌렀다.

그러던 어느 날 그날도 두바이에서 하루 밤을 보내고 유럽으로 가는 팀이 도착했다. 새벽 시간이지만 공항은 세계 각국에서 도착한 비행기들로 이미 복잡한 모습이었다. 나는 피켓을 들고 손님들을 기다렸다.

하나 둘 한국 분들의 모습이 눈에 보이기 시작했다. 그리고 이내 나의 피켓을 보고 손님들이 다가와 내게 인사를 했다. 나는 나오는 손님들을 일정한 장소로 안내하고 대기시켰다. 그런데 손님이 모두 나오고 더 이상 한국 분들의 모습이 보이지 않을 때까지 인솔자의 모습이 보이지 않았다. 대부분은 인솔자가 선두에 서서 팀을 이끌고 나오는 경우가 일반적인데 오늘은 손님들이 모두 나오도록 인솔자가 보이지 않았다.

잠시 후 인솔자로부터 전화가 왔다.

"저기 가이드님, 손님 두 분이 Transfer로 들어가신 것 같아요."

상상하기 싫은 일이 발생했다. 두바이에서 밖으로 나오셔야 하는 손님이 경유 손님들이 잠시 머무는 구역으로 들어가신 것 같았다. 두바이 공항은 워낙 넓기 때문에 이 지역에서 손님을 찾는 일은 쉬운 일이 아니었다. 거기에다 영어가 불가능하신 분이라면 문제는 더욱 심각해진다고 보아야 할 것 같았다. 일단 손님들에게 상황을 설명하고 기다리고 있었다. 그렇게 1시간이 흐르고 인솔자는 지친 모습으로 두 노부부와 함께 밖으로 나왔다. 두 노부부의 얼굴을 보니 지난 1시간 동안 두 분이 무슨 일을 치르고 이곳까지 나왔는지 대충은 알 것 같았다. 인솔자도 이미 파김치가 된 모습으로 연신 죄송하다는 말만 나와 손님들에게 반복하고 있었다. 하지만 더 큰 문제는 일행과 떨어져 경유 터미널까지 다녀오신 두 분은 고혈압과 당뇨로 인천공항 출발 때부터 가족이 배웅 나와서 잘 보살펴 달라고 부탁을 했던 분들이라는 점이었다.

두 분은 두바이 투어를 시작도 하기 전에 이미 체력이 고갈된 듯 보였다. 시간은 1시간이나 늦어지고 투어는 시작해야 하겠고 정신이 하나도 없었다. 일단 투어를 시작했다. 그랬더니 그 두 분이 약을 드셔야 한다고 물을 달라고 하셨다. 하지만 버스 안에는 준비된 물이 없었다.

간혹 기사들이 물을 준비해 손님들에게 돈을 받고 팔기도 하지만 잔돈이 없거나 거스름돈이 없어 난리를 치기도 하고 여러 가지 문제가 생겨 버스 회사에서 물을 파는 일을 금지시키고 있었다. 상황은 난감하게 되었다. 물을 사려면 슈퍼가 있는 신도심 지역까지 가야 하는데 두 분은 계속 물만 요구하셨다.

첫 단추부터 꼬이기 시작하더니 투어는 시간이 갈수록 힘겨워졌다. 우여곡절 끝에 물을 구입해 드리고 나니 이젠 오후 일정이 문제였다.

오후 일정은 사막 사파리를 가거나 야경 투어를 하거나 선택을 해야 했다. 두 가지를 모두 하지 않을 경우 1박을 하는 호텔에서 휴식을 취하면 우리가 저녁 식사만 챙겨 드리는 세 가지의 선택 일정이었다. 그런데 의외로 두 분이 사막 사파리를 가시겠다고 신청을 하셨다. 나는 내심 불안했다. 지금 체력이라면 투어 마치고 호텔에서 쉬는 것이 맞을 것 같아 보였기 때문이다. 하지만 내가 손님의 결정에 이의를 제기할 수는 없었다. 투어를 마치고 잠시 한 시간 정도 휴식을 갖고 사막 사파리가 시작되었다.

나의 우려는 현실이 되었다. 차가 도착을 하고 사파리를 가실 손님들이 모두 내려 왔는데 두 분의 모습은 보이지 않았다. 잠시 후 부부에게서 연락이 왔다. 할아버지께서 호텔에 도착하시고 그만 지쳐 누우셨는데 일어나지를 못하고 계시다는 연락이었다. 할머니도 할아버지를 보살펴야 할 것 같아 사파리 투어를 모두 못 가실 것 같다는 연락이었다. 결국 인솔자 분이 남아 할아버지를 챙기고 사막 사파리는 할머니만 가시게 되었다. 나는 그 두 분과 투어를 하며 일정이 자꾸 꼬여 피곤하기도 했지만 한편으로는 두 분의 모습을 보며 마음이 아팠다. 부모님의 칠순을 맞아 자녀들이 보내 드린 해외여행이라고 들었는데, 자녀들의 효심은 이해하겠지만 정작 여행을 하시는 두 분에게는 힘겨운 시간의 연속인 것 같았다. 나는 늘 스톱오버 손님들에게 이야기했었다.

"자! 두바이는 여러분들 투어 일정에서 몸풀기 정도의 시작 단계입니다. 몸풀기에서 삐꺽하시면 본 게임에는 나와 보지도 못하고 경기를 마칠 수 있습니다. 제가 여러분을 지나치게 어린 아이처럼 취급한다고 생각 마시고 조심 또 조심 살살 다녀 보겠습니다."

그렇게 우리 부모님 같은 손님들의 두바이 몸풀기 투어는 살얼음판을 걷듯 조심스럽게 이어졌다.

# 나의 두바이 단골집

나의 두바이 일상이 길어질수록 나에게도 단골집들이 생겨났다. 사실 두바이 생활에 관련된 모든 비용은 회사에서 제공하기 때문에 내가 개인 돈을 쓸 일은 그리 많지 않다. 회사에서 제공하는 숙소에서, 회사가 제공하는 생활비로 먹거리나 생활 용품을 구입하기 때문에 개인적으로 비용을 지불할 일은 없는 편이다.

일을 할 때 사용되는 비용은 모두 정산을 받기 때문에 밖에서도 개인 비용을 지출할 일은 많지 않다. 사실 두바이 생활 초기에는 아는 곳도 없고 겁도 나고 해서 일을 하는 시간을 제외하고는 늘 집에만 있었다. 하지만 차츰 길도 익숙해지고 시간이 흐를수록 내게 필요한 것들이 생기면서 나의 외출 시간은 점차 늘어가기 시작했다. 하지만 정작 내가 일이 없는 날이면 집에만 있었던 이유 중 하나는 두바이의 살인적인 물가 때문이었다.

두바이의 전반적인 물가는 상당히 높은 편이다. 도시 전체가 관광지인 탓도 있지만 부동산 가격이 높은 탓에 그에 따르는 물가들이 모두 높은 편이다. 나는 처음에 식재료를 구입하면서 작은 오해를 했던 적이 있다. 식재료 값은 그렇게 높지가 않은데 외식비가 상대적으로 너무 높으니 나는 업주들이 폭리를 취한다고 생각했다. 하지만 그것은 두바이의 높은 부동산 가격을 알지 못하고 했던 나의 짧은 생각이었다.

두바이는 월세가 비싸기로 유명하다. 특히 도심 지역의 월세는 우리가 생각하는 액수를 크게 넘어선다. 따라서 그 높은 월세를 감당하려면 판매하는 음식이나 물건의 가격도 그만큼 높아야 했던 것 같다.

물론 두바이에서 비싼 음식은 우리나라에서도 비싸다. 그런 두바이에서 내가 한 끼에 몇만 원씩 하는 외식을 하는 일은 극히 드문 일이었다. 그리고 아무리 맛있는 음식이라 해도 나 혼자 먹어야 한다면 주저할 수밖에 없었다. 하지만 내 발길을 끄는 음식점들이 있었다.

나를 가장 처음으로 현지 음식에 빠져들게 해준 인물은 초창기 내 일을 도와주던 딜이었다. 내가 운전이 익숙해지고 회사 차들을 몰고 투어를 하기 시작하면서 딜과의 투어가 줄어들기는 했다. 하지만 딜은 늘 나의 안부를 묻는 전화도 자주 하고 오고 가다가 집 근처를 지나갈 일이 있으면 집에 들러 얼굴을 내밀고 가고는 했다.

무엇보다 딜이 내게 도움을 주었던 것들은 비싼 두바이 물가를 피해 저렴하게 이용할 곳들을 소개하는 일이었다. 가장 처음 딜이 나를 데리고 갔던 곳은 파키스탄 사람들이 드나드는 허름한 식당이었다.

손님들이 점심 식사를 하는 동안 우리도 밥을 먹어야 했는데 그날따라 손님들은 램찹을 드시겠다고 했고 2인분에 5만 원가량 하는 양갈비구이 집에 손님을 모셔다 드렸다. 그런데 딜과 내가 점심을 먹기에는 그곳은 너무 가격이 비싼 곳이었다. 딜은 내게 말했다.

"형님, 우리나라 사람들 다니는 식당 한번 가요. 맛있어! 싸요!"

그렇게 딜을 따라 들어간 식당은 테이블 5~6개 정도의 허름한 식당이었다. 식당에는 파키스탄 사람들이 가득 모여 식사를 하고 있었다. 우리나라로 말하면 어느 시골 마을의 허름한 시장 골목 식당 정도의 풍경을 생각하면 맞을 것 같았다.

딜은 내게 치킨 브리아니를 시켜 주었다. 자신은 나와는 다른 음식을 시켰다. 드디어 음식이 나왔다. 카레를 넣어 만든 밥 위에 화덕에 구운 커다란 닭다리가 올라가 있는 음식이었다. 맛은 최고였다. 카레를 넣고 만든 밥도 맛있었지만 화덕에 구워 담백한 치킨도 인상적이었다.

더욱 놀라운 일은 밥을 먹는 내내 테이블 이곳저곳을 돌아다니는 주인의 모습이었다. 커다란 그릇에 밥과 카레를 들고 손님 그릇에 덜어 주고 있었다. 계속 뭐라고 묻고 다녔는데 딜에게 무슨 말이냐고 물었더니 "부족하면 더 줄까요?" 묻고 다니는 것이라고 했다.

분위기만 한국 시골의 장터 골목 식당이 아니라 인심도 한국 시골 장터 같았다. 딜의 말로는 치킨도 더 달라면 더 준다고 했다. 하지만 나는 나온 음식만 먹어도 배가 부를 정도로 양이 많았다. 특히나 주인 아저씨가 들고 다니며 나누어 주던 그 카레는 정말 맛이 기가 막혔다.

우리가 평소 먹던 인스턴트 카레와는 다른 맛이었다. 식사를 마치고 전통 밀크 차 '짜이'까지 마셨는데 두 사람의 식사 가격은 20디르함도 되지 않았다. 한 사람 식사가 우리 돈 2천 원 정도 되는 가격이었다.

한국의 인도나 파키스탄 전문 식당에 가면 만 원이 넘는 비싼 가격에 팔리는 음식이기도 하다. 가격이 저렴도 하지만 무엇보다 그 맛과 주인 아저씨의 인심은 나를 매료시키기에 충분했다. 이후 나는 혼자 식사를 할 기회가 되면 언제나 파키스탄 음식점을 찾았다.

치킨 브리야니 외에도 다양한 음식들을 접하며 나는 파키스탄 음식점 매니아가 되었다. 딜이 내게 소개한 다른 한 곳은 이발소였다. 두바이는 이슬람 국가인 만큼 남자 전용 미용실이 있었다. 머리카락을 노출하면 안 되는 중동 여인들로서는 남자와 같은 미용실을 사용하는 일은 상상도 하기 힘든 일이다.

그런데 커트만 하는데도 우리나라보다 비싼 곳이 많았다. 그나마 집 근처 동네 미용실은 조금 저렴하다고는 했지만 그 가격마저도 15,000원이 넘었다. 시내 도심 지역에는 커트만 해도 2만~3만 원이 넘는 곳도 많았다.

쌍문동 동네 미용실에서 만 원 정도 하는 미용실만 다니던 나로서는 두바이 미용실 가격은 너무 비싼 것 같았다. 딜은 내게 제안을 했다.

"형님, 샤르자 가자! 거기 싸. 이발소 아주 싸."

딜은 두바이와 가장 가까이 있는 이웃 토후국 샤르자에 살고 있었다. 샤르자는 두바이에서 차로 30분 거리에 있는 다른 토후국이다. 두바이에서 접근성이 좋기 때문에 두바이에서 일하고 있는 많은 외국인들이 그곳에서 두바이로 출퇴근을 하는 위성도시 같은 역할을 하는 곳이다. 특히나 소득 수준이 높지 못한 인도나 파키스탄 사람들이 많이 기거하는 곳이었다.

우리나라로 말하면 서울 인근의 위성 도시들과 비슷한 역할을 하는 곳이다. 빌딩과 고급 차들이 즐비한 두바이와 달리 샤르자는 70~80년대 한국의 모습을 하고 있는 곳이라고 생각하면 맞을 것 같다. 딜을 따라 처음 갔던 그곳 이발소는 우리나라 시골의 70년대 이발소 모습과 거의 유사했다. 앉으면 뒤로 넘어가는 커다란 이발소 의자가 옆으로 길게 늘어서 있고 앞으로는 거울이 옆에는 머리를 감겨주는 수도가 놓인 풍경은 영락없이 예전 우리나라 시골 이발소였다.

주인 아저씨 역시도 시골 이발소 아저씨처럼 푸근한 인상을 한 그런 분이셨다. 하지만 그들에게 내 머리카락을 자르는 일은 그리 쉬운 일은 아닌 듯 보였다. 늘 곱슬머리인 자기나라 사람들 머리만 손질하던 그들에게 생머리인 내 머리카락을 자르는 일은 난이도가 높은 작업이었다.

주인 아저씨는 그 이발소의 가장 젊은 에이스 이발사에게 내 머리 손질을 맡겼다. 젊은 이발사는 제법 내 스타일을 계속 물어 가면서 이발을 했다. 길이를 더 자를까 그만 자를까 세심하게 묻고 또 물었다. 긴 시간의 이발을 마치고 완성된 머리 모양을 보니 맘에 들었다.

이발을 마치고 가격을 물었더니 딜은 이발 요금은 15디르함인데 팁 5디르함을 더해서 20디르함을 주면 될 것 같다고 했다. 결국 우리 돈으로 6천 원 조금 넘는 금액으로 팁까지 줄 수 있었다. 그 뒤로 나는 집에서 차로 20여 분 떨어진 샤르자 이발소의 단골 고객이 되었다.

주인 아저씨는 나만 가면 뭘 마시고 싶은지 물으며 짜이나 커피를 시켜 주고는 했다. 그들도 초기에는 내가 올 때마다 신기한 눈으로 나를 보았지만 나중에는 딜도 없이 혼자 그곳을 드나들면서 나도 그 이발소의 어엿한 단골손님이 되어 있었다.

또 다른 나의 단골 음식점은 북한 식당 옥류관이었다. 내가 두바이에 들어오고 나서 남북관계가 급격하게 더 경색되면서 북한 음식점의 출입을 자제해 달라는 외교부의 안내가 연일 이어졌다. 하지만 실향민 집안의 평양냉면 마니아인 나에게 옥류관은 거부할 수 없는 강력한 유혹이었다. 두바이에는 여러 곳에 북한 음식점이 있었다. 옥류관만 해도 두 곳이나 있었다. 내가 자주 가던 곳은 집에서 가까운 '데이라'라는 곳에 있는 옥류관이었다. 올드 두바이 지역이기는 하지만 공항에서 가까운 곳에 위치해 접근성이 좋은 곳이었다.

크기는 일반 중형 음식점 정도의 규모였지만 앞에는 무대도 있고 몇 개의 룸도 갖추고 있는 곳이었다. 처음에는 무엇이 맛있는지 몰라 냉면 말고도 이것저것 시켜서 먹어 보았다. 하지만 이후에는 먹어야 할 음식이 정리되었다. 무엇보다 나의 발길을 끄는 음식은 국수라고 부르는 평양냉면과 백김치였다.

백김치는 내 입맛에 너무 잘 맞아서 집에 오는 길에는 항상 포장을 해서 사다 놓고 먹기도 했다. 옥류관 백김치는 한식이 아닌 다른 서양 음식에도 곁들여 먹으면 잘 어울렸다. 햄버거를 먹을 때나 치킨을 먹을 때 셀러드 식으로 곁들여 먹으면 조화가 기가 막혔다.

평양냉면이야 더 이상 설명이 필요 없는 맛이지만 한국에서 자주 먹었던 의정부 평양냉면과는 다소 맛의 차이가 있었다. 처음 갔을 때는 다소 긴장해 종업원들과 말도 잘 나누지 못했지만 이후 자주 가게 되면서 친한 종업원도 생기고 나를 알아봐 주는 종업원도 여러 명 생기게 되었다.

이곳에 근무하는 여자 종업원들은 나름의 특징이 있었다. 대부분 뛰어난 미모의 젊은 여자들로 특히나 입담이 아주 좋았다. 나와 비슷한 연배의 남자 손님들이 농담을 걸어오면 어떤 농담에도 기가 막히게 말을 잘 받아 넘겼다. 가끔 실없는 농담을 던져도 여유롭게 말을 받아 넘기는 기술이 보통 수준이 아니었다. 생각해 보면 나와 비슷한 한국 남자들이라면 처음 만나는 북한 여성 동무들이 그저 신기해서 말이라도 한번 걸어 보려고 실없는 농담을 얼마나 많이 건넸을까 보지 않아도 알 수 있을 것 같았다. 따라서 그곳 여자 종업원 동무들은 남한 남자 동무들의 실없는 농담에는 이골이 나 있는 듯 보였다.

내가 옥류관을 찾는 날은 대부분 두 가지 이유가 있던 날이었다. 첫 번째는 유난히 더위가 심해 입맛이 없는 날. 더운 날씨에 온종일 손님들을 모시고 다니며 종일 떠들고 나면 입안이 마르고 입맛도 없어 점심을 거르는 날이 많았다. 이런 날은 그곳에서 시원한 평양냉면에 백김치를 곁들여 먹으면 더위가 한방에 날아가고 갈증도 사라지는 것 같았다.

두 번째는 아버지 생각이 많이 나는 날에도 나는 그곳을 찾았다. 두바이에 와서 몸도 마음도 분주해지면서 아버지에 대한 그리움이 조금은 줄어드는 것 같았다. 하지만 조금 시간이 남아 마음에 여유가 생기는 날이면 다시금 아버지에 대한 그리움이 슬며시 밀려들었다. 그런 날이면 집에서 20여 분 거리에 있는 옥류관으로 홀로 발길을 하고는 했다. 아버지에 대한 그리움을 담아 냉면 한 사발을 들이켜고 나면 막혔던 가슴이 뻥 뚫리는 것 같았다. 내게는 친숙한 북한 사투리조차 반갑게 느껴지는 두바이의 오아시스 옥류관이었다.

# 30일간의 행복

    손님을 기다리며 두바이 공항 입국장에 서 있으려면 참으로 다양한 풍경과 마주하게 된다. 비행기를 타고 두바이를 찾는 많은 사람들의 모습 속에서 나는 인종과 국가는 달라도 사람들 사는 모습은 모두 같다는 느낌을 자주 받고는 했다.

    두바이로 들어오는 인천발 비행기는 크게 두 가지로 구분된다. 두바이 국영 항공사 비행기는 매일 새벽 5시에 공항에 내리고 우리나라 국적 항공기는 매일 오후 6시에 공항에 내린다. 주로 오전 시티투어를 하는 신혼여행객들은 주로 두바이를 경유하는 경우가 대부분이라서 새벽에 도착하는 두바이 국적 항공기를 이용하는 경우가 많다. 하지만 패키지 여행객은 두바이를 목적지로 오는 분들이기 때문에 저녁에 도착하는 한국 국적 항공기를 주로 이용한다.

    두 손님을 맞는 방법은 새벽에 도착하는 신혼여행객들은 이미 도착해서 기다리고 있는 손님들을 내가 찾아가 픽업하는 형태이고, 저녁에 도착하는 패키지 여행객은 내가 공항으로 마중을 나가는 형태이다. 새벽 손님도 입국장을 나올 때 마중을 할 수도 있지만 그러면 시간이 너무 일러 갈 곳이 없기 때문에 약속 장소에서 조금 기다리라고 사전 공지를 하고 아침에 픽업을 해서 시티투어를 하게 된다. 그러나 오후 도착 패키지 손님은 도착과 함께 바로 픽업을 해야 하는 상황이라서 항상 공항에서 피켓을 들고 대기하며 손님을 맞는다. 그 모습은 우리가 해외여행을 가면 가장 흔히 볼 수 있는 공항 풍경이다. 비행기가 도착하는 시간은 대부분 정해져 있지만 약간의 변동은 늘 있다고 보아야 한다.

운이 좋은 날은 시간에 맞춰 나가서 30~40분 안에 손님들을 모두 만나는 날도 있지만 그렇지 못한 날은 1시간 넘게 기다려도 손님이 나오지 못하는 날도 많았다. 그래도 가능하면 나는 시간을 넉넉하게 남겨두고 공항에 나가는 편이었다. 내가 조금 기다려도 혹시라도 손님이 예상보다 일찍 입국장을 나올 경우 자신의 여행사 피켓이 없으면 당황할 수 있기 때문에 그럴 상황을 미연에 방지하는 차원에서 언제나 30분 이상 일찍 공항에 나가 손님을 기다렸다. 그러다 보니 보통 비행기가 도착을 하고도 입국 수속을 하고 입국장 밖으로 나오는 데 걸리는 시간이 30분 이상은 소요되기 때문에 평균 1시간 이상은 공항 입국장 입구를 지켜야 하는 일이 많았다.

그 1시간이 넘는 시간 동안 나는 그저 입국장 입구만 응시하고 있어야 했다. 그렇게 서 있다가 보면 입국하는 많은 사람들과 내 주변에서 그들을 기다리고 있는 사람들의 모습이 눈에 들어왔다.

세계 각국의 사람들이 각자의 사연을 들고 두바이를 찾고 있었다. 아랍 복장의 이곳 사람들이 가족과 눈물로 상봉하는 모습도, 꽃을 들고 기다리다가 뜨거운 키스를 나누는 외국 연인들의 모습도, 아빠를 발견하고 소리치며 달려오는 어린 아이의 모습도, 여행의 들뜬 마음으로 입국장을 들어서는 여행객의 모습까지. 피부색과 인종은 달라도 내가 늘 접하고 살았던 우리네 사람들이 사는 모습과 같은 풍경들이었다.

나는 손님을 기다리는 한 시간 내내 그 풍경들을 바라보며 늘 나의 가족을 떠올리고는 했다. 오랜만에 가족을 만나셨는지 반가움에 연신 자식들의 입을 맞추시며 눈물을 흘리시던 아랍 할머니의 모습에서, 발을 동동 구르며 아빠가 언제 오시냐고 엄마를 보채던 어린 아이가 아빠를 발견하고 소리치며 달려들어 품에 안기는 모습에서도 나의 아내와 아들의 모습이 투영되어 보였다.

내가 가족과 떨어져 지낸 지도 벌써 6개월이 넘어서고 있었다. 원래는 이번 달에는 휴가를 내고 한국에 가야 하는 시기였지만 나는 한국에 들어가지 않았다. 6개월에 한 번 휴가를 가는 것이 회사 방침이었지만 나는 회사에 부탁을 해서 아이가 방학을 하는 1월에 가족을 두바이로 올 수 있도록 했다.

두바이로 출국 전 한 달간 두바이에서 생활을 하기로 가족과 약속을 했었다. 나와 헤어져 반년 이상을 견디어 주었던 가족에 대한 작은 보상이었다. 휴가를 가면 2주 정도 가족과 있을 수 있지만 가족이 들어오면 한 달 정도를 함께 생활할 수 있어 그것도 좋았다. 가족이 두바이에 들어올 시기가 다가오자 나의 가족에 대한 그리움이 더욱 커져만 갔다. 특히나 6개월 넘게 만나지 못한 아들에 대한 그리움은 세상 그 무엇과도 비교할 수 없을 만큼 컸다.

공항에 나가는 길 이웃집 아이가 학교를 가려고 나서는 모습만 보아도, 거리에서 가족의 손을 잡고 외출에 나선 아이들 모습을 보아도 나는 한국에 있는 아들이 보고 싶어 힘들었다. 아들도 한 달이 지날 때마다 아빠 만날 시간이 몇 달 남았다는 메신저를 보내며 나와의 상봉을 손꼽아 기다리고 있었다. 한국과 두바이의 긴 기다림의 시간은 어느덧 가족이 만날 시간을 향해 조금씩 다가서고 있었다. 드디어 1월이 되고 아내와 아들이 두바이로 들어오는 날이 밝았다. 새벽 비행기로 도착하는 가족을 맞으러 이른 시간 아부다비 공항으로 달려갔다.

지난 밤 잠을 한숨도 자지 못하고 뜬눈으로 밤을 새우고 나서는 길이었다. 공항에 도착해 입국장 입구에 자리를 잡고 가족을 기다렸다. 지난 6개월 동안 입국장을 지키던 그 어느 때보다 행복한 기다림의 시간이었다. 한국 사람들이 하나 둘 입국장에 모습을 보이고 입국장 자동문이 열리며 저 멀리 아들의 모습이 눈에 들어왔다. 몸을 움직여 다가서

기도 전부터 눈물이 터져 나왔다. 나는 입국장 한가운데 서서 아들과 아내를 끌어안고 그렇게 한참을 울었다. 보지 못한 6개월 사이 아들은 부쩍 자라서 큰 아이의 모습을 하고 있었다.

나는 그저 내가 없는 한국에서 건강하게 잘 견디어 준 가족이 고맙고 대견했다. 지난 10년간은 아버지를 돌보느라 아빠 노릇도 제대로 하지 못하고 살았는데 아버지가 떠나시고 난 후에도 다시금 생계를 핑계로 이렇게 떨어져 살아야 했던 못난 가장은 그렇게 한참을 울기만 해야 했다. 그리고 한 달 나는 가족을 위해 그동안 내가 두바이를 다니며 상상하고 떠올렸던 그 모든 것들을 해주고 싶었다.

손님을 모시고 다니며 늘 가족과 오고 싶었던 곳들도, 음식을 먹으며 아들에게 꼭 먹이고 싶어했던 음식도, 아들이 좋아할 두바이의 많은 놀이 시설도 모두 가족과 함께하고 싶었다. 겨울 방학 기간은 여행객이 몰리는 성수기이기는 하다. 특히나 더위가 물러간 두바이는 여행을 하기에 가장 좋은 시기이기도 했다. 그래도 나는 시간이 없으면 만들고 쪼개서라도 최대한 가족과 시간을 같이하려고 노력했다. 아들이 좋아하는 놀이동산에도 가고 늘 바라만 보던 JBR 해변에서 가족과 수영도 했다. 꿈같던 가족과의 한 달은 그렇게 빠르게 지나갔다. 설 명절 나는 두바이에서 아내가 끓여주는 떡국을 먹으며 명절을 보냈다.

지난 추석 홀로 명절을 맞으며 그리워했던 가족과의 설은 내게는 특별하고 행복한 명절이었다. 실향민 집안에서 경험하지 못했던 한국의 명절 귀향길에 대한 이해가 피부로 와 닿는 순간이었다. 왜 명절 때마다 그렇게 긴 정체에도 고향을 찾는지 알 것 같았다.

갈 곳이 없던 실향민 가족인 우리는 알 수 없었던 가족이 모이는 따뜻한 명절을 한국이 아닌 두바이에서 느껴보는 특별한 경험이었다. 가족은 그간 나의 두바이 친구들도 많이 만났다. 아내도 아들도 아빠와 친한 두바이의 사람들을 보면서 마냥 신기하고 놀라워했다.

가깝게는 이웃집 아랍 아이들부터 멀게는 내가 다니며 친하게 지냈던 여러 사람들. 심지어 두바이 국왕 왕궁의 정원 청소부까지 나를 반기는 곳곳의 사람들의 모습에서 아들은 아빠의 다른 모습을 보는 듯했다. 나는 그동안 두바이에서 가족에게 아들에게 자랑스러운 아버지로 남편으로 살기 위해 노력하고 발버둥쳤다.

비록 가족과 함께 살며 정을 나누지는 못하지만 먼 이국땅에서 내 가족의 행복을 위해서 나 자신을 내려놓고 살아온 지난 시간이었다. 그렇게 가족과 지낸 한 달간의 두바이 생활은 그런 나의 노력에 대한 작은 보상이었다.

어디를 가도 내 가족을 반갑게 반겨주는 두바이 지인들의 모습은 나의 지난 힘들었던 시간들을 잊기에 충분했다. 그렇게 아내와 아들은 나에게 다시금 두바이에서 긴 시간을 보낼 수 있는 힘과 용기를 남겨주고 서울로 돌아갔다.

# 아민과 사파리

    가족이 돌아가고 두바이에는 일 년 중 단 한 달 있는 우기가 찾아왔다. 올해 우기는 다른 해에 비해 조금은 길고 비도 자주 내렸다. 평상시 두바이의 우기는 3월을 전후로 우리로 치자면 가랑비 수준의 비가 몇 번 내리는 것이 전부였다고 한다. 하지만 내가 두바이에서 처음 맞았던 우기는 2~3일씩 여러 차례 한 달을 장마처럼 비가 내렸다.

    평소 비가 내리지 않는 두바이는 예상보다 비가 많이 내리면 도시에 난리가 난다. 평소 우기라고 해봐야 땅이 젖는 수준의 비가 뿌리던 곳이다 보니 배수 시설이 부족하다는 취약점을 가지고 있다. 그런데 바닥에 물이 고일 정도의 비가 내리면 도시 곳곳의 도로는 우리나라 장마철에나 볼 수 있는 수로로 변하게 된다.

    가랑비 수준의 비가 이틀 동안 내렸던 3월의 어느 날, 결국 우리 집 앞마당에도 물이 고여 징검다리를 만들어 드나들어야 하는 지경에 이르렀다. 길거리 곳곳에는 물이 고여 차가 마치 물속을 달리는 듯 차가 지날 때마다 물보라가 치는 진풍경이 펼쳐지고 있었다.

    비가 내리면 가장 먼저 살펴야 하는 일은 손님들이 두바이를 찾으면 대부분 가게 되는 사막 사파리이다. 사막에서 진행되는 투어인 만큼 아무래도 비가 오면 투어 운영에 여러 가지 애로사항이 생기기 때문이었다.

    '사막 사파리'라고 하면 놀이동산에 사파리나 낙타를 타고 사막을 횡단하는 그림을 상상하고 두바이를 찾는 사람도 많다. 여행을 많이 다니셨던 분들 중에는 다른 나라 사막에서 버기카 형태의 오픈카를 타고 사막을 달렸던 경우를 떠올리기도 한다. 하지만 두바이의 사막사파리는 차량을 이용해 사막을 달리는 투어이다.

두바이 외곽의 사막 언덕을 SUV 차량을 타고 달려보는 체험이다. 사막의 나라에 왔다고 화보에서 보던 사막 풍경을 기대하고 두바이에 왔지만 종일 빌딩 숲만 보고 다녔던 손님들에게는 진정한 중동의 사막을 만날 수 있는 좋은 기회가 사막 사파리이다.

대부분의 패키지 손님들은 사막 사파리가 포함되어 있지만 스톱 오버로 1박2일의 짧은 시간을 두바이에 머무는 손님들은 옵션 상품 중 하나로 사파리를 선택하는 경우도 있다. 그럴 때면 나는 여러 옵션 상품 중에 사막 사파리 상품을 추천한다. 가격 대비 내용도 알차고 두바이에 왔으면 한 번쯤 경험하고 가야 할 필수 투어 코스이기 때문이다.

하지만 이럴 경우 분수 쇼를 관람하는 야경 투어와 사막 사파리 중에서 하나를 선택해야 하는 경우가 생기기 때문에 결정에 어려움을 겪는 손님들도 많다. 체류 시간은 짧고 하고 싶은 일은 많아서 생기는 고민이다. 사막 사파리는 오후에 사막으로 출발해 '듄 베이싱'이라고 하는 차로 사막을 달리는 체험을 한다. 듄 베이싱이 끝나면 유네스코 문화유산에 등재될 만큼 아름다운 두바이 사막의 일몰을 감상한 후 '배두인'이라 불리는 두바이 사막 원주민들의 캠프에서 그들의 식사와 공연을 체험하는 코스로 구성되어 있다.

듄 베이싱의 짜릿함과 두바이 사막 일몰의 낭만과 배두인 캠프의 이색 체험이 공존하는 다채로운 구성이 사막 사파리의 매력이다. 이 사막 사파리를 주관하는 사람은 나의 두바이 첫 친구 아민이다. 아민은 사막 사파리 업체의 사장이다. 자신이 직접 차를 몰고 사파리를 운영하기도 하지만 그는 여러 명의 사막 사파리 전문 드라이버를 거느리고 있는 회사의 대표이다. 모래 사막을 차로 달려야 하는 사파리 전문 드라이버는 별도의 라이선스를 취득해야 할 수 있는 전문 직종이기도 하다.

아민을 처음 만난 것은 내가 처음 두바이를 찾았던 무렵이었다. 관광 삼아 사막 사파리나 다녀오라는 지인의 권유로 홀로 사막을 가게 되었다. 그날 나의 첫 사막 사파리를 안내한 드라이버가 바로 아민이었다. 다른 손님을 몇 명 태우고 아민은 나를 태우러 왔다.

당시에는 두바이에 온 지도 얼마 되지 않은 시기였고 관광객 모드로 이리저리 구경을 다니던 때라서 사막 사파리가 어떤 프로그램인지 전혀 알지 못하고 나는 아민의 차에 올랐다.

그저 재미있으니 차에 타고만 있으면 아민이 알아서 다 해줄 거라는 지인의 말만 철석같이 믿고 있었다. 하지만 아민이 너를 위해 신경 써서 모시고 왔다는 그 아름다운 외국 여성 앞에서 나는 체면을 구기고 말았다. 사실 사막의 모래 언덕을 차로 달리는 듄 베이싱은 상당히 스릴 넘치는 체험이다. 하지만 일반적으로 관광객들이 느끼는 체감은 놀이 동산의 놀이기구를 타는 수준이거나 그보다 약할 수도 있다.

물론 그 체감의 정도는 각 사람마다 다를 수 있기 때문에 같은 차를 타고 체험을 해도 소감은 다를 수 있다. 하지만 분명한 한 가지는 차를 모는 드라이버의 기량에 따라 난이도의 차이는 확실히 드러난다는 사실이다. 같은 모래 언덕을 차로 넘어 가더라도 어떤 속도로 얼마나 경사면에 붙어서 얼마만큼 드리프트를 하느냐에 따라서 차 안의 손님이 느끼는 감흥은 크게 달라질 수 있다. 그렇게 본다면 아민은 가장 최고의 기량을 가진 사막 드라이버이자 사장이었다. 나의 첫 경험을 위한 드라이버로 아민의 듄 베이싱 실력은 난이도가 너무 높았다.

그의 운전 실력은 정말 차 안에서 잠시 동안 천당과 지옥을 동시에 맛보는 경험을 선사해 준다. 그날 나는 두바이에서 가장 짜릿한 사막 사파리를 경험했다. 내게는 강렬했던 그날의 인상은 아민이 선사한 짜릿함 말고도 더 있었다.

그것은 친구 아민의 모습이었다. 그는 그날 이후 나의 두바이 첫 친구가 되었다. 아민은 오만에서 대학 교수를 하는 아내를 따라 오만 국적을 가지고 있었지만 그는 두바이에서 태어나고 자란 두바이 토박이었다. 그는 우리나라에서도 얼굴을 알린 유명 인사이기도 하다.

방송 프로그램을 찍으러 왔던 꽃할배들을 모시고 사막에 갔던 사람이 바로 아민이었다. 그는 결국 나도 출연해 보지 못했던 한국 예능에 당당히 얼굴을 내밀었던 유명인이다. 그의 매력은 한국 사람들을 대하는 태도에서 가장 먼저 드러난다. 특유의 친밀함을 무기로 한국어 두세 단어로 그 많은 한국 손님을 가이드도 없이 사막에 데리고 갔다 온다.

팀이 많은 대형 단체의 경우 가이드가 사막을 갈 때 동행하는 경우도 있지만 대부분의 사막 사파리는 가이드가 동행하지 않는 투어 코스였다. 6명 단위 차량 별로 팀을 이루어 진행하기 때문에 가이드가 따라간다고 하더라도 실질적으로 손님을 이끌어 나가는 사람은 각 차량의 드라이버들이다.

그러다 보니 사전에 안내가 되었음에도 불구하고 손님들은 가이드 없이 떠나는 사막 사파리에 대해 불안감을 표출하는 경우도 있다. 한국말도 못하는 드라이버를 따라 어떻게 반나절 이상을 다닐 수 있냐고 항변하시는 분도 많았기 때문이다. 하지만 나는 이럴 때면 손님들이 안심할 수 있도록 사막 사파리에 관해 자세한 설명을 들려준다.

"네, 그렇습니다. 드라이버는 한국어를 하지 못합니다."

"하지만 제가 한국어를 한마디 가르쳐 놓았으니 안심하셔도 됩니다."

"괜찮아요 하나면 모든 대화가 가능합니다."

"괜찮아요~ 길게 말하면 빨리 오라는 뜻입니다."

"괜찮아요! 짧게 말하면 차에 타라는 뜻입니다."

"괜찮아요. 평범하게 물으면 진짜 괜찮은지 묻는 겁니다."

손님들은 설마 하는 생각으로 나의 설명을 웃음으로 넘겨 버린다. 그리고 잠시 후 아민이 드라이버들과 함께 등장을 한다. 아민이 등장하고 5분 만에 사파리를 떠나려던 현장은 웃음바다로 변해 버린다.

"괜찮아요. 괜찮아요! 괜찮아요~"

정말로 아민이 나의 우스갯소리를 현실화하며 손님들에게 특유의 친밀감으로 다가선다. 넉살 좋은 동네 아저씨의 모습을 하고 말은 통하지 않아도 어떤 대화도 요구도 가능할 것 같은 안도감을 손님들에게 심어준다.

사막은 두바이 시내에서 1시간가량을 달려가야 한다. 물론 도심 끝자락 어디를 가도 모래 바람 날리는 사막이지만 사파리를 진행 할 사막은 두바이에서 조금 떨어진 곳에 위치해 있다. 그곳은 도심 주변의 흰 모래 사막이 아니라 우리가 화보나 광고에서 보았던 붉은색의 사막이 펼쳐져 있는 곳이다.

아민은 그 시간 동안에도 손님들에게 쉼 없이 즐거움을 주고 중간의 휴게소에서는 시원하게 생수도 한 병씩 돌리며 선심을 쓴다. 아민과 함께하는 사막 사파리는 한국 손님에게는 언어와 피부색만 다른 동네 삼촌과 떠나는 동네 마실 수준의 투어였다. 그렇게 아민은 언제나 내게 손님들을 태워 보내도 안도감을 갖게 해주는 좋은 친구였다. 하지만 아민은 막상 사막에 도착하면 드라이버 사이에서는 카리스마 넘치는 리더의 모습을 보여주는 영락없는 사장이었다.

가끔 차량이 깊은 골짜기를 치고 오르다가 탄력을 받지 못해 언덕을 넘어가지 못하는 일이 발생하기도 한다. 물론 차량은 사막에서 뒤집어진다고 해도 손님이 안전할 수 있도록 별도의 프레임을 차량 안에 갖추고 있다. 그럴 때에는 아민이 리더로서 그 본 모습을 보여준다.

카리스마 넘치는 모습으로 다른 드라이버들을 지휘하고 다른 드라이버들이 오르지 못하는 언덕이 있을 경우에는 자신이 내려 직접 그 차를 몰아 언덕 위로 올려 주기도 한다. 그런 아민의 모습을 지켜보는 손님들은 "와~." 하는 함성을 지르며 다시 한번 그의 모습에 찬사를 보내기도 한다.

아민의 훈남 남동생도 사파리 드라이버를 함께 하고 있었다. 멀리서 보면 마치 레알 마드리드의 호날두를 연상시키는 멋진 외모를 지닌 젊은 친구였다. 아민이 바쁜 날에는 동생 후세인이 손님들을 픽업하러 오기도 했다. 여러 대의 차량이 움직여야 하는 경우 반드시 리더가 와서 손님들의 탑승부터 투어의 전반적인 진행을 챙겼다. 후세인은 형을 대신해 이 역할을 자주 해 주었다. 그런데 이 친구가 한국 손님들을 자주 모시기 시작하면서 한국 손님들에게 한국말을 자꾸 배우기 시작했다. 이 녀석이 배운 한국말이라는 것이 손님들이 농담이나 장난을 치는 중에 학습한 말이다 보니 일상생활에 응용하기엔 곤란한 경우도 많았다.

"아임 총각! 총각! 투데이 와이 노 아가씨! 와이 올 아줌마?"

이런 후세인의 푸념 섞인 농담에도 손님들은 즐거워하며 웃음으로 넘겨 주었다. 이렇게 손님과 사파리 드라이버들 사이에 국적 불명의 대화는 손님들을 안심시키고 여행의 즐거움을 더해주는 활력소가 되었다.

그런데 아민은 치명적인 약점이 있었다. 그 약점은 우리나라 사람과 두바이 사람 간의 문화적 차이에서 오는 업무적인 느슨함이었다. 아민과 회사 간 서류상으로 주고받을 일이 생기면 그 차이는 더욱 또렷하게 드러났다. 지난주까지 만들어 주기로 했던 서류가 한주가 지나도록 도착을 하지 않자 회사에서는 아민에게 여러 번 전화를 해 독촉을 하기에 이르렀다. 여러 번 전화로 독촉을 했지만 아민은 곧 보내겠다는 대답을 하면서도 서류는 도착을 하지 않고 있었다. 독촉을 당할 때마다 아민이 하는 대답은 한결 같았다.

"인샬라~."

그의 대답을 들으면 그가 바빠서 서류를 늦게 보내는 것도 모두 '신의 뜻이다'라는 의미가 된다. 하지만 아민의 인샬라는 일주일째 계속된 대답이다. 정작 바쁜 것은 자신이고 서류가 필요해 일주일째 속이 타는 사람은 거래처 사장인데, 이 모든 상황이 그에게는 모두 '인샬라' '신의 뜻이라면' 뭐 그런 의미이다. 그러고 보니 이곳 사람들의 사고방식 중에 '인샬라'가 차지하는 비율은 상당히 큰 듯 보였다. 그들은 모든 상황이 '인샬라'이다. 차가 늦게 오는 것도 신의 뜻이요, 서류가 늦는 것도 신의 뜻이니, 잘되는 일도 신의 뜻이고 잘 안 되는 일도 신의 뜻이다.

돌이켜 생각해 보면 긍정적인 사고를 만드는 좋은 발상인 듯 보이기도 했다. 모든 일들의 원인을 찾고 원망할 대상을 찾기보다는 그저 신의 뜻이라면 오롯이 지금의 현실을 받아들이고 살겠다는 종교적으로 커다란 울림이 있는 생각의 발로였다.

하지만 그토록 그들의 삶에 깊이 스며 있는 종교적 사고방식도 한국 사람과 비즈니스를 하는 아민에게는 무용지물이었다. 성격 급한 한국 사람과의 비즈니스에서 늦어도 신의 뜻, 잘 안 되어도 신의 뜻이라면 어느 한국 사람이 받아들이겠는가? 사람 좋고 언제나 푸근한 아민도 이런 한국 사람과의 비즈니스에서는 그가 입에 달고 살던 '인샬라'를 버려야 하는 순간이 많아졌다.

결국 언제부터인가 "괜찮아요" 한 마디로 모든 대화를 했던 아민의 입에서 새로운 단어가 나오기 시작했다.

"빨리 빨리."

그 후 그는 한국 손님을 만나면 자연스럽게 한국말을 구사했다.

"일루와요, 빨리빨리."

"괜찮아요, 빨리빨리."

인샬라 하나면 모든 것이 정리되었던 두바이 나의 첫 친구 아민은 이제 반은 한국 사람이 되어 온 종일 빨리 빨리를 외치며 한국 손님들을 이끌고 사막을 내달리고 있었다.

# 두바이 친구들

아민이 나의 두바이 첫 친구였다고 한다면 이후 나에게는 새로운 두 바이 친구들이 여러 명 생겨났다. 나와 각별했던 친구 중에는 아민을 제외하면 두바이 사람은 별로 없는 편이다.

두바이의 인구는 200만 명가량 된다고 한다. 하지만 그 인구 중 우리 가 속칭 '로컬'이라고 부르는 두바이 원주민은 10% 조금 넘는다고 한다. 그러니 나머지 80%가 넘는 사람들은 모두 외국에서 왔다고 보면 된다.

로컬들을 대신해 일을 하러 온 외국인. 쉽게 말하자면 두바이 로컬들 을 대신해 마트에서 종업원도 하고, 식당에서 음식도 나르고, 은행에서 업무도 하고, 거리 청소도 하고, 하물며 공무원도 경찰도 군인도 모두 외국인들이 하고 있다. 두바이에서 원주민 로컬은 한마디로 표현하자면 주인님이다. 그 땅의 주인이자 그 건물의 주인이기도 하고 그 영업장의 주인이기도 하다.

그래서 주인은 월세나 받으면서 더위를 피해 시원한 곳에서 쉬고 있 고, 그들이 필요한 곳에서는 모두 외국인들이 그들을 대신해 일을 하 고 있는 곳이 바로 두바이가 아닐까 싶다. 물론 쉽게 설명을 하자면 그 렇다는 이야기이다. 모든 두바이 로컬이 놀고 먹는 것은 아니다. 하지만 내가 움직이는 생활 반경에서는 일을 하는 로컬을 만나기는 쉬운 일이 아니다. 따라서 내 눈에 보이는 두바이는 10%의 로컬이 90%의 외국인 을 부리며 사는 도시처럼 보였다.

그러다 보니 내가 외부를 다니며 마주치는 사람들은 10명을 만나면 10명 모두 외국인이다. 로컬은 그저 두바이 몰에 쇼핑 나온 모습을 구경하는 것이 전부였다. 그 중 내가 가장 자주 만나는 외국인은 내가 손님을 모시고 다니는 동선에 있는 사람들이다.

나와 같은 가이드 일을 하는 인도에서 온 스네하, 쑥크 마리낫드에서 모래로 유리병 공예를 해주는 사장, 손님을 자주 모시고 가는 버즈 알 아랍 인근 사진 포인트의 필리핀 출신 커피숍 매니저, 손님들이 식사를 하는 레스토랑 사장과 매니저들. 그들 모두는 나처럼 외국에서 두바이로 돈을 벌려고 온 이방인들이었다.

각자 국적도 다르고 나이도 다르고 피부색도 다르지만 나를 포함한 우리 모두의 공통점은 머나먼 이국땅에서 타향살이를 하고 있다는 점이다. 우리는 서로에게 이곳의 로컬들처럼 주인 행세를 할 일도 없고 텃세를 부릴 일도 없었다.

일을 하며 오고 가다가 안면을 트고 인사를 나누며 친해진 사이 이지만 이후 우리는 어려운 타지 생활에 서로 마음을 나누는 가까운 사이가 되었다.

스네하는 영어로 가이드를 하는 영어 가이드였다. 그녀는 출신은 인도이지만 특이하게 크리스천이었다. 그녀는 한국어는 전혀 하지 못했지만 나와는 영어로 언제나 많은 대화를 나누고 친 오누이처럼 지내는 사이였다. 물론 대화의 영어 수준은 언제나 내 수준에 맞춰 이루어졌다. 명사와 동사로만.

천성이 착하고 온순한 까닭에 회사 사람들도 그녀와 일하는 것을 좋아했었다. 영어 가이드가 추가로 필요한 날은 직원들이 서로 스네하와 일을 하겠다고 경쟁할 정도로 회사 내에서도 인기가 높았다. 회사에서의 인기는 그녀가 젊고 곱상한 외모를 지니고 있기 때문만은 아니었다.

여자 직원들도 서로 그녀와 함께 일하고 싶어 경쟁을 할 정도로 회사 내에서 그녀의 위상은 높았다. 그녀의 가장 큰 인기 비결은 그녀가 가진 고운 성품과 배려심 때문이었다. 나는 가끔 그녀와 함께 일을 할 경우가 생기면 나이 어린 스네하의 밥값을 내가 대신 내주기도 했었다.

오빠가 동생 밥을 사주는 일은 우리 정서로는 이상할 일이 아니었지만 천성이 착한 스네하는 극구 내가 자신의 밥값 내는 일을 마다했다. 그녀는 잘 알고 있었다. 가이드 하루 인건비로 외식비 비싼 두바이에서 밥값을 내는 일은 큰 부담이라는 사실을. 실제로 스네하는 일이 아니면 두바이에서 외식은 절대 하지 않고 언제나 식사는 집에서 만들어 먹는다고 했다. 스네하는 올드 두바이의 두바이 뮤즈엄 인근에 살고 있었다.

어느 날 나는 스네하가 살고 있는 집 인근의 레스토랑을 추천해 달라는 부탁을 한 적이 있다. 하지만 그녀의 입에서 의외의 대답이 돌아왔다. 아는 레스토랑이 없다는 대답이었다. 아니 집 인근의 비싼 레스토랑 말고 내가 좋아하는 인도 파키스탄 음식점을 알려 달라는 것이라고 재차 설명을 했지만 자신은 아는 곳이 없다고만 했다. 자신은 집 인근에서 외식을 한 적이 단 한 번도 없다는 대답이었다. 늘 집에서 음식을 만들어 먹기 때문에 외식을 할 일이 없다고 했다.

두바이 생활을 그렇게 오래했는데 단 한 번도 외식을 한 적이 없다는 스네하의 대답에 나는 놀라고 말았다. 그렇게 알뜰한 성격의 스네하에게 아무리 일 때문이라고는 하지만 자신의 밥값을 내가 대신 내주는 일은 몹시 부담스러웠던 모양이었다. 그 후 그녀는 일로 만나 식사를 할 경우 자신은 금식 기간이라 물 종류만 먹을 수 있다며 커피만 마시고 식사는 하지 않았다.

그 금식이 크리스천이던 그녀에게 기독교식 금식인지 인도 힌두교식 금식인지 알 수 없었지만 나는 왠지 내게 밥값 부담을 덜어 주려고 그녀가 하는 이야기가 아닌가 하는 생각이 들었다. 왜냐하면 그녀의 금식은 내가 상상하는 기간보다 더 길게 이어지고 있었기 때문이었다. 그렇게 착한 스네하는 영어도 짧고 나이도 많은 나를 친오빠처럼 따르며 일에 많은 도움을 주었었다. 두바이 가이드로 알아야 할 여러 가지 사항들을 가이드 선배로서 아낌없이 가르쳐 주고 일에 관한 노하우도 다수 전수해 주었다. 내 영어 실력이 더 월등했으면 더 많은 노하우를 전수받을 수 있었는데 아쉬움이 남는 대목이기도 하다.

쑥크 마리낫드의 유리병 공예 가게 사장은 정확한 국적은 알지 못하지만 두바이 로컬은 아니고 인근 아랍국가 출신이었다. 나이는 그렇게 많지는 않았지만 이미 앞머리가 많이 빠져 버려서 아저씨 같은 푸근한 인상을 가진 친구였다. 그 친구의 가게는 작은 유리병에 색색의 모래를 부어 그림을 만들어 주는 모래 수공예품 가게였다.

이미 한국의 여러 프로그램에 소개되어 아는 사람은 다 안다는 유명한 곳이었다. 해서 쑥크 마리낫드를 찾는 손님들은 언제나 한 번은 들르는 명소로 자리잡고 있었다. 하지만 문제는 작은 유리병에 모래를 부어 만드는 그의 상품은 그 가격이 만만치 않았다.

몇만 원 이상 큰 금액을 주어야 가장 작은 병의 작품을 구입할 수 있지만 병의 크기가 조금만 커지면 가격은 더 올라갔다. 하지만 신기하게 그 유리병에 한글로 이름이나 글자도 새겨 주고 자신이 원하는 스타일로 그림도 즉석에서 만들어 주니 한국 손님들에게는 인기가 높았다. 나는 항상 손님들을 모시고 그 집을 찾았다.

그는 어디서 배웠는지는 모르지만 어설픈 한국어로 내가 데려간 손님들에게 즐거움을 선사했다. 내가 손님을 데리고 가게를 찾으면 그는 손님들을 주변에 둘러서게 하고는 빈 유리병에 모래 공예를 하는 모습을 잠시 시연해 보였다. 그리고 그 모습을 자유롭게 사진도 찍게 해 주었다.

"낙타 만들어. 낙타 다리 만들어. 낙타 머리 만들어."

그가 할 수 있는 한국어는 이게 전부였다. 모래를 부어 순식간에 유리병에 낙타 모양이 나타나게 하는 그의 공예 실력은 손님들의 감탄을 자아내기에 충분했다. 거기에 어설픈 한국어 설명은 손님들을 즐겁게 해 주었다. 하지만 막상 구입을 하려고 하면 높은 가격으로 인해 잠시 망설이는 손님들도 많았다. 그럴 때면 나는 언제나 그에게 디스카운트를 요구했다.

눈치가 빠른 그 친구는 금액이 크든 작든 내가 요구하는 금액에 흥정을 맞춰 주었다. 사실은 관광지에서 상점에 손님을 모시고 가면 가이드에게 리베이트를 조금씩 돌려주는 것은 세계 어느 곳이나 있는 룰이다. 아마도 모래 공예 가게에도 그런 룰이 있었던 모양이었다.

초기에 내가 자주 손님을 모시고 자신의 가게를 찾았더니 그 친구가 내게 리베이트 이야기를 꺼냈다. 영어가 짧은 나는 처음에는 무슨 이야기인지 이해를 못하고 있었는데 잘 들어보니 그런 이야기였다. 나는 그의 제안을 단호하게 거절했다. 만약 내가 그 친구에게 리베이트를 받는다면 나도 모르는 사이에 손님들에게 구입을 강요하게 될 것 같아서였다. 리베이트를 받지 않는 대신에 두 가지를 그 친구에게 부탁했다.

첫 번째는 내 손님은 언제나 디스카운트를 해줄 것. 두 번째는 내가 손님을 모시고 가면 아무리 바쁘더라도 꼭 모래 공예 시연을 보여줄 것. 그 친구는 내가 두바이에 있는 내내 그 약속을 지키며 내 손님들에게 즐거움을 선사했다.

얼마 전에는 집에 다니러 갔다는 그 친구가 한 달이 넘도록 나타나지 않아 무슨 일이 생겼나 걱정을 했었다. 하지만 거의 한 달 반이 지나 나타난 그를 보고 나는 웃음이 터지고 말았다. 고향에 돌아가 그의 가장 큰 약점이었던 부족한 앞머리 부분에 머리카락을 심고 나타난 것이었다. 궁금한 마음에 이유를 물었다. 그의 대답을 듣고 나는 한 번 더 놀라고 말았다. 장가를 가고 싶어서 그랬다는 대답이 돌아왔다. 총각이었어? 그렇게 자주 그 친구의 얼굴을 마주하고 지냈지만 나는 단 한 번도 그 친구가 총각일 거라는 생각을 하지 못했었다.

때마침 두바이를 찾은 가족과 가게를 찾았다. 내 아내를 보자 그 친구는 정말 진지한 표정을 지으며 간곡한 부탁을 하기 시작했다. 연애할 애인은 필요 없으니 반드시 결혼할 여자를 소개해 달라고 아내를 붙잡고 통사정을 했다. 성격도 온순하며 착하고 공에 가게도 두바이에 3개나 가지고 있어 경제력도 뒷받침이 되는 좋은 신랑감이었다. 단지 가장 큰 약점이었던 앞머리 부분도 모발이식을 통해 극복했으니 이제 잘 되는 일만 남았는데 아내가 소개하지 못한 그의 신붓감은 그 후로도 오래도록 나타나지 않고 있었다. 한국 손님을 자주 데리고 갔더니 부쩍 한국 여자에 대한 관심이 높아 꼭 한국 여자를 소개해 달라던 그의 성화는 그 후로도 오랜 기간 내가 그 가게를 찾을 때마다 계속 이어졌다.

7성급 호텔이라 불리는 버즈 알 아랍 호텔은 예약을 하지 않고는 호텔 내부의 진입이 불가능한 곳이었다. 예전에는 입장료를 받고 구경을 하는 사람들도 호텔 로비까지는 입장을 허락했지만 많은 구경꾼들이 찾아와 호텔의 품위가 떨어진다는 지적에 그 후로는 투숙객과 레스토랑 예약 손님만 진입이 가능했다. 그러니 그 호텔을 배경으로 사진을 한번 찍어야 하는 손님들에게는 뷰가 좋은 인근 장소가 필요했다.

그중 비교적 사진이 가장 잘 나오는 장소가 쑥크 마리낫드의 코스타 커피숍 앞이었다. 우리나라에는 미국에서 온 별다방이 있지만 두바이에는 미국 출신의 별다방만큼 영국 출신의 코스타가 많이 있었다. 한국 사람들의 커피 사랑은 다른 외국 관광객과 비교해도 절대 뒤지지 않았다. 언제나 식사가 끝나면 없는 시간을 쪼개서라도 커피를 한잔 마실 시간을 만들어 주어야 했다. 그 장소로 가장 적당한 곳이 버즈 알 아랍 호텔 사진 포인트에 있던 코스타 커피숍이었다. 사진을 찍고 나면 시원한 아메리카노나 달달한 라떼를 한잔하고 싶어하는 손님이 많았다. 하지만 나이가 있으신 분들은 영어로 커피 주문을 하는 일이 쉽지만은 않았다.

그것도 한국에 없는 생소한 브랜드의 커피숍을 찾는 것은 다소 당황스러운 일인 듯 보였다. 그래서 나는 잠시 그곳에서 자유시간을 주고 커피를 원하는 손님들을 모시고 커피숍을 찾았다. 처음에는 손님들을 이끌고 들어가 카운터에 줄지어 서서 주문을 했었다. 하지만 주문은 나 혼자만 하면 되는데 손님이 줄을 서서 카운터 앞에 서 있는 모습은 손님에게도 매장 안 다른 손님들에게도 보기가 썩 좋지는 않았다. 한국 손님 몇 팀만 카운터 앞을 점령해도 그 커피숍은 업무 마비가 올 지경이 되고는 했다. 너는 뭐 마시고 싶니? 나는 뭐 마실까? 우리 손님들의 메뉴 고르는 소리로 커피숍 안은 순식간에 아수라장이 되어 버렸다.

예전부터 그곳에서 손님들에게 자유시간을 주고 나면 나 혼자 늘 그 커피숍에서 시간을 보냈었기 때문에 매니저를 비롯한 직원들은 나와 친분이 있었다. 나는 그들과의 친분을 무기로 특단의 조치를 감행했다. 아무리 영국에서 온 코스타 커피숍이라고 하더라도 나의 손님들에게는 80년대 한국 커피숍 버전으로 주문을 하게 만들어 주었다.

우선은 주문 카운터 앞에 줄지어 늘어서서 무엇을 먹을지 고민하고 상의하며 커피숍을 한바탕 들었다 놨던 손님들을 창밖으로 버즈 알 아랍 호텔이 한눈에 들어오는 좋은 자리에 모두 앉게 했다. 그리고 커피숍 직원들이 그들을 일일이 찾아와 주문을 받는 방식으로 변경을 한 것이다. 그렇게 했더니 아무리 많은 우리 손님들이 커피숍에 몰려들어도 주문을 위해 한바탕 난리가 났던 예전의 모습은 사라지고 조용하고 차분한 분위기로 커피를 주문하는 풍경이 연출되었다.

이런 풍경을 만들기까지 일등 공신은 그곳 코스타의 매니저를 맡고 있던 필리핀 친구였다. 나는 짧은 영어로 그녀에게 부탁을 했다. 여러 팀이 한번에 몰려드는 나의 손님들 특성상 우리 손님만큼은 자리에서 주문을 받아 달라고 했다. 그리고 한국어로 주문을 해도 알아들을 만큼 손님들의 주문 패턴을 직원들에게 알려 주었다.

공통적으로 손님들의 주문은 크게 쓴맛과 단맛 계열로 구분을 해서 대표 메뉴를 체크해 주고 그 안에서 추천을 하도록 했다. 손님들이 들어와 자리에 앉으면 직원들은 메뉴가 사진으로 나와 있는 것을 가지고 손님에게 다가간다. 긴 영어로 물어보면 가끔 당황해서 대답을 못하는 손님이 계실 수 있으니 최대한 한국어에 가깝게 순화된 발음으로 내가 일러 준 대표 메뉴를 가리키며 손님의 취향을 파악한다. 손님이 쓴맛 계열을 원하면 바로 아메리카노로 직행을 하고 단맛 계열을 원하면 몇 가지의 커피들을 소개한다.

계산도 카드로 하든 달러나 디르함 심지어 유로로 하더라도 자리에서 받고 거스름돈과 영수증까지 자리로 가져다주도록 했다. 나의 의도를 너무 잘 파악한 매니저는 직원들에게 우리 손님에 대한 교육을 철저히 해 놓았고, 우리 손님들은 코스타 커피숍에서 고급 호텔 로비 라운지의 대접을 받으며 여유를 즐기는 시간을 만끽했다.

또한 손님들이 가끔 내게도 커피를 사 주겠다고 했지만 매니저는 그럴 필요가 없다며 내 커피는 무료로 내어 주었다. 아무리 매니저라도 매장 커피를 함부로 내어 줄 수는 없는데 그녀는 돈을 내겠다는 나에게 항상 적립 카드를 들어 보였다. 내가 데려오는 손님들이 언제나 10명가량은 되기 때문에 적립 카드에 도장 10개는 자신이 알아서 찍을 예정이니 나는 알아서 그냥 무료로 커피를 마시면 된다고 했다.

설사 인원이 10명이 되지 않아 도장 10개를 찍지 못하는 날에도 커피는 계속 무료로 제공되었다. 그녀의 말로는 나의 손님 말고도 도장을 찍지 않고 커피를 사가는 손님이 엄청나게 많으니 그런 걱정은 넣어 두라고 했다. 30대 후반의 제법 나이도 있는 그녀는 나이만큼의 내공으로 말도 잘 통하지 않던 나와 환상의 호흡을 만들어냈다.

이 덕분에 손님들도 두바이 커피숍에서 외국 종업원에게 한국어로 주문을 하는 진풍경을 연출하며 즐거워했다. 이렇게 두바이의 새로운 내 친구들은 같은 이방인이라는 공통분모를 서로 이해하고 보듬으며 힘겨운 타향살이에 새로운 활력소를 불어넣고 있었다.

비록 말이 통하는 가족이나 이웃은 아니었지만 때로는 부족한 내 자신을 받쳐주는 든든한 친구로, 때로는 내 손님들에게 큰 즐거움을 선사해 주는 친근한 나의 동료로 내 곁을 지켜주었다.

# 오만 비자런

두바이에서 워킹 비자를 얻지 못하고 체류할 수 있는 기간은 40일이었다. 최초 30일이고 10일간은 유예 기간이 있고 연장 시 60일까지만 체류가 가능하다.

나도 이런 이유로 처음 두바이에 왔을 때 한 달가량만 체류하고 다시한국에 들어갔었다. 물론 워킹 비자를 취득하면 이런 문제는 사라진다. 하지만 워킹 비자를 신청하려면 우리 돈 100만 원 가까운 금액을 적립해야 한다. 그 적립금의 용도는 만약 내가 두바이에서 사고를 쳐서 추방을 당할 일이 생기면 그때 내가 타고 갈 귀국 비행기 요금이다.

워낙 외국인이 많은 두바이는 워킹 비자를 내어주면서 쫓아 낼 준비도 미리 해 두는 치밀한 면도 있었다. 하지만 워킹 비자를 취득하지 못할 경우 40일이 지나면 하루 단위로 페널티를 물게 된다.

하루 단위로 벌금이 부과되기 때문에 한 달이 지나면 100만 원 가까운 벌금이 쌓이는 일이 발생하게 된다. 따라서 체류 기간을 연장하기 위한 간단한 방법이 하나 있었다. 두바이와 멀지 않은 거리에 있는 오만에 다녀오는 일이다. 아랍에미레이트연합은 아부다비가 있는 위쪽으로는 사우디아라비아와 국경이 맞닿아 있고 아래로는 오만과 국경을 맞대고 있다.

사우디아라비아는 우리나라 사람들에게는 비자 발급이 쉽지 않아 육로로 국경을 넘어가기가 쉽지 않은 반면, 오만은 비자 없이도 육로를 이용한 입국이 용이하다. 두바이에서 승용차로 1시간 조금 넘는 시간만 달리면 오만 국경에 도착한다. 그렇게 육로를 통해 오만을 다녀오기만 하면 재입국이 인정되어 최장 40일 연장을 할 경우 60일까지도 체류가 가능해진다. 따라서 워킹 비자를 받지 못하고 두바이에서 일을 하는 사람들은 대부분 40일에 한 번 오만을 다녀온다. 이곳에서는 체류 연장을 위해 오만을 다녀오는 일을 '오만 비자 런'이라고 부른다. 조금은 번잡스러운 일이 될 것 같기도 하지만 워킹 비자를 얻지 못한 사람들에게는 두바이에서 체류 자체라도 합법적으로 하려는 일종의 방편이었다.

워킹 비자 없이 일을 하는 자체가 불법이지만 거기에 불법체류까지 기간이 늘어날 경우 눈덩이처럼 불어난 벌금을 감당할 방법이 없어 두바이에 갇히게 되어 국제 미아 신세로 전락하는 경우도 발생하게 된다. 따라서 벌금을 물지 않으려면 날짜를 잘 계산해 40일이 되기 전 오만 국경을 넘어갔다 와야 한다. 나도 워킹 비자가 나오기 전까지는 오만에 비자 런을 다녀왔었다.

처음에는 직원이 운전하는 차를 타고 직원이 나를 오만에 데리고 갔다 왔지만 비자 런이 필요 없는 직원이 매번 함께 갈 수 없기 때문에 이후에는 비자가 나오기 전까지 홀로 오만을 다녀왔다. 비자를 위해 가는 길이지만 오만으로 가는 길은 내게는 새로운 풍광을 마주하는 행복한 시간이었다. 두바이 사막의 도로는 대부분 직선으로 되어 있다. 넓은 사막에 만들어진 도로는 우리나라 고속도로처럼 산을 넘고 강을 돌아 길을 만들 필요가 없다. 그저 직선으로 길게 길을 만들어 연결하면 그만이다. 오만으로 향하는 길은 먼저 사막의 오아시스 '하타'로 가는 길이다. 하타는 오만 국경을 넘기 전에 만나는 마지막 마을이다. 두바이에서 하타를 가려면 직선 도로를 따라 사막 위를 끝없이 달려야 한다.

그렇게 모래 사막 위를 한참 달리다가 보면 주변의 풍경들이 조금씩 달라지기 시작한다. 모래만 가득했던 사막들이 조금 줄어들고 마치 아프리카 평원을 연상시키는 풍경이 시작된다. 물론 아프리카처럼 초지가 우거져 있는 그런 평원은 아니지만 넓은 평지 위에는 이름 모를 나무들이 나타나기 시작하고 사막과는 다른 모습이 펼쳐진다.

그리고 그 끝에는 병풍처럼 커다란 산이 평원을 가로막고 있다. 하지만 그 산은 우리가 상상하는 그런 산이 아니다. 산이라고 하면 나무가 있고 꽃들이 피어 있는 산을 연상하겠지만 이곳 사막의 산은 나무 한 그루 없이 돌덩이만 가득한 돌산이다. 하지만 그 나무 하나 없는 돌산의 모습은 그저 풍경으로 보기에는 신비롭고 이국적인 강렬한 인상을 지니고 있다. 사막의 끝을 막고 있던 그 돌산을 넘어서면 본격적인 산악 지대가 시작된다. 나무가 없는 점만 제외하면 마치 우리나라 강원도의 그 길들을 연상시키는 산길이 이어진다. 그렇게 산과 산 사이로 나 있는 길은 사막의 길들과는 다르게 예전 강원도의 고속도로처럼 이리 저리 휘어져 있다.

그렇게 산길을 한참 달리고 나면 오만으로 가는 마지막 국경 마을 하타가 나온다. 두바이의 국경도시 하타에는 평소 두바이에서 볼 수 없었던 것이 있다. 바로 물이다. 하타에는 커다란 댐이 있다. 물이 귀한 사막에서 그렇게 큰 물줄기를 보는 일이란 쉬운 일이 아니다. 이국적인 풍광의 산들과 그 강물을 보고 있으면 모래 바람이 가득했던 두바이에서 느끼지 못했던 새로운 감동이 밀려온다.

나는 하타에 가면 늘 그 국경 인근 마지막 마을에 들러 식사를 했다. 우리나라 시골 어느 마을처럼 허름한 분위기의 동네 식당이지만, 내게는 두바이의 고급 레스토랑보다 흥미롭고 매력적인 곳이었다. 그곳 주인과 손님들도 평소 보기 힘든 이방인의 방문에 다소 당황스러운 반응을 보이기도 하지만 자신들이 먹는 음식을 아무런 거부감 없이 잘 먹는 내 모습을 보며 신기해하기도 했다.

웬 동양 사람이 동네 주민들이 드나드는 평범한 식당에 들어서는 모습만으로도 놀라운 일인데 거침없이 자신들의 음식을 시키고 맛있게 먹어 치우는 모습은 그들이 아니라 우리가 그곳 주민이라도 충분히 놀라운 풍경인 것만은 사실인 것 같았다. 다만 차이라면 같은 음식을 시켜 나는 수저와 포크를 이용해 먹고 있고 그들은 맨손을 이용해 먹고 있다는 차이 정도였다.

아직도 그곳에는 밥을 손으로 뭉쳐 먹는 사람들이 많았다. 카레처럼 보이는 소스와 향 채소를 잘게 다져 넣은 요거트 소스를 밥에 부어 손가락으로 조물거리며 뭉쳐 먹었다. 우리나라 밥처럼 찰기가 없는 이곳 밥은 그렇게 소스와 요거트를 부어야 손가락으로 집어 먹을 만큼 겨우 뭉쳐지는 듯 보였다. 그 밥 위에는 대부분 구운 커다란 닭고기가 올려져 있거나 튀긴 생선 한 마리가 올라가 있다.

그 국경 인근 마을 식당은 닭고기도 맛있지만 생선이 올라간 생선 부리아니가 정말 맛있었다. 한산한 국경 마을 허름한 현지 식당에서의 나 홀로 저녁 식사는 낯선 땅에서의 긴장감과 이국적인 풍경이 어우러져 마치 홀로 여행 다큐라도 한편 찍고 있는 듯한 착각을 일으켰다. 하타에서 식사를 마치면 이제 본격적으로 국경을 넘어야 한다.

두 나라의 국경은 웅장한 돌산으로 둘러싸여 있었다. 먼저 두바이 국경을 통과해 출국 도장을 받고 다시 산악 지대를 잠시 달려 오만 국경에 도착한다. 오만에 들어서면 일단 전화기가 제일 먼저 반응을 한다. 한국 전화기에는 외교부의 문자가 날아온다. 두바이 전화기를 가지고 갈 때는 전화가 순간 먹통이 되어 버린다.

더 이상 서비스를 받을 수 없는 지역에 들어왔다는 의미였다. 다른 나라에 도착했다는 체감은 나 자신보다 전화기가 먼저 하고 있는 듯 보였다. 하지만 오만 비자 런은 딱 거기까지만 가면 끝이 났다.

오만 국경 입구에 있는 출입국사무소에서 입국 도장을 받으면 다시 두바이로 돌아가 40일을 지낼 수 있는 새로운 시간이 주어지는 것이다. 별다른 비자 서류나 입국 신청서도 필요하지 않았다. 그냥 여권만 내밀면 입국 심사를 하는 직원이 어디로 갈 예정인지 묻는다. 그럼 그냥 "고백 투 두바이"라는 대답만 하면 웃으며 입국 도장을 찍어준다. 물론 입국 도장과 아울러 출국 도장도 함께 찍어준다. 가끔 일부 직원은 "안녕하세요!"라고 한국어로 인사를 건네기도 한다. 비자 서류를 들고 입국 신고서를 쓰느라 분주한 다른 나라 사람들을 보며 높아진 우리나라의 위상을 한 번 더 느끼게 하는 계기가 되기도 했다. 그렇게 10여 분의 아쉬운 오만 방문을 마치면 다시 나는 두바이 국경을 넘는다.

두바이 국경을 넘기 전 나는 항상 하는 일이 하나 있었다. 오만의 국경 마지막 주유소에서 차에 유류를 가득 채우는 일이다. 두바이도 휘발유 가격이 리터 당 500원이 넘지 않는다. 우리나라의 휘발유 가격의 3분의 1 정도에 해당하는 금액이다. 하지만 오만 국경의 주유소는 그보다 더 싸다. 그래서 오만에 가면 꼭 차에 기름을 가득 채우고 오는 일이 습관이 되어 있었다. 국경 지대라 그런지 주유소 계산도 두바이 디르함으로 가능했다. 환율 차이가 10배 단위라 계산도 쉬웠다. 주유를 마치고 국경을 넘으면 다시 두바이 입국 사무소에 들어가 입국 도장을 받는다. 이곳 입국 심사도 매우 간단하다. 여권만 내면 한 가지만 물어본다.

"차 가져 왔니?"

"일행이 몇 명이니?"

이유는 입국 도장을 받고 두바이로 들어서면 잠시 차량 검문을 하는데 그때 제출할 작은 확인증 같은 것을 주려고 물어보는 것이다. 테러 위험이 많았던 시기라 차량 검사는 그나마 조금 세심하게 진행되었다. 차량 트렁크도 열어 안쪽까지 살피고 차의 아래 부분까지 고루 살폈다. 하지만 한국 사람의 차는 그렇게까지 철저하게 살피지는 않았다.

그들의 눈에도 우리는 테러와는 무관한 사람들처럼 보이는 모양이었다. 그렇게 두바이에서 입국 심사를 받고 다시 하타로 들어서면 오만 비자 런은 마무리된다.

사실 두바이에서 하타까지 가는 거리가 조금 멀어서 그렇지 하타에서 국경을 넘어 다시 하타로 돌아오는 데 걸리는 시간은 30분 정도이다. 국경을 넘는 데 10분, 오만에서 입국 심사를 받는 데 10분, 다시 국경을 넘어 도장을 받고 하타로 돌아오는 데 10분이 걸린다. 결국 하타를 기점으로 보자면 나는 30분짜리 해외여행을 마치고 두바이로 돌아온 셈이었다. 오만 비자 런의 가장 어려운 부분은 하타에서 두바이로 돌아오는 길이다.

오후에 출발을 하면 대부분 두바이로 돌아오는 길은 해가 진 밤이 된다. 어두운 밤 하타를 떠나 두바이로 오는 길은 무서울 만큼 조용하고 한산하다. 길에는 인적은 고사하고 차조차 찾아보기 힘들었다. 어둡고 텅 비어 있는 길을 홀로 운전하고 오려면 가끔 긴장감에 식은땀이 나기도 한다. 하타에서 커다란 산을 넘어오기까지는 산을 끼고 곡선의 길들이 이어지지만 그 산을 넘어서고 나면 그야말로 '닥치고 직진' 도로가 이어진다. 여간해서는 핸들을 움직일 일도 없고 그저 앞만 보고 악셀만 밟으면 되는 직선도로이기 때문이다.

주변은 칠흑 같은 어둠이 내린 사막. 그 가운데로 길게 뻗은 도로에는 오직 내가 운전하는 차 한 대만 달리고 있다. 내 앞을 막는 차량도 내 뒤를 따르는 차량도 없다. 하물며 맞은 편 차선에도 달려오는 차조차 없다. 정신을 똑바로 차리지 않으면 그냥 스르르 눈이 감겨 버릴지 모르는 그 길은 너무 쉬워서 너무 위험한 그런 길이었다.

다음 번 오만에 가게 된다면 조금이라도 더 들어가 오만의 국경 마을이라도 들러서 와야겠다는 생각은 오만을 갈 때마다 했었다. 그래도 다른 나라를 갔는데 입국 사무소만 찍고 돌아오는 것이 너무 아쉽기도 했고 술탄의 나라 오만이 궁금하기도 했다. 물론 두바이 생활이 익숙해지면서 중동의 다른 나라에 간다는 두려움도 많이 사라진 때였기에 더욱 그랬다.

하지만 결국 나는 그 후에도 몇 차례 오만을 넘나들었지만 입국 사무소에서 한 발자국도 들어서지 못하고 오만 방문을 마쳤다. 그저 국경을 향해 가며 만났던 두바이와는 또 다른 이국적 풍경과 야생 낙타들을 만나는 기쁨을 오만 비자 런의 추억으로 삼아야 했다. 그리고 기회가 된다면 낚시 투어가 유명하다는 오만에서 언젠가 바다낚시를 한번 해야지 하는 희망만 마음에 품게 되었다.

# 다시 또 봄

어느덧 나의 두바이 생활도 1년을 맞고 있었다. 지난 해 봄 아무런 생각 없이 두바이에 왔을 때 나는 이렇게 오랜 시간 두바이에서 살게 될 줄은 상상하지 못했다. 하지만 그 후 한 달 뒤 두 번째 두바이를 찾았고 그렇게 두바이에서 1년이라는 시간을 보냈다. 그 1년은 돌이켜 보면 정신없는 시간의 연속이기도 했지만, 끝나지 않는 그리움의 연속이기도 했다. 하지만 한 가지 분명한 것은 있다. 지난 1년 나는 조금이나마 아버지와의 10년 시간에 대한 잔상들을 떨치는 데 성공한 듯 보였다.

낯선 이국땅에서의 긴장감으로, 또 다른 가족에 대한 그리움으로, 새로운 일에 적응하려는 발버둥으로 아버지와의 힘겨웠던 10년의 잔상들은 조금씩 지워지고 있었다. 하지만 시시때때로 쉼 없이 밀려들던 생각들이 조금은 지워지고 있을 뿐 잊어지는 것은 아니었다. 내 머릿속 기억이 모두 지워져 버리기 전까지는 불가능해 보이는 일인 듯싶다.

하지만 촘촘했던 지난 10년의 기억 속으로 새로운 일들이 비집고 들어와 자리했고 떨쳐 버리기 어려울 것만 같았던 그 그리움도 가족에 대한 그리움으로 메워지고 있었다. 이제는 한국에 돌아가 예전처럼 지낼 수 있을까? 어머니가 아버지만 남겨두고 떠나시기 전 시간처럼 조금은 생각 없이 조금은 걱정 근심 없이 세상을 살아갈 수 있을까? 지난 10년 내 머릿속과 가슴을 누르던 커다란 그 무엇인가를 내려놓고 살 수 있을까?

돌아가고 싶었다. 다시 한국으로, 힘겨움을 모르고 살았던 예전 시간 속으로. 이제는 무엇이라도 할 수 있을 것 같았다. 낯선 타국 땅에서 처음 접한 일을 할 수 있었던 이 용기라면. 더위와 싸우고 외로움과 싸우며 견디던 이 인내라면. 길었던 10년의 시간과 다시 치열했던 1년의 시간. 두 시간 모두 내게는 쉽지만은 않았던 시간이었다. 하지만 나는 두 시간들 속에서 많은 것을 잃기도 하고 새로운 것들을 얻기도 했다. 물론 얻은 것보다는 잃은 것이 많을 수도 있다. 나와 가족을 위해 살지 못했던 시간도, 손에 쥐고 놓기 싫었던 작은 부의 미련도, 이제는 돌이킬 수 없이 약해져 버린 내 몸의 건강도. 하지만 내 앞에는 그런 나를 맞아주던 세상이 있고 나를 다시 꿈꾸게 했던 시간이 있었다.

나의 지난 10년을 보며 주변 사람들은 입을 모아 이야기했었다.

"어떻게 그렇게 할 수가 있어?", "정말 대단하다."

하지만 나는 그들에게 대답했다.

"아니 그 시간들은 내가 원해서 했던 일들이 아니었어."

나는 내 삶의 10년이라는 긴 시간 동안 아버지 곁을 지키게 될 줄은 상상해본 적이 없었다. 그 시간은 내가 원해서 그렇다고 아버지가 원해서 이루어진 시간이 아니었다. 우리 가족 중에 누군가 했어야 했던 일을 그저 내가 했을 뿐이었다.

물론 그전까지 어머니가 하셨던 일을 내가 대신 했을 뿐이다. 아니 정확히 말하자면 어머니가 하신 일의 절반도 되지 못하는 일을 잠시 했을 뿐이다. 나는 주변의 말처럼 효자도 대단한 아들도 아니다. 나는 노는 것을 좋아하고 사람들과 어울리는 것을 즐기며 살았던 평범한 일상의 사람들보다 부족한 인간에 불과했다. 하지만 인생은 나의 의지와 관계없이 나오는 단 한 번의 상의나 논의도 없이 내 앞에 새로운 현실을 펼쳐 놓았다. 난 그저 그렇게 펼쳐진 그 험난한 현실 속을 발버둥치며 살았다. 그 발버둥이 10년이나 길어질 것은 상상조차 하지 못하고, 10년이나 흘렀는지 체감조차도 하지 못하고 보낸 시간이었다.

그리고 다시 1년. 나는 내 삶을 다시 일으켜 세울 새로운 삶의 영감을 이곳 두바이에서 얻었다. 자신의 백성들이 풍요롭게 먹고 살게 해주었던 원유가 곧 고갈된다는 사실을 알았던 두바이 국왕은 자신과 자신의 백성에게 다가올 위기를 모래바람 가득한 사막 위에 새로운 도시를 건설하는 것으로 헤쳐 나갔다.

나에게는 나를 풍요하게 해주던 원유가 있지도 않다. 따라서 원유가 고갈되는 위기도 없다. 보살펴야 할 백성이 두바이 국왕처럼 많지도 않다. 따라서 인생을 걸 만큼 커다란 도시를 세우는 일을 하지는 않아도 된다. 남들이 기적이라 부르는 미래를 꿈꾸고 싶지도 않다. 그냥 내 가족과 내게 주어진 내 삶을 살고 싶다. 그 삶이 미래를 알지 못하는 깊은 바닥을 기어야 할지라도, 오르지 못할 것 같은 험한 산을 올라야 할지라도, 그저 내 앞의 현실과 마주하고 그 마주한 현실에 충실하고 싶다. 남들에게 처절해 보이는 시간이라도 그들이 보기에는 험난해 보이는 일상일지라도 어차피 내가 맞이해야 할 시간이라면 돌이킬 수 없다는 것도 배웠다.

나는 이제 한국으로 돌아가려 한다. 나의 사랑스러운 가족이 기다리는 그곳으로. 그곳에서 다시 평범했던 옛날 일상을 다시 꿈꾸려 한다. 전쟁통에 맨몸으로 세상 속으로 던져졌던 내 부모가 오늘의 우리를 만들었던 것처럼 나도 내 인생의 남은 시간들을 만들어 보려고 한다. 세상 누구보다 나를 사랑하셨던 당신들의 아들로, 세상 누구보다 내가 사랑하는 나의 가족의 남편과 아빠로, 당신이 나를 키워냈던 그곳 그 자리에서.

나는 두바이 사막의 아름다운 일몰 풍광을 보며 늘 생각했다. 나의 마지막도 저렇게 아름다울 수 있을까? 하지만 나는 알고 있었다. 저 태양은 내가 서 있는 이곳보다 먼저 내 가족이 있는 그곳으로 다시 떠오르게 될 것이란 것을.

나의 마지막은 아직 내게 오지 않았다. 나의 마지막은 언제 오는지 알지 못한다. 아니 나의 내일도 나는 알지 못한다. 그냥 내 앞에 펼쳐진 오늘을 맞이하고 있을 뿐이다. 나는 그렇게 새로운 오늘을 맞으러 내가 있던 그곳으로 돌아간다.